中世文学の諸相とその時代Ⅱ

村上美登志　著

和泉書院

中世文学の諸相とその時代　Ⅱ

目次

I　曽我物語関係論攷

Ⅰ　曽我物語関係論攷

太山寺本『曽我物語』覚書

Ⅰ、太山寺本の奥書（識語）

太山寺には、『曽我物語』を始め、『古今和歌集』・『拾遺和歌集』・『後拾遺和歌集』・『後撰和歌集』・『明題和歌集』・『玉葉和歌集』・『秋篠月清集』・『和漢朗詠集』・『伊勢物語』・『平家物語』等の十一部の書籍が、天文八年（一五三九）十一月二日に、明石枝吉城城主・明石四郎左衛門尉長行の手によって、それらの書籍を愛読していたと思われる亡妻昌慶禅定尼の往生極楽を希って奉納されている（「明石長行寄進状」・『太山寺文書』等に所収）。

この太山寺本『曽我物語』全十巻の各巻奥書（識語）とは、巻第一・三・六・七・八の五つの巻の遊紙に、

奉寄進大山寺御本尊

為明石四郎左衛門尉妻女善室昌慶禅定尼菩提

天文八年 丁亥（ママ） 十一月二日命日　施主長行（花押）

と記され、その他の半数の巻は、「菩提」のところのみ、語句が変えられているものである。すなわち、巻第二・五の二つの巻には、「佛果菩提」とあり、巻第四・九の二つの巻には、「往生極楽」とあり、最後の巻第十には、「即身成佛也」と、次のような配列で書かれているものである。

巻第一　＝　菩提

巻第二　〈佛果菩提〉
巻第三　菩提
巻第四　〔往生極楽〕
巻第五　〈佛果菩提〉
巻第六　菩提
巻第七　菩提
巻第八　菩提
巻第九　〔往生極楽〕
巻第十　〈即身成佛也〉

これは、昌慶禅定尼の菩提（冥福）を祈念するために、前表に示したごとく、巻第四の四（死）と、巻第九の九（苦）に「往生極楽」の句を配し、巻第二と巻第五の「二五」には、二十五菩薩（『往生要集』大文第七「弥陀を念ずる利益」等に全ての菩薩の名が見える）に擬えて、衆生を守護するという二十五体の菩薩の来迎を期している。そして、最後の巻第十を以て、「即身成佛也」と結んであるところに、長行の愛妻に対する並々ならぬ愛情のほどが見てとれるものである。

Ⅱ、太山寺本奉納の経緯

戦国時代に明石に所領を得た、近衛家庶流内大臣衣笠家良一流の明石尚行は（『黒田家御外戚伝』）、室町時代の初め頃、「明石」を姓とし、枝吉城を本城として活躍した。尚行はまた、京の一条大宮合戦において剛勇を以て聞こえた武将でもあった（『応仁別記』応仁元年六月八日条）。

そして、この尚行の孫にあたると思われる長行も、武庫河原合戦においては馬廻り役として、与党赤松政村勢の先陣を駆けって、守護代浦上村宗を討つ（『赤松記』・『赤松盛衰記』享禄四年六月四日条）、獅子奮迅の活躍を見せた明石氏に相応しい剛の者であったが、播磨国に進出してきた尼子晴久との戦いには一敗地に塗れ、天文七年（一五三八）夏頃に、本城の枝吉城において降伏する。これは長行にとって、生涯における初めての敗北であった。そして、その失意の最中に、さらに追い討ちをかけられるかのようにして、近衛家門葉に出自を持つ善室昌慶禅定尼に先立たれている。その一年後、長行は政村への政治的配慮（天文八年六月二十九日付「赤松政村書状」）から剃髪し、僧名を宗阿と号して明石浦に隠棲する。すなわちこの時期、天文八年十一月二日に亡妻昌慶禅定尼の一周忌に因み、妻女の往生極楽・即身成佛を希って、この太山寺に件の十一部の書籍が奉納されているのである（村上美登志『中世文学の諸相とその時代』和泉書院、平成八年十二月）。

Ⅲ、成立時期など

真名本の成立年代については、その歴史編年体的な性格から、これまでにも多くの研究者によって、夫々の趣旨と角度から、成立時期についての考察がなされてきており、成立圏、作者像もかなり絞られつつあり、成立年代も上限を一二六五年、下限を十四世紀後期辺りとして、具体的に論じられてきているが、仮名本に関しては、外部資料からの蓋然的な成立年代の判定が困難であるために、いきおい内部徴証による探求がなされてきているのであるが、仮名本においてはそれさえ難しい状況である。

これまでの仮名本の成立に関する主だったものとしては以下のものがある。

まず、佐成謙太郎氏は、『保暦間記』に見える記事を真名本のものと見た上で、仮名本（流布本）の成立を、『親元日記』に、「伏木曽我」が寛正六年（一四六五）三月九日に演じられているところから、それを下限と見て、その成立を「一三七〇年から一四六五年の間に出来たことは明らかである」とする（「曽我物語と義経記」・『国語と国文学』三・10、大正十五年十月）。

次に、小川寿一氏（「戸川本曽我物語解説」・『戸川本曽我物語』昭和十五年八月）と山岸徳平氏（『真名本曽我物語』昭和四十九年、勉誠社刊行影印本解説）は、戸川本巻第十一「別当説法の事」にある、「今の本院の女共、盛りにして亡せ給ふ」の記事から、「今の本院」を伏見院と推し、伏見院が院政を執る間、かつ皇女朔平門院の没した延慶三年（一三一〇）十月八日以後、伏見院落飾の正和二年（一三一三）十月十七日までの三年間に『曽我物語』が成立したと主張されたが、これは後に村上学氏（『曽我物語の基礎的研究』風間書房、昭和五十九年二月）によって、戸川本は混態本である上に、件の部分は戸川本独自の増補部分であり、しかも朔平門院以外は歴史記録にその名を求められないことなどから、これを否定的に考えられている。そして、村上氏は、現存真名本の二段階の発展を考慮しつつ、現存真名本の成立を、『神道集』の成立時期や四部合戦状本『平家物語』の現存本との奥書年記が近接していること、「枝折山伝説」と「赫屋姫伝説」が、聖聡の『当麻曼陀羅疏』（一四三六）・聖冏の『古今序註（了誉註）』（一四〇六）所収説話と極めて近いところから、その成立年代の目安を十四世紀後半から、十五世紀初頭に置いた上で、仮名本が基づいた原初本の成立下限を、『醍醐寺雑記』（一三四七）に『曽我物語』の記事が見えるところから（それを仮名本と見て）、貞和三年（一三四七）に置かれている。

村上美登志（『中世文学の諸相とその時代』）は、現存仮名本諸本中では最古態を有すると考えられる太山寺本の、巻第七「小袖乞ひて出でし事」に見える「今の慈恩寺」の跡を、現滋賀県近江八幡市に求め、慈恩寺の存在を「今」と呼べる時期の応安三年（一三七〇）からあまり年を隔てない頃に、太山寺本祖本の成立期を求めている。

また、大きな括りとしては、太山寺本巻第四「君、箱根へ御参りの事」に引かれる、御奉幣に関する一文は、南北朝後期（十四世紀）頃成立と考えられている『庭訓往来』との交渉が考えられ、同巻第七「母の形見取りし事」に引かれる藤原為世の歌は、その『続千載和歌集』の奏覧が文保二年（一三一八）であり、これを「古き歌」としていることなどが、後の増補ではなく、オリジナルの本文だとすれば、決定力には欠けるものの、太山寺本祖本成立期のごく大まかな目安にはなろうか。

Ⅳ、諸本など

『曽我物語』の本文系統は、真名本（擬漢文）と仮名本の二種に括ることが出来る（真名本本文を抄出し、延べ書きにした中間的な大石寺本も存するが、真名本本文の下位に立つものとして、真名本の範疇に入れておく）。

真名本の本文系統は、現存するものの全てが妙本寺本一本に収斂されるので、僅か一系統のみということになるのであるが、これに対して仮名本の本文系統は相当に複雑である。

まず、巻数からして、十巻本、十一巻本、十二巻本等の種別があり、別に「孝養巻」を立てているものもある。本文系統は、巻第一～十までが甲・乙の二類、巻第十一が甲・乙・丙の三類、巻第十二が甲の一類に夫々、分類されている（村上学『曽我物語の基礎的研究』）。

もちろん、仮名本本文は単純な整理のつくようなものではなく、比較的大きな目安としての各巻ごとの系統関係を示したものであるが、太山寺本はこの内、乙類の本文系統に分類されている。

本文内容としては、『太山寺本曽我物語』（和泉書院、平成十一年三月）の飜刻にあたって、ほとんど全ての諸本と対校させた結果から判断しても、太山寺本独自のものが多く、しかもそれは随所に古態を残しており、かつて検証したように、全巻に亘る故事成語の引用等は、諸本中、最も正確なものである（村上美登志『中世文学の諸相とその時代』）ことから考えても、太山寺本は十二巻本の省略されたものでも、仮名本諸本の下流域に立つ本文でもなく、十巻本の仮名本が十二巻本へと増幅されて行く上での、始原の俤をとどめているといってよいものであろう。

Ｖ、巻立て等について

巻立ての編成面から、十巻本の太山寺本と十二巻本の流布本系を中心とした仮名本諸本を見てみると、一つに、およそ諸本は河津三郎祐重（真名本は助通とし、各系図には、「祐道」・「祐泰」・「助宗」などとある）暗殺後に、十郎・五郎の弟である御房は九郎祐清（真名本は助長）に引き取られ、母は、曽我太郎祐信と娶され、兄弟も一緒に引き取られるところで巻第一を了え、巻第二は、伊東入道（祐親）が祐清に命じて、祐経が放った刺客の大見小藤太と八幡三郎の両名を討たせる場面から始まるのであるが、太山寺本はここまでを全て巻第一の内に収め、「頼朝、伊東が館へ御在せし事」を以て、ここから巻第二をスタートさせている。

すなわち、祐重暗殺と、その後の三兄弟と母の身の振り方、暗殺の実行犯討伐までを、まさに曽我の物語の発端とする形で、その全てを巻第一に括り収め、巻第二は、所謂「頼朝蜂起譚」に絞り込んでゆこうとする、真名本のそれとも違った太山寺本独自の編纂意識を見せている。

二つに、流布本系十二巻本は巻第十一と十二を単純に付加したのではなく、太山寺本巻第九にある（以下の題目は流布本系のものなので、太山寺本のものとは異なる。太山寺本は、「五郎が斬らる〻事」の一つの題目の中に、流布本系の以下の四題目の内容を全て含んでいる）、「五郎、御前へ召し出だされ、聞こし召し問はる〻事」、「犬房が事」、「五郎が斬らる〻事」、「伊豆次郎が流されし事」の四題目の章段を巻第十に繰り下げ、太山寺本では巻第十途中の「三浦与一が出家の事」で流布本系は巻第十を締め括り、「虎が曽我へ来たりし事」から巻第十一を立て、そこに「鬼の子取らるゝ事」、「菅丞相の事」、「兄弟、神に斎はるゝ事」を挿入し、さらに「貧女が一燈の事」を増幅させている。

そして、太山寺本巻第十最終題目章段の「虎、出家の事」から流布本系は巻第十二を起こし、虎を始め、手越の少将や兄弟の母と二宮の姉達の後日譚等の十二もの題目を新たに立てて、後表に示してあるような形で一巻を成しているのである。

〈巻第九・十・十一・十二の巻編成略図〉

	題目（流布本系）	太山寺本（巻）	太山寺本	流布本系（巻）	流布本系
①	五郎、御前へ召し出だされ、聞こし召し問はるゝ事	巻第九	○	巻第十	○
②	犬房が事		○		○
③	五郎が斬らるゝ事		○		○
④	伊豆次郎が流されし事		○		○
⑤	鬼王・道三郎が曽我へ帰りし事	巻第十	○		○
⑥	同じく彼の者ども遁世の事		○		○
⑦	曽我にて追善の事		○		○
⑧	禅師法師が自害の事		○		○
⑨	同じく鎌倉へ召されて斬られし事		○		○
⑩	京の小次郎が死する事		○		○
⑪	三浦与一が出家の事		○		○
⑫	虎が曽我へ来たりし事		○		○
⑬	曽我の母・二宮の姉、虎に見参の事		○		○
⑭	母、数多の子どもに後れ歎きし事		○		○
⑮	母と虎が箱根へ登りし事		○		○

⑯	鬼の子取らるゝ事	×	○	巻第十一
⑰	箱根にて佛事の事	○	○	巻第十一
⑱	別当、説法の事	○	○	巻第十一
⑲	箱王住みし所、見し事	○	○	巻第十一
⑳	（貧女が一燈の事）	○	○	巻第十一
㉑	菅丞相の事	×	○	巻第十一
㉒	兄弟、神に斎はるゝ事	×	○	巻第十一
㉓	（虎、出家の事）	○	○	巻第十二
㉔	虎、箱根にて暇乞ひして行き別れし事	×	○	巻第十二
㉕	井出の屋形の跡見し事	×	○	巻第十二
㉖	手越の少将に逢ひし事	×	○	巻第十二
㉗	少将出家の事	×	○	巻第十二
㉘	虎と少将と法然に逢ひ奉りし事	×	○	巻第十二
㉙	虎、大磯にとり籠りし事	×	○	巻第十二
㉚	母と二宮の姉、大磯へ尋ね行きし事	×	○	巻第十二
㉛	虎、出で逢ひて呼び入れし事	×	○	巻第十二
㉜	少将法門の事	×	○	巻第十二
㉝	母と二宮、行き別れし事	×	○	巻第十二
㉞	十郎・五郎を虎、夢に見し事	×	○	巻第十二
㉟	虎・少将、成佛の事	×	○	巻第十二

〈註〉

Ⅰ　○×→話の有無（太山寺本と流布本系とでは、題目が異なるので、その内容の話を含んでいるかどうかということ）。

Ⅱ　□→流布本系の追加挿入部位。

Ⅲ　（　）→流布本系の増幅部位。

太山寺本『曽我物語』巻第一表紙

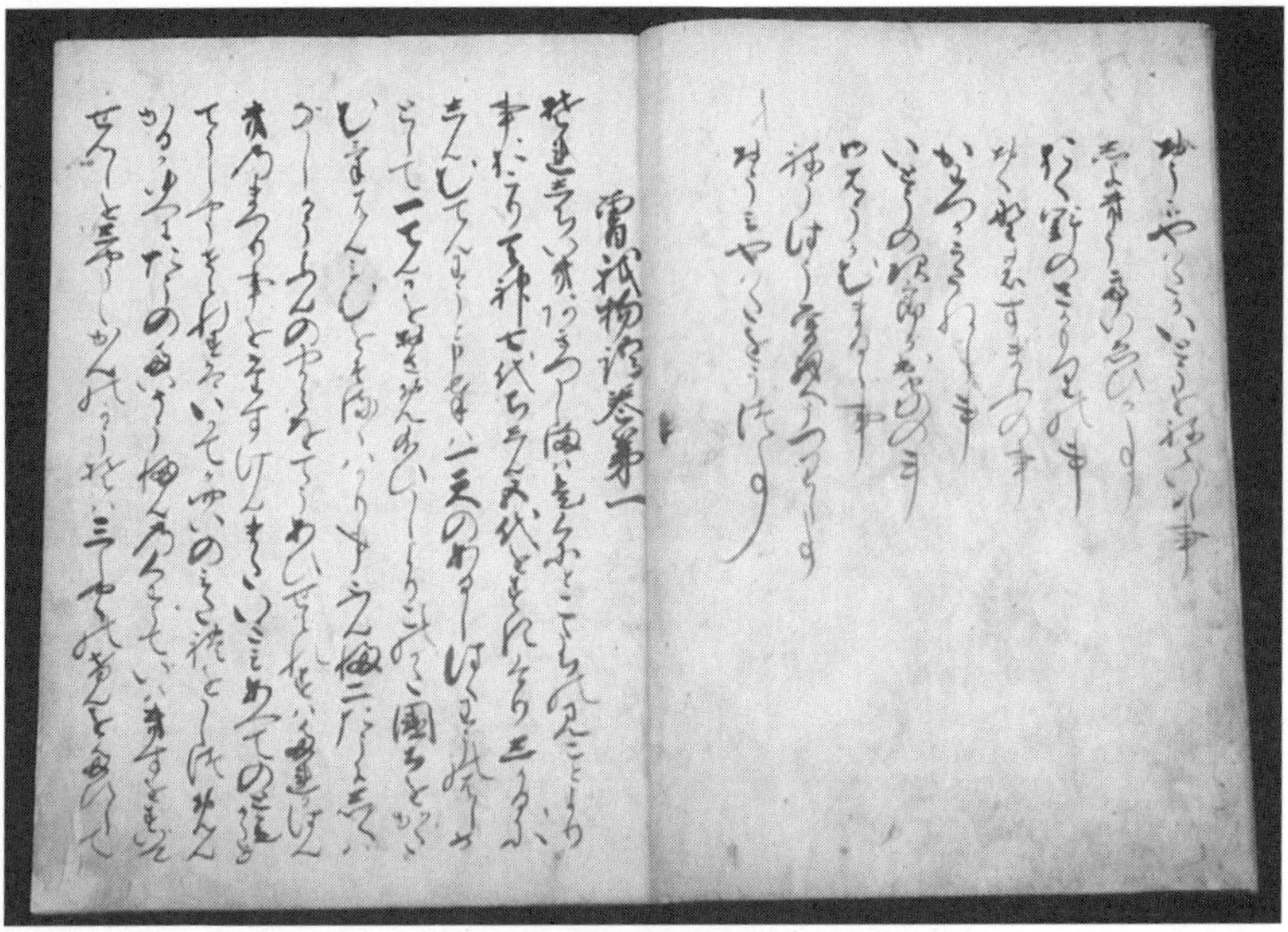

巻第一本文冒頭

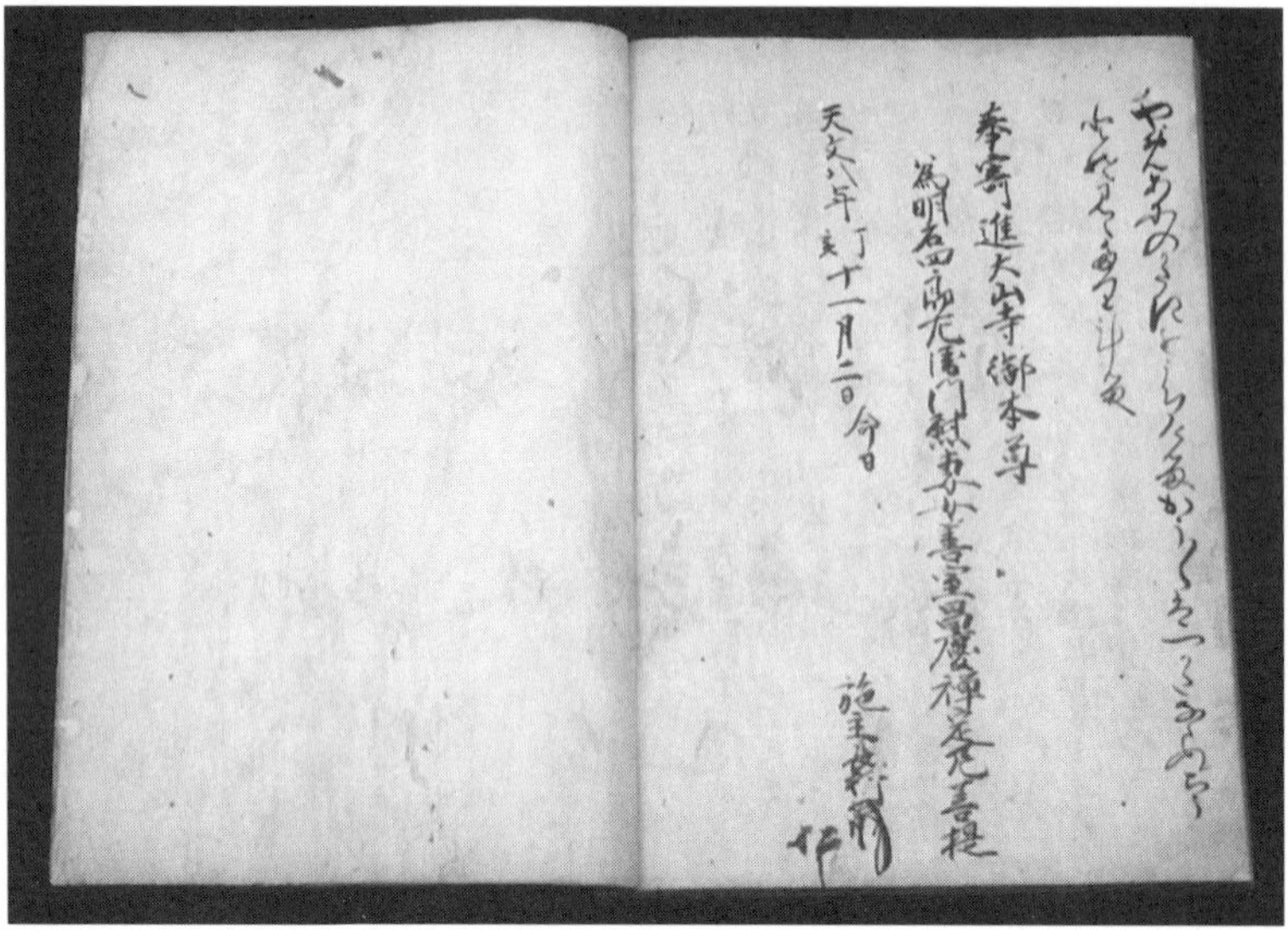

巻第一最末尾本文

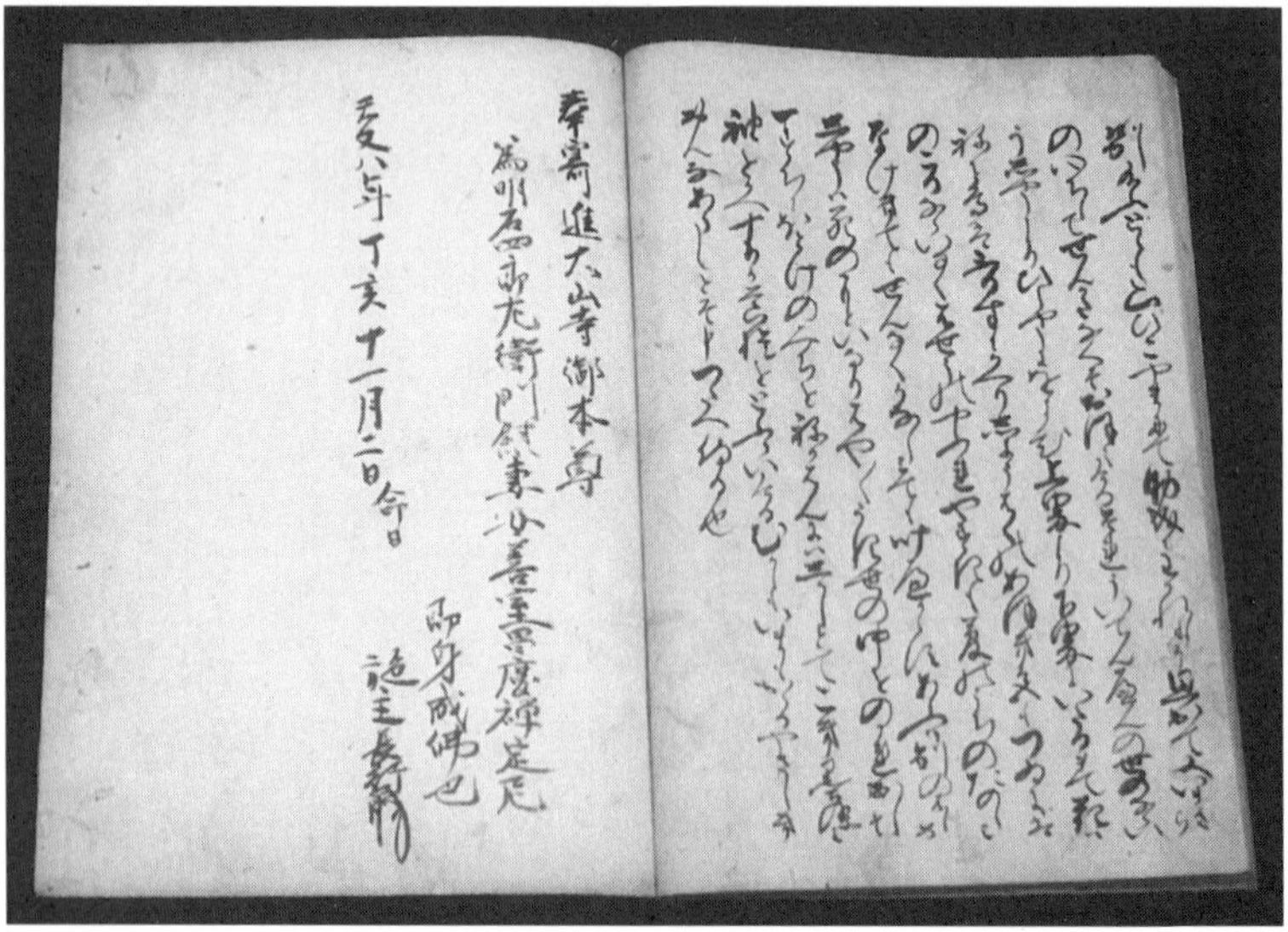

巻第十最末尾本文

一五〇〇年代における軍記文学の環境

Ⅰ、はじめに

中世は貴族が没落し、武士が台頭してくる社会にあって、王朝文学のノスタルジック的継承と動乱・変革等に伴って生じた新興階級の手になる様々な文学・芸能が複雑多岐に相渉る時代である。したがって、そうしたものに対する認識・把握の仕方によっては、この時代の諸作品の文学的環境や評価に大きなズレを生じかねない危うさがある。そうした事由により、特別な事件・事象から、全体を説き起こしていく理論優先のトップ・ダウン方式よりも、より現実・日常に即したボトム・アップ方式で以て、部分が全体をも語ることを意識した、十六世紀前後の時代へのアプローチをここでは試みてみたい。

Ⅱ、地方の文化と都

延元元年・建武三年（一三三六）に足利尊氏が京都の室町に幕府を創設してから、元亀四年（一五七三）に織田信長が十五代将軍義昭を追って幕府を倒すまでの、およそ二百四十年間を室町時代といい、所謂中世後期にあたる。また、元中九年・明徳三年（一三九二）以前を南北朝時代といい、十五世紀以後を戦国時代ともいう。

この室町時代は、地方の分権化に伴い、文化が地域的にも階層的にも飛躍的に拡大した時期である。――例えば、「紀行文」の主だったところをざっと拾っただけでも、十五世紀後半から十六世紀にかけては、一条兼良の『藤河の記』（「応仁の乱」で自邸を失った兼良は、乱を避けて奈良に滞在する。その滞在中に美濃に下った折りの紀行で、書名の「藤河」は、美濃の入口、関ケ原近くの地名からきている）、宗祇の『白川紀行』（筑波から那須野ケ原を経て白川の関に赴いた折りの紀行）・『筑紫道の記』（後年、周防を経て九州に下った折りの紀行）、藤原道興の『廻国雑記』（京都から近江を経て北陸路に抜け、白山・立山に登り、越後から関東へ赴き、日光・鎌倉・武蔵・箱根・伊豆を廻り、甲斐から奥州路に入り、松島まで足をのばした折りの紀行）、正徹の門人正広の『正広日記』（奈良の初瀬寺から伊勢路に出て、富士見に下った折りの紀行）、堯恵の『善光寺紀行』・『北国紀行』（信州路や北陸路に赴いた折りの紀行）、三条西実隆・公条父子の『高野山参詣記』・『吉野詣記』（連歌師の紹巴等を伴い、高野詣でや吉野の花見に赴いた折りの紀行）、尊海僧正の『あづまの道の記』（京都から駿河の浅間神社に赴いた折りの紀行）、宗長の『東路のつと』（宗長は、駿河より白川の関をめざして出立するが、那須野辺りで戦乱があることを聞き、日光から引き返して、下総経由で鎌倉に赴いた折りの紀行）・『宗長手記』（駿河宇津の谷の柴屋軒から伊勢に赴き、奈良を経て京都に向かい、その後、駿河に下るが再び上京し、琵琶湖方面へ赴いてから宇津の谷に帰るまでの、足掛け六年間の紀行を記してある）等々がある。

連歌の流行に伴い、連歌師等の紀行が目立つが、乱世の世相を窺い知ることが出来ると共に、都と地方、或いは地方と地方の近さをも実感することが出来るものである。――ちょうどこの室町時代の中頃、十五世紀後半から十六世紀初頭にかけての一地方が、都の文化や高い教養を享受していた一端を窺い知る格好のモデルを播州の太山寺に蔵されていた軍記物語の『曽我物語』と『平家物語』に見出すことが出来る。

人間が産み出す作品は、すでにそれ自体が一つの世界に匹敵する複雑さを備えてあるように、現実に即した具象例を以て、ごく限られた紙幅ではあるが、一粒の砂の中の世界にも存在する、文学・文化的享受を軸とした豊かな可能性と拡がりをそこに見てゆこう。

Ⅲ、所謂太山寺本について

天文八年（一五三九）十一月二日に、太山寺の大檀那である明石枝吉城城主・明石四郎左衛門尉長行は、亡妻善室昌慶禅定尼の一周忌に因んで、妻女の愛読していた十一部の書籍を太山寺に奉納している（「明石長行寄進状」・『太山寺文書』等）。

その書籍とは、『古今和歌集』・『後撰和歌集』・『拾遺和歌集』・『後拾遺和歌集』・『玉葉和歌集』・『秋篠月清集』・『明題和歌集』・『和漢朗詠集』・『伊勢物語』・『平家物語』・『曽我物語』の十一部をいう。

この内、『平家物語』のみ現姿は、巻第一～四までの残欠本であるが、奉納時には当然のことながら太山寺に残る寄進状等からの資（史）料によっても、全十二巻の完本として納められていたことが知られるので、奉納後の散佚であることは明らかである。

先ず、全十一部の内、八部の書籍は勅撰・私撰を織りまぜた歌集等であり、残りの三部は、所謂歌物語の『伊勢物語』と軍記物語の『平家物語』・『曽我物語』である。

明石長行の亡妻・善室昌慶禅定尼は、『黒田家御外戚伝』や『福岡啓藩誌』・『黒田家譜』・「墓表」等の記述から、子息祐行の兄弟である心光院殿性誉溪翁長寿大姉（黒田職隆の妻で、姫路城主・黒田孝高〈如水〉の母）を享禄三年（一五三〇）に産んでいるので、彼女が一五〇〇年代初頭辺りの生まれであることを確認することが出来る（村上美登志『中世文学の諸相とその時代』和泉書院）。したがって、彼女が嫁いでから亡くなる一五三八年までの間に愛読され、手許に残されていた書籍が右の十一部の書籍であり、世に太山寺本として知られるものである。本文の筆は全て同一人の手にかかるものであり、おそらく輿入れの際に持参されたものの一つで、十五世紀後半の書写にかかるものと覚しい。

Ⅳ、太山寺本奉納の経緯

戦国時代に明石に所領を得た、近衛家庶流内大臣衣笠家良一流の明石尚行は（『黒田家御外戚伝』）、室町時代の初め頃、「明石」を姓とし、明石の枝吉城を本城として活躍した。尚行はまた、京の「一条大宮合戦」において、大力を以て聞こえた山名相模守配下片山備前守を物ともせずに、それを上回る大力で組み伏せ、その首級を挙げるという、剛勇で知られた武将でもあった（『応仁別記』応仁元年〈一四六七〉六月八日条）。そして、この尚行の孫にあたる長行も、「武庫河原合戦」においては、馬廻り役として、与党赤松政村勢の先陣を駆けって、守護代浦上村宗を討つ（『赤松記』・『赤松盛衰記』享禄四年〈一五三一〉六月四日条）、獅子奮迅の活躍を見せた明石氏に相応しい剛の者であった。

折りしも、室町幕府の要職（侍所）を務め、絶大な力を誇った赤松氏も播磨国に進出して来た山名氏駆逐に勢力を注いだために内紛が起こり、従来より力を蓄えてきた浦上氏の台頭を許すことになる。そしてこの浦上氏を駆逐する戦いで明石氏・小寺氏等の台頭をも許し、群雄割拠といわれる様相が播磨国に生まれた。――この隙を突いて戦国大名の尼子氏が出雲から進出してきたわけで、播磨の地は尼子軍の馬蹄に凌轢され、多くの者がこれに屈従した。

明石長行も姫路御着城の小寺氏と共に叛旗を飜し、尼子与党として高砂城に移っていた赤松政村を攻め、政村を淡路に敗走させている（『赤松記』天文七・八年〈一五三八・九〉条）。だが、阿波の細川持隆の援助を取り付けた政村は、明石の人丸に布陣して、翌天文八年四月八日に、尼子側に付いていた長行・祐行父子の居館枝吉城を大軍で包囲し、長行父子を投降させ、和睦を結んでいる（『赤松記』天文八年四月八日条）。

この時、政村配下町野入道の放火によって由緒ある天台宗寺院の善楽寺を始め、明石町の大半が灰燼に帰してしまうのであるが、こうした一連の合戦の最中、すなわち長行の生涯における初めての敗北の直後に愛妻昌慶禅定尼に先立たれている。群雄割拠の時代とはいえ、多くの大切なものを長行は短期日の内に纏めて喪うという人生最大の苦境に立たされていた。

そして、叛旗を飜した長行を和睦後三ケ月近く経った時点でも政村は決して許してはおらず、阿波の細川・三善氏の一族で奉行人を務めた飯尾源三に書状を送り（天文八年六月二十九日付「赤松政村書状」）、自身に対する明石長行の忠節は今後望むべくもないので、急度成敗下さるべき旨のことをしたためている。これらによって、失意のうちに長行が若くして明石浦に隠居して和歌三昧の日々を送ったことや、妻女の愛読書を太山寺の御本尊（薬師如来）に奉納した経緯が知られる（『中世文学の諸相とその時代』）。

V、一五〇〇年前後の文学・文化的環境

太山寺に奉納されたこの十一部の書籍は、文学が流行と無縁ではあり得ないように、偶然に揃ったものではなく、やはり、その時代相を映したものといわねばなるまい。とくに三部の物語――『伊勢物語』・『平家物語』と共に、『曽我物語』が地方武士の妻女に読まれていたことは興味ふかいものがある。

とくにこの『曽我物語』は、現存する真名・仮名本諸本の中で最古の書写にかかるものであり、その内容も仮名本中の最善本である（村上美登志『太山寺本曽我物語』和泉書院）。十巻構成というのもさることながら、和製類書等に基づく正確な故事成語・金言佳句等の引用や、随所に見せる古態の片鱗は他の諸本より抽んでて一際鮮やかである。

また、太山寺本『平家物語』も、その本文系統を当初は八坂本系に分類されていたが、研究の進展に伴って八坂系

ではとうてい括ることの出来ないものであること等が判明してきており、この妻女の文学的教養についての関心が俄に高まってきている。

さらに一五〇〇年前後は、『曽我物語』が次々と書写され、流布していった画期の一つであるようだ。件の太山寺本を始め、例えば、『実隆公記』（明応六年〈一四九七〉六月二日条）に見える、「曽我物語新写本加二一見一」の記事や、大永八年（一五二八）から天文二十三年（一五五四）にかけて矢継ぎ早に全国各地で書写されたものに、真名本の大永本・妙本寺本・栄堯本・本門寺本等があり、瞽女（御前）が、「宇多天皇に十一代の後胤、伊東が嫡子に河津の三郎とて」と『曽我物語』の一節を語っている『七十一番職人歌合』が作られたのも明応九年（一五〇〇）頃のことである。また、十五世紀後半に成立した『結城戦場物語』には、箱根山において春王・安王兄弟が頃も同じ五月に、曽我兄弟が父の仇を討って名を挙げたことを語り、自身の父の仇討ちの決意を述べる条があり、同じ頃成立の『義貞記』（『新田義貞軍記』）にも、武家故実書としての敵討ちの心構えを、「親の敵を討つべき用意の事」の項に、「曽我十郎・五郎、本望を遂げし上は、誠に高名至極なれば、聊か其の難なし」として、室町末期の武家の仇討ちの心構えを記してある。

次に成立年は不明だが、曽我兄弟の仇討ちに関わる回文状・副文状・着到状・配文状・執達令状・書簡等を収めてある『富士野往来』も、その主だった諸本の書写年が文明十八年（一四八六）から永禄七年（一五六四）の室町後期に集中しており、三河国大浜の法師が富士の裾野で旅人を悩ます曽我の亡霊を供養したという『地蔵菩薩霊験記』巻第二「第十四話」も、その巻第四には「天正四年（一五七六）」の年号が見えるので、これは『曽我両社八幡宮并虎御前観音縁起』の成立と同じく室町後期一五〇〇年前後の唱導等が反映したものに他ならない。

一方、『平家物語』も室町時代に入ると琵琶法師の語る「平語（近世以降は「平曲」と称される）」によって聴聞したという記録が多く目に付き始める。例えば、『碧山日録』（寛正三年〈一四六二〉三月三十日条）には、「亡者、城中に在りて平氏の曲を唱ふる者、五六百員」とあって、盲僧琵琶を奏でる者が京中だけで五、六百人もいたことが知られ、その盛時の一端を知ることが出来る。

軍記に取材したものがその曲目の大部分を占める「曲舞（幸若舞）」にあっても（幸若舞には七番、謡曲には十九番もの曽我物が作られている）、『鹿苑日録』（明応七年〈一四九八〉二月二十九日条）に、「満仲」（説話物）・「八島」（義経〈判官〉物）、『言継卿記』（天文二年〈一五三三〉正月五日条）に、「夢合」（源平物）・「浜出」（源平物）、同（天文十四年〈一五四五〉六月四日条）に、「筑島」（源平物）・「高館」（義経物）・「十番切」（曽我物）等々の演じられた記事が見える。

これらは、能役者等が地方の大名を頼って在国し、場面的趣向を中心とした『曽我物語』や『義経記』の所謂「曽我物」・「義経（判官）物」がもてはやされた時期とも重なっていて、こうしたものとも決して無縁ではあるまい。

Ⅵ、都の文化の摂取と妻女の教養

一五〇〇年前後の没落貴族の生活は貧窮を極めていたようで、三条西実隆の『実隆公記』によると、中院通秀が『園太暦』を手放したのを始め（文亀三年〈一五〇三〉四月二十九日条）、当の三条西家も経済的理由から、実隆書写・一条兼良書銘の『源氏物語』を甲斐国の某に売却しており（永正三年〈一五〇六〉八月十四日条）、後柏原天皇の女官新大典侍なども愛蔵の『源氏物語』を手放している（永正十七年〈一五二〇〉四月十六日条）。

これに対して明石氏は、本城とする枝吉城の東側に明石で唯一の城下町「明石町」を持っていた。明石川下流域の近港部に位置するこの城下には、専業武士と商人の頭である連雀商人（物を背負って売り歩く商人。連尺商い）の連雀座が三木街道沿いにあって、それは堀で区切られた環濠集落になっており、ここに有力商人が禄をもらって住み、領主の御用を務めると共に商人の頭として行商人に鑑札を与えて運上（雑役、或いは年貢の一種）を取るといった商業活動を繰り拡げる戦国城下町を形成していた。

すなわち、明石川・枦谷川流域に広がる豊かな穀倉地帯と陶器の一大生産地――それらを売り歩く連雀商人、そして物資を運び出す港町といった活発な経済活動を基盤としていた。したがって、明石氏の経済にはかなりの余裕があったと思われ、例えば、天正（一五七三）頃の明石城城主明石則実の領有は六万石プラス切取知行二万石の合わせて八万石（京都大学蔵本『契利斯督記』によると十二万石とも）を領知して郡内に勢力を振るっていたことが知られる（『中世文学の諸相とその時代』）ので、名家等が手放した書籍を買い求めることも可能ではあったろう。

また、長行の妻女は近衛家門葉の出自を持つといわれ（『黒田家御外戚伝』）、長行も近衛関白稙家父子に古今伝授（所謂近衛家伝授）を受け、娘にもそれを伝えたとされている（『福岡啓藩誌』・『明石家譜』等）。

こうして見ると、地方とはいえ比較的中央に近い地域の、かなり特殊なケースとして想定されてしまいそうであるが、実隆の『再昌草』（永正九年〈一五一二〉）には、「薩摩国吉田若狭守が夫婦の歌見せし、点合して返し遣はす」等が見え、地方武士の妻女の文化摂取や教養の程が窺える。さらに芸能面ではこの期に観世座と競演できる程の勢力を持ち、巫女や専業女性によって演じられた女能（女猿楽）の存在等も無視できないものがある。

また近時、戦国乱世の時代を生きた名も無い加賀の下級武士葛巻昌俊の『白山万句』に見る、若年における文学的教養の習得（戦場を駆け巡る下級武士の文学的教養蓄積の時間と場）に注目した言及があるように（鶴崎裕雄「流浪武士一家の教養」・『國文學』第四十二巻10号）、持って生まれた才などということでは片付かない問題が文学史の中にいまだに内包され続けているといわねばならないのである。

「『曽我物語』の作品宇宙」鼎談

常葉学園大学教授・大川信子
創価大学教授・坂井孝一
司会進行とまとめ・村上美登志

村上　本日は、遠い所をどうも有り難うございました。しかし、実際は私が一番遠いのですが（笑）。それでは早速ですが、「『曽我物語』の作品宇宙」と題して坂井孝一さん、大川信子さん、そして私の三人で鼎談をさせていただきたいと存じます。

■『曽我物語』研究の転換期

近年は、当然のことですが、『曽我物語』の研究自体も大きく変化してきました。例えば、近代的研究の黎明期である明治時代頃には、『平家物語』もそうですが、実際の歴史的事実と物語の内容との齟齬やズレが大きいということで、とくに、歴史関係者の分野からは、「滑稽」だという酷評を受けたものですが、時代が変わってくるにしたがって、当然のことながら評価も変わってきました。

とくに大きな動きがあったのは、森山さんに代表される戦後の社会学派と、昭和三十年代後半から四十年代にかけての民俗学ブームがあります。なんでもそうですが、文学といえども所謂ファッションを抜きにしては語れないので、今から見れば、この時期に大きなうねりの一つがあったと思われます。

例えば、「甘え」ブームの時は（現在の「ジェンダー」のような）、夏目漱石でさえも、「甘え」の構造で作品論がなされたように、民俗学の発想が持ち込まれて活況を呈したことは、記憶に新しいと思われます。これは、構造論と同じように部分的には有効で、大きな成果を挙げました。現在では、違った角度からの作品の深い読みと、新たな論が期待されるところです。個人的な意見ですが、私は文学研究とは、「ラッキョウや玉葱」のようなものではないかと思っています。唐突かもしれませんが、何故かというと、ある方法論や理論でもって作品の核に迫ろうとして、その作品の皮を剝いていくのですが、いつまでたっても核には近づかない。理由は、皮を剝いても剝いても、その後に新しい皮が出来るのです。そして、その新しい皮こそが時代だと思われるのです。したがって、そうした夫々の時代と関わった読みなり、解釈というものが、そこに必要とされるのです。それも唯一正しい読みや、絶対的なところへ行くというものではなくて、そうした各時代の固有の解釈の連続体が研究史なんだろうと思っています。

すなわち、作品の読まれ方は、その時代時代によって一様ではありません。作者がある一定の意識のもとで作品を産み出す際に、我知らずの内に、その時代の刻印を打たざるを得ないように、享受者もまた、自らが作品を通して見出し得た意味の上に、まさしくその時代を生きる自己の姿をそこに重ね合わさずにはおれないからです。だとすれば、研究史とは唯一正しい作品解釈に至る過程の延長線上に存在するのではなく、各時代の固有の解釈の連続体以外の何物でもありえないことになります。したがって、強いてそこに優れた作品解釈を求めようとするのであれば、それはその時代性と最も鋭く関わった読みこそがそれだと思われます。

さて次に、『曽我物語』の諸本研究ですが、これも大きく変わりました。まず、昭和の初めに、幻の真名本であった妙本寺本が、熊本で発見され、続いて神戸の太山寺より、仮名本の太山寺本も発見されて、大きな画期となりました。しかし、太山寺本は少し不幸な出発をしたために、評価が近年まで貶められていましたが、現在は仮名本の最善本として影印や飜刻本が出て、手元に置いて簡便に読めるようになりました。それまでは、慶長古活字本の注釈本を中心としたものでした。真名本は、大手出版社から読み下し本文が提供され、大石寺本の現代語訳付きも出されましたので、これからは、大きな成果が期待できると思われます。何故かというと、今の学生が作品にとっつき易くなっており、やがては院生・研究者養成の底上げに繋がっていくと思われるからです。

ということで、近年はある意味、『曽我物語』研究の転換期にきていると思われます。「真名本」・「太山寺本」も出た、「大石寺本」も出た。そして今日、来ていただいたのは、歴史学のジャンルから、『曽我物語』を研究されている坂井さん。坂井さんは、非常に斬新な視点から『曽我物語』を考えておられます。「兄弟二人で敵討ちというのは成し得ないだろう、必ずバックアップしていた者があるはずだ」という新たな切り口から、曽我の敵討ちは、「武士団のクーデターではないのか」という見方をされていて、面白く、かつエキサイティングな論なので、本日はその辺りをお話しいただき、また、その全体像についても順次お聞きし、問題点を挙げながら討論をしていきたいと考えております。

その前に、個人的なことに関わりますが、本研究に至った、『曽我物語』と皆さんとの出会いや関わりをお話ししていただきたいと思います。それでは、まず、坂井さんから簡単にお話しをしていただきたいと思います。

■『曽我物語』との出会いと関わり

坂井　私の場合、惜しくも昨年急逝された中世史研究者で、私の恩師でもあります石井進氏の御著書『中世武士団』が、『曽我物語』と関わりを持つきっかけでした。石井氏はそこで、「真名本」を用いることによって、文書や記録などのいわゆる歴史学の史料ではわからない、古代末から中世にかけての武士団の日常を明らかにすることができると述べられ、「真名本」に注目されています。まず、その恩師の著作から大きな影響を受けました。その後、「曽我物語」の能や幸若舞について調べる機会がありまして、徐々に『曽我物語』の世界にひきつけられていきました。ただ歴史学の場合には、曽我の世界とは言っても、「富士野の事件」そのものはどういうものだったのか、史実とは何だったのかということを究明するのが目的ですから、どうしてもその観点から見ていくことになります。そうすると、「仮名本」よりも「真名本」、さらには、『吾妻鏡』という鎌倉幕府が編纂した歴史書がありますが、それと「真名本」を丹念に比較検討していく作業が必要になってきます。そういう作業を続けているうちに、これまでの、いわゆる「曽我兄弟の敵討ちの物語」であると考えられていたものが、実は違う形で見えてくるかもしれない、ということに思い至りました。今は、そうした観点から、更にいろいろと深めていければ、と考えています。私と『曽我物語』との関わりはそんなところです。

村上　有り難うございました。それでは、続いて大川さん、お願いします。

大川　私と『曽我物語』との出会いは、大学で受講した三木紀人先生の中世日本文学史の講義でした。「土の匂いのする文学」として紹介されたことが、印象に残りました。一つの文学作品として意識した最初の時だったと思います。私は静岡県富士市の出身で、土地柄、曽我兄弟の史跡には多少のなじみがありました。たとえば、「音止めの滝」には、兄弟の敵討ち相談の障りとなった滝の音が兄弟の「しばし静寂を」という祈りに音を止めたという伝説があり、それがいつとはなしに記憶に留められていたという具合です。ただ、そうした断片がいくつかあるに過ぎない状態でした。「土の匂い」に引かれて『曽我物語』を読むと、内容は二人の兄弟が父親の敵を討ったという規模の小さいものでした。それが、曽我物ということで幸若をはじめとして様々なジャンルにおいて展開し、江戸時代になると、正月の曽我狂言に象徴されるような広がりを見せて行く。そのもとである『曽我物語』は、いったいどのような魅力を秘めているのだろうかということに興味を持ちました。そこで、もっとも源流に近いところにある真名本『曽我物語』の勉強を始め、いまだにその辺りに足踏みをしている状態です。

村上　最後に私ですが、私は大学院に行ったのが、「中世の勉強をしたい」というよりも、古典文学全般が好きでした。その頃、中世は何とも形容しがたい異質な空間だということを、強く意識していましたし、文学研究は、生の総体に接近する最も有力な手段の一つであると信じていましたので。さらに、中世をやると隣接する古代や近世とも関わってくるので、合理的に考えて中世を専攻しました。

　太山寺本との関わりは、太山寺と家が近かったこともあって、実際に当たって見ると、とても良い本だということが判りました。そこで、漢籍と絡めながら論文を書いていきました。学位論文は太山寺本を軸にして纏めようと考えていましたが、周りからは不評でした。例えば、「太山寺本が仮名本最善本だなどといっていると、君はもう学者としてはやっていけないよ」などと、公の場でいわれたこともありました。私自身は学生運動をしていたわけではありませんが、学生運動の年代で、所謂造反の世代ですので、そういうことならなおのことやって見ようということで、本格的にやり出しました。ただ、唱導・声明研究もしながら、漢籍研究などもしながらということで、時間的には苦しかったのですが、いい時期にいい本と出逢えたことは、何より幸せでした。太山寺より飜刻のご許可をいただいた折りも、自分ではもとより、諸本は読めているつもりでしたし、他人様よりよく読めるという自負もあったのですが、いざ、完全飜刻ものを手がけ、実物を手元に置き、一字一句を厳密に作業していくと、思った以上に読めていなかったことを実感させられたのが、かけがえのない成果となりました。

　やはり学問は、時に立ち止まって、矯めつ眇めつやって行かないと駄目だということを今更のように実感しました。学問の世界で道が開けたのもこの本のお陰です。太山寺本の説話、故事成語、そして、私の専門分野でもある漢籍の方の技術的な方法論も使うことができ、私としては、大きく育てていただいたと考えています。ただ、真名本の方をなおざりにしていた訳ではありませんが、作品論などに立ち行くにしては、仮名本は余りに手薄だったのと、『曽我物語』に限らず、世間では作品そのものから乖離した論文が多くなってきたように思われましたので、オーソドックスな形で作品に踏み込んで行こうとする気持ちのほうが、今思えば強かったのかもしれません。それが、私と太山寺本との関わりです。お陰さまでご住職とも親しくさせていただき、閲覧も自由にさせていただくようになり、そういう意味では恵まれた環境にあると思います。

■歴史学からの視点

ところで、坂井さんは非常に刺激的な論を出されていますが、まず歴史家の方から伺いたいのは『吾妻鏡』に見えて、なぜ他の、例えば、『愚管抄』などに「曽我」のことが見えないのか、一般的には、「まったく京都の人間には興味がなかったのだろう」というのがまことしやかに言われていますが、歴史の分野からは、どのように考えておられるのでしょうか。

坂井　それは「曽我事件」、この「富士野の事件」の核心に関わることでもあります。私自身、かねてよりそのことは不思議に思っていて、それはなぜなのか、つまり『吾妻鏡』に書かれている内容と「真名本」に書かれている内容が似ているようで似ていない、似ていないようでいて似ている、また、それ以外の京都の記録にしろ、何にしろ、文献資料には残っていない、それはなぜなのか。そこにひとつ、非常に大きな問題があると感じていました。ちょっと調べればわかることですが、『吾妻鏡』における曽我兄弟関係の記事の大半は、事件当日の建久四年五月二十八日条と、五郎の尋問・処刑の翌二十九日条によって占められています。それ以外にも富士野の狩りや、その後の情勢に関するものがありますが、ほとんど二十八日条・二十九日条に集約されていると言っても構わない。それが「真名本」の記述と若干違うが、全体としてはよく似ている、やはりここがポイントになるのだろうと思います。ただ、その近似性・類似性はひとまず置いて、それではそれ以外の部分、事件前後の記事を歴史学的に検討していくと、どういう事件像が見えてくるのか考えてみます。そうすると、建久四年には、狩りの前から武士団相互、或いは武士団内部に確執があったという記事がいくつかあるのに気が付きます。しかも事件直後には、常陸国で武士団同士の確執から、古代以来の大武士団の長が失脚するという出来事も起こっている。富士野でもかなりの人数の御家人たちが死傷しました。しかも、この御家人たちというのは、源平の合戦、奥州の合戦を戦ってきた、いわば歴戦の強者たちです。一方、十郎・五郎の曽我兄弟は、まだ実戦を経験したことのない若者です。この実戦経験の無い二人の若者が、果たしてそういう歴戦の強者を十数人も傷つけることができるのであろうか。「真名本」に書かれていたり、『吾妻鏡』に書かれていたりする通りのことが本当に起こったのであろうか、ひょっとすると、それを疑ってみる必要があるのではないか。そこで、事件前後の記事をつなぎあわせていくと、先に申しましたように、どうも曽我兄弟の動きだけではない、武士団同士の確執、何らかの陰謀、或いは頼朝体制に対するさまざまな思惑、そういったものが渦巻いているように感じられます。では、この事件を、曽我兄弟二人だけの事件ではなく、武士団同士の何らかの武力衝突があった、そしてかなりの被害者が出たというふうに見てみたらどうか。むしろその方が鎌倉武士の在り方として現実的なのではないか。そうだとすると、これは単に曽我兄弟が実父の仇、工藤祐経を殺したという事件ではなく、むしろ幕府の体制にとって非常に衝撃的で、大きな意味のある事件であったということになる。しかもこれが頼朝に対する何らかのクーデターであったとしたら、それこそ由々しき問題になってくる。それを幕府は、そう簡単に公にしたであろうか。例えば、現今の政治でもよくあることですが、どうも日本人には隠蔽体質というものがあるようでして、それは今も昔も変わらないと思います。事柄が重大であればあるほど隠そうとする。したがって、文字という形で残される、少なくともそういう資料のかなりの部分が幕府によって隠蔽されたのではないか。そう考えると、『吾妻鏡』以外の記録が残されない、記事が出てこないということについても説得的な理解ができるようになります。さらに、『吾妻鏡』と真名本の記述が似通っている部分についても、後で説明しますが、整合的に理解できるのではないかと思います。

村上　なるほど、非常に興味深いお話ですが、それでは隠蔽した筈のものが何故、曽我兄弟二人のこういう英雄譚になって行ったのか、そのすり替えはどういう手際で、どのような方法でなされたのか、という大きな疑問が残りますが、……。

坂井　勿論、隠蔽すると言いましても、完璧にそのまま隠蔽しおうせるということはまずありません。ですから、現代においても隠蔽したはずの事柄が発覚し、「事件」という形で報道されたりするわけです。ましてや、この時代、隠蔽しようとしても完全に人の口を封じることなどできなかったはずです。だいたい大きな事件であればあるほど、目撃者もいたでしょうし、たとえ箝口令がしかれたとしても風聞・噂として流れたり、情報が洩れたりするようなことは十分あり得たと思います。それが頼朝体制を脅かすようなクーデターであったとしたら、どういう形で糊塗したらいいのか、情報が漏れるにしても、どのようにしたら、人々に刺激を与えず、これ以上不穏な空気をあおらないような、或いは人々に受け入れられるような形にできるのか、ということが問題となる。その場合、これは頼朝体制の側からの話ですが、ある二人の若者が勇敢で英雄的な行為をした、それをことさら喧伝するということは一つのメリットになったでしょう。そうした部分がかなり大きく影響していると思います。また、私も武士団同士の衝突、クーデターが起こったと言ってはいますが、曽我兄弟が工藤祐経を殺害した、亡き実父の敵を討ったという行為自体は事実であったと思っています。ですから、まったくのすり替えではありません。あえて曽我兄弟の敵討ちを前面に押し出す、それが頼朝を中心とした幕府にとって、当面の緊張状態の中では、事件の処理方法として都合が良かったという見方ができる、ということなのです。

村上　第一の武士団を牛耳る、そのための押さえという意味ででしょうか。

坂井　そうです。この五月の富士野の事件があった二ケ月ほど後に、頼朝の弟である源範頼が謀叛の咎で罰せられ、処刑されてしまう。その後、つぎつぎと反頼朝、或いは頼朝を脅かす存在になり得る源氏の人々が粛清され、抹殺されていくということを考えると、幕府内の頼朝の体制を守るという意味、同じ在地の武士、武士団と言っても頼朝体制のライバルになる人たちを排除していくという意味で、幕府にとって都合がいいということです。この場合の「幕府」は、武士団の総意としての武家政権というよりは、むしろ頼朝を頂点とし、さらにその陰に北条時政がいる、主流派になる武士団がいる、その勢力のことを指しています。

■ 虚構説の根拠

村上 例えば、突飛な例えですが、天安門事件はなかったと、かつて中国政府が公式発表をしたように、曽我兄弟の祖父の伊東入道は頼朝に弓を引いたわけで、物語の中で見るかぎり頼朝は、「この一族は許さない」ということを断言しています。そうすると、この兄弟の事件は全くなかったことにしてもいい。要するに、自分に弓を引く者で、千鶴御前という、自分の愛児を殺されたということだけは骨の髄まで染みているから許さない。それは、御家人達による由比が浜での兄弟の命乞いのところでも出てきます。あれも真名本には一筆ではあるが書かれています。真名本には、兄弟助命の話はないという方も居られるが、ないことはない、あるのですが、ただサラッと「命を助けられた」と母親が言っているので、気づきにくいだけです。したがって、由比が浜の事件があったのは確かです。仮名本の中では膨らまされて、御家人達が何度も頼朝の説得に行きますが、最後には、やはり千鶴御前のことを楯に取って許そうとしない。これは物語の中の話ですが、全体としても祖父が、頼朝に対して弓を引いたことは確かで、彼らに対する確執はあったと思われるので、やろうと思えば潰せるものだと思われるのですが、それを残したというところに、やはり、その後楯にいる北条などへの配慮があったのかと、われわれ文学者は考えますが、その辺りはいかがでしょうか。

坂井　確かに、「真名本」や「仮名本」を読んでいきますと、頼朝と伊東祐親（曽我兄弟の祖父）の対立が色濃く強調されて出てきます。これは作品の構想として非常に重要なものだと思います。ただし、それはあくまで「作品の構想」という意味合いで捉えるべきではないでしょうか。と言いますのも、『吾妻鏡』のような歴史史料を見ていく限りでは、「真名本」・「仮名本」に書かれているような、祐親に対する頼朝の動きが出てこないからです。逆に、ちょうど頼朝の嫡子頼家が誕生するころのことですが、政子がめでたく懐妊したということで、頼朝が祐親を恩赦するという決定を下したらしいと読める部分があるのです。だいたい、政子が懐妊したというのは、祐親が捕らえられたあと一年半近く経ってからのこと。そうすると、その間、なぜ処刑しなかったのか。物語の中で描かれているように、それほどまで敵対している相手であれば、見せしめのためにしろ、何にしろ、早い段階で処刑することもあり得たわけです。実際、石橋山で頼朝に敵対した大庭景親や荻野五郎は、頼朝の鎌倉入り直後に処刑されている。しかし、伊東祐親はというと、三浦義澄のところに預けられて命を全うしていた。しかも、恩赦を下そうという決断までしていたということになると、祐親と頼朝との対立は物語の中で構想として膨らんで来たものであって、史実としてはやや疑問があるのではないか、と思われてきます。そうすると、その孫である曽我兄弟と頼朝との敵対ということについても、史実としては若干疑問の余地があるのではないか。ですから、おっしゃるように、「曽我兄弟の敵討ちはなかった」ということも確かにできたかもしれない。しかし、ある程度は目撃証言もあったでしょうし、頼朝と祐親、頼朝と曽我兄弟との対立がそれほど深刻でなかったとすれば、逆にそれを利用するという考え方がアイデアとして、幕府側、頼朝側に浮かんできても不思議はない。しかも、曽我兄弟の行なった敵討ちという行為は、実際には犯罪でもあったのですが、当時の人びとの心を捉えたフシがある。もし、反頼朝の動きというのがあったとすれば、そういう不満を持っている分子たちに、頼朝は、親の敵を討つという曽我兄弟の行為の英雄性を認め、彼らの命を助けようとまでしたのだが……、という姿勢をとってみせるのは、非常に効果的なプロパガンダになると思います。もちろん、今、申し上げたことの中には想像にかかる部分もあり、まだまだ論証を深めていかなくてはならないところが多いのですが、曽我兄弟の敵討ちにまつわる様々な事柄、たとえば頼朝と伊東祐親、頼朝と曽我兄弟との対立、それから十番切りのこと、こういった事柄を、一度、原点にたちかえって考え直してみるというのも、一つの方向性として、考察の可能性としてあるのではないかと思います。ゼロに戻した段階で、それがもし虚構であったとしたら、その虚構が作られた背景、その価値・意味といったものも見えてくるからです。

村上　さきほど、「土の匂いのする文学」と言われ、まさに地元近くに住んでおられて、在地色、血縁、地縁等に非常に敏感だと思われる大川さん、今の坂井さんのお話を受けてどのようにお考えでしょうか。

大川　血縁、地縁というお話ですが、その点に関しては微妙なところです。静岡県という範囲で見ますと、たしかに兄弟の誕生・成長・終焉の地、事件の始発とクライマックスの地を含んでいますが、遠近により曽我兄弟に寄せる思いの温度差はあろうかと思います。駿河の住人にとって曽我兄弟は、伊豆もしくは相模の国よりの「客人」という印象が強いようです。ですから、特に地元の人間としての考えということにはならないとは思いますが、感想を述べさせていただきます。坂井さんはご著書のなかで、「兄弟は、時政の導きにより工藤を討ち、時政はその混乱を利用して陰謀を成就しようとした。しかし計画に狂いが生じた時政・頼朝側は、兄弟の敵討ちを前面に押し立てて事態の収拾を図った――その産物としての曽我物語である」と捉えられていたと思います。たしかに刺激的ですが、兄弟にとっては二重・三重に体制側に利用されたことになり、物語の「愛読者」の立場に立つとかなり衝撃的な刺激ということになりましょう。艱難辛苦の末、志を貫き敵討ちを果たした曽我兄弟の物語が、根底から揺さぶられる思いです。けれども、一度大きく揺さぶりをかけてその向こうに見えてくるものが何なのかということに対する期待感も一方で膨らんでくるように思います。さきほどの「原点にたちかえって考え直してみる」というご発言と、重なりましょうか。

たとえば、真名本『曽我物語』では、兄弟は幼少期からずっと敵討ちの意思を強固に持ちつづけていたとしていますが、異なる伝えがありますね。『吾妻鏡』建久四年五月二十九日条には、兄弟は成人後、父の死は祐経の仕業であることを知り、宿意を遂げたとあります。『保暦間記』にも、祐経の驕りと兄弟に対する蔑みがあったため、兄弟が敵討ちを思い立ったとしています。兄弟の敵討ち決意の時期がいつなのか書かれていませんが、驕りや蔑みに反応したというのですからそれなりの年齢になってからと考えられるでしょう。ともに、兄弟が敵討ちを思い立ってから実行するまでにそれほど時間は経っていないと考えられる記事です。『吾妻鏡』には「兄弟が祐経の仕業と知った」とありますが、どのように知り得たのかを考えてみるに、兄弟に伝えた「誰か」の存在があった可能性も出てきます。これらの記事は真名本『曽我物語』には描かれなかった別の曽我兄弟の敵討ちについての伝承を思わせ、その線上に坂井さんの読み取られた大事件を据えてみると腑に落ちるということがあるように思います。

■クーデター説の背景

村上　ところで、作家の永井路子さんが『吾妻鏡』の記事を丹念に読まれ、「富士の裾野で起こった事件とはクーデターであり、その一齣として曽我兄弟の敵討ちがあったのではないか」と『つわものの賦』で書かれていますが、今回の坂井さんの読み方と、大筋においては同じでしょうか。

坂井　そうです。事件そのものの規模の大きさという点で言うと、永井路子氏と私とはかなり近いと思います。私自身、氏の説を読んだときには驚いたぐらいですから。ただ、永井氏と私では、事件へのアプローチの仕方が違います。拙著でも触れさせていただきましたが、永井氏の『吾妻鏡』の読み込み方は本当にすばらしい。『吾妻鏡』は逆から読んでいくと秘密が摑める仕掛けになっている「合わせ鏡」のような書だ、といったくだりなど、氏の鋭い直感力をあますところなく伝えた、実に巧みな表現だと感心いたしました。それに比べて私など、「真名本」と『吾妻鏡』の記事の一字一句にこだわって、のろのろと無骨に論理を積み重ねていったに過ぎません。しかし、そうしたアプローチの異なる二人が似通った結論に到達したということは、逆に注目すべきことなのではないかとも思っています。ただ、永井氏の説と私とでは、事件の核心となったクーデターをどう捉えるかという点で違いがあります。氏は、このクーデターが反頼朝の性格を持っていただけではなく、反北条のクーデターでもあり、曽我兄弟もクーデター側にいた、とされているのです。そして、自分を従者扱いする北条時政に曽我兄弟は大きな不満を抱いていて、時政の親衛隊的な武士新田四郎に十郎が討たれたというのも、十郎が時政を討とうとしたからだと述べられています。しかし、そこの部分には、若干、納得できないところがあります。と言いますのも、駿河の富士野は、時政が守護を勤めていて、しかも宿舎の設営の責任者でもあったその場で、曽我兄弟が工藤祐経を殺すことができたというのは、時政の手引きがあったからとしか考えられない。むしろ時政と頼朝とが何らかの結びつきを持っていて、曽我兄弟を利用したという方が合理的なのではないかと思います。ただ、その混乱に乗じて、頼朝・時政も予想していなかったクーデターが起きてしまった、しかもその規模、幕府内への影響は意外に大きく、事態をいったん伏せて内部調査を進めなくてはならなかった、そうした全体の流れでは永井氏の説と近いところが多分にあります。

大川　坂井さんは、『吾妻鏡』の記事を考える際に、これは、『曽我記』と認定できるものから採用したのではないか、或いは真名本『曽我物語』の元となった原初的な「曽我」の物語から採用したものではないか、或いは、これは史実として認められるのではないかということで、識別をされていますね。そういう中で、例えば、「十番切り」の箇所については、物語にも『吾妻鏡』にもあるが、実際に起こったことであるか疑ってみる必要があると先ほどおっしゃっていました。例えば、実際は一人ふたりとしか切りむすんでいなかったところを真名本『曽我物語』なり、その前身的な「曽我」なりが十人の歴戦の強者を殺傷しえたという兄弟の誉れを表現する意図のもとに描かれたのであり、それを『吾妻鏡』が採用したと考えて行くと、また、受け止め方が変わって来るのではないでしょうか。これは一例ですが、『吾妻鏡』の記事について史実かどうかという識別は判定者の主観的な判断に負うところもあって、その辺りむずかしい面があると感じます。

坂井　確かに、ただ単に兄弟の武勇を強調するために出てきた虚構と考えることもできると思います。しかし、建久年間の幕府政治、とくに建久四年前後の幕府の動き全体を見わたしていくと、ちょっと別の見方ができるのです。富士野の事件を境として、幕政の方針が明らかに大きく転換するからです。建久二年・三年の文治的政策から、四年後半・五年にかけての相次ぐ粛清、武断的政策への転換です。とすれば、富士野において、こうした幕政の方針を転換するに値するほどの何らかの大規模な事件があった、と考えざるを得なくなる。もし、曽我兄弟が工藤祐経のほかに一人ふたりとしか切りむすんでおらず、それ以外には死傷者が出なかったのだとすれば、それこそ規模の小さな殺害・刃傷事件に過ぎないことになります。中世の、しかも武士の社会において、そのような闘諍事件は、日常茶飯事とはいかないまでも頻繁に見られたものです。これでは、富士野を境とした幕政の方針転換を説明することはできません。かなり多くの死傷者が出た、幕府を震憾させる大事件だったという点は、まず動かし難いところでしょう。それが、一人ふたりとしか切りむすんでいなかった曽我兄弟に仮託され、物語の中で兄弟の武勇を強調する虚構に発展した可能性は十分あると思いますが。

■『吾妻鏡』編纂との関連

大川　坂井さんがそのようにお考えになった根拠はやはり『吾妻鏡』の記事ですね。

坂井　そうです。

大川　『吾妻鏡』を丹念に読んで行くと、「クーデターがあったようだ」と読めるよう意図的に書かれているという可能性はありませんか。永井さんも大筋では坂井さんと同じように読まれたわけですから、何らかの『吾妻鏡』の仕掛けがあり、隠された意図を読み取るということができる可能性はありませんか。

坂井 いえ、普通に読んでいくと、実はクーデターがあったようには読めないのです。『吾妻鏡』は編年体の書なので、年月の推移にしたがって、その日その日の出来事を独特の漢文体で淡々と記しています。事件と事件との間には日常的な平穏な記事や、まったく無関係の記事が平気で入ってくるわけですから、『吾妻鏡』の編纂者が、クーデターがあったと読めるように編纂しているとはどうも思えない。ですから、『吾妻鏡』を用いたこれまでの研究でも、永井氏と私以外、こうしたクーデターの可能性を指摘した方はいないのだと思います。ところが、富士野、曽我、そして何らかの在地での武士団同士の確執、さらには頼朝側近の御家人の動向、こういったことに着目して断片的な記事をピックアップし、集めていくと、朧気ながらではありますが輪郭が浮かんでくる、そういったものだと思います。

大川 次にお聞きしたいのは、クーデターがあったけれど、クーデターは失敗したと考えていいでしょうか。

坂井 恐らくそのクーデターの最大の目的は頼朝を倒すことだったと思いますが、頼朝は生き延び、しかもその後、反頼朝の勢力を次々と叩いていくわけですから、クーデターそのものは失敗だったと思います。

大川 すると、まず、なぜ隠す必要があったのだろうかという疑問が浮かびます。仮に隠蔽する必要性があったとして、クーデター直後であれば、情報操作なり混乱を拡大させないための何らかの手立てが講じられることは想像できますが、富士野の事件があってから『吾妻鏡』が書かれるまでに時間的な隔たりがありますね。にもかかわらず、失敗に終わったクーデターのことが直截的に読み取れるようには書かない必然性があったのかという時間の経過という面からの疑問も浮かんできます。

坂井 その点がやはりひとつのポイントだと思います。拙著を著した段階では、私自身もやや揺れていたのが実情ですが、その後、これは『吾妻鏡』の編纂技術に関わる問題なのではないかと考えるようになりました。『吾妻鏡』は、十三世紀末から十四世紀初めくらいにかけて編纂されたものと考えられています。富士野の事件から百年近く、或いは百年以上経ってからのことです。そうすると、編纂の仕方としては、幕府なり、どこそこなりに残されていた文献資料を元に、まずその出来事の年月日を見極め、次いで資料の文章を使って記事の本文を作るという作業工程になります。その時に、何らかの曲筆や虚構を加えるということも、確かに部分的にはあったと思いますが、大々的に行なうのはなかなか難しい。それよりもむしろ、百年前に起こった、一旦は情報が隠蔽された事件の内容が、結局、文献として残らなかった、残って伝わらなかったと考えれば、百年後にはますます「真相はどうであったのか」ということはわからなくなっていますから、手元に残っているごく僅かな資料で編纂するしかなくなる。その時『曽我物語』の元になったものが文献として出来上がっていれば、幕府側としてもそれを使わざるを得ない。こうして編纂されたのが、『吾妻鏡』の曽我関係の記事なのではないかと思います。つまり、『吾妻鏡』が編纂された時期に何らかの思惑で事件を隠そうとしたのではなくて、今、大川さんが述べられたように、事件が起こった当時、不穏な空気をあおらない、混乱を拡大させないために情報が隠され、その結果、事件の真相を伝える正確な文献が残されなかった、だから百年後の『吾妻鏡』にも書けなかったのだ、というふうに理解しています。要は『吾妻鏡』の編纂技術と関わる問題です。

大川　その辺り、村上先生はいかがお考えでしょう。

村上　それは微妙ですね。まず、坂井さんに基本的な質問をさせていただきますが、現存の『吾妻鏡』には脱落があるのでしょうか。それとも、完本なのでしょうか。

坂井　歴史家の間でも、その点については意見がまとまっていません。完本の形で伝来した写本がないからです。とは言いましても、現存する写本は基本的に治承四年に始まり、文永三年で終わっていますし、また頼朝の最晩年三年間の記事が欠失しているなど、いくつかの共通点があります。そこで、最初からこの形で構想された書ではないかという説も出されています。尤も、これは祖本がもともと未完成だったから、現存の諸写本も共通の特徴を持っているのだという具合にも解釈できますし、一般的には未完成の書だという見方が強いように思います。と言いますのは、『吾妻鏡』はそれぞれの「将軍記」の形をとっていますが、各「将軍記」に編纂グループが作られ、つまり一人では書けない分量ですので、何人かが集まって編纂をしたのだと考えられるのですが、それぞれのグループが担当の「将軍記」の完成を急いだ。ところが、「頼朝将軍記」は非常に長く、頼家の時代などに比べてはるかに長いので、結局、完成を見ぬ間に幕府が滅んでしまった。こういう可能性が十分あるからです。

■歴史書としての存在

村上　一つ気になるのは、『平家物語』、ことに『源平盛衰記』・『太平記』というのは、物語というより歴史書として当代の人々に受け入れられていましたが、『曽我物語』の場合も、さきほど述べられたように、互いが補完しあっている。つまり、『吾妻鏡』の記述のないところは、うまい具合に真名本が補うというように微妙ですね。これらの捉え方によっては、まるで反対の意見が出てしまうことにもなり兼ねないし、また作品論自体にも跳ね返ってくることなのですが、今までは、要するに、いいところだけを利用するという形で並べて使ってきたように思われますが、その辺り、ご意見はいかがでしょうか。

坂井　「いいところだけを並べて」というのは?

村上　補完したところで、それと関わって歴史家の視点で物語を捉えていなかったですから、補う形で、或いは、補足する形で資料として使っていましたから、坂井さんのような視点で論じる方はもちろんいなかったし、またその歴史資料の扱い方もわれわれとは違う世界です。われわれは作品の本文を軸にして、その読みを中心に勝負する形を取ります。たまに参考にしますが、その背後にあるものなどについては、当然のことながら、想像の域をあまり踏み越えようとしない慎重な人が多いのですが、そういう意味では、二重に坂井さんのお話は面白い。永井さんとも少し違った、今までにない論点ですし、それと『吾妻鏡』に対して、もう一度考えてみるという視点を提供していただいたと思っていますので、そのことについてはいかがでしょうか。

坂井　補完しているというのは、確かにその通りだと思います。既に石井進氏も指摘されていますが、「真名本」には古代末・中世初頭の武士たちの生き方や考え方、婚姻関係や親族関係などが生き生きと叙述されています。これらは『吾妻鏡』からはなかなかうかがえないものですが、中世武士団のあり方を知る好材料と言えます。さらに、『吾妻鏡』の編纂者たちが五月二十八日条、五月二十九日条を作る上で、他に資料がなかったから『曽我物語』の元になったような作品を用いたとすれば、これもまた「真名本」が『吾妻鏡』を補完している好例と言えるでしょう。しかもこの場合、そうしたいわゆる「物語」が、もうその時点で「歴史」と認識されていた可能性を示していて大変興味深い。『吾妻鏡』には、ここは『平家物語』の元になったようなものが原拠になっているのではないか、と読める記事が結構あります。これは、先ほど村上さんが述べられていたように、もうすでにそうした作品が「歴史」として当時の人びとに受け入れられていたからでしょうし、『曽我物語』についても同じことが言えると思います。現存の真名本『曽我物語』は、もう少し後になって出来たのだろうと思いますが、その元になったようなものがすでに伝わっていて、それは散失してしまったのか、消滅してしまったのかわからないが、それをある意味、もう残された唯一の「歴史」であるという考え方で、『吾妻鏡』の編纂者が機械的に使ったという可能性は非常に高いと思います。補完ということで言えば、逆に『吾妻鏡』の内容を「真名本」に取り入れるということもあったかもしれませんが、ただ、何といっても『吾妻鏡』の曽我兄弟関係の記事は、「真名本」とは比較にならないぐらい少なく簡潔なので、この点についてはあまり多くは指摘できないと思います。

大川　『吾妻鏡』はすでに伝わっていたものを歴史として認識し、取りこんでいくということですね。それが鎌倉幕府の歴史書としての基本姿勢であると考えてよいでしょうか。

坂井　その場合、現代人が普通に考えるような、客観的事実が網羅されているという意味の歴史書と捉えてしまうと、やはり間違いになると思います。

大川　『吾妻鏡』を編んでいく時、編纂者集団の思惑なり編纂事業を命じたものの意図するところにしたがって、元の資料に改変の手を加えて作業を進めていくのか、或いは資料そのものには改変の手はほとんど加えずに適宜取捨選択をして採用し、記載していくということであるのか、基本的方針はどちらと考えられるでしょう。

坂井　もちろん、そういう歴史編纂物、著作物というものには、必ず何らかの方向性というものはあると思います。最初に村上さんが、時代によっていろいろ影響を受けるということを述べられていましたが、例えば、『吾妻鏡』が編纂された鎌倉末期というのは、北条氏得宗専制の時代ですから、当然、その時代の影響を受けています。北条氏の扱い方にはかなり丁重な部分が見えますし、北条氏をはばかって脚色・曲筆があったのではないかと思われる部分もあります。ですから、全体的な大きな流れとしての方向性、つまり事実を客観的に並べるというのではない、ある種の操作はあったと思います。しかし、もっと注意しなくてはならない重要なことは、記事の原拠になる文書や貴族の日記、寺社に残された記録類などを取捨選択しつつ、編年体に並べかえ文章化していくという作業が、非常に大変な作業だったということです。現代でも、東京大学史料編纂所で『大日本史料』という史料集を編集・刊行していますが、ああいうものを作るのには大変な時間と労力が要ります。ですから、コピーもコンピューターもない鎌倉時代に、そうした大規模で複雑な作業を何人かの人間で行なうというのが、いかに大変なことであったか。当然、そこでは、文書や記録を機械的に記事に取り込んでしまうこともあったでしょうし、またその過程で、例えば、仮名混じり文であったものを『吾妻鏡』風の漢文体に変える過程で脱落が起こってしまう、或いは多少意味の変化が生じてしまうということもあったでしょう。そういう風に考えていかないと、「歴史書」『吾妻鏡』は捉えられないと思っています。

村上　今のお話、面白く伺いました。それは、『吾妻鏡』の作者圏にも関わってくる、そのまま跳ね返ってくるものです。そうすると、そういうものに触れることが出来る人、それを操作できる人、手元に置ける人はごくごく絞られて来る。文学の研究者間ではあまり作者論というものは、とくに古典の場合は、編者を探してもあまり意味がないという考えが圧倒的なのですが、私の場合、それを支えてきた文化的背景や精神風土がある以上、摑めればそれに越したことはないとは思うのですが、歴史学の方はどのようにお考えでしょうか。もちろん、物語の作者探しとは異なりますが、今のお話だと、かなり絞られてきますね。誰もがそういう史料を扱えないし、身分など、大まかなところは探れそうですね。

坂井　そうですね。その部分についてはかなり絞られてきています。やはり武士が編纂者になったわけですから、武士の中でも文化的というか、武断的でない文人武士という人たちが中心になったであろうと思います。北条氏の勢力が強い時代ということも考えあわせると、金沢文庫を創設・管理した金沢氏、これは北条氏の一族ですから、このあたりが有力候補でしょう。それに、この金沢氏は、大江広元（初代政所の別当）の子孫などとも関係があったといわれています。少なくとも「頼朝将軍記」については、金沢氏の周辺に集まってきた政所関係の資料、二階堂氏や大江広元と関係のあった人たちの文献が、編纂に利用されたと考えられます。ただし、それと真名本の作者云々ということとは、また別の問題だと思いますが。

大川　『吾妻鏡』の編纂について、例えば頼朝の呼称に「将軍家」・「将軍」という揺れがあり、「将軍」という表記をしている箇所は「曽我記」に拠ったためであるという坂井さんのご指摘がありますね。曽我兄弟の叔父伊東九郎の処遇についても『吾妻鏡』中、九郎が頼朝によって処刑されたとする箇所と、赦されて都へ向かい平家に加わったとする箇所がありますね。そして、それをそのままにしてある、どちらかに統一はしないということが意外な印象でした。それと同様な現象が、真名本『曽我物語』の中にもいくつかありますね。たとえば巻三後半において以仁王謀叛の原因をいう際に、平家による関白流罪のことが重複している箇所があります。先例についての同じような記述が繰り返されて、そうして微妙に違っている。そういうところを見ると、『曽我物語』もいくつかの資料或いは先行する物語的なものを集めてまとめていく時に、同種の記述があるからどちらかを適宜取捨選択するなり混ぜ合わせて処理しようというのではなくて、それを比較的生の形で、取り敢えず、という言葉がよいかどうかわかりませんが、並べて置き、また次に文章を進めていくというところがありますね。そういう傾向は何か『吾妻鏡』の編纂の在り方と共通しているように思われます。

坂井　それがやはり時代の影響というものなのではないでしょうか。現代は技術も進んでいますし、歴史観も実証主義が定着しています。しかし、この時代、鎌倉時代に限定して言うと、何か元になるものから作っていく場合にも、それを、今、大川さんが述べられたように、すぐに一本化してしまうのではなく、ある程度生の形で出してつなげていき、言わば「ごった煮」のような形にしてしまう。それがこの時代のレベルであり、やり方であったと思います。

大川　『吾妻鏡』や真名本『曽我物語』に多少なりともそうした傾向があるとして、太山寺本のほうはいかがですか。

村上　原資（史）料との揺れということでしたら、全く摑めないと言っていいですね。

ただ、ご質問の趣旨とは少し異なりますが、内容の質的な面からお話しをさせていただければ、真名本から取り損ねたところが二個所あります。真名本系のものを理解できなくて齟齬をきたしたというところがあり、それから言うとどうしても太山寺本のほうが真名本よりは、後出になります。しかし、ほとんど時代は変わらず、ほぼ同じ時期に書かれたように思われます。編纂の手際云々から言うと、例えば、真名本では難しい方法です。何故なら、全ての真名本の本文が妙本寺本一本に収斂されて行くので、本文校定を行なうことが出来ません。『平家物語』のように、「この本はこうだ」ということで編集の手際なり、そういうもので遡って行けません。真名本の場合は先ほど述べたように、全ての現存する本文が妙本寺本一本に収斂されるところから、致命的な欠点を負わされています。その点、仮名本は広がりを持ってはいるのですが、今までの手法では難しいですね。出て来ないから当てはめることができません。

逆に、歴史学の方からお知恵を拝借したいくらいです。

坂井　「真名本」の場合、現存のテキストが妙本寺本一本しかないというところが本当に苦しいところだと思います。比較検討という研究手法がとれないわけですから。しかし、中身を調べていくと、内容的に互いに矛盾しているとか、さきほど大川さんが述べられたように、同じような内容が別な形で出てくるとか、或いは突然飛んでしまうとか、そうした部分が結構見られる。これは、恐らく『平家物語』で行なわれたような、さまざまなものから取ってきて継ぎ足したり削ったりという作業が、現存「真名本」に対しても行なわれた結果なのだろうと思います。『吾妻鏡』編纂の場合にも通じるところがありますし、どうもこういうやり方が中世のやり方だったという気がしてなりません。

大川　現代人からするとちょっと、わからないという感じがありますね。

■筥王元服の日は雨だったか

大川　ここで、納得できないながらもう少し考えてみたいことがあります。真名本『曽我物語』は、その構想や主題において豊かな内容を持つものですね。ただ、細部を見ていくと、今確認されたように矛盾や非連続性や重複というところが処々指摘できる、文章上では未整理な箇所なり不完全な面が指摘される。つまり未完成であるという一面も持っているでしょう。真名本『曽我物語』の編者はその意味で、完成品を目指す意識はなかった。ここで何をもって完成品とするのかもまた問題でしょうが。ある程度そのまま、次へ受け渡していく姿勢、リレーの中間走者的な役割を果たしていたという印象も持ちます。そのことが現在の私たちには納得できない編み方であるという印象を与えるのでしょう。

坂井　例えば、同じ歴史書でも『愚管抄』にしろ、『神皇正統記』にしろ、一人の人間が全編を通して書いたというものと、多数の人間がグループを作って、そのグループの間の連絡もどれだけ取れていたかわからないという形で編纂されたものとは違うと思います。「真名本」の場合も、すでにいろいろなご指摘があるように、多数の人間がその生成に関わっており、しかもそうした人々はそれぞれ種類の違うグループに属していた。となると、ゴチャマゼのものが出来上がるというのは、中世のやり方を考えれば至極当然のことだと思います。ただ、テキストが妙本寺本しかなくて、比較対照する素材が他にないのでそれを証明できない。ここがちょっと致命的なところと言えますが。

大川 ところで『吾妻鏡』建久元年九月七日条に、筥王元服の記事があり、その日は「甚だしき雨」であったとありますね。その辺り坂井さんは、「筥王の元服秘話を飾るに相応しい」舞台設定だとされていますが、これももちろん『吾妻鏡』の編者が雨を降らせたというのではなくて、元になった『曽我』がそういうふうに書いていたのであろうとお考えになりますか。

坂井 はい。

大川 そうすると、現在の真名本『曽我物語』が伝えている「筥王の元服」の記事とはまた違う型があったと考えられるのですね。

坂井 「筥王の元服」というのは、『吾妻鏡』の中でも特異な記事です。こういう曽我祐信のような弱小御家人の子息の元服は、『吾妻鏡』では記事に採っていないのです。

村上 えっ、弱小ですか。中ぐらいにはなりませんか。

坂井 そうかもしれませんが、少なくとも、所領規模も軍事力も目立つところのない、幕府内での影響力の弱い御家人であったことは確かです。頼朝との何らかの関係があって、幕府という公の場で元服するとか、或いは北条氏と何らかのつながりがあって、ハレの場で髻を取り上げ、烏帽子を被せるとか、こういったことが行なわれれば、その記録が残り、それを元に『吾妻鏡』が記事として取り上げることも出来ます。しかし、「真名本」にしろ、『吾妻鏡』にしろ「筥王元服」の記事というのは、非常に限られた場所で密かに行なわれたという記事。とくに「真名本」では、親に隠れて北条時政のところに出掛けて行ったということになっているわけですから、そうなると、それがどういう形で記録に残ったのか、疑問が付いて回る。ましてやそこで、『吾妻鏡』にあるように「雨が降った」などとどうしてわかるのだろうか。まさに疑問です。一方、現存の「真名本」では「雨が降った」とは書いていませんが、元服の内容や表現は『吾妻鏡』とよく似ている。そうなると、やはり何らかの、もうその当時は歴史と認識されつつあった、「真名本」の元になったような『曽我物語』を『吾妻鏡』の編纂者が採用した、しかもそこには現存「真名本」にはない雨の叙述があった、ということになるでしょう。似てはいるけれどもちょっと型が違う、それこそ現存本の「元になった」と表現できるような『曽我物語』があった、と考えるわけです。

大川　「雨が降った」ついでにもう一点。五月二十八日の雨のことに関しても、「この年、実は日照り続きではなかったか」という坂井さんのご指摘があったと思いますが、その雨の件について、ここで改めてそれをお話しいただければと思います。

坂井　天候の記述というのは、京都の貴族の日記などにはほとんど必ず入っています。『吾妻鏡』の「頼朝将軍記」では、通常、「晴」とか「雨」とか記さないのですが、そうした日記などを原拠に作られたと考えられる記事にはちゃんと記載があります。ただ、残念なことに、九条兼実の日記『玉葉』にも、藤原定家の日記『明月記』にも、建久四年五月の記事がない、欠失してしまっている。そこで、どういう天候の状況であったのか、はっきりとはわからないのです。ところが、六月になって「幕府が〔祈雨法〕の実施を寺社に命じた」という記事が『吾妻鏡』に出てくる。「祈雨法」とは雨乞いの儀式のことです。しかも、それを奉行しているのが問注所執事の三善康信、彼は京下りの貴族で祈雨法にも通じていたはずですから、これは『吾妻鏡』の記事の中でもかなり信憑性が高い記事と言えます。そうすると、京都の方はどうだったかわかりませんが、少なくとも関東一円においては、雨乞いの儀式が必要なくらい日照りが続いていたということになる。もちろん、『吾妻鏡』の記事が六月段階の話であること、富士の地域まで含められるかどうかということ、こうした問題は残ります。断言はできません。しかし、『曽我物語』や『吾妻鏡』にあるような激しい雨、雷雨が降ったという可能性は、ひょっとすると低いかもしれない、そう考えることはできると思います。確率の問題ですので、何とも言えないですが。

大川　真名本『曽我物語』では、「居（沃）に居てふる」つまりざんざん降りということになっていますね。現在でも富士宮が雨で静岡が晴れるというのはよくあることで、富士山麓の天候は東海地方とも異なり特殊なもののようです。私雨ということもあるでしょうから、同年六月の記録に祈雨のことがあったからといって、ただちに真名本『曽我物語』の雨は虚構であるということにはならないと考えますが、坂井さんのご指摘から、物語の中で降りしきる雨を見つめなおすきっかけを与えられたと思います。

坂井　「雨の中での戦い」というのは、劇的な効果を盛り上げるにはうってつけなのではないでしょうか。そういう方向で、人びとが望むような何らかの虚構、舞台設定が物語の中で行なわれているように素人目には見えるのですが、その辺いかがでしょう。

大川　その辺はどうなのでしょうか。事件当夜の天候が実際のところどうだったのかはともかくとして、物語が「雨が降っていた」と描いたことの意味を考えてみると、劇的効果の可能性に加え、御霊信仰のことも背景にあるのでしょうか。『吾妻鏡』五郎元服時の雨にしても、敵討ち当夜の雨にしても、何か兄弟と雨との関わりが思われ、兄弟が雨を招き寄せる吸引力を持っているという印象も持ちました。

村上　ゼミや学生の文学研究会などでよく出る話なのですが、学生などは、現実的には、「たった二人で討つのだから、暗くて雨が降っていないと討ち難いだろう」と言います。雨については、私の勤務校から少し離れた所にある養老岳などによく行きますが、やはり局地的に雨が降ります。カンカン照りの日でも、山の中は局地的に土砂降りになったりして、少し離れているだけなのですが。もちろん、天気予報は快晴と報じています。しかしこれは、さきほど坂井さんが述べられたように、可能性の確率論になって来ますので、まさに水掛論（一同爆笑）だと思われますね。

■「巻頭一字下げ要約文」の役割

村上　さて、時間も迫って参りましたので、最後に一つ、坂井さんに伺っておきたいことがあります。真名本は一見、編年体的な記述を伝えています。また、第二巻以降の冒頭に、一字下げで要約文を入れています。中国の大学で古典を教えている中国人の友人などは、あれは中国にもあると言っているのですが、まだ、忙しくて手つかずです。一度調べてみようと思ってはいるのですが。要約文とはいえ、夫々が鎖のようにつながっていて、連鎖的に反応しています。もちろん、意味があってのことなのでしょうが、これなどについてはどのようにお考えでしょうか。

坂井　これは『吾妻鏡』ではない部分ですので、ちょっと自信もないですし、それほど研究史の流れもつかんでいないかとは思うのですが、あの一字下げの巻頭の小文、或いは副題、あれはいつごろこの作品の中に取り込まれたのでしょうか。

村上　その問題もありますね。

坂井　そこがかなり重要なのではないかと思います。と言いますのも、先ほどから「現存真名本の元になった曽我物語」などという言い方をしてきましたが、一本しか残っていない現存の「真名本」が、現在の形になったのはいつごろなのか、この問題と関わってくるからです。私は、感触としては、鎌倉幕府が滅びてからだろうと思っています。十四世紀以降、いろいろなものが付け加わって、或いは最近出た小学館の「訓読本」（大石寺本）の解説の中では、十五世起前半まで含めて現存「真名本」の成立を考えているようですが、そういう風にして現在の形になったとすれば、巻頭小文や副題が十三世紀の段階ですでに含まれていたのか、それとももっと後になって、今のような形になる直前くらいに入って来たのか、それによってまた見方や位置づけなどが変わってしまいます。ただ、その辺は私にはよくわからないので、……。

村上　年代的な要素を経て、一見、編年体みたいにも見えるけれども違いますね。

坂井　はい。

村上　歴史家の方が見たら完全に違いますね。時間が逆行したりしていますが、なぜこういうスタイルを取る必要があるのか、ということを考える必要がありますね。それから、前に述べられた北条家のこと、いろんなことが考えられます。先ほどのお話ですと、十五世紀成立というのはないと思われますが、いかがでしょうか。

坂井　それは少し、……。私も十五世紀はちょっと遅いかなとも思いますが、少なくとも十三世紀ではなくて、現存の「真名本」は十四世紀に入ってから今の形にまとめられたのではないかという感触を持っています。それ以前にもうこれに近い形、或いは十三世紀中にその一歩手前くらいの形になっていたのかもしれませんが、編年体のようでありながら時間が逆行したりするというスタイルの問題も含めて、こういった問題は、テキストの本文をどう解釈するかという問題とは、また別の視角から検討していく研究方法があり得ていいのではないかと思っています。

大川　いつごろ、一字下げの要約文が入って来たのかということとともにもう一点、「本朝報恩合戦謝徳闘諍」という言葉が入って来たのはどこにおいてかという問題もあります。「日蓮宗の場において」という可能性は考えられるでしょうか。身延山奥の院の思親閣などにも象徴されるように、日蓮の孝心の厚かったことも気になっております。

村上　以前にも書いたことがあるのですが、残っている真名本全てが日蓮宗に関わっているので、何かの談義等に使ったのではないかと思われます。日蓮宗の学僧たちにとって、この仇討ちというものが、何らかの理念に必要だったのでは、と考えたこともありますが、先ほども述べたように真名本の本文系統は一つしかないので遡れない。全てが、妙本寺本一本に収斂されて行くので何とも言いようがないのですが、ただ、言われたように後で付け足すことはできます。仮名本などの章段・題目などとある意味、一緒ですから。あれは後でいくらでも入れることが出来るわけです。あれが入っている、入っていないということを論じている方もおられますが、ほとんど意味をなさないと思われます。

但し、「語り物」として考えた場合に、要約文を入れておくというのは一種のセオリーですし、ある面わかりやすい。ここからまた話が始まるということで、一回で全て（巻一から巻十まで）を話すわけにはいきませんからね。例えば、兄弟が雁を見て仇討ちを誓う場面も、そこには、父親が殺されたという話から入っている（仮名本にも本文の中にその痕跡はありますが）。それは、これから始まるという説明、それが書かれている。最初からあるのか、後で入れたのかというのは、俄かに決着は着きませんが、今度、中国に行くとき、そういうものを全部ひっくるめて引っ張り出して見て、検討してみようとは思っています。なにしろ、手つかずの状態ですから……。

坂井　もし日蓮宗が関係してくるということになりますと、鎌倉末期以降でないと有り得ないということになります。

大川　さらに各巻頭の「本朝報恩合戦謝徳闘諍集」の「集」についてはいかがでしょうか。何故、何をもって「集」であるのかという点ですね。

村上　そうですね。「録」ではない。気にはなっているのですが、大事なところです。「録」ではなくて「集」というのは大きな意味を持っていると思うのですが、これも手つかずです。文学の方の仕事かもしれません。

■ 今後の研究課題と視点

村上　それでは時間が迫って参りましたので、そろそろ纏めに入らせていただきたいと思います。ところで今日は、歴史学、社会学、民俗学などにも触れながら、お話しをしてきましたが、忘れてならないのは、二十年ほど前に注目を浴びた（賛否両論入り乱れましたが）、丸谷才一さんの『忠臣蔵とは何か』は、所謂王権論を論じたもので、『曽我物語』は、実は王殺しなのだという大胆な論がありました。それからまた、今はジェンダー論が盛んで、研究はどんどん細分化して行くのだけれども、逆にそれが作品そのものに返って来ないという弱みがあって、それが気になるところです。今日のお話は、それが作品論に跳ね返って行く、いい視点と刺激を与えていただいたと思います。また、現在残っている作品は、当時の人に愛され、捉え返されて来たので古典として残ってきたと思われます。『平家物語』もそうだし、『曽我物語』もそうですが、人間の弱さ、醜さ、狡さといったものを、編者が愛情を持って描き切っているところが、共感を呼んだ筈で、こうした作品が、今日まで愛されてきた理由もそこにあるのだろうと思われます。さらに、私が今後の研究課題として考えているものに、江戸時代後期から明治初年頃にかけて作られた『曽我物語』の抄本があります。だいたい百とか、二百ぐらいしか刷らないのでほとんど残っていません。大人向けというより、どちらかというと、童幼向けのもので豆本に近いものです。分量は十丁から二十丁くらいで、古書店で見つければ求めているのですが、それらの研究は、全く手つかずです。どれだけの種類が出ているのかもわからないし、どういうところを摘まんで取っているのかということも判りません。したがって、近い将来そういう風なところまで研究が進展することを願っています。

またこの間、軍記の研究会で徳江元正さんが、「素人ながら」と断わって発言されていました、「時代が下がって流布本になって来るといろんなことが変わってくるが、それについてはどうなのか」という趣旨の提言をされていましたが、要するに、太山寺本と流布本系では同じ仮名本でも全然違うわけです。夫々の時代の文化的背景が違い、かつ精神風土の大きなうねりがあり、ご指摘のあった御霊信仰自体にも中世後期に大きなうねりが起こっているので、不思議な現象が生じてきています。それは、流布本の本文傾向が真名本に近づいて行っているということです。したがって、こういう現象をどう捉えるのかという大きな課題も残っています。それと関連したもので、柳瀬喜代志さんなどが説話や故事を基にして、その時代時代の文化精神史に光を当てられているので、その辺りは有り難いお仕事をされていると思います。諸本の一本一本それぞれに命があるので、最善本はもちろん大事ですが、それを諸本の流れの中で繋げて行くと、より大きなものになると思われます。一番最初にも述べたように、今は『曽我物語』にとってはちょうどいい時期で、論文の数も多く出るようになったし、本文が真名本、中間本、太山寺本（仮名本）、流布本と、全ての主要本文が出揃って、おまけに現代語訳まで付いたので、これを機にもう一度、『曽我物語』の良さを見直していただけたらと思います。心からそう思います。また、ドイツの方の研究書も出ましたので、書名を『曽我物語の本文批判的研究』（ギュンター・ヴェンク氏）と訳して、紹介したことがあります。彼は、『曽我物語』の諸本を見て、恐るべき規模でそれらをチェックされ、圧倒的な事例を挙げて研究をされています。随所に教えられる所があり、勉強になりました。

それでは、最後に坂井さんから、これからの研究課題などを伺わせて下さい。

坂井　頼朝の時代のことについては、まだまだ総合的に、例えば、政治経済全般の中にこの事件を位置づけてみるという考察が必要だと思っています。これはもちろん、すぐにでも取りかからなければいけない課題ですが、それとは別に、個人的には芸能の方にも興味を持っています。室町期に入ってから、「曽我物」の芸能が、能にしろ、幸若舞にしろたくさん作られている。これは「真名本」の世界とは別のものだと思いますが、今までの研究で得てきたもの、切り口などを参考にして、いわゆる「芸能史」とはちょっと違った角度で「曽我物」を扱うことができたら、という希望を持っています。まだまだ、具体的な計画はないのですが、一応希望として……。

村上　大川さんはいかがですか。

大川　物語の登場人物や事件を取り上げて作品を読み込むという勉強をしてきましたが、さらに作品全体に関わるところで読み直して行きたいということがあります。また、真名本『曽我物語』は、女たちの物語であるという受けとめ方がありますが、そうした観点では私自身はこれまで読んできませんでした。女性の視点ということに注目して再読していきたいと考えています。

村上　かつて円地文子さんが指摘した、「曽我のことなど」の、所謂「賢い母親ではな」く、あの愚かさがいいのだと、そこに逆にリアリティを見出したのはいい視点だと思います。やはり小説家は直感力を持っておられる。それまでなら通用しない生き方、「この母親は駄目だ」という社会が要求する感情が、逆に読み方を変えるとこんなに違うということです。私などが気をつけたいのは、『平家物語』もそうですが、「祇園精舎」に代表される、所謂無常観や、怨霊鎮魂・怨親平等は、もちろんそれも大事ですが、そうしたステレオタイプのことだけではなくて、それらを超えた、それらに囚われない読み込みも大切だと思っています。

話しは変わりますが、私の好きな人で阿部勤也さん（元一橋大学学長）が出された本に、『ハーメルンの笛吹き男』というのがあります。彼は、そこで一度に百三十人もの子供達が突然消えた理由を考えた、いくつかの研究論文を紹介しています。そして、純然たる作り話だと言うものを含めて、三十近い諸説のある中で、阿部さんは、大きな論理的欠陥を持つ、ヴォルフガング・ヴァン氏の笛吹き男誘拐説を推します。それは、ヴァン氏の不幸な生い立ちや生き様と深く関わっていることに、阿部さんは、論理的な弱点を超えたところで、人間の心に訴えるものを持っているこの論文を買うのです。疑問点の多いこの説を、研究史の白眉として絶賛するのです。もちろん、その研究者の立場によっては、馬鹿なとか、科学的根拠がないではないかとか、色んな反論が考えられますが、しかし、私は個人的にこれは好きです。少なくとも文学は、己の人生と何らかの形で関わるものでなければ、輝きの褪せたものになります。極論をすれば、試験管の中で論文を書いていても意味はないと思います。文学研究が、感動という無形のものを出発点としている以上、そういった意味で阿部さんの考え方には共鳴するところが多いのです。本号のこうした企画は、『曽我物語』をもう一度捉え直していただけるいい機会になるのではないかと期待しています。ステレオタイプ的なものからは、もう脱却する時代だとも思います。『平家物語』にしても、『曽我物語』にしてもこれからの作品の新たなる読み込みということで、大きな世界が広がって行くことを、次世代の方々に期待したいと思います。

大川　今回の表題が「『曽我物語』の作品宇宙」と伺い、「現代に生きる私たち」にとって『曽我物語』とはどのような存在であるのかということを考えておりました。そんな折りある文学講座で、曽我兄弟九歳七歳の月夜の晩、雁を眺め父の不在を歎く場面を紹介したところ、「そういえば思い出しました」と声を懸けてくれた方がいました。「幼いころ母が毎晩のように話してくれたのが、いまの雁を眺めるくだりでしたが、それが曽我物語の一節だとは知らずにいました。こども心に、どうしていつも同じ話なのだろう、あまり面白くないのにと不思議に思っていたのです。大きくなってから、母は早くに親を亡くしていたことを知ったのですが、曽我兄弟の話に自分自身の幼いころのことを重ね合わせて、夜毎話していたということに思いいたりました」とのお話でした。ひとつの例ではありますが、このように『曽我物語』は、身の丈の文学とでもいうのでしょうか、人それぞれが我が身に引き寄せて心震わせるさまざまな場面を持っていることをあらためて確かめることができました。

村上　いいお話ですね。それに、調査などで赴いた折りにも地元の方はみな親切で、『曽我物語』に対する思いの深さの違うことを実感したことがあります。

『平家物語』は日本中を駆け巡って、長期間戦ったというスケールの大きさがあるのに対して、『曽我物語』は局地的だといわれる方もあります。しかし、その中にもやはり輝きはあります。そういう意味で作品宇宙というか、小さな砂の中の世界にも、たった一粒の世界にも、開けてみれば宇宙がある。人間の世界を単純に括ることが出来ないことと同じだと思います。『曽我物語』を始め、古典の良さを一人でも多くの人に実感していただければ嬉しいのですが……。

本日はお忙しいところを、有り難うございました。お気をつけてお帰りください。

『曽我物語』と女性

――大磯の虎とその形象をめぐって――

Ⅰ、はじめに

軍記物語において、女性が作品構想上の主要な役割を担って、その物語に登場することは、極めて稀なことである。しかし、そこに形象化されている女性像並びに女性関係説話等は、物語の彩りを一際鮮やかにすると共に、内容をより豊穣なものにしているであろうことは紛れもない事実である。

そうした意味において、個々の軍記物語や、或いは同一の物語にあっても、諸本間に描き出される女性像の形象の「仕方」には、夫々の諸本の性格や行き方が色濃く反映されているといってよく、このことは今少し注意されてもよいように思われる。

そこで本論攷では、三種の『曽我物語』諸本〈妙本寺本(1)〈真名本十巻本〉・太山寺本(2)〈仮名本十巻本〉・流布本系十行古活字本(3)〈仮名本十二巻本〉〉に描かれる十郎の想い人、大磯の虎の形象を中心に以下、物語を見てゆくことにしたい。

Ⅱ、虎女達との馴れ初め

『曽我物語』に関わる女性は、兄弟の母を除けば、真名本『曽我物語』に、手越《てごし》の少将・大磯の虎・黄瀬川の亀鶴(4)

といった三人の遊女達が登場しており、仮名本『曽我物語』では、さらに五郎と関わる化粧坂《けわいざか》《はい》の遊君(5)が新たに造形されている。

そもそも兄弟が遊女との関わりを持つようになったのは、一腹一生の舎兄・京の小次郎（仮名本では「小二郎」）に、仇敵工藤祐経を討つ計画を打ち明け、助力を乞うたことに端を発している。

小次郎は、兄弟の思い詰めた申し出を存知しながらも、

当鎌倉殿の御代になりて、正しき親の敵、日の敵なれども忽ちに宿意を遂ぐる者はなし。上へ申して訴詔をこそ致し候へ。時代に随ふ事なれば、膝を組み肩を並べ酒盃を差し通はせども、恥とも云はず、謗る人もなきものなり。当時さやうの悪事する者をば豪の者とは云はず、返つて嗚呼の者とこそ申し合ひ候へ。現《げ》にと敵を面《まのあたり》現に置きて目孤《めざま》しく思ひ給はば、都へ上りつつ本所の蔵人所に列して、院・内の見参に入りて後、気色よくば院宣・宣旨をも申し下して鎌倉殿へ着け奉り、敵を京都へ迫《せ》め上せて、記録所の問註として敵負けぬるものならば、獄張するか、流罪するか、公の敵になして討ち給へ、殿原。さばかりの御気色よしの助（祐）経を、殿原の当時の分限にては叶ふとも叶ふまじき事ぞ。（真名本巻第五）

として、今は世の中がすっかり変わってしまい、仇討ちをするような時勢ではないことを理由に、兄弟の悃請を素気なく拒絶する。

五郎は「事の漏れる」ことを案じ、誰も「我らが仕態《しわざ》と」は思わぬであろうからと、小次郎の殺害を十郎に強く進言するが、十郎は身内なればこその諌言だとして、小次郎に堅く口止めをするにとどめる。だが、小次郎は宿所に帰るやいなや母に兄弟の仇討ちの志を告げ口する。

話を聞いた母は、「さしも怖しき世の中に、謀叛を起こさんと議《たばか》り合はるるなるは」・「これ程に怖しき世の中に、いかにかやうの大事をば思ひ立ち給ふぞ」として、京の小次郎と同じく、頼朝が覇権を握る「怖しき世の中」である

ことを事由に、せめてこの母の命のある内は、「童《わらは》に憂き目」を見せ給うなと掻き口説き、次のように兄弟に懇願する。

各々、今にあり付かずして、さやうに独り独りに御《おは》する事こそ僻事なれ。男も女も思はしき縁には、さやうの心も失《う》するなるぞ。かく申せば、母の身として親《したしげ》気なきには似たれども、今はいかならむ人の聟子《むこ》にも成りて、思ひ閑めて御し合へ。

（真名本巻第五）

結婚もせず、一人身でいるからこそ、空恐ろしい事を企てるのであって、家庭を持てばそのような気も起こらないであろうからと、母は兄弟に妻帯を勧める。

十郎は母の言を受けて、五郎に相談を持ち掛けると、五郎は即座に、

されば時宗においては、思ひ切ったる世の中なれば、女人を相見ん事は無益なり。十郎殿は徒然にて御在せば、宿津等の条白拍子・君傾城等の者に通ひて御心をも呼《なぐさ》め給へ。さやうの者は、我が家に取り置かぬ程は、男にいかなる僻事あれども罪科はその妻妾に懸ることなし。もし、さとも思し食さば、佐河《酒匂》・古宇津《国府》の方にても遊君を憑めて通ひ給へ。それに付けて、路次の習ひなれば敵を待ち受くる事もあるべし。当時、助《祐》経も伊豆より鎌倉へ上る時もあり、また鎌倉より伊豆へ下る時もあるなれば、敵を覘《ねら》はむにはよき便宜なるべし。

（真名本巻第五）

として、この世において覚悟を決めた五郎にとって、女はすでに無用のものと断じるが、(6)兄には白拍子・傾城が心の慰めに必要であろうとし、しかも愛妾ならば仇討ち後も累の及ぶところでなく、また、「路次の習ひ」にて、敵方の情報を得るにも、祐経を狙うにも時宜を得たものであることから、遊女通いを提案するのである。(7)

十郎は早速、小田原・佐河《酒匂》・古宇津《国府》・渋美《二宮》・小磯・大磯・平塚・三浦・鎌倉に至るまで「所々を尋」ね、ついに大磯の宿の遊女・虎と出会い、「契りを込めて」足掛け三年の間通いつめることになる。(8)時に十郎弱冠二十歳、虎十七

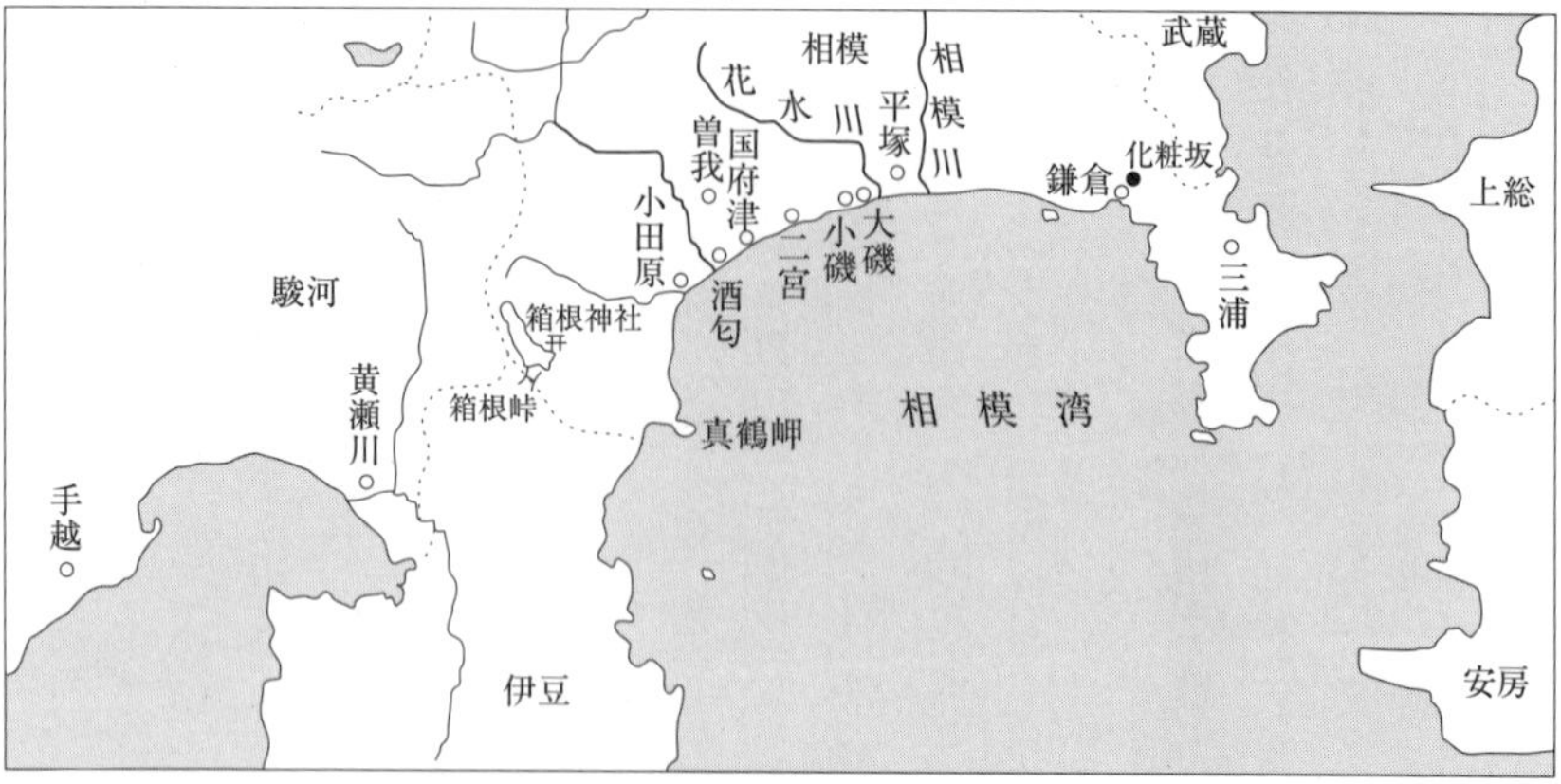

『曽我物語』関係略地図

歳の冬のことであった[9]。

Ⅲ、兄弟をめぐる女達

手越の少将と黄瀬川の亀鶴は、真名本・仮名本『曽我物語』をはじめ、『吾妻鏡』にもその存在を窺うことが出来る。仇討ちの当夜、祐経に添い臥していたのが手越の少将で、王藤内（真名本は「往藤内」）と臥していたのが黄瀬川の亀鶴である[10]。

流布本系によるとその後、虎と共に佛行に明け暮れる手越の少将は虎に向かって、次のように語りかけている。

かくと申したく候ひしかども、御身と親しき事、人に知られんも、憚り有りしかば、さてのみすぎしなり。其の夜、祐経の宿直の事、めのと（ママ）の童にて、知らせ参らせ候ひし事、不思議に覚え候。たとへ一夜の妻なりとも、互ひに情けを思ふべきに、いかなる事にや、いかにもして、討たせ参らせんと思ひし事、唯ひとへに御身故ぞかし。

（巻第十二「手越の少将にあひし事」）

すなわち、祐経の屋形の様子を秘かに十郎に知らせたのは自分だと告白しているのである。

一方、亀鶴も急使を立て、曽我の里へと向かいつつある鬼王丸・丹三郎（仮名本では「道三郎」）に事件の様を次のように伝えている。

「曽我の十郎・五郎殿と云ふ人、兄弟して、一族の工藤左衛門尉殿を、親の敵とて討ち給ひぬ。剰へ、御所の内まで斬り入りて、日本国の侍共の斬られぬ者は候はず。手負ひ・死人二三百人も候ふ覧。されども兄の十郎〔殿〕は、夜半に討ち死にし給ひぬ。弟の五郎殿は、暁におよび、生け捕られ給ひき。此の人々の振舞ひは、天魔・鬼神のあれたるにや、斯かる夥しきことこそ候はざりつれ。斯様のことを、大磯の虎御前の妹、黄瀬川の亀鶴御前より、大磯へ告げさせ給ふ御使ひなり」とて、走り通りけり。（巻第十「鬼王・道三郎が曽我へ帰りし事」）

少将の告白は、真名本にも太山寺本にもない、流布本系独自のものである。また、仮名本諸本によると、亀鶴は虎の妹ということになり、流布本系は、「あの尼御前（手越の少将）は我が姉にてまし〳〵候」[11]と虎にいわせており、少将の年齢が二十七歳[12]だということも知られる。

次に、仮名本にのみ登場する化粧坂の遊君は、五郎と梶原源太左衛門尉景季との板挟みから、「生年十六」[13]にして出家し、「八十有余」[14]で大往生を遂げているが、流布本系では筆が辷り、「後には、大磯の虎が住み家を訪ね、道心[同]に行して、いづれも八十余にして往生の素懐を遂げにけり」[15]という増語を強引に差し挟む。それは巻第五の半ばだというのに、最後は虎と共に佛行三昧の日々を送り、共に八十余りにして大往生を遂げた（太山寺本は虎と化粧坂の女が共に往生した歳を記さず、流布本系は巻第十二「母、二宮ゆきわかれし事」に、虎が「七旬の齢」[16]にて往生したとあるので齟齬をきたしている）としている。これは曽我兄弟が未だ仇討ちを果たしておらず、虎も出家していないところでのもの謂いなので、結論を先取りした形の極めて不自然な記述になっている。

こうして見ると、この四人の遊女達は、左掲のような形の姉妹関係にあるらしい。

（流布本系では虎と共に大往生を遂げたとする）
○七十代後半に大往生。
○二十七歳
手越の少将
○祐経と臥し寝。
○流布本系では、十郎に屋形の様子を密告したとする。

（真名本では六十四歳にして大往生）
○流布本系では七十代前半、或いは八十余歳にして大往生を遂げたとする。
○十九歳
大磯の虎
○十郎の想い人。

○往生の記載なし（目出度き名のためか？）。
○十七八歳？
黄瀬川の亀鶴
○王藤内と臥し寝。
○兄弟が本懐遂げしことを、関係者に急報する。

（流布本系では虎と共に、八十余にして大往生を遂げたとする）
○太山寺本では八十有余にして大往生。
○十六歳
化粧坂の遊女某
○仮名本では五郎馴染みの遊女。
○五郎と景季との狭間で思い悩み、十六歳の身空で出家する。

もちろん、これらの姉妹関係は、遊廓におけるものなので、実際の血縁関係ではないだろう。

Ⅳ、虎の種姓と命名

この四人の遊女達の中で大磯の虎のみ、真名本に次のような詳しい種姓が語られている。

そもそも、かの虎と申す遊君は、母、もとより平塚の宿の者なりけり。その父を尋ぬれば、平治の乱の時、誅されし悪右衛門督信頼卿の舎兄に、民部権小輔基成とて奥州平泉へ流され給ふ人の御乳母子に、宮内判官家長と云ひし人の娘なり。その故は、この人は平治の逆乱の謀叛に依つて都の内にはあり兼ねつつ、東国鎌倉の方へ落ち下りたりけるに、相模の国の住人に海老名源八権守季貞と云ふ人に、都にて芳心する事ありける間、その宿所を憑みて居たりける程に、年来になりければ、平塚の宿に夜叉王と云ふ傾城のもとへ通ひける程に、女子一人儲けたり。寅の年の寅の日の寅の時に生まれたりければ、その名をば三虎御前とぞ呼びにける。かくて賞《もてな》し遵《かしづ》きし程に、この子五歳と申しける年、宮内判官家長も空しくなりぬ。父死しての後は、母に副ひつつ宿中に遊びけるを、形の良きに付けて大磯の宿の長者に菊鶴と云ふ傾城の乞ひ取りて、我が娘とぞ遵きける。（真名本巻第五）

真名本は、「そもそも、かの虎と申す遊君は」、「その父を尋ぬれば」、「その故は」という、寺社縁起を引くような形で虎の出自を明かし、本地物語のごとき形式を踏襲している。(17)

この真名本によると虎の母は、大磯に近い平塚宿の傾城・夜叉王であり、父は、平治の乱において誅された悪右衛門督信頼卿の舎兄で、奥州平泉に流された民部権小輔基成の乳母子・宮内判官家長だという。

家長は平治の逆乱の謀叛に関係したために、都に居られなくなって鎌倉に落ち下り、かつて都にて芳心したことのある相模国の住人・海老名源八権守季貞を頼って身を寄せた折りに、平塚宿の夜叉王と親密になり、女子一人儲けたのが、すなわち虎であるとする。(18)

「虎」の命名も、寅年の寅の日の寅の時に生まれたので、はじめ「三虎御前」と称されていたという。(19)そして、家長の死後、平塚の宿中で遊んでいるところを、その容貌の良さが大磯の宿の長者・菊鶴の目にとまり、虎が五歳の折りに、この傾城の願いによって養女にもらい受けたという。

太山寺本・流布本系の仮名本諸本では、母を「大磯の長者」(20)とのみ記し、父を太山寺本は、「一年、東へ流されし伏見大納言」(21)とし、流布本系は「伏見の太納言実基卿」(22)とする。流布本系がモデルとするこの「実基」は、仁治二年

（一二四一）～寛元五年（一二四七）間は確かに大納言であったが、『尊卑分脈』「公季公孫・徳大寺」等によると、文永十年（一二七三）二月十四日に六十四歳で薨じており、年代的に隔たるが、「実基」の傍書に「母舞女・夜叉女」、『公卿補任』に「母白拍子（五条夜叉）」等と見えることは、物語の編者達が系図等を手元に置き、それらを参照しながら物語にそれとなく組み込んでいったであろう痕跡を垣間見せている。

すなわち、事件後の英雄《ヒーロー》・十郎の妻妾に相応しく、そこそこの貴種の出であるように格上げされているのだが、ここまでくるともはや伝説の域に近いものがある。

V、一対或は対比の表現志向

二人の女性が対で物語に登場することは多いが、同じ比率・重量で語られることは少ない。例えば、『平家物語』での巴と款冬、葵と宿禰、横笛と刈藻等のように名前の紹介だけで一方は全く形象化されていないものがある。建礼門院に仕えた大納言典侍と阿波内侍、祇王と佛等が意味を付されている少ない例のものであろう。

真名本『曽我物語』では、曽我兄弟の母と虎、手越の少将と黄瀬川の亀鶴、虎と王藤内の妻、虎と京の小次郎の妻等が対で登場するが、仮名本では、兄弟の母と虎、手越の少将と虎、虎と化粧坂の遊君某、兄弟の母と二宮の姉等が対で紹介されている。しかし、母と虎、手越の少将と虎（真名本にはない）の一対以外は、これといった重要な意味を付加されておらず、その手越の少将と虎の一対にしても祇王と佛さながらに、いわば敵対関係にある二人が仲良く亡き人の菩提を弔う趣向に重点が置かれ、その形象の比重は一目瞭然である。

したがって、とくに仮名本『曽我物語』においては、母と虎の対と対比表現が際立っている。

何故なら、土肥弥太郎の女や三浦の片貝との色恋沙汰の裏話を付加されて、優男にして女難の相さえある優柔不断の感を拭えない十郎と、武骨な大男にして直情径行型の五郎との仮名本に描かれる対比は誰の目にも明らかであるが、時の権勢に屈せず愛しい異性に思い差しをする強さと、仇討ちの志をそれとなく察知する虎の機敏さは、意趣返しの心を幼い兄弟に吹き込んでおきながら、兄弟が元服を待って事を決しようとすれば、狼狽の挙句、母をこれ以上悲しませるなと制止し、兄弟達の偽りの飜意さえ見抜けずに（この母の鈍感さを指摘した論攷は数多いが、虎との対比表現として考えられたものは知らない）、あまりの愚かしさの中に頽《くずお》れるしか能のない母の形象は、逆にある種のリアリティさえ伴っているのだが、[23]兄弟の死後、悲しみの中から立ち上がり、毅然とした態度で十郎の後世を弔おうとする、世の男性の理想を形象化したような心優しき虎の姿は、兄弟の後追いのみを考えて日を送る母とは、まさに対極に置かれて形象表現されているものなのである。

Ⅵ、おわりに

手越の少将は述懐する、

人（イ女）は、五障三従の罪深しと申すに、同じ女人といひながら、我らは罪深き身なり。その故は、ただ一生、人を誑かさんと思ふばかりなれば、心をゆきゝの人にかけ、身を上下の輩に任す。日も西山に傾ぶけば、夢の内の仮りなる姿を飾り、月、東嶺に出でぬれば、誰とも知らぬ人を待つ。夜毎に替はる移り香、身に留めて、心を悩まし、朝な〳〵の手枕の露に、名残を惜しみつゝ、胸をのみ焦がす事、返す〴〵も、口惜しき憂き身なり。此の世は、終の住み家にあらず、草葉に結ぶ露よりも危うく、水に宿れる月よりも儚し。折節、此の人々の事を承り、御身の姿を見て、いよ〳〵憂き世に心も留まらず。昨日は、曽我の里に華やかなりし姿、今日は、富士野の露と消ゆ。

「朝に紅顔あつて、世路に誇れども、暮には白骨と為りて、郊原に朽ちぬ」とは、云ふも理也。されば、万事無益なり。

（十行古活字本巻第十二「少将出家の事」）

全うな女人でさえ、五障三従の罪業が纏わり付くのに、我らは遊女の身として、いかばかりの悪業を積み重ねて生きているのかと、自らの宿業を恨む、生々しくも相当に重い言葉である。

これは虎に向かって発せられたものなのだが、それはそのまま、虎自身の遁れえぬ宿命を物語るものでもあった。しかしそれ故に、だからこそ翻っていえば、一人の異性への純愛を最後まで貫き通す、非日常の世界に踏み込んで描かれる虎の姿は、それだけで十郎との愛欲の日々を超えて、充分に菩薩たりえているのである。

最後に物語諸本の大団円を見てみよう。

まず、流布本系では、少将と虎が「七旬の齢たけ」て、往生の素懐を遂げる。それに続けて、次のように括られる。

かやうの物語を見聞かん人々は、狂言綺語の縁により、あらき《(イし)》心を翻へし、まことの道に赴き、菩提を求むる便りとなすべし。其の心もなからん人は、かゝる事を聞きても、何にかはせん。よく〳〵耳に留め、心に染めて、なき世の苦しみを遁れ、西方浄土に生まるべし。

（巻第十二「母、二宮ゆきわかれし事」）

見てのように、流布本系の本文は、ほとんど御伽草子の世界に近いものがあるが、太山寺本では、

虎も山彦山にて助成《(祐)》に別れし事思ひ出でて、また今更の心地して、詮方無くぞ覚えける。「それ有為転変の世の習ひ、有情より非情に及び、上界より下界に至るまで、花は嶺に、鳥は古巣に帰へり、松柏の青き色も、終には残る習ひなく、芭蕉の破れ易きも、夢の中の楽しみ、歎きても詮なく、悲しみても叶ふべからず。逢ふは別れの始め、生は死の基なり。はや〳〵憂き世の中を遁れ出して、一筋に佛の道を願はんにはしかじ」とて、濃き墨染めに袖を替へ、十郎が菩提を弔いける。昔も今も、かゝる優しき女あらじとぞ申し伝へ侍る也。

（太山寺本巻第十・18ウ）

として、流布本系が物語全体の称揚に傾いているのに対して、太山寺本では、理想とすべき虎個人を賛嘆していることに気付く。これは時代の要請を顕現しているのでもあろうが、夫々の諸本の行き方をも示している。そして、真名本では見方によってはロマンチシズムを含んだ次の形で締め括られている。

その後虎は、いよ〳〵弥陀本願を憑みて年月を送りける程に、ある晩傾《ゆふくれ》に御堂の大門に立ち出でて、昔の事どもを思い連《つゞ》けて涙を流す折節、庭の桜の本立ち斜めに小枝が下がりたるを十郎が躰と見なして、走り寄り取り付かむとすれども、ただ徒らの木の枝なれば低様《うつぶさま》に倒れにけり。その時より病ひ付きて、少病少悩にして、生年六十四歳と申すに大往生をぞ遂げにける。

そもそも建久四年癸丑九月上旬に筥根の御山にて出家して後、十九歳の冬の頃より六十四歳の今に至るまで四十余年の勤行、その勤め終に空しからずして、耳目を驚かす程の往生を遂げにけり。およそ、その平生の霊徳、臨終の奇瑞、連綿として羅縷に遑あらず。その後十二人の尼公達、次第を追ふて一人も空しからず往生を遂げにけり。末代なりといへども、女人往生の手本ここにあり。まことに貴かりし事どもなり。（真名本巻第十）

虎刀自の死の直前、庭の桜の斜めに垂れ下がった小枝を、十郎が手招きと信じ、今は亡き幻の恋人に縋り付かんとする真名本の描写は、[24] 浄土における二人の愛の成就を予見させているかのようであり、それは、次第に内攻し、純粋結晶化されてゆく虎の悲願に応え、重苦しい日常の呪縛から魂を無限の天空へと解き放つ、たった一つの救いでもあったのだろう。

それはまた、今生では口にすることさえ憚られ、心の内に深く刻み込み、秘かに想い描くことしか許されぬ、数多の春を鬻いで生きてきた女達の心情を、虎に重ね合わせて形象させた声なき声でもあった筈である。

〔註〕

(1)　妙本寺本の本文引用は、平凡社刊行の『真名本曽我物語』に拠り、念のために勉誠社刊行の影印本を参照している。尚、引用本文の表記を一部、私に改めたところがある。以下に引用の諸本も同様である。

(2)　太山寺本の本文引用は、汲古書院刊行の影印本に拠った。

(3)　十行古活字本の本文引用は、岩波書店刊行の日本古典文学大系本に拠った。

(4)　仮名本に、「田舎辺には黄瀬川に亀鶴、手越に少将、大磯に虎とて、海道一の遊君なり」(太山寺本巻第六・3ウ)とあり、『吾妻鏡』建久四年(一一九三)五月十五日条には、

藍沢の御狩事終りて、富士野の御旅館に入御す。南面に当りて五間の仮屋を立つ。御家人同じく詹《のき》を連《つら》ぬ。狩野介(宗茂)は路次に参会す。北条殿はあらかじめその所に参候せられ、駄餉《だしやう》を献ぜしめ給ふ。今日は斎日たるによつて、御狩なし。終日御酒宴なり。手越・黄瀬川已下近辺の遊女群参せしめ、御前に列候す。しこうして里見冠者義成を召し、向後は遊君の別当たるべし。ただ今すなはち彼等群集す(後略)。

が見え、相当に栄えた古宿であったようだ。

(5)　真名本に化粧坂の遊君は描かれず、手越の少将・大磯の虎・黄瀬川の亀鶴の三名の遊女のみ登場する。尚、化粧坂の遊女某は、時代が下がると手越の少将よろしく、化粧坂の少将(『曽我会稽山』)と称されるようになる。

(6)　真名本(巻第六)には、また、

いかなる法師の中にも、五郎がやうに親の孝養心に入りたる程の者は少なくこそ候はむずれ。女の道をば永く断つて、持佛堂にて読誦奉る法華妙典の声には無始の罪垢も消えぬべし。

とあるが、同巻五にも「時宗においてはもとより思ひ切つたる身なれば、妻子と云ふ事をば叶ふまじ」とあり、三度に亘って強調されている。

(7)　太山寺本(巻第四・22ウ)には、

手越・黄瀬川の辺にて、さるべき遊君あらば相馴れ給ふべし。しかも道の辺、敵を狙はん便りも然るべし。

とある。

（8）　太山寺本（巻第四・22ウ）には、

　十郎は大磯の長者の女、虎といひて十七になりける遊女を、十郎、二十の年より思ひ初めて、秘かに三年ぞ通ひける。

とある。

（9）　真名本によると、建久二年（一一九一）十一月冬の頃という。

（10）　『吾妻鏡』建久四年五月二十八日条には、

　子の剋、故伊東次郎祐親法師が孫子《まご》、曽我十郎祐成・同五郎時致、富士野の神野の御旅館に推参致し、工藤左衛門尉祐経を殺戮す。また備前国の住人吉備津宮の王藤内といふ者あり。平家の家人瀬尾太郎兼保に与するによつて、囚人として召し置かるるのところ、祐経に属し誤りなきの由を謝し申すの間、去ぬる廿日、本領を返給し帰国す。しかるになほ祐経が志に報ぜんがために、途中よりさらに還り来りて、盃酒を祐経に勧め、合宿談話するのところ、同じく誅せらるるなり。ここに祐経・王藤内等交会せしむるところの遊女、手越の少将・黄瀬川の亀鶴等叫喚し、この上、祐成兄弟、父の敵を討つの由、高聲を発つ。これによつて諸人騒動し、子細を知らずといへども、宿侍の輩は皆ことごとく走り出づ。雷雨鼓を撃ち、暗夜燈を失ひて、ほとほと東西に迷ふの間、祐成がために多くもつて疵を被る。

とある。

（11）　『十行古活字本』巻第十二「虎いであひ、呼び入れし事」。

（12）　『十行古活字本』巻第十二「少将出家の事」。

（13）・（14）　『太山寺本』巻第五（19ウ）。

（15）　『十行古活字本』巻第五「五郎が情けかけし女、出家の事」。

（16）　虎が十九歳の時、「我が姉」である手越の少将は二十七歳なので、流布本系の記述を信じると八歳の年齢差があるので、共に「七旬の齢」がたけているのなら、虎が七十か七十一歳、手越の少将が七十八か七十九歳のいずれか、ということになる。

（17）　塩谷智賀「真字本『曽我物語』の構成と表現――その非年代記性と本地物的時間構造を中心に――」（『軍記と語り物』第三十二号、平成八年三月）。

(18)『平治物語』中「義朝奥波賀に落ち著く事」には、青墓の宿の長者の女との間に儲けた女子を、「夜叉御前」としており、一般的名称であったか。
(19)「虎」命名の事由については、会田実「『曽我物語』大磯の「虎」命名についての覚書」(『中世文学研究』第二十二号、平成八年八月)に詳しい。
(20)『太山寺本』巻第四(27ウ)、『十行古活字本』巻第四「大磯の虎思ひそむる事」。
(21)『太山寺本』巻第四(27ウ)。
(22)『十行古活字本』巻第四「虎を具して、曽我へゆきし事」。
(23)村上学「真字本曽我物語の方法序説(稿)」(『軍記と語り物』第十号、昭和四十八年十二月)。
(24)村上学「曽我物語の世界」(『日本文芸史――表現の流れ』第三章第一節、昭和六十二年六月)。

『曽我物語』と傍系故事説話

――「李将軍」「杵臼・程嬰」「玄宗・楊貴妃」説話をめぐる――

Ⅰ、

数多の日本文学諸作品の中から、「説話」というものを掬い上げれば、その後には、果たしていかばかりのものが残され得るのであろうか。

とくに「説話の時代」と呼ばれた中世の直中において、説話はそれ自体、大きなうねりを伴いながら、数限りのない増幅・悄沈の歴史を繰り返しつつ享受されて来た筈で、それは現代に生きる我々の想像を遥かに超えるものがある。

そこで本論攷は、『曽我物語』に収められている「李将軍射石説話」、「杵臼・程嬰忠臣説話」、「玄宗皇帝・楊貴妃説話」等を採り上げて、その故事説話の諸相と諸本の展開の様を追跡してみたいと思う。

もとより小さな葦の髄を通して見る仕儀にもなりかねないが、所詮管の穴を通してしか見ることが叶わないものであるのなら、能う限りそこから遠くを覗き視てみたい。

Ⅱ、

曽我兄弟と母とが絡む、所謂「小袖乞ひ」の後で、頼朝が相沢ケ原に赴く由を聞き知った兄弟は、父の仇討ちの機会到来とばかりに駒に鞭をあてて急ぐ道行きで、十郎が今のこの身を「寒苦鳥」（「かんこ鳥」とする諸本もある）に譬えるが、五郎はそれを「弱き譬えを引くもの」として退け、「李将軍射石説話」を持ち出してくる（この一見特殊な説話は現在残されている漢籍・佛典等に直接的な出典・典拠が見出せない問題について、大きな示唆を与えてくれるものであろう）。

この故事説話は、真名本『曽我物語』[1]には、母を虎に害された胡の深王（十五歳）が、石を人喰い虎と見間違えて矢を射るという『今昔物語集』巻第十・17と同根のもの[2]が、仮名本では、北の方の為に虎狩りに行って逆に虎に喰われた父・李将軍を、当時母の胎内にいた遺腹の王子が七年後に、石を父の敵の虎と見間違えて善射する話になっている[3]。この両話の確実な直接的典拠は今のところ不明であるが、現在知られている出典としては、『史記』一〇九「李将軍列伝第四十九」、『捜神記』巻第十一「誠意は石をも貫く」、『蒙求』「李広成蹊」（『漢書』巻第五十四「李広・蘇建列伝第二十四」、『法苑珠林』巻第二十七「至誠篇第十九」等にも簡略なものがある）等があげられるが、もとよりこうした一般的な出典論だけではこの説話を充分には把捉しがたい。

何故ならこの李広が石を虎と見て善射する話は、確かに『史記』を源として夙に著名な話ではあるが、これに絡んだ父親の復讐譚の内容を持つものは、まず見当らないからである。

我が国に現在残されている物語等で、この父親の復讐譚のモティーフを持つ形を採るものは、結局、件の仮名本『曽我物語』及び、それを受け継いだ「曽我物」位であり、一見すると仮名本『曽我物語』がそこに（とくに仮名本は、兄弟と父親の仇討ちを絡ませる為に）創作を加えたかのように思えるものである。しかし『古註蒙求』[4]（宮内庁書陵部蔵本）には、紛れもなく通行本『蒙求』と同類の本文末尾に、

広父《チ、》為レ虎《ノ》所レ死、広、猿臂《ノナ》射《ユミイル》、見《オ》二草中石《ノ》一以為《ル》レ虎、遂射レ之没レ羽、更射レ之、終不レ能レ没レ石也。

という、明らかに父親の復讐譚を意味する一文がある。そして『蒙求和歌』[5]第一「李広成蹊桃」（一二〇四）には、

李将軍ヲヤ《（親）》ヲ虎ニクハレ《（喰）》テ、野ヘ《（辺）》ヲ行（ク）ニ、草ノ中ニ虎有（リ）ト見テ、此ヲイツラヌキ《（射貫）》テケリ。其（ノ）

矢飲レ羽（ト）云ヘリ。近クヨ《（寄）》リテ見レハ、虎ニハア《（有）》ラスシテ、オホ《（大）》キナル石ナリケリ。石ト見テ後ニイ《（射）》ルニ、
其（ノ）矢タ《（立）》ツ事无シ。オヤ《（親）》ヲクラ《（喰）》ヒシ虎ト思（ヒ）テ、イ《（射）》ケルニヨ《（縁）》リテ石ヲツラヌ《（貫）》ケル也。
　モノイハヌ花モ人メヲサソヒケリ道モサリアヘス桃ノ下陰

とあり、『塵袋』(6)巻第六「没石」（十三C後）にも、

石ヲ虎ト思（ヒ）テイ《（射）》タルハ李広カ事歟。李広カ父、虎ニクラ《（喰）》ハレテノチ《（後）》、トラ《（虎）》ヲイ《（射）》ルト思フニ、石ノトラ《（虎）》ニ《（似）》、タルヲイ《（射）》ルヨリ没石トイ《（云）》フ事アリ。父ハ開石トモイ《（云）》フ、『兼名苑』ニ曰、漢ノ李広カ父、為《メニ》レ虎所《ノ》レ食《クラ》、張《テ》レ弓《ヲ》三年於《テ》二山《ニ》中一覓《モトムルニ》レ虎《ヲ》不レ得《エ》、忽《ニ》見《テ》二石《ノ》状《カタチ》似《ル》レ虎《ヲ》一広《ニクワウ》射《ル》レ石《ニヲ》没《ス》レ箭《ヲ》、故名《ニ》二開石《ト》一也。


とあるのと同じもので、共に親（父）の復讐譚の形で引かれているところから、通行本等には見えないこの李広復讐譚は、少なくとも平安時代末期から鎌倉時代にかけて、よく知られていたもののようである。

また、仮名本は何ら根拠のない改変や出鱈目な名称をまま用いるといわれるが、これとても例えば、太山寺本巻第(7)一（27ウ）の「りうせき」は「劉玄石」のつづまった形のものであろうし、この「李将軍射石説話」に登場する李将軍の子である「かうりよく」も、結論からいうと「広」の孫にあたる「陵」とが結びついた「広陵《かうりよう》」ではないかと考えられる。「〳〵《う》（宇）」と「〳〵《く》（久）」の草体は酷似していて、機械的に生じる写誤の可能性が高いからである。

この陵とは、『漢書』に詳しく述べられているもので、それは李広に当戸・椒・敢という三人の子があったという。この三人は共に郎となるが、広に先立ち若死にする。その中で主上に能力を見込まれていた当戸には陵という遺腹。（仮名本のシチュエーションに一脈通じるものがある）の子があった。彼は後に兵を率いて胡を撃つが敗れ、結局胡に下り単于の娘と結婚して右校王となっている（これも真名本に登場する「胡の深王」なるものと無関係ではあるまい）ところから、ヒント（或いは誤解）を得ているようである。

以上のことを踏まえた上で、次に「杵臼・程嬰忠臣説話」を見てみたい。

これは工藤祐経の郎党である大見・八幡の両名が勢子に紛れて七日もの間、狩り場で祐親を付け狙うという記事の後に引かれるもので、真名本では、「今の八幡三郎が宮（工）藤一郎助（祐）経のために命を失ひしこそ、同じ主君のためと申しながら末代において」は例のないものとして、その例証の一つに、

　杵臼は趙武を悲しみて先立て我が身を亡ぼす。程嬰は屠岸を討ちて後に身を捨てしも有難かりし為師《ためし》なり。（真名本巻第二）

という、右の簡略化された記述の一筆説話を引いてくる。

一方、仮名本では真名本と違って、杵臼・程嬰の二人を除くと、およそ原型（出典）をとどめない程の改変がなされ、説話的な膨張を見せているが、これは太山寺本『曽我物語』とさして変わらぬ時期に成立している(8)『太平記』に（傍系説話に関しては）、これと一脈相通じるものが看取される(9)（太山寺本と『太平記』の傍系挿入故事説話で内容的に関係するものは、この「杵臼・程嬰忠臣説話」〈『太平記』巻第十八〉の他、「巣父・許由説話」〈同巻第三十二〉、「玄宗皇帝・楊貴妃説話」〈同巻第三十七〉の三つがある(10)）。

『太平記』では、「杵臼・程嬰忠臣説話」の中にさらに「予譲説話」をも取り込んでおり、そのあまりの荒唐無稽さが指摘されてもいる。だが、現在の我々の目から見ると雑多なものを取り込み、一見混乱しているかのように思えても、例えばそれは『程嬰杵臼予譲図詞』(11)に、杵臼・程嬰・予譲の三氏が意趣不変の義士（忠臣）として讃えられていることや、『説苑』六「復恩編」等に共に収載されていることを想い起こせば（予譲譚は『世俗諺文』上巻「女為悦己者容」、龍谷大学本『言泉集』等にも「注蒙求云」として引かれる）、さして不自然なことでも荒唐無稽なことでもない。否、むしろこのことはすぐれて中世的であって、中世においては、まさにこの様な形で享受されていたと考えられるものである。確かに出典の『史記』四十三「趙世家第十三」に「趙朔」とあるものが、太山寺本に「かうめい王」、『太平記』には「智伯」とあり、同じく『史記』の「屠岸賈」が太山寺本に「ならひの王」、『太平記』には「趙盾」とあり、

さらに孤児の「趙武」が太山寺本では「十一歳の屠岸賈」となり（『太平記』には「孤《ミナシゴ》」とのみあり、年齢・名前が記されていない）、そして身替わりとなる程嬰の子（仮名本の編者は『史記』にある「乃二人謀取二他人嬰兒一負レ之、衣以二文葆一、匿二山中一。」の「嬰兒」〈乳児〉を「嬰の兒」と読み、程嬰の子供であると誤解したようである。また、『新序』には「他嬰兒」とあって、さらに誤りやすい）が太山寺本に「きかく」（おそらくこれも「智伯《ちはく》」を、「ち《ち》（地）」→「き《き》（起）」、「は《は》（羽）」→「う《う》（羽）」→「う《う》（宇）」→「か《か》（可）」といった誤写レベルでの階段的な訛伝が考えられる）という名の十一歳の子供で登場し、『太平記』では「杵臼の三歳の幼児」となっており、ここではまさに敵味方の区別さえない錯雑とした様相を呈している。しかもその説話の直接の典拠を夫々が異にしていることは、固有名詞を始めとして一目瞭然であるが、ここで注目しておきたいのはそうした変容の表層的なことだけでなく、『史記』四十三「趙世家第十三」（「予譲譚」は巻第八十六「刺客列伝第二十六」にある）や『新序』七「節士篇」等に記されるこの話は、例えば『説苑』六「復恩篇」が、韓厥の報恩譚を強調するあまり、杵臼・程嬰（杵臼には全く触れない）等にほとんど関心を示していないのとは対蹠的に、杵臼・程嬰、さらにその子をも交えた主君・忠臣・親子の情愛といったものまでを絡めて話を大きくふくらませ、『説苑』とは逆に趙朔の妻と韓厥説話の全てを切り捨てていることにある。

しかし、それでもなお、仮名本『曽我物語』と『太平記』に見えるような、亡き主君の遺児を助命する為にわが子をその身替わりにして敵の目を晦ませ、難きを捨てて、易きについた杵臼が先に自らの命を断った後、一人生き残った程嬰は遺児を押し立てて仇討ちを成し遂げる。その後に程嬰は遺児の必死の懇願にもかかわらず、杵臼との約束を守って、その墳の前で自害して果てるという、日本人好みの様式的な筋立て自体は全く同じものなのである。

したがって、このことは唱導の場《にわ》での享受(12)というものを考えていかねばならないであろう。すなわち、その出典・典拠との間に唱導を媒介（唱導の座における説経僧からの享受）として考えるということである。例えば説教（経）の場においては、聖覚の弟子である信承の撰した安居院流の『法則集』(13)に、

因縁法門等ヲバスル時、大筋ダニタガワ《（違）》ザレバ、語《（カタリ）》何ニ替（へ）テモ不レ苦、

とあるように、「大筋」さえ違わなければ、他は全く自由な語り口で、こうした説話の語られていたことが、知られるからである。

かくして、一見大きく異なるかのように見える両説話も、太山寺本・『太平記』に共通する説話受容の土壌があったといわねばならないのである。

Ⅲ、

叙上のことを確認した上で、次に「玄宗皇帝・楊貴妃説話」を見てみたい。

この傍系故事説話は、真名・仮名両本共にほぼ等量の意味合いを持って引かれるものである。

流人時代の頼朝は、伊東入道（祐親）の三女と契って千鶴御前をもうけるが、二人の関係を大番から戻った祐親に気付かれ、事の次第を知って激怒した祐親の手によって二人は引き裂かれ、千鶴は伊豆松川の奥で柴漬にされてしまう。その折りの頼朝の心境を察する編者のコメントの形で、「王昭君説話」の後に続けて持ち出されるのがこの故事説話である。真名・仮名両本ともほとんど同じ位置に存し、ほぼ等量に近い意味合いを持っているものなので煩瑣を避けて太山寺本本文を代表させて、次に引用してみる。

まだ飽かぬ北の方の御名残は、唐の玄宗皇帝の楊貴妃と申せし后を、安禄山に馬嵬の原にて失い奉りし御思ひの余りにや、方士を遣はしけるに、蓬莱宮に到る。すなわち玉の扉を敲くに、雙鬟の童女二人出でて、「いづくより如何なる人にか」と問ふ。「唐の天子の御使ひ」と答ふ。碧衣、内に入りぬ。時に雲海沈々として、洞天に日暮れなんとす。是すなはち楊貴妃なり。左右の童女七八人従へり。爰に皇帝の方士、細かに答ふ。云ひ終りて玉

妃、証にや、自ら簪を分け割きて方士に与ふ。方士、「いかが、是はただ世の常にある物なり。支證に立たず、君と如何なる密契が有りし」。玉妃、茫然として暫く案じて、「天宝十四年七月七日の夜、天に有らば願はくは比翼の鳥、地に有らば願はくは連理の枝となり、天長く地久しく尽くる事なからんと、漢宮の床の上にて契りし事あり。人是を知らず奏せんに、御疑ひはあらじ」と云ひて、玉妃去りぬ。方士、帰り参りて、玄宗皇帝に是を奏する。「さる事あり。まことに方士過たざる」と慰み給ひける。（巻第二・4ウ～5オ）

この故事説話を引く真名・仮名両本の本文の直接の典拠は、今のところ不明であるが、大本の出典としては、『白氏文集』十二「長恨歌」及び『長恨歌序』、『長恨歌伝』等に求められ、両本文はその表現の一部を書き改めたものであろう。したがって出典にはかなり近いもので、先に引いた二例とは少しく趣を異にしているが、ここで看過できないのが、真名本・太山寺本を除く他の『曽我物語』諸本にはこの後に続けて、

飛車に乗り、我が朝尾張国に天下り、八剣明神と現れ給ふ。楊貴妃は、熱田明神にてぞわたらせ給ひける。蓬萊宮、すなわちこの所とぞ申（す）。（本文は十行古活字本を代表させて引用）(14)

という一文が付随しており、引用説話が「玄宗皇帝・楊貴妃」に結び附けられた熱田明神の本地譚の形で締め括られていることにある。

この本地垂迹を説く一文は、前後の文脈にそぐわず、差し挟まれた感が強いのだが、主観に傾くのでそのことは措くとして、考え方は二通りある。それは本来、真名本・太山寺本のように、ここでは本地譚の形式をとっていなかったと考えられることと、逆に仮名本では太山寺本を除く全ての現存諸本にあるように、「玄宗皇帝・楊貴妃」説話と関わる本地譚の形を持つものが本来的であったと見ることである。すなわち、省略と見るか後の増補と見るかということである。

客観的根拠を挙げるのは困難なことではあるが、この問題の解決の糸口として、先にあげた仮名本『曽我物語』と

いくつかの傍系挿入故事説話においては密接な関わりを有する『太平記』との関連から考えてみたい。『太平記』巻第三十七では、この「玄宗皇帝・楊貴妃説話」が真名本・仮名本『曽我物語』の分量の十倍近くにも膨れ上がっているのだが、『太平記』も真名本・太山寺本と同じく、「玄宗皇帝・楊貴妃」と結び付いた熱田明神本地譚の形式を踏襲していないというところにひとまず注目しておきたい。

そして、「李将軍射石説話」、「杵臼・程嬰忠臣説話」等で見てきたように太山寺本・『太平記』の編者が出鱈目な固有名詞とプロットとを新たに創作したのではなく、それは何らかの伝承をもとにしているらしいところから、ここでも太山寺本編者が本来そなわっていた筈の「玄宗皇帝・楊貴妃」本地譚を意図的に削除したとは考えにくく、真名本・太山寺本・『太平記』にあるごとく、「玄宗皇帝・楊貴妃」本地譚の形式を踏まないものが元の姿であったと思われる。それは太山寺本が本来的に十巻構成で完結しており[15]、十二巻本を抄出した形のものでないことから推しても、太山寺本は素朴な古態を今に伝えているものと見てよいであろう。

次に、この本地譚の熱田明神の部分に岩波大系本頭註は、『海道記』、『溪嵐拾葉集』、『楊貴妃物語』を指摘する。その『楊貴妃物語』の名を持つ作品の中で、寛文三年刊の『やうきひ物語』[16]には、

> 蓬萊方丈瀛州といふこの山ハ、仙人のすむところにして、山のうちにハ不老不死の薬ありといふ。この山、大海の中にあり、これ日本をさすとなり。日本に駿河の富士・尾張の熱田・紀伊の熊野なり。秦の始皇のとき、徐福と云道士が不死のくすりをもとめに、紀州の熊野にきたれりと也。又、玄宗のとき、方士・楊通幽が貴妃をたづねて、尾州の熱田にきたれりと也。唐の玄宗のとき、あまり静かに天下おさまりければ、みかど内々この日ほんをうちとらんと、うかゞひ給ふを、熱田の明神、貴妃と成て世をみだし、日本をすくひたすけ給ふという事侍る也。（14ウ～15オ）

とあり、時代は下るが、確かにここには、熱田明神が貴妃の姿となって、玄宗を惑わせ、玄宗の日本寇掠の陰謀を挫

いたとする（後ろに引用した『樋源天淵記』等と同じく）俗説を取り込んでいる。

かつて市古貞次氏[17]は、『楊貴妃物語』は、日本語釈の『長恨歌』や『太平記』の記事などを骨子として、作り出されたものであろうと考えられ、さらに死後の動静を審かに述べているところに楊貴妃伝説の成長を窺うことが出来るとし、上代では「常世」と結びついていたものが中世に至って、蓬萊と結び付いたのであろうと考えられている。

そして、この「熱田明神・蓬萊宮」に関して最も古い文献と目される天台の『溪嵐拾葉集』[18]巻第六「山王御事」（一三四七？）には、

問、以二我国ヲ一習二蓬萊宮ト一方如何。答、唐ノ玄宗皇帝共二楊貴妃一至二蓬萊宮一、其蓬萊宮者ト、我国今ノ熱田ノ明神是也。

とあり、その他中世末期から近世期にかけては、『本朝神社考』（中之三）、『尾張国地名考』、『尾張国名所図会』、『楊貴妃物語』等をはじめ海道物、紀行物、府志等々に「玄宗皇帝・楊貴妃」と「熱田明神・蓬萊宮」[19]が結びつけられ広く流布されていったようである。そしてそれは、室町中期（大永頃）の成立とみられる『樋源天淵記』[20]にも、「天淵八岐大蛇由来」、「宝剣（天叢雲・草薙剣）由来」、「熱田地名由来」、「八剣宮由来」に続けて、

又四十五代聖武、四十六代孝謙帝間、李唐玄宗募二権威一、欲レ取二日本一、于レ時日本大小神祇評議給。以二熱田神一倩給。生二代楊家一而為二楊貴一、乱二玄宗之心一、醒二日本奪取之志一給。誠貴妃如レ失二馬塊坡一、乗レ舟著二尾州智多郡宇津美浦一、帰二熱田一給云々。

と記されて、熱田明神と「玄宗皇帝・楊貴妃」とを結びつけるものが、西国の一地方に中世末期には知られていたことからも、その流布の状況のおおよそは察せられるのであるが、ここで重要なのは『曽我物語』の成立基盤であろう。『曽我物語』が東国で成立したこと、鎌倉時代末期から南北朝時代にかけて成立したこと等はほぼ確実で、『曽我物語』と深い関わりを持ち、東国で南北朝時代には成立していたと見られる『神道集』との関わりはどうであろうか。

『神道集』巻第三・11「熱田明神事」[21]には、

抑、熱田の大明神とは、熱田は八剣とて御在す也。人語集を聞くに両説あり、一説に熱田の本地は大日也。此の佛は是三世常住の教主、十方遍満の如来也。其の名密教より出でて、其（の）益亦た《ママ》、顕教より顕たり。唯、佛と佛の境界にして、等覚の菩薩も尚、此を知らず、況（んや）即（ち）凡夫をや。唯識論の意を以（て）大概此を釈すべし。其（の）體性を尋ぬれば、法界衆生は皆是大日也。神宮寺は薬師也。八剣は太郎・次郎の御神にて、本地は毘沙門・不動明王也。日別火神の御神は三郎・四郎の御神にして、本地は亦、地蔵と弥陀にて御在す。大福殿の本地は虚空蔵也。後見源太夫殿は文殊也。此は第一の記の太夫殿は本地弥勒也。此兄也。熱田の大明神始て天下給し時、記大夫殿は、宿を借し奉りし人也。源の太夫殿は雑事を進らせし人也。又一説に云、熱田の御本地は五智の如来と云々。故に知（り）ぬ、大宮は五智の如来也。尾張国の一宮は真清田の大明神是也。本地は地蔵也。二宮は太覚の光明神是也。本地は千手観音也。三の宮は熱田の大明神是也。又或人云、熱田の大明神は我（が）朝尾張の国にても第三の宮也。総じては閻浮提の内の第三の宮也。或人云、賀茂の大明神も同（じく）並（び）立（ち）給へり云々。而れば、或女房の無実を云（ひ）懸（け）られ、身を徒に成すべかりしに、大宮の御宝殿の傍なる賀茂の社の御前にて、泥《泣》々此（の）濡（れ）衣を干さんと歎き申（し）ければ、夢幻〔の〕ごとくして、賀茂の大明神の御示現の御歌、

　われたのむ人いたつらになしはて、又雲わけてのほるはかりそ

と有（り）ければ、此（の）女房下向して後は、事故無（く）して、大宮司の夫婦と成（り）て栄（へ）にけり。而れば御託宣の文に、本體観〔世〕音、常在補陀落、為度衆生故、示現大明神と有（る）も理なるかなや云々。

とあり、東国（伊豆・箱根）を活動基盤としてまとめられたであろう『神道集』では、熱田明神の本地を「大日如来」、或いは「五智の如来」とし、八剣の本地も「毘沙門・不動明王」と記されるが、「玄宗皇帝・楊貴妃」に関することは何ひとつ出てこない。したがって、東国においては、この時期、熱田明神と「玄宗皇帝・楊貴妃」本地譚とはいま

だ結びついていなかったことがこれによって知られ、「或る説」としても東国では知られておらず、真名本にそれがないことも充分な重みを以て了承されるのであり、真名本と同じく「玄宗皇帝・楊貴妃説話」を熱田明神と結びつけていない太山寺本は、本来の姿（在地色）をそこにとどめているものと思われるのである。

Ⅳ、

鎌倉時代末期頃成立[22]した真名本『曽我物語』や、南北朝頃に成立[23]した太山寺本『曽我物語』・『神道集』と、室町時代以降に成立した仮名本『曽我物語』諸本とでは、所謂時代の要請もさることながら、質的な隔たりにも意外なほど大きなものがあることを、本論攷で取り上げたいくつかの故事説話を窓にして確認してみた。

しかし、まだ踏まねばならぬ手続きもあり、積み残した問題は多いが、それは今後の課題とし、大局的観点から見た説話の増減・配置、諸本の行き方等については、別稿を期すこととする。

〔註〕

（1）真名本『曽我物語』（妙本寺本）の本文引用は、東洋文庫（平凡社）に拠り、念のために勉誠社刊行の影印本も参照している。

（2）真名本には、

胡の深王は母を虎に喰れて、御年十五歳と申すに始めて虎狩（り）をし給ひつつ、秋陽苑と云ふ野原を廻られける時、虎に似たる石あり。朧《おぼろ》月夜の事なれば母の敵の虎ぞと思ひてこれを射る程に、左右なく射通してけり。寄せ合（わ）せて矢を抜かむとすれども抜かれざりけり。不思議の念《おもひ》をなして、よくよくこれを見れば石なりけり。希有にしてこの矢を抜き、「我が弓勢は勇《ゆゝ》しかりけるものかな」と思ひて、その後、またこれを射けれども通らざりけり。親の敵の虎と思ひて射ける時は、心も武《たけ》くして石も射通したりけれども、石ぞと思ひて心の絶《弛》む時は通らざりけり。その後、終に敵の虎を狩遶《かりめぐら》して取り給ひけりと承る。
（妙本寺本巻第四）

とある。

（3）　仮名本には、

昔、大唐に李将軍と云ふ人あり。子の無き事を歎き佛神に祈る。三宝の憐みにや北の方懐妊あり。此の女房の云ふやう、千里の野辺にある虎の生き肝をぞ願いける。将軍易き事なりとて多くの兵を引率して、野辺に出で虎を狩りけるに、却つて将軍虎に喰はれて死にけり。乗り給ひし雲上龍と云へる名馬、空しく帰りぬ。女房歩み寄りて、彼の龍に問ひ給へば、涙を流して膝を折る。さては虎に喰われ給ひぬと知り、歎き悲しみ給ひしかどもかひぞ無き。胎内の子は父を失ふ敵なり。生まれ落ちなば捨てんとて、日数遅しと相待ちける。月日に関守なければ、程なく生まれ給ひぬ。見れば男子のいつくしきにてぞありける。いつしか捨てん事を忘れつゝ、名をかうりよくとぞ付けにける。名将軍の子なれば、胎内より虎に父の喰はれけるを聞き、安からずに思ひて、親の敵取るべき事をぞ案じける。光陰射る矢の如くなれば、かうりよく七歳にぞなりにける。ある時、父重代の〔刀を〕差し、角の槻弓に神通の鏑を取り添へ、厩に下りて、父の乗り給ひし雲上龍に曰く、「汝、馬の中の龍なり。我は人の中の将軍なり。然るに父の敵に心ざし《志》深し。我を父の喰はれ給いし野辺に具足せよ」と云ひければ、龍涙を流して嘶いけり。かうりよく大きに喜びて、彼の龍に打ち乗り、馬に任せて行く程に、千里の野辺に出でて、七日七夜ぞ尋ねける。八日の夜の丑の刻に及びて、ある谷の間《あひ》に獣多く集りけるその中に臥長二尋ばかりなる虎の、両の眼は日月を雙べたるが如くにて、紅の舌を振り、かうりよくに懸かる。普通の者の子なりせば、肝魂も失ふべきに、名将軍の子にて、是こそ父の敵よとて、矢を抜き出でて、槻弓に差し番ひ、よつぴいてこそ放ちけれ。過たず虎の左の眼に射立てけり。虎は弱りて見えければ、かうりよく馬より飛んで下り、腰の刀を抜き、止めを刺さんと見たりければ、虎にてはなくして年経たる石の苔蒸したるにてぞありける。かやうの心ざし《志》にて遂に親の敵の虎を討つ。いま世に石竹と云ふ草は、そのかうりよくが射ける矢なり。されば武士の子は生まれて七歳にて親の敵を討つと申し伝へけり。心ざし《志》により石にだに矢立ち候ふぞや。この心を古き歌にも詠めり。

虎と見て射る矢も石に立つものをなど我が恋の通らざるべき

（太山寺本巻第七・18オ〜19ウ）

とある。

（4）『古註蒙求』の本文引用は、汲古書院刊行の影印本に拠った。

（5）『蒙求和歌』の本文引用は、群書類従本に拠った。

（6）『塵袋』の本文引用は、「日本古典全集」所載の影印本に拠った。
尚、『塵袋』にはこの他にも、『韓子外《ママ》伝』、『北史』、『呂氏春秋』を出典として、熊渠子、李遠、養由基の射石譚をのせており、その他では『芸文類聚』巻第六十「弓」に、『闞子』を出典として引かれる宋景公の善射がある。

（7）太山寺本の本文引用は、汲古書院刊行の影印本に拠った。

（8）拙稿「太山寺本『曽我物語』〈今の慈恩寺是なり〉攷——仮名本の成立時期をめぐって——」（『論究日本文学』第五十四号、平成三年五月、後に『日本文学研究大成義経記・曽我物語』〈国書刊行会、平成五年五月〉・拙著『中世文学の諸相とその時代』〈和泉書院、平成八年十二月〉等所収）参照。

（9）仮名本『曽我物語』と『太平記』が傍系説話において、密接な関係をもつことは夙に後藤丹治氏（「曽我物語私考」・『中世国文学研究』）に指摘がある。

（10）増田欣『「太平記」の比較文学的研究』（昭和五十一年三月）第三節参照。

（11）『程嬰杵臼予譲図詞書』の詞第一段（本文の引用は、徳江元正氏が『国文学』昭和五十七年四月・五月両号に翻刻されたものに拠る）には、

凡天下の安平は、忠臣義士のいたす処によれる歟。それ忠と義とは趣ひとつなれとも、その志かはれり、忠あれとも義なく、義あれとも忠なきもあり、両やう具せさるをは、全き人とはせす。（中略）爰春秋戦国のすゑ、世乱て人の心もすなをならすといへとも、程嬰杵臼こそ誠忠臣とは見えたれ。義士といはむは予譲なるへし。その本意を尋ぬれは、程嬰杵臼も義士といふへく、予譲も亦忠臣と云つへし。此三人は生前死後その志ふかくして、意趣不変也。

とある。

（12）岡見正雄氏（「小さな説話本——寺庵の文学・桃華因縁——」・『国語と国文学』五十四・5、昭和五十二年五月）は、夙に京都大学国文研究室所蔵の「鹿野苑物語（一名新語因縁集）」と同種の説草「多田満仲」を紹介されて、それが幸若舞曲の『満仲』や謡

曲『仲光』の元説話となるものであることを指摘されている。すなわち満仲の子・美女御前の為に、家来の中務仲光が自分の子・幸寿丸を身替わりにする説話は、中国古代の「杵臼・程嬰説話」に端を発しているもので、しかもその説話本の冒頭が、「法花読誦勝利得益先蹤多之中ニ昔清和天皇ノ末葉多田満仲ト申テ天下无双ノ弓取也」云々と文詞をおこすのは、「恐らく法会で法華経を読誦でもして、その比喩に因縁譚として語る用意で無かった」か、とされ、唱導の場における講経・願文並びに唱導僧の説経手控え小台本たる説草に対して、注意を喚起された。

(13)『法則集』の本文引用は『安居院唱導集（上巻）』（角川書店、昭和四十七年三月）に拠った。尚、『天台宗全書』、『日本佛教文学研究（第三集）』にも飜刻されている。

(14) 十行古活字本『曽我物語』の本文引用は、岩波日本古典文学大系に拠った。

(15) 村上学『曽我物語の基礎的研究』第十三章〜第十四章、拙稿「仮名本『曽我物語』攷——太山寺本の故事成語引用をめぐって——」（『立命館文学』第五一八号、平成二年九月、後に拙著『中世文学の諸相とその時代』〈和泉書院、平成八年十二月〉に所収）等参照。

(16)『やうきひ物語』の本文引用は、「古典文庫」に拠った。

(17)『中世小説の研究』第五章（東京大学出版会、昭和三十年十二月）参照。

(18)『溪嵐拾葉集』の本文引用は、『大正新脩大蔵経』に拠った。

(19) 確認するまでもないが、蓬萊とは神聖域（別界）を指すもので、中世においては熱田以外にも蓬萊と称されるところは十指を越える。

(20)『樋源天淵記』の本文引用は、群書類従本に拠った。

(21)『神道集』の本文引用は、『神道大系』所収の旧赤木文庫本に拠った。尚、通読の便をはかるために、私に訓み下し、私意に句読点等を加えた。

(22)・(23) 註（8）の前掲書並びに論文等参照。

『曽我物語』と『法華経』

I、

難解難入・難信難持と説かれることの多い『法華経』はまた、難思にして値（遇）い難き難聞難得のものとも称されるが、(1) それも故あってのことである。

『法華経』の全八巻・二十八品を見渡した場合、(2) 全巻中に展開される絢爛たる佛の宇宙イメージ的世界は圧巻とすらいえるものである。しかし、そこに述べられているのは、いつ果てるとも知れない佛への称讃や、『法華経』が持つところの超越性強調の繰り返しばかりで、経典に必要不可欠とされる論理性（思想・哲学）が、そこにはほとんど欠落していると非難されることが多い。それは一方に、「旨味しい食べ物を並べるだけ並べて、その食べ方を何一つ教えていないではないか」といったような批判があることからも容易に理解することが出来るであろう。

したがって、鎌倉期に『妙法蓮華経』を劇烈に弘めた日蓮（一二二二～一二八二）も、『法華経』に書かれていることは難しく、その理解はとうてい凡夫の及ぶところではないので、何よりもまず、『法華経』を「信じる」ことだと言い切っている（信じることから出発するというのは、基督教にも通じるところであって、興味深いものがある）。

しかし、『法華経』は我が国に伝来した当初から重要経典の一つであった筈である。天台大師智顗（五三八～五九七）とほぼ同じ時代を生きた聖徳太子（五七四～六二二）は『法華義疏』を著作して、『法華経』を佛教の中心に据えており、聖武天皇による天平十四年（七四二）の国分寺・国分尼寺等の創建に際しても、『法華経』は読誦書写すべき最重要経典として位置付けられ、平安朝期に至っては、所謂「題目信仰」の流行によって、「朝題目、夕念佛」といった、朝に「南無妙法蓮華経」を唱える風習が始まるが、この「南無妙法蓮華経」をのみ、突出させた形で鎌倉期に『法華経』を弘めたのが、前に触れた日蓮その人である。

Ⅱ、

本章では、この日蓮宗（『法華経』）と、『神道集』、真名本『曽我物語』等について見てゆくことにしよう。安居院流唱導に関わるといわれる『神道集』と真名本『曽我物語』の特殊な本文表記には、一部共通するものが看取されるところから、かなり似かよった近しい唱導圏・言語圏での文字習熟をそこに窺わせるが、両者には日蓮宗（『法華経』）との密接な関わりをも見出すことが出来るのである。

まず、『神道集』には、一ケ月三十日の間、神道の神々が一日交代で『法華経』並びに『法華経』を奉ずる人々を守護するという、日蓮宗の「法華三十番神信仰」[3]に共通する番神思想が読みとれ、真名本『曽我物語』では、『法華経』にとっても、経を弘通する上においても重要な役割を担う「大通智勝佛」の本地を曽我兄弟自身が説き、仇討成就の悲願をかけ、次のようにして、この佛を詰問し、脅迫している。

> およそ三嶋の大明神の部類眷属委しく申せば、大明神の御本地は大通智勝佛これなり。この佛はこれ乃往過去無量無辺阿僧祇劫に佛まします。大通知（智）勝如来と名（づ）く。かの佛、菩提心を発して正覚をなし給ひし時、機縁未だ時至らず、佛法もまた現前せずして十小劫なり。しかるに佛の身心手足寂静不動にして澄浄憺怕する事未曽有なり。未だ散乱麁動念ぜず。その時に喜見城の釈王は眷属を率して宝床を擎《さゝ》げ、色界初禅の大梵衆会しつつ挙

つて天花《（華）》を雨《（あめふら）》す。釈梵既に影向す。龍神豈敬はざらむや。妓楽空に鳴る。声迦陵頻の名を譲る。天華の地に敷く色に浄頗梨の光を哢る。昔を追て称讃す。利益立処にあり。過去の佛を恭敬して何の益かある。過去の亡魂を訪《（弔）》ひて何の験かある。亡魂は己が心にあり。聖容豈利益なからむや。大威勇猛にして三世物を利す。二求の両願満足せずと云ふ〔こと〕なし。十方の梵請に酬ひて半満権実の経（『法華経』）を説き給ふ。十六王子の請に依て随自随他の教へを説き給ふ。閑かに以《（おもんみ）》れば、かの佛はこれ一乗法花《（華）》の迹門に始めもなし、大聖牟尼の尊師なり。二乗敗種の輩は一生に初住に登り、五障龍畜の類は八相を唱へて無垢に行ふ。およそ大師遺法の弟子、値《（遇）》ひ難き正教に値《（遇）》ひて、聞き難き深法を聞く。求めても求め難き菩提に値《（遇）》ひ、離れても離れ難き生死を出づ。その源を尋ぬれば、偏にこれ、かの佛は威神力の源を尋ねて流れを酌み、香を聞《（かぎ）》て根を討たんずる時は、豈称嘆を加へざらむや。講覆結縁の古を思へばまことに恃あるかな。我ら当生に銅輪の位に入らむ事、只これ、かの佛の力なり。（中略）仰ぎ願はくは、大明神、思ふ敵を討（た）せて賜べ。伏して乞ふ、王子眷属、敵助経が首を我らが手に懸けさせ給へ。もしこの思ひ叶はずんば、御前にて我ら二人を怨鞠《（あたまり）》に挙げて跳殺し給へ。今日出でて後は再び山より東へ返し給ふべからず。もしまた手を空しうして返し給ふものならば、返り様には宝殿の内へ参り込《（籠）》り、腹を切りつつ、五臓を摶み出して御戸帳に投げ懸けつつ、御社に火を懸けて大明神をば焼き払て、この処には御在さずと披露して、塵灰となすべし。

（妙本寺本『曽我物語』巻第七）(4)

これは、文永八年（一二七一）九月十一日の「龍口の法難」にて、斬首の座に引かれてゆく日蓮が、鶴ケ岡八幡宮の社前にて、八幡大菩薩を詰問した次の言動に通じるものである。

「各々騒がせ給ふな。別の事はなし。八幡大菩薩に最後に申すべき事あり」とて馬よりさし降りて高声に申す様、「いかに八幡大菩薩はまことの神か。和気の清丸《（麿）》が頸を刎られんとせし時は、長一丈の月と顕はれさせ給ひ、伝教大師の『法華経』を講ぜさせ給ひし時は、紫の袈裟を御布施にさずけさせ給ひき。今、日蓮は日本第一の『法華経』の行者なり。其（の）上、身に一分の過ちなし。日本国の一切衆生の『法華経』を謗じて無間大城に落つべきを助けんがために申す法門なり。又、大蒙古国よりこの国を攻むるならば、天照太神・正八幡とても安穏に御座すべきか。其（の）上、釈迦佛、『法華経』を説き給ひしかば、多宝佛・十方の諸佛・菩薩集まりて、日と日と、月と月と、星と星と、鏡と鏡とを並べたるが如くなりし時、無量の諸天並びに天竺・漢土・日本国等の善神・聖人集まりたりし時、各々、『法華経』の行者に疎略《をろか》なるまじき由の誓状まいらせよと責められしかば、一々に御誓状を立てられしぞかし。さるにては日蓮が申すまでもなし。急ぎ急ぎこそ誓状の宿願を遂げさせ給ふべきに、いかに此の処にはをちあわせ給はぬぞ」と高々と申す。さて最後には、「日蓮、今朝頸切られて霊山浄土へ参りてあらん時は、まづ天照太神・正八幡こそ起請を用ひぬ神にて候ひけれと、さしきりて教主釈尊に申し上げ候はんずるぞ。痛しと思さば、急ぎ急ぎ御計らひあるべし」。（『種々御振舞御書』[5]）

見てのように源氏の氏神であり、日本国の守護神でもある八幡大菩薩に罵詈讒謗を浴びせ叱咤する日蓮の姿は、曽我兄弟と同じく異様ですらあるが、これは日蓮が『諫暁八幡抄』[6]にいう、次の思想に象徴されている。

今又、日本国一万一千三十七の寺並（び）に三千一百三十二社の神は、国家安穏の為に崇められて候。しかるにその寺々の別当等、その社々の神主等は、皆々崇むるところの本尊と神との御心に相違せり。彼々の佛と神とは、その身異体なれども、その心同心に『法華経』の守護神なり。別当と神主等は、或は真言師、或は念佛者、或は禅僧、或は律僧なり。皆同一に八幡等の御仇なり。謗法不孝の者を守護し給ひて、正法の者を、或は流罪、或は死罪等に行はする故に、天の責めを被り給ひぬるなり。我（が）弟子等の内、謗法の余慶ある者の思ひて謂わく、この御房は八幡を仇とすと云々。これ未だ道理ありて法の成就せぬには、本尊を責むるという事を存知せざる者の思ひなり。

さらに、この後に『付法蔵経』（『付法蔵因縁伝』）巻第一にある「祈願が叶わない時は神の祠を焼き払う」と神を脅迫して悲願を成し遂げた尼倶律陀婆羅門説話を引いて例証としている、こうした理念（神をも責めるという）に相当するものなのである。(7) しかも、真名本の現在伝わる完本全てが日蓮宗（日興門流）にのみ秘匿されてきたという事実と重ね合わせてこれを見る時、日蓮宗（『法華経』）と真名本『曽我物語』には、もはや偶然では済まされないものがあるといえよう。

Ⅲ、

一方、仮名本『曽我物語』における『法華経』受容の痕跡は、巻第七の「婆羅門説話」の中に見出すことが出来る。これは五郎と母とが勘当をめぐって座敷上に対決を繰り広げる、火の出るような問答の応酬の冒頭部分に次の形で持ち出されるものである。

聞こし召され候へ。「昔、天竺に生滅婆羅門と云ふ人あり。物の命を千日千殺して、悪王に生まれんと云ふ願を発こし、はや九百九十〔九〕日に、九百九十九の生き物を殺し、千日に満ずる日、西山に登りて見れども無し。玉江に下り、船に乗り、海中に出て、比翼の亀を一つ捕りて害せんとす。母、これを悲しみて、渚に出て見れば波風高くして、雲の雷電夥しく、その中に、婆羅門、亀を害せんとす。母、これを見て、「その亀放せ。汝が父の命日ぞ」。婆羅門聞きて、「忌日ならば沙門こそ供養せめ」と云ひて、押へて殺さんとす。亀涙を流して、「我八十年後、我不堕地獄、大慈大悲故、必生安楽国」とぞ泣きける。母、これを聞き、「汝、亀の言葉聞き知れりや」、「知らず」と答ふ。「亀は罪深き物にて、万劫の罪障を経て成佛すべきに、今剣に従はば、又劫を経返すべき哀しさよと也。願はくはその亀を放して、自らを殺し候へ」と云ふ。「まことに亀の命に代はり給ふべきにや」と云ひもはてず、亀を海上に投げ入れ、すなはち剣を抜き、母に向かふ時、天神地神もこれを捨て給へば、大地裂け割れて奈落に沈む。母を殺さんとする子の命を哀しみて、心ならずに母、走り向かひ、婆羅門が髻をとり給へば、すなはち頭は抜けて母の手に留まり、その身は無間地獄に沈みけり。されども、亀を放せし〔功〕力に依りて佛果を得、『法華経』の普門品を婆羅門身と説かれたる。斯様の子をだにも親は憐れむ習ひにて候物を」。

（十行古活字本『曽我物語』）[8]

これは真名本『曽我物語』に無く、仮名本『曽我物語』諸本にのみ存する説話で、それは「千人斬り」のモティーフと「亀の放生譚」、さらにはその亀の放生によって得られる『法華経』普門品の功徳の要素をも一部加えた形で構成されているものである。

この説話の直接の出典・典拠は長らく不明とされてきたが、中世における法華経直談の領域を基盤に法華宗の唱導の場で類聚・編纂され、坂本西教寺（天台宗真盛派総本山）正教蔵に現在、所蔵されている『因縁抄』[9]には、右の仮名本所載説話にかなり近いものが見出せる。[10]原文（12ウ～13オ）を引いてみる。

一、天竺《ニ》ハラ門千人殺《ヲントル》願事

天竺《ニ》ハラ門アリ。千人ノ命殺《ヲシテ》、大魔王ト成ント願起《ヲシテ》、九百九十九人殺シテ、一人《ニ》足ラヌ時、大河指《ヲシテ》行ク。母、跡《ニ》付《テ》行《テ》ミレハ、河上《ニ》釣《ヲ》垂《テ》行時、大《ナル》亀《ヲ》ツリ上《テ》殺サントスルヲ、此亀左右《ノ》手《ヲ》合テ、八句《ノ》文《ヲ》唱ケルヲ、母、聞《テ》、不便《ニ》思《テ》子息《ノ》ハラ門《ニ》云《ケルハ》、「只今、亀《ノ》唱《ル》文《ヲ》聞知ルヤ、否ヤ」ト云《ケレハ》、ハラ門、「不レ知《ラ》」云。母、教《テ》云、「此亀《ノ》万《ハ》劫《ニ》八十三年不レ足。又、懐妊シタリ。我命《ハ》不レ惜、胎内《ノ》子《ヲ》産《テ》死《セ》ハヤ云《ト》文也。此亀《ヲ》助ヨ」云《ト》ヘハ、ハラ門《ノ》云《ク》、「サラハ、母、亀《ノ》命《ニ》代《リ》玉へ」云《ト》。母《ノ》云、「トテモ我《レ》老《ノ》身也。サラハ我《ヲ》殺《シテ》亀《ヲ》助《ヨト》」云へハ、刀《ヲ》抜《キ》母《ヲ》害セントスル時、大地破《レテ》ハラ門奈落《ニ》入《ル》。尚親《モノ》慈悲《ニテ》タフサヲツカンテ引上《レハ》、タフサハ手《ニ》留《マリ》、其身《ノハ》地底《ヘ》沈《ミ》ケリトカヤ云々。

この『因縁抄』所載の「婆羅門説話」によって、仮名本に採られている説話が、天台宗の教学・学問に深い関わりと交流を持つ法華宗において、『法華経』談義の領域を基盤に生成・流布していたであろうことは、ほぼ間違いなく、少なくともこれは中世の談所を軸とした、『法華経』解釈における教学研究・宣説活動の痕跡を指し示す一斑を、今に伝えているものだといえる。

Ⅳ、

見てきたように、真名本『曽我物語』は日蓮宗の思想や、『法華経』の教義と密接に関わるところがあり、仮名本『曽我物語』には、談林における『法華経』談義の場との交渉が如実に窺える。したがって、書籍の閉じられたある種固定的な体系を超えて生成される、こうした寺院における唱導活動の実態解明は、今後にその発展が一層、期待されるのである。

〔註〕

（1）拙稿「大谷大学図書館蔵釈澄憲撰・『妙法蓮華経釈』の翻刻と研究」（『立命館文学』第五二八号、平成五年三月）参照。

（2）『法華経』は、二門六段或いは一経三段より構成されており、第一部の迹門では、「開三顕一」・「法華一乗」の思想を語り、第二部の本門では、「開近顕遠」・「開迹顕本」を説き、夫々が序・正・流通の三つの部位に分けて解釈される。そして、釈尊が説法を行なう「場」も、地上と天空とを行き交う「二処三会《にしょさんね》」を以て展開されている。以上の経巻構成形態を簡略に図示すると、後ろの別掲図のようになる。

（3）最澄の祀った『法華経』守護の番神は、一日～六日・大比叡《おびえ》大明神、七日～十二日・小比叡《をびえ》大明神、十三日～十八日・聖真子、十九日～二十四日・客人、二十五日～三十日・八王子、といった五神が六日ずつ当番するもので、所謂三十番神ではないが、日蓮宗では、一日・伊勢、二日・石清水、三日・賀茂、四日・松尾、五日・大原野、六日・春日、七日・平野、八日・大比叡、九日・小比叡、十日・聖真子、十一日・客人、十二日・八王子、十三日・稲荷、十四日・住吉、十五日・祇園、十六日・赤山、十七日・建部、十八日・三上、十九日・兵主、二十日・苗鹿《いなか》、二十一日・吉備、二十二日・熱田、二十三日・諏訪、二十四日・広田、二十五日・気比、二十六日・気多、二十七日・鹿島、二十八日・北野、二十九日・江文、三十日・貴船――の三十の番神が『法華経』を守護している。これは日蓮の「神天上」思想に、慈覚大師の『如法経』を守護する三十番神信仰を取り入れて、日蓮門下の日像が鎌倉末期に起こしたものだといわれる。

（4）本文の引用は、東洋文庫本に拠り、念の為に勉誠社の影印本も参照している。

（5）日蓮遺文『種々御振舞御書』（『昭和定本日蓮遺文』第一七六、以下『昭定』と略称）。尚、本文の引用は文意を損ねない範囲で捨て仮名・振り漢字等若干の手を加えた。

（6）『昭定』第三九五。

（7）拙稿「真名本『曽我物語』と日蓮宗――「いかに八幡大菩薩はまことの神か」――」（『軍記と語り物』第三十一号、平成七年三月）参照。

（8）十行古活字本の本文引用は、岩波日本古典文学大系本に拠った。

（9）古典文庫第四九五冊（昭和六十三年一月）。

（10）拙稿「『曽我物語』と傍系説話――婆羅門説話をめぐる――」（『国語国文』六十四・7、平成七年七月）参照。

別掲　経巻構成形態図

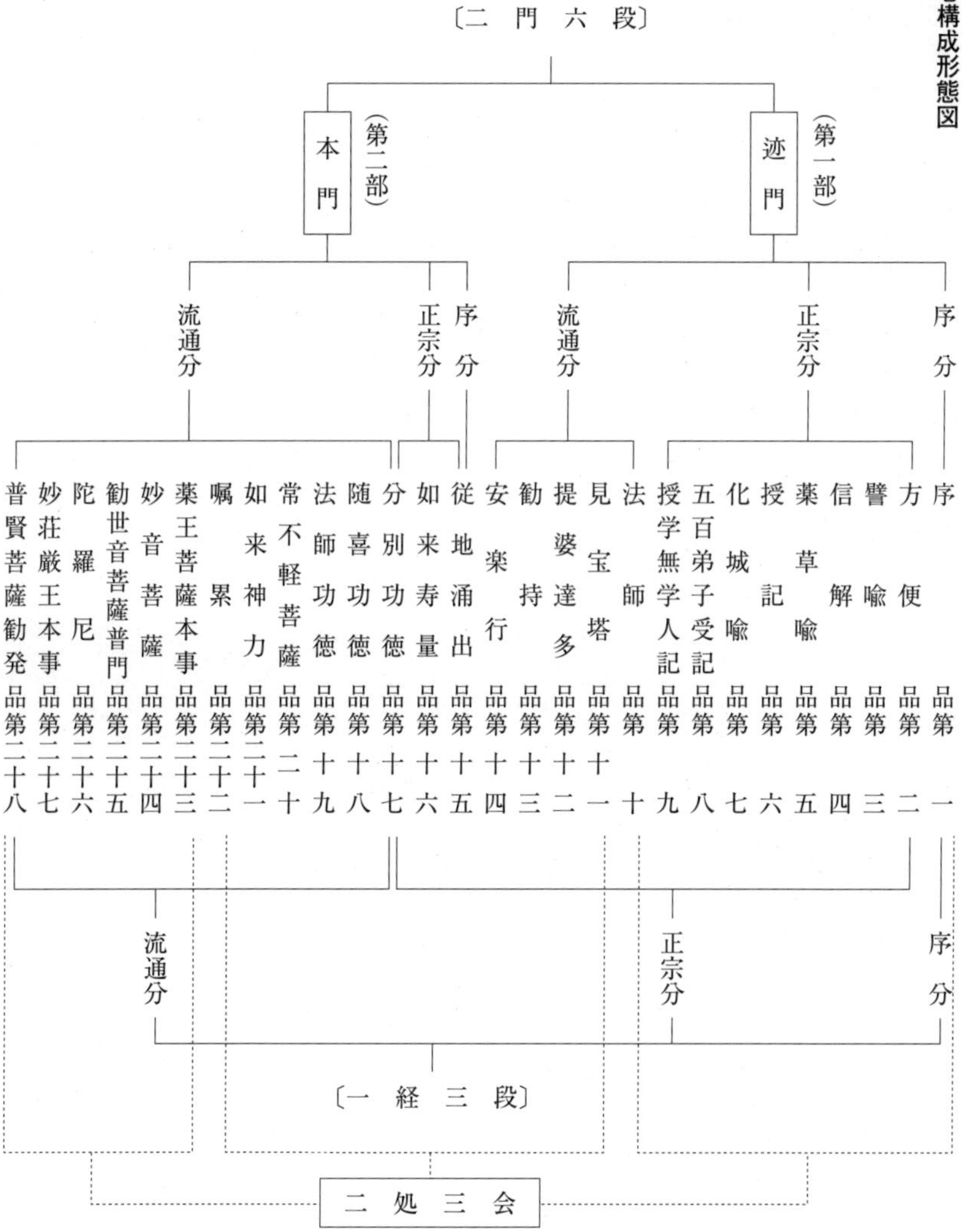
〔二門六段〕
迹門（第一部）
本門（第二部）
序分
正宗分
流通分
序分
正宗分
流通分
序品第一
方便品第二
譬喩品第三
信解品第四
薬草喩品第五
授記品第六
化城喩品第七
五百弟子受記品第八
授学無学人記品第九
法師品第十
見宝塔品第十一
提婆達多品第十二
勧持品第十三
安楽行品第十四
従地涌出品第十五
如来寿量品第十六
分別功徳品第十七
随喜功徳品第十八
法師功徳品第十九
常不軽菩薩品第二十
如来神力品第二十一
嘱累品第二十二
薬王菩薩本事品第二十三
妙音菩薩品第二十四
観世音菩薩普門品第二十五
陀羅尼品第二十六
妙荘厳王本事品第二十七
普賢菩薩勧発品第二十八
序分
正宗分
流通分
〔一経三段〕
二処三会

『曽我物語』「十番斬り」攷

——太山寺本の在地性に絡めて——

I、

建久四年（一一九三）五月二十八日、雨が「車軸のように」降りそそぐ深夜、富士の裾野の御狩り場内において曽我兄弟は仇敵工藤祐経を討ち果たして、十七年の長きに及ぶ宿願を遂げ、亡父への孝養を果たす。剰え、頼朝の命まで脅かしたこの事件は、鎌倉幕府草創期の慌ただしさを背景に、広く世に喧伝された。

やがてこの事件が物語となっての圧巻は、祐経を討ち果たした後、頼朝の宿所近くで繰り拡げられる、警固の武士達と君への見参を目的とする兄弟との死闘、すなわち、世にいう「十番斬り」である。

この有様を物語以外の外部から窺い知ることの出来る史料は、『吾妻鏡』「建久四年五月二十八日条」(1)が唯一のものである。

比較的短文であるので、その全文をここに引用してみよう。

廿八日、癸巳、小雨降る。日中以後、霽《は》る。子の剋、故伊東次郎祐親法師が孫子《まご》、曽我十郎祐成・同五郎時致、富士野の神野の御旅館に推参致し、工藤左衛門尉祐経を殺戮す。又、備前国住人吉備津宮の王藤内と云ふ者あり。平家の家人、瀬尾太郎兼保に与するに依つて、囚人として召し置かるるの処、祐経に属し、誤り無きの由を謝し申すの間、去んぬる廿日、本領を返給し帰国す。

しかるに、猶、祐経が志に報ぜんが為に、途中より更に還り来たりて、盃酒を祐経に勧め、合宿談話するの処、同じく誅せらるる也。爰に祐経・王藤内等が交会せしむる所の遊女、手越の少将・黄瀬川の亀鶴等、叫喚し、此の上、祐成兄弟、父の敵を討つの由、高声を発《はな》つ。これに依つて諸人騒動し、子細を知らずと雖も、宿侍の輩は皆悉く走り出づ。雷雨鼓を撃ち暗夜燈を失ひて、ほとほと東西に迷ふの間、祐成等が為に多く以て疵を被る。所謂平子野平右馬允・愛甲三郎・吉香小次郎・加藤太・海野小太郎・岡辺弥三郎・原三郎・堀藤太・臼杵八郎、殺戮せらるるは宇田五郎已下也。

十郎祐成は、新田四郎忠常に合ひて討たれ畢んぬ。五郎は御前を差して奔参す。将軍、御剣を取り、これに向かはしめ給はんと欲す。しかるに左近将監能直、これを抑留し奉る。此の間、小舎人童五郎丸、曽我五郎を搦め得たり。仍て大見小平次に召し預けらる。其の後、静謐す。義盛・景時、仰せを奉りて、祐経が死骸を見知すと云々。

左衛門尉藤原朝臣祐経

工藤滝口祐継が男

Ⅱ、

次に、太山寺本の古態と在地性を見るための手続き上、「十番斬り」のあらましと登場武士等を、真名本(2)・太山寺本(3)・流布本系(4)の三様の物語諸本で押さえておきたい（後掲〈**表1**〉）。

この「十番斬り」の武士名の出入りを、参考資料も交えて分かり易く一覧表にすると後掲〈**表2**〉のようになる。

この〈**表2**〉からは、次のような幾つかの重要な要素が読み取れる。

㋐ 真名本は兄弟と警固の武士達との勝負の番数を算えず、太山寺本は十番勝負ではあるが、十一人の形をとっていること。

㋑ 『吾妻鏡』に見える堀藤太が、『曽我物語』諸本の十番勝負に見えないこと（但し、番外勝負には堀藤次親家として登場している）。

㋒ 指を二本たち落とされながらも、敵は僅か二人なので恐るに足らずと報告して、高名を得た岡部を、太山寺本が「原小三郎」としていること。

㋓ また、四番・十番勝負の武士名が太山寺本には、「志戸呂六郎・宇田六郎」とあり、他の諸本等と大きく異なること。

㋔ 参考資料として掲げた「幸若舞曲」では、四番勝負に「もて（茂）木殿」とあり、真名本番外勝負の「用樹（茂木）三郎」との交渉を窺わせる。舞曲の依拠した本文は諸説あって、現存仮名本のいずれに依ったものかは特定することが出来ないが、このことからも、散佚した仮名本以外に真名本系本文との関わりも念頭に置いておくべきであろう。

㋕ 太山寺本では、九番・十番勝負並びに番外勝負(5)の十郎・五郎を斬る者の四人の武士の全てが、兄弟の生まれ故郷である伊豆国の者(6)となっていること。

㋖ 伊勢国・信濃国は、東夷や信濃東歌でも知られるように、当時の境界概念からみると両国とも東国に入り、黒屋弥五郎も将軍の側目に仕える「御所の近習」であること等から推すと、坂東武士であることはまず間違いないので、太山寺本では、十番・番外勝負に登場する者の全てが東国武士で固められているということになる。

㋗ その他、補足として、前に示した〈表1〉から読み取れるものは、諸本共、先ず一番勝負に十郎が登場し、相手を斬って退けている。以後、兄弟が十番勝負に交互で登場する形が、物語の視覚的要素から見ても理想的なこ

〈表１〉

真名本（妙本寺本）	武蔵国住人に大楽弥平馬允、聞き付けて、白き小袖に太刀ばかりを押っ取つて、つと出でけるが、この人共をば敵とも知らざりけるにや、「夜討ちの者はいづくにあるぞ、かく云ふは誰ぞ」と云ふ処に、十郎走りかかりて、「臆したる君が詞かな。曽我の冠者原が親の敵宮藤左衛門尉助経を討ちて出づるをば知らずや」と云ふままに、太刀を平めて追つかけければ、かいふして逃げける後ろを、打ち外し様に刎ねてけり。されども立ちも返らずして逃げければ、侍共、これを聞きて皆騒ぎ合へり。一、二千の家の屋形〳〵、上下の人共、声々に、「弓よ矢よ、太刀よ刀よ、甲よ腹巻よ、其れはなきか、某はなきか」とののしりける声々相連きて、山も麓も峯も谷も響き亘りて、六種震動に異ならず。 かかる中にも、畠山殿の屋形より伴沢六郎成清を以て和田殿の屋形へ遣はしつつ、「この騒動は、曽我の者共が日来の本意を遂げて助経を討たると覚ゆ。これに依りて上の御大事は候ふまじ。御内の人々をも鎮めさせ給へ」と云はせられければ、和田殿よりの御返事には、「義盛もその由をば存知して候ふ処に、この御定こそ
仮名本（太山寺本）	さる程に、夜討ちの恐ろしさに声をも立てざりし二人の女共、「御所中に、狼藉人あつて、祐経も討たれぬ。王藤内も斬られぬ」とこそ、声々に呼ばはりけれ。一人聞きつくる程こそ遅かりけれ。鎧・甲・弓・太刀・刀、馬よ、鞍よと、犇めき周章つる程に、具足一領に、二三人取り付きて、引き合ふ者もあり。繋げる馬に打ち乗りて、打ち煽る者も多かりけり。しかれば、陸地震動して、山も崩れ、大地も破るるかと覚えけり。 しかる所へ、武者一人立ち出でて、「何者なれば、君の御前にて、狼藉をいたすぞ。名乗れ」とぞ云ひける。十郎、打ち向かゐて、「我は、以前に名乗りぬ。さやうに云ふ人は誰そ」と問ふ。「是は、武蔵国住人平弥平次右馬允」と名乗りけり。助成、聞いて、「「薫蕕は、器を同じくせず、梟鸞は、翼
流布本系（十行古活字本）	さる程に、夜討ちの時、恐ろしさに声も立てざりし二人の君どもが、「御所中に、狼藉人有りて、祐経も討たれたり。王藤内も討たれたる」と声々にこそ呼ばはりけれ。鎧・兜・弓矢・太刀、馬よ、鞍よと犇めき周章つる程に、具足一領に、二三人取り付きて、引き合ふ者もあり。繋ぎ馬に乗りながら、打ちあふる者もあり。某、彼某とののしる音は、ただ六種震動にも劣らず。 ややありて、武者一人出で来て申しけるは、「何者なれば、我が君の御前にて、かかる狼藉をばいたすぞ。名乗れ」とぞ云ひける。十郎、打ち向かひて、「以前名乗りぬれば、定めて聞きつらん。かく云ふ者は、いかなる者ぞ」、「これは、武蔵国住人大楽平右馬助」と名乗る。祐成、聞きて、「「薫蕕は、入物同じくせず、梟鸞は、翼をまじへず」、我等に逢ひて、かやうの事は過分なり。これこそ曽我の者共よ。敵打ちて出づるぞ。止めよ」と云ひて、追ひかけたり。右馬助、言葉には似ず、かひふつて逃げけるが、押し付けの外れに、胛かけて打ち込まれ、太刀を杖にて、引き退

喜び入りて候へ。御心中、義盛が思ひも同心なるべし」とて返されけり。さてこそ、若干の屋形〳〵は騒ぎけれども、和田と畠山の両所は騒がれざりけれ。

　かかる所に、横山党に愛敬三郎、寄せ合わせたり。会釈《あしらひ》もなく、五郎が打つ太刀に右の肩を切られて引き退く。その次に駿河国住人に岡部五郎馳せ向かふ。十郎、追つてかかりければ、太刀の柄を押つ取り直して打ち組まむとする〔が〕、左の指二つを打ち落とされて一打ちもせずして引き退きぬ。やがて御所の御坪の内へ走り入りつつ、「痛くな騒がせ給ひそ。敵は多くは候はぬぞ。ただ二人あり」とぞ申しける。さてこそ、後日の沙汰の時は「逃る処は不覚なれども、人をたしかに見知りたり。これは不覚の内にはあらず」と云ふ御沙汰有りて、高名の札にぞ付きにける。その次に遠江国住人に原三郎押し寄せたり。五郎が打つ太刀に左の荒骨《あばら》二つを腰の骨まで切り付けられて引き退く。其の次に、御所の黒矢五走り向かふ。

　十郎、これを見て追ひかけければ、取つて返して逃げける後ろの強頸を小鬢に副へて切られつつ、足早にぞ逃げたりける。その傍より押し違へて、信濃国住人に海野小太郎行氏、押し寄せつつ、十郎にぞ打ち合ひける。ここに伊勢国

を接ゑず」、我等に逢ひて、か様の言葉は過分なり。是こそ、曽我の者共が、親の敵を討つて出づれ。止めよ」と云ひて、押つ掛けたり。右馬允、言葉にも似ずして、取つて返して逃げけるが、押し付け外れ、胛かけて打ち込まれて、太刀を杖に突き、引き退く。

　二番に、横地太郎・愛甲三郎と名乗りて、押し寄せたり。五郎、打ち向かい、斬りける太刀に、障子の板を肩かけて打ち落とされて引き退く。三番に、駿河国住人原小三郎、押し寄せて、祐成に弓手の指、中二つ断ち落とされて、御前に参りて、「敵は二人候ふ。御静まり候へ」と申したりければ、「神妙に申したり。いしくも見たり」とて、高名の御意にぞ預かりける。四番に、遠江国住人志戸呂六郎と名乗つて、押し寄せたり。時宗、打ち合ひて、乳の間を斬られて引き退く。

　五番に、御所の近習、黒屋弥五郎、押し寄せて、十郎に、吹返を

く。

　二番に、これらが姉聟横山党・愛甲三郎と名乗りて、押し寄せたり。五郎、打ち向かひ、云ひけるは、「紫燕は、柳樹の枝に戯れ、白鷺は、蓼花の蔭に遊ぶ。かやうの鳥類までも、己が友にこそ交われ。御分達、相手には不足なれども、人を選ぶべきにあらず。時致が手並みの程見よ」とて、紅に染まはりたる友切、真つ向に差しかざし、電のごとくに、飛んでかかる。かなはじとや思ひけん。少し怯む所を、進みかかりて打ちければ、五郎が太刀受け外し、左手の小腕を打ち落とされて、引き退く。三番に、駿河国住人岡部弥三郎、十郎に走り向かひて、左の手の中指二つ打ち落とされて逃げけるが、御所の御番の内に走り入り、「敵は二人ならではなく候ふ。いたくな御騒ぎ候ひそ」と申しければ、「神妙に申したり。いしくも見たり」とて、高名の御意にぞ預かりける。四番に、遠江国住人原小次郎、斬られて引き退く。

　五番に、御所の黒弥五と名乗り、押し寄せ、十郎に追つたてられ、小鬢斬られて引き退く。六番に、伊勢国住人加藤弥太郎、攻め来て、五郎が太刀受け外し、二の腕切り落とされて引き退く。七番に、駿河国住人船越八郎、押

住人に加藤太郎は海野小太郎に劣らじと進みければ、十郎も同じく二人の敵に打ち合ふ処に、弟の五郎、右の脇よりつと出でて、刀を加へて打ちければ、海野も加藤も隙をすかして臼む処に五郎、勝に乗りて打ちければ、加藤太郎は乳二つの間を切られて引き退く。これを見て、海野小太郎引き退く後ろに、五郎、追つかけて貝《かひ》根《がね》の骨を切りてぞ退きにける。

　その次に、駿河国住人に船超党に橘河小次郎、押し寄せたり。五郎が打つ太刀に小臂を切られて引き退く。その次に、鎮西住人に宇田五郎、押し寄せたり。十郎、これも左に見なして打つてかかる。宇田五郎も引かざりけり。十郎、打ち向かふ敵を討たむとすれども、敵は右なれば、左太刀にちやうど打つ。宇田五郎も左太刀にてちやうど合はす。十郎、これを見て「汚しや、和君」とて力を出してからりと打つ。宇田五郎が太刀の鎬を深く打ち削りて、ながるる太刀にて右の肘を切られて引き退く。

　その次に、同国住人に臼杵八郎、押し寄せて五郎と打ち合ひけり。五郎は一足引きつつ、太刀を平めて打ちければ、臼杵八郎は勝に乗りて打つ処に、臼杵八郎が太刀は土深く立ちたりけるを抜きも了《は》てさせず、五郎踊りかかりて、首を打ち落としてけり。

小鬢かけて打ち削がれ、しづ〱とこそ引きたりけれ。六番に、伊勢国住人加藤弥太郎、押し寄せて、五郎に馬手の腕打ち落とされて引き退く。七番に、船越彦次郎、押し寄せて、十郎に真つ向斬られて引き退く。八番に、信濃国住人海野小太郎行氏と名乗つて、押し寄せたり。五郎に打ち合ひ、高股斬られて引き退く。

　九番に、伊豆国住人宇田小四郎と名乗つて、押し寄せたり。十郎が打ちける太刀を受け外し、首打ち落とされて、廿七にて、失せにけり。十番に、同じき六郎、押し寄せ、真っ向割られて、同じ枕に臥しにけり。此の次に、安房国住人安西弥七、押し寄せて、肩先斬られて引き退く。

し寄せ、十郎に高股斬られて引き退く。八番に、信濃国住人海野小太郎行氏と名乗りて、五郎に渡り合ひ、暫し闘ひけるが、膝を割られて犬居に臥す。

　九番に、伊豆国住人宇田小四郎、押し寄せ、十郎に打ち合ひけるが、いかがしけん、首打ち落とされて、廿七歳にて失せにけり。十番に、日向国住人臼杵八郎、押し寄せ、五郎に渡り合ひ、真つ向割られて失せにけり。此の次に、安房国住人安西弥七郎、名乗りて、「敵はいづくにあるぞや」とてたちける。十郎、打ち向かひて、「人々、やさしく面も振らで、討ち死にしたるは見つらん。「愚人は、銅を以て鏡とす。君子は友を以て鏡とす」退くな」と云ひて、打ち合ひける。弥七もさる者なり、「左右にやおよぶ」と云ひもあへず、飛んでかかる。十郎、足を踏み違へ、側目にかけて、ちやうど打つ。肩先より高紐の外れへ、切先を打ち込まれ、引き退くとは見えしかど、それもその夜に死ににけり。

〈表2〉「十番斬り」諸本等異同一覧表

番数＼諸本	吾妻鏡（全十一番）	真名本（全十四番）	太山寺本（全十六番）	流布本系（全十五番）	〔参考資料〕幸若舞曲（全十番）	謡曲（観世流小書）（全十番）
①	平子野平右馬允（有長）	（武蔵）大楽弥平馬允	（武蔵）平弥平次右馬允	（武蔵）大楽平右馬助	大楽平馬丞（允）	〈ツレ〉平子師重
②	愛甲三郎	（相模）愛敬（甲）三郎	（武蔵）横地太郎 （相模）愛甲三郎	（相模）愛甲三郎	愛甲三郎	愛甲季隆
③	岡辺弥三郎	（駿河）岡部五郎	（駿河）原小三郎	（駿河）岡部弥三郎	御所方の黒弥五	岡部忠光
④	原　三郎（清益）	（遠江）原　三郎	（遠江）志戸呂六郎	（遠江）原小次（ィ三）郎	もて（茂）木殿	原　清益
⑤	堀　藤太	御所黒矢（弥）五	黒屋弥五郎	御所黒弥五（ィ弥五郎）	吉田三郎師重	堀　成景
⑥	海野小太郎（幸氏）	（信濃）海野小太郎行氏	（伊勢）加藤弥太郎	（伊勢）加藤弥太郎	吉川　某	海野幸氏
⑦	加藤　太（光員）	（伊勢）加藤太郎	（駿河）船越彦次郎	（駿河）船越八郎	品川　某	宇田国宗
⑧	吉香小次郎	（駿河）橘河（吉川）小次郎	（信濃）海野小太郎行氏	（信濃）海野小太郎行氏	市川別当太郎忠速（澄）	臼杵維信
⑨	宇田五郎（左衛門尉）	（鎮西）宇田五郎	（伊豆）宇田小四郎	（伊豆）宇田小四郎	臼杵七郎師連（重）	吉香経貞
⑩	臼杵八郎	（鎮西）臼杵八郎	（伊豆）宇田六郎	（日向）臼杵八郎	新田四郎忠綱	新開忠氏
（番外）	新田四郎忠常	用樹（茂木）三郎 （甲斐）一（市）河別当次郎宗光 （伊豆）新田四郎忠経（綱） 堀　藤次	（安房）安西弥七 （武蔵）新開次郎実光 （甲斐）一（市）河別当次 （伊豆）新田四郎忠経 （伊豆）堀藤次親家	（安房）安西弥七郎（ィ孫七） （武蔵）新開荒四郎（ィ次郎 ィ赤四郎）実光 （甲斐）市川別当二郎定光 （伊豆）新田四郎忠綱 堀藤次親家	〈註〉『吾妻鏡』は、武士名のみを列挙しているものなので、諸本との配列を分かり易くするために順序を並べてかえてある。	
（備考）	鎮西の中太が五郎の首を刎ねるが、後日譚等は無い。	犬坊の郎党・平四郎が兄弟との深い関わりを理由に固辞したため、替わって筑紫の仲太がわざと鈍刀にて五郎の首を斬る。	祐経の弟で怯懦の人、伊豆次郎祐兼が五郎を受け取るが、恐ろしさのあまり、名も無い自分の家の雑色に五郎を斬らせる。	祐兼に替わって、筑紫の仲太がわざと鈍刀にて五郎の首を斬る。		

とは明らかであるが、真名本は六番・七番勝負で、流布本系は四番勝負でその形を崩している。太山寺本は、二番勝負で五郎が横地太郎・愛甲三郎の二人を斬り、十郎は九番・十番勝負で、宇田小四郎・同六郎の二人を斬るという〈表〉の諸本にはない形をとるが、左記のように、太山寺本は、

一番勝負――十郎
二番勝負――五郎
三番勝負――十郎
四番勝負――五郎
五番勝負――十郎
六番勝負――五郎
七番勝負――十郎
八番勝負――五郎
九・十番勝負――十郎

兄弟が交互に入れ替わる見事な反復の形を保っているということ。

以上のことが〈**表1・2**〉より読み取れる。また、現存する『曽我物語』全諸本の中では、比較的古態を有する彰考館本と唱導色の濃厚な武田本甲本の二本が、太山寺本に近いものである。

そしてこれは、流布本系とは異なり、東国との関わりや興味がまるで認められない京の都人の手で改変・増補されたものとは考えにくく、ほとんどそのままの古態が残存していたとしか考えられないものである。

Ⅲ、

かつて岡田安代氏[7]は、『曽我物語』諸本に登場する武士団の出入りの検討から、真名本と仮名本諸本はもともとその系統を異にし、その分派は物語がいまだ東国の地にある頃になされたのではないかと主張された。この説に異を唱えるものではないが、分析の手続きで太山寺本と流布本系諸本とを一括りにされているところには問題がある。何故なら、太山寺本と流布本系諸本とでは、その内容もさることながら質的な隔りが想像以上に大きいからである。このことはすでに先稿[8]で唱導資料や幾つかの説話等を基に縷々論じてきたことなので、再びここに繰り返すことをしないが、結論として太山寺本が他の仮名本諸本とは異なる独自の世界を有しているのに対して、流布本系では随所において、逆に真名本に歩み寄っていく傾向が認められるのである。

さて、前節で見てきたように、「十番斬り」においても太山寺本は〈表〉に示した他の諸本には見られない構成と内容で、その円環を閉じようとしている。それは、十郎が最後の十番勝負で刃を交える者が生まれ故郷の伊豆国の住人宇田六郎であり、十郎が命を奪われる番外勝負の新田忠経も親しき同郷の伊豆国の者であった。

これは忠経に諸膝を刎ねられ、犬居に臥しながら十郎が最期に掛けた言葉の、

いかに新田殿、同じくは首取りて、上の見参に入れ給へ。親しき者の手に掛かるこそ、日頃の本意なれ。[9]

（巻第九「十郎討ち死にの事」）

に象徴されるように、同じ死ぬのであれば、名も知らぬ他国者の手に掛かるよりも、親しい者の手に掛かることこそ本望だということと、伊豆国に勢力を誇った伊東家の直系として、坂東武士達のいかなる氏素姓にも劣らぬ在地武士としての矜持を持っていたことへの裏書きであろう。

さらに、十郎が斬られて後、五郎丸等の雑色に搦め取られた五郎は、頼朝の訊問を経て、母に曽我の相伝二百余町を御判を副えて安堵され、思い残すことなく斬首の場へと向かうのであるが、この五郎の首を刎ねる者を、『吾妻鏡』や他の真名・仮名本『曽我物語』諸本の全ては、「筑紫の仲太」としている。しかし、ここでも太山寺本のみ、その大役を伊豆次郎祐兼の家の雑色としてあるところに、太山寺本『曽我物語』には、強い土俗性と在地性とを認めざるを得ないのである。

あさましい刀による不本意な五郎の最期の有様を知った畠山重忠は、怯懦の祐兼に五郎を渡したがために、五郎には不憫な思いをさせたと、頼朝の御前で地団駄を踏んで悔しがり、思わず口を突いて出た言葉の、

曽我五郎をば、重忠に給はりて、重代のかうひらを以て誅すべきものを、不覚第一の伊豆次郎に下されて、かわゆき次第を聞く事の不便さよ。(10)　（巻第九「五郎が斬らるゝ事」）

も、無念の死を遂げることが御霊神となる条件の一つであるとするならば、五郎の無念極まりない最期はある種必然ともいえる死に様ではあったろう。

また、重忠の傍にいる頼朝も、兄弟の祖父祐親の三女を妻として、千鶴御前を儲けたこと等を思い起こせば、頼朝とてもこれらの一族と無縁の傍観者や、物語の中の点景などでは、決してあり得ない。すなわち、好むと好まざるに拘わらず、すでに一つの土俗の世界の中に生きているのである。

Ⅳ、

そもそも物語の発端は、兄弟の祖先である寂心が自分と継娘の間に儲けた庶生の祐継に伊東・宇佐美の地を与え、嫡孫である、十郎・五郎の祖父祐親には河津の一郷のみを与えたことによって起きた同族血縁内における所領諍いで

ある。しかもこの闘諍は、伊豆国を舞台に、三代に亘って繰り拡げられ、血で血を洗う在地血縁関係が伊豆史を一際彩っていくのである。

そこへ遠流地の一つで、東国への入口[11]でもあった伊豆国に頼朝が流されてくる。

永暦元年（一一六〇）三月十一日、当時十四歳であった頼朝は、伊豆国北条郡蛭小嶋[12]に流されてから、治承四年（一一八〇）八月十七日に伊豆国で挙兵するまで、実に二十年有余の年月をここで送ったことになる。人生の重要な歳月、或いは青春の全てをこの伊豆国で過ごしたといっても決して過言ではない。

「在地の思想」について森山重雄氏[13]は、次のように述べている。

平曲を生み出した英雄時代的条件は、中世がはじまると存在しなくなる。鎌倉体制と秩序のなかでは、非日常的な英雄の存在は反逆とみなされる。しかし、在地豪族はおそらく体制の固定化を、本質的に好まぬ性格をもっていたにちがいない。かれらにしてみれば、かれらの上にのしかかっていた平家や大寺院の勢力をはねのけてくれるものとして、頼朝は恰好の棟領（梁）ではあったが、それが自分たちの上に新らしい権威となって臨んでくることは好ましくない。かれらは新しい体制と秩序へ順応をよぎなくされながらも、在地武士として伝統的につちかってきた血縁地縁的な結合を強固に維持していた。かれらは鎌倉御家人として幕府に伺候する武家であるとともに、領地へかえれば、同族と郎党にかこまれた在地的な棟領（梁）でもある。鎌倉幕府はまた幕府で、かれらを一定の法意識のもとに統制し、その御家人としての日常的倫理の枠から逸脱しないようにはかる。曾我兄弟がなぜあれほど東国武士の同情を買ったかという問題も、この御家人と在地武士という東国武士が本来もっている矛盾関係からみないと理解しがたいところがある。（中略）血縁共同は『曾我物語』の思想の中核であった。兄弟の宿命的ともみえる血縁共同は、父が非業の死を遂げた瞬間から成立しているのである。そこには、若くして非命にたおれた人物を、血をもってとむらわなければならないという日本の原始的信仰がかぶさっているのかもしれない。

在地の思想について未だなお古さを感じさせないものである。また氏は、物語の結末について、「曽我兄弟の鎮魂は、秩序の象徴である頼朝のがわからおしすすめられるという結果になった(14)」ともいわれている。

たしかに的を射た言であるが、今少しこれに補足するならば、前に述べたように頼朝は伊豆国で人生の過半近くを過ごし、自身の身を立てるには、伊豆を代表する二大豪族の伊東・北条に自己の将来を託さなければならなかった。そして首尾よく伊東の三女との間に千鶴御前を儲けたものの、これを知った祐親の手によって、千鶴は伊豆松川の奥に柴漬けにされ、三女は伊豆国住人江間小四郎に娶されてしまい、その結び付きは失敗に終る。

次に、結果として北条を頼った頼朝は、北条時政の先腹の女、政子こと朝日御前（真名本は万寿御前とする）に近付き、祐親の三女と同じ様に情を交わす。同じくこれを知った時政は、伊豆国目代山木判官こと平兼隆に娶せるが、女は婚礼の夜に伊豆山(15)へ逃げ入り、やがて頼朝が伊豆山へ政子を迎えに行き、二人はそこで結ばれる。――すなわち、頼朝との結び付きを拒んだ伊東は滅び(16)、これと結び付いた北条は、「果報の致す所」として栄えたとする説話の基となるものである。

かくして、文学が個人の営為としてではなく、その時代と在地との風土的な要請に支えられながら形成されてゆく、語り物文芸の一つである『曽我物語』は、東国を淵源として、曽我兄弟の仇討ち成就のみにとどまらず、見てきたように「伊豆国」をキーワードとして、そうした在地武士団の名誉譚をも付加して行くのである。

Ⅴ、

本文でいうと僅か二丁余りの短文の中でさえ、太山寺本の世界を披いて見れば多くの事が語られている。これは真名本にはない坂東武士の「名寄せ(17)」（巻第八「富士野の狩りの事」）や「奥野の相撲」・「屋形廻り」での武士名の交替等を始め、太山寺本が随所に垣間見せる古態と在地性の片鱗である。

これらは結論として、京において書き足されたものでは決してなく、東国の地に物語がある頃に成されたオリジナルに近いものである。そして、見てきたように、それは他の諸本を凌ぐ土俗性と在地性を有していることが知られるのである。

また、『曽我物語』と共に、太山寺に奉納された十一部の書籍の中の和歌集の一つである『秋篠月清集』や『玉葉和歌集』は重要伝本の一つとして夙くに注目されていたし、当初は八坂系の一本と見られていた『平家物語』[18]（巻第一～四までの残欠本）も研究が進展するにつれて、八坂系[19]ではとうてい括れない本文系統であることが近年分かってきた。これは近衛家との関わりを持つ[20]、太山寺本奉納者明石長行とその奉納書を愛読していた妻女の出自や文学的教養[21]にも絡んでくる大きな問題提起でもあるといえよう。

〔註〕

（1）国史大系本その他数種の諸本を参照し、読みを平易にするために、文意を損ねない範囲で私に本文に手を加えた。以下の引用本文も同様である。

（2）笹川祥生他『真名本曽我物語2』（平凡社、昭和六十三年六月）。

（3）村上美登志『太山寺本曽我物語』（和泉書院、平成十一年三月）。

（4）日本古典文学大系『曽我物語』（岩波書店、昭和四十一年一月）。

（5）太田亮『姓氏家系大辞典』（角川書店、昭和三十八年十一月）には、『源平盛衰記』の「堀藤次親家（伊豆国）」等を引き、「伊豆国の豪族にして、頼朝の幕府創立に功あり」とある。

（6）前註（5）同書は、宇田五郎を「伊豆の宇田氏」とする。

（7）「登場武士を中心とした曽我物語諸本の成立」（愛知県立大学『県大国文』第二号、昭和四十三年二月）。

（8）「仮名本『曽我物語』攷――太山寺本の故事成語引用をめぐって――」（『立命館文学』第五一八号）、「太山寺本『曽我物語』〈今の慈恩寺是なり〉攷――仮名本の成立時期をめぐって――」（『論究日本文学』第五十四号）、「太山寺本『曽我物語』本文研究――真名表記と仮名表記――」（『立命館文学』第五二四号）、「太山寺本『曽我物語』とその時代――太山寺本奉納者明石長行と亡妻昌慶禅定尼をめぐって――」（『中世文学』第三十九号）、「『曽我物語』と傍系説話――婆羅門説話をめぐる――」（京都大学『国語国文』第七三一号）以上、『中世文学の諸相とその時代』（和泉書院、平成八年十二月）所収。「『曽我物語』と女性――大磯の虎とその形象をめぐって――」（『曽我・義経記の世界』汲古書院、平成九年十二月）、「『曽我物語』と傍系故事説話――「李将軍」「杵臼・程嬰」「玄宗・楊貴妃」説話をめぐる――」（『立命館文学』第五五二号）等々、以上、本書所収。

（9）註（3）同書二七四頁。

（10）註（3）同書二八六頁。

（11）伊藤喜良「「東国国家」と天皇」（『中世東国史の研究』東京大学出版会、平成元年）。

（12）現静岡県田方郡韮山町にその跡が残る。また、「北条郡」は『吾妻鏡』建保三年（一二一五）正月八日条等にその名が見える。

（13）「在地者の贖罪――『曽我物語』の意味するもの――」（『思想の科学』第十七号、昭和三十八年八月）。

（14）註（13）同書。

（15）『吾妻鏡』治承六年（一一八二）二月十五日条には、伊東に追われた頼朝は真っ先に伊豆山に逃げ入ったとあり、説話と異なる。また、頼朝と政子の嫡男頼家は、伊豆国修禅（善）寺に幽閉され、元久元年（一二〇四）七月十八日に謀殺されており、伊豆と関わりが深い。

（16）『源平盛衰記』などでは、伊東祐親に対する頼朝の怨みを、征夷大将軍にまでのぼって朝家を守る、もしそれが叶わなければ伊豆一国の主となって、祐親を召し捕り、その怨みをはらすと書かれている。

（17）註（3）同書二二五・六頁。

（18）当初から残欠本ではなかったかとする考えもあるが、佛の御前に供えるのに欠巻のあるものを奉納することなど考えにくく、また、当代の史料である「明石長行寄進状」、『太山寺文書』等によって、奉納時には全十二巻の完本であったことを確認することが出来る。

(19) 兵藤裕己氏は、中世における八坂流の語りの存在そのものを疑っておられる。

(20) 前註(8)の拙稿「太山寺本『曽我物語』とその時代――太山寺本奉納者明石長行と亡妻昌慶禅定尼をめぐって――」(『中世文学』第三十九号、後に『中世文学の諸相とその時代』和泉書院、平成八年、に所収)。

(21) 一地方武士の子女の文学的教養については、拙稿(『國文學』平成十二年六月号)の「Ⅱ エポックを押さえる、境域を越える(1500年前後――戦国時代)」のセクションで触れている。

〔附記〕

本論攷に引用した、「十番斬り」本文中の「安房国住人安西弥七」を、拙著『太山寺本曽我物語』(和泉書院、平成十一年三月初版)では、誤植に気付かず、「阿波国住人安西弥七」としている。同箇所を引用した『中世軍記文学選』(和泉書院、平成十一年十月)では、正しく「安房」と表記しており、現在執筆中の『太山寺本曽我物語総索引』並びに『太山寺本曽我物語』の第二版以降では訂正を施すと共に、訂正表を添付する予定である。謹んでここにご報告申し上げる。

『曽我物語』と『富士野往来』

Ⅰ、

古往来の一つである『富士野往来』は、歴史上の特定事件（曽我兄弟の仇討ち）に題材を求めているところから、歴史科往来の祖と称されている。したがってそれは、国語学や学校教育の教科書として研究され、注目を集めてきた故であるといえよう。

しかし本論攷は、『富士野往来』の類い稀な文学性（とくに第九状）に瞠目しつつ、研究のあまり進展していない本書について、いくつかの指摘と新たに気付いた二、三の発見とを交えながら論じてみたいと思う。

Ⅱ、

先ずは、世間にあまり知られていない該本を概観しておこう。

書名にある「往来」とは、書翰の「往復」の意で、広義には人々の往還、書信の往復に始まる。例えば、『千字文』に「寒来暑往」とあるように、時節の移り変わりまでをも指していう。

古くは、成人や童子の初歩教育用として使用されていたようであるが、室町時代辺りから、こうした往来本は、寺院における稚児教育の恰好の教科書《テクスト》として弘く用いられるようになっていく。

また、『富士野往来』の書名も、写本の一つに『御狩富士野往来』とあるものを除けば、版本も含めた現存全諸本の題名は、『富士野往来』に統一されている（『富士野往来』は、富士の裾野での巻狩りのみを扱った内容なので、「御狩」の有る無しは異名とするに当たらないだろう）。

次に主だった諸本は次の通りである。


〈写本（全五状～八状）〉

① 田氏蔵本（文明十八年〈一四八六〉六月二十五日書写。全五状）。〔与州風早郡沢野間瑞泉庵　右筆寿哲（廿六歳）書写〕

② 浄教房真如蔵本（大永三年〈一五二三〉八月十八日書写。全五状）。〔城州瓶原海住山寺五大院　右筆順智（廿一歳）書写〕

③ 川瀬氏蔵本（永禄七年〈一五六四〉十一月書写。全五状）。

④ 神宮文庫蔵本（識語等なし。全五状）。〔一状～三状を上巻とし、四・五状を下巻とする〕

⑤ 石川氏蔵本（天正十二年〈一五八四〉四月十四日書写。全八状。――実質的には、後の版本と同じ九状であるが、形式的に整わず、八状の型を履む）。〔大石清介書写〕

〈版本（全九状）〉

⑥ 正保四年〈一六四七〉七月刊。〔無記銘〕

⑦ 慶安五年〈一六五二〉一月刊。〔山本五兵衛開板〕

⑧　延宝七年〈一六七九〉刊。〔置散子著という〕
⑨　天明四年〈一七八四〉刊。〔西村屋与八開板。東武市隠（白馬山人）の跋文があり、選者を自笑禅師とする〕

〈頭書絵抄〉口絵として、「手習いの図」と「富士巻狩りの図」等を掲げた、『富士野往来』の註釈書。

⑩　文化元年〈一八〇四〉三月刊。〔京都・堺屋嘉七開板。神武著書とある〕
⑪　文政四年〈一八二一〉十二月刊。〔銭屋長兵衛開板（京都・大坂・江戸の三書店の合梓）〕
⑫　その他（無刊記本）。〔大坂・勝尾屋六兵衛、秋田屋太右衛門、秋田屋市兵衛等の重板・異板があり、国会図書館・東博・三次市図書館を始め、東京学芸大・筑波大・日大、その他多数の図書館・文庫等に蔵されている〕

ここにいう、全篇九状（通）の内容とは、石川松太郎氏(1)の分類に従うと次のようになる。煩瑣を避けて、日附・差し出し人・宛名、並びに諸本の概要等を分かり易い一覧表にして、私に掲げてみる（次頁参照）。

( )→文明・大永・神宮本の状番号。
□→石川本の状番号。
○→版本の状番号。

多少の出入り、細分化はあるものの、文明本・大永本等の古態本を基準にすると、後世では、状の通し番号でいう第四・六・七状が石川本と版本に増補されたものである。

〈表〉に簡略に示したように、『富士野往来』は、基本的には、「廻文」・「副文」・「着到」・「配分」・「執達令状」・「陳情書」・「問い合わせ状」等の公用文体を踏襲するもので、残りは公用を兼ねた消息文的なものとなっている。

古態本	石川本	版本	状の通し番号	内容等　（　）内は、版本
(1)	[1]	①	第一状	廻文状　源頼朝より梶原平三へ 卯月十一日附　(宛名ナシ)
(2)	[2]	②	第二状	副文状　平景時より左近大夫将監へ 卯月十二日附　(蔵人太夫朝輔より右近太夫将監へ)
(3)	[3]	③	第三状	着到状　　差し出し人名・宛名共にナシ 五月十三日附　(　〃　　〃　　〃　)
	[4]	④	第四状	配分状　　差し出し人名・宛名共にナシ 五月　日附　(　〃　　〃　　〃　)
(3)	[5]	⑤	第五状	巻狩りの規模・実況を報ずる状　藤原正行より梶原景時へ 五月　日附　(藤原正行より平景時へ)
	[5]	⑥	第六状	小次郎・禅師房召し捕りの執達令状 五月晦日附　平景時より曽我太郎へ
	[6]	⑦	第七状	小次郎等逮捕不能の陳情書 五月晦日附　曽我太郎より平景時へ
(4)	[7]	⑧	第八状	曽我兄弟の狼籍についての問い合わせ状 五月廿八日附　平景時より安達盛長へ
(5)	[8]	⑨	第九状	曽我兄弟の仇討ちの状況並びにその成敗を報ずる状 五月廿八日附　安達盛長より（平景時へ）

次に、〈表〉に掲げた三系統の諸本を整理すると、文明・大永本の全五状の型を履む古本系本文を基に、石川本は第三状を分かって第三・五状とし、第四・六・七状（六・七状は日附が逆行している）を新たに加えて、全八状としている。さらにこの全八状の型の第五状を、第五・六状に分かって全九状の流布本の型としたものが、版本に見る形式である（もちろん、前述したように多少の出入りや、異同、脱文らしきものは存するが、後に取り上げる山場の第九状は、基本的には諸本ともに共通するものである）。

Ⅲ、

この往来の作者を特定することは、今のところ出来ないが、成立年代については、およその見当が付けられている。左記に先学の諸説を掲げてみる。

㋐ 平泉澄氏[2]は、「天文十七年の『運歩色葉集』・『弘治二年本節用集』等に引用せられ、又、現に文明十八年丙午六月廿五日の古写本が伝はり、文明十六年の『温故知新書』にも、引用せられ、更に朝鮮の成化五年（一四七一）に成つた『経国大典』にも見えて居る以上、文明元年よりかなり以前に著述せられた事は明らかである。先づ室町の初期と見て、恐らくは大過あるまいと思ふ」とし、内容的にはこれを、武士の子弟の為に作られた一種の『曽我物語』と認識されている。

㋑ 川瀬一馬氏[3]は、前の平泉氏の説を踏まえた上で、『富士野往来』を、「特殊な漢文体ではあるが、読み難い真名本曽我物語と異り、親しみやすい文体で簡要を得てゐる為に、この往来は曽我の仇討話を普及させる上には大いに効用があつたものと考へられる。仮名交り文に、書き改められた曽我物語が出現しない前はいふまでもなく、仮名本曽我物語が著作せられてからも、一には手習の手本として、又一には簡要な読本として、室町時代には、むしろ曽我物語よりも多く曽我贔負の思想を助成する役目をつとめたものであると思ふ。間接に幸若舞や能の曽我物の出現を促したのも本書であらう」とし、『富士野往来』は、明らかに真名本『曽我物語』の影響下に成立して、同手法に倣ったものだともいわれている。

㋒　高橋俊乗氏[4]は、川瀬氏と同じく、「知識を分科的に教へんとするものでは、先づ歴史類に『富士野往来』がある。建久四年に源頼朝が富士の裾野で巻狩をした事件を九通の手紙で他へ通信する形式である。手紙は仮作であらう。この書も経国大典に出てゐるが、『曽我物語』流布の影響の下に出来たものであらう」としている。

㋓　石川松太郎氏[5]は、文明十六年（一四八四）の撰にかかる『温故知新書』にも、『富士往来』の書名が見えるところから、これを『富士野往来』と見て、室町時代初期（十四世紀後半）の成立を支持する。

また、小倉進平氏[6]は、『童子教』・『庭訓往来』・『富士野往来』・『雑筆往来』等は、朝鮮国において語学書としては十分な価値の備わらなかったものとして、等し並みに扱われている。しかし、『曽我物語』と関わる『庭訓往来』や、和製類書の『童子教』と共に、『富士野往来』が倭学読本である『経国大典』に引かれていることには興味深いものがある。

こうした諸説の中で、『富士野往来』は、真名本『曽我物語』の手法に基づいていると判断されたのは川瀬氏であった。川瀬氏のいう、「室町時代の人々に曽我兄弟の武勇を知らしめ、曽我贔負の思想を鼓吹するに与つて力のあつたものに往来物の『富士野往来』があ」ったことは注意せねばならないが、真名本の本文や、そうした手法によったとすることには疑義が存する。――したがって、そのことを証明する手続き上、第九状の本文（所謂『夜討曽我』に相当する）を私に全文訓み下し文にして掲げてみる[7]。

〔第九状、仇討ちの状況とその成敗を報ずる状〕

仰せの旨、畏りて承り候ひ畢んぬ。誠に以て款冬《やまぶき》、玉池に開け、郭公、花岳《かがく》に度《わた》る。興の興たるは、蘭手《いで》の屋形也。時に夏風、月の影を迎う。竹椅、春の光を止《とど》む。新暑の前に、猪鹿の影を並べ、郡梢《ぐんしやう》の下に、鷹隼《しゆん》の翅を羽うつ。将又、牧馬、頻りに嘶え、野螢、已に点ず。夫れ、一行の煙、芝蕙の色よりも青くして、四方の風、楓桂の声よりも馥ばし。味を感じ、云《ここ》に淵底を尽くして、賞翫、尤も以て境《をり》を得るもの歟。特《こと》に三日の牧(巻)狩りを遂げ、一夜の篇什に堪へず、啻《ただ》、保昌・丹後が眼を驚かすのみ。業平・伊勢が聞を催す。然る処に、子の一《はじめ》より丑の三《なかば》に至るまで、娃の袖頻りに思度計無《しどけな》げなる、女の声の聴き、故々《こゝ》天々たり。

爰を以て、五畿七道の侍共、繋ぎ馬に乗る。甲を膝に当て、弓一張に四五人、太刀一振りに二三人取り付け、彼此《ここかしこ》に捫着(著)す。敵は、東に在れば、矢をば西に放つ。御縁の下に引き籠る族も有り、敵の名乗る声、僅かに一両人には過ぎず、敵の柴の扉・巌の扉の下に立て籠る。河津三郎が嫡子《はじめのこ》に曽我十郎祐成、廿二歳、同じき五郎時宗(致)、廿歳。伊豆国狩野の奥、赤沢山の麓、八幡嶺の境におひて、親父・伊豆三郎祐重を工藤一﨟祐経に打(討)たれ、折臂の呼言を数十年に懐き、然るに今、駿河国富士の南、東宮の原、蘭手の屋形におひて、会稽の恥辱を雪《きよ》めんに、倚会哉《よれや》〳〵と、散々に截つて廻る。敵、呼吠《をめい》て御前に跋《かか》る。面々に火を蓑笠に摚《つ》けて、各々、寰闠に馳せ集まる。北条殿の屋形、和田左衛門尉の屋形、畠山二郎が屋形、此れ計り遅く続松を出だしける。

其の外、長沼太郎、結城七郎、宇都宮弥三郎、小山小太郎、江馬遠江守、懐島平権守景義、藁科六郎、豊田五郎、狩野新介、畑《はた》田四郎、藍香《あいきやう》三郎、海野小太郎、荒河別当次郎、千葉《ちば》下総守、本間八郎、渋谷平太、江戸九郎、葛西《かさい》三郎、三浦左衛門尉、松田十郎、河村藤内、波多野小藤太、村山弥七、鎌倉平八、武蔵の七党、上野八家、凡そ八ケ国及び伊豆・駿河、信濃の御家人、若党、冠者原、櫛の歯を列ねる。十二万余人、我も〳〵と十郎

・五郎に打《と》つて懸くる。譬へば、台蜑の巣を離るるが若し《(く)》、聚蟻の青虫を獲《え》たるに似たり。

　爰に、祐成・時宗《(致)》、跋扈《ばっこ》と進む敵を待ち受くる。推跪《すいき》と来たる敵を待ち掛け、然る間に、細頸を擲《う》ち零《を》とさる者も有り、肱肘《ひぢかいな》を、截り落とされし人も有り、髃《かいがね》・胛《かまち》・脛《つぶり》・齃《うとがい》・肩・腫《そじ》・胂《かたさき》を打ち鎩《そが》る族も有り、四方八方に追ひ散らされ、嗚呼、是の如き輩、十人斗りも有らん時、世の中も槁《こう》とぞ見へ来たる。終に仁田四郎忠綱、十郎に功《つ》め寄つて、忠綱と祐成、半時が程ぞ、毆《う》ち合ひける。祐成が太刀、宵より暁に及びて、烊《ほとを》り返り、鐔本一寸高く打ち折れて除《の》く。新《(仁)》田四郎、小鬢《びん》を切られ、悪しき様に見える処に、祐成が太刀、段々に成ると瞻《み》て、快《よ》いぞや〳〵と、攻め懸く。哀れなるや十郎祐成、廿二歳にて、忠綱に敲《う》たれ畢んぬ。抑、此の新《(仁)》田四郎忠綱、昼は麋鹿麚材《びろくしやさい》の中に、麞麕麏犺《しようきんゆうこう》の間に、猪鹿《いのしし》の十《と》の寸丸《すまる》、瞋《いか》り狂うて、御料の最中《まんなか》に懸かり奉る。馬を放ち、鐙を捨てて、逆《さかさま》に無手《むず》と乗り、尾骨を手縄《たづな》と為して、曲進退に乗り屈《こご》む。終に刀を抜きて、鏡に打つ立つ。勇徳を六十余州の風塵に施し、夜は曽我十郎、思ふ敵・工藤左衛門尉祐経を敲《う》ち執る。遄《やが》て、御料の御陣に焱《はため》き懸かる。鬼魅《おにごめ》の如し。面対する者も無し。曽妙《(勇猛)》が家に、武略を振るつて、揉《も》みに揉んで戦ふところに忠綱、軽《ゆら》と飛んで祐成に合ひ、忽ちに鉾齒《ほこさき》を諍ひ、擅《ほしいまま》に剣景を涌かす。則ち、十郎を敲《う》ち捕つて、倍《ますます》、勇を一天四海の波瀾に畳《たた》む。男子を生まん人は、只、忠綱を見よと謂い、女子を持たん者は、聟に新《(仁)》田を取らんと謂う。今般《このたび》の面目、偏に新《(仁)》田四郎忠綱にて相留めたり。

　五郎時宗《(致)》、裏に在りて、表に在りて、散々に截つて廻る程に、時宗《(致)》、頤《をぎろ》に侈《をご》つて治術《ちじゆつ》を失ひ、方々に叛《に》げ戦《をのの》く。愈《いよいよ》粉紜と、閤閣《こうかく》の陣頭に截つて入る。殿中犍甸《けんてん》、上下に並み居て騒動す。粤《ここ》に五郎丸、梅栂腋分に富んで、膕肋《くわろく》憤《いきどほ》りを得、鼎を揚ぐる計りの恵《かしこ》き者也。時宗《(致)》と指《むず》と組んで、上に在り、下に在り、時宗《(致)》、緈《こと》とも為せず、燧《とぶひ》の如く、狭《せばき》が如く、盆蠱に似たり。御所中に曳いて入る。五郎丸は、鞹《くわく》の如く、笥《け》の如し。虎鳩に同じ。然る処、下口《ありあう》の侍共、外方《とざま》の人々、身命を捨てて落ち重なり〳〵、鏗鏘《ようめ》き懸かる。時宗《(致)》、生虜《いけ》られ、此の間の所存、一々の次第申し披き畢んぬ。
皆者《みなひと》、五郎丸をば、鰐の口を遁し、児《じ》の舌を離れたりと謂《ゆ》うと云々。抑、夜討ちの由来を、委細にこれを尋ぬれば、伊東の奥野の狩りに、祐成・時宗(致)が親父・河津三郎祐重、三十一歳、十余箇国の侍共、其の中に大力美男の群誉《ぐんよ》有り。

其の日の装束には、秋野の摺り尽くしに、挽き柿したる直垂に、大斑の行騰を、下豊《しもふくら》に帯《は》き、鶴の本白の箆矢負い、安達の真檀《まゆみ》の最中《まんなか》捕つて、萌黄裏属《つ》けたる竹笠を着、一揉《もみ》に奥野の嵐に揉ませて、宿鴾毛《さびつきげ》の馬の五臓太《ふと》なるに、尾髪飽くまで尋常なるに有り。梨子地蒔絵の白覆輪の鞍に、連裳《れんしやう》の鞦に、款冬色《やまぶき》の轡に、紺の手綱を紕《よ》り入れ、竹の根の鞭に、赤革にて鞭締《むす》びて、赤沢の峰の木の間従《よ》り、臥木・折木を嫌ふことなく、磐石の難所を引つ跋《か》け〳〵降る所に、工藤一郎(臈)が若党、大見小藤太・八幡三郎、一二の翳《まぶし》を定め、伊藤(東)祐重を射て零《を》とす。

是は、久須美庄の相論に依つて也。

其の時、有り会ふ人々は誰々ぞ。大庭平太、同じき三郎、俣野五郎、山内瀧口太郎、海老名源八、荻野五郎、土肥次郎真平(実)、子息弥太郎遠平、曽我太郎、竹下孫八、藍沢弥五郎、子息弥六長経、吉河十郎、船越藤八、子息九郎兼経、入江右馬次郎、蒲原藤五、奥津木工允、北条三郎、同じき四郎、矢野藤内、狩野工藤五郎、凡そ大名五百人、都合三千余人。其の時、鎌倉殿をば流人兵衛佐殿と云ひ、親父打たれし剋《きざみ》、十郎をば一万と号して、五歳に成る。五郎は、箱王と名づけて三歳に成る。今、鎌倉殿をば征夷大将軍と号すと。将軍の御陣と云ふは、就中、工藤左衛門尉、御宿直の御所中也。稠《きび》しく用心致さむ。抑、兄弟二人、心武くして続松を敲《う》ち振り、見為せければ、祐経は調越(手)の少将を懐《いただ》き、王藤内は黄瀬河の亀鶴を懐く。祐成・時宗(致)、傾城を袍衣に押し裹《つつ》み、押推(イ合はひを推し隔て)隔て、那《いか》に祐経、那に祐経と押し驚かす。河波《かは》と起くる処に三段に切つて、目を鏨《さ》し留め、芸を戦場に施し、名を後代に揚ぐ。今般《このたび》の悲の憫の至極なるは、備前国吉備津宮の王藤内、憾死には非ず、時に臨めば、無益の死なり。妻子を、淹《はる》かの中国におひて待ち思ふらんに、曽我の殿原に打たるると聞ひて、滞泣慨涙想ひ像《やら》れて、哀れに覚え候ふ。工藤犬房、時宗(致)が面を敲《う》つ。時宗(致)、理や、敺《う》てや〳〵と謂う。十郎が、最後の語《ことば》、新(仁)田の物語りす。五郎、兄の祐成が頸を見て、憂悩を懐く事共也。

於戯《あゝ》、漢家・本朝に武党を薦《すす》むれば、樊噲・張良、致頼・保昌も、祐成・時宗(致)が最後には及び難し。吝《やさ》しかりし武者の窮めたる哉《かな》。忠綱の外、大旨、臆病に見えける。是則ち、皆、大高(行)たりと雖も、多門(聞)・持国の戟《ほこ》を突けば、修羅の叩濫《きやうらん》も無しと云々。此の謂《ゆゑ》を以て、此の旨を以て御披露有るべく候ふ。恐惶謹言。

五月廿八日　　小弼盛長

進上　梶原殿

富士野往来下

諸人不ㇾ顧㆓嘲哢㆒、一筆書付候畢。後見人者一反(返)之可ㇾ預㆓御廻向㆒候。

大永三年八月十八日　城州瓶原海住山寺五大院(8)而写ㇾ之。

右筆順智廿一

川瀬氏は、この第九状の括弧でくくった部分のみを真名本『曽我物語』と対校させて結論づけたのが前の言である。しかし、真名本・仮名本・幸若舞曲等を含め、『富士野往来』の本文と低触するのは、この一箇所しかないのである（ほんの一例として示されたような形をとられているが、実際のところ、後にも先にもこの箇所以外、どこにも見出せない）。取り敢えず、件の箇所を真名本(9)だけではなく、流布本系の十行古活字(10)本とも対校させてみる。

左記の対校表を見て分かるように、『富士野往来』の本文は、仮名本より真名本に近いと言えば近いという程度なので、この一箇所だけでは何ともいえないのである。全くの同文か、決定的な特殊用字の一致等が見られるものでな

富士野往来（真如蔵本）	其の日の装束には、秋野の摺り尽くしに、挽き柿したる直垂に、大斑の行縢を、下豊《しもふくら》に帯き、鶴の本白の蓖矢負ひ、安達の真檀《まゆみ》の最中《まんなか》捕つて、萌黄裏属《つ》けたる竹笠を着、一捽《も》みに奥野の嵐に捽ませて、宿鴾毛《さびつきげ》の馬の五臓太《ふと》なるに、尾髪飽くまで尋常なるに有り。梨子地蒔絵の白覆輪の鞍に、連裳《れんしやう》の鞦に、款冬《やまぶき》色の轡に、紺の手綱を紲《よ》り入れ、竹の根の鞭に、赤革にて鞭締《むす》びて、赤沢の峰の木の間従《よ》り、臥木・折木を嫌ふことなく、磐石の難所を引つ跋け〳〵降る所に……。
真名本（妙本寺本）	その日の装束には、秋の野の摺り尽くしに、間々に引き柿したる直垂に、大斑の行縢の豊かに広げなるに、狩矢の科に借染《かりそめ》に作《は》がせたる鶴の本白の九つ差いたる矢を負ひつつ、繁籐の弓の真中取つて、萌黄にて裏打つたる竹笠を峰吹く風に吹き散らさせて、暁といふ名馬の鴾毛《つきげ》なる馬の七寸《ななき》に却《はつ》むだるが、五臓太くて尾髪飽くまで足れたるに、梨地蒔の白伏輪の鞍に連赤《れんじやく》の鞦の款冬《やまぶき》色なるを、芝打長《しばうちだけ》に懸けさせつつ、白き轡を啥歯《かんし》と喰《か》ませ、紺の手縄《たづな》に同色の腹帯《はるび》を強く卜《しめ》てぞ乗つたりける。主も究竟の馬乗りなり。馬も音に聞こゆる逸物なれば、伏木・巌石をも嫌はず差し俳《くつ》ろげて歩ませ出だしたり。
仮名本（十行古活字本） ※（ ）内、太山寺本本文	秋野の摺り尽くしたる間々に、引き柿したる直垂に、斑（大斑）の行縢裾たぶやかにはきなし、鶴の本白にてはぎたる白こしらへの鹿矢、笘高に負いなし、千段籐の弓まん中とり、萌黄裏つけたる竹笠、こがらしに吹きそらせ、宿月毛の馬の五臓大なるが、尾髪あくまでちゞみたるに、梨子地にまきたる白覆輪の鞍に、連著《れんじやく》鞦の山吹色なるをかけ、銜轡《ふくみ》、紺の手綱をいれてぞ乗りたりける。馬も聞こゆる名馬なり。主も究竟の馬乗りにて、伏木・悪所を嫌はず、差しくれてこそ歩ませけれ。

い限り、『富士野往来』が真名本に依拠したなどとは到底いえない。

しかも、対象箇所以外の棒線（一一三頁～一一六頁引用文）で示した部分の一つである「祐重」は、真名本に「助通」、『吾妻鏡』に「祐泰」とあるものだが、仮名本最古態の太山寺本には、『富士野往来』と同じく「祐重」と表記される。真名本にある「往藤内」も、『富士野往来』と太山寺本や、他の主だった仮名本には「王藤内」とあり、細かい字句を拾えば、全体的には仮名本の本文に『富士野往来』の本文は近いともいえる。また、「久須美庄《くすみのしやう》」・「調越《てごし》の少将」

・「藺手《いで》の屋形」等と見える地名等は、諸本に見えない、『富士野往来』独得のものである。第九状だけを見ても、その一例を示すと、「思度計無《しどけな》げなる」・「呼吠《をめい》て」・「跋《かか》る」・「揑《つ》けて」・「髃《かいがね》・胛《かまち》・脛《つぶり》・鰒《うとがい》・脾《そじ》・胂《かたさき》」・「打ち鎩《そが》る」・「焊《ほとを》り」・「擅《ほしいまま》に」・「縡《こと》とも為せず」・「鏗鏘《ようめ》き」・「螫《さ》し留め」・「想ひ像《やら》れて」等々の、真名本とも違った字句・用字を相当数用いており、とくに「藺手」は、物語や史書に「伊出」・「井手」・「伊堤」等と表記されるもので、「藺手」とする表記は、『運歩色葉集』[11]等の古辞書類にのみ見えるものである。

元来、往来物と古辞書は、その習学においてセットで用いられていた。『運歩色葉集』や『節用集』に、「往来物」の書名が見えるのも偶然ではないのである。したがって、作者圏もこの辺りに求められなければならず、とくに第九状は、見てのように全く別種の『曽我物語』といってよい程の様相を呈している。

そして、この第九状にあたる部分は、浄教房真如蔵本等の古態本では、実に全体の半分を超える字数を費やして叙述されている。文末の「恐惶謹言」等が無ければ、手紙ではなく、どこをとっても立派な文芸作品である。その内容も、第一状から第九状まで徹頭徹尾、富士の巻狩りから筆が離れることはなく、「於戯《あゝ》、漢家・本朝に、武党を薦《すす》むれば、樊噲・張良、致頼・保昌も、祐成・時宗(致)が最後には及び難し。吝《やさ》しかりし武者の窮めたる哉《かな》。忠綱の外、大旨、臆病に見えける。是則ち、皆、大高(行)たりと雖も、多門(開)・持国の戟《ほこ》を突けば、修羅の叩濫《きやうらん》も無しと云々」と、兄弟の武勇を本歌のどの『曽我物語』よりも手放しで褒め称えている。

これは、前述した川瀬氏がいうような、「読み難い真名本曽我物語と異り、親しみやすい文体」で書かれているとは、いいにくいが、『実説双紙曽我物語』（全十一丁・筆者架蔵本）のような多く出回った抄本等と同じく、曽我兄弟の武勇を弘めるに一役買ったことは否めない。そして何よりも、『曽我物語』の山場やさわりを抄録しているので、稚児達が読むに適したものであったことは想像に難くない。

Ⅳ、

南北朝時代の終わり頃（十四世紀末）には成立していたであろう『富士野往来』は、真名本や仮名本『曽我物語』とも違う本文に依拠したようであるが、子細に検討すると、筋や内容に新規のものは見当たらず、その相違は修辞の違いに帰結する。だとすれば、『富士野往来』は、『曽我物語』或いは、曽我伝説の抄録されたものの一つと考えてよいのではないか。

また、兄弟に対する思い入れは、熱く鮮烈である。したがって、『富士野往来』は「往来物」という教科書としての役割だけではなく、武士としての心構えや、手本としてのメンタルな面への波及効果の大きかったことが考えられる。

とくに、十郎・五郎兄弟の二人の世界を冒すものなど何もないかのごとき筆致は、童幼の心をときめかせたに相違ない。――そうした意味においても、『富士野往来』の持つ文学性はもっと注目されてよいものの一つであるといえよう。

〔註〕

（1）『日本教科書大系』「往来編・古往来（四）」（講談社、昭和四十五年十月）二一三〜二一七頁。

（2）『中世に於ける社寺と社会との関係』第五章「精神生活」（至文堂、大正十五年十一月）二八四頁、三〇五〜三〇六頁。

（3）「曽我物としての「富士野往来」」（『宝生』第十九巻第十一号、昭和十五年十一月）七十七頁。後に、『日本書誌学之研究』（大日本雄弁会講談社、昭和十八年六月）に所収。

（4）『近世学校教育の源流』第三章「寺子屋形式の源流と展開」（永沢金港堂、昭和十八年四月）三八九頁。
（5）前掲註（1）同書二一〇頁及び、『往来物解題辞典』「解題編」（大空社、平成十三年三月）七二六頁。
（6）『朝鮮語学史』第四章「日本語学」（刀江書院、昭和十五年五月）三七三～三七四頁、四一〇～四一四頁。
（7）本文（十二丁ウ～二十三丁ウ）は、真如蔵本の大永三年本（叡山文庫蔵本、函架整理番号「真如／外典／43／32／外495」・全二十三丁）を軸に、版本等を参照し、私に句読点・送り仮名・ルビ等を適宜補ったところがある。
（8）旧相楽郡《さがらのこおり》瓶原《みかのはら》郷佛生《ぶつしょう》寺《じ》村《むら》（現京都府相楽郡加茂町大字例幣《れいへい》）の三条山（出水山とも）中腹に補陀落山海住山《かいじゅうせん》寺《じ》（元観音寺）がある。該寺は、本尊に十一面観音を祀り、天平七年（七三五）、聖武天皇の勅命による良弁の開基と伝えられる真言宗の古刹である。
五大院は、この海住山寺を承元二年（一二〇八）に中興した解脱上人（貞慶）の住房であり、貞慶の高足・慈心上人（覚真）入寂の地でもあるが、五大院は中世後期に焼亡して、今はその姿をとどめない。

また、大和国との境に位置するので、近くには浄瑠璃寺がある。
（9）『真名本曽我物語』（平凡社、昭和六十二年四月～六十三年六月）巻第一・三十九～四十頁。
（10）岩波日本古典文学大系（岩波書店、昭和四十一年一月）巻第一・九十～九十一頁。
（11）京都大学図書館蔵本（元亀二年本）等。

『曽我物語』研究展望（一九九〇〜一九九九）

本論攷は、一九九〇年（平成二年）十一月から一九九九年（平成十一年）九月頃までの、およそ十年間に公表された『曽我物語』に関係する研究動向等について展望するものである。

『軍記と語り物』の「研究展望」に『曽我物語』が取り上げられるのは、第二十八号（平成四年三月）に掲載された会田実氏の「研究展望」以来、実に九年振りのことである。この間に公にされた論攷は、目に付きにくいものも含めて、優に百編を超える。紙幅の関係もあり、今回はその一々を取り上げる（ほとんど全てのものに目は通してあるが）余裕を持たず、同傾向の論攷等に限っても、非礼を承知の上で、その内の一つを代表させて論じることとした。出来うる限り多くのものを一般読者にも紹介したいが故に、コメント風の寸評スタイルを取らざるを得なかった。また、『曽我物語』を主たる内容として刊行されたものを単行本と見做し、それ以外のケースは一般論文に同列のものとして扱ったが、内容的分類に至っては一つの分類枠には収まり切らないものが多々あり、あくまで私個人の便宜的な分類に過ぎないことを前もってお断りしておく。

※

さて、この時期の特色としては、半世紀に亘って不耦であった太山寺本が正当な地位と評価を獲得したことと、『曽我物語』研究自体がかなり活発になってきたことの二点があげられる。――論攷の数だけではなく、様々な角度からのアプローチが試みられ、斬新なものが目に付く。

Ⅰ、単行本〈論文集・テクスト・飜刻・その他〉

ドイツのギュンター・ヴェンク氏（Günter Wenck）の『曽我物語の本文批判的研究』（Textkritische studien zum Soga-monogatari〈オットー・ハラショヴィッツ・ヴィースバーデン刊、平成三年〉）は、入手しにくいところが難点であるが、『源氏物語』や『平家物語』と並んで、優れた古典がそうであるように、『曽我物語』が国際的になってきたことは、喜ばしいことである。外国人から見た『曽我物語』批評は、教えられるところが少なくない。

とくに日本の声明（佛教音楽）に関心を抱き、ヨーロッパ等の西洋音楽との比較研究が進んでいるフランスやドイツ（ケルン大学で「日本学」を教えていたローベルト・ギュンタ氏等は、度々来日して声明等の研究をされていた）において、こうしたヴェンク氏による仮名本『曽我物語』の諸本間における音韻研究もそうした系列の一つに属するものなのであろう。

次に、村上学氏編の『義経記・曽我物語』（国書刊行会、平成五年）は、『曽我物語』に関する昭和十七年から平成三年にかけて公刊された十八本の論攷を収載したもので、戦後五十年の研究史を鳥瞰すべく企画されている。解説には村上学氏の目配りの利いた研究史展望が載る。

村上美登志『中世文学の諸相とその時代』（和泉書院、平成八年）は、『曽我物語』研究を基軸にして編まれたもので、とくに現存する仮名本全諸本との本文校訂から太山寺本の古態性を証明するものとなっている。また、太山寺本奉納者明石長行と亡妻昌慶禅定尼についても新出資料等を駆使してその出自に迫り、太山寺本の素姓が近衛家に関わるものであることを明らかにしている。

故梶原正昭氏編『曽我・義経記の世界』（汲古書院、平成九年）は、明治二十年代初頭の近代軍記文学研究を始発期

と捉え、現在に至るおよそ一世紀に及ぶ軍記文学研究の軌跡を顧みつつ、「新しい世紀における新たな研究の地平の構築」をめざすべく編まれたもので、七編の『曽我物語』論攷等より成る「軍記文学研究叢書」全十二巻の内の一つである。

村上美登志『太山寺本曽我物語』（和泉書院、平成十一年）は、底本の表記の全てをルビとして残し、原本の元の状態が摑めるように配慮されたもので、一般読者のためにも様々な工夫がなされている。また、現存する全諸本との校勘を済ませた上での最新の成果を頭註に掲げる本格的なものでありながら、出版社の厚意により、極めて安価に仮名本最善本の本文を入手できることは、有り難いことである。さらに、国文学界のみならず国語学の分野等にも寄与すべく、同著者による『太山寺本曽我物語総索引』の刊行が予定されている。

尚、平成十年に流布本の王堂本（岩波文庫）、翌十一年には、御橋悳言《みはしとくごん》氏の『曽我物語（流布本）注解』（群書類従完成会）が再版され、来年には野中哲照・大津雄一両氏による、日本文学全集（第二期）『大石寺本（真名と仮名の中間本）曽我物語』（小学館）の刊行が予定されている。

村上美登志編『中世軍記文学選』（和泉書院、平成十一年）は、太山寺本『曽我物語』を始め、『平家物語』・『義経記』の古態本である延慶本・旧田中本（現国立歴史民俗博物館所蔵）の本文より名場面を抜き出して飜刻し、註釈を加えたもので、太山寺本には資（史）料として世間にあまり知られていないものも含め、関係写真を二十七葉掲載する。遺跡等が急速に喪われていく昨今、こうしたものの資（史）料的価値は向後に大きいものと思われる。

Ⅱ、論文等〈成立・生成〉

村上美登志「太山寺本『曽我物語』〈今の慈恩寺是なり〉攷――仮名本の成立時期をめぐって――」（『論究日本文学』第

五十四号、平成三年、後に『中世文学の諸相とその時代』に所収）は、太山寺本巻第七「小袖を乞ひて出でし事」に見える「慈恩寺」の跡を現滋賀県近江八幡市に求め、慈恩寺の存在を「今」と呼べる時期の応安三年（一三七〇）からあまり年を隔てない頃に、太山寺本祖本の成立期を求めている。

山内譲氏「曽我兄弟と山吹御前――中世伊予の地域間交通と熊野信仰――」（『ソーシアル・リサーチ』平成八年）は、民俗学的手法を駆使して、伊予国にもたらされた「曽我十郎首塚」建立の謎に迫ろうとする。結論として首塚近くの中山町に古くより伝承される「虎が雨」・「曽我兄弟の涙雨」は、その地名「十郎田」と相俟って、曽我兄弟と結び付き易く、その伝承地が地域の重要交通路・遍路道に重なるところにも注目し、さらには、後に出家して兄弟の菩提を弔いつつ、全国各地を遍歴して歩いたという十郎の従者鬼王の出身地が伊予国宇和郡鬼ケ城（『内子町誌』）であることにも繋ってくるのだという。伝承を事柄と関連づけて考えるのは容易いが、それを証明するのは並大抵のことではない。

大津雄一氏「『曽我物語』の成立基盤」（『曽我・義経記の世界』汲古書院、平成九年）は、『曽我物語』と『平家物語』等の軍記物語に共通の構造を与え、その成立の基盤として機能した、観念的枠組みについての把握を試みようとする。結論として、『曽我物語』の成立基盤を「共同体」に求め、その「共同体維持のシステムが〈歴史〉を必要とし、〈権力と戦う快楽〉を必要とし、〈権力に認められる快楽〉を必要とし、怨霊を必要とした」ことを指摘しつつ、「生きては反逆者として、死んでは怨霊として、つまりは異者としてあり続け、共同体に奉仕させられた」このテクストのシステムを論じようとする。

二本松康宏氏「真名本『曽我物語』角田河連歌譚の生成基盤――上州・長野氏の氏祖伝承をめぐって――」（『立命館文学』第五五二号、平成十年）は、真名本巻第五の在原業平が都鳥に言問うた隅田川の故事を和歌に詠む、景時と海野の連歌に見える地名「角（隅）田河」に注目して、本来利根川であるべきところを敢えて「角田河」と称する伝承的世界をそこに想定する。その考察は、「在原業平の裔を称する長野氏の氏祖伝承が、元来利根川の大渡に拠した時衆系巫祝のなかで管理されていた伝承である」ことを推論した上で、長野氏が氏祖伝承を受け入れた時期が真名本のそれよりも降るところから、長野氏の氏祖伝承の成立基盤となった時衆系巫祝者たちの「在五伝承」がいちはやく真名本に採用されたのではないかと推察を重ねる。山本（後掲）・山内論攷と同じく扱いの難しい資（史）料等を用いるにはそれなりの慎重さと資料批判の手続きが必要とされよう。

山西明氏「仮名本『曽我物語』と『宝物集』――仮名本『曽我物語』の生成に関連して――」（『鶴見日本文学』創刊号、平成九年、後に笠間書院刊『曽我物語生成論』〈平成十三年〉にまとめられている）は、『曽我物語』と『宝物集』の関係につき、山岸徳平・小川寿一・小泉弘・山田昭全氏等の諸先学の業績を積極的に摂取した上で、仮名本諸本と『宝物集』との関わりを、七つの説話を基にして検証していく。そして、この検証の過程を通して仮名本諸本の生成の様相究明と成立時期についても考究を加え、結論としては太山寺本を除く他の仮名本諸本の成立を室町時代後期に想定する。

私もあちこちで述べているが、太山寺本祖本の元となった原仮名本は真名本とさしてかわらぬ時期に東国で成立したもので、この太山寺本と他の仮名本諸本とは年代的にも内容的にも隔りの大きいことが認められ、山西氏の異なる角度から辿り着かれた帰結には賛同することが出来る。また、氏は還暦を過ぎてなお、大学院で学んでおられる。その学問的情熱に敬意を表したい。

Ⅲ、〈出典・典拠〉

村上美登志は、「仮名本『曽我物語』攷――太山寺本の故事成語引用をめぐって――」・「真名本『曽我物語』出典研究序説――和製類書との関わりから――」・「『十訓抄』と『明文抄』――出典攷証から見た「為長作者説」批判――」・「『徒然草』と和製類書――もう一つの漢籍受容――」・「中世軍記物語と和製類書――『曽我物語』を中心に――」（『中世文学の諸相とその時代』に所収）、その他数篇の和製類書（辞書・幼学書・啓蒙書・手引き書等々、出発点では夫々の本の夫々の用途によって、当然呼称もそれなりの注意が払われねばならないが、中世における享受・使用実態にあたっては、適切なものが見当たらないので、一先ず一括りにして、あくまで便宜的に「和製類書」と称している）研究の成果から中世の諸作品と和製類書の享受や文化的背景を明らめようとする。

とくに、太山寺本『曽我物語』に引用される故事成語・金言佳句等について、これまで出典不明句とされてきたものの全ての出典・典拠を突き止め得たことにより、作者・編者の教養、ひいては享受史・文化史等の作品の背後に光を当てた。

出典・典拠に関しては、例えば従来より『曽我物語』諸本にある出典不明句の「まことや、「天人の姪せざる所は、禍《わざはひ》ありて、しかも禍なし」と、東方朔がことば思ひ知られて」（仮名本『曽我物語』巻第五「五郎が情けかけし女、出家の事」）の一文は、太山寺本には、この問題となる箇所（棒線部分）が「禍ありて、しかも福《さいわい》なし」とあり、典拠と目される十二世紀後期成立の和製類書『玉函秘抄』中巻等に見える、「天人之所レ不レ予必有レ禍而无レ福同（漢書）」（漢籍にこの句は見当たらない）と同文である。これは単に出典・典拠が判明しただけではなく、本文を正しく読めたということが大きい。すなわち、佛教・唱導色の濃厚な作品であるが故に、「禍ありて、しかも禍なし」という一見不可解極まりない言説も、深遠な哲学的用語として理解され易い性格を持っており、過去の註釈書類がそうした理解を示してきたように、読みを誤らせる落とし穴がそこにあるといえよう。本文はやはり一字一句を忽せにすることが出来ないことへの証左であろう。

柳瀬喜代志氏「『曽我物語』巻五所引巣父・許由説話考」（『軍記文学の系譜と展開』汲古書院、平成十年）は、『曽我物語』諸本が典拠とした説話には、漢籍と飜案の書において異なりがあるのみならず、その解説においても自ずから差異を生じているとした前提に立って、仮名本『曽我物語』に見える「巣父・許由説話」につき、中世のある種特殊な情況を推測しつつ、その変奏の様を考察する。夫々に系列の異なる諸本間において、こうした夫々の作品を支えてきたであろう時代の文化や背景が明らめられるならば、従来の受容史に修正を加えうることになるだろう。

Ⅳ、〈表現・表記・語句・文体等〉

会田実氏「『真名本曽我物語』共時体験の回路――道行き描写に於る救済の表現構造と伝承――」(『佛教文学』第十六号、平成四年)は、人間苦の表象とその魂の救済を女人救済と道行き描写にも絡めながら、それが語られる物語の一場面とその場の編み出す立体構造の中に救済を促す表現形成を読み取ってゆこうとする。また、続稿の「『真名本曽我物語』の母親像――その悲しみの原質――」(『中世文学研究』第十八号、平成四年)も、氏のそうした論理過程の一環として、母と虎の二人の女性に焦点を当てて論じたものである。

小井土守敏氏「『曽我物語』の一万箱王兄弟――幼年期の二人の描かれ方の諸本間の相違――」(『筑波大学平家論集』第四号、平成六年)、「大磯の虎をめぐる十郎祐成の描かれ方――『曽我物語』諸本間に見られる相違――」(『筑波大学平家論集』第五号、平成七年)は諸本間に見られる登場人物の表記形態――すなわち夫々の描き分けに着目して、質的な落差をそこに読み取ろうとする、いわば素朴な論攷である。ただ、資料として生の形で引用されるものが多い。新出資料でなければ、稿者の読みと見識を込めて、訓み下し文として掲げるべきではなかろうか。

大川信子氏「真名本『曽我物語』研究――梶原氏概観――」(『常葉国文』第二十号、平成七年)は、真名本における梶原氏、とくに景時の描かれ方について、梶原景時は体制側(頼朝)の人間として描出されている。しかもそれは、頼朝の治世の闇部を担う者として造型されているとし、梶原氏伝承に関しては、確証はないものの、書承の可能性をも推測される。

後掲の伊藤一美氏の歴史から見た公人梶原氏の立場と文学に造型される描出の有り様は、古くて遠い課題なのであろうか。ともあれ、この温度差が互いの乖離を示しているのではなく、それだけ一つの作品宇宙は複雑な世界観を有しているということなのである。

今井正之助氏「『曽我物語』と『義経記』――物語の時間進行と年記・年齢――」（『古文学の流域』新典社、平成八年）は、歴史上の人物の生涯を辿る『曽我物語』の場合、それは一見、歴史書的な体裁を見せつつも、「その基底をなすものは、一貫して兄弟を中心とした私的な時間の流れである」ことを論じ、しかもそれは、『義経記』のそれとも相違することを指摘する。

田上稔氏「『曽我物語』の準体法」（『国語国文』六十五・5、平成八年）は連体形用言が体言に準ずる資格を持つとされる「準体法」について、「近代以前の日本語において、他項の形態的顕在と、それとの顕在的な対他関係とを必要とせずに、連体装定という分節が可能であったとする把握のもとでは、被修飾体言の形態的非在は、本来あるべきものの「省略」によるものではないと考え」、「一般に、被修飾語の形態的非在において連体形は「体言に準ずる」「体言相当」であるとされる」その体言相当であることを、十行古活字本『曽我物語』を用いて検証する。

福田晃氏「ヨミの系譜――真名本曽我物語の場合――」（『講座日本の伝承文学』四、三弥井書店、平成八年）は、呪性の機能を有する「ヨミ」の文芸として真名本曽我物語をあげ、元来は、「カタリ」の系譜に従う『曽我物語』が、真名本においては、「ヨミ」の系譜に従った叙述であることを明らめようとする。すなわち、「およそ真名本曽我物語は、中世における垂迹縁起・本地物などのヨミの叙法すなわち、その冒頭を「抑」「夫」によってヨミ始め、しばしば「其○○ノ由緒ヲ委ク尋ヌレハ、……」などを以って神・佛の前生を語り始める叙述方法に準じて、それらを大枠として維持するもの」であることを述べられる。

橋村勝明氏「妙本寺本『曽我物語』の「則」字訓について」（『国文学攷』第一五七号、平成十年）は、通常平安鎌倉時代においては、「スナハチ」「トキンバ」と訓まれる「則」字を真名本『曽我物語』、四部本『平家物語』のみ、「ヤガテ」と訓読される、その訓読法成立の背景を考察する。真名本『曽我物語』においては、「ヤガテ」と訓読される場合が時間的関係を示す一方で、付訓が存しない場合の「則」字は、帰結・説明としての用法であり、同じ「則」字であっても用法によって異なることを述べ、さらにその付訓は、同コミュニティで使用されていた古辞書の『いろは字』に「軈」の俗字として訓読されることを指摘して、全く意味的関係のない漢字に語を当てることは出来ないところからも、従来の真名本『曽我物語』先行説を覆す仮名本『曽我物語』先行説の可能性をも示唆するものとなっている。

V、〈構造・構想〉

水谷亘氏「真名本『曽我物語』の狩場についての一考察」（『同志社国文学』第三十六号、平成四年）は、真名本の「狩場」について、物語に繰り返し登場する狩猟と狩場の記述が、実際は必要以上に作品内部との綿密な関係を保ちつつ、ストーリー展開が図られていることを主張し、そこに編者・語り手の物語構想を指摘しようとする。

田川邦子氏「真名本『曽我物語』の頼朝像」（『文芸論叢』第三十号、平成六年）は、物語の構造を、「頼朝的権威と物語の全世界はパラレルであると同時に、両者を抱え込む物語空間は、限定された世界から一歩も出ることはない。まさに〈在地の物語〉なのである」と定義した上で、十郎・五郎兄弟を始め、周辺に活躍するあらゆる人物の行為や心理は、物語の全空間を支配する頼朝との関わりの中にのみ揺れ動くのだとして、頼朝の絶対性を主張し、「頼朝との関連で把握され、位置付けられるもう一つの悲劇、義経物語の方には、まだ救いがあるといってよい」と述べ、『曽我物語』の閉鎖性を指摘する。少なくとも、魂の救済を目指して描かれているであろう『真名本曽我物語』に対して、異なった見解を示されている。

谷垣伊太雄氏「五郎と頼朝――仮名本曽我物語の構造――」（『軍記物語の生成と表現』和泉書院、平成七年）は、頼朝を物語りのフレームとして崇め、平氏の祐経が平家重代の太刀・奥州丸で討たれるという、私的なレベルではない家の問題とも重なっている構造を指摘しつつ、五郎の悪霊とならざるを得ない必然性を説き、それが「曽我御霊の語り」へと繋がって行くことを述べられている。

小林美和氏「語り物の周辺――真名本『曽我物語』の窓から――」（『講座日本の伝承文学』三、三弥井書店、平成七年）は、一見特異な真名本冒頭の安日伝承が真名本の構想上、重要な位置を占めることを主張する。すなわち、真名本冒頭における神代紀叙述は、日本という国家の正統と秩序がその始原以来、いかにして維持されてきたかを説くためのものである。日本の侵犯者である安日を正統たる神武が三腰の霊剣を以て追却する。つまり、覇権を獲得した頼朝の正統性は、神代紀にまで遡って証明されうるもので、「頼朝による東国平定は、そのまま神武の安日追却の業と二重写しにされている」物語の精神風土を示唆するものだという。

Ⅵ、〈享受・影響・歴史〉

野口元大氏「紹介『曽我物語抄』（仮称）」（『上智大学国文学科紀要』第十号、平成五年）は、仮名本『曽我物語』の故事・説話・金言佳句等を抜き出したものの飜刻紹介である。表紙が失われ、書名は不明であるが、本文的には現存する諸本の内、武田本乙本が最も近く、慶長十三年（一六〇八）の書写本であることも間違いないもので、こうした資料は、当時の物語享受や教養の程が窺えて興味深いものである。

坂井孝一氏「曽我敵討事件に関する一考察――『吾妻鏡』建久四年五月廿八日条の検討を中心に――」（『創価大学人文論

集』、平成十年）は、『吾妻鏡』に採られた「曽我敵討事件」の原史料及び、その編纂方法につき、解明を試みる。すなわち、『吾妻鏡』の編纂時には、幕府伝来の実録的記録、『真名本曽我物語』の原拠と同一的内容をもつ「曽我記」やそれとは別種の「曽我記」等の複数の原史料が存在したと考え、『吾妻鏡』編纂者は、記録を基にしつつもそこに「曽我記」の記事・表現を取り入れ、さらには史書としての体裁を整えるために、特筆追記するという方法によって、この事件の記事をまとめたと大胆に結論する。歴史学のフィールドからの発言で、教えられるところも少なくない（これは、『曽我物語の史実と虚構』〈吉川弘文館、平成十二年〉にまとめられている）。

青戸貴子氏「朝比奈三郎、曽我五郎の草摺を曳く図」（『新修米子市史だより』第九号、平成十一年）は、この市史だよりの表紙に、安政七年（一八六〇）三月年紀のある着彩奉納絵馬（縦七六・五糎、横一〇二・五糎）を掲げ、解説を加える。作者嗒然は、この絵馬の裏面に自叙伝を記している。亡くなる一年前のことなので、或いは死期を予感してのことであろうか。嗒然（一七九六～一八六二）は、会見郡海池村（現米子市皆生）の漁師の子として生まれ、十一歳で大山寺に入寺、翌年剃髪して台貫を名乗った。四十歳を過ぎた辺りから度々下山するようになり、書画等の交遊を求め、八幡村の末次氏を頼って草庵を営み、迎獄観主人太虚と号した。「嗒然の千枚書き」といわれるほどの多くの作品を残した画僧嗒然の作風は多岐に亘り、色彩も豊かである。本絵馬は、現米子市車尾の貴布弥神社に奉納されたもので、一地方における歌舞伎隆盛の一端を窺い知ることの出来る、興味深いものである。

Ⅶ、〈その他〉

伊藤一美氏「鎌倉御家人梶原景時の立場」（『金沢文庫研究』第二八八号、平成四年）は、鎌倉幕府草創期の幕府軍事権力の一翼を担った梶原景時につき、従来の北条氏や幕府の近親者によって編纂されている『吾妻鏡』の景時評を退け、

『玉葉』・『愚管抄』・『明月記』・「太山寺文書」等を丁寧に繙きながら、鎌倉幕府草創期の権力争いを象徴する「梶原景時の立場」を炙り出そうとしている。

上原輝男氏「〝曽我の雨〟再考――雨と瓜と馬と――」（『国学院雑誌』九十四・11、平成五年）は、すでに成語である「曽我の雨」が、単に歴史上の事件に由来するのではなく、稲作行事と関わる禊・祓に素地があることを押さえた上で、「曽我兄弟復讐譚として変形していくイメージの元型」に、季節としての雨を挙げ、盆の精霊の送迎に用いられる瓜（キュウリ）が馬の作り物であることに注目する。ただ、『曽我物語』と『幸若舞曲』とを同レベルで論じられているところは気になるが、話としては面白い。

須田悦生氏「日向宮崎城と上井覚兼・伊東氏一族」（『たちばな』第七号、平成六年）は、戦国武将上井覚兼の日記に記される幸若等の文化・芸能記事に注目して日向を踏査された折りのノートで、それは日向の伊東氏の事蹟にまで及ぼうとする。

山本隆志氏「頼朝権力の遺産――上野国における頼朝入国伝承――」（『西垣春次先生退官記念宗教史・地方史論纂』刀水書房、平成六年）は、政治的に安定しにくい地域である東国の辺境上野国に頼朝権力浸透の過程を見ようとする。資料的には、後年の縁起類を主にせざるをえないが、そうした扱いの難しい資料を基に頼朝は廻国事業を媒として、上野国（北関東）にも幕府体制という政治レベルを敷いていったという。そして、そこの武士・住人等にとって頼朝は地域の寺社を安堵する存在として映り、そこに幕府との協調関係が形成されていったことを説く。

会田実氏「『曽我物語』大磯の「虎」命名についての覚書」（『中世文学研究』第二十二号、平成八年）は、十郎の恋人大磯の虎の命名につき、従来の柳田国男のいう、トラン・トウロ等の巫女訛伝説を踏まえた上で、さらに『楚辞』等の三寅出生を示唆する。しかし、地元大磯では、この地にあった虎池弁財天に山下長者が祈願して授かったものなので、虎女と号したとする伝承があることも付け加えておきたい。

稲葉二柄氏「軍記物語にみられる鎌倉（曽我物語）」（『悠久』第七十号、平成九年）は、『鎌倉市史　総説編』に見られる「鎌倉」を拠り所に、その第七章に規定する「覇都鎌倉」から、真名本と仮名本に投影される鎌倉幕府草創期の「鎌倉」が、内に漲らせていたであろう緊迫感とある種の恐怖感を作品世界に読み取り、真名本と仮名本におけるその温度差を指摘する。

小井土守敏氏「絵入版本『曽我物語』について——寛永頃無刊記整版と寛文三年刊本の挿絵の検討——」（『日本語と日本文学』第二十五号、平成九年）は、これまで研究が充分に進展していなかった『曽我物語』版本の挿絵につき、『舞の本』等との比較検討を通して、その流布と改作の様を捉えようとする。

岡雅彦氏「古活字版『曽我物語』の絵組について」（『かがみ』第三十二・三十三号合併号、平成十年）は、現在、所在の確認しうる国文学研究資料館本と天理大学図書館本の古活字版に見られる挿絵の組み合わせ絵について言及する。当時でも特異な組み合わせ絵の試みは、江戸初期の出版事情や文化を考える上で貴重である。

※

研究展望対象期間内対象論文のおよそ五分の一が、自分の論攷であった。自分の事を書くのも何か変だし、かといって全く触れないでいるのも却っておかしいので、結局、臆面も無く、そのいくつかを取り上げた。そこだけ飛ばして読んでいただければ幸甚である。

また、業績至上主義の影響からか、若手では先人の研究をなぞったようなものがまま見受けられ、すでに研究的地位を得た方にも、エッセーともレポートともつかぬ体裁のものを散見する。文学は古典であれ、近現代であれ、人間の研究であることに変わりない。それは、文学の方法とか研究の方法とかといった形式的なものではなく、そこに人間の条件としての「魂」の問題が必要とされなければならぬ。昨今に見る文学の衰退、故無しとしない。

最後に、会田実氏「『曽我物語』研究の軌跡と課題」（『曽我・義経記の世界』汲古書院、平成九年）は、大正・戦前の研究史より現在（平成九年）までを概観する。本論攷の補遺として掲げ置く。

仮名本『曽我物語』「弁財天の御事」(「ふん女卵生説話」)覚書《メモ》

――「ふん女」は、「糞女」か――

I、

現代人から見れば、糞尿等を扱った、一見、尾籠な話も、古代・中世・近世等においては、極めて身近な題材の一つであったと思われる。

当然、生きていれば、生理現象である排泄行為は、毎日の事であり、その昔、そうした排泄物は作物の肥料として重宝された。例えば、古典落語の一節に次のようなものが知られる。それは、長屋の業突大家に対して、開き直った借家人が発する「畜生、もう糞してやらねえぞ」の一言である。

当時の家賃は安くて、大した収入にはなっていない。したがって、家主は長屋の一角に設えた共同便所に溜まる糞尿を売って儲けていた。比較的いいものを食べている貴族や武家のそれよりも、下層の町人のものは水っぽく、ランク？　は低かったようであるが、それでも長屋の家賃収入よりは、よっぽど稼ぎになったのである。よって、汲み取り口には、まさに「黄金のお宝」を盗られぬように、厳重に鍵が掛けられていた。

糞尿に関する話は、神代の時代からあり、夙くには、『古事記』(上巻「神代」)や、『日本書紀』(巻第一「神代上」)等に、神々が排便をする「糞放《くそま》り譚」が見えており、『播磨国風土記』(「神前郡」)にも、大汝命《おおなむちのみこと》(大己貴命《おおくにぬしのみこと》)と少《すくな》比古尼命《ひこねのみこと》(少彦名命)が、重い赤土粘土を背負いながら、糞放るのをどれだけ我慢して遠くへ行けるかという競争をする話が見えている。やがて我慢しきれず排便に至ると、衣服に糞が付着したので、その地を、それに纏わる地名としたこと等が述べられている。神々の系譜で、屎から生まれた波迩夜須毘古神《はにやすびこのかみ》・波迩夜須毘売神《はにやすびめのかみ》や、尿から生まれた、彌都波能売神《みつはのめのかみ》・和久産巣日神《わくむすひのかみ》等はよく知られるところである。

また、『今昔物語集』等にも、嫌がらせで通り道や廊下に糞尿を撒き散らしたり、下痢便に塗れながら抗議をする話や、うら若い女性が路上で大用を足す件、片想いの女を忘れるために、その女の排泄物を見て強引に諦めようとする話等があったりして、まさに多種多様である。当然のことながら、夫々を同じレベルでは語れないが、忌み嫌われるだけではない、現代とは異なる精神風土があったことも確認しておきたいのである。

こうした流れの中で考えられてきたものの一つに、『曽我物語』（巻第六「弁財天の御事」）の「ふん女卵生説話」があるのだが、「ふん女」＝「糞女」説に、いささか疑義が存するので、これを本論攷では掘り下げて考えて見たい。

元来、『曽我物語』は、十郎・五郎兄弟の物語に強い共感を抱きつつも、宗教色を残し、民衆への教化を図ることを意識して編纂されたものであったが、やがてこれが流布本にまで至ると、雑然とした様々な物を取り込んでくるようになる。それは、ある意味、往来物に近いものすらあるのだが、しかし、混沌としたこれこそが中世そのものであり、当代の享受者層の興味や、それに合わせようとした趣向を如実に反映したものでもあるだろう。

すなわち、『曽我物語』に雑然と取り込まれている夥しいまでの故事説話等は、中世文学の本質の一つであると考えられ、さらに、物語の本筋に直接参与しない、「ふん女卵生説話」のような傍系説話は、流布本系には三十八話も取り込まれている。

『曽我物語』に採られている、この「ふん女卵生説話」は、真名本諸本にはなく、仮名本にしかないものである。しかも、仮名本であっても、古態を残す太山寺本には存在せず、室町時代後期頃成立の流布本系を中心とした一部の諸本にしか見えないもので、結論を先取りすると、仮名本の「婆羅門説話」と同じく、中世後期の唱導が作品に反映したものと考えられる（拙稿「『曽我物語』と傍系説話——婆羅門説話をめぐる——」京都大学『国語国文』六十四・7、後に、拙著『中世文学の諸相とその時代』平成八年、和泉書院所収）。

また、彰考館本には、「分女」と漢字が当てられているが、これは当代によくある音を拾ったもので、とくに意味は無いだろう。

Ⅱ、

さて、件の「弁財天の御事」（「ふん女卵生説話」）を見ていきたいが、長くて全文を引用する事が叶わないので、その粗筋を流布本系の十行古活字本（岩波日本古典文学大系）を用いて、左記に簡略に紹介してみる。

和田義盛の酒宴の席に呼ばれた虎ではあったが、想い人十郎に女としての義理立てを通し、母の長者の再三再四の呼び立てにも応じず、部屋に引き籠もってしまう。見かねた母は、左記の「ふん女」の話を引き合いに出して、虎の説得を試みる。

昔、大国の水上に、ふん女という、世間に知られた長者がいた。持たぬ宝は何一つない程に豊かであったが、いかなる前業にてか、子供に恵まれなかった。そうした悲しみの中、祈りを欠かさずにいると、ある日突然、懐妊する。やがて、月日が経ち、出産を果たすが、人間のそれではなく、産み落とした物は五百もの卵であった。動転したふん女は、これらは後に親を始め、人を害するかも知れないと思い、棄てることを決意する。五百の卵を箱に入れて川に流すと、川下にいた老人がこれを拾い上げ、家に持ち帰る。

家の妻は、元の川に捨てることを勧めるが、子のない老人は大切にこれを育てる。やがてそれは美しい五百もの男子となり、立派に成長するが、貧者である故に十分な食事を摂ることが出来ないので、五百人の子供達は、悪事を働いて何とか生き延びる。しかし、それにも限度があり、もうこれまでと思った時に、一人が、「どうせ飢えて死ぬのであれば、この川上にふん女という長者がいると聞く、この長者の蔵を破って、財宝を奪おう」と計画を持ちかける。

皆で考えたあげく、阿修羅の力を借りて、川上のふん女の城を襲撃し、乱戦となる。激戦の最中、城の武者が進み出て、五百人の盗賊の名と宿意を訊ねる。それによって、彼らは川上より箱に詰められ流されてきた、「五百の卵」であることが判明する。しかも、ふん女と五百人の子供しか知り得ぬ箱の銘のことなどが一致して、紛れもない親子であることが了解せられ、互いは親子の名乗りを済ませる。

ここに争いは終結し、後にふん女は大弁財天となり、五百の人々は五百童子になったという。

母と子との恩愛を強調するこの説話を論拠にして、母の長者は、「かように猛き弓取りも、母の教えには従うのが習いではないか、何故に虎は母に従わないのか」と叱責する。――という形で引用されているものである。

先にも少し触れたが、この「ふん女卵生説話」が収載される仮名本諸本に大きな筋の違いはなく、「ふん女」が、「ぶんぢよ」・「ふん女」・「ふんによ」・「分女」等とあり、卵の入った箱を拾い上げる老人の名の「きよはく」が、「きよく」・「漁白」・「漁泊」等とある程度で、話が変わるということはない。

Ⅲ、

次に、佛典から、こうした説話伝播の流れを見ておきたい。

この説話の出典と目されているのが、『雑宝蔵経』巻第一の「蓮華夫人縁」(小便精気譚と五百卵子譚)と同「鹿女夫人縁」(小便精気譚と千葉千子譚)であり、類話は『賢愚経』巻第十三「蘇曼女十子品第五十八」(十卵子譚)、『経律異相』巻第四十五「独母見沙門神足願後生百児二」(小便精気譚と百卵子譚)、『大唐西域記』巻第七「吠舎釐国の条」(鹿女千葉千子譚の略記が載る)等があり、この内、「蓮華夫人縁」に採られているものが、比較的近いので引用してみる。

佛在二舎衛国一。告二諸比丘一。若於二父母一若復於二佛及弟子一。所レ起瞋恚心此人為レ堕二黒縄地獄一。受レ苦無量。無レ有二辺際一。諸比丘問レ佛言。世尊。敬二重父母一。若於二父母一。不レ生二敬重一。作二少不善一。其事云何。佛言。過去久遠無量世時。雪山辺有二一仙人一。名二提婆延一。是婆羅門種。婆羅門法。不レ生二男女一。不レ得レ生レ天。此婆羅門。常石上行二小便一。有二精気一。流二堕石宕一。有二一雌鹿一。来舐二小便処一。即便有レ娠。日月満足。来二詣仙人窟下一。生二一女子一。華裹二其身一。従二母胎一出。端正殊妙。仙人知二是己女一。便取畜養。漸漸長大。既能行来。脚踏レ地処。皆蓮華出。婆羅門法。夜恒宿火。偶値二一夜火滅無レ有。走至二他家一。欲二従乞レ火。他人見二其跡一跡有二蓮華一。而便語言。遶二我舎一七匝。我与二汝火一。即遶七匝。得レ火還帰。値二烏提延王遊猟一。見二彼人舎一。有二七重蓮華一。怪而問レ之。尓舎所三以有二此蓮華一。即答レ王言。山中梵志女来乞レ火。彼女足下生二此蓮華一。尋二其脚跡一到二仙人所一。王見二是女端正殊妙一。語二仙人一言。与二我此女一。便即与レ之。而語レ王言。当レ生二五百王子一。遂立為二夫人一。五百婇女中。最為二上首一。王大夫人。甚妬二鹿女一。而作二是言一。王今愛重。若生二五百子一。倍当レ敬レ之。其後不レ久。生二五百卵一。盛二著篋中一。時大夫人。捉二五百麺段一。以代二卵処一。即以二此篋一。封蓋記識。擲二恒河中一。王問二夫人一言。為レ生二何物一。答言。純生二麺段一。王言。仙人妄語。即下二夫人職一。更不レ見レ王。時薩躭菩王。在二於下流一。与二諸婇女一。遊二戯河辺一。見二此篋来一。而作二是言一。此篋属レ我。諸婇女言。王今取レ篋。我等当レ取二篋中所有一。遣レ人取レ篋。五百夫人。各与二一卵一。卵自開敷。中有二童子一。面目端正。養育長大。各皆有二大力士之力一。竪二五百力士幢一。烏提延王。従二薩躭菩王一常索二貢献一。薩躭菩王。聞レ索二貢献一。愁憂不レ楽。諸子白言。何以愁悩。王言。今我処レ世。為レ他所レ欸(陵)。諸子問言。為レ誰所レ陵。王言。烏提延王。而常随レ我。責二索貢献一。諸子白言。一切閻浮提王。欲レ索二貢献一。我等能使レ貢二献於王一。王以レ何故。与二他貢献一。五百力士。遂将二軍衆一。伐二烏提延王一。烏提延王。恐怖而言。一力士。尚不レ可レ当。何況五百力士。便募三国中能却二此敵一。又復思憶。彼仙人者。或能解知。作二諸方便一。往二到仙人所一。語二仙人一言。国有二大難一。何由攘却。答言。有二怨敵一也。王言。薩耽菩王。有二五百力士一。皆将二軍衆一。欲二来伐一レ我。我今乃至。無二是力士与レ彼作一レ対。知二何方計一。得レ却二彼敵一。仙人答言。汝可三還求二蓮華夫人一。彼能却レ敵。王言。彼云何能却。仙人答言。此五百力士。皆是汝子。蓮華夫人之所生也。汝大夫人。心懐二憎嫉一。擲二彼蓮華所生之子一。著二河水中一。薩耽菩王。於二河水下頭一接得二養育一。使二令長大一。王今以二蓮華夫人一。乗二大象上一。著二軍陣前一。彼自然当レ服。即如二仙人言一。還来懺二謝蓮華夫人一。共懺謝已荘二厳夫人一。著二好衣服一。乗二大白象一。著二軍陣前一。五百力士挙レ弓欲レ射。手自然直不レ得二屈申一。生二大驚愕一。仙人飛来。於二虚空中一。語二諸力士一。慎勿レ挙レ手。莫レ生二悪心一。若生二悪心一。皆堕二地獄一。此王及夫人汝之父母。母即按レ乳。一乳作二二百五十岐一。皆入二諸子口中一。即向二父母一懺悔。自生二慚愧一。皆得二辟支佛一。二王亦自然開悟。亦得二壁支佛一。尓時仙人即我身是。我於二尓時一。遮二彼諸子一。使下於二父母一不レ生二悪心一。得中辟支佛上。我今亦復讃下歎供二養老父母一之徳上也。

こうした佛典の成立以前から、この種の話は広汎に流布していたようである。それは、引用文に登場する固有名詞や役割、数的なものが変化に富んでいることからも窺える。

例えば、『雑宝蔵経』（巻第一）の「蓮華夫人縁」によれば、川下に流された、卵の入った箱を拾い上げる「薩耽菩王」が、同経「鹿女夫人縁」・『大唐西域記』（巻第七）では、「烏耆延王」となっており、「蓮華夫人縁」の「五百卵」は、「鹿女夫人縁」・『大唐西域記』に「千葉の蓮華」とあり、『経律異相』（巻第四十五）には「百卵」を下流の国の王が拾い上げ、『賢愚経』（巻第十三）の「蘇曼女十子品」では、「卵十枚」を産んだことになっている等々で、他の細かい異同をさらに拾えば、その錯綜ぶりは一目瞭然である。しかも、「蓮華夫人縁」と「鹿女夫人縁」は、同経所載のもので、連続して隣りに記載されており、これは、当時から複数の類話がすでにあったという証左になろう。また、『賢愚経』は少し時代の下がるもので、女の立小便の話や、男性性器の名に通じる魔羅等がよく知られている、後期密教を反映したやや特異な経である。

Ⅳ、

次に本節では、本朝の類話を見てみよう。

『曽我物語』の「ふん女卵生説話」に、今のところ最も近いのは、『今昔物語集』巻第五の「般沙羅王、五百卵初知父母語第六」である。ただし、『今昔物語集』は閉ざされたものであり、一般に流布していないので、参考の域を出るものではないが、そこには「五百卵子説話」を始め、興味深い説話が採られている。

巻第五・6の梗概を記してみる(『今昔物語集』は、『雑宝蔵経』「蓮華夫人縁」にかなり近いものがある)。

昔、天竺般沙羅国(原典「梵予国」)の般沙羅王(原典「烏提延王」)の后が、五百の卵を産んだ。王は不思議に思い、后は自らを恥じて、その卵を小さい箱に入れて河(原典「恒河」)に流す。その時、たまたま狩りに出ていた隣国の王(原典「薩躭菩王」・「烏耆延王」)が河に流れている箱を見付け、拾い上げる。蓋を開けると五百の卵であったが、王は捨てずに持ち帰る。しばらくすると五百の卵から次々と男の子が生まれた。子のない王は喜び、大切に養育すると、五百の皇子は国内に並ぶ者がない程に逞しく成長した。

元来、般沙羅国と仲の悪かった隣国は、この五百人の皇子の力を借りて、般沙羅国を滅ぼそうとする。隣国に決戦を挑まれた時、王は恐れを抱き、歎くのであるが、后は、五百人の皇子は自分が産んだ五百の卵であることを王に語り、高楼に登って五百人の皇子達にその旨を伝える。

そして、自らの乳房を揉んで母乳を出すと、その乳は后の予言どおり、五百人の皇子達の口に同時に入った。一切を悟った五百人の皇子は闘いを止め、その後、二国は仲良くなったという。

以上であるが、『今昔物語集』には、この他にも類話的なものが見出せる。それは、巻第二の「須達長者蘇曼女、生十卵語第十五」（十卵子譚）や、同「波斯匿王、殺毘舎離三十二子語第三十」（三十二卵子譚）等で、卵を産むという以外、筋は異なるが、語り出しの、「今は昔、天竺の舎衛城の中に一人の長者有り。須達と云ふ。最少の女子有り。名を蘇曼と云ふ」、「今は昔、天竺の舎衛国に一人の長者有り。名をば梨耆弥と云ふ」等は、『曽我物語』「ふん女卵生説話」の「昔、大国流沙の水上に、ふん女と云へる女あり。天下に聞こゆる長者なり」の語り出しに、『今昔物語集』の巻第五・6話よりは近いものがある。

また、『曽我物語』に採られているものと『今昔物語集』に採られているものとが、決定的に異なるのは、実の母と子であることの証が、「箱に書かれた銘」と「母の乳房から出た母乳が一度に五百もの子の口に同時に入る奇跡」であり、大団円が「母子の恩愛」を説くものと、「二国の仲直り・平安」を誓うものとでは、見てのように大きく異なっている（ただ、卵の入った小箱を捨てずに拾って帰る者が「子のない者」であることは、原典にない共通点である）。

いまだこの「ふん女卵生説話」の直接的かつ同文的な典拠を内典・外典にも見出せないでいるが、如上に述べたように、これ程の大きなプロットの改変は唱導の場《にわ》をおいては考えにくい。

すなわち、安居院の、『法則集』（『天台全集』所収）等に見出せる、「因縁・法門等をばする時、大筋だに違わざれば、語り何に替へても苦しからず」の、筋さえ簡略に辿れば、固有名詞や細かいことは意に介さずとも大胆に変えてよいという、この一文は、文字通りに受け取ってよいだろう。

V、

最後に、やっかいな問題に触れておかねばならない。それは、他書や文献に見出すことが出来ない、「ふん女」について考えを述べておきたい。

この「ふん女」に相当するのが、佛典関係では「鹿女」と「蘇曼女」であるが、これは（「鹿女」・「蘇曼女」→「ふん女」）書写の過程で生じるものとは、まず考えられない。或いは、当代の流行語・隠語の一つで、当時の人達には「ふん女」で通じたものがあったのかも知れないが、手続きとして、第Ⅲ節に網掛けで示した原典の一つ、『雑宝蔵経』の「小便精気譚」の部分を訓み下して引用してみる。

雪山の辺りに一仙人あり。提婆延と名づく。これ婆羅門の種なり。婆羅門の法、男女を生まざれば、天に生ずることを得ず。この婆羅門、常に石上に小便を行なう。精気ありて、流れて石宕に堕つ。一雌鹿あり。来たりて小便の処を舐めり。即便ち娠あり。日月満足し、仙人の窟下に来詣して、一女子を生む。華その身を褁みて、母胎より生ず。端正殊妙なり。仙人、これ己が女なりと知りて、便ち取りて畜養す。漸々、長大して既によく行来す。脚、地を踏む処、みな蓮華出づ。

この一文から、御橋悳言《みはしとくごん》氏（『曽我物語注解』続群書類従完成会）は、提婆延（仙人）の小便の精気を得て生まれた女なので、「尿女」とすべきところを、「屎女」とし、それが「糞女」となり、やがて「ふん女」と書き記されたのだと断じられている。

しかし、如上に見てきたように佛典種は、雌鹿から生まれたので、「鹿女」としており、或いは、「蘇曼《そまん》女」とするものもあるので、いきなりの「尿女」は考えにくい。さらに、『曽我物語』には、件の小便精気譚の部分はないので、

「尿女」→「屎女」→「糞女」の変遷も苦しい。また、前に述べてきたように、「鹿女」・「蘇曼女」・「ふん女」も、誤写や訛伝のレベルでは、とうてい説明がつかない。

ただし、写誤・訛伝のレベルで捉えられるものが、一つある。それは現在、京都の高辻室町西入るに、ひっそりとたたずむ、高辻弁財天（現繁昌神社）に関わるものである。この神社は、『宇治拾遺物語』巻第三・15「長門前司の女葬送の時、本所に帰る事」（日本古典文学全集）に採られている、男と縁の少なかった薄倖の娘を祀った千年程前の塚が神格化されたもので、物語のヒロインに因んで弁財天を本尊として、功徳院とも称し、崇められていた。

弁財天は、「針才女《はりさいじょ》」ともいわれるところから、これが訛伝して、中世においては、「班女《はんじょ》（半女）」と呼ばれるようになった（男に縁の薄い、中国の班女とも関わりがあるのかも知れない）。

明治以降、この「班女神社（半女社）」が「繁昌」の音を当て、「繁昌神社」となり、市杵《いちき》島姫命・田心《たぎり》姫命・端津《たきつ》姫命の三神を祀り、商売繁昌の神となり、現在は、悪縁を切り、良縁を結ぶ神様に変貌を遂げていて、往時の面影はない（元となった班女塚は、神社から少し離れた佛光寺通り近くの路地奥に今も残されているが、それを知る者はほとんどいない）。

さて、この班女（半女）信仰が弁財天に結びついて、『曽我物語』に取り入れられ、「はん女」→「ふん女」に訛伝したとは考えられないだろうか。とくに流布本の成立した室町時代には、弁財天信仰が未曽有の大流行を見ており、その可能性は高い。

何故なら、「はん女」の「は」の草体の「《は》（者）」は、「ふ」の草体の「《ふ》（不）」と酷似していて、誤り易いことが知られるところから、時代的にも作者圏的にも全く無理がないので、私は、「はん女」から、「ふん女」への写誤・訛伝の道筋を想定している。

雑駁な、それも走り書きのメモに終始したが、やがては中世における唱導の実態が解明されてゆくであろうそれまでの覚書としたい。

※

以上、まとめとして、弁財天信仰と結びついた「ふん女卵生説話」の背後にある唱導の姿を想定しつつ、いくつかの資料を引用しながら、これまで不明とされてきた「ふん女」名等についても考えてみた。これらについては、いずれ稿を改め、さらなる検討を加えていきたい。

Ⅱ

伝承芸能・唱導関係論攷

「佛舞」追跡

――育王山龍華院糸崎寺の場合――

Ⅰ、糸崎寺について

現在、育王山龍華院糸崎寺《いとさきじ》（福井県福井市糸崎町）は、真言宗智山派で、京都市東山区の智積院末寺である。『延喜式』「神名帳」の坂井郡部に、「糸前《イトサキノ》神社」名が見えるところから、古くはその別当寺であったようであるが、その伝承は伝えられず、中世には三十六坊の塔頭寺院を有して繁栄したが、近世期以降は衰微し、現在は僅かに、「大願寺」などの地籍等に、その面影を留めるのみである。

応永十年（一四〇三）七月書写の縁起[1]一軸と、板刻された略縁起等によるとこの寺院は、養老三年（七一九）に、天台宗の高僧泰澄大師が、現在の岩尾山に不動明王像を刻彫し、その山に草庵を結んで弥陀の尊像を本尊として祀ったものが始めとされ、その後、天平勝宝八年（七五六）に、唐の浙江省鄞県《ぎんけん》阿育王寺の高僧禅海上人が、唐土育王山の絵図を携えて来航する。そして、この地が彼の寺地と余りに似通っていたために、ここに草房を結び、佛法興隆に励んでいると、遥か唐土の育王山の護り本尊である千手観音が緑毛に包まれた大亀に乗って、免鳥《めんどり》の浜に現れ、それを上人の指示によって漁民が引き揚げてより、糸崎寺の本尊として祀られたものであると伝えている。

そして、この千手観世音菩薩が緑毛に蔽われた大亀に乗って糸崎浦に現れたのを機にして開眼供養の大法要を営んだところ、天地に忽然として大光明が輝き、諸々の菩薩が紫雲に乗って登場し、喜びの舞を舞い始めると、どこからともなく天女達も舞い降り、佛法興隆を祝福讃美する舞に和したという――こうした奇瑞を今に伝えるものが、糸崎の「佛舞《ほとけのまい》」であるという。

Ⅱ、「佛舞」について

糸崎寺に伝承される「佛舞」は、天平文化の舞楽の香を今に伝える貴重なものである。古くは中央の大寺院で舞われ、やがて地方に伝播していったと考えられ、全国に多くの佛面が残されているところからも往時の隆盛は偲ばれるが（但し、糸崎は例外的なものと考えられる）、現在、こうした舞を伝える所は多くない。

管見に及んだ限りでは、「佛舞」の一種と考えられる秋田県鹿角《かづの》市小豆沢《あずきさわ》の「大日堂五大尊舞」と、大阪四天王寺の「聖霊会」の中で舞われるものや、行道のみで舞の無い、長野県下伊那郡阿南町新野《にいの》の「新野の雪祭り」と静岡県磐田《いわた》郡水窪《みさくぼ》町西浦《にしうれ》の「西浦田楽」等を含めて、現在、全国の十一社寺に佛舞に相当するものが伝承されている。しかし、田楽の二十三～四十もの演目の内に「佛舞」が含まれる高勝寺(2)（愛知県北設楽《したら》郡設楽町田峯《だみね》・曹洞宗）・鳳来寺(3)（愛知県南設楽郡鳳来町門谷・真言宗）・泰蔵院(4)（静岡県天竜市懐山・臨済宗）や、舞楽八演目の内の一つとして舞われる隠岐国分寺(5)（島根県隠岐郡西郷町池田・真言宗）・明和頃（一七七〇年頃）の歌舞伎流行を背景とした教化劇として仕組まれた遍照寺(6)（和歌山県伊都《いと》郡花園村梁瀬《やなせ》・真言宗）等のものを除けば、純然たる「佛舞」のみを独立させて舞うものは、松《まつの》尾寺《おでら》(7)（京都府舞鶴市松尾）と糸崎寺の僅か二寺ということになる。

松尾寺は青葉山山麓にあり、福井県との県境に位置する。おそらく、近くを通る所謂鯖街道を伝って齎らされた都の文化がこの二寺に残存したものであろう。だが、糸崎寺の「佛舞」は、松尾寺のものに比して省略が少ないにもかかわらず、これまで本格的に論じられたことがない（また、糸崎の佛舞は、中国からのダイレクトな伝来も考えられる）。

したがって本論攷は、現在、僅かに残存する「佛舞」の基軸となるであろう糸崎寺の「佛舞」を詳細に検討し、論じることに大きな意味を認めようとするものである。

Ⅲ、糸崎寺の「佛舞」奉納と次第等について

「佛舞」の奉納は、千手観音の縁日である四月十八日の午後三時頃より始められ、五時頃（以前はかなりの長時間であったが、最近は短くなってきている）に終了する。ただし、毎年ではなく隔年毎の奉納に加え（次回は平成十三年）、十七年目毎の中開帳（三日間の本尊開扉）、三十三年目毎の大開帳（七日間の本尊開扉。前回の中開帳が平成元年四月十六日～十八日に催されたので、次回の大開帳は平成十七年四月十二日～十八日）にも奉納されるが、当然、その開催規模の大小や期間の長短は夫々に異なる。

①　奉納の準備と掟

○〈出演者選定〉

舞人になるための条件（但し、舞楽手・楽人は熟練を要し、短期の育成が不可能なので、世襲的に日頃から修練を積んでいる者が事前に決まっている）としては以下の掟等がある。

一、糸崎の生まれで、しかも観音山から湧き出る清水で産湯を使った者（近年は病院出産に限られるので、この水を病院に持参して病院の産湯に混ぜて使用し、その資格を与えている）でなければならない。

一、舞人は男子に限られる（以前は長男のみの厳しい条件であった）。

一、舞人に選ばれ出演が決定すると、舞う日を中心に前後一週間は、魚肉や酒色を断って精進しなければならない。

一、舞う当日は糸崎寺で用意する塩風呂に入り、身体を清めなければならない。

この禁を破ると、舞の当日に雨が降ったり、舞を間違えるという諺が残っている。

○〈具体的に選ぶ方法〉

日時を定めて（これを「佛舞の番ならし」という）、舞人長（楽人長と共に、保存会総会において熟練者や指導者の中より選任される）の指示によって、「番ならし」に集まった該当者の中から抽選等により決定し、次の日から早速、練習に入る。但し、「番ならし」の日だけは酒盃を酌み交わしながら、一晩中、楽しく意見交換等をする日となっている。また、普段でも毎月十八日の観音様の縁日には、糸崎寺の観音堂に村落民が集まって歓談するという、都会ではとうに失われた素晴らしい社会形態がそこにある。

○**〈舞人等の種別とその役割〉**

角守《かどまぶ》り（すみもり）　二名　七～八歳の童子

白法衣に白衣・白袴・白足袋姿で、白手袋をはめ、白緒の草履をはき、頭に天冠を戴き、白い童面を付ける。手に持ち物はなく、「佛舞」奉納中はずっと合掌している。

念菩薩《ねんぼさつ》　二名　十一～二歳の少年

白法衣に青衣・青袴・白足袋姿で、白手袋をはめ、白緒の草履をはき、頭に念菩薩用の烏帽子を載せ、金色の菩薩面を付ける。仮面は役割りによって、「阿」（口の開いたもの）と「吽」（口の閉じたもの）があり、口の開いた方は、唐金製の合蓮華を持ち、閉じた方は、笏を持つ。

〔舞佛《まいぼとけ》〕

手佛《てぼとけ》　四名

白法衣に黒衣姿で、手佛用の袈裟を掛け、白足袋に白手袋をはめ、

一人前の男子
- 打鼓《だご》佛《ぼとけ》　二名
- 撥《はし》佛《ぼとけ》（箸）　二名

「番ならし」の日より毎晩、糸崎寺に集まり、七時半から十時半頃まで舞の練習をする。熟練者や古老が厳しく指導にあたる。

〔舞楽手〕
- 太鼓　一名
- 鉦《かね》　一名

〔楽人〕
- 横笛《おうてき》　三名
- 篳篥　三名
- 笙　一名
- 楽太鼓　一名

熟練者

白緒の草履をはく。頭には黒頭巾を被って瓔珞の付いた天冠を戴き、手佛用の菩薩面を付ける。手には何も持たない。

手佛と同じ出で立ちであるが、打鼓佛用の袈裟を掛け、輪棒型の宝冠を戴き、打鼓佛用の菩薩面を付ける。また、左手に小槌、右手には「ハシ」と呼ばれる一本の棒を持ち、腰には打鼓佛用の鼓を付ける。

手佛・打鼓佛と同じ出で立ちであるが、撥佛用の袈裟を掛け、輪棒宝冠を戴き、撥佛用の菩薩面を付ける。また、両手には「ハシ」を持ち、腰には撥佛用の小鼓である羯鼓を付ける。

黒の紋付に舞楽手用の裃姿で、白足袋に草履ばき。夫々が櫓の板敷の上に敷かれた座布団に座わり、舞の拍子をとる「佛舞」は全て、この太鼓と鉦の合図によって進行する。

通常用いられる雅楽衣に紫の袴を付けた黒烏帽子姿。楽人長の家に集まり、毎晩、練習する。奉納日の前日は総仕上げのリハーサルをするので、本番に備えて舞人達と一緒に糸崎寺に集まり、納得のいくまで練習をする。

〔稚児御詠歌〕　花和讃　糸崎町内の小中学生と一部大人の指導者によって行なわれる。約十五名前後（年によって変動がある）。

赤または水色模様の着物に白帷子を羽織り、白足袋に白脚絆を巻いて草履ばき。両手には手覆いの手甲をつけ、鈴《りん》と小槌を持つ。頭には少し深みのある菅笠を被り、それを色模様の紐で顎の下に結ぶ、可憐な巡礼姿。

〔先導〕　一名

羽織袴姿で、黒塗りの太い杖を持つ。指導的立場の者や古老がこれにあたる。

〔引率者〕　一名

総責任者の保存会会長がこれにあたる。賓客の接待や、「佛舞」の解説等が主な仕事となる。平成九年現在の会長は伊阪実人《まこと》氏。

〔僧侶〕　一名

紫の法衣に金色の袈裟を掛けた姿。平成九年現在の読経僧は、成田山の大釜照諦師。

②　**会場**

糸崎寺観音堂前に、浜石とコンクリート造りによる花道と舞台が常設されている。観音堂や舞台は昭和になって造り変えられた。以前の舞台は土と石灰で固めたもので、欄干も木製であった。舞台は一米程高く設えられており、見物者の観覧が利くようになっている。

その他の会場飾りは幟や吹き流し等で、お祭り用の飾り物と同じである。

③ 「佛舞」の次第と他の佛事

「佛舞」は、僧侶の読経→稚児御詠歌→越殿楽演奏[(8)]と共に先導（露払い）に導かれて、僧侶（住職）・楽人・角守り・念菩薩・手佛・打鼓佛・撥佛の順に登場し、所定の座や位置に控える→「一番太鼓の舞」→「二番太鼓の舞」→「念菩薩の舞」→「三番太鼓の舞」の順で執り行なわれ、最後は撥佛の一人（熟練者）が舞い続ける「舞い残り」（地元の諺で、宴席に最後までいる者もこう呼ばれる）をもって、「佛舞」奉納の全てが終了する。

○〈他の佛事・行事等〉

当日は、糸崎の護り本尊「千手観世音菩薩」の縁日でもあるので、地域民の先祖代々の霊を祀ってあるところから、午前十時頃より糸崎寺本堂で、報恩感謝の慰霊祭・五穀豊穣・平和安全・商売繁昌・健康増進・交通安全等の祈願祭が行なわれる。

「佛舞」の奉納が済むと、最後は福井市の無形文化財に指定されている「夜網節踊り《よあみぶし》」が、本堂前の境内で自由参加形式で行なわれる。これは、糸崎寺の護り本尊を免鳥《めんどり》の浜で引き揚げた時に、綱引きと同時に歌われた唄ということである。この間の所要時間約一時間。

Ⅳ、「佛舞」奉納の具体

① 僧侶の読経

午後三時頃より、住職の読経が始まる。この約四十分間余りの間に、奉納の出演者達は衣装や冠、仮面を付け、準備する。そして舞楽手は、櫓の上に着座して待機する。また、更衣室は観音堂の控室（楽屋）において行ない、古老や親戚の者が着付けの指導にあたる。

②　稚児御詠歌

観音堂より、「頭」を取る者を先頭にして稚児達がたどたどしい足取りで鈴《りん》を鳴らしながら舞台を一巡し、御詠歌（花和讃）を口ずさみつつ、石畳の舞台に敷かれた座布団へと向かい、そこにちょこんと坐る。愛くるしい巡礼姿の稚児達は本堂に向かって鈴を振り、小槌で鉦を叩いて調子をとりながら、「花和讃」を一段と高く歌い上げるのである。

幼い稚児達の澄んだ声は、まさにこの世で身に纏い付いた垢を清めるがごとくに観音山に響き渡り、参詣者の心をこの法会の中へと引き込んでゆく。

行き帰りの道中では、

〽帰命頂礼花和讃　花も紅葉《もみじ》も一盛り
花のようなる子を持ちて　蝶よ花よと育てしに
〽無常の風に誘われて　賽の河原の冥土《めいどう》へ
歎き悲しむ二親《ふたおや》は　余り我が子の可愛さに
〽弥陀の浄土へ志し　我が子に似たる子を見れば
涙と共に二親が　月の朔日《ついたち》十五日
〽寺へ詣りて花見れば　開きし花は散りもせず
蕾の花の散るを見て　哀れ我が身もあの如く
〽亡き子に引かされ寺詣り　我が身の罪も消滅し
南無阿弥陀佛阿弥陀佛　南無阿弥陀佛阿弥陀佛

※「花和讃」に歌われる、子を亡くした親の思いは、頭の中では理解していたつもりであったが、平成十年の暮れ、平均寿命をすでに生きた父親の死でさえいまだにこたえている。これが連れ合いであったなら、その衝撃は数倍になるであろうし、我が子であったなら耐え難いものであろうことが、今更のように実感される。

　昨今、実母の死に臨んで、五十歳を過ぎていても、「これからはいい子になります」と言って号泣した、北野武（ビートたけし）や、子供がいない特殊事情があるにせよ、連れ合いの後を追った江頭淳夫（江藤淳）等の気持ちは、今初めて充分な重みを伴って理解することが出来るように思われる。

と歌い上げ、座っては、
〽観音《かんのん》の　満《み》てにし懸《か》けにし糸崎を　紊《みだ》さず後《のち》の世まで引き取れ
〽南無《な～む》や大悲《だいひ》の観世音　南無や大慈《だいじ》の観世音
〽南無や大悲の観世音　南無や大慈の観世音
〽南無や大悲の観世音　南無や大慈の観世音

③　**半鐘**

稚児達の御詠歌の後、少し間があって後、半鐘がけたたましく打ち鳴らされる。半鐘の打ち方は左記の要領で七・五・三を基準に二度繰り返される。

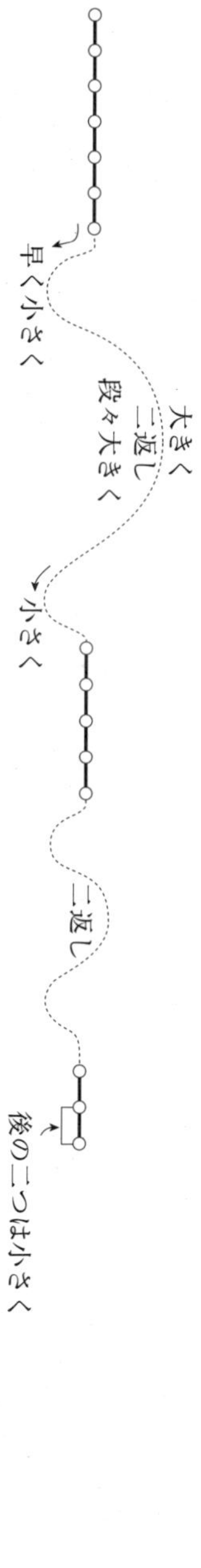

④　**入会場**

半鐘の合図によって、本堂より太い黒塗りの杖を携えた「露払い」（先導）の古老を先頭に、台傘持ちを従えた住職が紫の法衣に金色の袈裟をかけて、舞台への花道をしずしずと歩んで行く。そして、その後を越殿楽の雅楽曲と共に楽人・角守り・念菩薩・手佛・打鼓佛と撥佛等が摺り足（「道足」と呼ばれる独特の足運び）でそれに続く。

その間、手佛は合掌し、打鼓佛と撥佛は手にした物を前に突き出し、左図のような形で一列になって舞台へと進む。

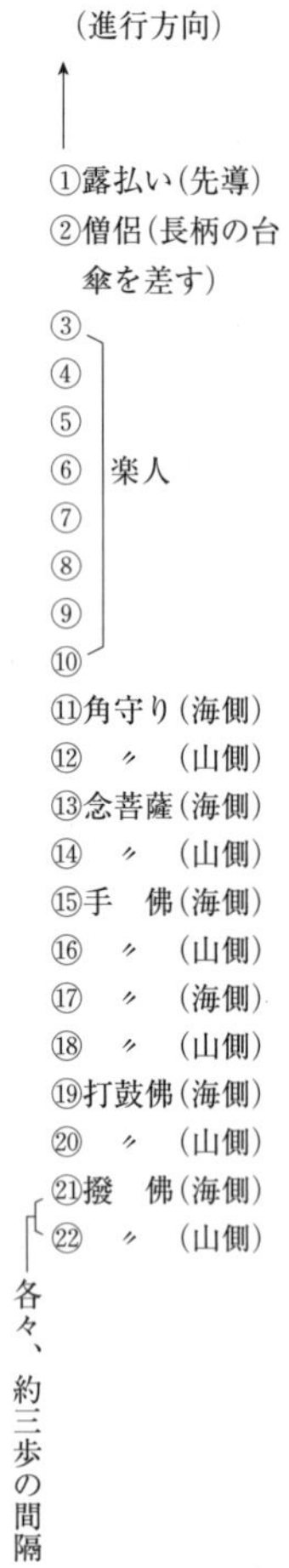

⑤　舞台に出る

舞台に到着すると、先ず本堂に一礼する。そして、舞台の西に設えてある場の中央には深紅の曲彔が置かれており、そこに僧侶が腰を掛け、その両側に露払いと楽人達が座す。

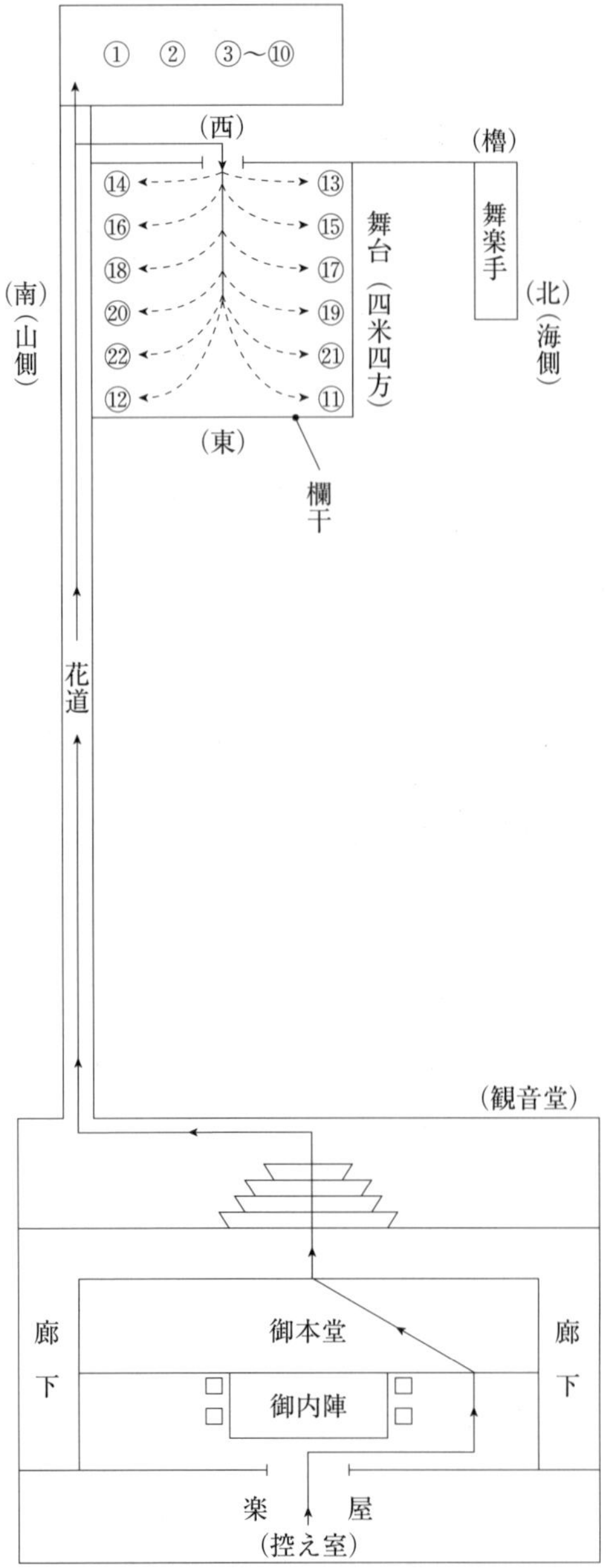

角守りは観音堂側の角に、念菩薩は反対側の角に、夫々位置し、手佛は先ず海側、次に山側というように念菩薩の隣から並んで位置し、以下、打鼓佛、撥佛の順で同じように整列する。

舞佛が舞台に整列するまで越殿楽が奏でられているが、その雅楽が止むと、すでに櫓の上（約三米程の高さ）にスタンバイしている舞楽手の太鼓（道太鼓）と鉦が打ち鳴らされる。その要領は、左の通りである。

◯《ドーン》（大きく）○《ドン》（小さく）◯ ○ ◯ ○ ◯ ○ ◯ ○ ◯ ○ ◯ ○ ◯ ○……

⑥ 円陣を組む

全員が所定の位置に着くのを確認すると、「舞い残り」（山側の撥佛㉒）の小声の合図を以て、左図の要領で円陣を作る。全員が円陣を作り了えるまで、舞楽手の太鼓と鉦は最初から変わらずに、「道太鼓」を打ち続ける。

やがて全員が円陣を作り了えるのを見届けると、舞楽手はそのまま、舞い始めの太鼓に変え、楽人による雅楽はこの時に終わる。

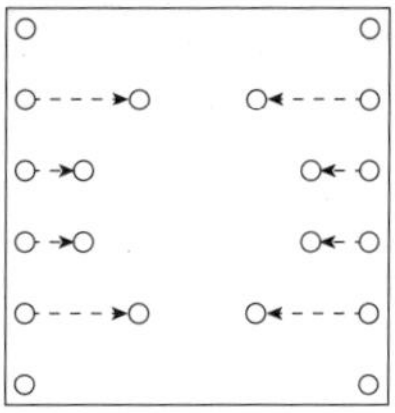

◎舞い始めの道太鼓は、一番太鼓も二番太鼓も同じで、次の要領で打ち鳴らす。

◯ドーン
◯ドン
◯ドン
◯ドン
◯ドン
○ドン
○ドン
⋮
◎ドーン
◎ドーン
（終わりの二つは力強くかつ大きく鳴らされる）

⑦　一番太鼓の舞

「一番太鼓の舞」は、太鼓と鉦に合わせて、ゆったりと角のない古雅の香り豊かに舞う（舞は廻ひで、踊りとは異なるものである）ことを信条としている。

一番太鼓の要領は次の通りである（△印は太鼓の縁を叩き、○印は太鼓の中央を打ち鳴らすことを意味する）。

△《カーン》　△《カーン》　△《カーン》　△《カーン》　△《カーン》　△《カーン》　△《カーン》　○《デン》　○《デン》──→以下これの繰り返し。

△《ひぃー》　△《ふぅー》　△《みぃー》　△《よぉー》　△《いっー》　△《むぅー》　△《なな》

〇〈手佛〉

舞い始めの時の姿は、手を合掌し、足は約半歩八の字型に開いて自然体に構えている。太鼓の舞い始めの合図である最後のドーン・ドーンで左足を一歩外へ踏み出し、舞い始める。

左手は指先を斜め上に向けるように伸ばし、右手は左手首を軽く押さえる。「ひぃー」で左足を右外側へ上げ、左手を左へいっぱいに振り、右へ戻す。「ふたぁーつ」でまた、左手を右手で軽く手首を押さえたまま左へ振り、両足の膝を摺り合わすように近付け腰を折る。「みぃーつ」で上げた左手を左へいっぱいに振り、元の形に戻す。「よぉーつ」で「ふたぁーつ」の時と同じ動作を繰り返し、「いっーつ」、「むぅーつ」と続ける。デーン・デーンの「ななつ」の時に、左手を左へ振り、左足を上げ、前へ出すと同時に左手を右手首に潜らせるようにして、掌を前に（手の指の高さが目の高さになるようにして）する。デーン・デーン（「入《い》り節《ふし》」という）で腰を折る。次にまた、「ひぃー」に戻り同じ動作を繰り返す。

〇〈打鼓佛〉

舞い始めの時の姿は、小槌を串に差したようなもの（打鼓《だご》）を右手に持ち、それを目の前に出す。左手には黒塗りに一部模様を入れた棒（打鼓佛用の「ハシ」という）を打鼓と交差するようにして持つ。その時の足の動作は手佛と同じである。

打鼓佛の足の運びと動作は、手佛と全く同じであるが、手の方は、「打鼓」を持った左手は左右に大きく振り、しかも肩の高さに水平を保つようにし、右手は自然に前後に振るようにする。但し、右手を振る時、左手を左へ大きく振る時は前に、右の方に「打鼓」を持った左手がくる時は、自然に後ろに右手がくるようにしなければならない。

「入り節」の時は、左足を上げ、左手は「打鼓」を持ったまま左へ大きく振り、左足を前へ出し、床に足を着けると同時に正面の目の斜め左になる位置へ持ってくる。この時、右手は右横に大きく振り、膝を曲げると同時に、脇に「ハシ」を抱えるようにゆっくりと持ってくる。最後は、この「ハシ」で前に吊した鼓を打つような動作となり、以下は同じ動作の繰り返しになる。

○〈撥佛〉

撥佛の足の動作は、手佛・打鼓佛とは全く逆のものとなる。

舞い始めの時は、両方の「ハシ」を揃え、合掌する要領で前に出し、両手は中央よりやや下の方にして、右手を上に、左手を下にして揃え、足は八の字型に開いて構える。

最後のドーン・ドーンの時から舞い始めるが、最初は右手を前に上げ、左足を左前に上げ、左手は反対に後ろの方へ大きく振る。体は自然に左の方へ半開きとなる。次に左足を一歩斜め左へ踏み出し、足を着けると同時に左手を前へ振り、右手を後方へ振る。右足を上げて、一歩右後方へ振り出し、両足を曲げると共に両「ハシ」を打鼓佛の「ハシ」の様に両脇で抱え込むようにする。以下、この動作の繰り返し。

「一番太鼓の舞」は、このようにして円陣を左回りに廻りながら動作を繰り返し、約一周したところで撥佛の一人

（舞い残り）が合図し、「一番太鼓の舞」は膝を折り曲げるところで終わる。

⑧　二番太鼓の舞

「二番太鼓の舞」は、太鼓が「一番太鼓の舞」が終わったのを見定めると、そのまま一回、「入り節」まで空打ちをした後、「二番太鼓の舞」の用意をし、舞い始めの太鼓に移る。したがって、舞人は、この太鼓の合図で「二番太鼓の舞」に入るわけである。

二番太鼓の打ち方は次の通り。

△《チン》	右手で太鼓の縁を打つ
△《カン》	左手で　〃　〃
△《チン》	右手で　〃　〃
△《カン》	左手で　〃　〃
◯《ドン》～	右手で太鼓の中央を打つ
◯《ドン》～	左手で　〃　〃
△　△　△　△　◯～　◯～	以下、繰り返し

これを三度繰り返したら、四度目は最後の太鼓のところをドーンと一つ余分に強く大きく打つ。

△《チン》　△《カン》　△《チン》　△《カン》　◯《ドン》～　◯《ドン》～　◎《ドーン》～　（◎は力強く打つことを意味する）

これが「入り節」の合図となり、以下この繰り返しとなる。

◯〈手佛〉

舞い始めは、「一番太鼓の舞」と同じであるが、「入り節」の時からが少し違う。先ず、膝を曲げている時、「入り節」のチンで左手の手首を右手で持つように押さえているが、左手首を右手の内側へ廻すようにくるりと半廻しして、この左手に自分の顔を映すような形をとる。

足は左足を一歩前に蹴り出し、足が着く時に手が前にくるようにする。次に右足は間を置かず膝を曲げる前に一歩、左足に平行になるように前へ出し、次の動作で膝を曲げる。次の太鼓の時、右足を一歩後ろに下げ、次の太鼓の時、左足を上げて前の手鏡を見るような形から真直ぐに腰の高さまでそれを下げる。そして左足を一歩下げるようにしながら、地面に足を着けずそのまま前に出して地面に足を着け、手鏡の形を元の位置に戻し、間髪を置かず右足を一歩前に出し、次の合図で膝を曲げる（入り節）。以下、これの繰り返し。

○〈打鼓佛〉

打鼓佛の足の動作は手佛と全く同じであるが、手は「一番太鼓の舞」と同様、大きく振りながらゆったりと舞う。「入り節」の時、左手の「打鼓」を外へ大きく振り、左足を上げ、右手の「ハシ」を頂くような動作をする。次に「打鼓」を前の方へ振ると同時に左足を降ろし、右足を一歩前に戻して、右手の「ハシ」を腰に持ってきて、膝を折る。以下、この繰り返し。

○〈撥佛〉

撥佛の手の振りと足の動作は、手佛・打鼓佛のものと反対になる。「入り節」の時、右手の「ハシ」を降ろし、左手の「ハシ」を頂くような動作となるので、足は全くの反対となる。このようにして太鼓に合わせて舞うが、舞い終わりは「舞い残り」が一周した後、合図して終わる。「二番太鼓の舞」が終わると舞佛は両方に開き、最初の舞台に着いた時の位置に戻る。そして「念菩薩の舞」となる。

⑨　念菩薩の舞

「二番太鼓の舞」が終わると同時に、楽人達による雅楽が奏でられ、舞佛達は舞台の南北に四人ずつ元のように整列すると、太鼓と鉦が響き始める。例のドーン・ドン、ドーン・ドンという強弱を織り交ぜた太鼓の拍子に合わせ、舞台の西隅で合掌していた念菩薩（⑬・⑭）の二人が摺り足で舞台の中央へ向かって歩き始める。そこにはすでに教机が置かれ、そこまで進んだ念菩薩は先ず、本堂に向かって二礼する。そして、片膝を立てて中腰に座り、口を閉じた菩薩面の「吽」の念菩薩が持っている笏を机の上に置くと、口を開いた菩薩面の「阿」の念菩薩は、持っている二本の唐金製の合蓮華の一本をこの「吽」の念菩薩に渡すのである。

分かち合った蓮華を持って共に立ち、本堂に向かって深々と二礼してから、夫々が持っている蓮華を教机の上に置く。再び太鼓と鉦が強弱を交じえて打ち鳴らされると、念菩薩は摺り足で舞台の西隅に向かい、元の位置に戻る。

これは蕾の蓮華を分け与えるという所作で、佛のお慈悲を分かち合えるという意味があるのだという。

⑩　三番太鼓の舞

「念菩薩の舞」が終わる頃（まだ太鼓・鉦等が鳴っている）、「舞い残り」に決まっている撥佛㉒から、「円陣」との合図があり、舞佛の八人は円陣を作り、舞い始める体制をとる。この体制に入ったことを確認すると、太鼓・鉦・雅楽は全て停止する。そして、約三秒程の間を置いて、舞い始めの太鼓が打ち鳴らされる。舞い始めの太鼓は、一番太鼓・二番太鼓と同じく、最後のドン・ドンで舞が舞い始められる。

三番太鼓の打ち方は次の通り。「入り節」では八回目が大きく打ち鳴らされる。

◎《ドン》　○《ドン》　○《ドン》　○《ドン》　◎《ドン》　◎《ドン》　◎《ドン》となり、「入り節」の時のみ最後のドン・ドンが、◎《ドン》　○《ドン》　○《ドン》　◎《ドン》となる。

舞佛達は心の中で、◎《デン》○《カアー》○《カアー》○《カアー》◎《デン》◎《カアー》◎《カアー》と唱えながら、大廻りで三回舞い、「入り節」で中に入り、一回舞い、また外で三回、中で一回と舞を繰り返し舞う。そして、この様に舞いながら舞佛達は、手佛・打鼓佛・撥佛の順に一廻り毎に一人ずつ、ご本尊の正面に来ると「入り節」をもって舞い終わり、一礼をして舞を抜けてゆく。最後に「舞い残り」の撥佛㉒がただ一人残って、いわば独壇上の舞をかなり長く舞う。これはこの喜びをいつまでも続けていたいという舞に託された心象表現なのである。やがてこの「舞い残り」の撥佛の舞いが終わると、撥佛は本堂の本尊に一礼した後、元の位置に戻り（本尊には背を向けないで）、「佛舞」の奉納が終わる。

⑪　舞台よりの退出

「三番太鼓の舞」が終わると、舞い始めの体制に戻っているわけであるが、この数秒後に「道行太鼓」が、◯○《ドーンドン》〜◯○《ドーンドン》〜◯○《ドーンドン》〜と鉦と共に大きく打ち鳴らされ、楽人達による越殿楽の雅楽が奏でられる。そして、舞台に入って来た時と同じ順で、露払い（先導）から本堂に向かってしずしずと退出してゆくのである。この頃になると太陽も西に傾き、遥かの丹後半島は夕陽に霞み、糸崎浦の浜風に桜の花片も舞い散る幻想的な余韻を残しつつ、糸崎の「佛舞」奉納の全てが終了する。

Ⅴ、終わりに代えて

この糸崎の「佛舞」が、始原の「佛舞」の姿をどの程度まで伝えているのかは知る術もないが、いかに省略・簡略化されてきたとはいえ、最も大切な要素は失われることなく今に伝えられてきている筈である。

そのような意味において、数少ない「佛舞」の中でも本格的な構成部分をより多く残す、魂の伝承とでもいうべき糸崎の「佛舞」は、文化面から見てもかけがえのないものの一つであるといえよう。また、本章で述べたことは、単に糸崎寺の「佛舞」のみにとどまるものではなく、その意味するところの射程は大きく、我が国の佛教舞踏の成立にかかわる問題にまで及ぼうとする。

ところで、僅か三十戸足らずの村落の人達によって、この「佛舞」を支えてきたのは容易なことではない。「佛舞」存続に必要な費用の捻出にあたって、古い会計簿に点在する呻吟の跡はそれを如実に物語っている。

また、やがては全国の「佛舞」をさらに精査した上で、丁寧に纏め上げたいと考えているが、今は全てを別稿に委ねることとして、一先ここに筆を擱く。

〔註〕

（1）本書「Ⅲ　唱導資料」に、「育王山龍華院糸崎寺縁起」の全文を飜刻紹介してある。

（2）「田峯田楽」と称され、毎年二月十一日に豊作祈願・厄除けを願って、田峯の人々（世襲）の手で奉納されている。

（3）「鳳来寺田楽」と称され、毎年一月三日に天下泰平・豊作祈願・厄除け等を願って、鳳来町の人々の手で奉納されている。

（4）「懐山のおくない」と称され、毎年一月三日に豊作祈願・厄除けを目的として、懐山の人々の手で奉納されている。

（5）「蓮華会舞」と称され、毎年四月二十一日に弘法大師の御影法要を目的として、西郷町の人々等によって奉納されている。この寺の「佛舞」は、高さ約一・二米、約四・五米四方に設えられた舞台の上で、佛仮面を付け、千早風の衣装を着流し風に着た二人の舞佛が、時に手を取り、時に背中合わせになりながら、最後は手に持った扇を開いて静かに舞い終わるというものである。

（6）「佛舞」として、六十一年目毎の旧暦十月閏の月に佛法の教化を目的として、花園村の人々の手によって奉納されている。高野山への佛花の供給地として知られる和歌山県伊都郡花園村梁瀬にある不蒔菜山《まかずなさん》遍照寺の「佛舞」は、旧暦十月閏がある年、すなわち六十一年目毎の十月（十月は神無月で佛事の月でもあり、閏月は神の無い月が二ケ月続くことから魔物の跳梁を恐れ、

「佛舞」を奉納するのだという）に奉納されるという、まさに生涯に一、二度見れるかどうかの舞を伝えている。前回は、昭和五十九年十一月二十三日に奉納されたので、次回は平成五十七年（西暦二〇四五）の暮れということになる。

その内容は、『法華経』巻第五「提婆達多品第十二」に説くところの、変成男子成佛を一歩進めた、女身のまま成佛するという独創的な教化劇である。登場者は、佛仮面五名・鬼六名・龍女（乙姫）一名・侍女二名・仮面を付けない僧（文殊）一名・楽人七~八名で、舞台はとくに設えない。

この「佛舞」は、右のようなストーリー性を持たせた劇的なもので、龍宮の乙姫を佛にするため、文殊菩薩が釈迦如来の使いとなって龍宮に赴き、龍王と問答し、「教化の舞」を見せて、遂に龍王を教化し、龍女（乙姫）を佛の浄土へ迎へ入れるといった順で舞が舞われる。全員が面を付け、しかも終始無言で行なわれる他の「佛舞」とは見てのように大きく異なるものである。

また、この「佛舞」の成立期は、明治より遡らないのではないかとの異見もあるが、管見によれば、国立国会図書館所蔵の『佛之舞』（全一冊・「右、高野山梶原林之助氏謄写恵贈・大正十五年八月」の識語がある）の冒頭部分欄外に、「一本ニ寛政十二年（一八〇〇）写本　標題　佛舞次第　梁瀬村喜代助トアルモノアリ」とあるので、少なくとも二百年前にはすでに舞われていたこと

国会図書館本	花園村「佛舞」台本
僧云事 南無釈迦牟尼佛　三返　側カラ三返　都合六返云事 か様に罷りたる者は、如何なる者とか被思召候。是は佛の浄土へ仕へ奉る、大聖文殊師利菩薩とは、此小僧が事にて候。誠に承り候得ば、龍宮浄土には難陀龍王、跋難陀龍王、娑伽羅龍王、和修吉龍王、得叉迦龍王、阿那婆《（ママ）》多龍王とて御座ます。 （一丁表）	南無釈迦牟尼佛「三反」 南無釈迦牟尼佛「三反」 かように罷り立つたる者をば、如何なる者かとおぼし召され候。是れは佛の浄土に仕へ奉る、大聖文殊師利菩薩とは、此の小僧が事にて候。誠に承り候へば、龍宮城には難陀龍王、跋難陀龍王、娑伽羅龍王、和修吉龍王、得叉迦龍王、摩那斯龍王、阿那婆達多龍王、優鉢羅龍王とておはします。

が判明する。しかし、歌舞伎の影響を受けていることは明らかなので、歌舞伎の形態が確立し、盛行した明和頃（一七七〇年頃）以降のものではあろう。

参考までに、国会図書館本と花園村の「佛舞」台本の一部を掲げておく（前頁参照）。

（7）「花祭り（佛生会）」と称され、毎年五月八日に釈尊の降誕を祝して、松尾の人々（世襲）の手で奉納されている。

現在、「舞佛」としては、一・二の釈迦、一・二の大日、一・二の阿弥陀の六名と、龍笛三名・篳篥一名（「管方」）、羯鼓一名・太鼓一名（「撃物」）の十二名で構成されている。奉納に要する時間は約三十分で、「本座の位置」（舞台は、本堂南東隅にあるもので二畳ばかりの広さ）は次のようになっている。

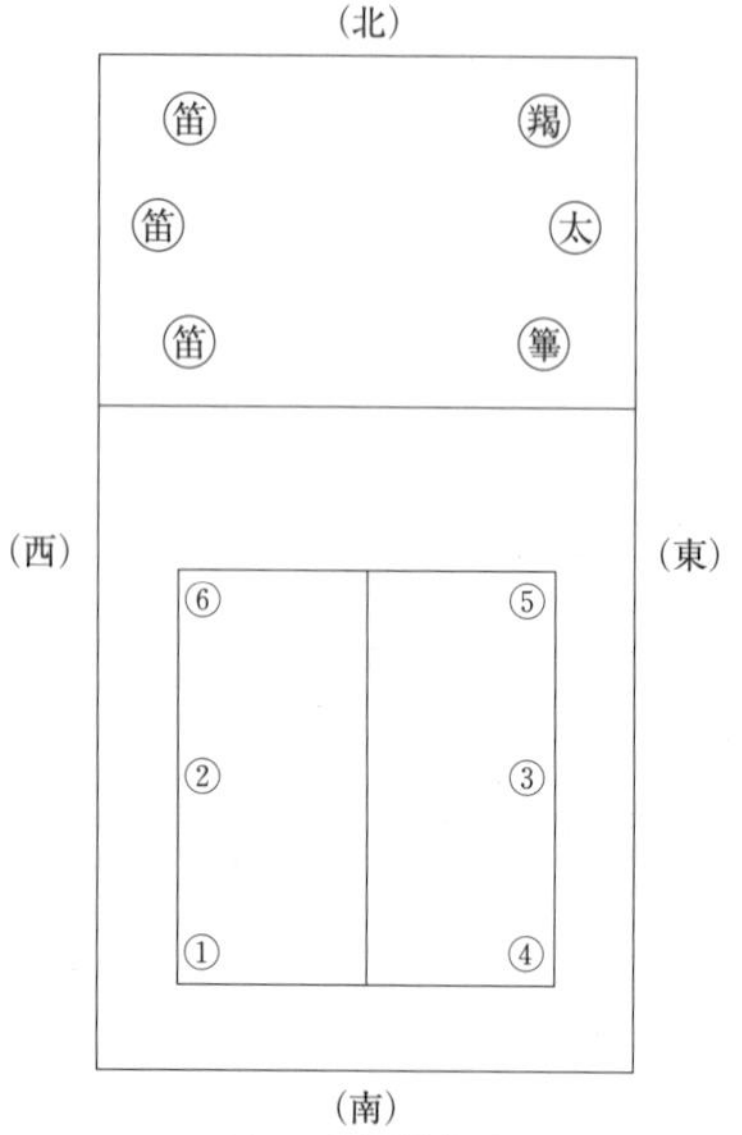

①一の阿弥陀如来
②二の〃　〃
③一の大日如来
④二の〃　〃
⑤一の釈迦如来
⑥二の〃　〃

※　現在は奉納が終わると六人が揃って退出するが（入会場は、⑤③④①②⑥の順）、戦前までは、上記の番号の順に舞を抜けてゆき、最後は二の釈迦⑥が本曲を一人で舞うという、糸崎の撥佛と同じく、古雅な入り綾風の退出作法を見せるものであった。

また、松尾寺の「佛舞」は、舞いながら夫々の佛菩薩が印を結ぶところに特徴がある。

（8）越天楽ともいう。唐楽（左方）に属し、平調《ひょうじょう》が一般的。平安時代の初め頃に伝来し、後には「今様」の旋律として用いられ広まった雅楽曲。

〔附記〕

本論攷を成すにあたっては、「佛舞保存会」の水間巳代治氏に様々なご教示とご協力をいただいた。改めてここに謝意を表しておきたい。水間氏とは、平成七年の「佛舞」奉納時に出会い、具体的には、平成九年の奉納時から調査・研究に惜しみのない援助を賜わっている。

糸崎の「佛舞」

――「糸崎寺縁起」とその源流をめぐる付舞人の動態解析資料――

Ⅰ、始めに

筆者は第Ⅱ章冒頭[1]において、糸崎寺の「佛舞」の具体と、全国の佛舞の概要を述べた。そこで本論攷は、ほぼ全国的な調査に目途がついたので、現存する我が国の「佛舞」の種別と、その全体性における糸崎の「佛舞」の位置付け、さらには、全国に残る十一の佛舞伝承社寺の中にあって唯一、「縁起」[2]の存する糸崎寺の「縁起」の内実を確認すべく、「縁起」に記される中国の伝承地を求め、数度に亘り、旧鄞県《ぎんけん》（浙江省寧波市）の阿育王寺周辺を中心に精査[3]した結果等も含め、その中間報告と今後の見通し等を申し述べておきたい。

また、勤務校の電気情報工学科教授・中川重康氏の協力を得て、「佛舞」の舞人達の身体動作解析も同時に進めており、本論攷では資料としてその一部を開陳する。

Ⅱ、我が国における「佛舞」の分布と類別

次頁の図表に示したように、我が国には現在、北は秋田県、南は島根県に及ぶ十一の社寺に「佛舞」が伝承されている。

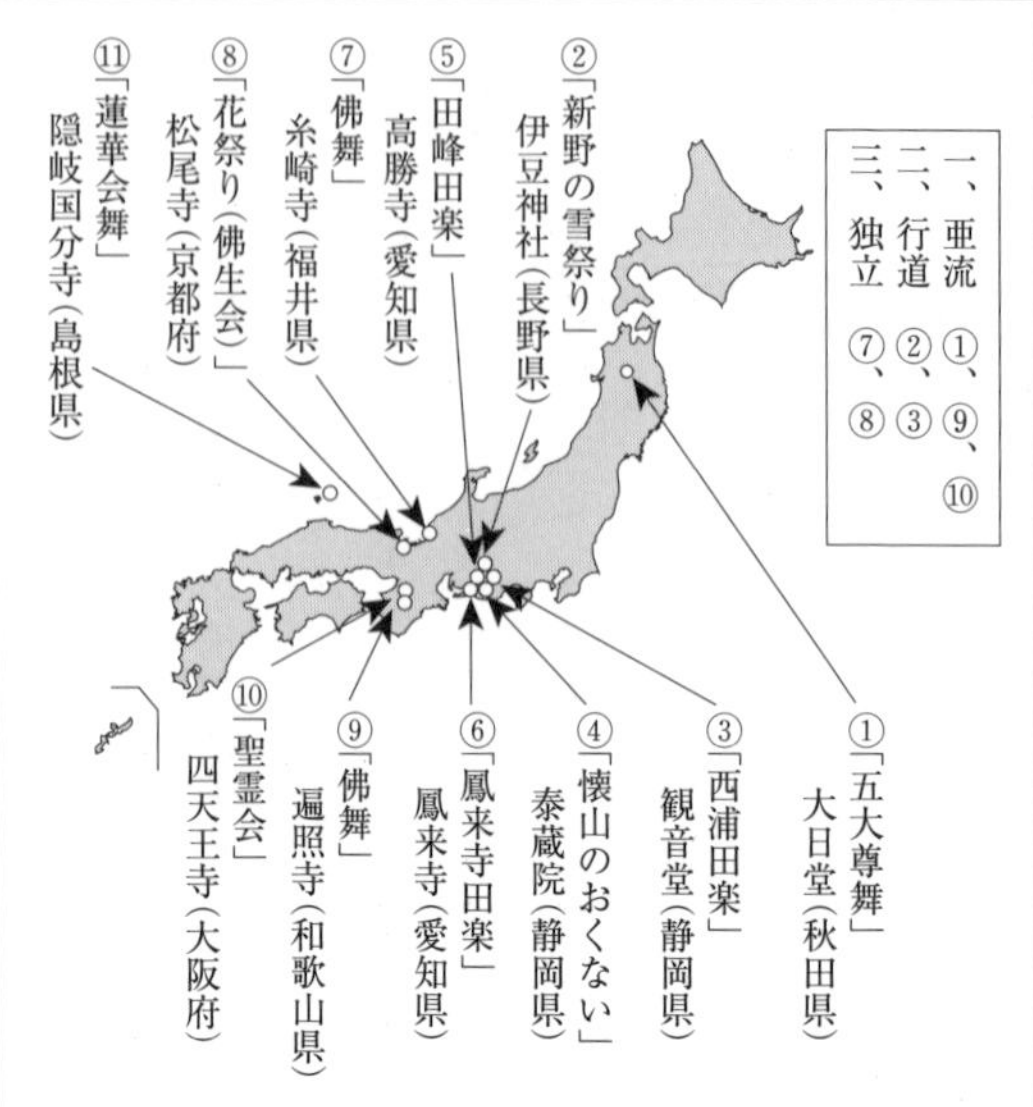

「佛舞」伝承分布図

この内、長野県下伊那郡阿南町新野《にいの》の「新野の雪祭り」と、静岡県磐田《いわた》郡水窪《みさくぼ》町西浦《にしうれ》の「西浦田楽」は、「佛舞」の名称は残るものの、村の辻々を回って安全等を祈る行道のみのもので、舞はなく、変則的佛面や、佛面を付けない形のものである。

次に、秋田県鹿角《かづの》市小豆沢《あずきさわ》の「大日堂五大尊舞」と、大阪四天王寺の「聖霊会」は、「佛舞」の亜流に属するものであり、静岡県天竜市懐山《ふところやま》の「懐山のおくない」、愛知県南設楽《したら》郡鳳来町門谷の「鳳来寺田楽」、北設楽郡設楽町田峰《だみね》の「田峰田楽」、島根県隠岐郡西郷町池田の「蓮華会舞」等は、田楽等の数十もの演目の内の一つとして奉納されるもので、佛面を付けないものもある。和歌山県伊都《いと》郡花園村梁瀬《やなせ》の「佛舞」は、六十一年ごとに奉納される特殊なものである。その内容も科白があり、問答もあるが、文殊菩薩は仮面を付けない等、形式・内容ともにまさに特別なものである。

したがって、「佛舞」を独立させた古雅な形を保って奉納されるのは、福井県福井市糸崎町の「佛舞」と、京都府舞鶴市松尾《まつのお》の「花祭り（佛生会）」の二寺のみであり、とくに糸崎寺のものは、入会場・退会場の道足《みちあし》と呼ばれる行道、一・二・三番太鼓の舞、念菩薩の舞、舞い残りをもって舞を締め括る、入り綾風の退出作法等は省略の少ない原形に近い形を保っていて、貴重である。

以上、見てきたように、東海地方では、「佛舞」は修正会の「おこない」の中に取り入れられ、田楽・猿楽・田遊び等を中心としたものの中に、呪師《ずし》や神楽なども取り込んだ集合芸能としての性格を持つものである。したがって、舞楽・伎楽・神楽・猿楽・能楽・狂言・田楽・呪師的なものが民俗化し、混在した複雑な様相を呈している中にあって、糸崎のものは、所謂純粋な意味での「佛舞」の要素が残存していると考えられる。

また、隠岐国分寺のものは後鳥羽上皇を慰めるための宴饗の舞として舞われたようで、秋田の「大日堂五大尊舞」の舞楽は、その昔、大阪四天王寺の楽人がこの地に移住して舞楽を伝えたことが知られ、伊豆から南北朝時代に信濃・遠江・三河に来住してきたのが、伊東一族である。例えば、三河の田峰を中心とした地域の有力者で、鳳来寺の大檀那でもあったのは、曽我十郎・五郎兄弟の一族の末裔で、曽我兄弟の弟・御房《おんぼう》（伊東禅師）こと実永は、兄弟の仇討ち事件の後、越後の国上寺《こくじょうじ》より鳳来寺入りをしてから自決したと伝えられている。さらには、工藤祐経の嫡男犬《いぬ》房《ぼう》こと祐時の末裔は、信濃の新野の伊豆権現の司祭者であり、祐時の弟・祐長の末裔は、遠江の水窪を中心とした地域の豪族でもあった。

如上のごとく、「佛舞」の現存する伝承地をざっと一眸したが、「佛舞」の伝承地は、中国大陸に近い西日本を中心としたもので、それは観音信仰と深く関わっていることが知られる。観音菩薩を本尊とするのは真言系に多く、他宗でも、周知のように東大寺二月堂（観音堂）では、若狭井戸の水（若狭の神宮寺と地下で通じているといわれる）を捧げるのが「お水取り」のクライマックスである。したがって、若狭・越前に古い形の「佛舞」が残っていることは頷ける。そして、観音信仰は、現世利益と後世利益を兼ね備えたもので、とくに人間の三十三もの局面において救済される有り難い佛菩薩であった。もちろん糸崎寺の三十三年ごとの大開帳もこの三十三に擬えたものである。

また、信濃・遠江・三河の伝承地は、夫々が国境に接するほぼ同一地帯にあるもので、それは修験者の一大拠点に極めて近いことを指摘することが出来、糸崎、松尾、梁瀬にも同じことが言える。

Ⅲ、「糸崎寺縁起」の内実

「糸崎寺縁起」（室町時代写）によると、まず、この地方の仙人泰澄大師が養老年中（七一八〜七二四）に糸崎に岩屋を開き、観自在尊と不動明王を彫刻し、後に草庵を結んで弥陀の像を本尊として修したとある。泰澄大師は、『本朝神仙伝』を始め、『元亨釈書』・『本朝高僧伝』・『東国高僧伝』などで知られるように、山に住む仙人であった。『泰澄和尚伝記』によると、福井県丹生《にゅう》郡の越知山《おちやま》で八世紀頃に十一面観音を念じて修行したといわれ、天平宝字二年（七五八）に越知山の仙窟で入寂したと記される。――こうしたいわく付きの地へ、天平勝宝八年（七五六）に、唐の阿育王寺の僧侶である禅海上人（観音の化現）がやって来て、糸崎に「佛舞」が齎されたと伝えている。(4)

禅海上人がこの地に留まった理由は、この寺地があまりに阿育王寺の寺地に酷似していたからとされ、さらに免鳥《めんどり》の浜に観音を乗せた緑毛の大亀が出現し、里人がこれを引き揚げてより、寺の本尊として祀ったとある。泰澄大師の事跡は、年代的にも地理的にも齟齬するものではなく、特に海から見た糸崎と寧波の浦や山脈《やまなみ》が酷似していることも、数度に亘る調査で確認しており、故なきことではない。

観音菩薩は、天竺のガンダーラ地方で信仰されていた神であるが、それが西蔵《チベット》を経て、長安（現西安）、中国南方に伝播した後、やがて『法華経』の「観世音菩薩普門品（観音経）」の教説に基づいて観音信仰がおこり、『観音霊験記』などが作られた。そしてそれらは、日本の観音信仰受容のモデルとなっていった。

免鳥の浜で千手観音が網にかかり、それを引き揚げて本尊としたとする伝承は、我が国では、七世紀以降に多くの観音が作られ、それが民俗信仰に取り入れられる中で、海底からの引き揚げ、海を渡ってきた、或いは霊木によって作られている等の伝説は、東大寺などの伝承でも知られるように、全国的な広がりをもつものである。

したがって、「糸崎寺縁起」の中に記されている、「佛舞」を糸崎に伝えた阿育王寺の禅海上人の存在が判明すれば、「糸崎寺縁起」の記述は、かなりの真実を今に伝えていることになる。――すでに寺誌の調査にかかっているが、寺宝である『阿育王寺旧志』と『阿育王寺続志』の二誌の閲覧許可が未だ得られていないので、許可がおり次第（これ以外の『阿育王寺新志』等の寺誌はすでに調査済みである）、このことについては決着がつくものと思われる。

Ⅳ、糸崎の「佛舞」の源流

糸崎の「佛舞」のルーツは、現在は存在しない舞楽の一つである「菩薩舞《ぼさつのまい》」であると考えられる。この舞楽は、唐代（約千三百年前）に、中央アジア――天竺（現印度）――西蔵を経て、長安の都に齎された。[5] 長安（現在の西安）ではかなり流行したようで、[6] 王灼の『碧鶏漫志』巻第五によると、舞人は頭巾をすっぽりと被り、危髻金冠に瓔珞を付け、僧衣姿で「行道」的な仕草をしたとある。[7] 五条袈裟に黒衣を着た僧侶の装束は、まさに菩薩に擬えたものであろう。

そして、これが観音霊場の一大拠点である浙江省の普陀山（西蔵の色拉寺《セラスー》のセラはチベット語で薔薇を意味し、普陀山の普陀も中国語で薔薇を意味しており、西蔵系寺院の痕跡をとどめている）に持ち込まれ、浙江省寧波市の阿育王寺の港より海のシルクロード[8]の最終地点である若狭・越前に、その文化が持ち込まれたとしても別段不思議なことではない。否、却って自然の成り行きであろう。

V、ダゴ（打鼓）佛の持ち物について

糸崎の打鼓佛が手に持つ、「ダゴ」といわれる、所謂デンデン太鼓のような道具は、串ざしにしたような形から、団子《だんご》が訛ってダゴと呼ばれるようになったのではないかとも考えられるが、日本にこうしたものは現在残っておらず、これに酷似するものが、敦煌の壁画（莫高窟《ばっこうくつ》112窟南壁）の「観無量寿経変」に描かれる「反弾琵琶舞」の中に見出せる（平成十八年現在は、補修中につき、一一二窟は立入り禁止になっている）。これはおよそ千二百四十年前の中唐に描かれたもので、糸崎に「佛舞」が齎されたとする時期と奇しくも一致する。そして更なる調査の結果、この道具は、天竺系の西蔵の寺院のみで法会に用いられている「カルガ」という楽器であることが判明した。

これによって、「佛舞」のルーツは天竺を経て伝わったものであり、やがてそれが西蔵——長安——寧波——糸崎へと伝来してゆく道筋がより明らかとなった。

そして、糸崎の「佛舞」と、日本の他の「佛舞」とでは、装束や持ち物が少しく異なり、舞の他に、入退出時に独特の「行道」を有していることなどは、前に述べた僧衣姿で行道的な仕草をするという『碧鶏漫志』の記述に糸崎の「佛舞」は見事なまでに合致しており、なかなかに興味深いものである。

VI、まとめと資料報告

以上、本稿で明らかになったことを、以下に簡略にまとめると、

一、糸崎の「佛舞」の源流は、ペルシャなどの中央アジアを経た楽曲・舞楽が、天竺の佛教と結び付き、「菩薩

舞」として西蔵の天竺系寺院に伝わり、やがてそれが千三百年ほど前に長安に齎された。そして時を措かず、観音信仰の一大霊場であった浙江省の普陀山や観音を祀る寧波の阿育王寺に入り、海のシルクロードを経て、およそ千二百五十年前に糸崎へ齎された。

二、糸崎の打鼓佛の持つダゴは、およそ千二百四十年前に描かれた敦煌莫高窟の壁画に見出せ、西蔵の天竺系寺院では「カルガ」という名称の楽器として使用されている。

三、我が国には、現在、十一の「佛舞」が伝わるが、この内、行道のみのものが二社寺、形の崩れた亜流のものが三寺、田楽等の多くの曲目の中の一つのパートとして奉納されるものが四寺、「佛舞」のみを独立した形で奉納するのが二寺、この内、行道、舞の所作、次第等に省略の少ないものが糸崎寺に伝存するものである。

四、「糸崎寺縁起」に記されている、海から見た阿育王寺の山脈《やまなみ》と糸崎浦から見た山脈は酷似しており、伝承をそのまま首肯することが出来る。

五、信濃に伊豆権現を勧請したのは、曽我兄弟の一族であり、遠江・三河地域寺院司祭者であり、支配者であったのも曽我一族の末裔であるところ等から、この信三遠地域では曽我兄弟の一族が「佛舞」に何らかの形で関わっていることが考えられる。

六、現存する「佛舞」の伝承地は、観音信仰と関わり、修験者の拠点に近いこと等を指摘することができる。

以上であるが、始めに述べておいたように、「佛舞」の舞人の手、足等の総合的な動態解析を進めており、舞の意味する暗黙知の身体動作を解明しようとする壮大な作業に着手している。そして、その成果報告の一部は、平成十六年八月に、昆明市の雲南大学で開催された国際民俗学会で研究発表させていただいた。本論攷の末尾にこの成果の一部を中間報告しておく。

〔註〕

（1）拙稿「「佛舞」追跡──育王山龍華院糸崎寺の場合──」（『唱導文学研究』第三集、三弥井書店、平成十三年二月、本書第Ⅱ章に所収）。

（2）拙稿「「育王山龍華院糸崎寺縁起」の飜刻と紹介」（註（1）同書、本書第Ⅲ章に所収）。

（3）平成十三年七月に、済南・青島方面、同八月に浙江省寧波市・上海市等で行なったフィールド調査。同十月に、浙江省を中心とした文献調査（糸崎寺佛舞保存会有志による阿育王寺での「佛舞」の逆奉納もこの月に行なわれた）。同十二月に、上海・浙江省における文献調査並びに、広州・中山大学において開催された、「日中比較文学国際学術検討会」において、「旧浙江省鄞県阿育王寺伝来の「佛舞」について」と題して、学会発表を行ない、中国の研究者より貴重なご教示等を得た。そして平成十四年の七月と八月には、西蔵・雲南地方全域を精査し、同十二月と、翌十五年二月から三月にかけて補足調査を実施した。

（4）「縁起」には、「明州育王山」とあるが、これは「阿育王寺」を指すものである。また、糸崎で「輪棒」（輪宝）と呼ばれる危髻金冠の飾りや、寺で用いている紋章等は、印度のアショカ王（阿育王）の定紋である。

（5）敦煌資料「菩薩蛮」並びに、南卓『羯鼓録』「佛曲類」に、「菩薩阿羅地舞曲」があり、「食曲（太食調）類」には、「菩薩絑利陀曲」等の天竺系のものが見える。

（6）孫光憲『北夢瑣言』には、宣宗等がこれらを愛好して止まなかったとある。

（7）「佛舞」の様子は、『碧鶏漫志』の他に、『宋学士文集』第十一巻「蒋山広薦佛会記」にも見え、それによると、「佛之舞」は、行道を中心に十人で行なわれ、舞人はその手に夫々、香、燈、珠玉、明水、青蓮花等の多くの物を持っていたとある。手に珠玉をはじめ、多くの物を持つ千手観音と、千手観音を本尊とする糸崎の「佛舞」との関わりも見て取れる。すなわち、佛教伝来を「悦び」、「十人の舞人」が、先の装束で佛舞を奉納するのは、糸崎の佛舞のみに合致し、大陸からの直接伝播を窺わせる。

（8）浙江大学（旧杭州大学）の李明友教授の提唱される陸とは別の海の絲綢之路《シルクロード》。このことは中国の学会では概ね首肯されている。寧波の港は、鑑真和尚の出入港として著名であるが、古来より文化の表玄関として知られ、当時、日本への渡航はこの港を起点としていた。

〔附記〕
本論攷は、平成十二・三年度学内重点研究助成金、平成十三年度東奨学金、平成十三・四・六年度科学研究費補助金（基盤研究C2）、平成十四年度京都府環日本海交流促進研究助成金等による研究成果の一部である。

〔追記〕
本論攷は、入稿してからすでに二年近い歳月が経過しており、一部の表記を改めざるを得ない個所が生じたため（論文そのものの内容に変わりはないが）、左記の個所等を変更した。

電気工学科助教授・中川重康氏――→電気情報工学科教授

尚、平成十五年八月二十日～九月一日にかけて、昆明市の雲南大学で開催される予定であった国際研究・調査会は、未曽有の奇病である新型肺炎（SARS）の影響で順延となり、平成十六年の八月十五日～二十六日にかけて開催されることとなった。

また、昨年、静岡県周《しゅう》智《ち》郡森町《ぐんもりまち》に伝えられる「十二段舞楽」の一つ、「色香《しきこう》」が、「佛舞」に相当するものであることを確認した。これは、天宮《あめのみや》神社と小國《おぐに》神社に伝承されるもので、諸説はあるものの、天宮神社を右舞、小國神社を左舞の一対のものとして神佛の出会いを示す佛教儀礼の一環として奉納されたものであったと思われる。

舞の中には、印が多用され、佛教文化のみならず、修験や伎楽、神楽等の他、民俗的習合がそこに見出されるものである。

この二社を一つのものと見る考え方もあるが、内容が異なるので夫々を別個のものと見做し、これまでに報告してきた全国の「佛舞」伝承社寺を十三としたい。

詳細は、別の機会に譲ることとして、この十三社寺以外にも「佛舞」らしきものをご存知の方があれば、一報いただければ、幸甚である（近年中に、「日本の佛舞」として纏め上げたいと考えているので）。

佛舞における動態解析資料について

本資料は、デジタル映像から要素となる動作（例えば足の運び）を抽出し、予め定めた動作の特徴点（例えば爪先）の位置を映像の一コマ毎に追跡し、その移動量、移動速度などを算定し、図示したものである。対象とする映像は、平成十三年四月十八日に福井県糸崎寺で奉納された佛舞である。まず、表1に計測した数値例を示す。入会場《にゅうえじょう》における念菩薩の道足《みちあし》動作（計測開始時刻から0.333秒間）を示し、整理番号0が計測開始点であり、特徴点の位置は二次元座標（水平座標、垂直座標）で示している。移動距離とは、特徴点がその区間において直線移動するものと仮定している。この例では座標一単位が動作における一cmとなっているが、本資料における動作では特徴点とカメラとの距離が一定でないことから、必ずしも対応していない。次に、これらの数値を図に表現し、動態解析資料とする。図1から図4に入会場における道足、図5から図7に一番太鼓の舞、図8から図10に二番太鼓の舞、図11から図13に三番太鼓の舞について示す。画像部分の○印は動作の特徴点を示す。これらの図から、例えば次のことが判明する。

表1　計測値の例（念菩薩の道足；右足爪先の動作）

整理番号	経過時間 [s]	水平座標 [cm]	垂直座標 [cm]	移動距離 [cm]	移動速度 [cm/s]	移動加速度 [cm/s²]
0	0.000	0.0	3.9	—	42.4	−1272.8
1	0.033	1.0	2.9	1.4	0.0	900.0
2	0.067	1.0	2.9	0.0	30.0	−900.0
3	0.100	0.0	2.9	1.0	0.0	0.0
4	0.133	0.0	2.9	0.0	0.0	2754.3
5	0.167	0.0	2.9	0.0	91.8	2694.8
6	0.200	3.1	2.8	3.1	181.6	1405.1
7	0.233	9.0	3.9	6.1	228.5	2542.1
8	0.267	16.0	6.9	7.6	313.2	−3612.8
9	0.300	26.0	9.9	10.4	192.8	2988.0
10	0.333	32.1	12.0	6.4	292.4	−3008.6

（一）道足について

（ア）大きく足を振り上げる場合（Aパターン　念菩薩、打鼓佛、撥佛）および摺り足（Bパターン　手佛）の二通りがある。

（イ）手の高さは、手佛以外は、Aパターンの振り上げ足のタイミングでやや上下する。念菩薩だけが振り上げた足を踵から降ろす。他の佛は爪先あるいは足の裏を地面と平行に降ろす。

（ウ）打鼓佛の踏み出す足は、足の裏を地面に平行に踏み出すのではなく、少し土踏まずを内側に起こすようにしている。優雅な足の出し方のように感じる。

（エ）手佛以外の振り出す足は、スピード感がある。特に、打鼓佛は踊るような勢いに感じる。

（オ）ウ、エから道足においても、性格あるいは地位の差異を表現しているのではないか。

（二）一番太鼓、二番太鼓、三番太鼓の舞について

頭、手、足を動作の特徴点として追跡すると、互いの動作が重なって分かりづらいものとなる。そこで、左手の動きだけに注目してまとめる。個々の舞佛の動作も興味深いが、連携した動作も魅力的である。

（ア）手佛は一見すると直線的な動きが多く見えるが、要素となる動作のつなぎ部分は円動作である。

（イ）撥佛・打鼓佛は円動作が多い。

動態解析は、とくに左手の一点に注目したが、左手だけでも指先から手首までの連携が読みとれる。今後の課題として、このような連携動作と他の舞との比較・検討が必要となり、不明の動態解析への可能性を示すものとなる。

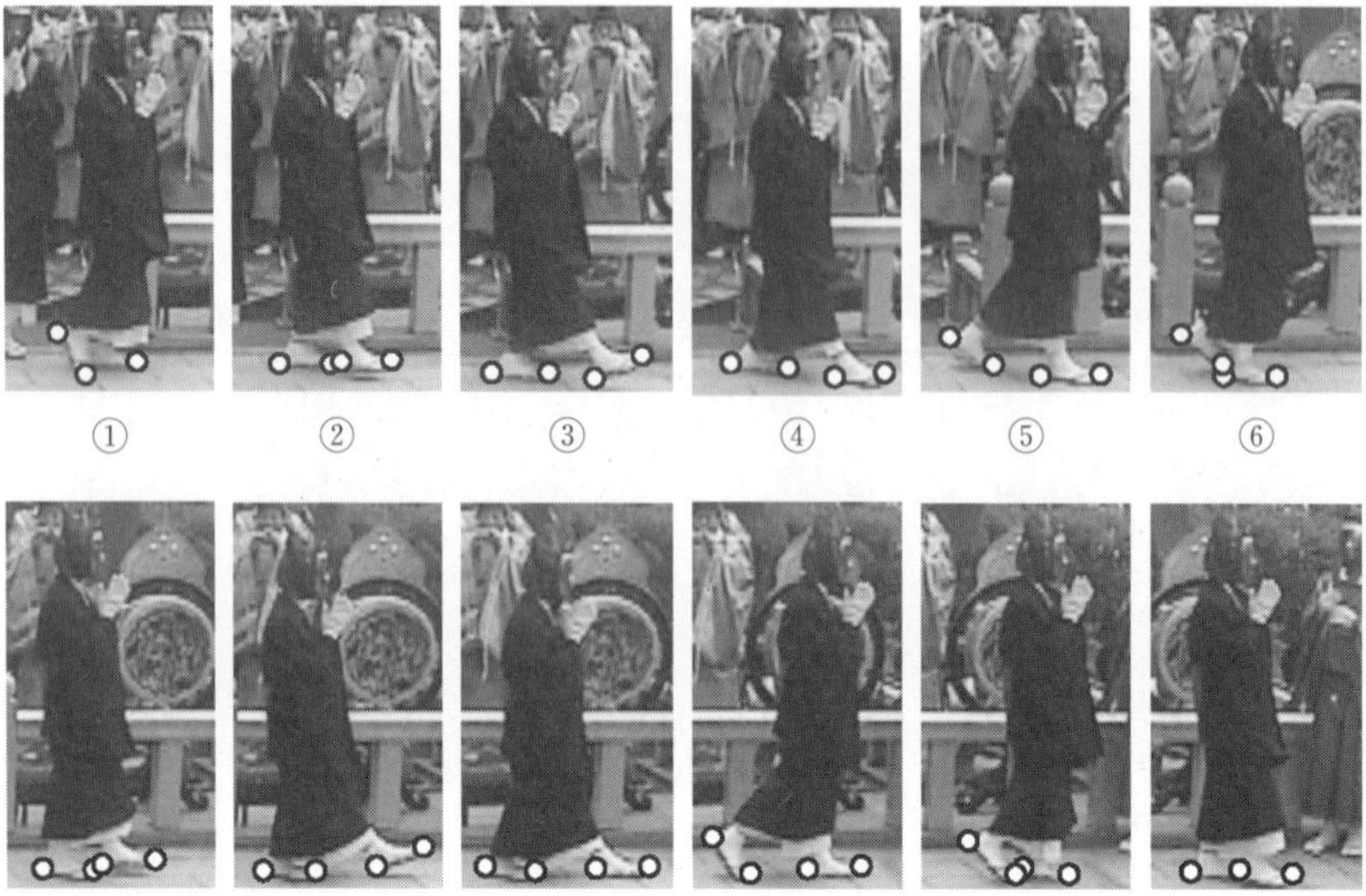

(1)　分解写真と特徴点（爪先と踵）

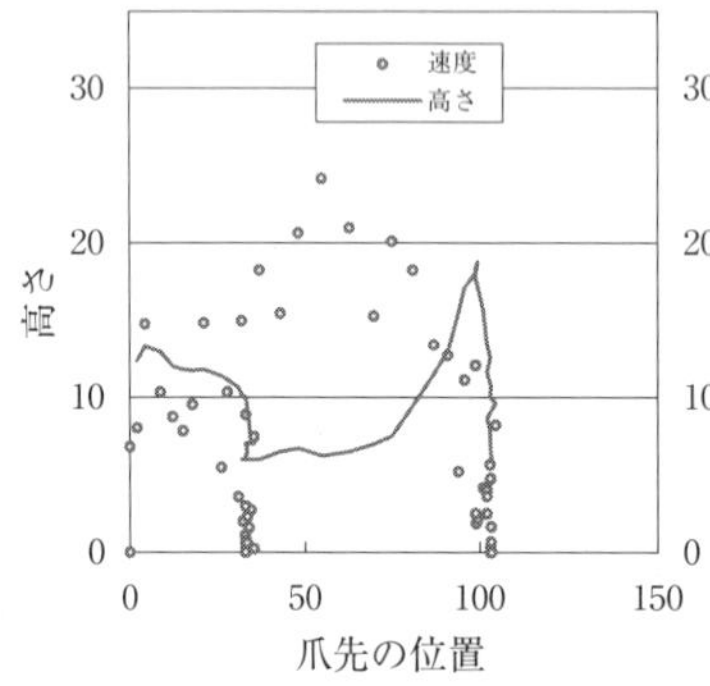

(2)　右足爪先の速度および高さ

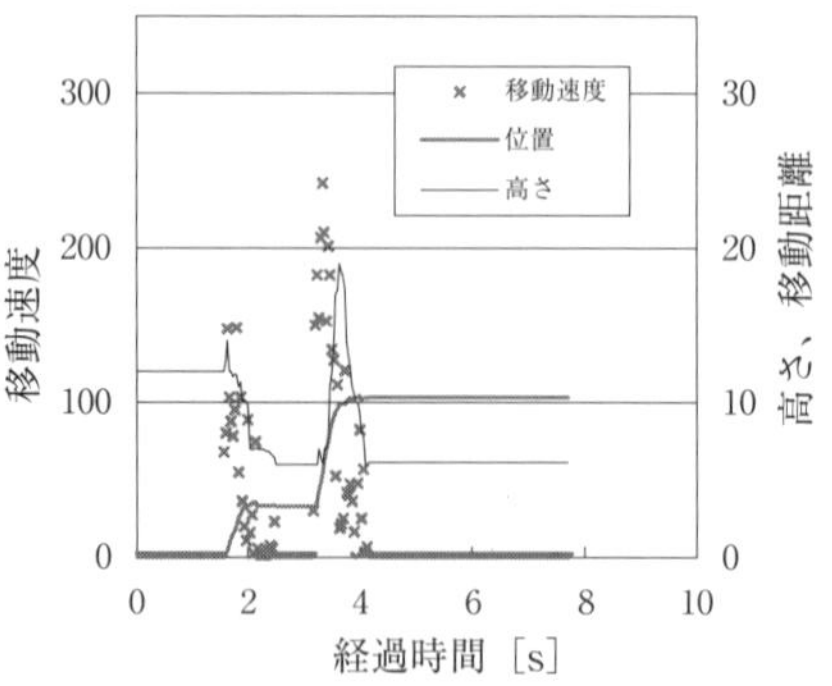

(3)　右足爪先の時系列

図１　手佛の道足（入会場）

念菩薩の道足（入会場）

(1)　分解写真と特徴点（爪先と踵）

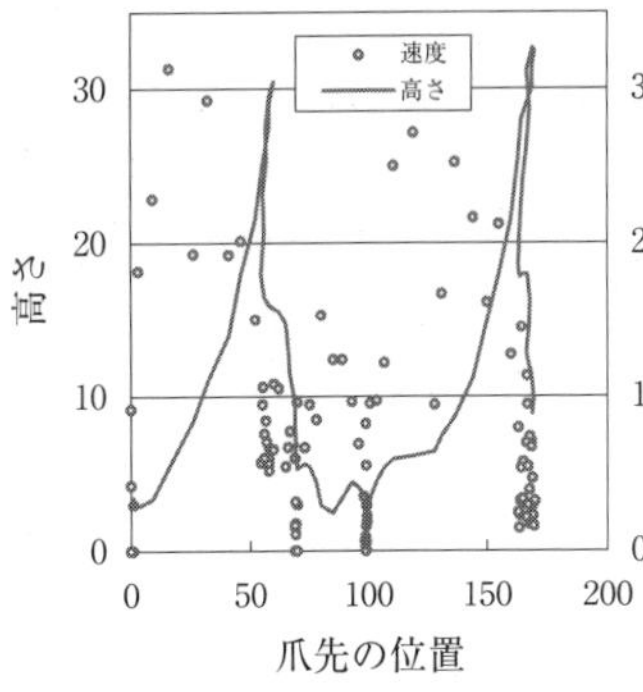

(2)　右足爪先の速度および高さ

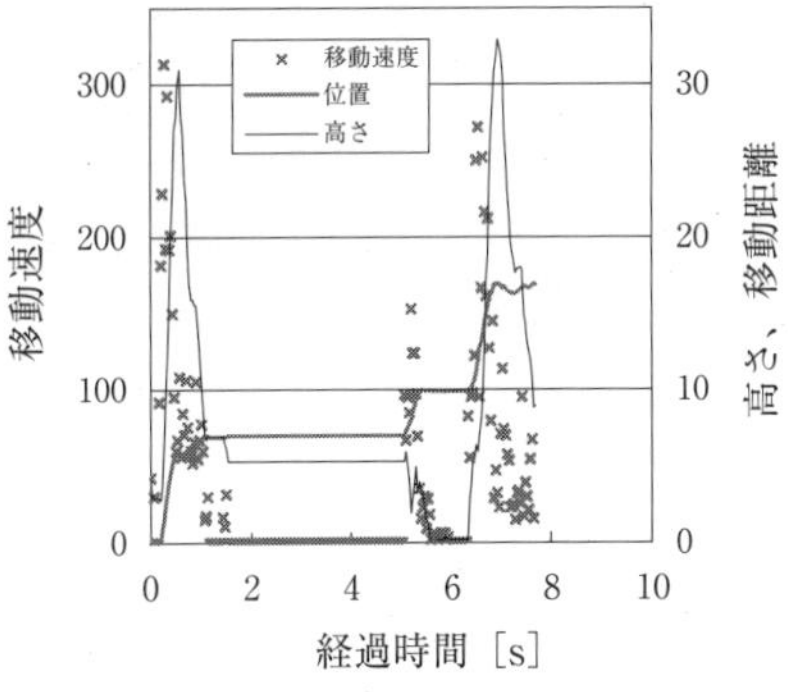

(3)　右足爪先の時系列

図 2　念菩薩の道足（入会場）

⑴　分解写真と特徴点（爪先と踵）

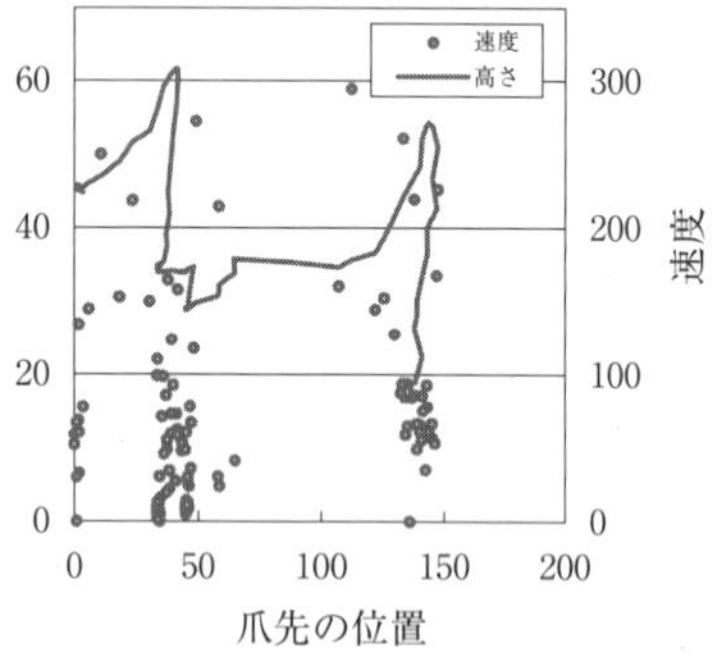

⑵　右足爪先の速度および高さ

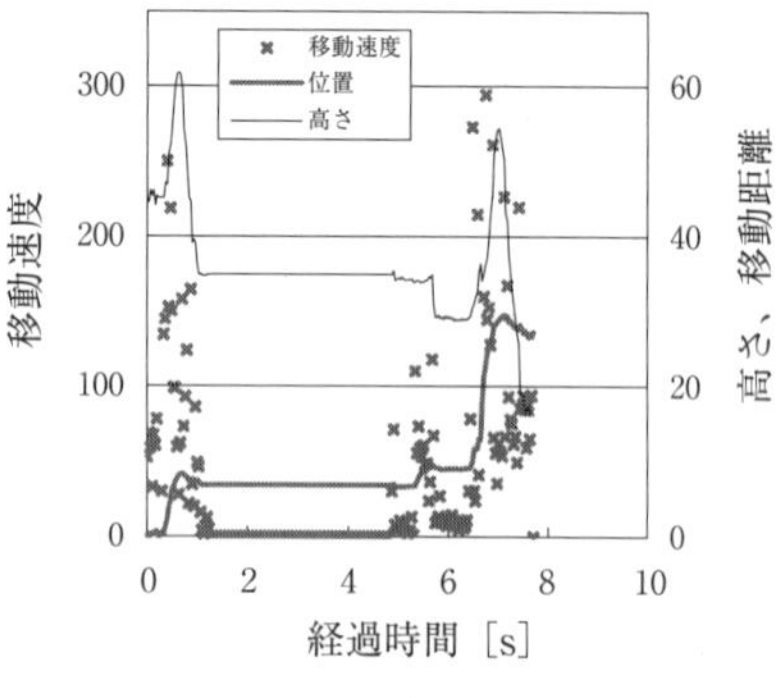

⑶　打鼓佛入会場の時系列

図3　打鼓佛の道足（入会場）

撥佛（入会場）

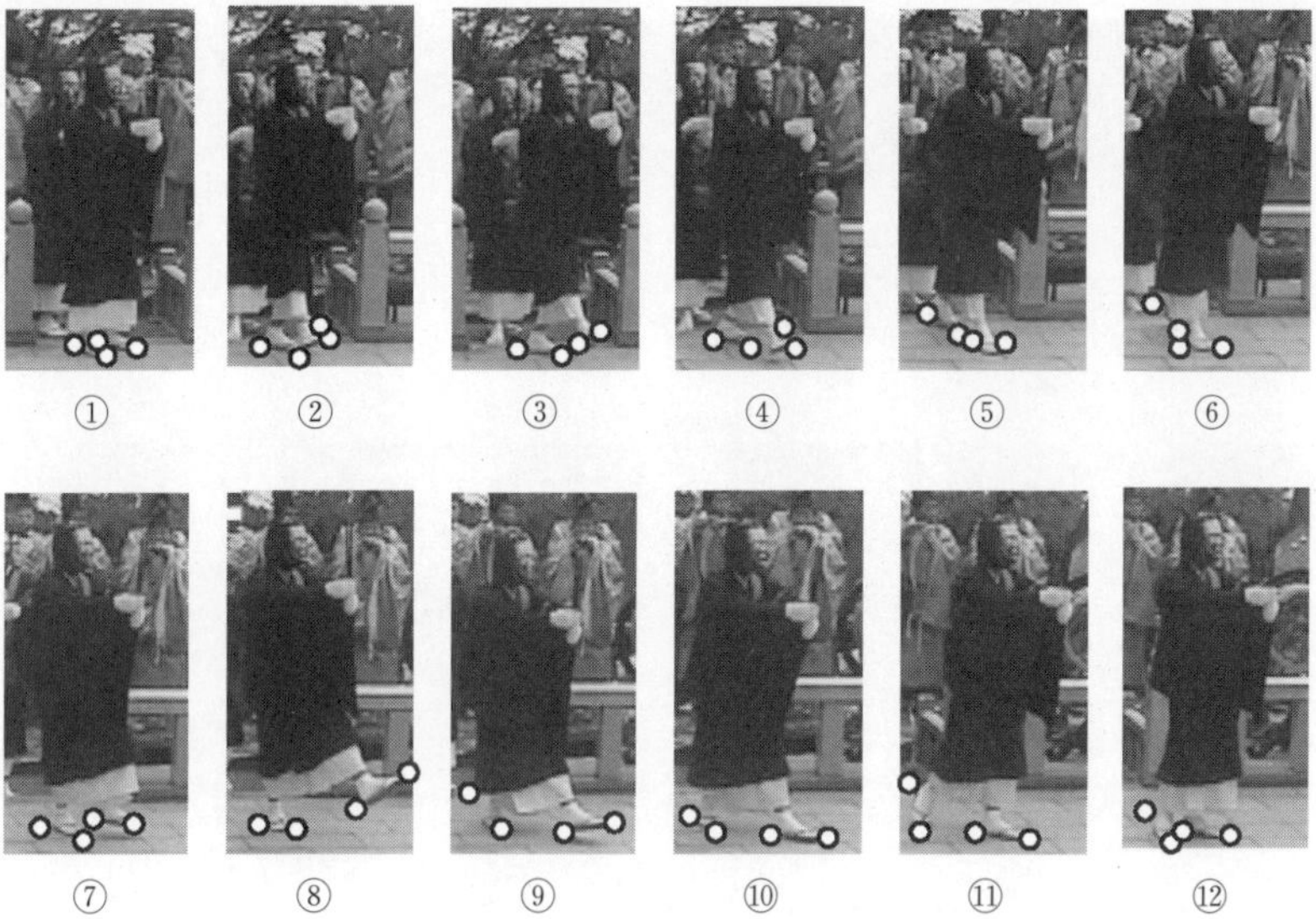

(1)　分解写真と特徴点（爪先と踵）

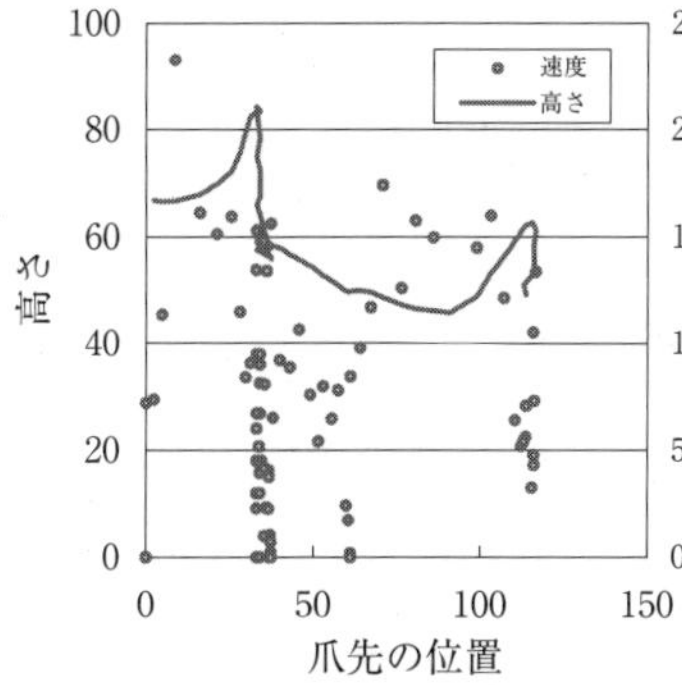

(2)　右足爪先の速度および高さ

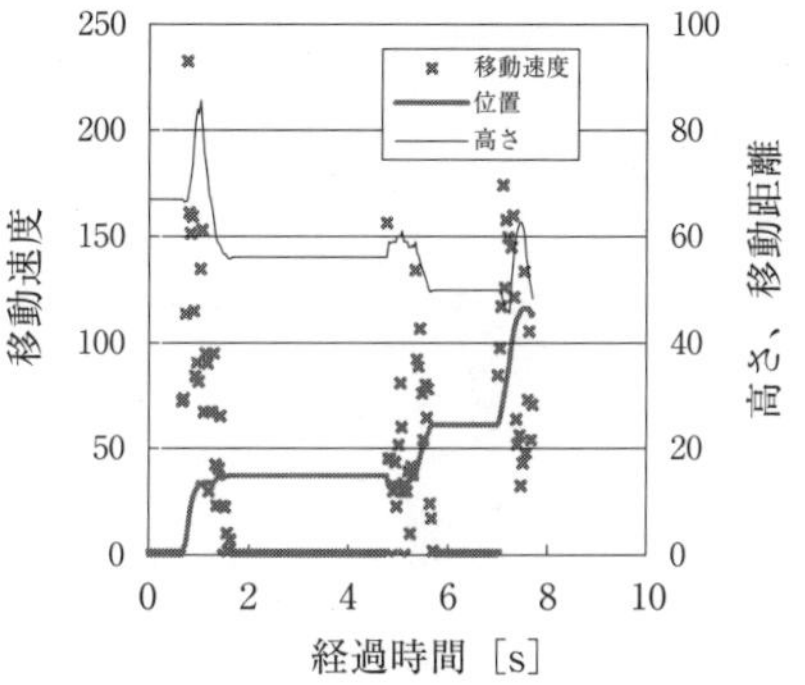

(3)　撥佛入会場の時系列

図4　撥佛の道足（入会場）

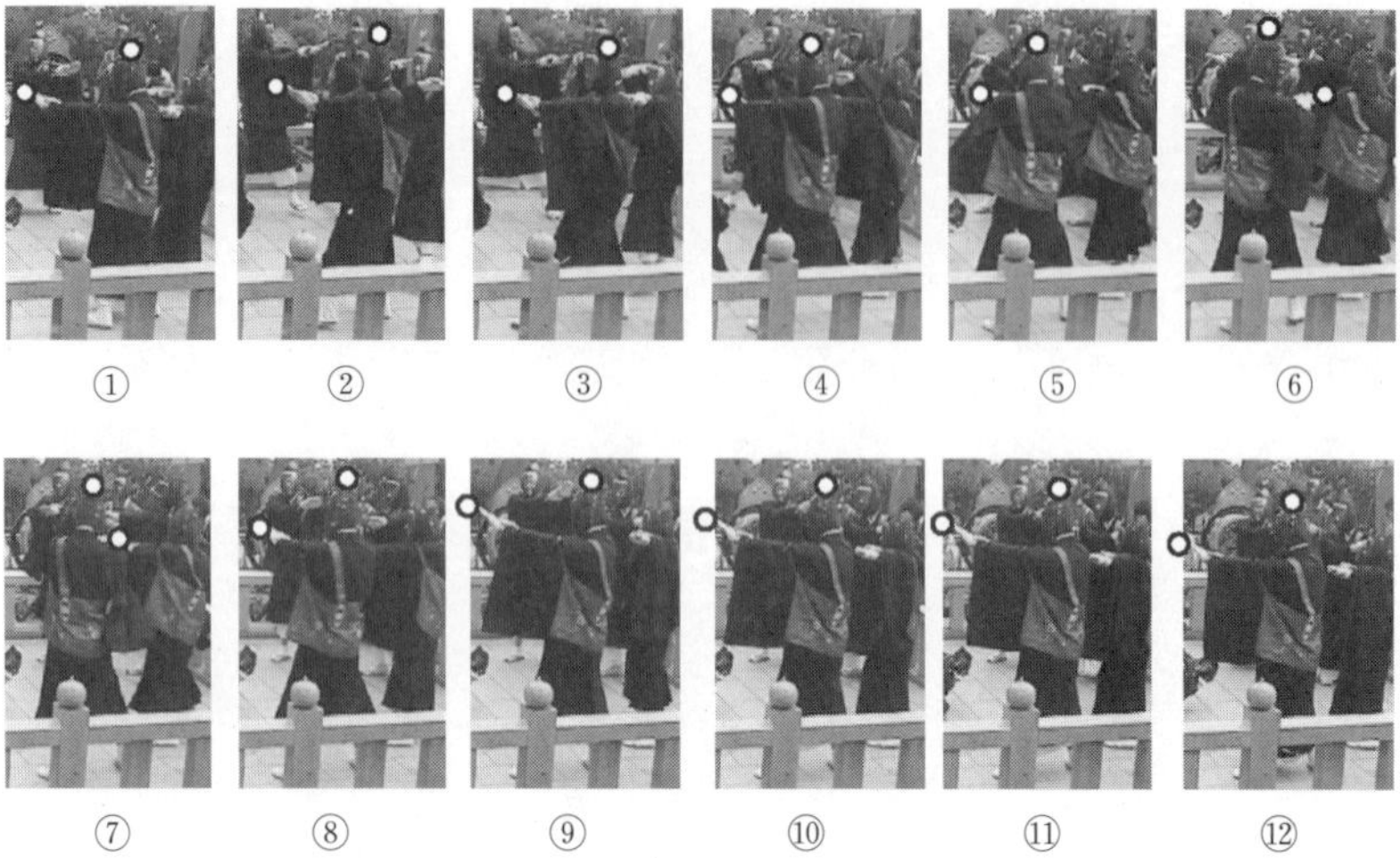

(1)　分解写真と特徴点（頭と指先）

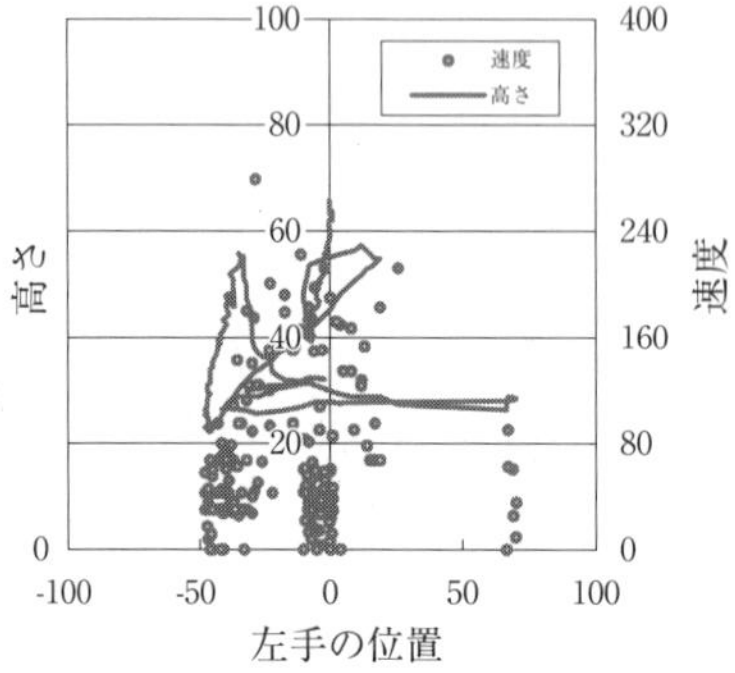

(2)　左手の速度および高さ

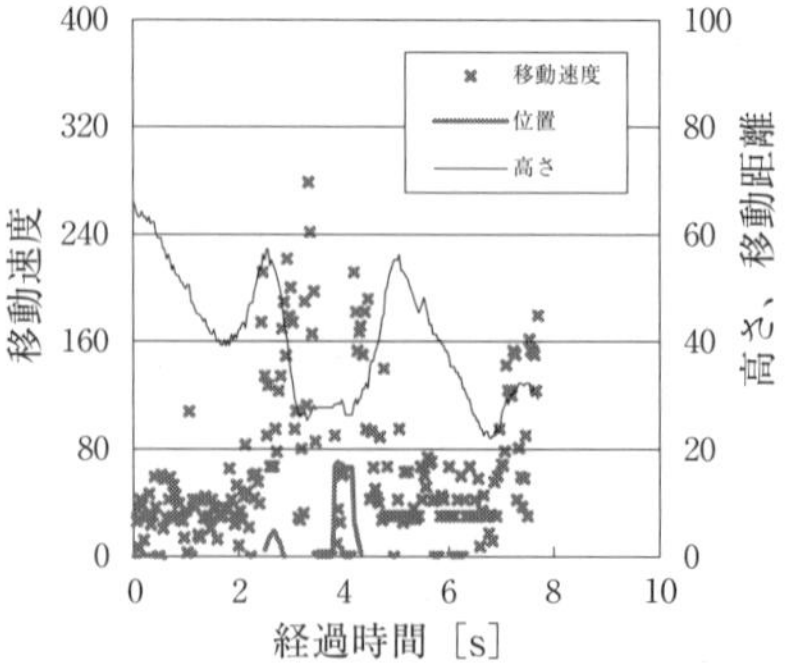

(3)　左手の時系列

図5　手佛の左手動作（一番太鼓の舞）

打鼓佛の舞（一番太鼓の舞）

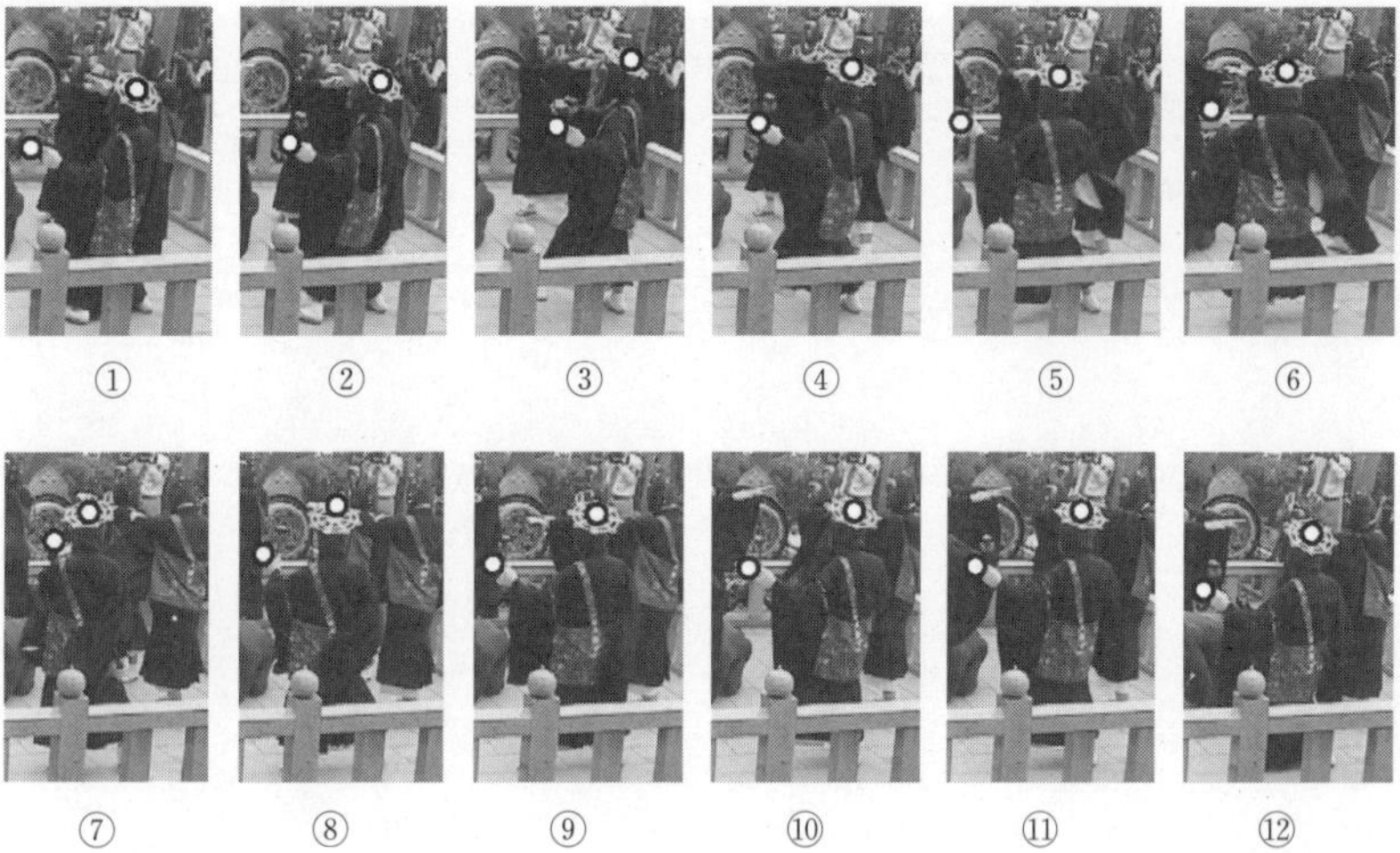

(1)　分解写真と特徴点（頭と手）

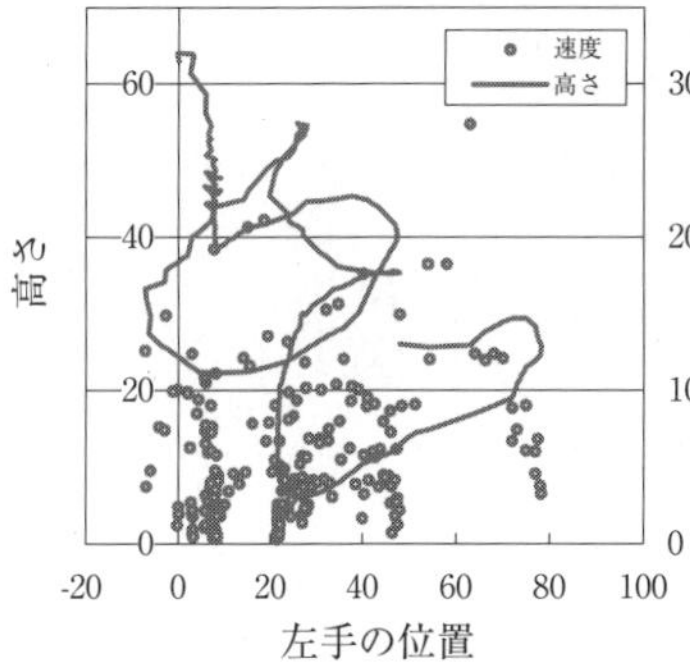

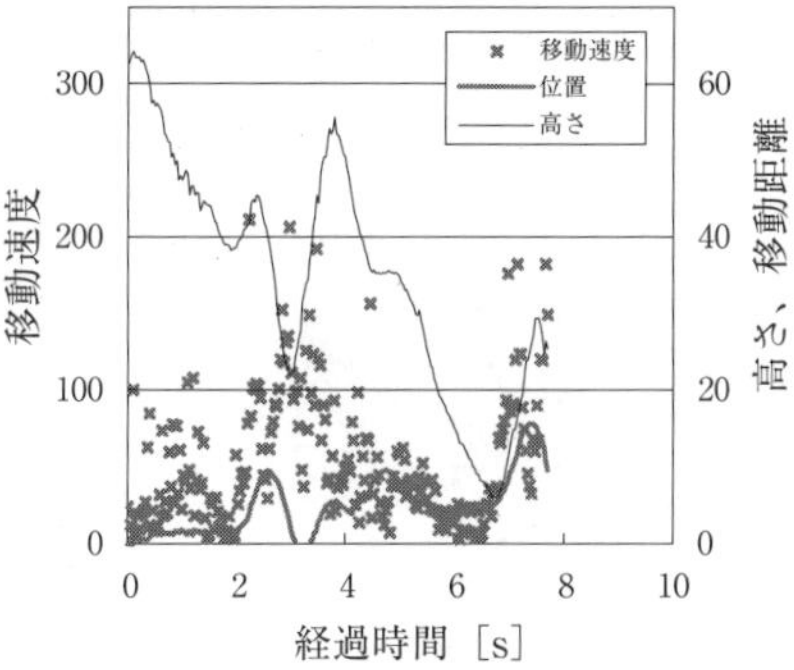

(2)　左手の速度および高さ　　　　(3)　左手の時系列

図6　打鼓佛の左手動作（一番太鼓の舞）

撥佛の舞（一番太鼓の舞）

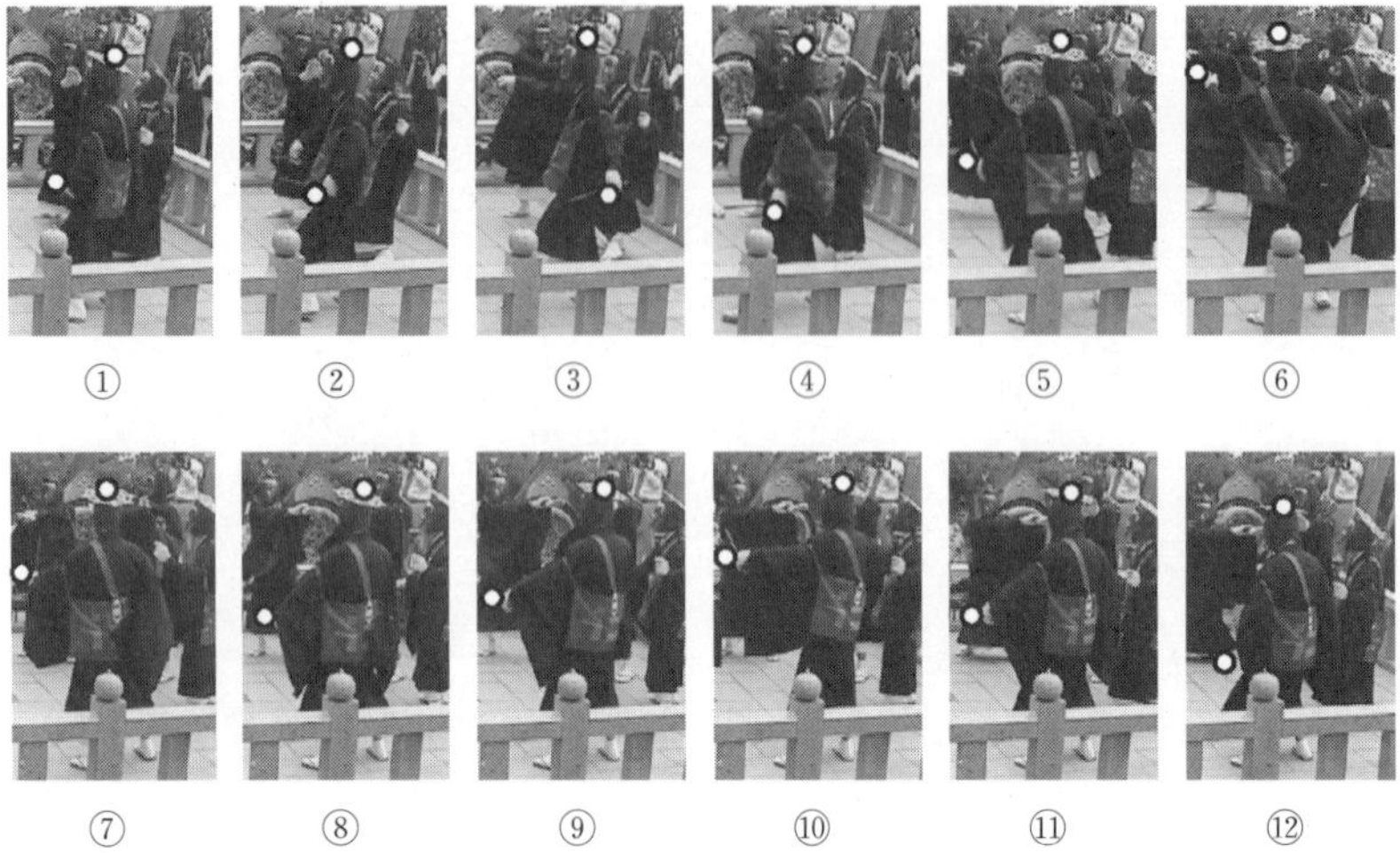

⑴　分解写真と特徴点（頭と左手）

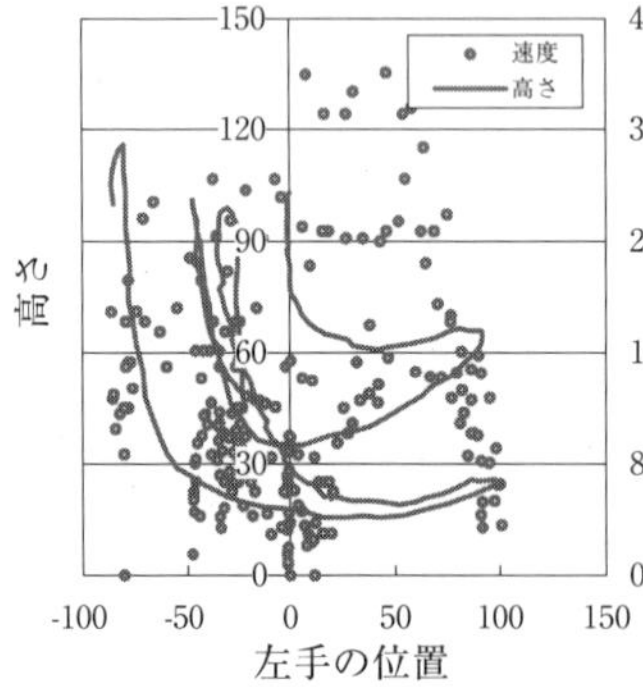

⑵　左手の速度および高さ

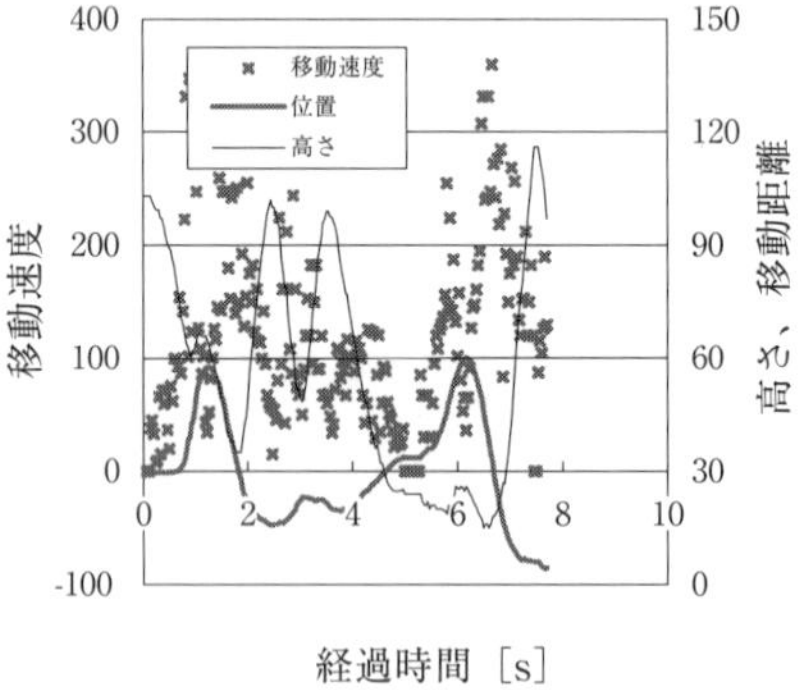

⑶　左手の時系列

図７　撥佛の左手動作（一番太鼓の舞）

手佛の舞（二番太鼓の舞）

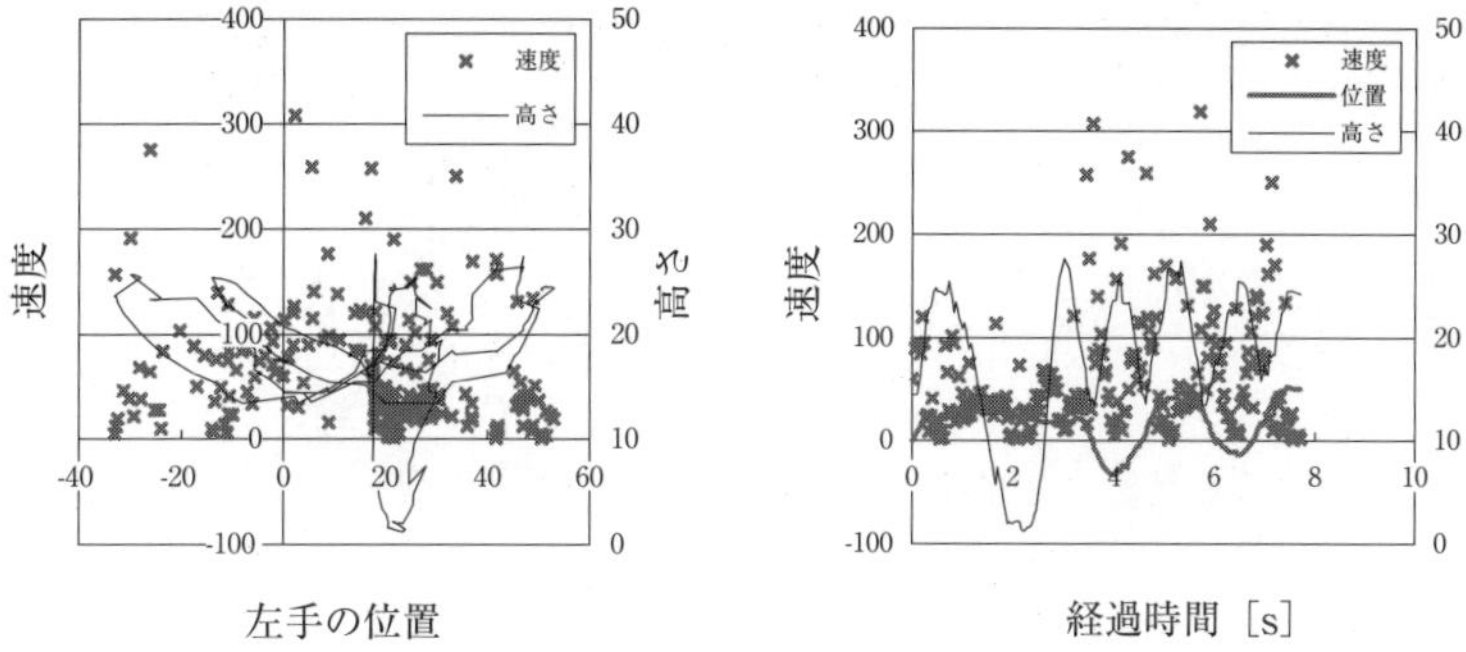

(1) 左手の速度および高さ　　(2) 左手の時系列

図8　手佛の左手動作（二番太鼓の舞）

打鼓佛の舞（二番太鼓の舞）

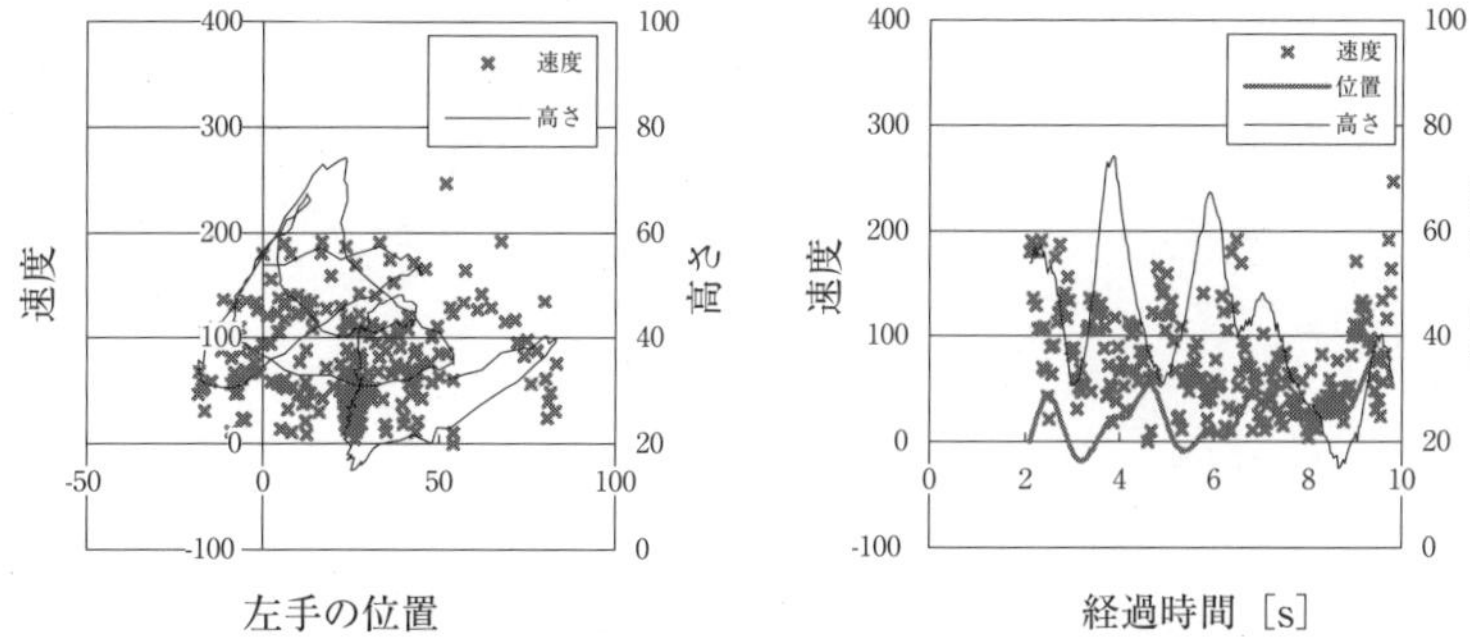

(1) 左手の速度および高さ　　(2) 左手動作の時系列

図9　打鼓佛の左手動作（二番太鼓の舞）

撥佛の舞（二番太鼓の舞）

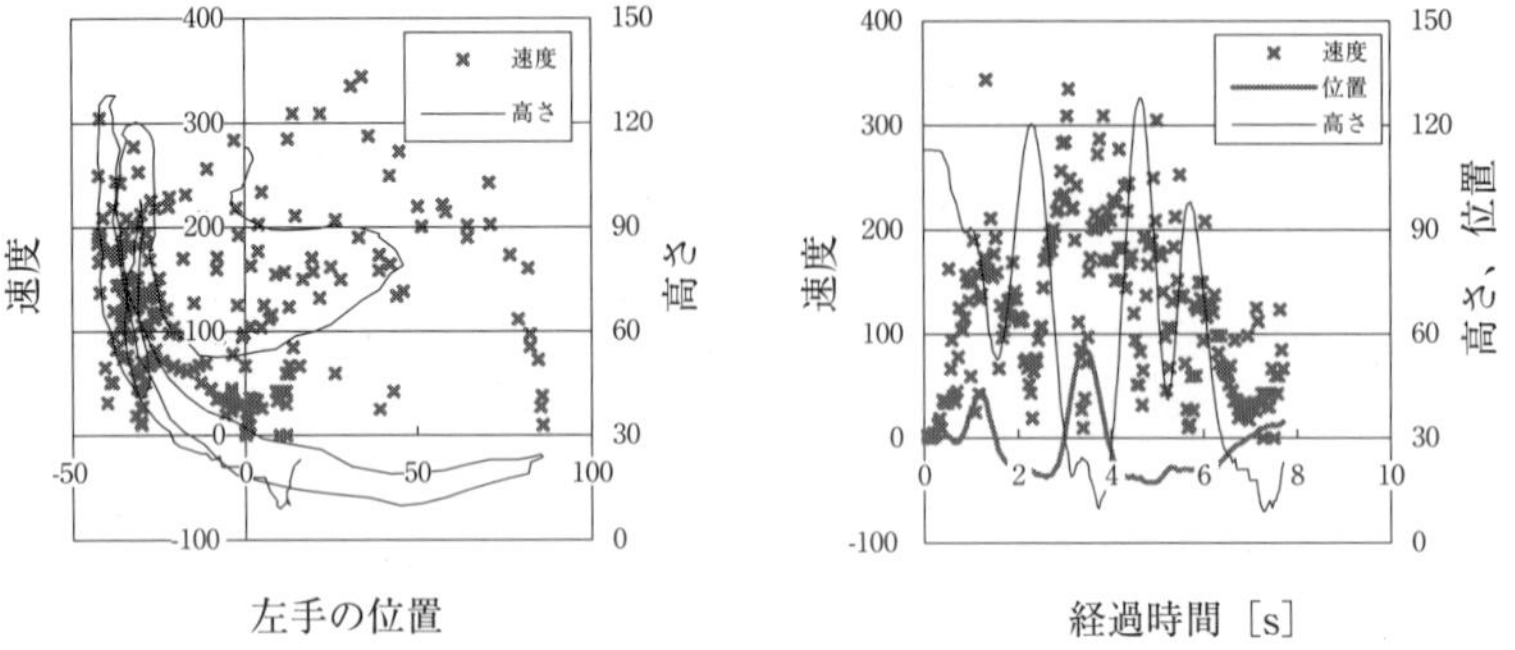

(1)　左手の速度および高さ　　(2)　左手動作の時系列

図10　撥佛の左手動作（二番太鼓の舞）

手佛の舞（三番太鼓の舞）

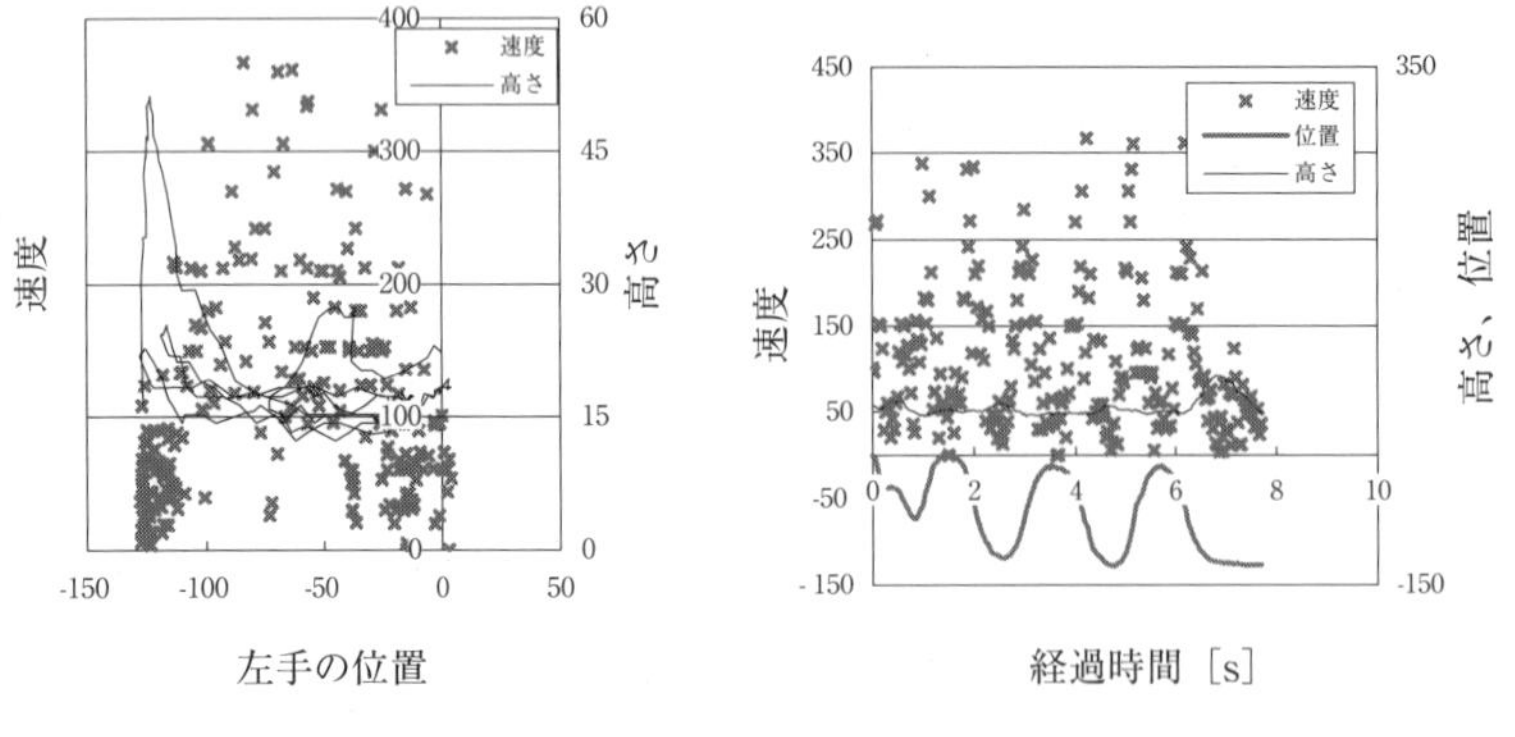

(1)　左手の速度および高さ　　(2)　左動作の時系列

図11　手佛の左手動作（三番太鼓の舞）

打鼓佛の舞（三番太鼓の舞）

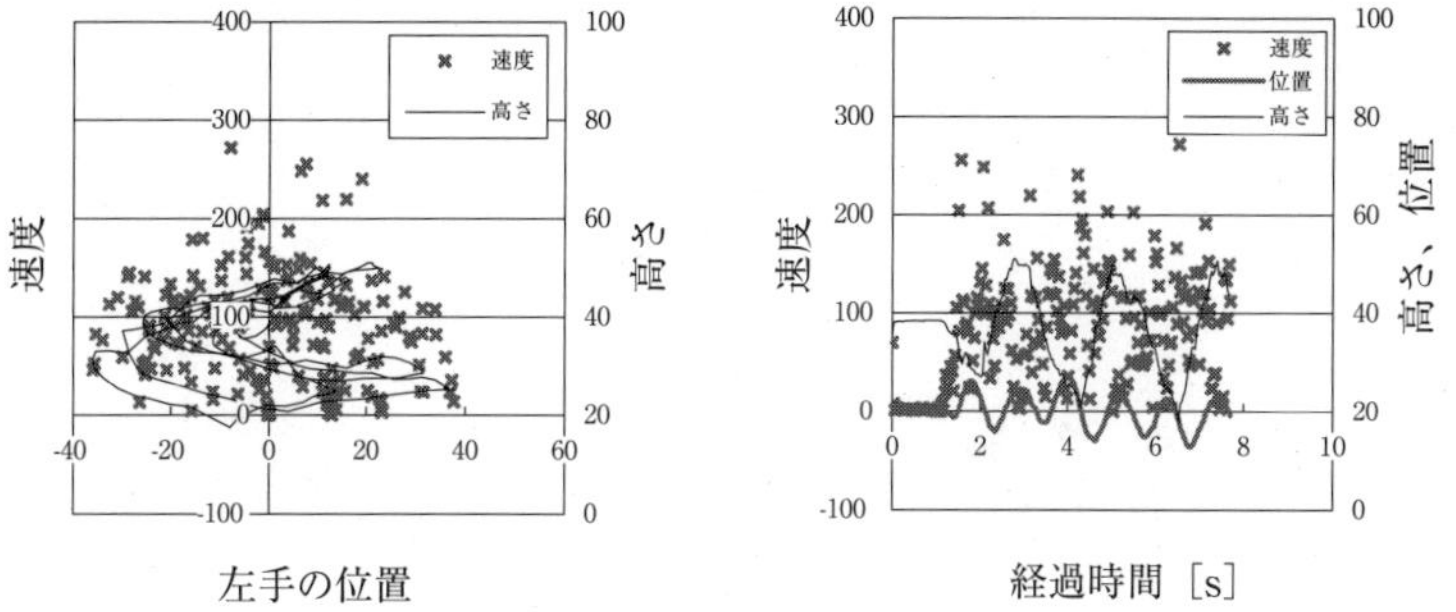

(1)　左手の速度および高さ　　(2)　左手動作の時系列

図12　打鼓佛の左手動作（三番太鼓の舞）

撥佛の舞（三番太鼓の舞）

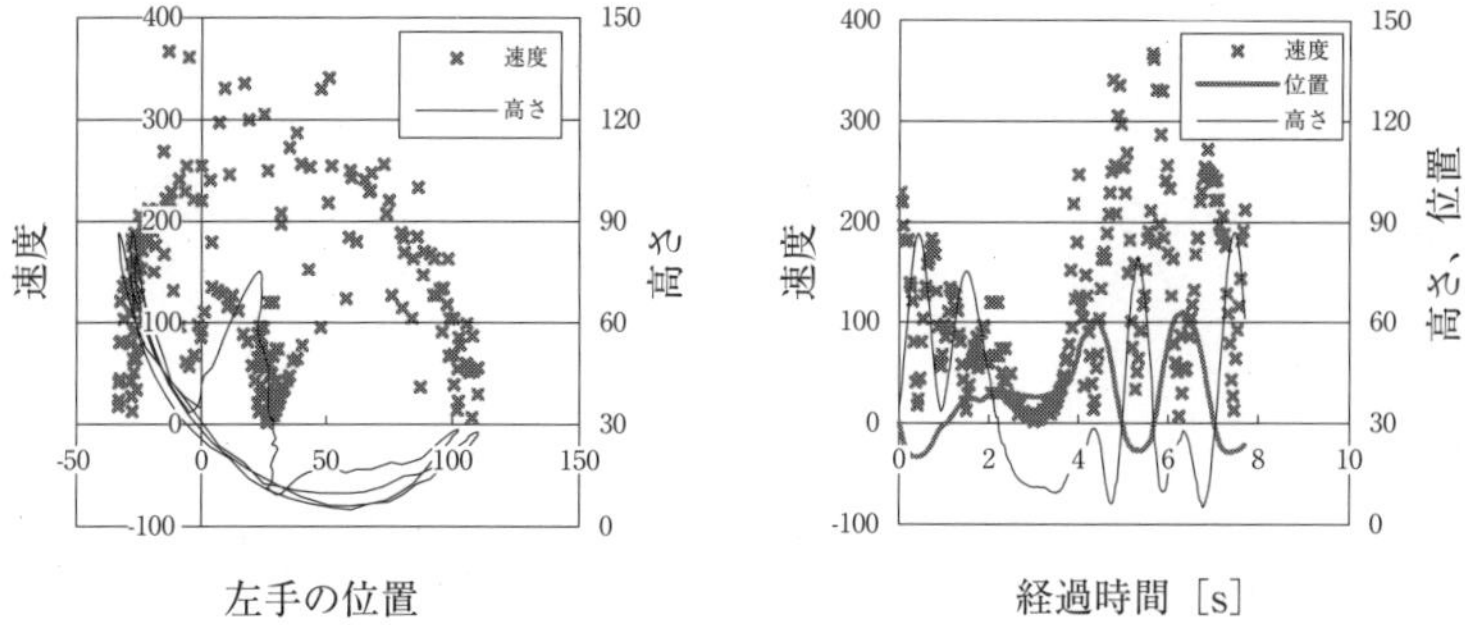

(1)　左手の速度および高さ　　(2)　左手動作の時系列

図13　撥佛の左手動作（三番太鼓の舞）

「佛舞」の原風景

――その音楽的相承を中心に――

I、始めに

遥か彼方に幻影のごとくたたなづむ、「佛舞」の源流を追い求め、この数年間、中国各地を踏査してきた。そして、その始原の形が「菩薩の舞」であり、それが、中央アジアを経て、インド―チベット―長安―寧波―糸崎へと齎されたこと等が明確に見えてきた。したがって、次に残された課題は、中国奥地に伝承される西蔵系佛教伝承芸能・舞踏との比較研究と音楽の問題である。この内、舞の動態解析研究は進行中であるが、音楽についての問題等は、現在手つかずのままである。

よって、本論攷では「佛舞」の音楽に関するいささかの鄙見を、ここに申し述べておきたい。

さて本書第II章(1)で明らかにしてきたように、現在、全国に伝承される「佛舞」は、僅かにその数、十三(2)を員えるだけである。この内、「佛舞」のみを独立させた形で奉納されるものは、京都府舞鶴市松尾の松尾寺と福井県福井市糸崎町にある糸崎寺の二寺だけであるが、とくに、糸崎寺の「佛舞」は、総合的にも音楽的に見ても省略が極めて少ないものである。

しかも、貴重な室町期の縁起が残されており、内容・文献の両面からも古いものを今に伝えていると言ってよい。また、多くの曲目の内の一つとして奉納される、隠岐島・池田国分寺の「佛舞（蓮華会舞）」も随所に古色を留めており、捨て難い部分があるので、本論攷では、他の佛舞伝承地と少しく異なる糸崎寺・松尾寺・国分寺の三寺に焦点を絞りつつ、雅楽と深く関わる糸崎寺の楽曲の特質をこの三寺を通して、僅かな紙幅の中ではあるが、可能な限り覗き見てみたい。

何故なら、古代アジア諸国において、古代音楽は、その姿をほとんど喪っているのに対して、日本では、かなりの部分が日本化しつつも、残存しており、その伎楽、唐楽、とくに、俗楽と胡楽の原風景を佛教文化・儀礼・伝承芸能等の中で捉えることも必要だと考えているからである。

Ⅱ、糸崎町・育王山龍華院糸崎寺（真言宗）の「佛舞」楽曲

糸崎の「佛舞」で使用される楽器類は、鳳笙、龍笛（太笛）、篳篥、鉦（六斎ガネ）である。その他、往古には羯鼓と鉦鼓も使用されていたが、現在は、古い平安期の佛面と共に寺内に保管されていて、現在の「佛舞」の奉納には用いられていない。

次に、楽譜類は、楽人達の所謂楽家に近世期辺りのものが二冊残されていたが、昨年訪れた際には、持ち主が没していたり、世代交替があったり、引越し等々で所在不明となっていたので、本論攷は、九年前のメモを頼りに執筆している。

その二冊とは（他は、明治・大正期のもの）、篳篥と龍笛の譜である。篳篥譜の〈壹越調〉[3]には、「迦陵頻急」、「蘭陵王」、〈平調〉には、「五常楽急」、「老君子」、「越殿楽」、〈盤渉調〉には、「千秋楽」、「越殿楽」、〈太食調〉には、「抜頭」、「輪鼓褌脱」等に、詳細な書き込みや傍注が付されてあり、その最末尾に、

一、四拍子曲ハ二ツ目ノ太鼓ヨリ付ケル

一、八六拍子曲ハ初太鼓ヨリ付ケル
一、打物ハ四拍子物ハ太鼓ノ上ヨリ一ツ拍子ヨリ付ケル
一、八六拍子ノ曲ハ初太鼓ノ上ノ二ツ拍子ヨリ付ケル

等と、覚え書きがなされている。

もう一つの龍笛譜には、〈壹越調〉が十五曲、〈平調〉が五曲、〈盤渉調〉が三曲、〈太食調〉が三曲収められていて、これにも音楽的な書き込みが見られる。

糸崎の楽人達は、往昔から世襲制をとっていたので、昭和三十年代までは、その伝承は崩れることなく受け継がれていた。――そして、これは後に述べるように、佛教伝承芸能である「佛舞」の原風景を明らめる契機になりうる甚だ重大な要素を有しているのである。

次に、糸崎の「佛舞」に特徴的なものに「行道」があって、その「行道」には、〈平調〉の「越殿楽」のみが用いられている。また、打ち物が使用されるのは、「行道」の後半部分と「念菩薩の舞」、「三番太鼓の舞」の後半部分のみに限られ、吹奏はその逆となる。したがって、「音取《ねとり》」、「調子」、「吹き止め」等の奏楽に、伝統的な雅楽のそれは当て嵌まらない。

しかし、この現象は、雅楽としての基本が崩れてきて、そうなったのか、元来の「佛舞」に独自に伝承されて来たものなのかは、俄かに結論付けることは出来ないが[4]、打ち物に、壹鼓の名残が強く感じられ、しかも拍子や、調子から総合的に判断しても、往古には糸崎の「佛舞」に、幻の「一曲」[5]が用いられていた可能性が大きいことは指摘しておきたい。

すなわち、註の（5）に詳述しておいたように、二人舞で左方の舞人が鶏婁鼓《けいろうこ》を首に架け、右手に撥を持ち、左手に兆鼓を持って振り鳴らし、右方の舞人は壹鼓を架け、撥を持って舞うという、「行道」に用いられる舞曲との共通

点が、舞の形式・音楽的両面に、偶然では済まされない程、あまりにも多いのである。

そこには、左方・右方の舞楽と、「菩薩」(壹越調)の序との関わりが色濃く看取される。

糸崎の「佛舞」は、他と異なり、およそ千二百五十年程前に、この地に伝来したことは、第Ⅱ章の先稿でも述べてきたように、まず動かないので、全く故のないことではない。そしてこのことは、これまでの佛教伝承芸能を改めて考え直さなければならない位の極めて古い要素が、その歴史と共に、「佛舞」の楽曲に内包されていると言っていいのかも知れない。

Ⅲ、舞鶴市・青葉山松尾寺(真言宗)の「佛舞」楽曲

松尾寺の「佛舞」で使用される楽器は、ごく限られた楽人達によって演奏される篳篥、龍笛、羯鼓、太鼓等である。ただし、管方の家に鳳笙が一管残されており、楽譜に鉦鼓を使用した痕跡も認められるので、往古には鳳笙・鉦鼓も使用されていたものと思われる。

これらの担当者は、所謂楽家に相当するもので、代々、家に伝承されてきたものである。寺に伝わる一番古い資料は、およそ二百五十年前の寛延年間の住職慧雲等によって書写されたものが、数点伝存しているので、幸いにして、数百年前の「佛舞」の姿を窺い知ることが出来る。

次に、如上に述べた、鳳笙・鉦鼓が往古に使用されていたとすると、これは、前の糸崎と同じく雅楽の基本形である三管三鼓が図らずも揃えられていたということになる。すなわち、どこかでこの伝承が途絶えたのである。

音楽的には、〈平調(下無の雰囲気も若干残るが)〉が最も近いもので、それは、小曲の「越殿楽」とも「五常楽急」ともいえるものではないが、古い楽譜を見ると、「越殿楽」が崩れて、今の形になってきたものであることを断ずる

ことが出来る（練習不足ということもあるだろう）。こうした松尾寺の「佛舞」は、中央からの影響を受けた特徴的な現象で、糸崎以外の「佛舞」伝承地も異口同音であると考えられる。

一方、打ち物も、基本的には四拍子で刻まれるが、八拍子の雰囲気も残している。さらに、「佛舞」全体を見ると、行道の音楽を省略し、舞い残りの退出作法も省かれている等々であるが、この内の後者については、平成十六年三月二十八日（日）の練習会に参加した折りに、関係者より伺った話によると、本年の奉納時には、元の形に復活させたいとの、寺の意向であったので、筆者なりの簡単な指導・アドバイスをしておいたが、今年は、住職心空師の子息が中心になって早くから予行演習をしており、期待が持てる。

糸崎の「佛舞」も、この十年間だけをとって見ても、世の中の変遷、新旧の入れ替わり、技量の差、後継者不足等々の理由から、内容的に省略はないが、時間的には三分の一以下に縮められて来て、他と同じように形骸化しつつある。永く持ちこたえて行って欲しいものである。松尾寺も現在は、「佛舞」の全てが三十分間で執り行なわれているが、往古には、半日近い時間を費やして奉納されていた筈である。

また、松尾の人達だけでは、「佛舞」を賄いきれず、近年は近隣の杉山の住人に手を借りて、ようやくのことで伝統が守られている。

Ⅳ、隠岐島・禅尾山国分寺（真言宗）の「佛舞」楽曲

国分寺（6）の「佛舞」で使用される楽器は、笛、太鼓、鐃鉢の三種類である。笛は全く島での手作りのもので、雅楽に用いられているそれではない。太鼓は、やや大振りの銭太鼓《ぜにたいこ》が使われる。

庫裏から舞台までの「行道」（舞台を三周する）は、先払い、獅子（両側に子供の眠り佛が従う）、楽人、供え物、御輿、

僧侶、村の代表と続き、「五常楽」もしくは、「迦陵頻急」の崩れた形の楽曲に乗って執り行なわれ、法会の後に「眠り佛と獅子」の舞が奉納されるが、「獅子と獅子あやしの舞」は、一対のものとして導入部に用いられていて、舞楽的に古い形を保っていることは興味深い。

また、国分寺の「佛舞」には、「静か舞」と「早舞《はやまい》」の二種があり（短い楽節を夫々、九回繰り返して一章としている）、現在の「佛舞」に用いられている楽曲は、手製笛のイ調、二拍子を基本としたものである。その中に、高麗曲の「蘇利古」の面影も残しているが（隣国という地理的条件もあるか）、全体的には相当に大崩れしている。したがって、国分寺の「佛舞」そのものには古い形が部分的に残存しているものの、音楽的には、民俗化し過ぎていて、始原の形に辿りえるものではない。

それでは、隠岐島へ「佛舞」がいつ頃、誰によって齎されたのかを知ることは、現在、残された僅かな資（史）料からでは、到底窺い知ることは出来ないが、「佛舞」を伝承している国分寺が建久年間以前には廃絶していたようで、後鳥羽院の頃に復興されたことは、『復興記』に見えており、また、国分寺以外の社寺には、国分寺の廃絶中も「佛舞」は伝承されていたようである。

次に、『隠岐国往右旧記録』に見える国分寺六坊の配置が大阪の四天王寺に倣ったものであるところから、国分寺「佛舞」の楽曲は、四天王寺の楽曲を受け継いでいる可能性が高いものと思われる。

そして、村に伝わる文政十年（一八二七）の『れんげ之覚帳』や、天保六年（一八三五）の『高田神社祭礼記録』を見ると、この時点で、「佛舞」の他、「獅子」、「児舞」、「山神《さんじん》」、「中門口」、「華舞《はな》」、「龍之舞」、「五常楽」、「輪鵞《りんが》（林歌）」、「泰平楽（太平楽）」、「還城楽《げんじょうらく》」、「抜頭《ばどん》」、「眠り佛」、「貴徳」、「入れ舞」等の十数曲が伝承されていたことが分かる。さらに、島に残る口碑伝承では、往昔には百二十曲になんなんとする楽曲があったという。

V、纏めに代えて

以上、三寺の音楽を中心とした比較を通して、「佛舞」をこれまでとは異なる角度から考えてみたが、見てきたように、三寺の中で、本格的な音楽相承を踏まえているのは、糸崎寺だけである。他はおそらくどこかでその伝承が途絶えてしまったのであろう。

音楽的には、更なる専門家の詳細な研究が俟たれるところであるが、大事なことは、越前の糸崎が、その昔、海のシルクロードの最終地点であったということである。すなわち、そこが新たな文化の齎される国際的な表玄関であったということである。だとすれば、「佛舞」は、中央（都）から地方へ伝播したとする従来からの旧説に対して、大陸からのダイレクトな影響があったことも考慮しておかねばならないということになる（如上に指摘しておいたように、「一曲」が糸崎の「佛舞」に使用されていた痕跡からも、それは窺える）。

糸崎に「佛舞」が伝来した千二百五十年前は、唐の長安で音楽史に残る音楽文化の集大成が行なわれており、時期的にも故のないことではない。

すなわち、第Ⅱ章の先稿でも縷々述べてきたように、「佛舞」の伝承されてゆく過程ではなく、その伝来の始原の姿を知る上で、糸崎の「佛舞」は、所謂「佛舞」の原風景に辿り着くことが出来る大きな可能性を、その形態面だけでなく音楽的な要素の中にも秘めているのである。

かくして、糸崎の「佛舞」は、さらなる中国との比較調査・研究が、舞だけではなく、音楽的要素の中にも、その解明が今後に一段と期待されるのである。

〔註〕

（1）村上美登志「「佛舞」追跡──育王山龍華院糸崎寺の場合──」（『唱導文学研究』第三集、三弥井書店、平成十三年二月。本書第Ⅱ章所収）、「「育王山龍華院糸崎寺縁起」の飜刻と紹介」（『唱導文学研究』第三集。本書第Ⅲ章所収）、（中國語論文）「日本的佛舞──尋找佛舞在中國的源頭──」、華南日本研究叢書之一『中日比較文學比較文化研究』（中國廣州・中山大學出版社、平成十六年二月）、「糸崎の「佛舞」──「糸崎寺縁起」とその源流をめぐる付舞人の動態解析資料──」（『唱導文学研究』第四集、三弥井書店、平成十六年十月。本書第Ⅱ章所収）。

その他、中国広州・中山大学（平成十三年十二月）、昆明・云南大学（平成十六年八月）等の国際学会で、「佛舞」の研究発表・講演等を行なった。

（2）全国に現存する「佛舞」は、秋田県鹿角市小豆沢の「五大尊舞」（大日堂）、長野県下伊那郡阿南町新野の「新野の雪祭り」（伊豆神社）、静岡県磐田郡水窪町西浦の「西浦田楽」（観音堂）、周智郡森町天宮と一宮の「色香」（天宮神社・小國神社）、天竜市懐山の「懐山のおくない」（泰蔵院）、愛知県北設楽郡設楽町田峰の「田峰田楽」（高勝寺）、南設楽郡鳳来町門谷の「鳳来寺田楽」（鳳来寺）、福井県福井市糸崎町の「佛舞」（糸崎寺）、京都府舞鶴市松尾の「花祭り（佛生会）」（松尾寺）、和歌山県伊都郡花園村梁瀬の「佛舞」（遍照寺）、大阪市天王寺区元町の「聖霊会」（四天王寺）、島根県隠岐郡西郷町池田の「蓮華会舞」（隠岐国分寺）の十三が、これまでに管見に入った佛舞伝承社寺である。

（3）「佛舞」の基となっている「菩薩の舞」の楽曲は、『仁智要録』巻第四、『龍鳴抄』上巻、『楽家録』巻第三十八、『拾芥抄』上巻等に「壹越調」であることが書かれている。

（4）糸崎で使用されている太鼓について詳述すると、

一、行道に先立って打たれる櫓太鼓は、「蘭陵王」の舞人が出る時のものと酷似しており、一番太鼓の舞では、半鐘打ちに枠打ちが混じる特殊なもので、鉦は全くの添え物といった具合で、ここには鉦鼓の打ち方の名残を止めている。

二、二番太鼓の舞では、緩やかな皮と枠打ちを交差させる「陵王乱声」の型になっている。

三、三番太鼓の舞は、乱れ打ちと枠打ちから構成されており、「急曲」の打ち方そのものである。

四、二番太鼓の舞と三番太鼓の舞の間にある念菩薩の舞は、基本的には舞曲を踏襲しているようで、舞人は、常に左回りで、左一歩、両足を揃えて右一歩と進み、手に持った蓮華を舞台の上の経机に置くといった、所謂菩薩供養の「迦陵頻伽」を彷彿させるものがある。

また、各舞には、太鼓のデーン・デーン（入《い》り節《ふし》という）に合わせて、膝を折り、腰を曲げ、半歩開きをする動作などは舞楽に共通するところである。

以上、様々な要素が混在しているが、糸崎の「佛舞」楽曲は、先にも述べたように、伝統的なものからの崩れだけでは説明のつかないことが多いのも、また事実である。

（5）　篳篥の楽家であった安倍季尚《すえなお》が著した『楽家録』（元禄三年〈一六九〇〉）には、「以津気与具《いつけよく》」とあるもので、夙くに中国から伝来した「一曲」（盤渉調調子、音取）はすでに絶えているので、「鳥向楽《ちょうこうらく》」（遠楽）として再興され、演奏されているものである。

これは、庭儀法要の際に舞われるもので、左方の舞人一人、右方の舞人一人が伴奏に合わせ、同時に舞う。装束は、左方の舞人が鶏婁鼓《けいろうこ》を革紐で首から架け、胸に吊り下げ、右手に撥《ばち》、左手に振鼓を持ち、右方の舞人は壹鼓（中央が細くくびれた鼓胴の舞楽用鼓）を首に架け、胸に吊り下げる。幄舎《あくしや》（幄ノ屋《あくのや》といわれる庭儀法要の導師の席）の前で舞うので、「幄前一曲」ともいわれ、庭上、中門で舞う時は、「庭上一曲」、「中門一曲」とも称される、「行道」に用いられるものであった。

唐楽の演奏には、管絃と舞楽の別があり、さらに、管絃のみの曲、舞楽のみの曲、管絃・舞楽両用の曲の三様がある。管絃とは、舞の伴奏ではなく、音楽を奏することである。舞楽は、主として、舞の出入りの部分や、笛のみの曲、序吹の曲などに用いられるものである。

また、「一曲」の可能性については、水原渭江氏が、「越前糸崎寺の佛舞について」（『日本民間音楽研究』香港日本学術交流委員会刊、昭和五十六年十一月）ですでに指摘されている。成稿中に気づいたものであるが、「佛舞」の音楽的考究では先駆を成すものである。

また、余談であるが、筆者が糸崎の「佛舞」の本格的調査に着手する以前に、奉納直前の練習等を見学・調査した者はいないと、「佛舞」を実質的に管理・運営されている、「佛舞保存会」の水間巳代治氏から伺っていたが、さらに確認するとかなり以前、練習会に参加し、ビデオ等に収めていた男性が一人いたことを思い出された。それが水原氏だったのかも知れない。

以前にも述べた事ではあるが、音楽やパフォーマンス等の所謂「佛舞」の部分的考察や、走り書き風の報告は、これまでにもいくつか散見するが、全国の「佛舞」伝承地の総合的調査や、「佛舞」の全貌を捉えようとする試みは、未だかつて行なわれてはこなかったものなので、舞の動態解析的考察と唯一残存する古資料である「糸崎寺縁起」の記述内容や、こうした音楽の問題等から糸崎寺に伝承される「佛舞」に、大陸直接伝播の可能性を考えて見ることは、重要なことであると思われる。

（6）佛教を弘める目的で全国に建立された国分寺は、伎楽や舞楽を始め、中央の文化の香を地方に伝えるものであった。したがって、都から遠く隔たる隠岐島には、逆に古い形のものが残されているのである。当然のことながら、国家の威信を背負って諸国に伝習される舞楽には、それ相応の重みがあったのである。

例えば、『増補隠州記』によると、往時は百石であった国分寺の寺領が、慶長五年（一六〇〇）には、僅か五石となり、廃寺寸前の本堂前にて、数人の児童・僧侶が蓮華会舞を五年に一度、旧暦の六月三十日から三日間に亘って奉納している様が記されている。この記述から伝統を守ろうとする村人達の情熱を感じ取ることが出来よう。現在は、隔年の四月二十一日に正御影供の法会として奉納されているが、見てのように、元来は、密教系寺院で修される六月蓮華会舞楽であったことが知られる。

また、『隠州視聴合記』には、建久の末年に国分寺の住職であった憲舜が、上西村《かみにし》の古老の記憶を基にして、「佛舞」を復興させたとする伝説に近いものまである。

亀　島

糸崎寺石碑

奥之院天満宮

糸崎寺参道前

観音堂前

観 音 堂

稚児行道

石 舞 台

佛舞行道

稚児和讃

舞人行道

導師行道

角 守 り

僧侶着座

一番太鼓の舞

念 菩 薩

二番太鼓の舞

一番太鼓の舞

念菩薩の舞

二番太鼓の舞

舞い残り

三番太鼓の舞

舞人退会場

露払い退会場

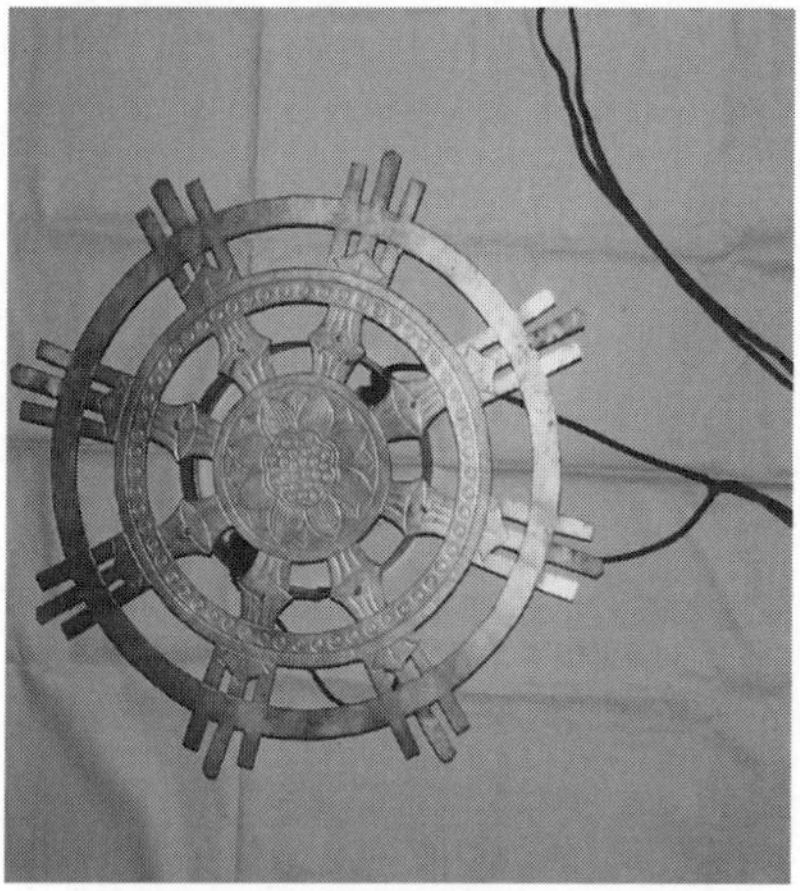

輪　棒（宝）

庵住妙超尼師

古佛面（平安時代）①

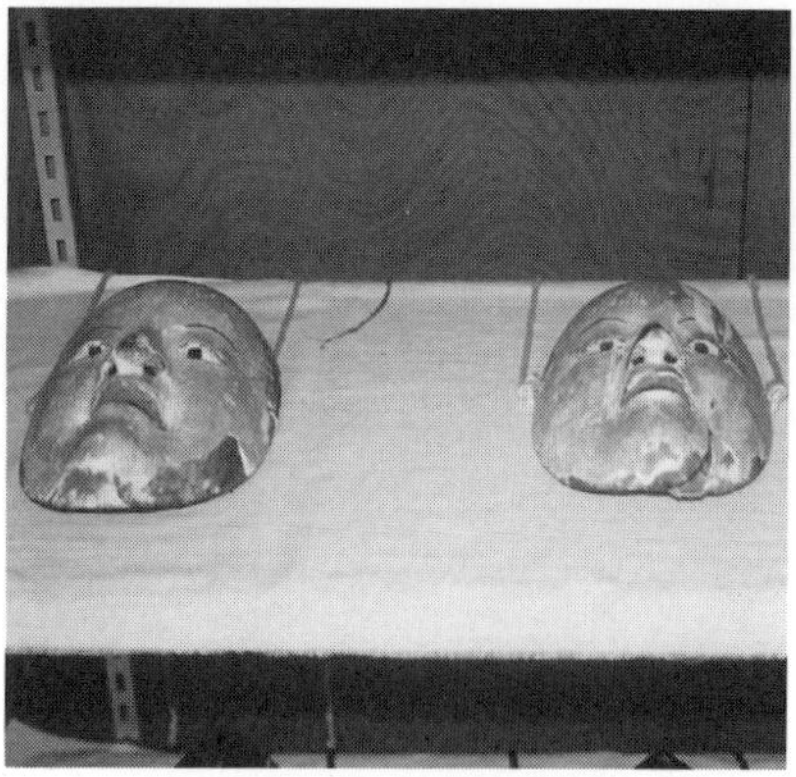

角守り古面（平安時代）

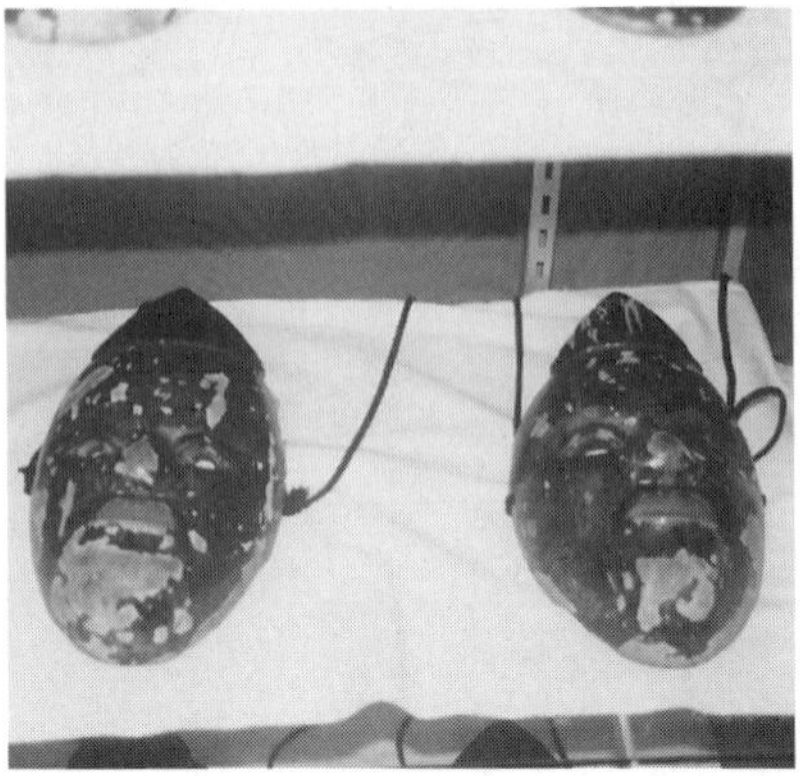

古佛面②

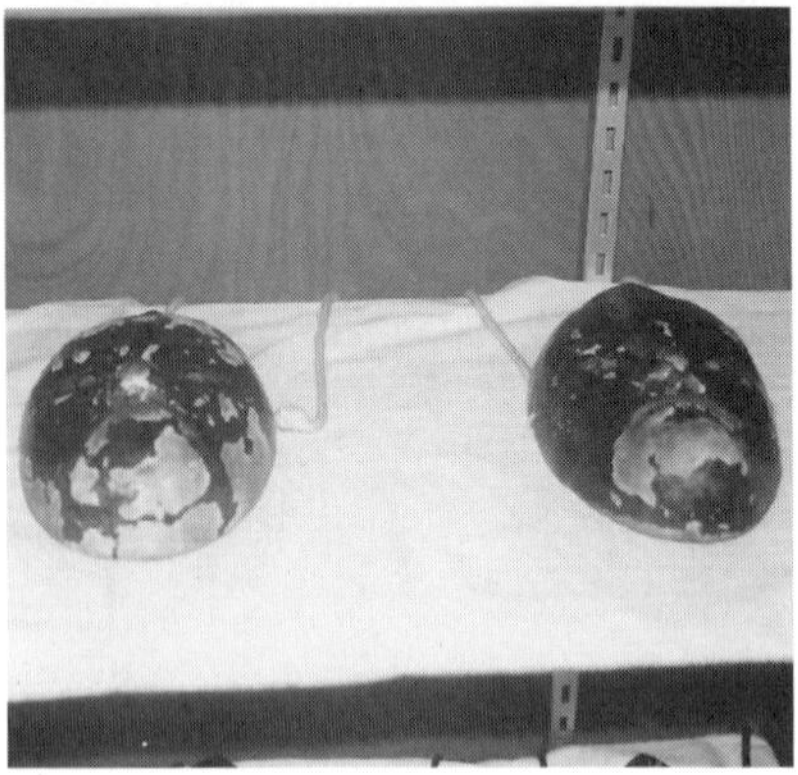

古佛面③

最後に、寺に伝わる江戸期の「糸崎之記」があるので、紹介しておきたい。

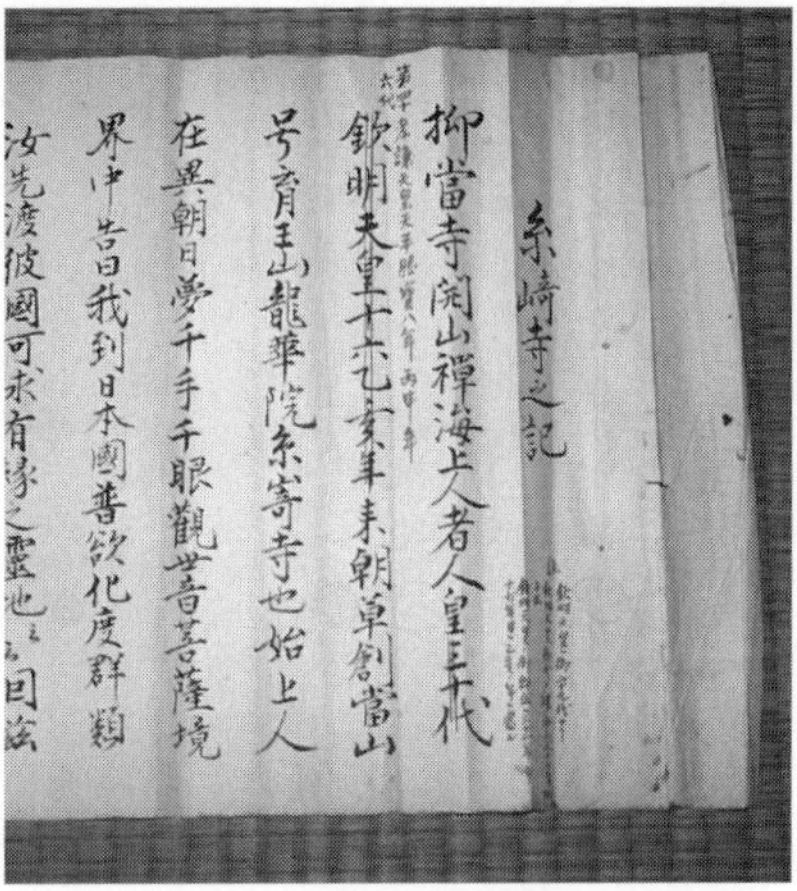
糸崎寺之記
抑當寺開山禪海上人者人皇三十代
欽明天皇十六乙亥年来朝草創當山
号青王山龍華院糸寄寺也始上人
在異朝日夢千手千眼觀世音菩薩境
界中告曰我到日本國普欲化度群類
汝先渡彼國可求有縁之霊地云々因茲

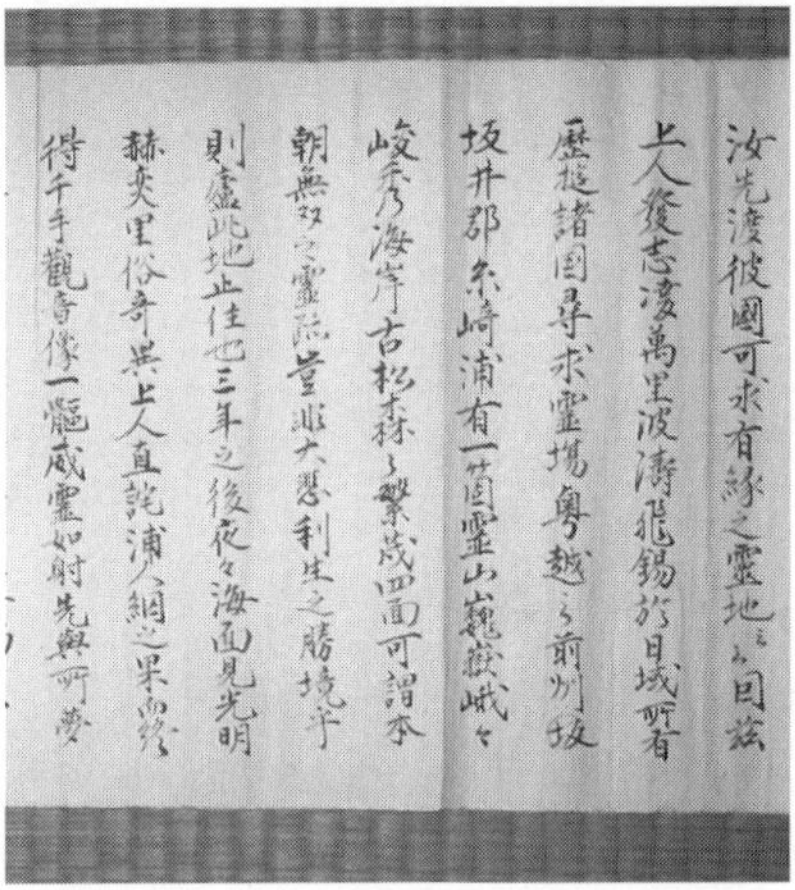
汝先渡彼國可求有縁之霊地云々因茲
上人發志凌萬里波濤飛錫於日域所有
歷捗諸国尋求霊場粤越之前州拔
坂井郡糸崎浦有一箇霊山巍巍峨峨
峻秀乃海岸古松森々繁茂四面可謂本
朝無双之霊地豈非大悲利生之勝境乎
則盧此地止住也三年之後夜々海面見光明
赫奕里俗奇異上人直跳浦人網之果而然
得千手觀音像一軀威霊如射先與所夢

「糸崎之記」冒頭

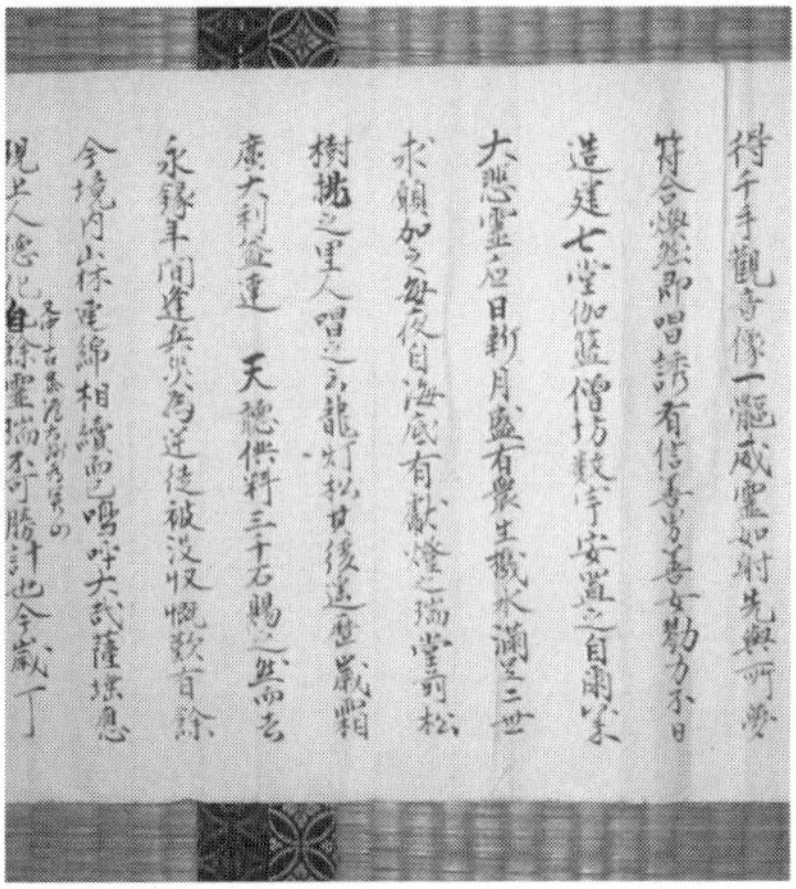
得千手觀音像一軀威霊如射先與所夢
符合煥然即時請有信善男善女勠力不日
造建七堂伽藍僧坊数宇安置之自爾以来
大悲霊應日新月盛有衆生識水潮上三世
求願如之每夜自海底有獻燈之瑞當前松
樹挑之里人唱之云龍燈松其後達叡聞
賜大利益逹　天聽供料三十石賜之然而自
永禄年間逢兵火為逆徒被没収憾歎有餘
今境内山林雲錦相續而已嗚呼大哉薩埵恩
現上人德化自餘霊瑞不可勝計也今歳丁

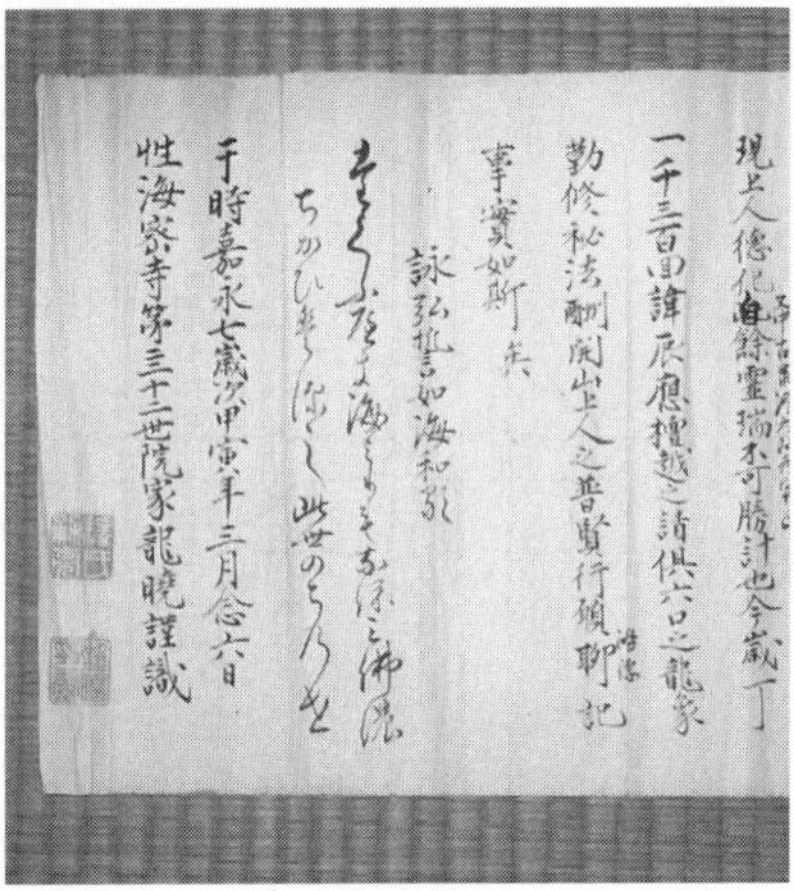
現上人德化自餘霊瑞不可勝計也今歳丁
一千三百回諱辰恩擢越之請供六口之龍象
勤修秘法酬開山上人之普賢行願聊記
事實如斯矣
詠弘誓如海和歌
于時嘉永七歳次甲寅年三月念六日
性海密寺第三十二世院家龍曉謹識

「糸崎之記」末尾

大谷大学図書館蔵『言泉集』と「願文・表白・諷誦要句」等覚書

Ⅰ、序幷書誌

安居院流の始祖、蓮行房澄憲の唱導を集大成したのは、真弟の本性房[1]聖覚であるが、その聖覚の編纂にかかるものに、願文・表白・諷誦文等の先例・実例規範文集たる『言泉集』がある。この『言泉集』は、同じ安居院流の唱導書である『転法輪抄』の一部ではないかと考えられたこともあるが、今のところ確かなことは不明である。

現在知られる『言泉集』としては、金沢文庫蔵本[2]が最古にして最大のものであるが、鎌倉中期頃原装の粘葉装であるために、現文庫に入る前からも落葉が多く、例えば、先学の引用部分が、後に該書に見当らないこと等からも、その落丁の激しさの一端を窺うことが出来るであろう。

諸本は、原『言泉集』よりの抄出に独自のものを付加したと見られる真如蔵本、佛乗院蔵本、宝菩提院蔵本、旧北林院蔵本[3]、龍谷大学蔵本、大谷大学蔵本等が主だったもので、その他では、高野山に存するもの等があるが、今のところ実見が叶わず、どの系統のものか実体は不明である。

ここに紹介する大谷大学蔵本は、およそ九世紀末〜十四世紀末辺りの唱導規範文を集めたもので、そこには他の諸本にはない一群の願文・諷誦文等を含むと共に、敬西上人作の規範例文集『勤策要林』（佚書）より引用したものがあり[4]、浄土系の僧との関わり[5]や、中世には『勤策要林』という名の書籍の存したことも如実に知られ、興味深いものがある。

左記に書誌を示し、次節にやや詳細な目録を掲げてみる。

書　誌　事　項

函架整理番号　餘大—三二四七
体裁　半紙本。写本一冊。縦約二十九糎、横約二十三糎。仮綴。
表紙　青色系無地。仮表紙。
外題　ナシ。
内題　ナシ。
丁数　楮紙墨付五十二丁。
行数　基本十行。
字数　基本一行十七字。
奥書　ナシ。

Ⅱ、目録紹介

『言泉集』の目録は、すでに別府大学の『国語国文学』(6)や、国文学研究資料館の『調査研究報告』(7)等に掲載されるが、翻刻の常として双方に相当数の誤脱と誤刻が認められるので、補訂を兼ねて再掲することにした。内容は以下の通りである（但し、上記の1～68は私的に附した通し番号である）。

（1）師匠料表白　澄憲（1オ～2オ）

(2) 師匠料施主分（2オ～3ウ）
(3) 抑過去先師聖霊者（3ウ～4オ）
(4) 子料表白（4ウ～5オ）
(5) 子料施主分（5オ～8オ）
(6) 母料表白（8オ・ウ）
(7) 母料施主分（9オ～13ウ）
(8) 二親料報恩事第四（14オ～17ウ）
(9) 夫料表白（17ウ～18ウ）
(10) 夫料施主分（18ウ～20ウ）
(11) 夫料表白第六（20ウ～21ウ）
(12) 夫料施主分（21ウ～25オ）
(13) 妻料表白（25オ・ウ）
(14) 妻料施主分（25ウ～28オ）
(15) 為夫事（28オ～30オ）〔建長元年（一二四九）六月八日〕
(16) 追善諷誦要句等　法印澄憲五七日追善聖覚敬白（30オ）
(17) 飲室僧正良快五七日　天台座主僧正法印大和尚位慈源敬白（30ウ）
(18) 小野宮太政大臣息女御四十九日父為女　後江相公（30ウ～31オ）
(19) 法性寺太政大臣亡息女御四十九日父為女　慶保胤（31オ）
(20) 前女御源基子亡息輔仁親王周忌追善母為子　敦光朝臣（31オ・ウ）

(21) 源全子亡息二条関白内大臣追善母為子　江大府卿（31ウ）
(22) 在原氏亡息敦忠卿四十九日母為子　後江相公（31ウ～32オ）
(23) 実成卿亡息四十九日父為子　明衡朝臣（32オ）
(24) 後江相公亡息澄明四十九日　自草（32オ）
(25) 江大府卿亡息隆慧四十九日　自（32ウ）
(26) 菅大府卿亡息長貞（32ウ）
(27) 報恩鳥羽院奉為贈后供養五部大乗経　敦光朝臣（32ウ～33オ）
(28) 大納言頼盛卿為先妣周忌追善　俊憲卿（33オ）
(29) 謙徳公報恩修善　菅三品文時事也（33オ・ウ）
(30) 敦慶親王亡室均子内親王中陰　紀納言（33ウ）
(31) 同人亡室藤原氏周忌追善　藤原博文朝臣（33ウ）
(32) 代明親王亡室藤原氏四十九日　江納言（33ウ～34ウ）
(33) 式明親王亡室藤原氏四十九日　菅三品（34ウ）
(34) 重明親王亡室四十九日　後江相公（34ウ～35オ）
(35) 九条右丞相亡室勤子内親王四十九日　紀在昌（35オ）
(36) 同人士（亡）室雅子内親王中陰　後江相公（35オ）
(37) 中納言師時卿亡室周忌　江大府卿（35オ・ウ）
(38) 江大府卿亡室四十九日　自草（35ウ）
(39) 賀茂光平亡妻周忌　江大府卿（35ウ～36オ）

(40) 大納言朝忠卿先妣四十九日　後江相公（36オ・ウ）
(41) 清原某　先孝（考）周忌　俊憲卿（36ウ）
(42) 平氏先考中陰（36ウ〜37オ）
(43) 穆子内親王周忌　紀納言（37オ）
(44) 宇治関白前太政大臣追善　弟子太政大臣従一位藤原朝臣敬白（37オ・ウ）
(45) 大二条関白太政大臣中陰　弟子内大臣大江広経朝臣（37ウ）
(46) 同前周忌　実政卿（38オ）
(47) 知足院入道太政大臣周忌　弟子沙弥成光朝臣（38オ）
(48) 法性寺入道前関白太政大臣周忌　長光朝臣（38オ・ウ）
(49) 普賢寺入道内大臣修善　弟子前太政大臣淳高（38ウ）
(50) 久我太政大臣周忌　弟子権中納言雅定行盛朝臣（38ウ）
(51) 徳大寺左大臣五七日　弟子権中納言公能成光朝臣（39オ）
(52) 同前中陰　長光朝臣（39オ）
(53) 同氏亡夫道房卿中陰　資業卿（39オ・ウ）
(54) 同氏亡夫源宣方朝臣四十九日　江匡衡（39ウ）
(55) 大納言頼盛卿先妣中陰　俊憲（39ウ）
(56) 江大府卿先妣周忌　自草（39ウ〜40オ）
(57) 右大弁源相職朝臣先妣四十九日　菅原淳茂（40オ）
(58) 伊与守藤原顕季朝臣先妣　藤原正家朝臣（40オ）

(59)隆尊〔阿〕闍梨先妣周忌（40オ・ウ）
(60)鎌倉右大将頼朝先考義朝追善（40ウ）
(61)大江某　先考業宗中陰　為長卿（40ウ〜42ウ）〔康暦三年（一三八一）正月廿八日〕
(62)諷誦文（42ウ）
(63)表白（43オ〜45オ）〔康安元年（一三六一）八月廿七日　弟子沙門発心敬白〕
(64)諷誦文（45オ〜46ウ）〔康安元年八月廿七日　遺弟等敬白〕
(65)諷誦文（46ウ〜47ウ）〔永和元年（一三七五）五月廿二日　遺弟等敬白〕
(66)諷誦文（47ウ〜49オ）〔観応元年（一三五〇）五月二日　弟子沙弥明―敬白〕
(67)諷誦文（49オ〜50オ）〔観応元年五月二日〕
(68)願文（50オ〜52オ）〔観応元年五月二日　弟子蔵人正五位右衛門権佐藤原朝臣敬白〕

Ⅲ、「願文・表白・諷誦文」等について

前述したように、この『言泉集』には現存する他の諸本の配列とは異なる一群の「願文・表白・諷誦文」（42ウ〜52オ）が最末尾に付随している。これは、規範例文集としての類書的性格から見ると当然のことであり、例えば、金沢文庫本や真如蔵本等では「私入ㇾ之」として、増補や加除（真如蔵本は規範例文の一部を引きながら「全」と表示していることなど）の行なわれていたことからも確認される。

だが、ここで意見が分かれ大きな問題となっているのは、大谷大学蔵本の場合、「観応・康安・永和」等の年号日附けから、それが十四世紀中葉頃、或いはそれ以降に加えられたものであるというところにある。すなわち、時代が

少し降るために、その補筆がはたして安居院流一派の手になるものなのかどうか、判然としないのである。

そこで本節では、この一群の諷誦文を取り上げ、そうしたことへの是非を確認しておきたいと思う。

まず、手続きとして目録に掲げた通し番号（62）・（64）・（65）・（66）・（67）の五つの諷誦文の全文を翻刻引用しておく（但し、異体字は通行の字体に改め、句読点、返り点等は私に施した）。

（62）　敬白

請二諷誦一事　　三宝衆生御布施

右先師幽霊三十三回、今年今日也。幸ニ保二余命一ヲ、奉レ遭二邂逅之忌辰一ニ、特ニ凝二シテ寸心一ヲ、恭ク致二ス殷懃之発露一ヲ、頓二写法華経一、勤二行ス羅漢供一、七日五種ノ妙行、両寺六時ノ念佛、種々善日々之勤也。虔《ツヽシ》ンテ爇二ケ一ハ爐香一焰縹緲ス、于法界ニ高二ク鳴セハ九乳一ヲ、音韻響二徹ス于梵天一ニ、然則、幽霊得脱、衆生利益。

仍諷誦所レ修如レ件。敬白』（42ウ）

（64）　敬白

請二諷誦一事

三宝衆僧御布施』（45オ）

右過去先師幽霊、心鏡赫奕、法器円成、初住二常州東城寺一而兼二学法相・真言之宗一、後建二開山本願寺一而普二弘摂取不捨之誓一、生前化導利レ貴利レ賤、末後光明耀レ天耀レ地、然間、元徳初暦南呂下旬六気不節之疾、頻侵二五蘊所造之質一、遂敗、端座合掌、異香満レ室、唱二名号三百余遍一、正念無二紛乱一告二遷化一兮。五十余載生涯不牢固、当三其時、残月東白、自然十念成就之恵光、孤雲西紫、面二現ス三尊来迎之色相一ヲ、泣レク拝二終焉之化儀一ヲ、不レ疑二頓悟之證得一ノ者カ歟。爰野僧』（45ウ）等ニ為レ酬二平生師檀之恩義一ヲ、各々勠二至誠懇棘之願力一ヲ、修二一色一香之微

善一ヲ、弔二三十三霜之遠忌一ヲ、奉レ讃二嘆阿弥陀如来像一躰一、此像者先師安置之本尊、弟子瞻仰之教主也。専致二七日之称揚所貢三明之得果一矣《本ノマヽ》。勤二行七昼夜別時念佛一、加之、点二七朝七夜之光陰一ヲ、修二如法念佛之翼薫(翠歟)一ヲ、凝二無二無三之発露一、致二宣唱導師之啓白一ヲ、于レ時紅蘭ノ紫蕙色々自捧二供佛之物一ニ、寒蟬涼蟋声々暗ニ来二聞法之莚一ニ、景気感応シ道儀斐然タリ。昔シ沙門道生之七日念佛也。専為二自身』(46オ)之逆善一、今沙門遺弟之七日念佛也。偏ニ資二先霊之正因一ニ、旨趣雖レ同影向是勝ン者ノ乎。然則、期二再会於何処一カ矣。七重宝樹之花前、達二ン一望於幾方一焉。八功香池之月下、凡ソ厥上ミ、自二有頂一至二阿鼻一、鯨音所レ覃蠢爾ル同ク度ン。

仍諷誦所レ修如レ件。

康安元年八月廿七日　遺弟等敬白

(65)　本願寺第二長老三十三廻之諷誦也草清書 業清　敬白

請二諷誦一事

三宝衆僧御布施

右先師尊霊化導被二于都鄙一、利益ニ給二フ于朝野一ニ』(46ウ)、戒行堂レ珠照二シ智光於菩薩蔵之中一ニ、名号ノ提レ剣嫌二利刃一ヲ於鎮鄙山之上一ニ、稟二テ鎮西之正流一ヲ兮。詳二ン浄土宗義一ヲ、望二ム西刹之正覚一ニ兮。専二ラ穢土之厭離一ヲ、是以、遺賤(貴歟)之人弁二難行易行之優少一ヲ、道俗帰依之類也。知二ル自力他力之浅深一ヲ、然間、利他縁尽二即夕一悲至リ以来、先于一二年引上卅三回、遺弟等恋慕ノ余リ、励念営二テ追福一、而迎二正当之遠忌一ヲ、重致二ン寸神(心)之報謝一ヲ、依レ之、奉レ供二養当寺常住阿弥陀如来一、奉レ頓二写卒都婆面ニ浄土三部経一部四巻一、奉レ勤二行七昼夜如法念佛法事讃一、一座弁獄者施』(47オ)行善因、非二一巨益且千者一乎。廼崛二シ阿弥陀院之長老敬為称揚讃嘆之尊師一ト、吐二富楼那之渲説一也。弁説不レ滞、述二ス浄土宗之奥旨一ヲ也。信心無レ疑。然則、豊霜高二鳴有頂無間一悉清二耳根一ヲ、薫風永二ク息鉄圍沙界一同ク開二心蓮一ヲ。

仍諷誦所レ修如レ件。

永和元年五月廿二日遺弟等　敬白

（66）　敬白

請二諷誦一事　三宝衆生御布施

右奉レ為二先考禅定聖霊増進佛道一、所レ修如レ斯』(47ウ)。伏惟、幽儀者吾家之正嫡一朝之元老也。詩書礼楽之林ハ矣棟梁挺《ヌキ》レッ材ヲ、道徳仁義之測ニハ舟檝任用、爰以テ、執二テ漢山之政権一ヲ、亜二槐府之相位一ヲ、虞芮《クセノ(セイ歟)》決断之庭ハ兼二五聴之明察一ヲ、和漢之諷詠之席ニハ琢二六義路詞一、歴二テ可歴之職一、伝レ之二道既而功名遂ニ成一テ、雖レ除二雙華之容飾一ニ、恩喚《クワン》難レ謝、猶レ応二万機之諮詢一、然間、去建武第五暦当仲夏初二日、緩風相侵命露亦殞、自レ厥以降、千万緒之愁腸未レ休十三回之忌陰云臻《コヽニ》ル、仍修二涓塵之善一ヲ、聊報二海岳之恩一、奉レ頓二写卒都婆』（48オ）一亜妙法蓮華経一部八巻開結心阿一巻幷浄土三部経一部四巻一、奉レ漸二写同阿施《(弥)》陀経廿八巻一、此経者光陰限二二七日為二一巻一、此内染三短毫過半二致レ自、書奉レ書二写同西《(而歟)》大日如来梵字幷阿弥陀名号法華題目等一、偏凝二無二懇露之誠一、各為二二七日之勲一ト、此外七箇毎日転二読阿弥陀経一巻一、奉レ誦二光明真言百遍一、又修二廿五三昧一、奉レ祈二四八妙相一而已。叩レ鐘二啓白唯佛證明一ハ、然則、聖霊羊牛之専能二于門外一ニ、胎二大業一而莫レ逗二九郷山之雲一ニ、芙《フ》蕖之台迎二位《本ノマヽ》界西一、座二上品一而可レ往二』（48ウ）詣三尊取《本ノマヽ》之月一ニ。

乃至法界平等利益。敬白

観応元年五月二日　弟子沙弥明──　敬白

（67）　敬白　諷誦（諸事）――三宝――（衆僧御布施）

右奉レ為二過去禅定聖霊成等正覚頓證菩薩一、諷誦所（修脱歟）如レ件。

夫去来不レ定天外之雲随レ風、動静無常水中之月任レ浪、生滅之分自然也理者歟。幽霊ハ一朝之良佐累代之功臣也。而位亜二三名一ヲ天下荷二』（49オ）兼済之徳一ヲ、忍流二百流百姓一ニ海内推二ル具瞻之仁一ヲ、誠是古之遺愛今之美談者也。而建武五年之暦蕤賓二日之天宿霧、相二冑命露一ヲ、消レス送二五十二年之生涯一ヲ、生二二十五有之迷衢一ヲ、寂滅為二楽之文一、雖レ聞二雪山之一偈一ヲ矣。再会無二期之恨一、猶レ悲二黄壌之九逝一ヲ焉。弟子其徳如レ山仰レ之ヲ、未レ体（休）十三廻之忌景已ニ満ス、是以、奉レ図二絵釈迦之尊容一、偏ニ奉レ資二幽霊之得脱一、便ヒ叩二鳥（鳧）鐘之逸韻一ヲ、更祈二ル鳥瑟之妙相一ヲ、然則、聖霊往二詣佛所一、朝香二雲閣一、以伴二賢聖一二、還二来穢土一ニ之夕ニハ開レ耳、露ヲ以度二人天一ヲ。

　乃至法』（49ウ）界功徳有憐。

　仍諷誦所レ修如レ件。

　観応元年五月二日

右に掲げた諷誦文の作製規範の一つとしては、『作文大躰』や『王沢不渇鈔』等にいう、「逝去・悲歎・因縁・景気・廻向」の五番からなる段落意識をモデルとするが、安居院流唱導資料の一つである真如蔵本の『作文言詞集』[8]では、「諷誦作様」として、「帰命・別離・作善・廻向」の四番が説かれ、諷誦文の形式・特徴や願文・表白との相違点が次のように明記されている。

願文ハ初ハ敬白ト書テ終リノ止《トメ》尊ミ、如レ件《尓ハカリ》書キ止ル也。諷誦ハ如レ斯旨上テ、其下ニ敬白ト書レ之。其次ニ号日付ケ弟子某トモ佛子上テ書レ之。其《ソノ》次ニ敬白書也。諷誦ノ三敬白是也。（中略）但、諷誦ニハ鐘ノ句ヲ必書入也。願文ニハ无二其儀一、故以レ之為レ異。（中略）諷誦ニハ定テ叩テ二嵬鐘一声ヲ一驚ニ二鷲王諸尊ヲ一云詞ヲ書載也。嵬鐘トハ磬ニハ必ス鋳付ルニ依テ云也。又ハ霜鐘ト云也
（後略）。　　　　（1ウ）

この『作文言詞集』にいう「諷誦ノ三敬白」は、大谷大学蔵本では、（66）の諷誦文のみが唯一完全な形をとっているだけで、他のものはやや不完全ではあるが、明らかに草案故の省略に覚しきものと判じられるので（書式自体は整っているところから）、とくに問題はないと思われる。

次に、願文と諷誦の決定的相違とされる「鐘ノ句」の書き入れは、夫々に、

（62）于法界ニ高クニ鳴セハ九乳ヲ一、音韻響ニ徹ス于梵天ニ一（42ウ）
（64）鯨音所レ覃蠢爾ル同ク度ン（46ウ）
（65）豊霜高ニ鳴有頂無間一悉清ニ耳根ヲ一（47ウ）
（66）叩レ鐘ニ啓白唯佛證明ハ一（48ウ）
（67）叩ニ鳥《(嵬)》鐘之逸韻ヲ一（49ウ）

とある。先ず（62）の「九乳」は、鐘の上部周辺を囲む形で乳状（通常一列五乳）に突出したものをいうが、ここでは九乳梵鐘を略したものを指している。佛事の折りにはこれを撞打して道場に鳴り響かせ、十號の善徳をも驚かすという。次に（64）の「鯨音」は、鯨の鳴き声があたかも鐘の響音のようであるところから、鐘の響きに譬えて用いられるもので、安居院は好んで唱導文等にこれを用いている。

（65）・（67）の「鳥鐘」と「霜」は、引用した安居院流唱導書『作文言詞集』にあるように、「嵬鐘」と「霜鐘」のことで、共に「鐘」そのものを意味しているところから、これらの諷誦文は安居院のいう諷誦文作製の掟を謬たず踏襲しており、規範に適っている。

また、『作文大躰』等にいう「逝去・悲歎・因縁・景気・廻向」の段落意識は安居院になく、安居院の諷誦文は「帰命・別離・作善・廻向」の四番、或いは作善・廻向等を一体化させた三段を以て構成されることが多い。このことは先稿(9)においてすでに詳述しているので、ここに再び繰り返すことをしないが、本諷誦文は比較的短文なので容易にそのことへの理解は叶うであろう。

さらに付け加えれば、この一群の諷誦文等には、「本ノマヽ」と傍書きされている箇書があるので、この部分の諷誦文のみオリジナルというのではなく、前の本文と同じように、規範例文集等からの引用文であることが判明するところから、時代は降るものの、この諷誦文も地の本文と同じ性質を持った一連のものと考えて、問題はないように思われる。

目で見る文字としての面から見る限り、この五つの諷誦文は、対句としても崩れがあり、さほど修辞を凝らしたものとはいえないが、語られたものであることを念頭に置く時、その晴儀の場における音声的言語宇宙は我々の想像を絶していたに違いない。

〔註〕

(1) 拙稿「安居院の声明——『聲塵要抄』の記述を足掛かりにして——」(東京大学『国語と国文学』七十二・8、後に拙著『中世文学の諸相とその時代』(和泉書院、平成八年十二月)所収)に聖覚の房号が「本性房」であることが判明したこと等を報告した。

(2) 永井義憲・清水宥聖『安居院唱導集(上巻)』(角川書店、昭和四十七年三月)。

(3) 石井行雄氏の口頭発表(「唱導研究会」第十四回例会、平成五年七月二十三日・於大谷大学、論題「東大寺北林院旧蔵『言泉集』解題——その中間報告として——」)によって吉田幸一氏蔵本が、旧北林院蔵本であることの知見を得た。

(4) 『言泉集』(39オ)には、

此追善等之佳句、敬西上人之作、勧(勤)策要林ト云文、上古之願文等被レ集中ヨリ少々書レ頓レ之。

とある。

（5）白土わか「大谷大学所蔵本言泉集について」（『印度学佛教学研究』六・1、昭和三十三年一月）。
（6）安東大隆「大谷大学蔵本『言泉集』の性質」（『国語国文学（別府大学）』第十八号、昭和五十一年十二月）。
（7）小峯和明・山崎誠「安居院唱導資料纂輯」（国文学研究資料館文献資料部『調査研究報告』第十二号、平成三年三月）。
（8）真如蔵本『作文言詞集』一丁裏の記述。
（9）拙稿「説話と唱導――『草案集』所収の「天台大師供表白」を中心に――」（『講座・日本の伝承文学』第四巻・『散文文学〈説話〉の世界』〈三弥井書店〉、後に拙著『中世文学の諸相とその時代』〈和泉書院〉に所収）。

大谷大学図書館蔵『南都論草』剳記

Ⅰ、

経文等に対する学識の深さを問う「論議」は、かつて諸宗で最も広く行なわれていた法要の一つであり、学僧達の昇進試験を意味するものでもあったが、そうした内容を具体的に窺うことの出来る資料は、現在あまり多く残されていない。

そのいくつかを挙げてみると、論義の論題等を伝えるものに、『斟定草木成佛私記』・『三井続燈記』等があり、論草集としては、『宗要集』・『百題自在房』・『例講問答書合』・『捃拾集』・『宗要柏原案立』・『廬談』・『台宗二百題』等々がある。そして研究のほとんど進展していないものに、ここでごく簡単な紹介を試みる大谷大学図書館所蔵の『南都論草』がある。

この論草は、およそ永仁七年（一二九九）三月～天文十六年（一五四七）五月辺りまでのものを収めた（全十二丁～一五八丁）十九冊本（函架整理番号・餘甲―34貴）と、およそ文明二年（一四七〇）七月～享保七年（一七二二）七月辺りまでのものを収めた（全四十六丁～一三七丁）三十九冊本（函架整理番号・内餘大―一九六八）とがある。

これらの書籍は、十九冊本の扉書きによって、丹山文庫より明治期に大谷文庫が購入した六百冊の内の一つであることが知られる。十九冊本の体裁は不揃いであるが、およそ縦（二十二糎～二十八糎）×横（十四糎～二十二糎）、三十九冊本はほぼ同型で、縦約二十三糎×横約十六糎となっており、夫々に後補の簡略目録が付けられている。

個々の論草・論題等については、いずれ稿を改めて論じることになるが、今回は紙幅の関係から全五十八冊のやや詳細な内容目録を左（第Ⅱ節と第Ⅲ節）に掲げて、研究者の注目を促すと共に、嚮後の諸賢の研究の便に供したいと思う。

Ⅱ、

（ア）「十九冊本」内容一覧表

△	**第一冊（全12丁）**
①	付三輪安立大乗意金水二輪上下事（専英）　〈元享元年四月三日　伝営尊〉
△	**第二冊（全35丁）**
②	決定応受業事問用　〈永仁七年三月　大法師　顕昭〉
③	證三自法契一躰法欤事　〈本云応永十三年七月廿九日書之早　融然〉・〈文正元年丙戌八月廿六日出止（心）〉
④	第四巻私抄　三輪安立・望本覓説・八遍染證文覚院対屋書写早　釈子慶清〉
⑤	変化身土（本題欠）　〈建武四年正月廿六日　玄深〉・〈貞治五年二月日　忍実〉
⑥	若言眼等事（顕春）　〈正和三年九月十八日　範圜〉・〈貞治五年二月十四日　大法師忍実〉
△	**第三冊（全21丁）**
⑦	欠題（因明論に関する良遍等の論草）
△	**第四冊（全103丁）**
⑧	即欲無減（興基）
⑨	乃至未断事（栄光房）
⑩	大乗無超地事　〈天文十六年五月〉
⑪	変化身土
⑫	若言眼等（興基）
⑬	望生現果事
⑭	未決定信（良英）　〈天文九年八月〉
⑮	乃至未断事　〈天文十一年三月〉
⑯	超越不還（興基）　〈天文十四年二月〉
⑰	亦変相故（実専）　〈長享元年七月〉
△	**第五冊（全76丁）**
⑱	摂末帰本重證

⑲ 今観後三・正所諍故・宗依宗躰・積聚性因・自所余法・若言眼等（営尊）
⑳ 心清浄故（良算）
㉑ 簡遍計故事（良遍）
㉒ 拠執為我事（知足院）
㉓ 根独取境欤事
㉔ 欠題
㉕ 我法仮実（光胤）

△ **第六冊（全124丁）**
㉖ 不執菩提（興基）
㉗ 定能令心（興基）
㉘ 必帯生空
㉙ 等取有触事
㉚ 則欲無滅事
㉛ 隠劣顕勝（興基）
㉜ 円満真如

△ **第七冊（全117丁）**
㉝ 深密三時（般若院）
㉞ 欠題
㉟ 弟子一意事
㊱ 能薫勝種（興基）
㊲ 今観後三（興基）
㊳ 見者居穢土（菩提院随得抄）
㊴ 根末熟故（貞弘）
㊵ 諸根互用（興基）
㊶ 謂起證実抄（蓮興）

△ **第八冊（全136丁）**
㊷ 観現在法（興基）
㊸ 観現在法（興基）
㊹ 許依五地
㊺ 見聞集（興基）
㊻ 三類逆観

△ **第九冊（全70丁）**
㊼ 説十非経
㊽ 変化長時浄土
㊾ 八遍染證文事
㊿ 唯識聞書発端趣
(51) 円満真如事
(52) 自所余法（営尊）
(53) 定唯繫心
(54) 緑根塵等（円―〔暁〕）
(55) 不定随惑事（懐乗）
(56) 則金剛心事（良算・懐乗・顕英）

△ **第十冊（全60丁）**
(57) 安養報化（顕範）
(58) 意及意識（弁長）
(59) 我法仮実
(60) 我定応受業（良英）
(61) 触別有躰事

△ **第十一冊（全24丁）**

62	希望為相（営尊）
63	大乗法味（覚清）
64	智恵一倍事（幸継）
△	**第十二冊（全105丁）**
65	諸根互用（興基）
66	欠題
67	生起則麁細
68	見者居穢土
69	斉識退還文集
70	若言眼等
△	**第十三冊（全92丁）**
71	観現在法（興基）
72	乃至未断事
73	真俗合観（営尊）
74	必帯生空（営尊）
75	要詫本質（興基）
76	智恵一倍事
77	観現在法（興基）
△	**第十四冊（全20丁）**
78	一向無記（新院）
79	真如無為仮実（良遍）
80	大乗無超地事
△	**第十五冊（全29丁）**
81	若言眼等
82	必反上器（永秀）

△	**第十六冊（全80丁）**
83	欠題（興基）
84	未決定信
85	七有漏地
86	此解違下（長英）
87	欠題（実専）
88	欠題
89	未決定信（良英）
90	縁根塵等・大乗法味・三獣渡水
△	**第十七冊（全158丁）**
91	欠題
92	佛所得法事
93	由語離果
94	欠題
95	八遍染證文
96	八遍染證文
97	諸定皆無五識身等
98	佛所得法
99	欠題
100	欠題
△	**第十八冊（全121丁）**
101	自所余法（興基）
102	闕無同喩（覚清）
103	無漏縁惑
104	事薗躰多

⑩⑤	参妄同時断事
⑩⑥	三乗将得
⑩⑦	相応断躰
⑩⑧	因明未題
⑩⑨	欠題
⑪⓪	見者居穢土
△	**第十九冊（全118丁）**
⑪①	業三観義・三惑同断・四種三昧義・弥陀報応
⑪②	一門転故
⑪③	訓論第十巻

Ⅲ、

（イ）「三十九冊本」内容一覧表

△	**第一冊（全105丁）**
①	安養報化（私）　〈法相大乗沙門〉
②	以顕了言（私）
③	因一喩二（良英）　〈清胤〉
④	同（実尊・四帖短尺・玄茹・顕範）　〈本奥天文三年六月十四日　清胤天文七年五月廿六日　同五月廿九日慶英書写〉
⑤	同（顕範・花桜抄）　〈本奥天文廿三年五月下旬　享保七年七月朔日写　賢聖院住秀英戒七年十九〉
⑥	同（秘桜華華桜抄）　〈頂盛　応仁六月日〉
⑦	同（文集）　〈秀英　享保七年壬寅七月二日午ノ刻頓写之〉
⑧	同文集幷如空有声一問答在之　〈清胤〉
⑨	同（興基・営尊）　〈清胤〉
△	**第二冊（全133丁）**
⑩	一門転故（私）　〈法相大乗沙門寛文十年三月日写〉
⑪	同（私　奥興基アリ）　〈寛文十年三月日写　□　年五十七 戒四十六〉
⑫	有頂雖有（長英）　〈寛文三年写法相大乗沙門　□　戒卅九 才五十〉
⑬	同（私）
⑭	有法自相（口伝抄）
⑮	円満真如（私）
⑯	同（私）
⑰	同（私）
⑱	同（私）
⑲	延寿法者（光弘）　〈万治二年十一月写〉
⑳	同（長胤）　〈寛文元年八月下旬写〉

㉑ 依法性土（私）

△ 第三冊（全78丁）

㉒ 開導依第二師（長英）　〈寛文二年九月日写〉

㉓ 同（弁長草・貞弘問用）

㉔ 同（有筭草）　〈寛文八年十一月朔日写〉

㉕ 同（私）　〈寛文八年十月晦日写〉

㉖ 同　〈寛文八年十一月朔日写〉

㉗ 喜楽相順（営尊草・円――〔学〕草・愚草・好胤）　〈延宝五年正月十七日写〉

㉘ 同（光暁・宗聚）

㉙ 経不説彼（長英）　〈寛文三年小春日写〉

㉚ 果上許縁（東覚抄）　〈寛文十三年九月日〉

㉛ 観能取無（長英）　〈応理中宗沙門　寛文四年三月日〉

㉜ 解々脱義（専懐）

△ 第四冊（全82丁）

㉝ 蔄自共相（光弘）　〈万治三年正月日〉

㉞ 同（長英）　〈寛文三年極月日〉

㉟ 見惑迷事（良英・奥〔興〕範）　〈寛永十一年十月日〉

㊱ 見者居穢土（尋思抄・菩提院抄・香雲抄）　〈伝英光琳勝〉

㊲ 同（営尊）　〈貞享四年乾陽十六日　胤延・専覚〉

㊳ 同（私）

㊴ 見分一多（一問答・尋思抄・私）　〈専懐〉

㊵ 現業果化（西円私・覚耀・光胤・増寛）〈専懐〉

㊶ 決定応事業（長英）　〈寛文四年三月日〉

△ 第五冊（全84丁）

㊷ 五重（興基）　〈寛永二十年二月十九日写〉

㊸ 故六十劫

㊹ 許現起識（同学抄）

㊺ 同（尋思抄）

㊻ 同（光胤）

㊼ 同（縁憲）

㊽ 同（愚草）

㊾ 許眼《ママ》起識（私）〈或人私〉

△ 第六冊（全123丁）

㊿ 今問依他（長英）　〈寛文三年小春日〉

51 今観後三（光胤）

52 今観後三（堯観・訓賢）

53 同（実尊・好胤）〈訓賢〉

54 同（英乗・文集）〈訓賢〉

55 同（私）　〈詠勿許他見　訓賢　寛文十一年六月三日〉

56 同（私）

57 根離識故（長英）　〈寛文二年九月日〉

58 互執有空（好胤）　〈貞享二年正月十九日写　清尊権律師四十七日〉

59 同（私）　〈承応四年恵風日〉

△ 第七冊（全121丁）

60 三輪安立（一問答・文集・本文抄）

61 同（興基）

62 同（営尊草）　〈天正十三年六月七日〉

(63) 同（興基）〈万治二年九月廿六日写〉
(64) 同（興基）〈万治二年八月廿四日〉
(65) 同（弁長）〈万治二年九月廿三日〉
(66) 三輪安立私示（弁長）〈万治二年九月十八日〉
(67) 同（難答私）〈万治二年十月九日〉

△ **第八冊（全86丁）**
(68) 三乗将得（私）
(69) 三性真如（顕範・実専・尋思通要）
(70) 同（光胤）〈寛文二年三月日〉
(71) 同（営尊）〈寛文二年三月日〉
(72) 同（学明抄）〈寛文二年三月日〉
(73) 同（専慶）〈寛文二年弥生月〉
(74) 同（好胤御草・一問答）〈寛文二年三月日〉
(75) 同（英俊）〈承応二年二月日〉
(76) 同（長胤）〈寛文元年一月下旬〉

△ **第九冊（全107丁）**
(77) 三法起十六（本文抄・営尊・興基）〈延宝四年五月日〉
(78) 同（光感・営尊）〈延宝四年五月十七日〉
(79) （私）〈延宝四年五月十七日〉
(80) 慙愧倶起　〈延宝七年九月十一日　法印権大僧都兼継〉
(81) 細意識（長英）〈寛文二年九月日〉
(82) 雑彼煩悩（好胤）〈寛文元年初冬日〉

△ **第十冊（全96丁）**
(83) 此事雖勝（源学房法印・西院・良遍）〈延宝三年八月日〉
(84) 同（良遍）〈明暦三年五月日〉
(85) 同（興基）〈延宝三年八月日〉
(86) 同（弁長）
(87) 同（弁長）
(88) 同（弁長）〈寛文二年九月日〉
(89) 同（秘要抄（ミセケチ）・興基・営尊）〈延宝三年八月日〉
(90) 同（営尊）〈延宝三年八月日〉

△ **第十一冊（全90丁）**
(91) 同（縁憲）〈延宝三年八月十七日〉
(92) 同（憲）〈延宝三年八月七日〉
(93) 同（一問答・蓮）
(94) 同
(95) 同
(96) 同
(97) 同

△ **第十二冊（全98丁）**
(98) 此但挙一（長英）〈万治三年〉
(99) 同（本文抄・无名・玄弘）〈寛文十年八月下旬〉
(100) 同（好胤・一問答有之・或人私難答）〈覚清ト云々寛文十年八月廿九日〉
(101) 同（或人私難答・一問答・好胤）
(102) 同（営尊・光胤）〈沙門弁範法印　文永十一年三月廿六日〉
(103) 同（无名）

(104) 四定倶得〈長胤〉　〈寛文元年八月下旬〉
(105) 同〈光弘〉　〈万治二年十一月日〉
(106) 四尋思観〈長胤〉　〈寛文元年五月〉
(107) 自所余法〈光胤〉　〈淳専〉
(108) 同〈営尊〉　〈伝淳専　文禄四年四月七日〉
(109) 慈等勝故〈私〉

△ **第十三冊（全46丁）**
(110) 心清浄故〈営尊〉　〈万治三年八月五日〉
(111) 同〈順専草〉　〈万治三年八月十日〉
(112) 同〈好胤〉　〈万治三年八月六日〉
(113) 同〈私〉　〈万治三年八月六日〉

△ **第十四冊（全150丁）**
(114) 親者即近〈長英〉　〈寛文三年師趨日〉
(115) 深密三時〈興基〉　〈寛文九年八月二日〉
(116) 同〈興〔基〕〉〈法華会竪義者　寛文九年八月廿九日〉
(117) 同〈或人精義遂業用意之私可秘不可他見　寛文三年六月日〉
(118) 同〈新院法印・円源御草〉〈円曉　寛文九年八月七日〉
(119) 同〈愚草〉　〈寛文九年七月十一日〉
(120) 尋思位極〈私〉

△ **第十五冊（全106丁）**
(121) 色法等無間縁〈営尊〉　〈寛文七年八月九日〉
(122) 同〈一問答〉　〈寛文七年八月十六日〉
(123) 同〈好胤〉　〈万治三年十月十六日〉
(124) 同〈好胤〉　〈寛文七年八月十日〉
(125) 同〈好胤〉
(126) 同〈有筭草〉　〈寛文七年八月九日〉
(127) 同〈有筭草〉　〈万治三年十月十日〉
(128) 同〈無名〉　〈寛文七年八月九日〉
(129) 識食躰〈長英〉
(130) 七有漏時〈長英〉　〈寛文二年九月日〉
(131) 同〈延信草〉

△ **第十六冊（全109丁）**
(132) 捨不放逸倶起〈光盛〉
(133) 同〈興基〉〈補廃鈔〉
(134) 同〈貞兼〉秘〈写本云文安二年十月日〉〈文亀元年四月十四日　寛文七年十月廿八日〉
(135) 諸根相好〈私〉
(136) 諸相応法事〈営尊〉　〈寛文元年五月廿三日〉
(137) 同〈光盛〉　〈寛文元年六月朔日〉
(138) 同〈極秘無名〉　〈寛文元年五月十五日〉
(139) 同〈一問答〉　〈寛文元年五月十二日　右筆法隆寺隆覚廿三〉
(140) 同〈好胤〉　〈寛文元年五月十五日〉
(141) 所知障瞋〈長英〉　〈寛文四年弥生月〉

△ **第十七冊（全90丁）**
(142) 聖性所依〈顕範〉　〈寛文十一年二月十八日〉
(143) 同〈幸継問用〉　〈寛文十一年二月十八日〉
(144) 同〈長英〉　〈寛文四年花老月〉
(145) 同〈一問答・実専〉　〈寛文十一年二月十八日〉

146 同（好胤）　〈寛文十一年二月十八日〉
147 同（私）　〈寛文十一年三月四日〉
148 同（営尊御草　文明六年十二月廿日子尅）　〈寛文十一年二月十八日〉
149 同（営尊）　〈寛文十一年三月六日〉
150 正位有漏善（私）　〈訓円〉
151 證果回心（長英）

△ **第十八冊（全98丁）**
152 生天後報業（長英）　〈寛文二年菊月日〉
153 生起則麁細（縁憲・無名）　〈寛文十一年九月八日〉
154 同（弁長・無名）　〈寛文十一年八月廿九日〉
155 同（好胤）　〈寛文十年九月十一日〉
156 同（長英）　〈寛文四年〉
157 定学唯無漏（長胤）　〈寛文元年五月〉
158 定果反段食（長英）　〈万治二年十二月日〉
159 衆生平等（私）
160 受三途苦（長胤）　〈寛文元年一月廿日〉
161 同（長英）　〈寛文三年極月日〉

△ **第十九冊（全104丁）**
162 十信八相（私）
163 十楽捨俱　〈寛文十二年南呂月〉
164 対法論（長英）　〈寛文二年南呂月〉
165 准彼本計（興基）　〈寛文九年極月日〉
166 同（縁憲）　〈寛文九年極月日〉
167 同（縁憲）　〈慶安二暦桃浪中旬〉
168 同（光弘）　〈万治二年極月日〉
169 同（清賢・営尊）　〈寛文九年極月日〉
170 同（弁長）
171 同（英俊）　〈附発業无明・四尋思観抄〉

△ **第廿冊（全80丁）**
172 雖有此理（興基）
173 同（営尊）　〈延宝三年九月三日〉
174 同（縁憲・良算・無名・私・範兼）
175 同（良英）　〈延宝三年九月三日〉
176 同（一問答・文集・光胤）
177 摂在一刹那（私）
178 同（東覚抄）
179 世友問論（長英）　〈寛文二年九月日〉
180 前三無記（長英）　〈寛文十二年仲冬日〉
181 前師解好（東覚抄）

△ **第廿一冊（全122丁）**
182 漸悟悲増短釈　〈明暦三年十一月日〉
183 同（奘芸短尺）　〈明暦三年十一月日〉
184 同（奘芸短尺）　〈明暦三年十一月日〉
185 同（縁円・良遍）　〈明暦三年十一月日〉
186 同（喜多院問用）　〈明暦三年十一月日〉
187 同（営尊）　〈寛文七年七月日〉
188 同（営尊・興基）　〈文明二年七月廿三日〉
189 同（西院）　〈明暦三年十一月日〉
190 同（私）

⑲① 同（好胤）
⑲② 触食躰（長英）
⑲③ 則部行中（長英）　〈寛文二年小春日〉

△ **第廿二冊（全119丁）**
⑲④ 躰義無別（私）
⑲⑤ 同（私）
⑲⑥ 躰性寛狭（私）
⑲⑦ 第九識躰（尋思抄・良遍）　〈永正六年二月九日〉
⑲⑧ 聖性所依（本文抄）
⑲⑨ 同（興基）　〈寛文八年五月十七日〉
⑳⓪ 同（興基・営尊）　〈寛文八年五月十三日〉
⑳① 同（好胤）　〈寛文八年五月十四日〉
⑳② 同（好胤）　〈寛文八年五月四日〉
⑳③ 同（尊舜）　〈寛文八年五月六日〉
⑳④ 同（縁憲）　〈寛文八年五月十二日〉
⑳⑤ 同（顕範）
⑳⑥ 同（一問答）　〈貞訓　寛文八年四月十八日〉
⑳⑦ 同（蓮私）　〈寛文八年五月十九日〉
⑳⑧ 同（私）

△ **第廿三冊（全83丁）**
⑳⑨ 大乗無超地（私）
㉑⓪ 大乗法味（長英）
㉑① 智恵一倍（或人草）
㉑② 同（私問用）
㉑③ 同（定聚・善教房草）
㉑④ 同（営尊）
㉑⑤ 同（営尊）

△ **第廿四冊（全93丁）**
㉑⑥ 実是法執（興基）
㉑⑦ 同（好胤）
㉑⑧ 同（専継）
㉑⑨ 同（専継・順専）
㉒⓪ 同（営尊）
㉒① 同
㉒② 弟子一意事（一問答）
㉒③ 同（光盛）

△ **第廿五冊（全111丁）**
㉒④ 乃至未断（興基）
㉒⑤ 同（営尊）
㉒⑥ 同（弁長）
㉒⑦ 同（弁長・或人私）
㉒⑧ 同（栄光房）
㉒⑨ 同（栄光房）
㉓⓪ 同（好胤）
㉓① 同（好胤）
㉓② 同（無名）
㉓③ 同（忍観房）
㉓④ 同（一問答）
㉓⑤ 同

△ **第廿六冊（全69丁）**

236 乃是実身（良英問）
237 同（良英答）
238 同（一問答）
239 難陀五根躰（長英）
240 難経部師（専英）
241 同

△ **第廿七冊（全90丁）**
242 二智境故（光弘）
243 同（長胤）
244 若論顕理
245 同（長胤）
246 同
247 若言眼等
248 同（興基）
249 同（興基）
250 同（好胤）

△ **第廿八冊（全88丁）**
251 若約遮詮（一問答・弁長・随得抄・尋思抄）
252 同（興基）
253 同（興基・弁長）
254 同（好胤）
255 同（長胤）
256 同（営尊）
257 同（光曉）
258 同（光弘）
259 同（或人私）
260 同（覚清）

△ **第廿九冊（全107丁）**
261 若介意喜楽捨（好胤）
262 同（営尊）
263 同（興基）
264 同（光胤・縁憲）
265 若許喜楽（光盛）
266 同（草主不知・知足抄・懐乗・文集・好胤）
267 然有経中（愚鈍抄・覚耀）
268 然実五倶（長英）

△ **第卅冊（全104丁）**
269 八巻私記
270 八遍染證
271 非無痴倶（佛母抄）
272 亦僧宝摂（知足院）
273 非無痴倶（知足院・菩提院抄・六帖名因）
274 同（興輪・弘賀）
275 同（一問答・或人私日記）
276 表義顕境名言（長英）
277 平等六引（好胤）
278 平等六引（修行院）
279 同（無名）
280 同（修行院）
281 同（私）

282　同（私）

△　**第卅一冊（全114丁）**

283　普為乗教（好胤）
284　同（弁長）
285　同（一問答・深草）
286　同（光胤）
287　同（一問答・興基）
288　同（私）
289　同（私）
290　不善論意
291　同（光弘）
292　不定隨惑（長英）
293　同（好胤）

△　**第卅二冊（全89丁）**

294　不執菩提（弁長）
295　同（私）
296　同（好胤）
297　同（一問答・光曉）
298　同（厳専・尋思抄・堯算・無名）
299　同（営尊）
300　同（営尊）
301　同（営尊）
302　佛現八相（私）
303　不顧論宗（営尊）

△　**第卅三冊（全95丁）**

304　念嗔倶起（興基・縁憲）
305　同（光胤）
306　同（営尊）
307　同（長英）
308　同（長英）
309　同（無名）
310　佛果五塵（縁憲）
311　佛果心王（長英）
312　同（東覚抄）
313　佛果障（私）
314　同（光弘）
315　同（私）

△　**第卅四冊（全120丁）**

316　佛現八相（私）
317　同（私）
318　伏煩悩時（私）
319　変似我法（西院）
320　反化長時浄土（愚草）
321　同（長胤）

△　**第卅五冊（全137丁）**

322　未決定心（良英・一問答・本文抄）
323　三法起十六（一問答・実専）
324　同（学明房）
325　同（貞兼）
326　同（或人草）

327 同（営尊）
328 同（長胤）
329 同（無名問用・憲弘）
330 同（好胤）
331 同（好胤）
332 同（光）

△ **第卅六冊（全97丁）**

333 明知第七（長英）
334 無漏縁惑（長英）
335 無漏起時難（営尊）
336 同（東覚抄）
337 同（香雲抄・興基）
338 無余択非択（東覚抄）
339 滅定初起（東覚抄）
340 無起五識（好胤）
341 無起五識（好胤）
342 同（営尊）
343 多唯善性
344 同（営尊）
345 同（私）

△ **第卅七冊（全75丁）**

346 約入佛法（興基）
347 約理説一（長英）
348 約理鈍別（長英）
349 由不放逸（長英）
350 唯観安立（古抄・興基）
351 与身邪見（長英）
352 与意許宗
353 同（比量抄）

△ **第卅八冊（全101丁）**

354 隣彼勝心（九帖草子）
355 同（好胤）
356 同（顕範）
357 同（実専）
358 同（営尊）
359 理乗唯識（長英）
360 同（営尊）
361 六処殊勝（文集・愚草）
362 同（営尊）
363 同（光曉）
364 同（一問答・好胤）

△ **第卅九冊（全71丁）**

365 或退不退（私）
366 同（東覚抄）
367 同（同学抄）
368 意及意識（好胤・営尊）
369 同（本文抄・幸継・貞弘・興基）
370 意業非身（長胤）

Ⅲ 唱導資料

「播州比金山如意寺縁起」と「万人募縁疏」

――『天台表白集』編者・亮潤に関する資料の一つとして――

Ⅰ、

ここに飜刻する「縁起」と「募縁疏」は、すでに先稿(1)において紹介した、『天台表白集』編者・亮《リヤウ》潤《ニン》の経歴・素姓に関わるものであるばかりでなく、歴史の欠を埋める貴重な資（史）料でもある。

とくに如意寺の「万人募縁疏」は、その性格からして、これまで全く世に知られてこなかったもので、今、三百年の塵を払って、漸くここに日の目を見るものである（以前、「募縁疏」・「奉加帳」・「勧進帳」等は、ちょっとした寺院の書庫の片隅に積まれていたし、古書店の店先にも無造作に束ねられて、比較的安価で売られていたりもしたが、最近はあまり目にすることがなくなった）。

Ⅱ、

大僧正位にまで上り詰めた学僧亮潤の出自・経歴は謎に近く、現在、『天台霞標』・『天台表白集』・『東台子院譜略』・墓表等から判明した、いくつかのことを列挙すると、彼は、寛文八年（一六六八）に生まれ、寛延三年（一七五〇）八月二日に、八十二歳の比較的高齢で示寂している。

亮潤の法系は、論著六十二部・二〇四巻を著し、「天台教観の中興」と仰がれた学僧中の学僧である光謙に師事して、永く寛永寺宝園院に住したとされる。また、諱を亮潤・豪雲、字を大雲・真諳、号を東溪・一雨堂等と称した。法弟には、凌雲院に住持した徳潤（寛保元年〈一七四一〉四月、大僧正位に昇る）等がいる。

著作としては、『観音玄義記顕宗解』一巻、『金光明玄義拾遺記探賾』二巻、『天台四教儀集註記』三巻等が残されており、これまでは、享保十一年（一七二六）頃に宝園院より比叡山正覚院へ転住して、翌年大僧正位に昇り、題者を務めたとされるが、本論攷で翻刻紹介する、この「縁起」・「募縁疏」の奥書によると、元禄九年（一六九六）十二月八日の時点で、すでに寛永寺宝園院より、前の資料等で知られる三十年も前に天台山（比叡山）徳王教院の住持であったことが確認され、元禄十一年（一六九八）十月八日までには、法印大僧都の法位にあったことも併せて知られる。

したがってこの資料は、これまでの亮潤の経歴を大きく塗り替える好資料であると共に、「縁起」・「募縁疏」に記されてある、その内容から推しても、播州の地にある如意寺や毘沙門天信仰との関わり等とも相俟って、なかなかに興味深いものだといえよう。

Ⅲ、

「播州明石郡比金山如意寺縁起」（元禄九年）、「比金山如意寺募万人縁修地蔵大殿疏」（元禄十一年）の各一軸を翻刻するにあたって、次のような処置を施した。

一、行取り、字高等は、原典のそれに従った。

一、旧字体・異体字・略字体等は、概ね通行の字体に改めて表記した。

一、虫損箇所は、□の空格を以て示し、辛うじて判読の可能なものは、□内に私見を呈した。
一、丸括弧で括ってあるものは、全て私意である。

〈翻刻①〉

1 播州明石郡比金山如意寺
2 縁起
3 播州明石郡比金山如意寺西
4 天僊人法道之所闢也道親値
5 世尊出世聴法得道誓游諸国
6 土広興佛事推古帝時駕紫雲
7 来止於州之瀧谷結茆晏居焉
8 者四十年余一日遊茲山見林
9 巒之勝泉石之美心甚愛焉時
10 金光布地異香馥郁忽有一老
11 人現告曰吾毘沙門天也為公
12 選勝地待者久矣住此闡化将
13 大盛也乃指谷口一枦木曰此
14 美材也当用造地蔵菩薩像菩
15 薩与此処縁偏[深]（虫損）奉信者必衆

言訖騰空而去□（虫損）大化元年乙巳冬十一月朔旦也既而道伐枦（虫損）造地蔵像又以其余材造多聞像遂建草堂置竹房封山曰比金号寺為如意即州内佛寺始也越五年己酉冬十一月朝延降詔更造地蔵殿白雉年間詔鼎建三門（虫損）鐘閣三級浮図僧院二十四承和末慈覚大師入唐感得文殊瑞像而還船至明石浦不進忽空中有声曰去此不遠有福地仙人法道之所闢宜安文殊瑞像慈覚感驚就躬負像尋寺而安還復乗船々即（虫損）行仁寿辛未慈覚請諸朝建文殊宝楼又置弥陀堂及築密壇結衆修般舟懺法伝秘密灌頂於是衆規畢備欝為望刹爾後年祀浸遠兵革侵擾塑像崩頓

殿堂傾毀廃為塵区幾二百年
然運不久塞間世必出正歴間
有上人願西者堅持戒品勤誦
大乗兼務興復専謀利物適来
茲地慨勝区久廃尽力経営不
幾殿堂門廡僧院神祠煥然一
新復為巨刹平謂時也自是已
降屢遭虜劫復罹舞馬而綿々
相続不至廃絶況迨元和寛永
間海内清虜塵
皇朝崇佛法則境内免租税常
住賜荘田州牧郷長至者亦加
庇護是故一衆晏然得復祈
国祚大作佛事今歳冬寺僧真
龍等来扣余禅扉請余紀其開
闢已来霊応之跡興廃之由以伝
後世余素不文固辞不許因揮
筆述梗概以塞其求云
時

元禄九年丙子佛成道日
　天台山徳王院沙門
　亮潤大雲撰幷題　［亮潤之章］［大雲］

〈翻刻②〉

比金山如意寺募万人縁修
地蔵大殿疏
真性浄寂衆累永離妄念潜
生諸患斯起二種生死九有
籠樊供然無辺茫乎絶際于
中地獄悪趣及鬼畜難塗惑
業殊深患苦尤劇教法既難
値本性寧易門頼
地蔵願王大士得無碍色乗無
縁慈入火血代苦酸醒迷妄
悟本性誓願之勝化縁之強
諸大聖賢豈堪倫比是

十輪妙典所以慇懃付嘱而
本願尊経所以較量功勲也爰
比金山如意寺奉安
大士聖像普今四衆礼瞻其殿
建造歳遥指漏日至今寺主
真龍発殊勝心謀其修葺遂
広谷四方善信化募一万良
縁毎縁須銀一錢悉会修大
宝殿若一人兼数縁固不妨
多衆輸一縁何其禁若寡若
多同会
大士願海或勧或喜直登涅槃
高台謹疏
元禄戊寅冬十月八日
天台山徳王教院住持沙門
法印大僧都亮潤撰

印

大雲

印

〔註〕

（1）　拙稿「大谷大学図書館蔵『天台表白集』の研究付翻刻」（『立命館文学』第五三三号、平成六年二月、後に拙著『中世文学の諸相とその時代』〈和泉書院、平成八年十二月〉に、「大谷大学図書館蔵『天台表白集』の翻刻と研究」と題して、第Ⅲ章に再録）。

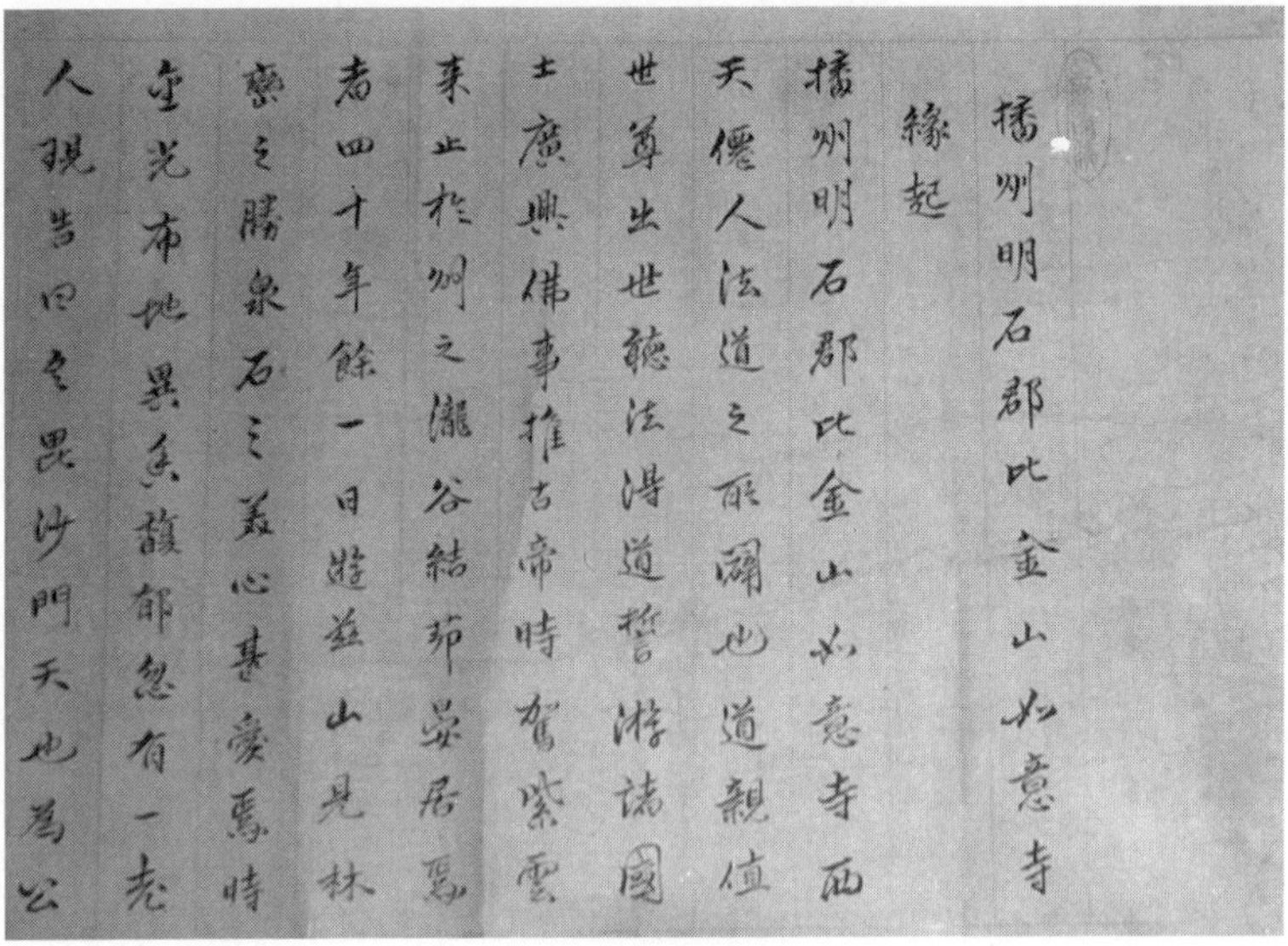

如意寺縁起冒頭

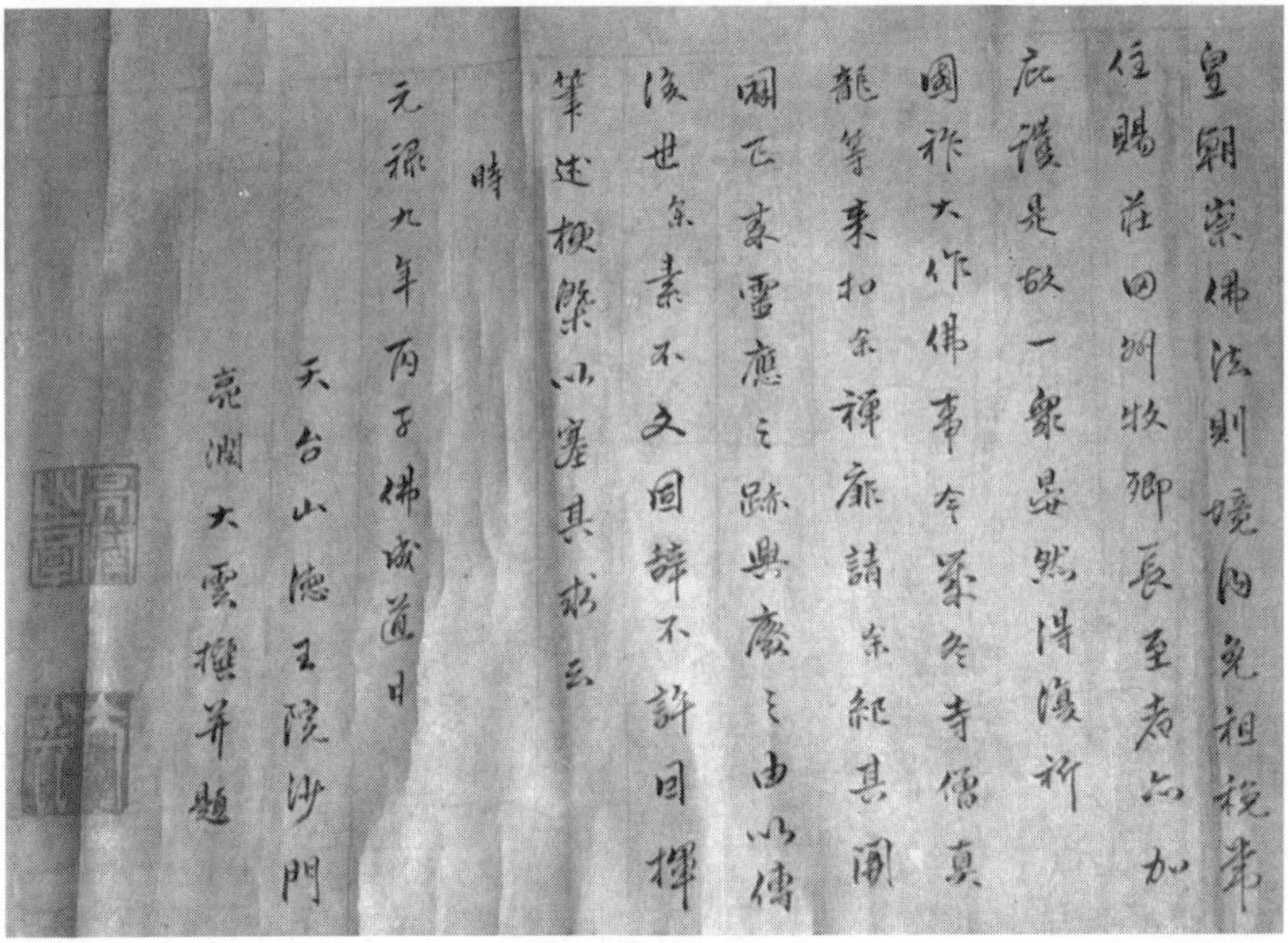

如意寺縁起奥書

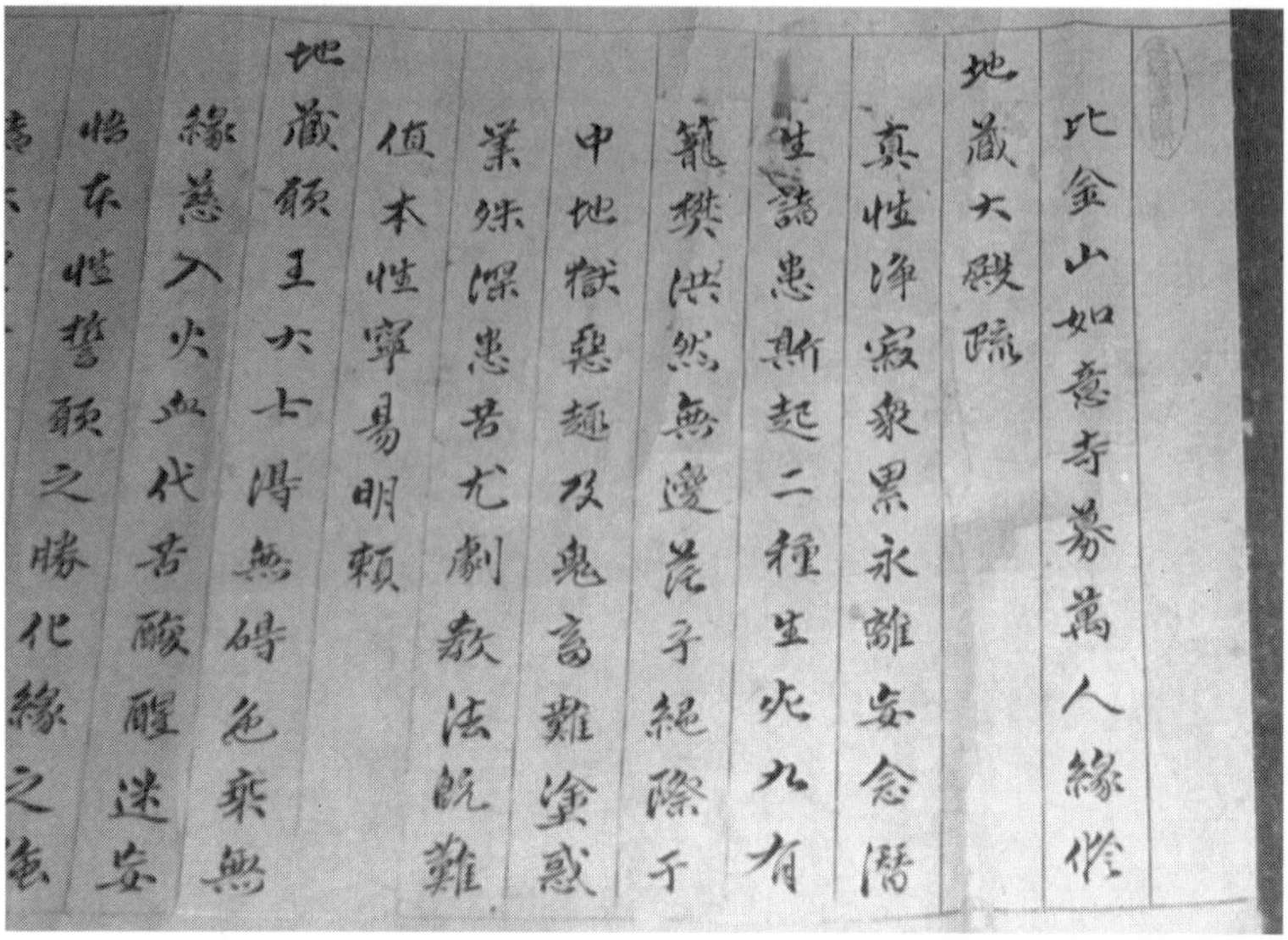
比金山如意寺募萬人縁修
地蔵大殿疏
真性浄寂衆累永離妄念潜
生諸患斯起二種生死九有
籠樊洪然無邊茫乎絶際于
中地獄悪趣及鬼畜難塗惑
業殊深患苦尤劇教法既難
値本性寧易明頼
地蔵願王大士得無碍色乗無
縁慈入火血代苦酸醒迷妄
臨本性誓願之勝化縁之

万人募縁疏冒頭

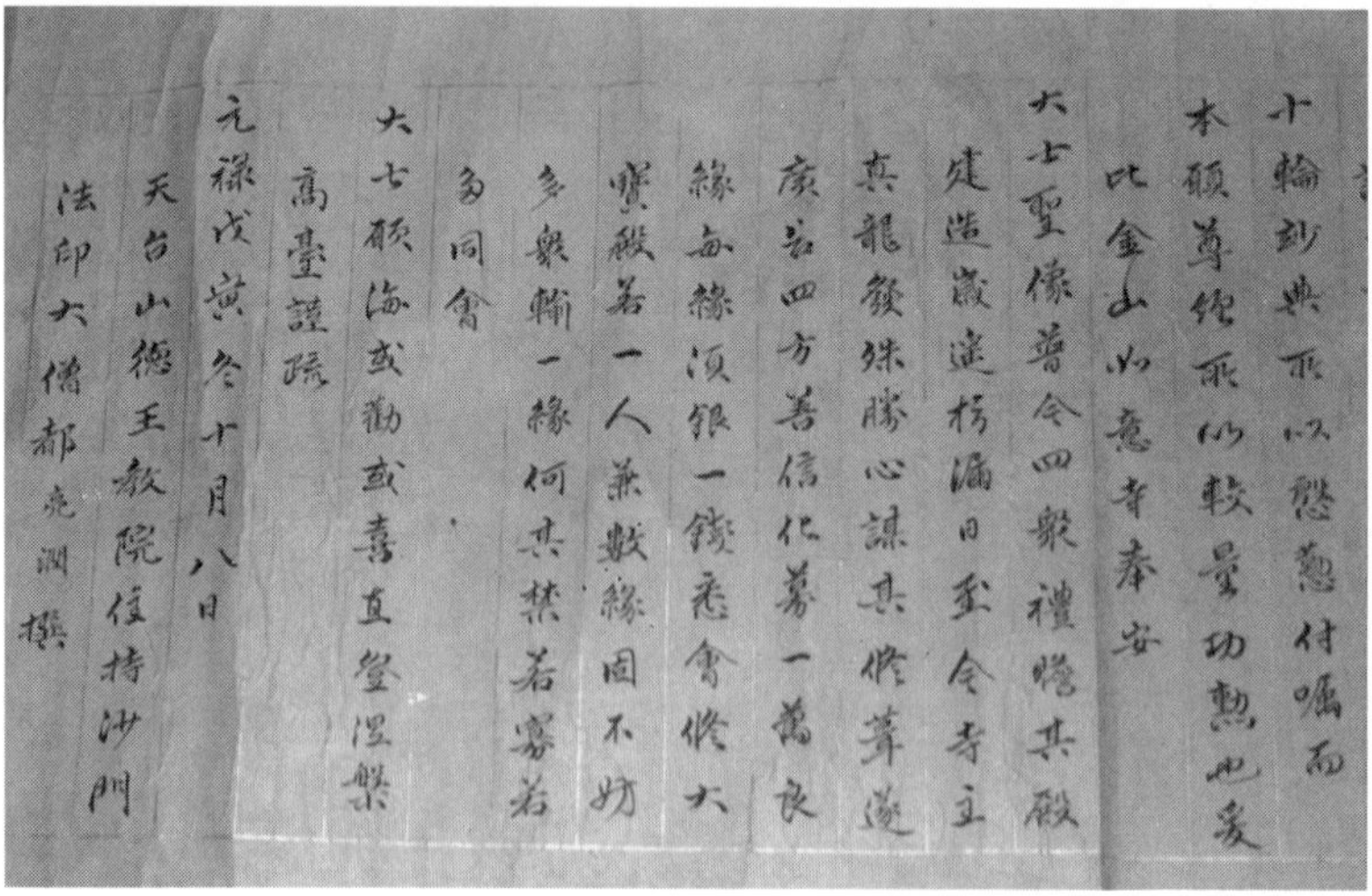
十輪妙典所以懇懃付嘱而
本願尊経所以較量功勲也爰
比金山如意寺奉安
大士聖像普令四衆禮瞻其殿
建造歳遠朽漏日甚今寺主
真龍發殊勝心謀其修葺遂
廣告四方善信化募一萬良
縁毎縁須銀一錢悉會修大
寶殿若一人兼數縁固不妨
多衆輸一縁何其禁若寡若
多同會
大士願海或勸或喜直登涅槃
高臺謹疏
元禄戊寅冬十月八日
天台山徳王教院住持沙門
法印大僧都亮潤撰

万人募縁疏奥書

「育王山龍華院糸崎寺縁起」の翻刻と紹介

Ⅰ、序

本論攷は、福井県福井市糸崎町に存する、「佛舞《ほとけのまい》」で知られる糸崎寺（現真言宗智山派）の「縁起」をここに翻刻紹介するものである。

この寺の創建は古く、彼の「佛舞」も古態を今に伝えるものであるが、糸崎城に近かったことが災いして、度重なる戦火に伝来の古文書類や什物のほとんどが焼亡し、灰燼に帰している。しかし、「応永十年（一四〇三）七月」に書写されたこの縁起一軸のみが幸いにも当寺に残され伝存されてきた。本文料紙法量は、縦約二十六糎、横約二米十一糎、一行あたりの字数は十二字～十七字で上欄部に書き込みが少しある。

尚、本縁起の翻刻にあたっては、次の様な処置を施した。

一、行取り・字高等は原典のそれに従った。

一、旧字体・異体字・略字等は、概ね通行の字体に改めて表記した。

一、ルビ・送り仮名等の清濁は、原典の表記に従った。

一、後補にかかるルビ・捨て仮名・送り仮名・朱書き等の大部分は、後ろに写真を掲載してある理由から省略に従った。

一、明らかな誤字・当て字・不審箇所等には、その当該箇所の横（左右の行間）を丸括弧で囲み、私見を呈した。

Ⅱ、本文翻刻

糸崎寺縁起

①　夫レ齅《カイ》(キヽ)テレ香ヲ尋ネレ根ヲ汲ンテレ流ヲ知ルレ源トヲ矣伝ヱ聞ク

②　元正天皇御宇養老年中泰澄

③　大師出現シ玉フテ而処々ニ開キ二佛寺ヲ一洒《スナハ》チ到テ二

④　当山ニ一闢《ヒラ》キ二岩屋《イハヤ》ヲ一観自在尊幷ニ不動

⑤　明王ノ像ヲ被ル二刻彫セ一或ル時攀《ヨヂ》二登リ石窟《クツ》ニ一

⑥　令ムレ修セ二護摩ヲ一其ノ灰炭《クハイタン》残テ在リレ今ニ又結ヒ二

⑦　草《クサ》庵ヲ一刻ンテ二弥陀之《ノ》像ヲ一而為シ玉フ二此ノ山ノ本尊ト一

⑧　其ノ後孝謙天皇ノ聖イ代天平勝宝八

⑨　季《ネン》有二禅海上人ト云フ僧一日域《イキ》ニ来朝《チヨ》シ大

⑩　唐明《メウ》州之《ノ》育王山之《ノ》絵図持シ来テ而

⑪　専《モハ》ラ覔《モト》メ下相ヒ二似タル彼ノ山ニ一地ヲ上以テ欲レ卜ント二閑居ノ座ヲ一且ツ

⑫　或ル時乗テレ船ニ趣《ヲ》キ二北海ニ一遥カニ従リ二波浪之《ノ》奥《ヲキ》一

⑬　見ルニ二此ノ御《ミ》山ヲ一育王山ニ少シモ不レ違カハ海岸

⑭ 有二伽藍一山頭ニ有二古樹《ウエキ》一西海漫々トシテ而
⑮ 標《ヘウ》シ二弘誓之《ノ》深キヲ一東嶺巍《レイギ》々トシテ而比ス二佛徳
⑯ 之《ノ》高キニ一誠トニ以テ佛法相応之《ノ》霊地也《ナリ》則チ
⑰ 下リレ船ヨリ騰《ノボ》テレ礒ニ為《ツク》テ二片折戸《カタセツト》ノ草房ヲ一暫ク休息ス
⑱ 石畠房是レ也為メニ二佛法興隆ノ一撃《サヽ》ケレ花ヲ焼ヒテ
⑲ レ香ヲ誦スレ(二)経巻ヲ一増《マス〳〵》恵灯座禅之《ノ》床カノ上ニハ瑩カキ二心
⑳ 理之《ノ》玉ヲ一勤《ゴン》念之《ノ》窓ノ前エニハ翫《モテアソ》ヒ二実相之《ノ》月ヲ一常住
㉑ 不断之《ノ》行儀誰レカ作ン二凡人之《ノ》思ヲ一乎或ル辰《トキ》
㉒ 海底ニ有二大ヒニ光ル物ノ一面鳥《メンドリ》之里人懼《ク》(二)怖《フ》シ之ヲ一朝タニハ
㉓ 海上ニ不レ垂レ鈎ヲ夕ヘニハ波ミ際《ギハ》ニ不レ引カレ網ヲ希代不思
㉔ 議之《ノ》憶《ヲモヒ》ス良久クシテ有《ア》ル曙《アカツキ》ニ彼ノ光リ物ノ汀《ナミギハ》ニ浪寄セ来ル
㉕ 浦人ト猶ヲ恐レテ此ノ由奏ス二上人禅海ニ一行《アリ》ヒテ見玉フニ千手
㉖ 観音之《ノ》霊像乗シ二万歳縁毛《リヨクモフ》ノ亀メニ一出現シ給フ
㉗ 光明赫奕《カクヤク》トシテ妙容新タ也《ナリ》(縁)上人ノ云玉ハク我カ願既ニ
㉘ 満テリ所望約束之《ノ》金言无シトレ疑ヒ法喜禅悦
㉙ 之《ノ》泪タ湿スト二無二無三之《ノ》袖ヲ一輙チ建二立精舎ヲ一号シ二
㉚ 糸崎寺ト一奉ルハ二安置シ一此ノ御本尊ノ御ン事也亀メハ
㉛ 又留ル二御ン前ノ小島ニ一自レ是名ケテ云二亀※メ島ト一蓬莱
㉜ 仙女之《ノ》住シ給フ霊島《レイトウ》也羅漢ハ是レ佛法護

※　地元では、「ガメジマ」と呼ばれる。

㉝ 持ノ大福田(ナ)ルカ故同ク被レ(二)ル安座一セ自レ斯弥陀観音
㉞ 居二シ玉フ一宇一ニ去レハ三世諸佛ノ慈悲者ハ顕二レ千手一
㉟ 体之功一ニ十方薩埵之ノ哀愍者ハ足二タレリ観音一
㊱ 尊之ノ力一ニ然レハ則千臂《ヒ》広縛(博)ノ之体ニシテ而成二シ二十
㊲ 五有之衆生ノ各願一ヲ三九ノ面テ妙現ニシテ而視二ル三
㊳ 世十方万差之ノ群類一ヲ麁ニ論レハ之ヲ三十三身之
㊴ 権応也細ニ論レハ之ヲ百億分身之ノ変化也《ナリ》尚ヲ
㊵ 謂《ヲモヘラ》ク之泰澄大師ハ是レ十一面之ノ再誕《ウマ》ル禅海
㊶ 上人モ亦観自在之ノ化現観音妙智力
㊷ 具足神通力有レテ誰レ料レラン之ヲ具一切功徳福寿
㊸ 海無量何ニ物ノカ漏レサン益ヲ乎但シ念念勿レ生レ疑ヒヲ無二ク苦悩
㊹ 死厄一一心至レ称レ名利益正無レ尽也依レテ之ニ
㊺ 帝皇忝クモ宣《ノベ》レテ勅ヲ信レシ之ヲ諸臣普ク尽レシテ力ヲ仰レク焉レヲ
㊻ 其ノ外奇特ノ勝事不レ遑二アラ毛挙一ニ纔カニ撮二テ綱要一ヲ
㊼ 注ス耳《ノミ》然ルニ去《インヂ》自レ(二)リ承久一以降《コノカタ》両度之ノ災《ワザ》ヒニ野火
㊽ 来テ而雖レモ失二スト堂舎一ヲ於二テハ尊象一ニ毎度飛《ト》ヒ去テ在二リ堂ノ
㊾ 前エ之ノ霊松《セウ》一ニ就レク中ン応永元年七月一チ日ノ
㊿ 回禄ニモ本尊ハ即チ出二テ法滅之ノ煙一リヲ尚ヲ移二リ玉フ利生ノ床一カニ
51 于爰ニ大衆等ラ裹《ツヽ》二ミ涙ヲ於再奥之ノ袖一ニ尽二ス志ヲ於

52 佛道之《ノ》誠ニ一介《カツシ》処ロニ中村入道昌印同ク妙円
53 蒙テ二霊夢之《ノ》告ヲ一而運ヒ二信心ヲ一抛チ二珍財ヲ一功既ニ積ンテ
54 而四十二本ノ柱ヲ用意ス其ノ内一本未タレ得レ求ルコトヲ
55 沈ムレ思ヒニ処ニ宮之《ノ》浦ニ寄《ヨセ》木浮出ツ寔《マコト》ニ海中ニ経《フ》ル
56 レ年ヲ霊《レイ》木也維《ヲモウ》ニ乃シ従リ二龍宮一奉加スト覚ヘ奇異
57 絶妙也聽《ヤガ》テ立ル二後門ヲ一柱是也加之自レ昔
58 追ヒレ季《トシ》ヲ選ヒレ日奉ルレ献シ二龍燈ヲ一事ノ遮《サヘキ》ルレ眼コニ海底《ソコ》ノ
59 畜衆スラ既ニシテ而如シレ此ノ何カニ況ヤ於テ二人間ニ一何ソ不ンレ仰カレ之乎
60 于時ニ応永十年癸未七月造功畢テ同ク八月
61 上旬ノ述フ二供養ノ法式ヲ一大聖ノ奇瑞《スイ》菩薩ノ誓
62 願信心銘シレ肝謁《カツ》(渇)仰染レ膽者也故ニ運歩ノ
63 儔《トモカラ》ハ頓ニ払ヒ二三毒七難ヲ一速カニ成セン二一求ノ両願ヲ一而耳

〔附記〕

本縁起の写真撮影並びに飜刻をご許可いただいた、糸崎寺庵住・沢崎妙超師に改めて御礼を申し述べておきたい。

妙超尼僧は、福井大地震で全てを失い、昭和二十七年、三十五歳にして佛門に入られ、本寺には昭和三十三年二月二十六日より住しておられる。余人には計り知れない程の重い物を背負ってこられたようだ。

また、この縁起に書かれてあることを四十年も前に霊夢として蒙るという不思議な体験をしておられる。私には、昨年（平成十年）鬼籍に入った亡父とこの尼僧が同年の生まれであること自体に、すでに何らかの因縁を感じずにはいられなかったが、数度の訪問においてもそれを口にすることなく遑を告げた。

〔附録〕

「糸崎寺縁起影印」

（次頁より掲載）

永﨑寺縁起

夫觀音香象根没流知源矣傳聞
元正天皇御宇養老年中委登
大師出現則處、開佛寺西到
當山開岩屋観日處、于不動
明王像被刻眠、或時華登
今俗護摩共床炭残在令、又結
草庵刻祢隨之像而為此山本尊
其後尋謨天皇聖代天平勝寶八
年百草海

之島識以佛法相應之霊地也則
下舩騰磯為片析戸草房暫休息
石畠房是〔也〕為佛法昌隆妙々花燒
香讀經寒增恵灯坐禪之座上瑩心
理之玉勤念之慈前乾寶相、月常住
不斷之行儀誰作无人ゝ思年感辰
海底有大光物面烏ゝ里人慚怖之朝
諸ゝ慎限久有曙被光物汀浪寄來
浦人摘恐此由奏上人禪海行見千手
觀音之武像乗萬歳緑毛龜出現給
光明赫奕妙容新也上人云我頼院
滿門攀絲末ゝ金言无疑注喜禪悅
之泪濕无二无三之袖親建喜精舎寺
永﨑寺奉安置此佛本尊佛陀也㹏
又留術前島自呈一名之亀島佛ゝ
仙氻ゝ住給靈島也羅漢安座佛陀護
持大福田故同被安座自断祢隨觀音

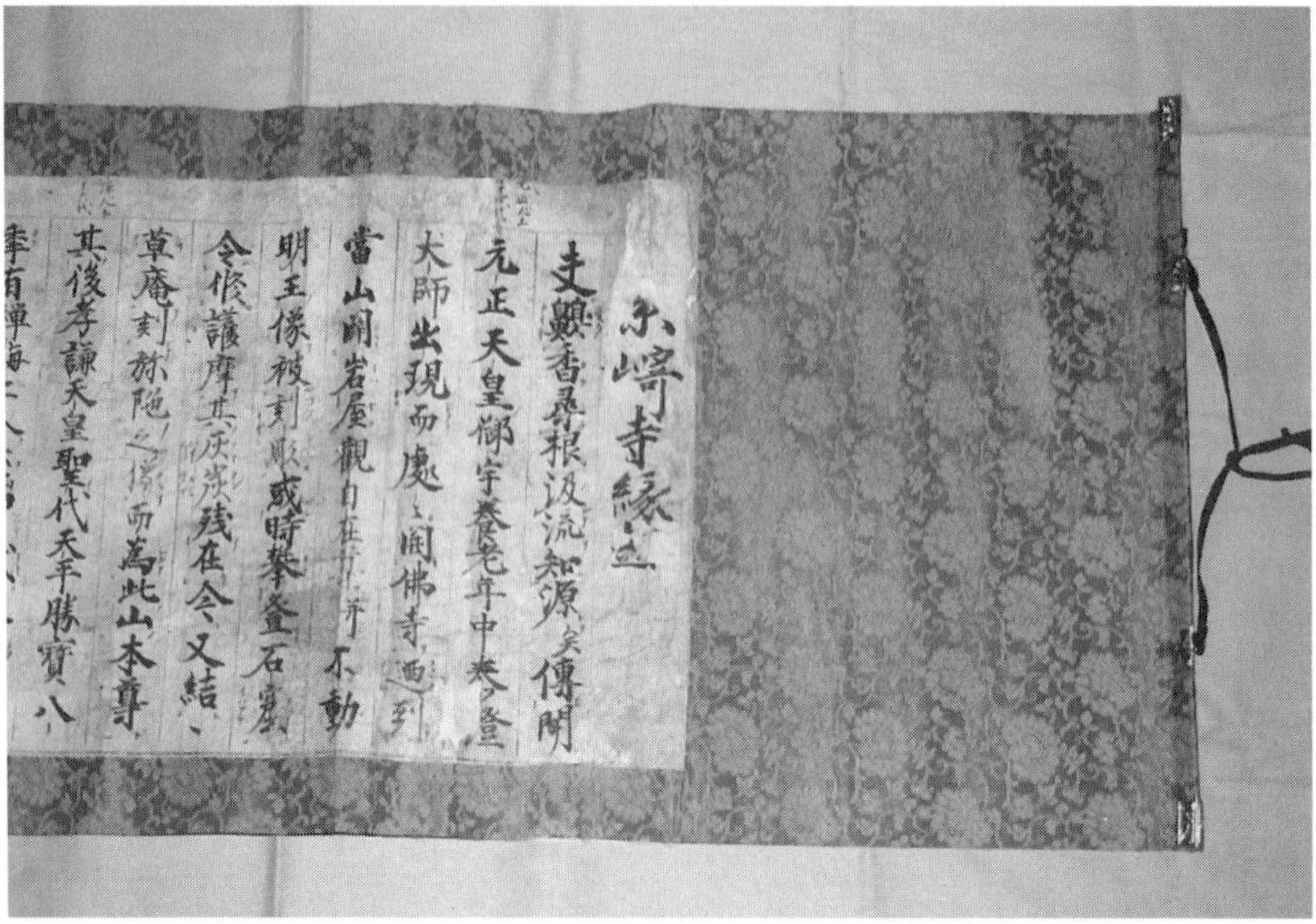

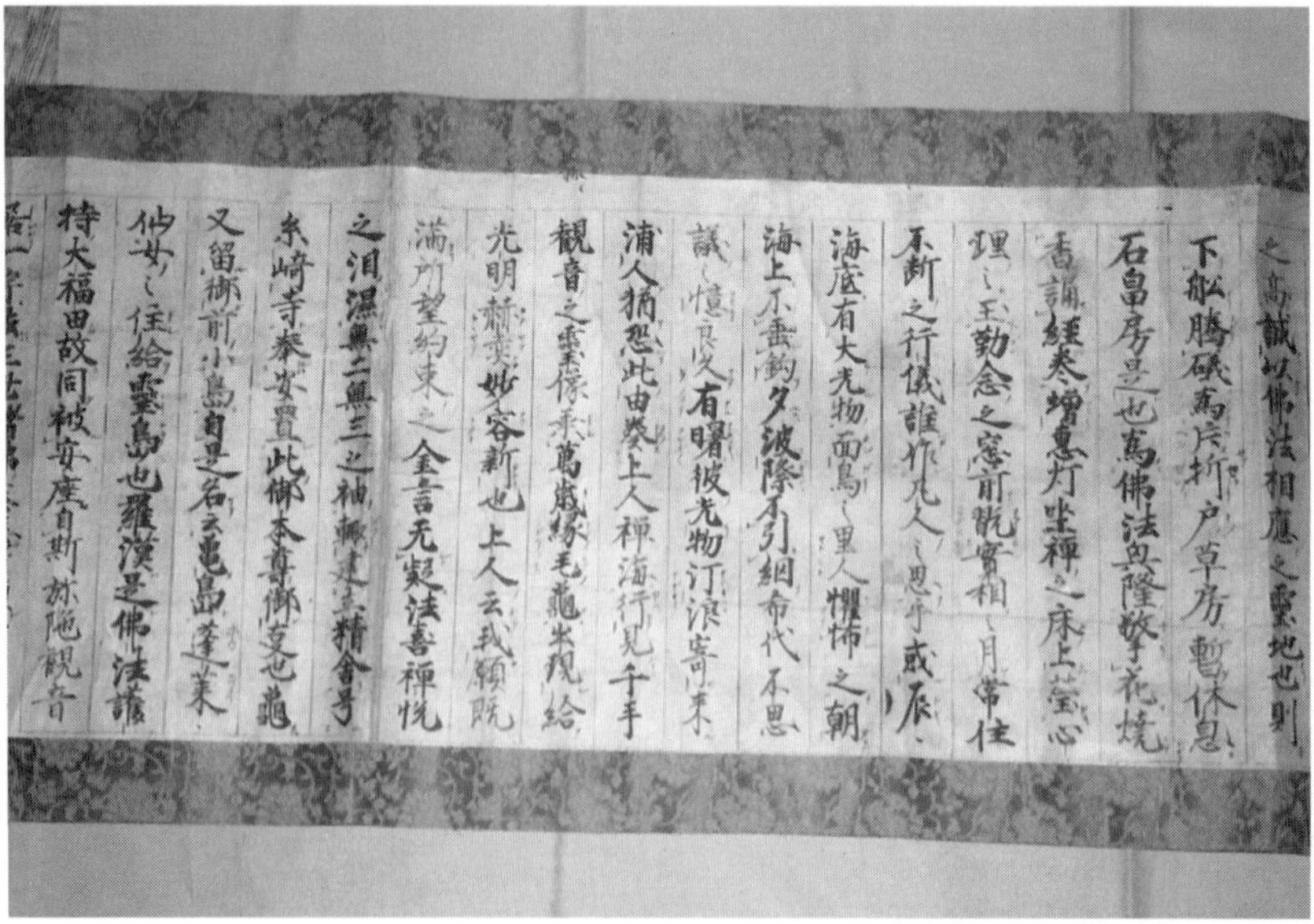

草庵ヲ刻ミ於隠之傍而為此山本尊
其後孝謙天皇聖代天平勝宝八
年有禅海上人云僧日域来朝大
唐明州之育王山之絵図ヲ持来而
専覧相似彼山地以欲上閑居坐且
或時乗舩趣北海遙径渡浪ヽ魚
見此備山育王山少不違海岸
有伽藍山頭有古樹西海湧ヽ而
標私撝之深東嶺観ス。即此佛德
之高誠以佛法相應之霊地也則
下舩騰磯為片折戸草房暫休息
石畠房是也為佛法興隆歎ヽ花燒
香誦經卷增恵灯坐禅一床上螢心
理之王勤念之室前戦實相ヽ月常住
不断之行儀誰作凡人ヽ恩乎感辰ヽ
海底有大光物面鳥ヽ里人憫怖之朝
海上不盃鈎ヽ波燐ヽ引網市代不息
誠ニ憶良矣有曙彼光物汀沢寄来

糸崎寺奉祀此佛本尊 ...
又留術前小島賓客之名云龍島蓬来
仙境ヽ住給霊島也羅漢是佛法護
持大福田故同被安度自新祈隠観音
一宇或三世諸佛慈悲者顕千手一
躰之力矣則千臂唐縛之躰而成二十
五百之衆生各顕三九面或現而視三
世十方萬亢之群類衆論之三十三身之
權應也細論之百億分身之變化也尚
謂之本迹大師是十二面之再誕禪海
上人亦観自在之化現観音妙音力
具旦神通力有誰料之具一切德福寿
海漁量何物得盡乎但念之起皇菩提
死尼一心至誠名利念正尊盡也候
寄集寄成物語所ヽヽ彩色...
其外奇特勝而一逸毛筆縦細表
注恩ニ然出身東文汝障両度之灾野大
来亦雖水堂舎梵尊儀毎度飛去在堂

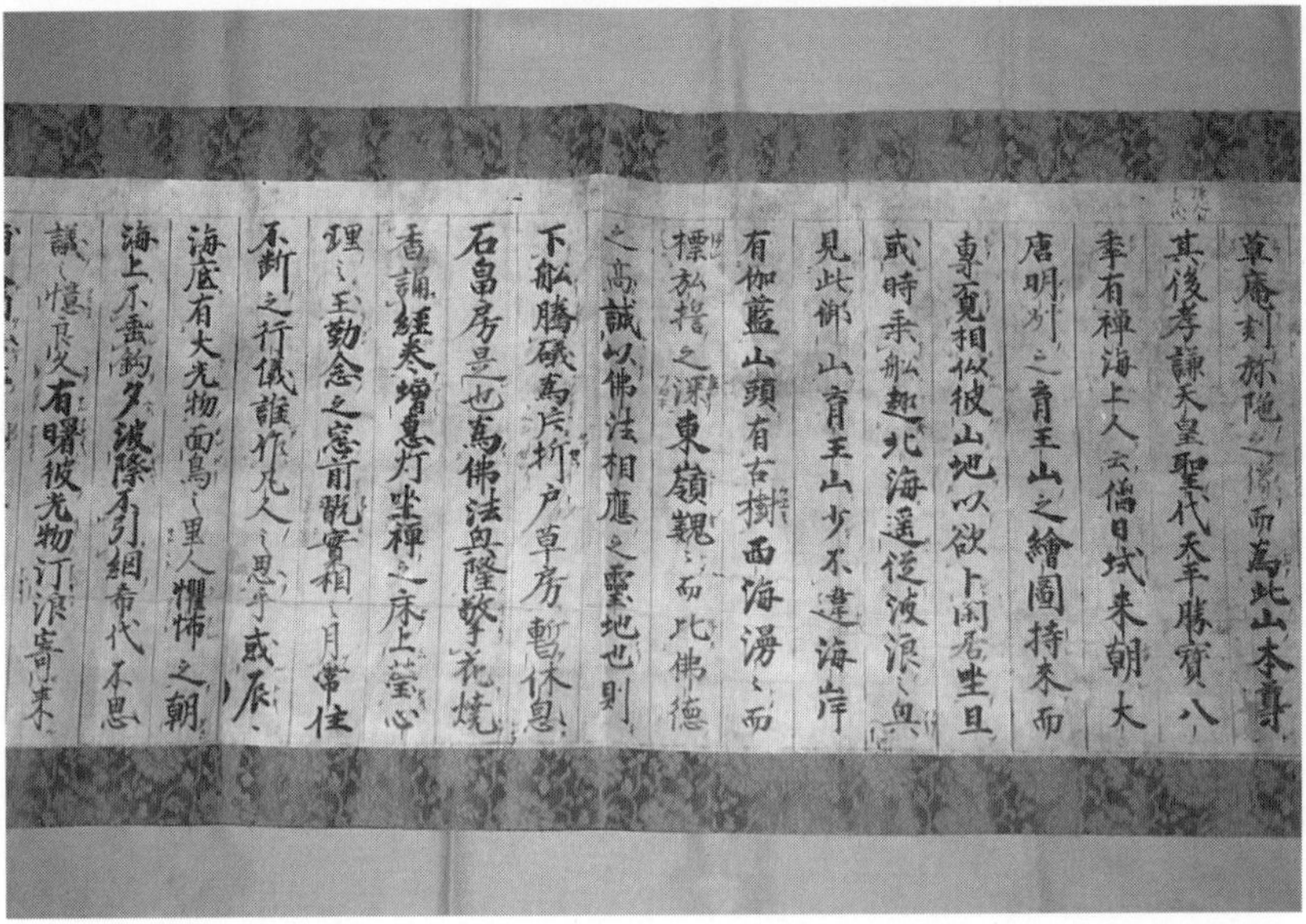

謂之來讃大師建十一面之華諸神通
上人亦觀自在之化現觀音妙智力
具足神通有諸刹土之眞一切功德福聚
海興豈何物圖金平但合念先逝無若惱
死尼一心至擁護利益正念盡也依之
帝是希望真功仰春
其外奇特脈胎本遠毛衆縷擢細曼
注尋然去句來又必降而渡之悲動大
四祿大尊即岩淡滅之煙高利生床
來而難如堂中村良舎合拾尊像每度飛去在葉
于義大限煮臭沈於華與之補畫志於
前之靈躰就中　應永元年七月一日
蒙泉歎之告而運信心拖称畒現凱積
佛道之誠介處中村入道昌却同妙圓
而四十二本桂用意其内一本求得永
沈恩處常　渚寄木運　蓮海中　紐
年頁末也維乃徒龍宮奉加覺奇異
絶妙也聰立後門桂是也加之自昔
追奉獻日奉獻龍燈苦　蓮躯海處
高泉既而如此何況人間何不仰之乎
(割印　□□)

佛道之誠介處中村入道昌却同妙圓
蒙泉歎之告而運信心拖称畒現凱積
而四十二本桂用意其内一本求得永
沈恩處常　渚寄木運　蓮海中　紐
年頁末也維乃徒龍宮奉加覺奇異
絶妙也聰立後門桂是也加之自昔
追奉獻日奉獻龍燈苦　蓮躯海處
高泉既而如此何況人間何不仰之乎
于時應永十年癸未七月造功畢同八月
上旬來供養法式大聖守瑞喜讃揚
偏信心銘肝　説仰深歌者也故遂次
偏頼佛三寶七難速成一求西航而旱

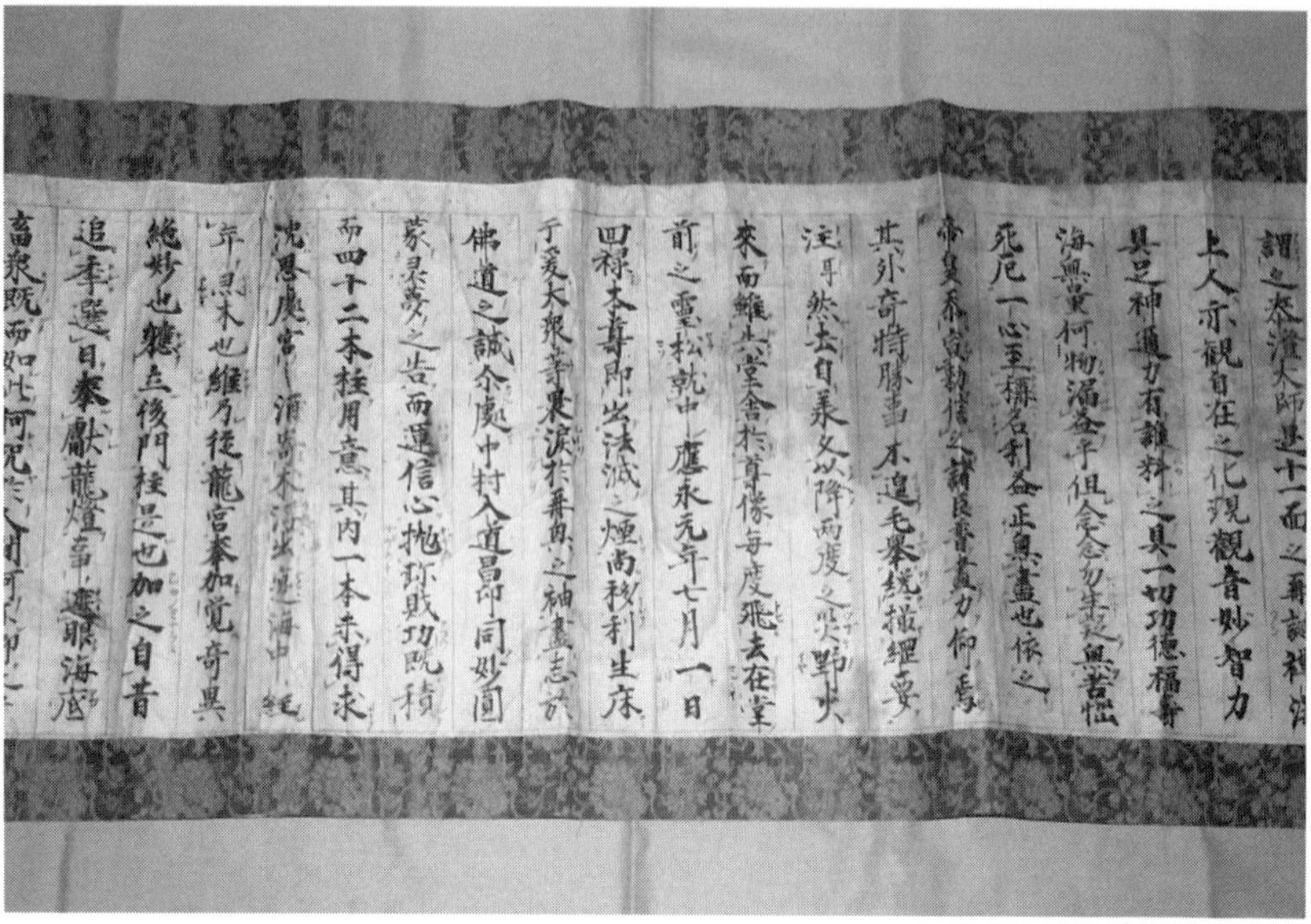

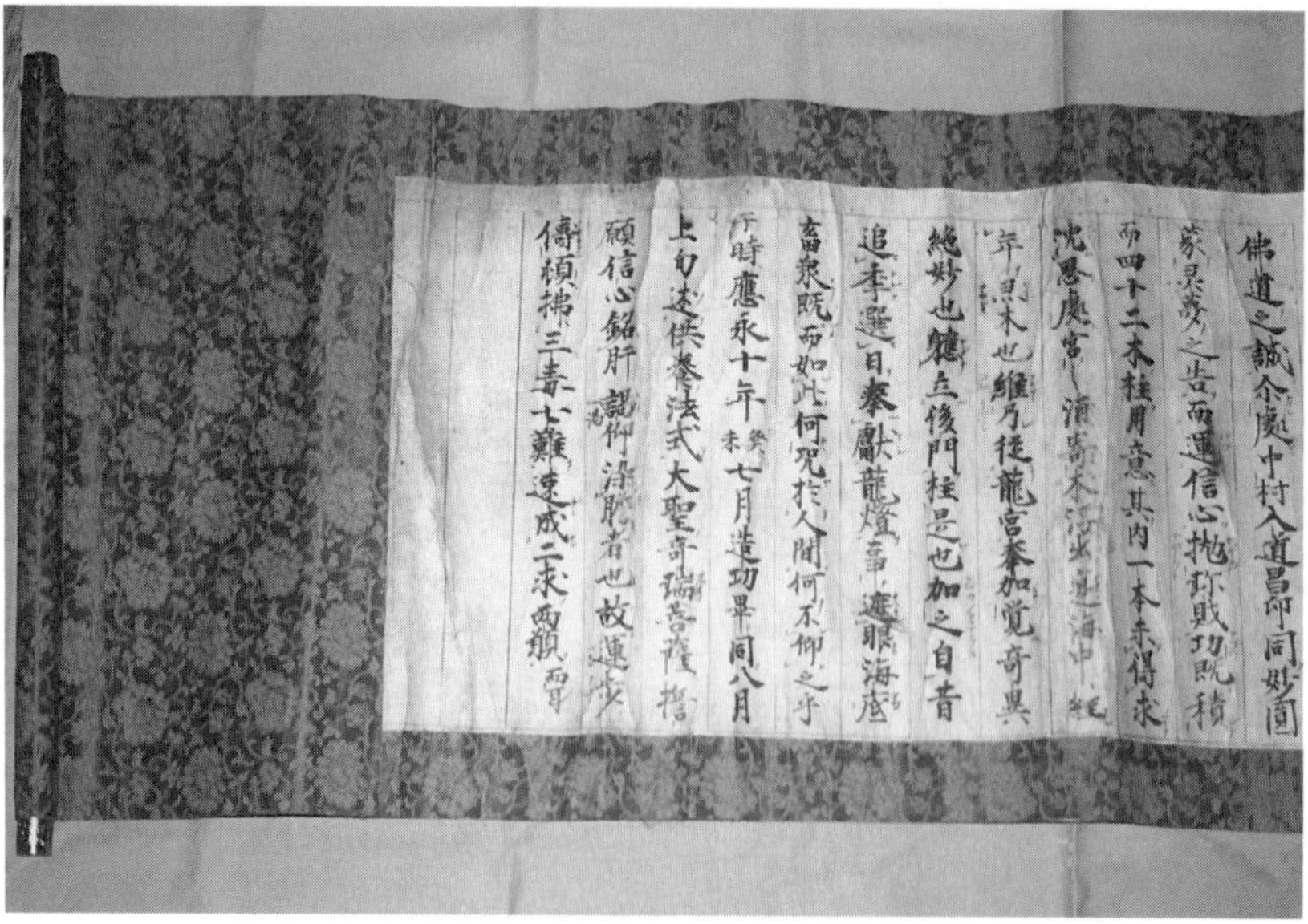

「宝林山清岸院称念寺縁起」の飜刻と紹介

Ⅰ、序

本論攷は、曽我兄弟の父・河津三郎の菩提寺として知られる宝林山清岸院称念寺（静岡県賀茂郡河津町）の縁起を飜刻紹介するものである。

この縁起は、写真のみが残り、実物は現在、所在不明となっているが、文体や内容から見て江戸期のものと考えられ、近世期の曽我伝説の一端を窺い知ることが出来るものである。称念寺近くの河津八幡神社には、河津三郎が毎日の鍛練に用いたという力石を祀り、相撲を始めとする格闘技における必殺技「河津掛け」を編み出した者として讃えられている土地柄でもある。

また、称念寺の本堂に眠る河津三郎の位牌（現在のものは、大正時代に作り直したものだという）には、「玄峰院殿芝剣哲大居士　安元二年十月十四日」と記されてある。そして、『曽我物語』の中で、兄弟の父を射殺した八幡《やはたの》三郎を、当地では八幡《はつまの》三郎行氏とする伝承を留めており、中々に興味深いものがある。

河津へはこれまでにも幾度か調査で足を運んでおり、称念寺もよく覚えてはいたが、縁起のあることを知ったのは不思議な巡り合わせからだった。それは現在、私が勤務する本務校の同僚である、電気工学科教授・柴田和作氏の娘さんの嫁いだ先が称念寺であったことから、氏が曽我関係の質問等を兼ねて屡々、私の研究室を尋ねてこられた折りに、この縁起の話が出て、その存在を偶然に知ったという次第である。
尚、本縁起の飜刻にあたっては、次の様な処置を施した。
一、行取り・字高等は原典のそれに従った。
一、旧字体・異体字・略字等は概ね通行の字体に改めて表記した。

Ⅱ、本文飜刻

①竊以於是佛在無上正覚弥陀像
②也本朝四十五代聖主聖武天皇
③御宇有佛工名士号稽文会此人
④素河州春日里之産也　天津兒
⑤屋命託文会曰工焉欤工焉欤吾
⑥亦為汝守矣自夫文会得軀寿堅
⑦久其工妙也発渡唐志願向異域
⑧留久焉唐帝用奇之積春秋雖有
⑨帰古郷之情帝惜之而不得帰文
⑩会以為神明不捨予於他邦者豈
⑪莫帰月一日彫鶴彫終忽乗空帝
⑫勃然令命射騎逐之而不得察射

⑬ 騎不能其逐射空射而落鶴之右
⑭ 翼雖然神歟仙歟将春日応護歟
⑮ 全身止于九州筑前其里呼博多
⑯ 云云然后為済度利益回歴国国而
⑰ 偶来豆州蔵像中白羽一筋造立
⑱ 一刀三礼乃此阿弥陀佛也其後
⑲ 六条高倉両院頃伊豆国三庄主
⑳ 者大職官(冠)鎌足後胤伊藤(東)祐親入
㉑ 道寂心也息川(河)津祐道拝過霊験
㉒ 尊敬弓矢守護是春日因藤氏遠
㉓ 祖国縁如是者歟祐道雖為信仰
㉔ 前世悪報難遁出狩揚横死已矣
㉕ 雖然其子祐成時宗(致)讐敵討祐経
㉖ 輝武備於四海顕家名於万世是
㉗ 佛加護非奇特庶民挙而崇之敬
㉘ 弥陀八幡嗚呼此尊像霊験明哉
㉙ 今也治世安全也雖以予之不敏
㉚ 幸淑以謹而結鄙語綴縁起云尓

称念寺本堂

河津八幡神社

河津三郎の力石

河津三郎の血塚

大阪女子大学附属図書館蔵「東大寺関係古文書」の影印と解題

Ⅰ、序幷解題

ここに影印にて紹介する府立大阪女子大学附属図書館所蔵の「東大寺関係古文書」（函架整理番号―210・8 T0、写本全一巻）は、これまで本格的に学界に紹介されたことのないもので、平安時代末期～鎌倉時代初期の唱導の様を窺い知ることの出来る貴重資料の一つである。

内容は、平安時代末期から鎌倉時代最初期に書かれた書簡の紙背に、「五無量義」・「五種菩提義」・「成実論」・「三念処義」・「四一切種（清）浄義」等の教義を説いたものと、元久三年（一二〇六）正月晦日の日附を有する「二月堂供養」や、宝治元年（一二四七）八月十八日の日附を有する「大佛殿千僧供養」等の式次第を記したものである（また、年紀の最下限のものとしては、建長二年〈一二五〇〉十一月十六日附けの「供養式」がある）。

原姿は、断簡として束ねられていたものを、昭和期に大阪女子大学で巻子本表装に仕立て直したものである。

この「東大寺関係古文書」という題名はあまり熟さないものであるが、断簡という性格から、とくに問題にならないので、本論攷の表題にはそのまま用いた。

Ⅱ、書誌事項

本巻子本の料紙寸法は左記の通りである（単位は糎）。但し、継ぎ目には不規則的に空きがあるので、横の全体寸法は「表」と異なることをお断わりしておく。

縦	29.5
紙　数	横
第１紙	44.7
第２紙	44.5
第３紙	44.6
第４紙	44.6
第５紙	46.5
第６紙	47.4
第７紙	46.3
第８紙	52.6
第９紙	50.9
第10紙	49.9
第11紙	52.7
第12紙	39.6
第13紙	51.1
第14紙	53.0
第15紙	43.2
第16紙	44.0
第17紙	10.8
第18紙	44.5
第19紙	44.8
第20紙	16.8
第21紙	25.9
第22紙	26.7
第23紙	50.1
第24紙	34.9
第25紙	44.2
第26紙	40.6
第27紙	32.5
第28紙	30.0
合　計	1157.4

Ⅲ、本文影印（次頁より）

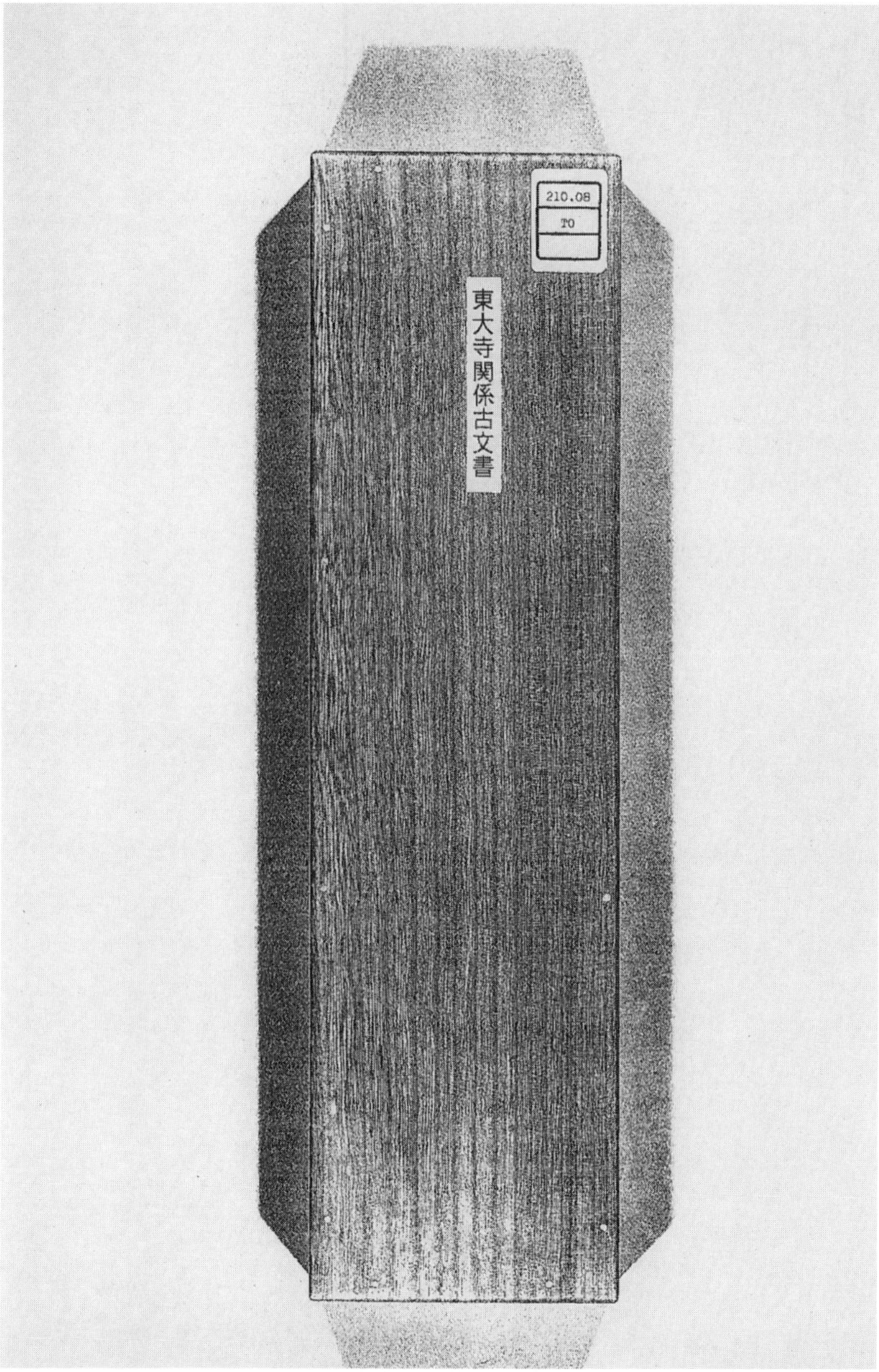

〈影印1〉

〈影印2〉

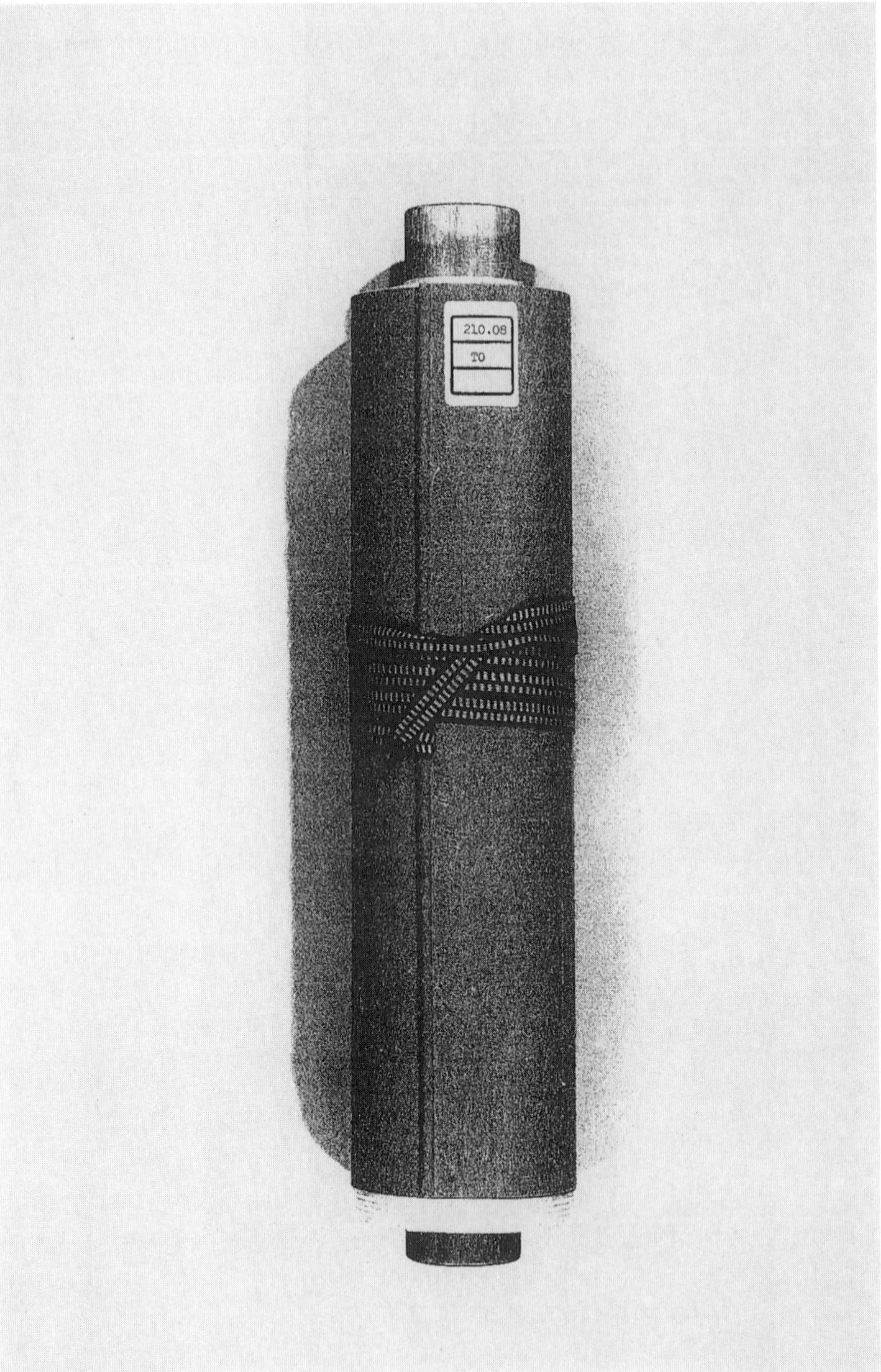

〈影印3〉

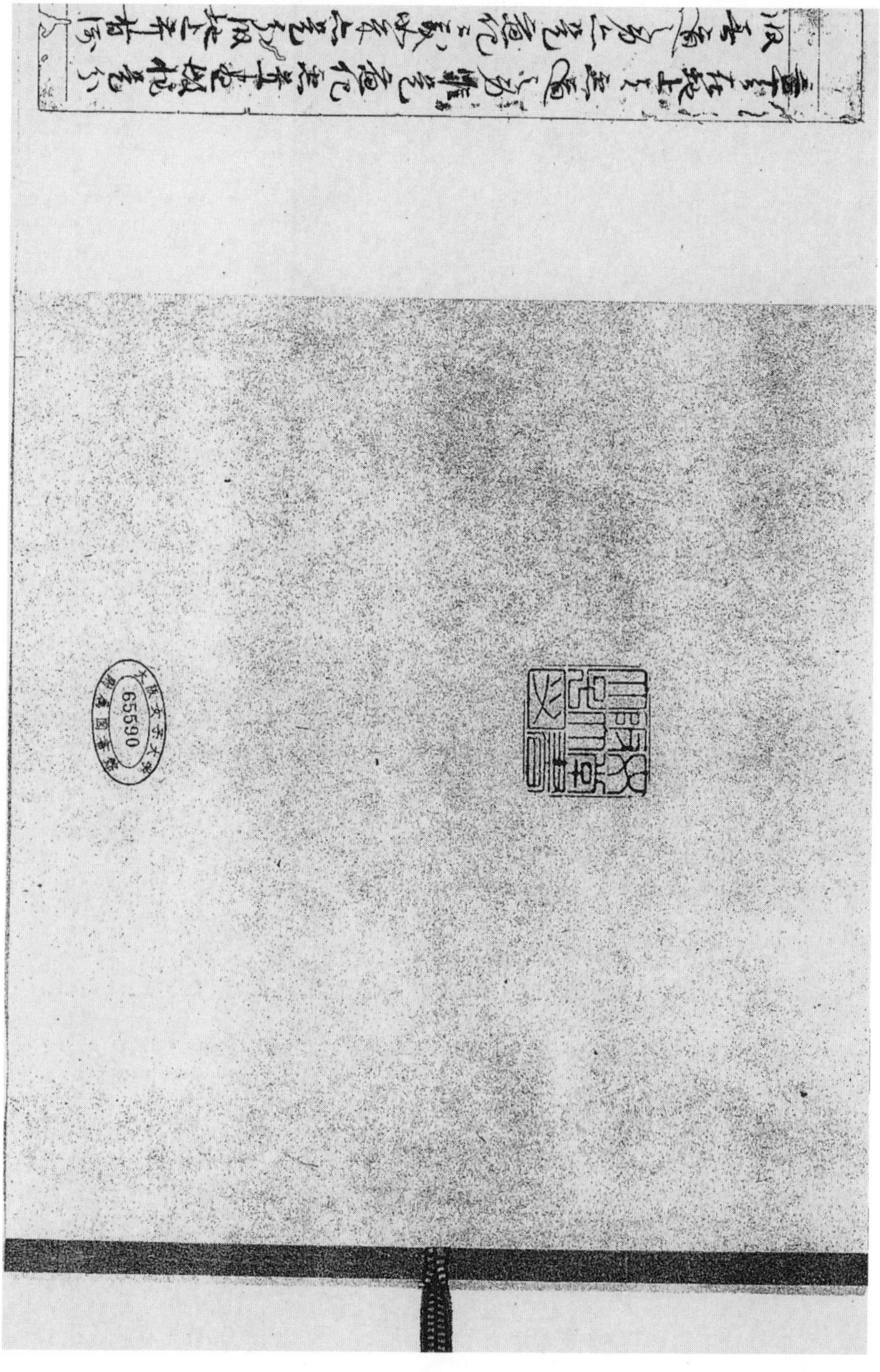

〈影印4〉

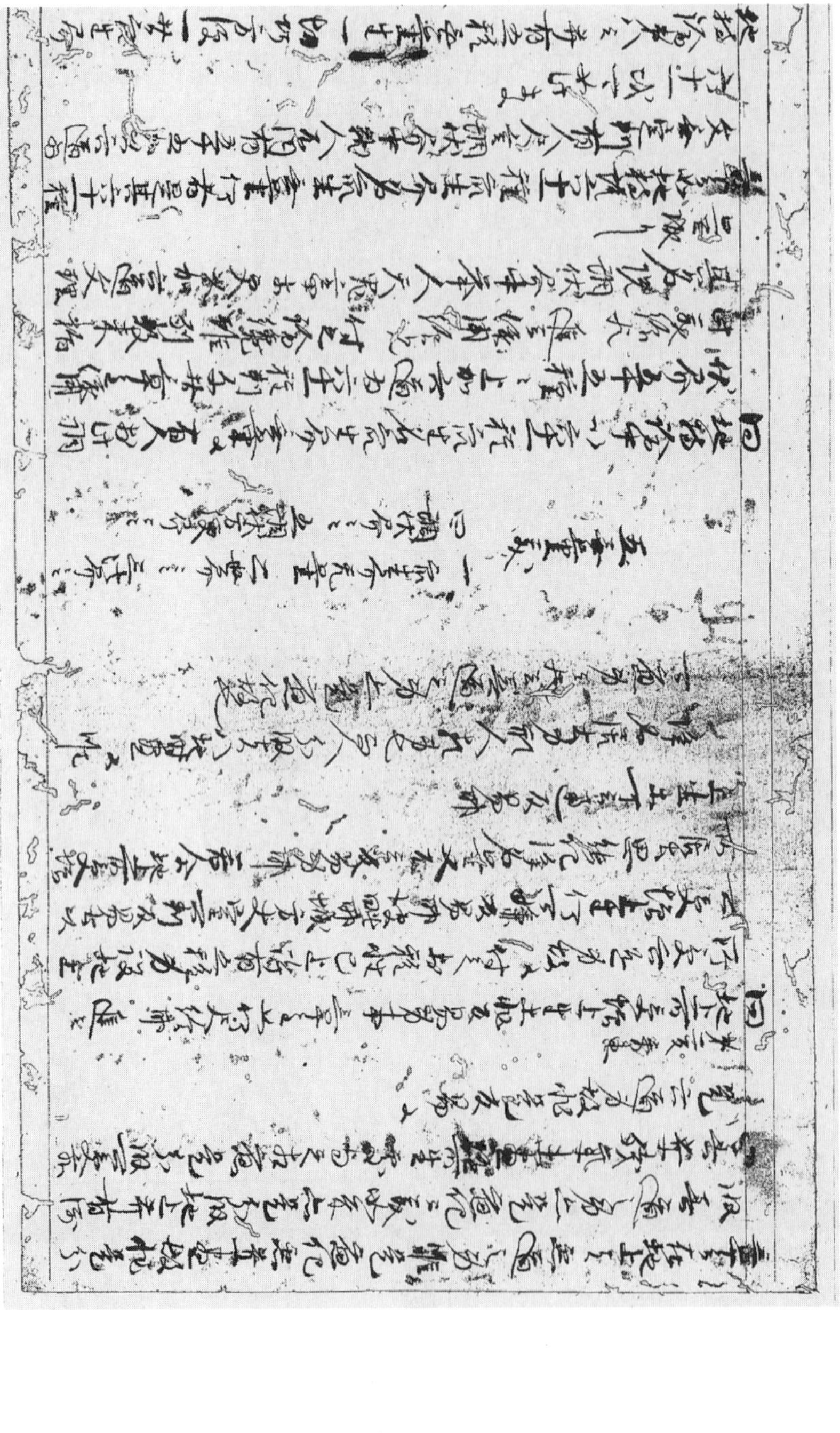

〈影印5〉

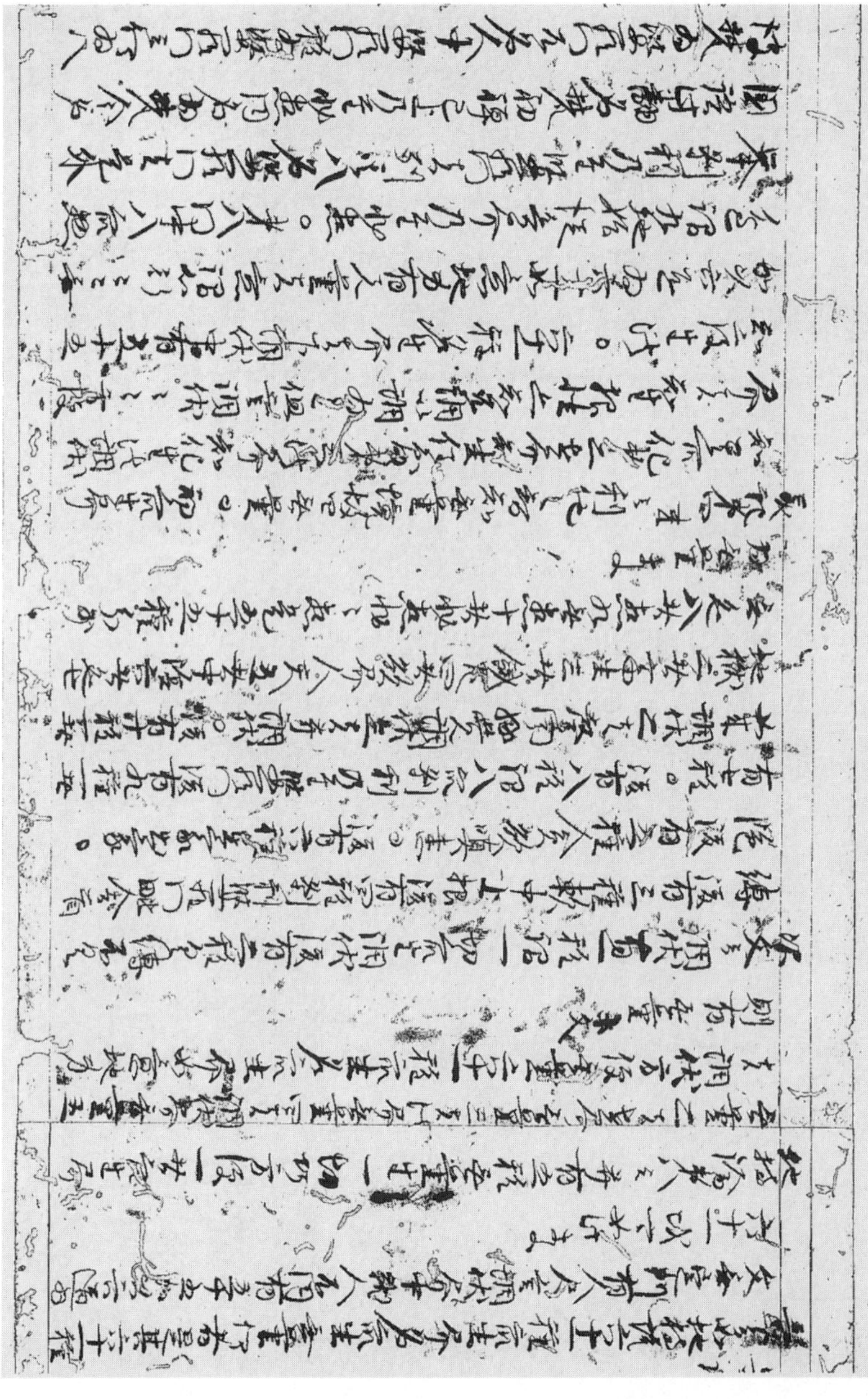

〈影印6〉

〈影印7〉

〈影印8〉

〈影印9〉

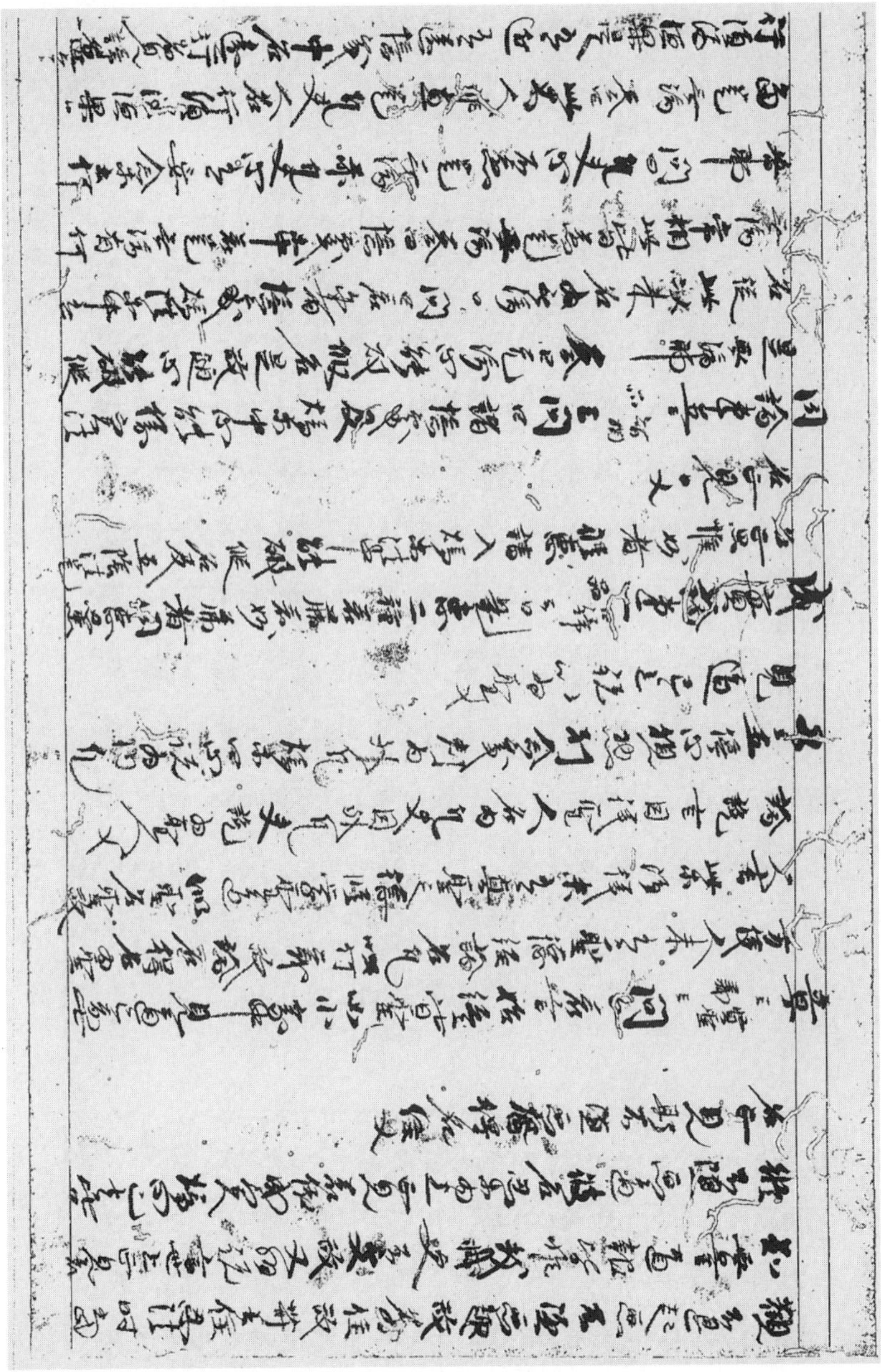

〈影印10〉

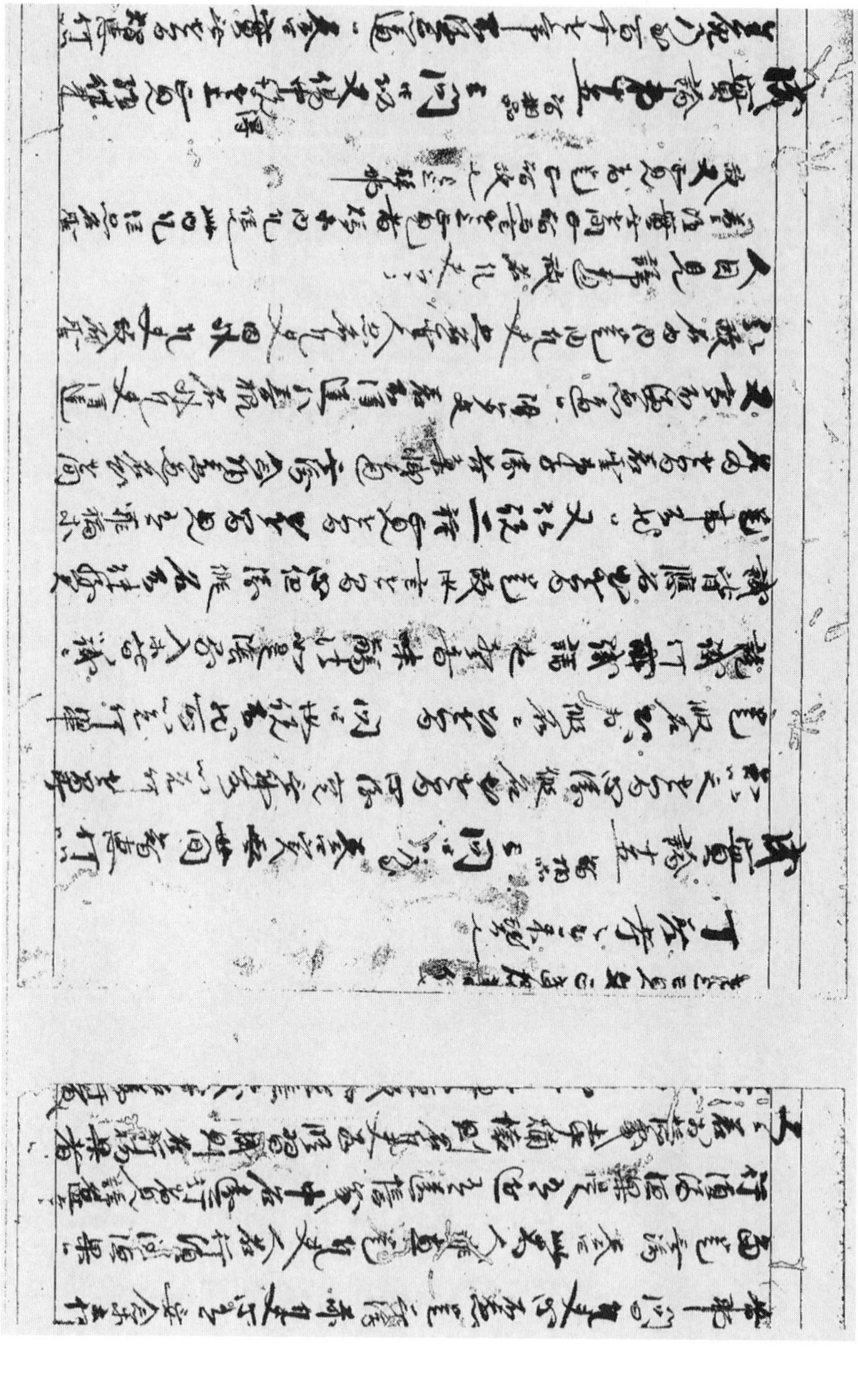

〈影印11〉

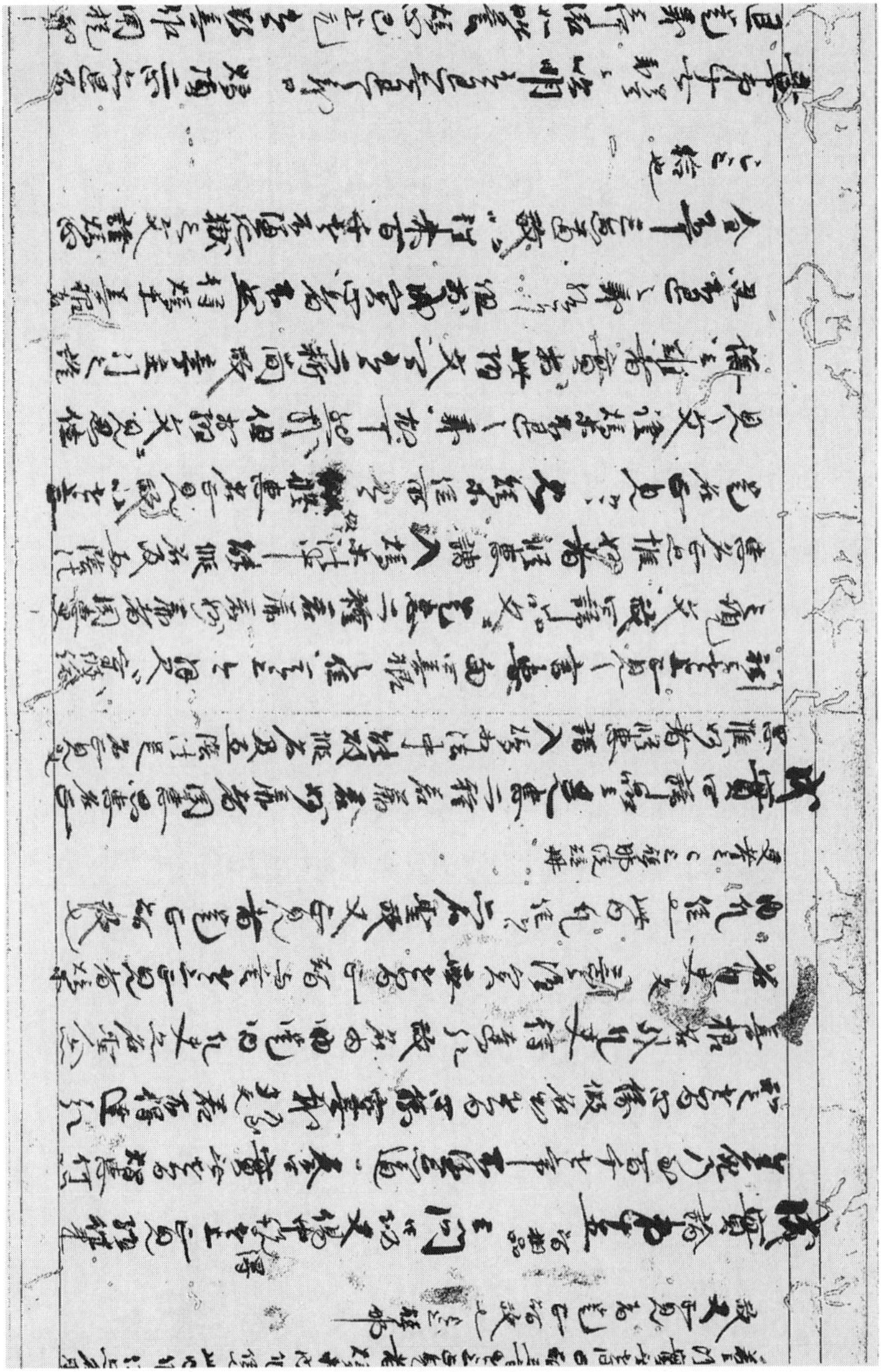

〈影印12〉

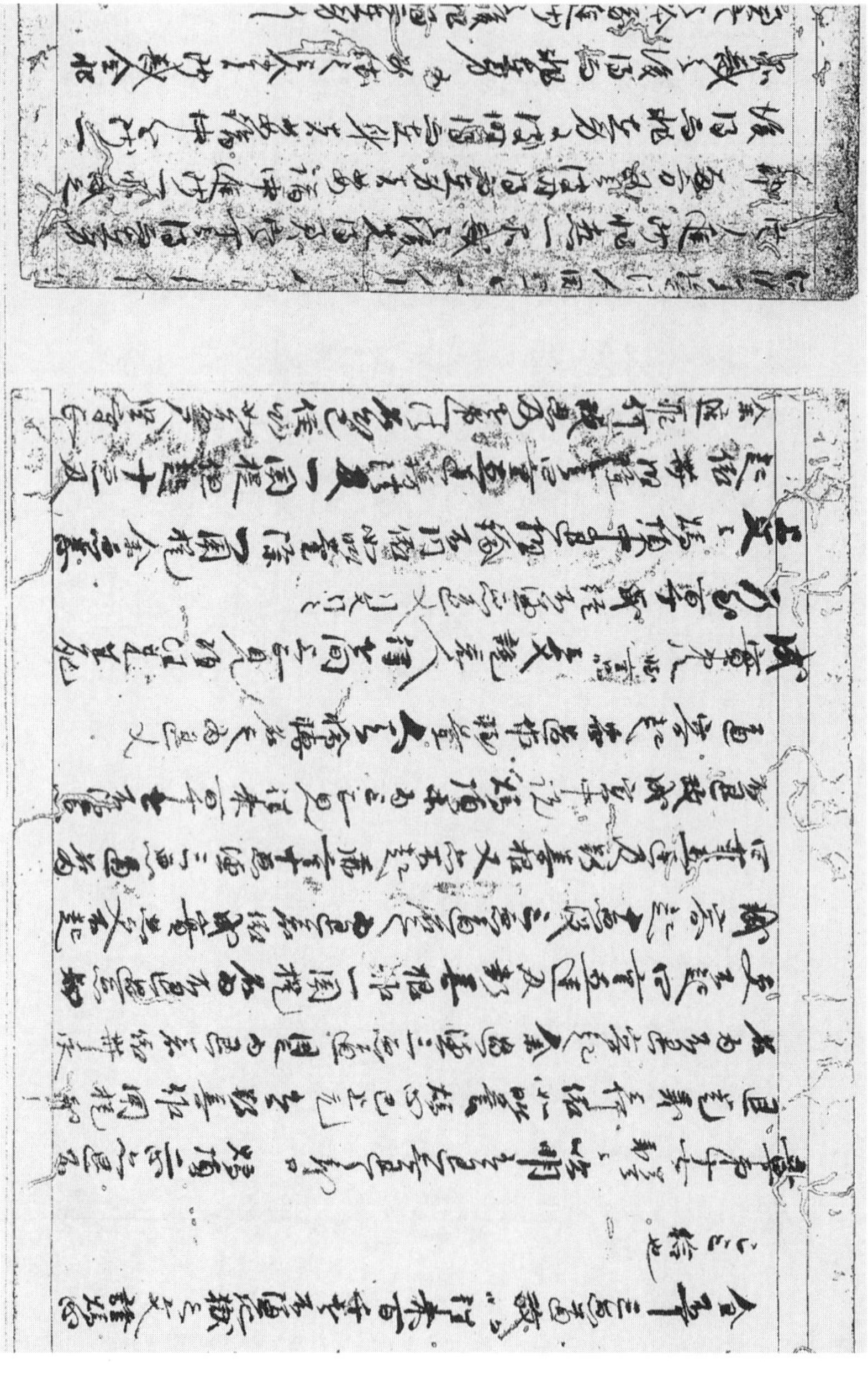

〈影印13〉

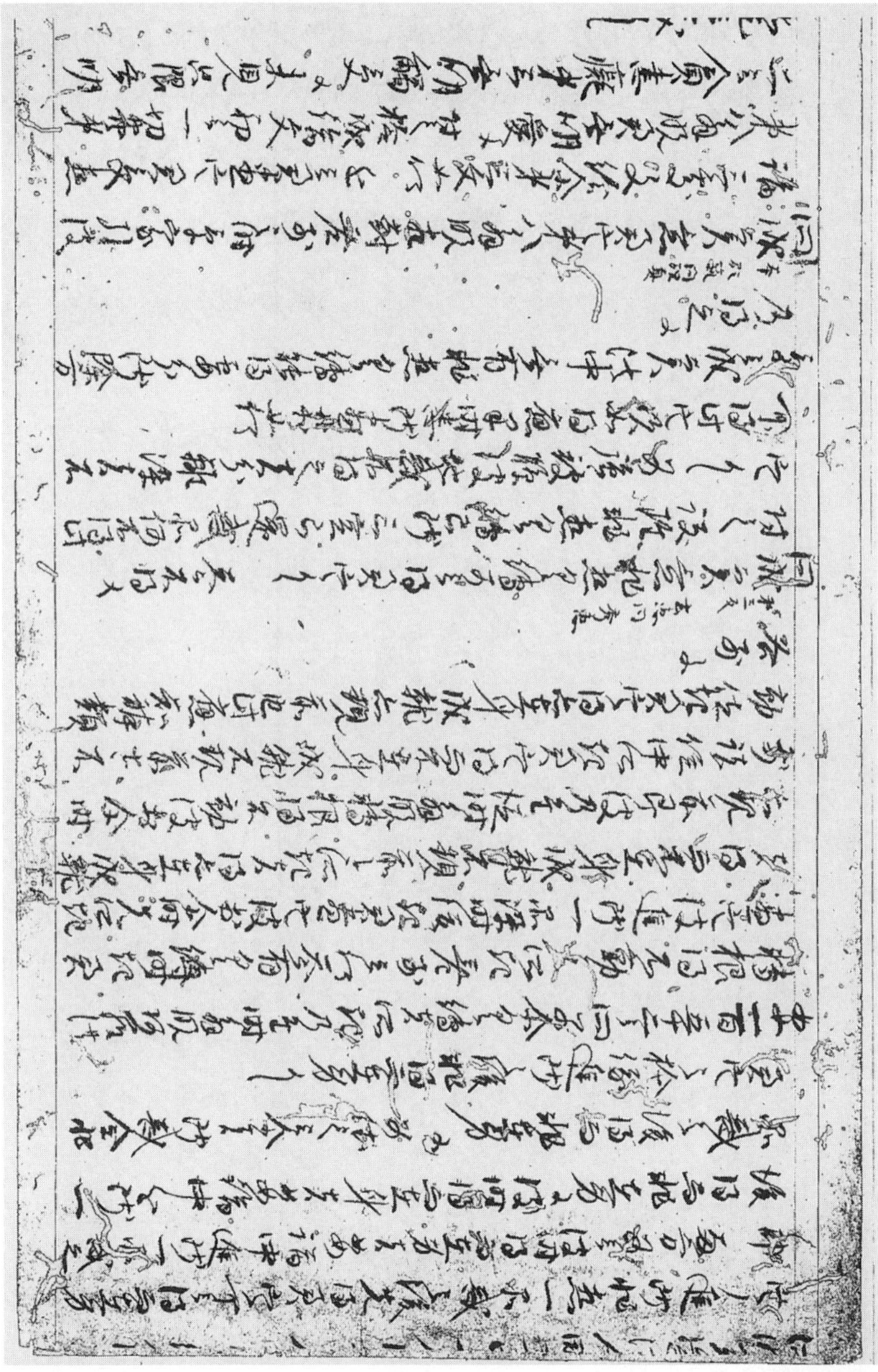

〈影印14〉

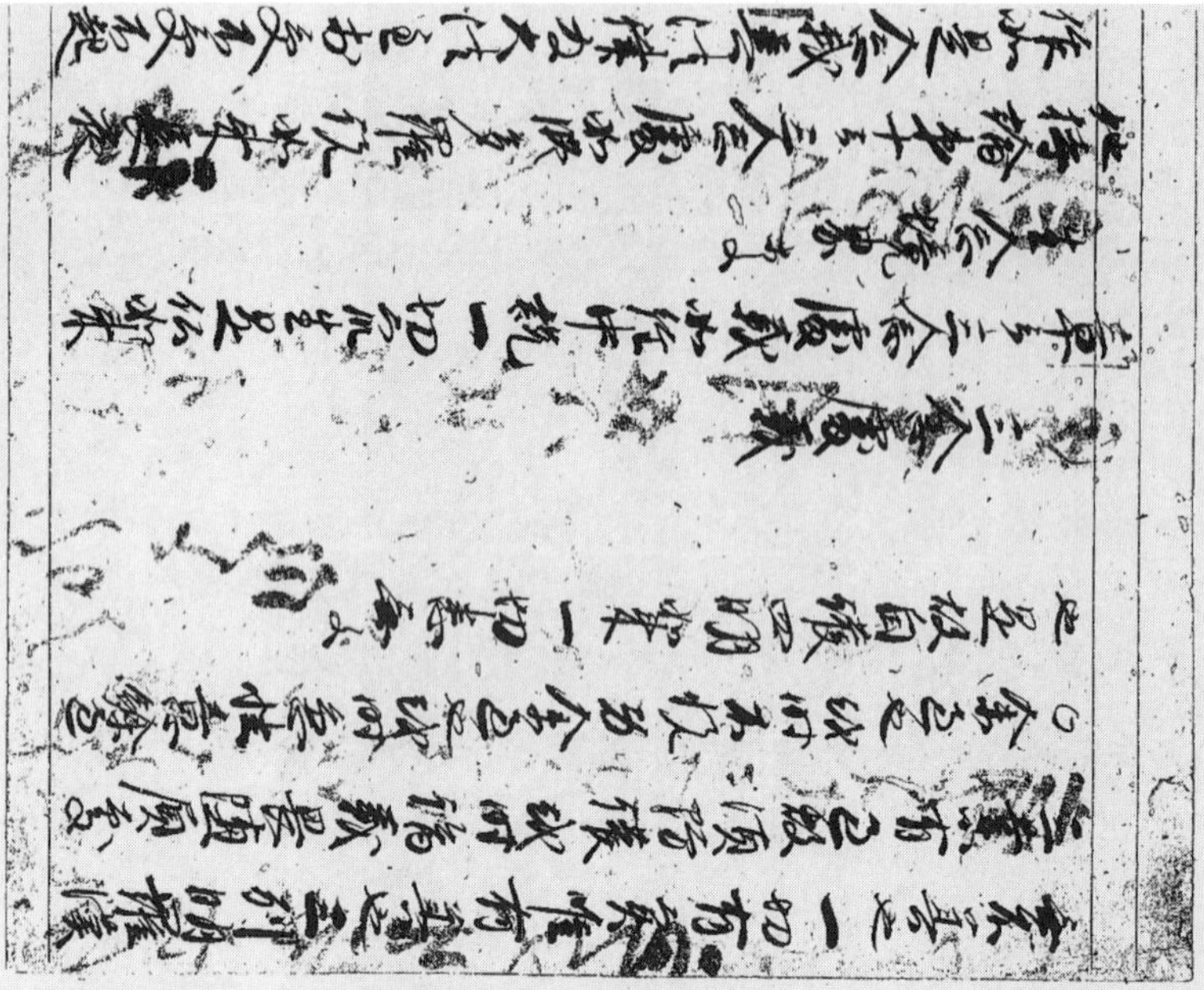

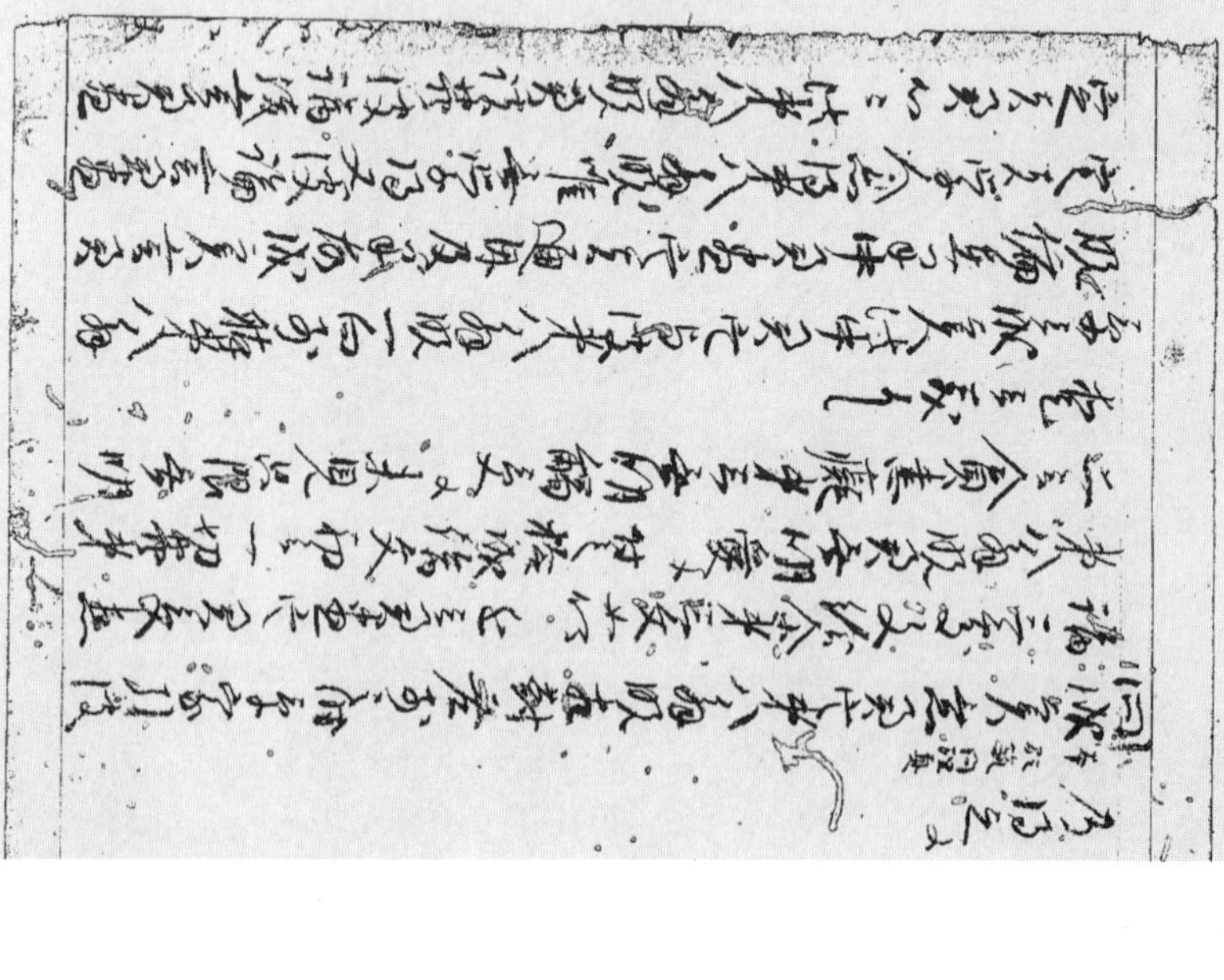

〈影印15〉

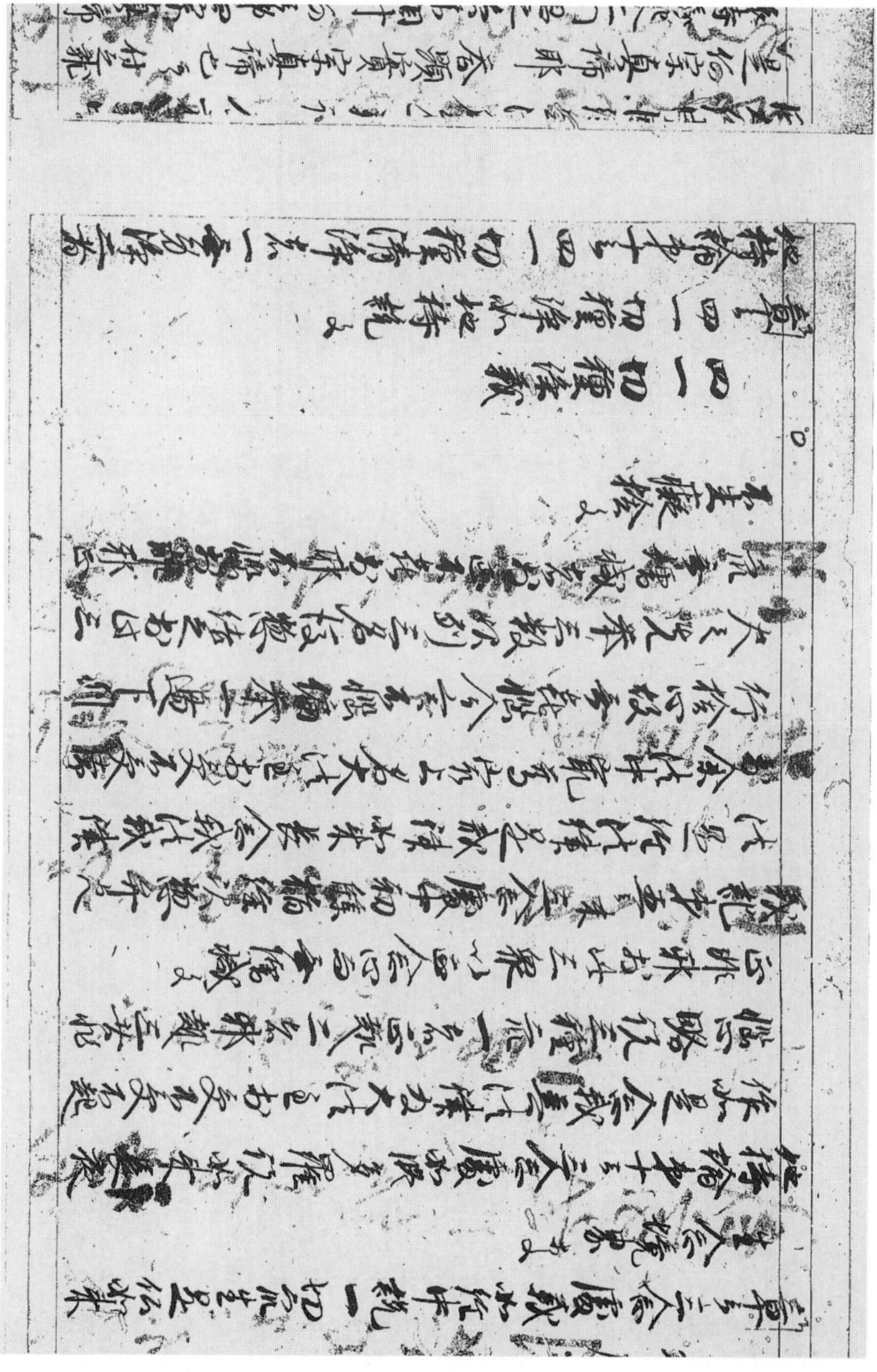

〈影印16〉

〈影印17〉

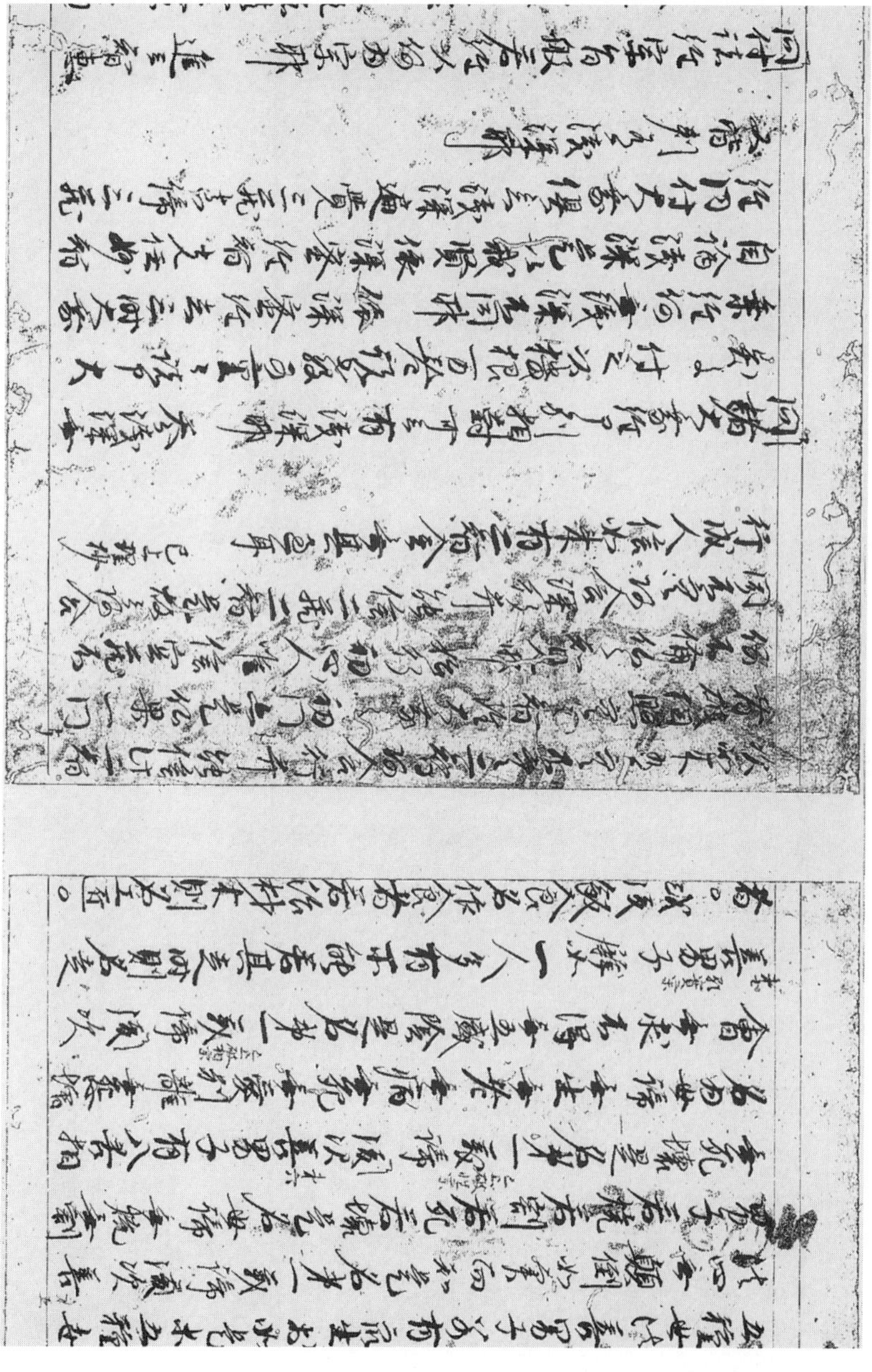

〈影印18〉

〈影印19〉

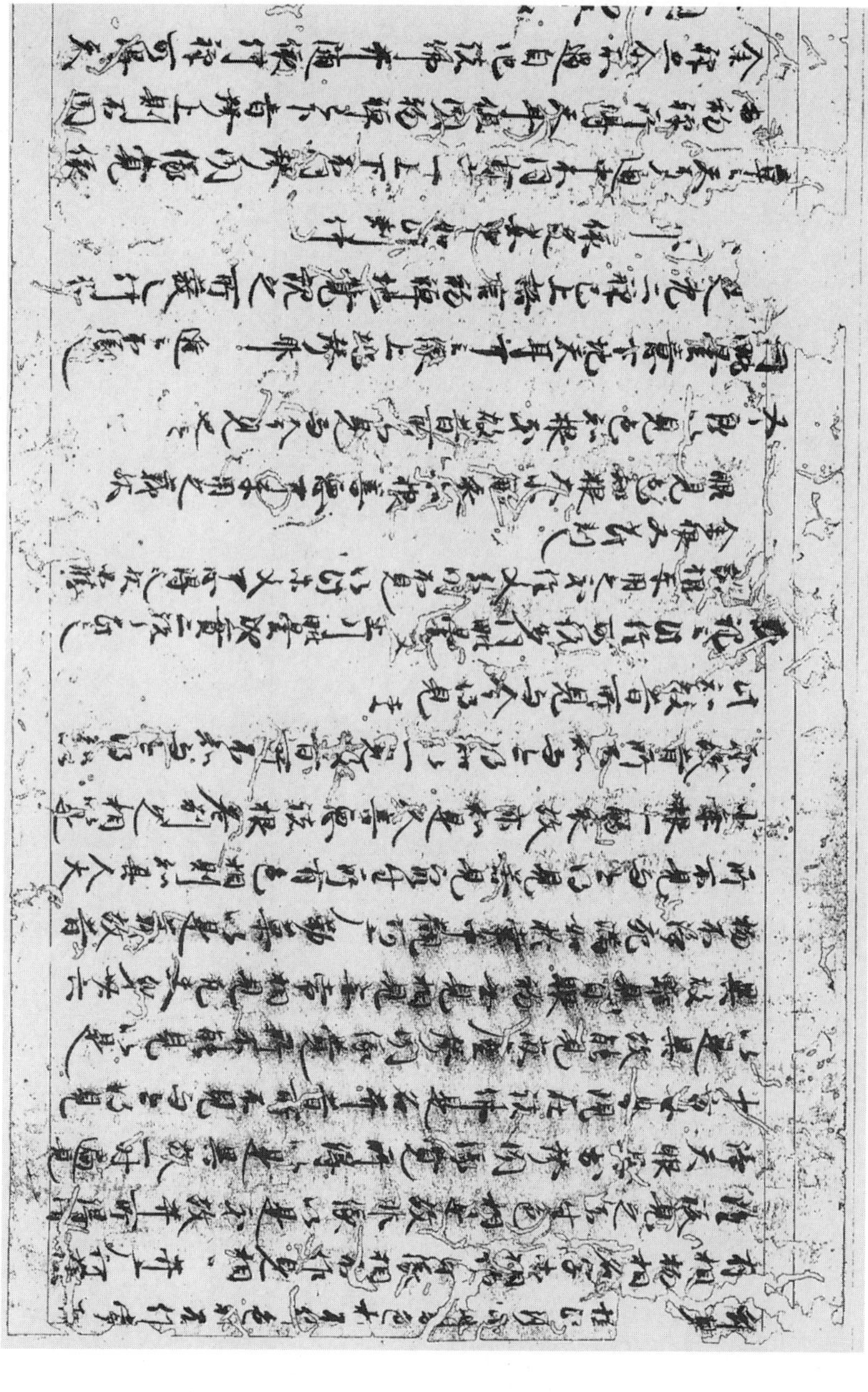

〈影印20〉

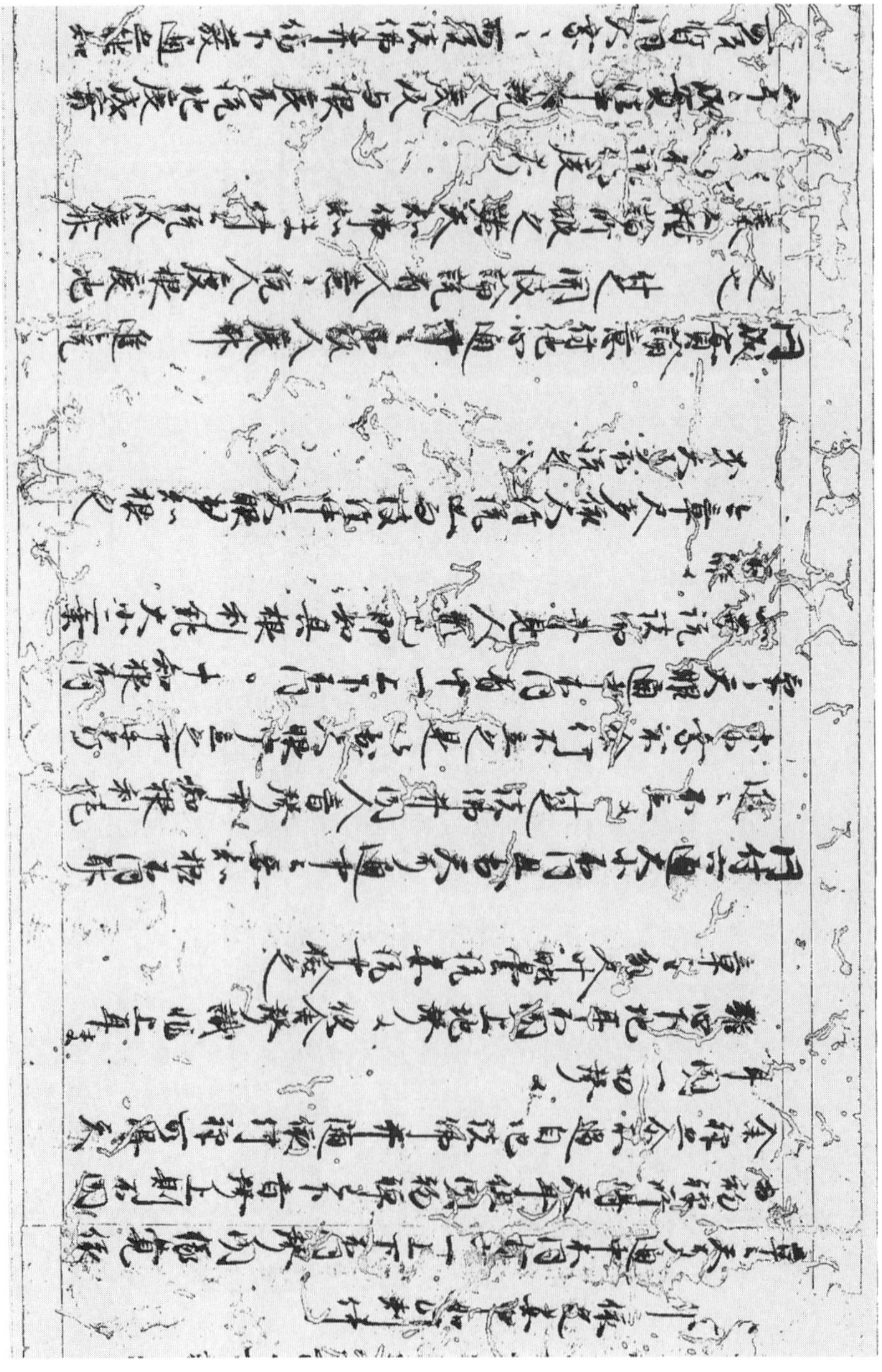

〈影印21〉

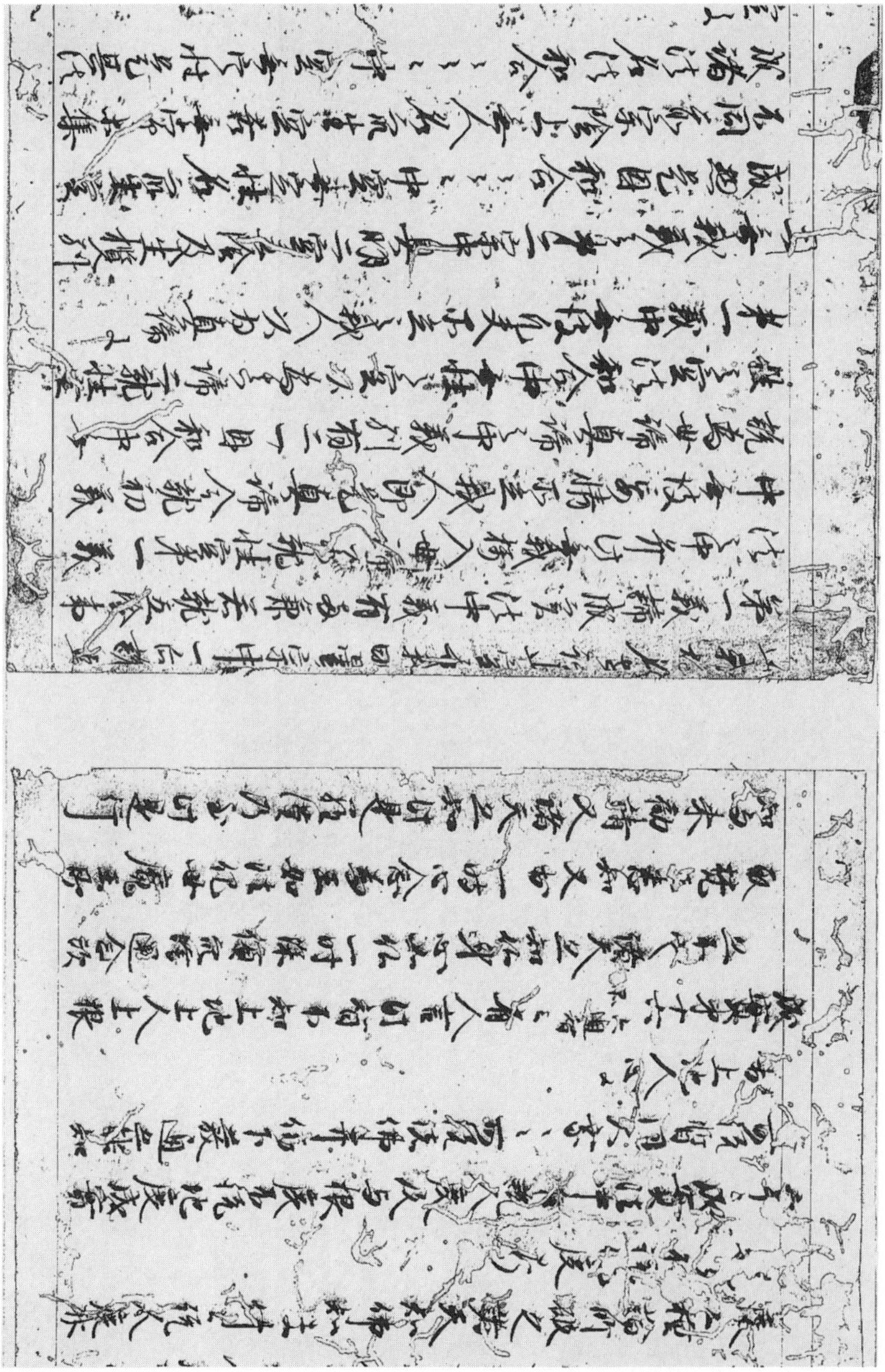

〈影印22〉

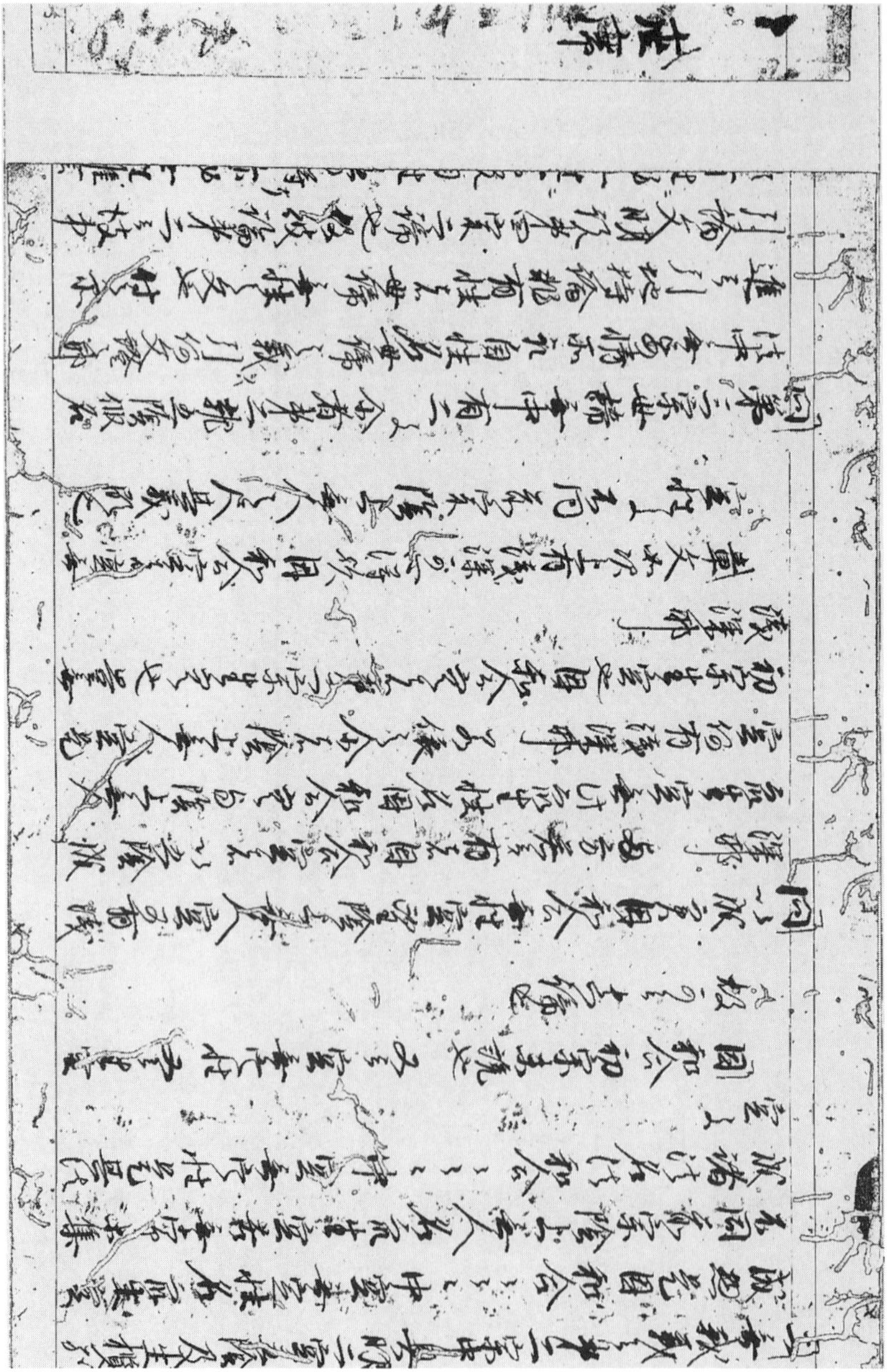

〈影印23〉

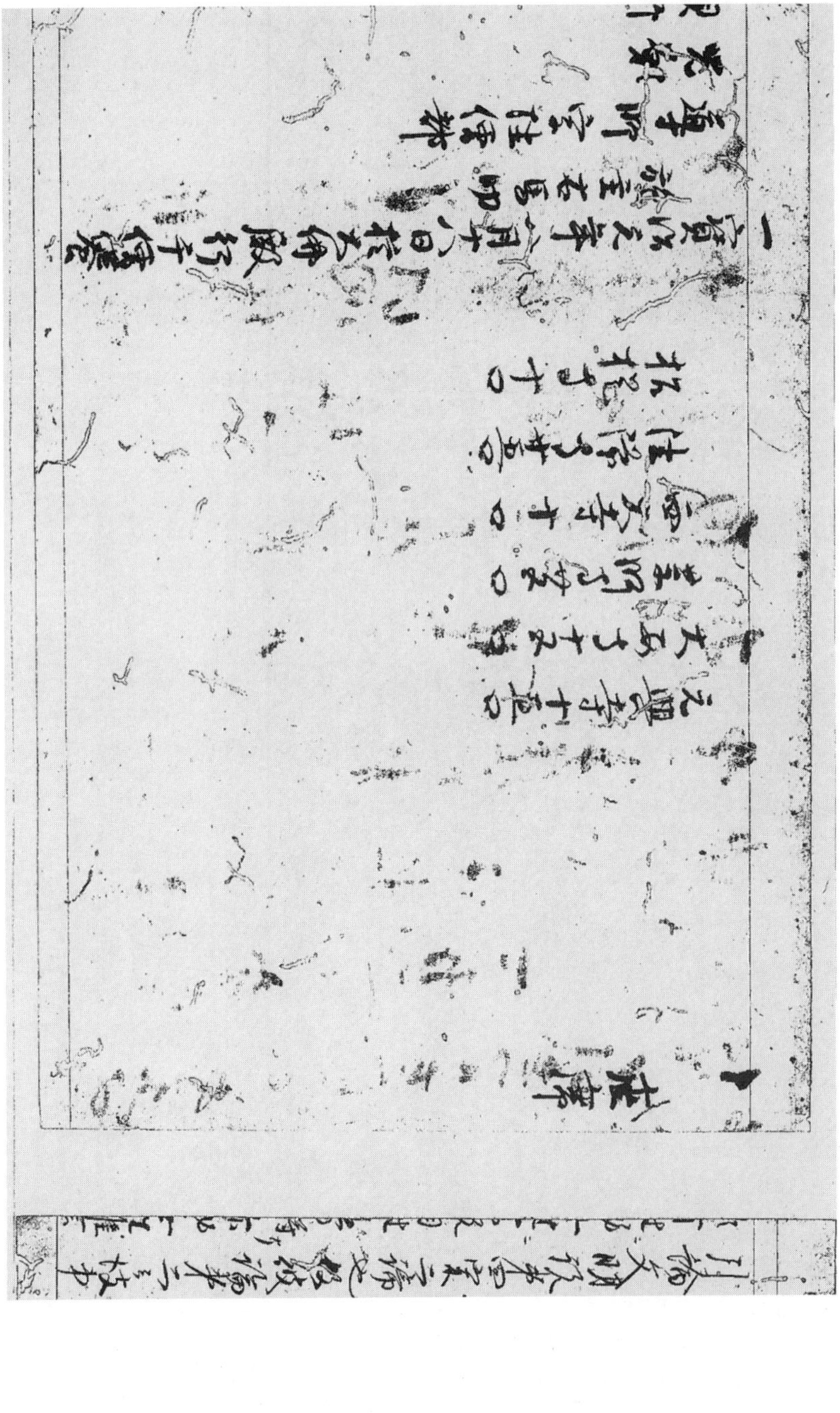

〈影印24〉

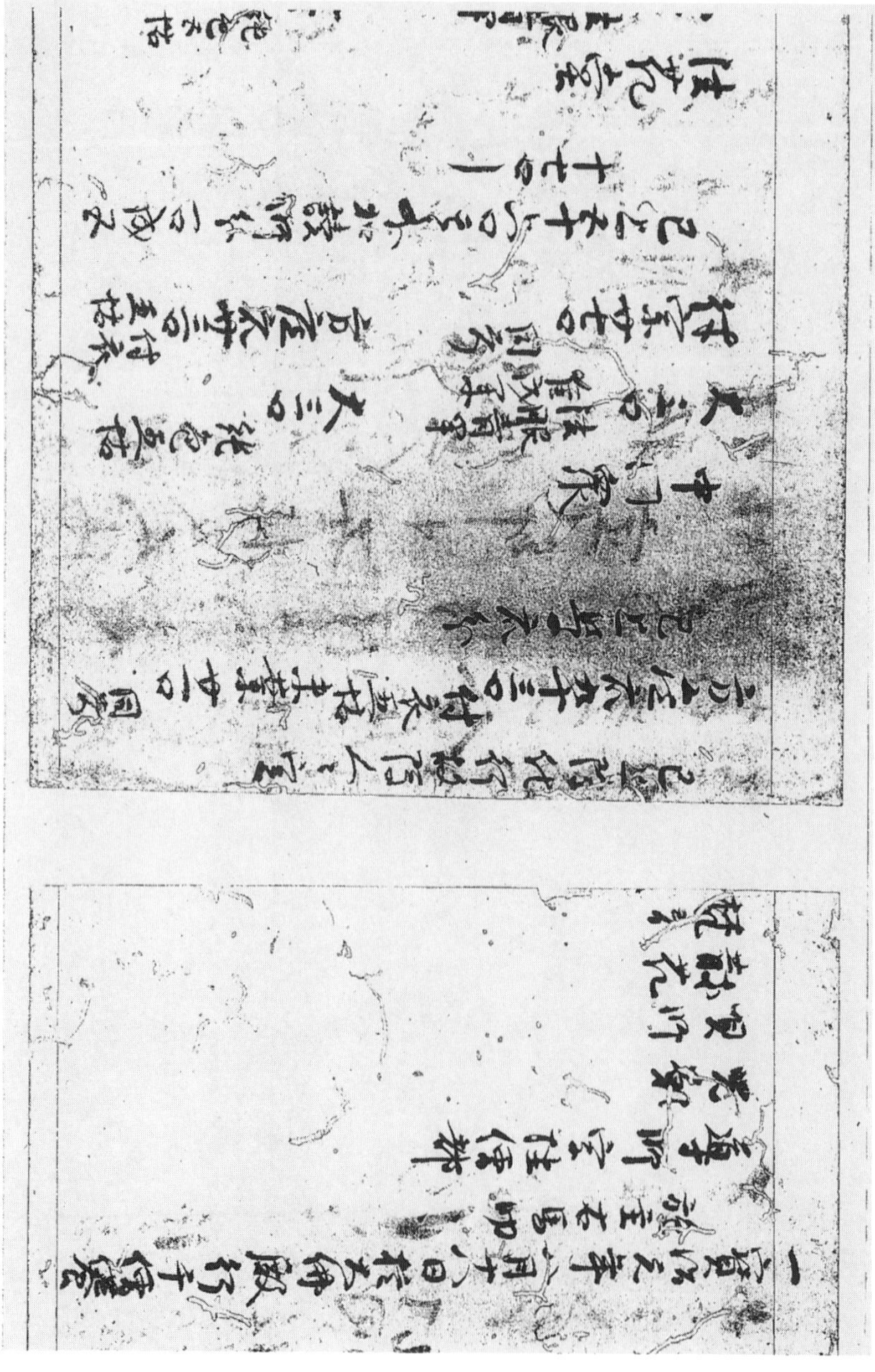

〈影印25〉

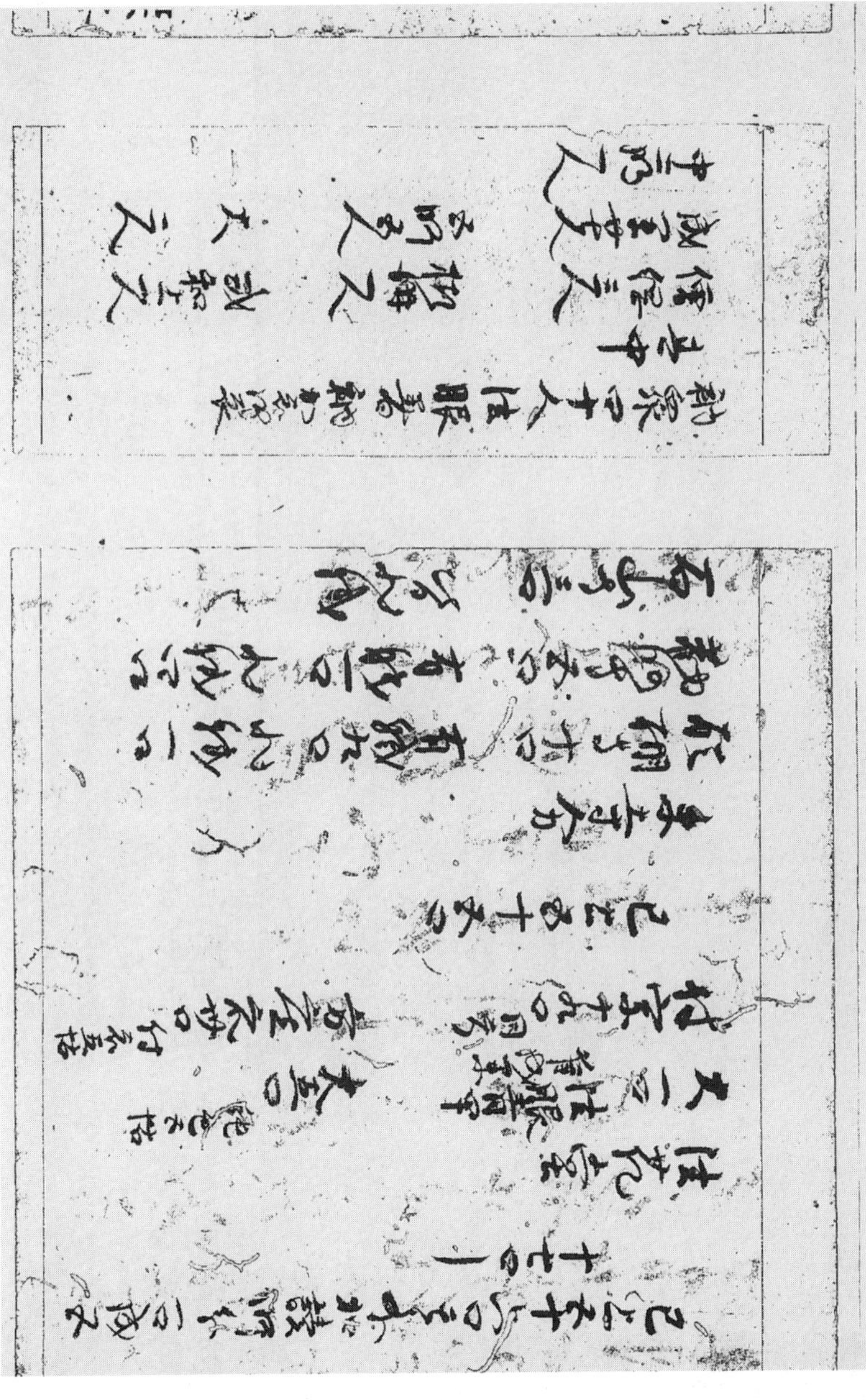

〈影印26〉

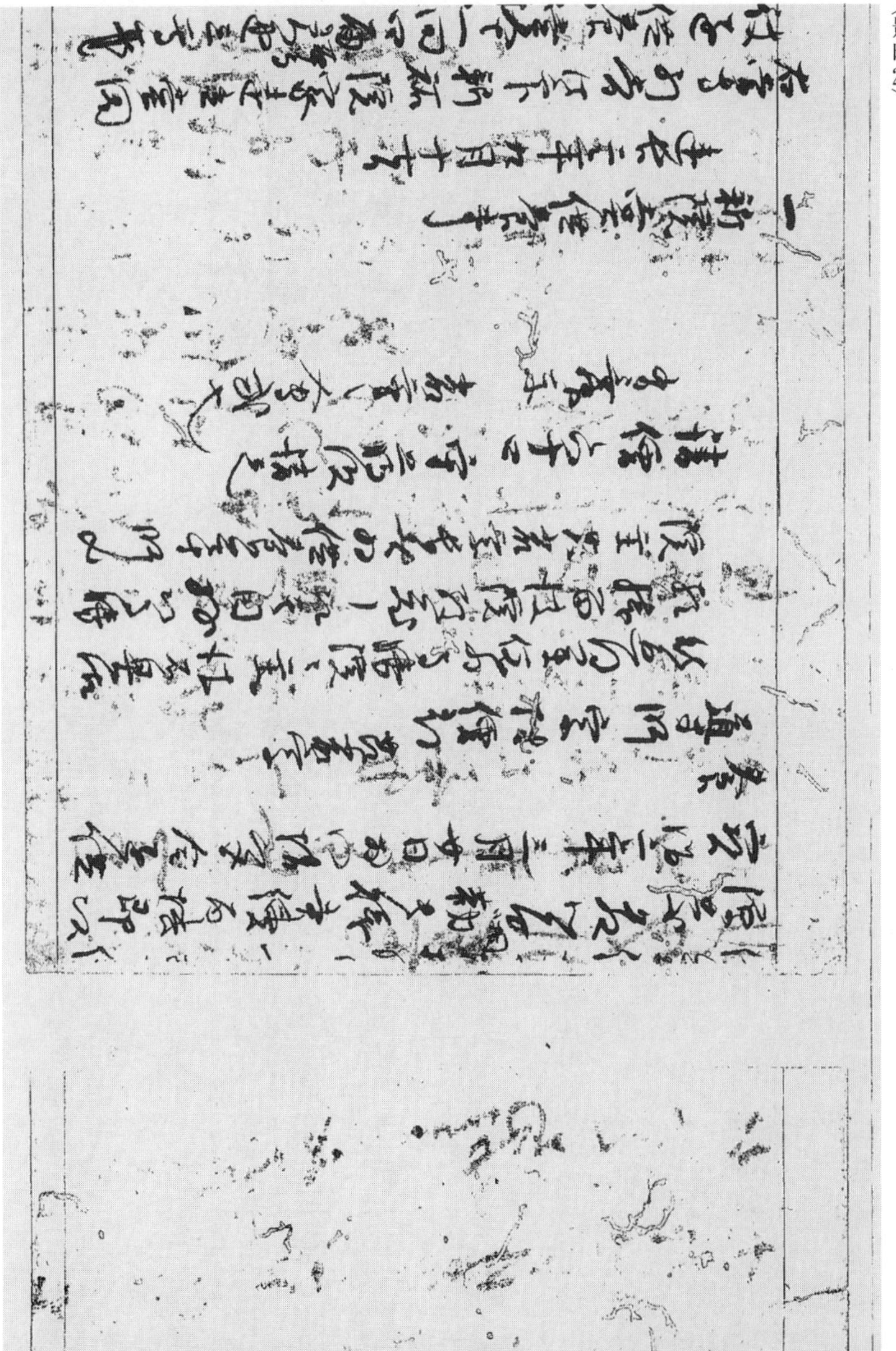

〈影印27〉

〈影印28〉

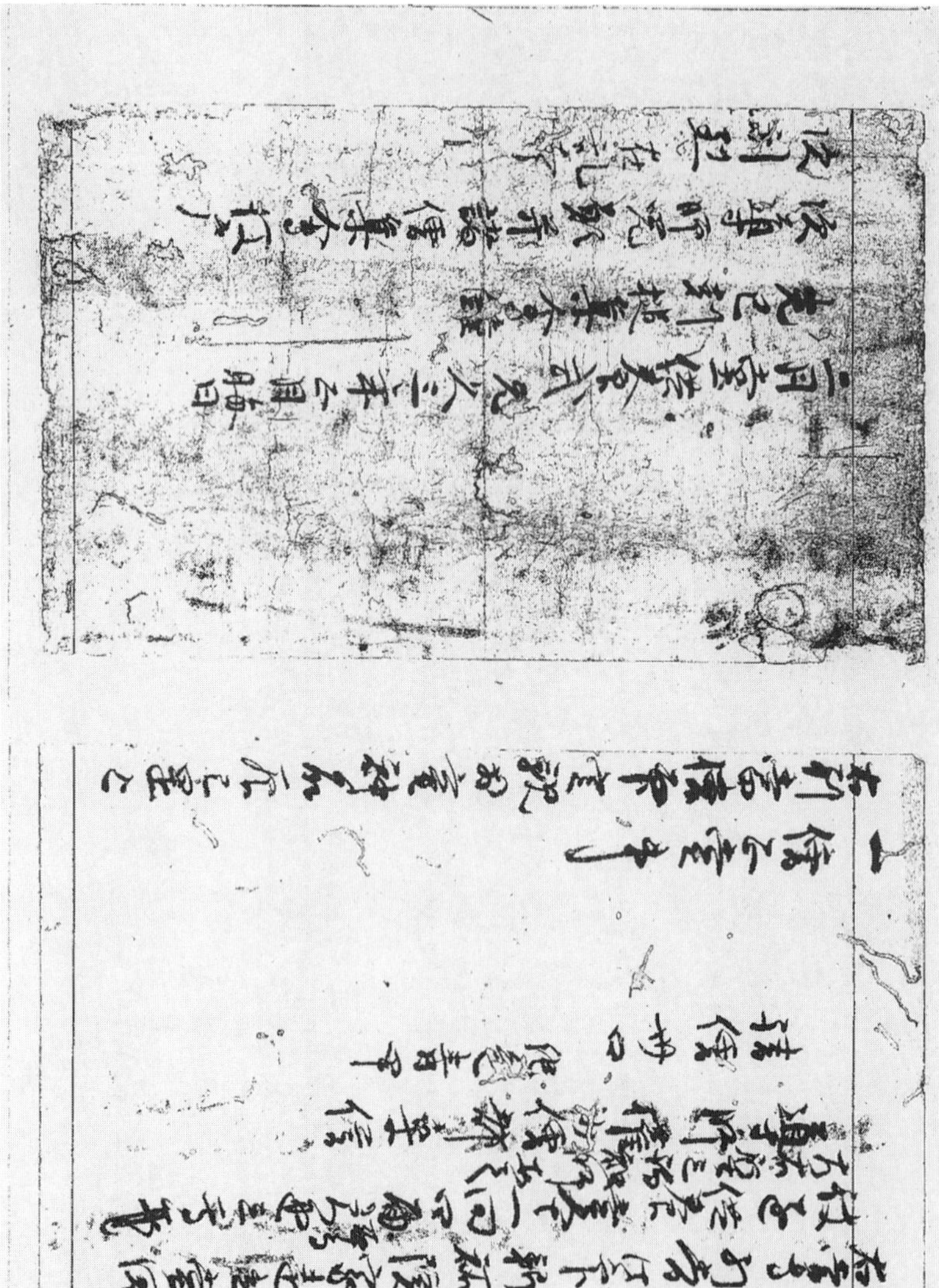

〈影印29〉

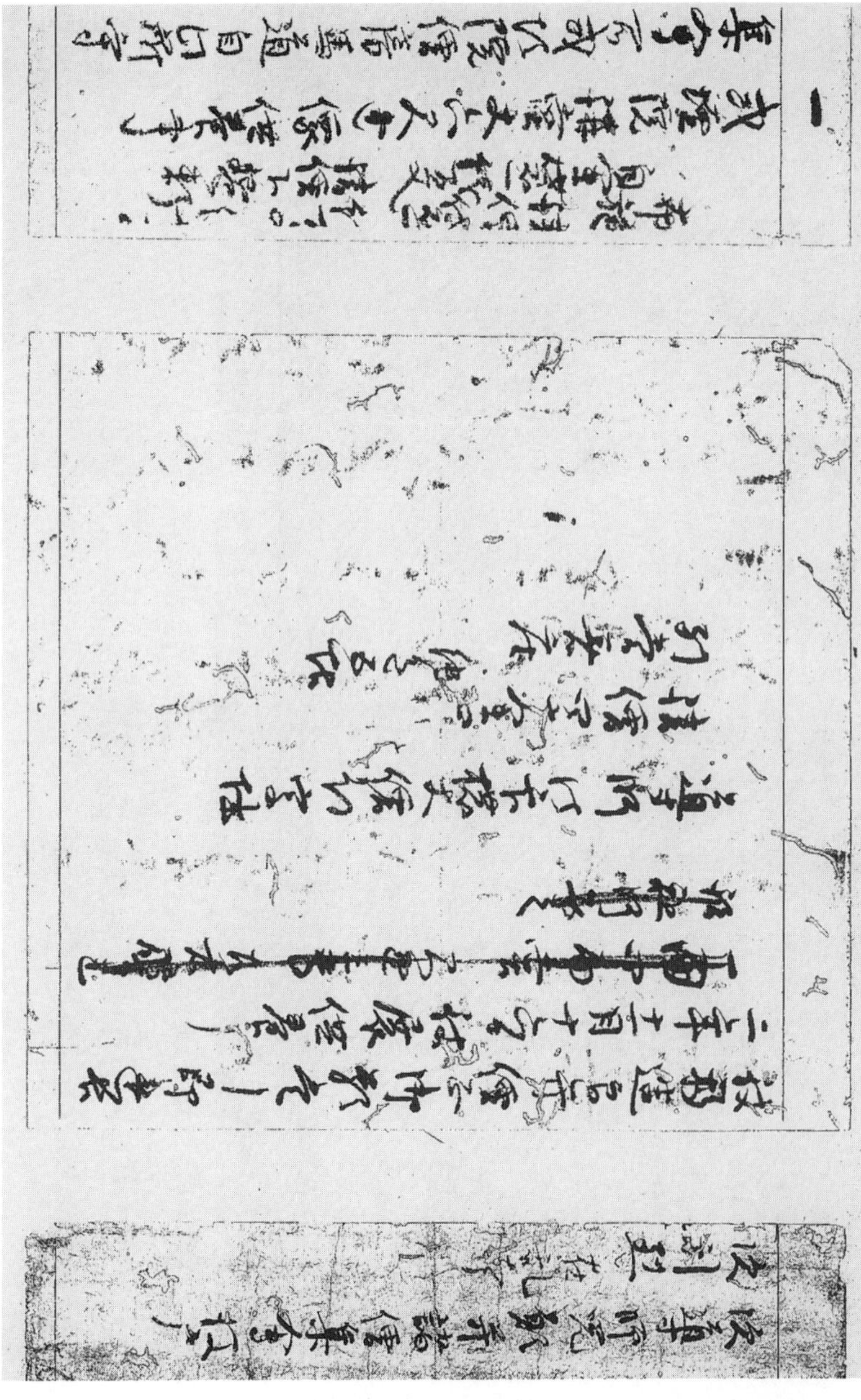

〈影印30〉

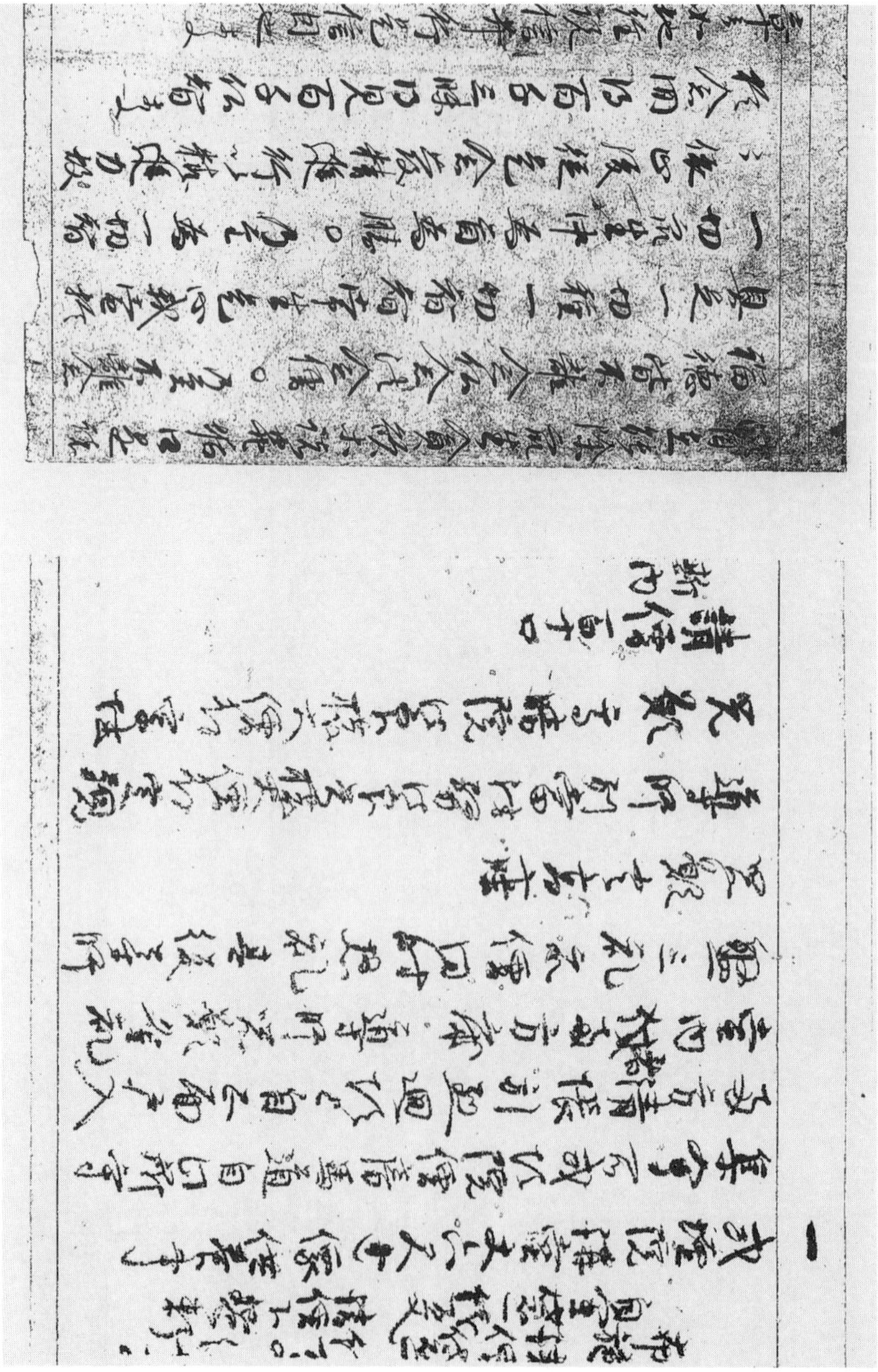

〈影印31〉

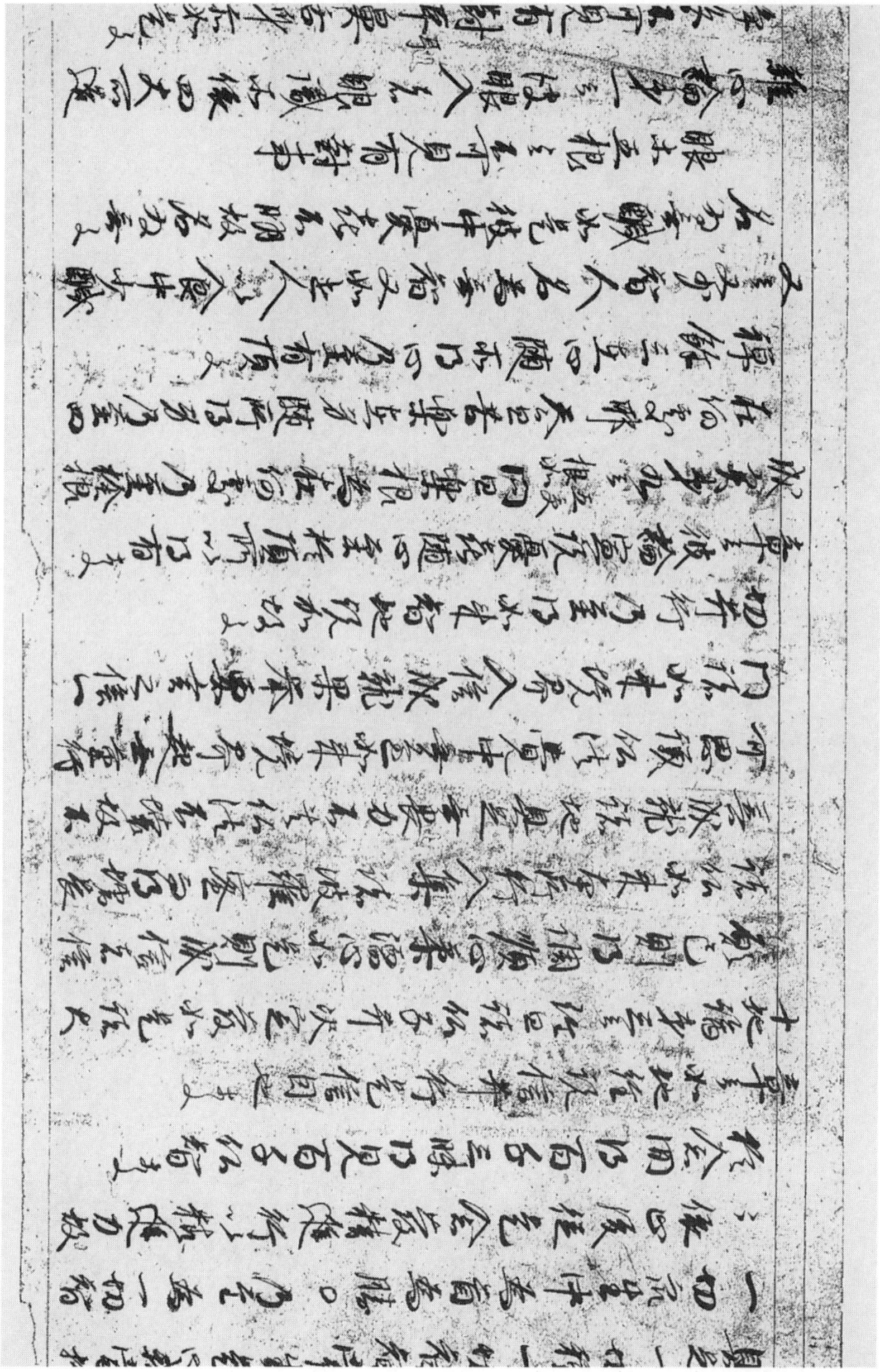

〈影印32〉

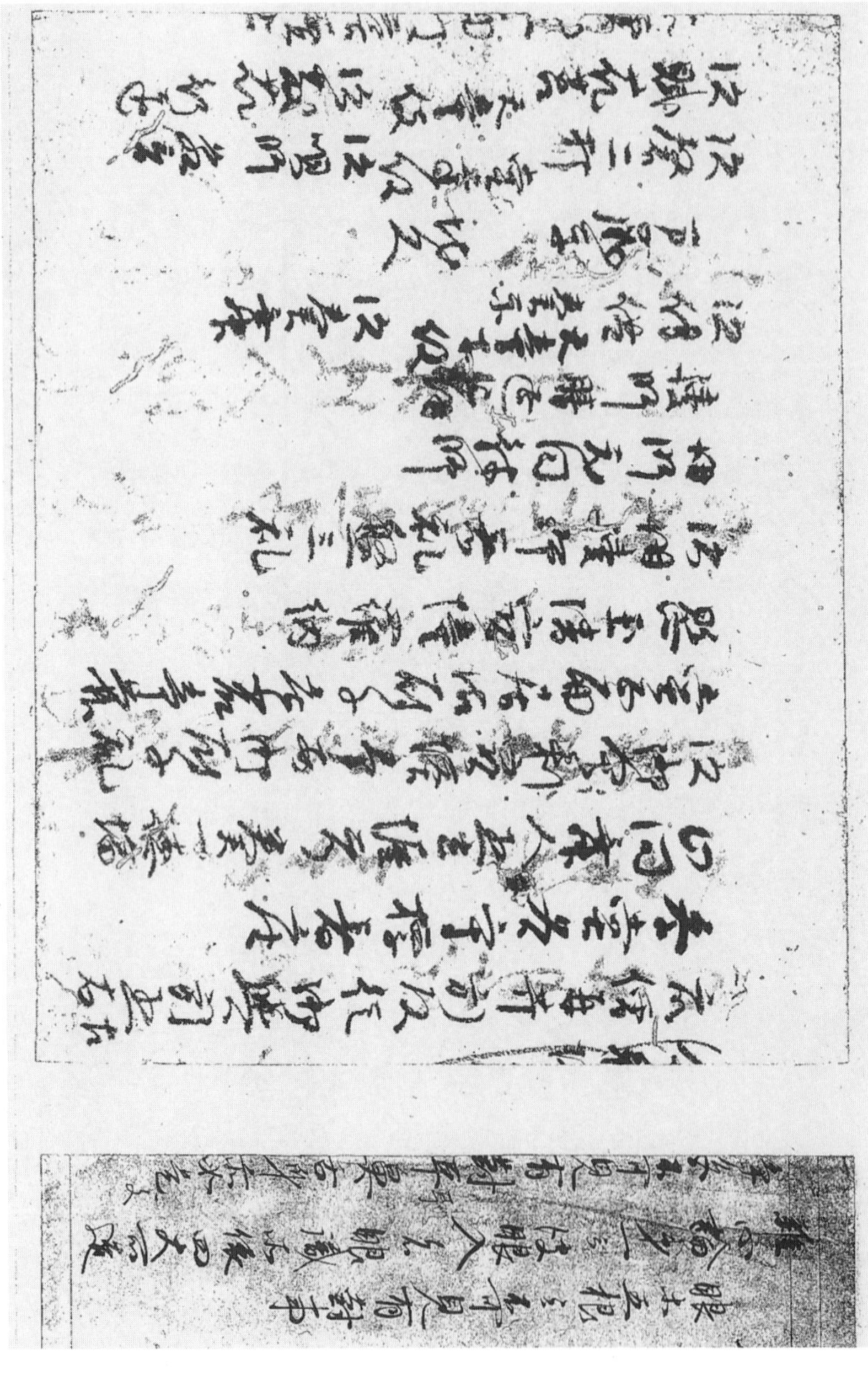

〈影印33〉

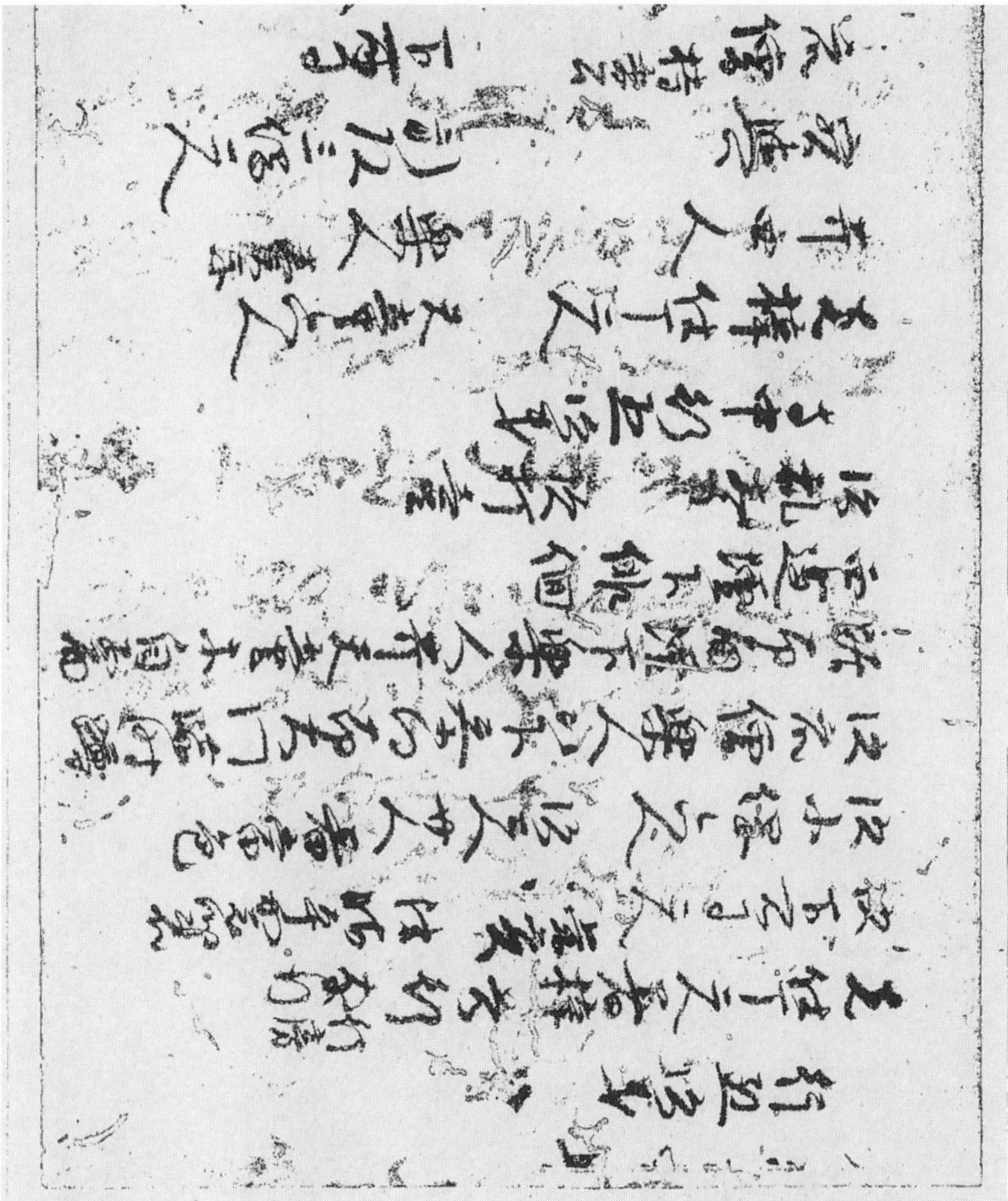

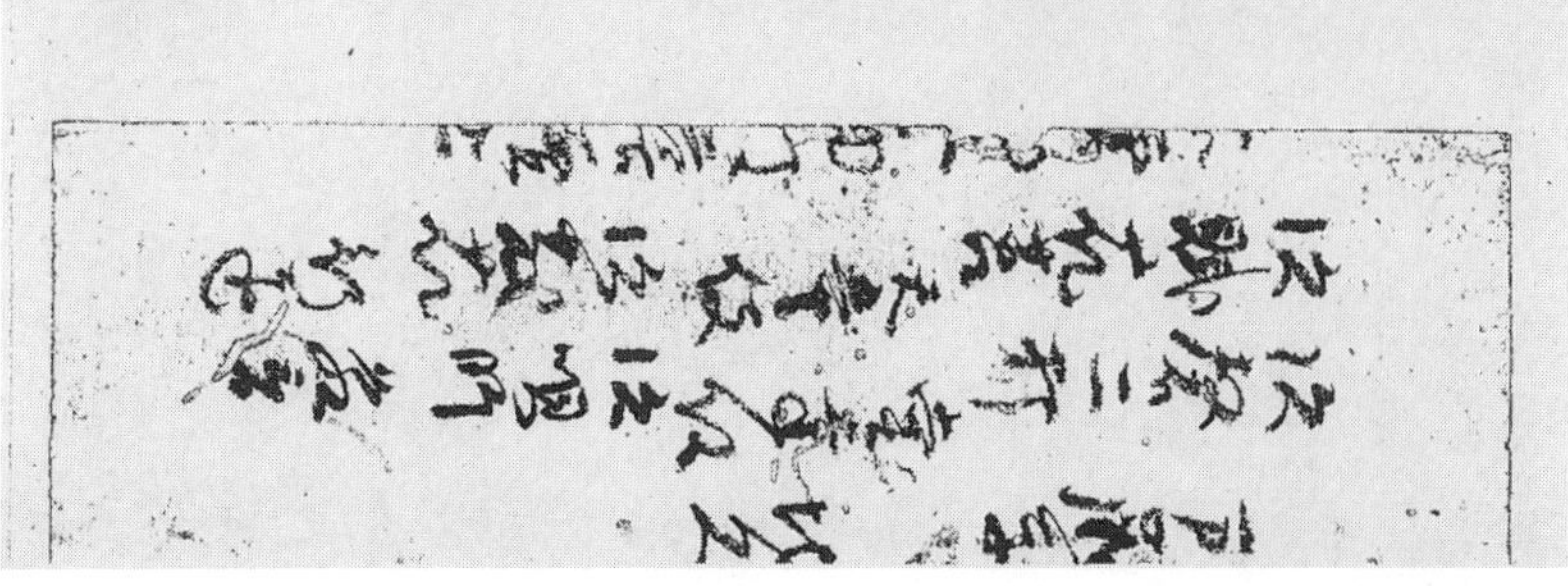

〈影印34〉

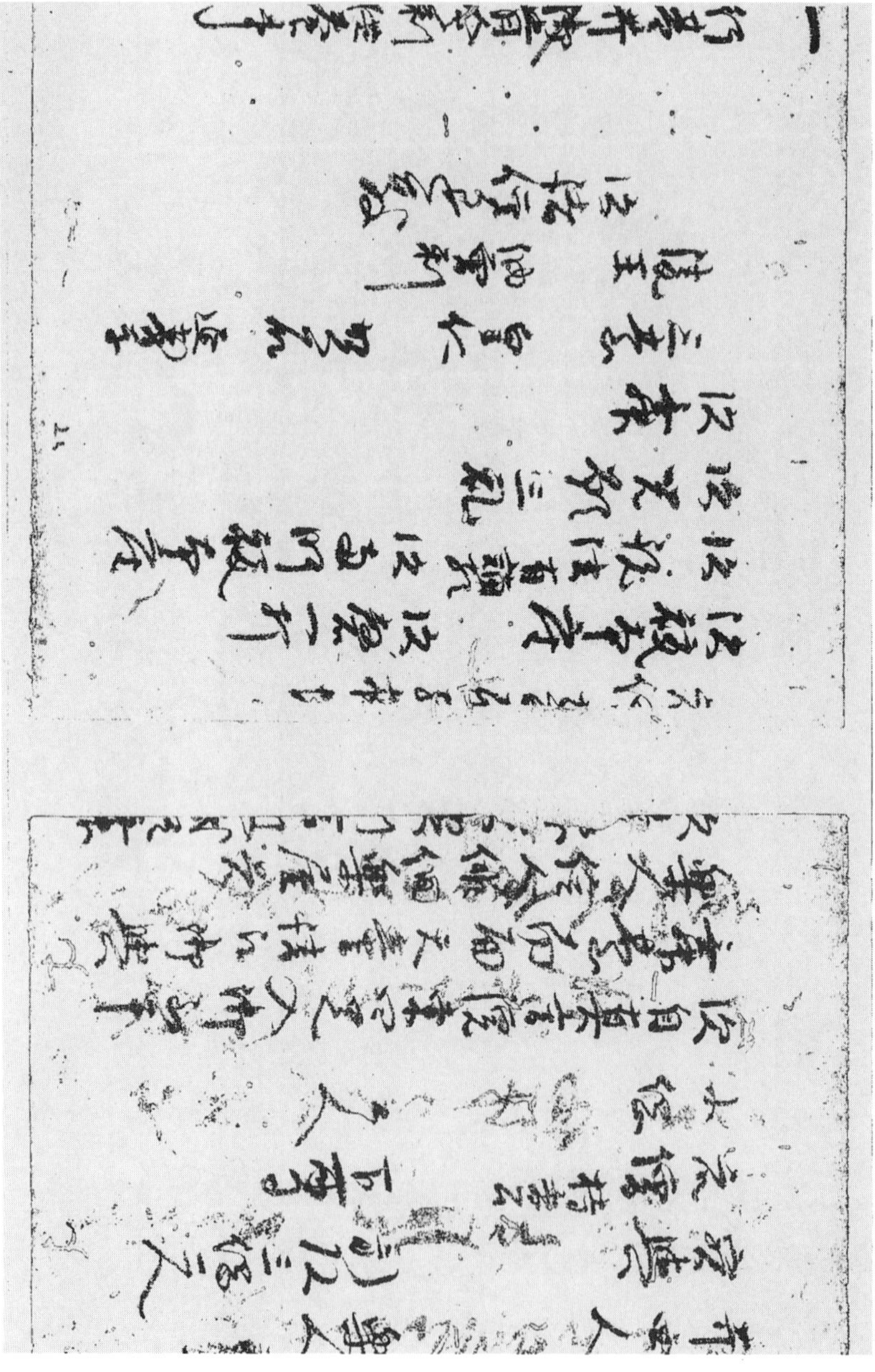

〈影印35〉

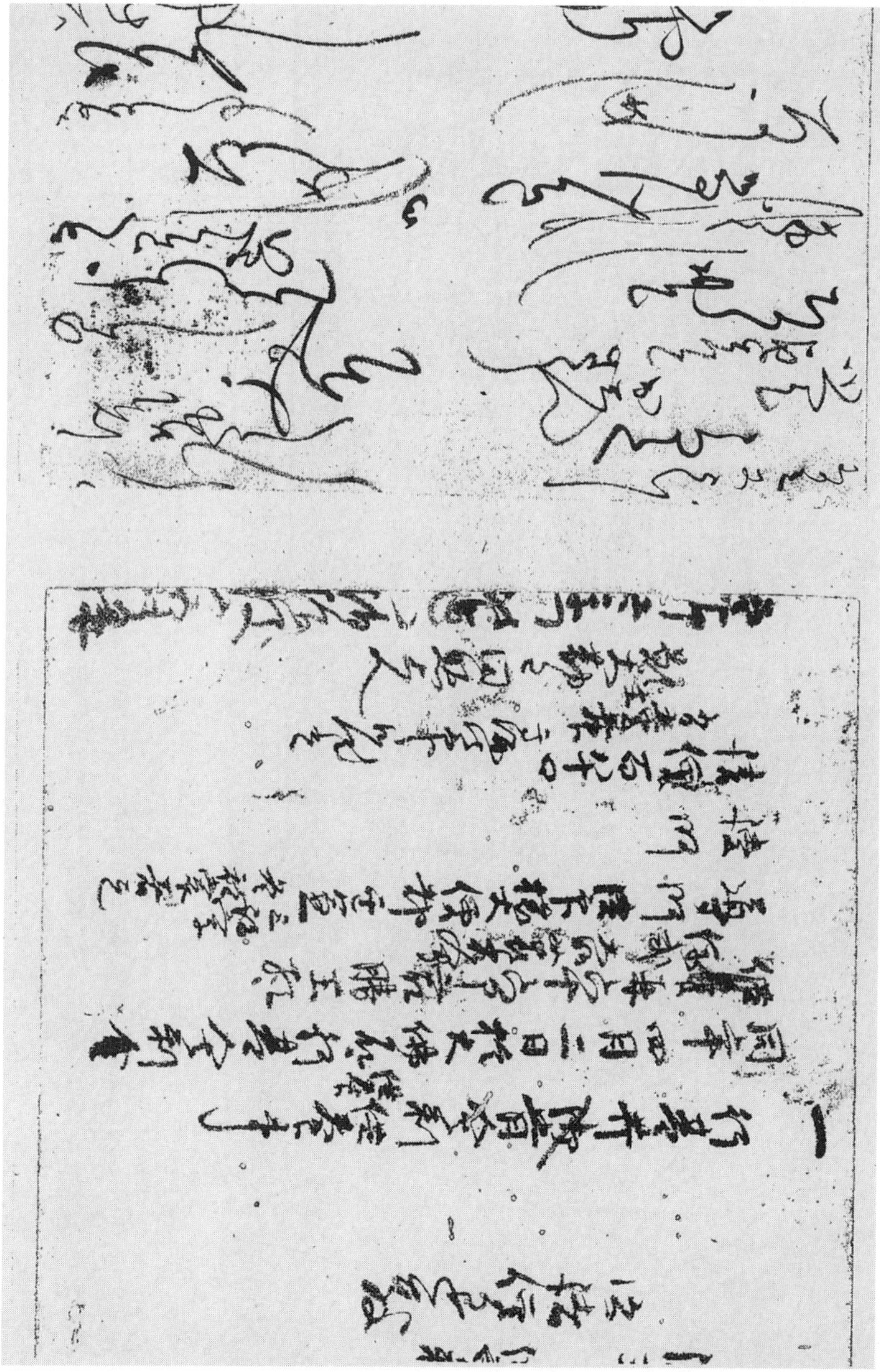

〈影印36〉

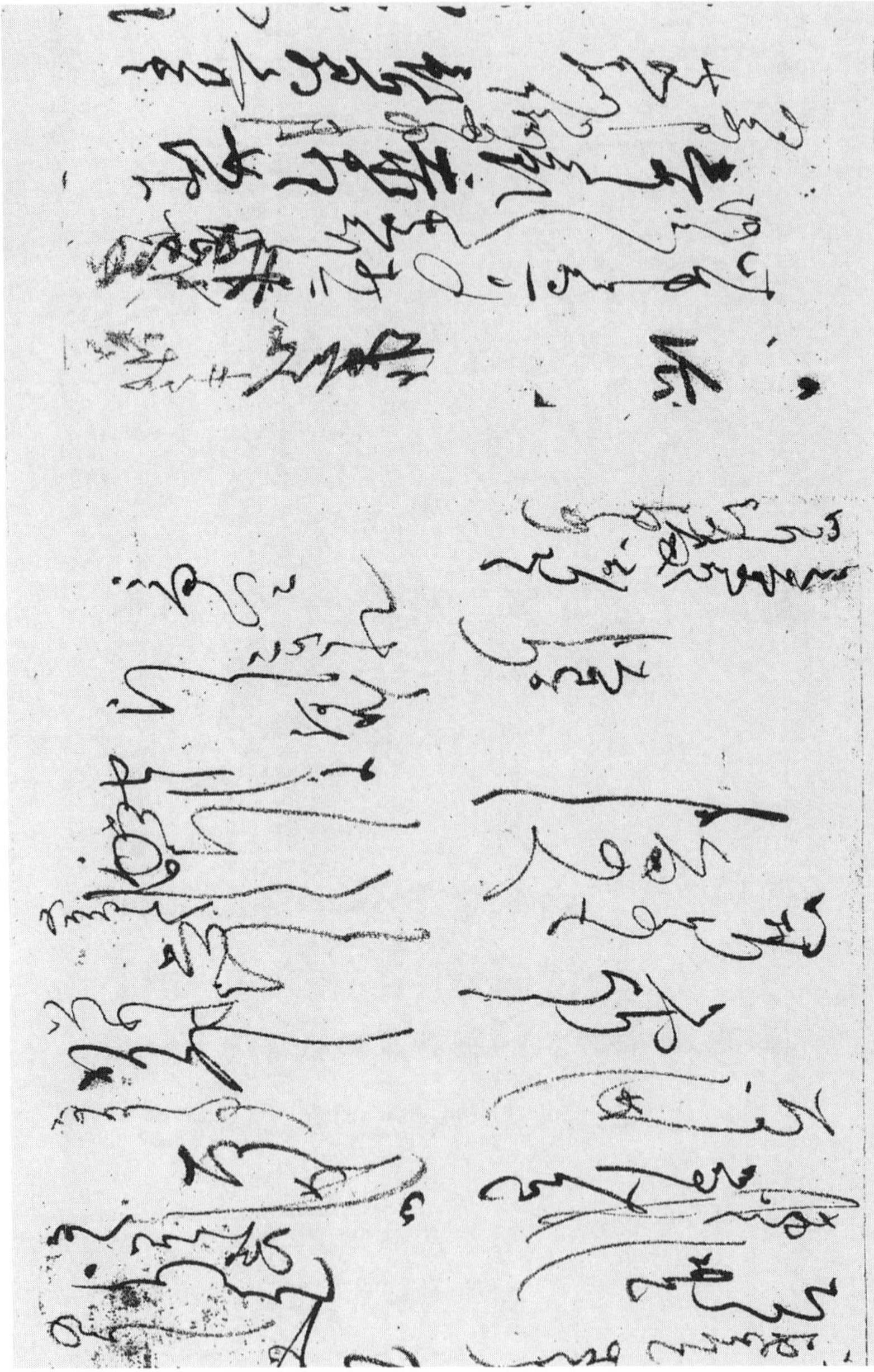

〈影印37〉

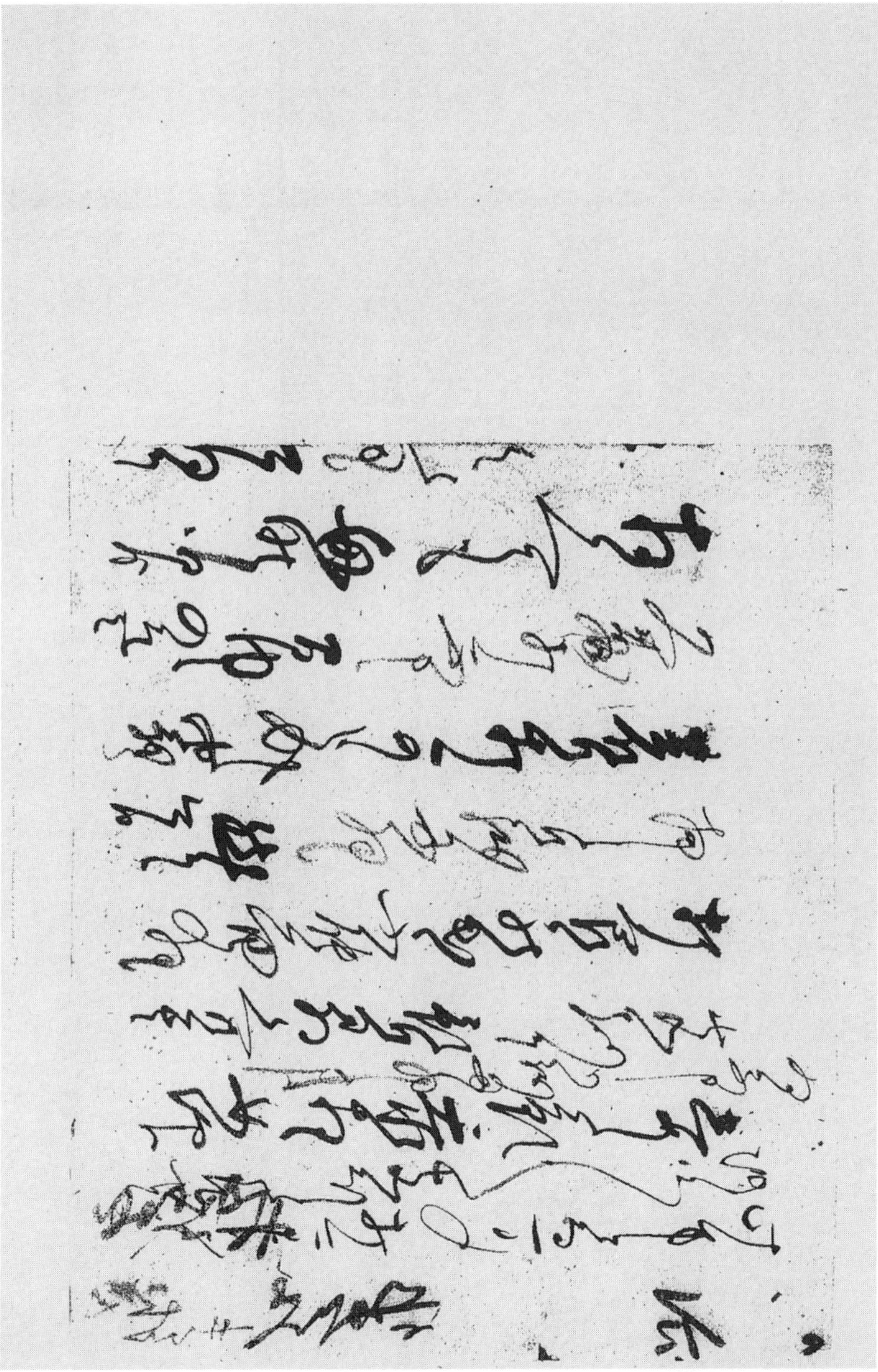

〈影印38〉

〔附記〕

本貴重書籍の写真撮影並びに影印飜刻をご許可いただいた大阪女子大学附属図書館御当局に対して、改めてここに厚く御礼を申し上げる。

大阪女子大学附属図書館蔵『道成寺縁起絵巻』の影印と解題

Ⅰ、序并解題

道成寺（和歌山県御坊市）所蔵の『道成寺縁起絵巻』（全二巻・室町時代中期頃成立）との校勘を添えて、ここに影印紹介する府立大阪女子大学附属図書館所蔵の『道成寺縁起絵巻』（函架整理番号―７２１・２　Ｄ２　１〜２、写本全二巻、別紙二枚添付）は、前の道成寺所蔵本の模本の一つである。この絵巻は、江戸時代中期頃の土佐派の絵師の手になるものと思われ、中々の優品であるといえる。

絵は忠実に模されているが、本文には小さな異同が見られるので、当て字等の同じ読み・意味を表わすものは拾わず、異なる箇所のみ校勘して、後表に示してある。

本巻子本の出所は不明であるが、大阪女子大学がある時期にいくつかの善本を購入した折りの一つであり、当時としてはかなりの代価であったという（その出来栄えから見て、旧桑名松平家の模本説が囁かれていることもあながち否定することは出来ない）。

〈本文校勘表〉

	道成寺本	大阪女子大学本
	（上巻異同）	
①	尋ゆかんする物をとて	尋ゆかん物をとて
②	かならす待まいらせ候へし	かならす待まいらせ候へと
③	あな〳〵恐しや	（ナ　シ）
④	われ此法師めを	あれ此法師めを
⑤	あむのことく来て渡せと	あむことく来て渡せと
	（下巻異同）	
⑥	尾を以たゝく	尾を以てたゝく
⑦	身の気よたちてそ覚ける四面の戸を開	身の気よたちて覚ける四面の戸を開き
⑧	此事を倩私に案するに	此事を倩私に案する
⑨	たゝおけきりなくて見せむもの〳〵しく	たゝおけきりなくて見せむもの〳〵しや

Ⅱ、書誌事項

本巻子本の料紙寸法は次頁の通りである（単位は糎）。

上巻	
縦	37.5
紙数	横
第１紙	26.8
第２紙	27.0
第３紙	27.0
第４紙	27.0
第５紙	27.1
第６紙	27.0
第７紙	27.0
第８紙	19.6
第９紙	17.4
第10紙	27.0
第11紙	27.0
第12紙	26.9
第13紙	26.3
第14紙	26.8
第15紙	27.0
第16紙	27.0
第17紙	26.8
第18紙	27.2
第19紙	26.8
第20紙	25.8
第21紙	26.5
第22紙	26.3
第23紙	26.0
第24紙	26.7
第25紙	27.0
第26紙	27.0
第27紙	27.0
第28紙	27.0
第29紙	27.0
第30紙	25.2
第31紙	25.8
第32紙	12.2
第33紙	23.6
第34紙	11.8
第35紙	27.0
第36紙	27.0
第37紙	23.4
第38紙	26.4
第39紙	27.0
第40紙	26.5
第41紙	27.0
第42紙	27.0
第43紙	27.0
第44紙	27.0
第45紙	27.0
第46紙	15.2
第47紙	11.1
第48紙	8.8
第49紙	25.5
第50紙	27.0
第51紙	27.0
第52紙	27.1
第53紙	26.7
第54紙	27.0
第55紙	26.5
第56紙	27.0
第57紙	27.0
第58紙	24.0
第59紙	26.7
第60紙	20.5
第61紙	26.0
合　計	1525.0

下巻	
縦	37.5
紙数	横
第１紙	26.5
第２紙	26.9
第３紙	27.0
第４紙	26.6
第５紙	26.7
第６紙	26.8
第７紙	27.0
第８紙	27.0
第９紙	26.9
第10紙	26.9
第11紙	27.0
第12紙	18.8
第13紙	27.0
第14紙	27.1
第15紙	27.0
第16紙	27.0
第17紙	22.0
第18紙	23.2
第19紙	9.0
第20紙	27.2
第21紙	25.7
第22紙	19.9
第23紙	7.7
第24紙	26.5
第25紙	26.8
第26紙	5.0
第27紙	27.0
第28紙	27.0
第29紙	22.1
第30紙	7.5
第31紙	27.8
第32紙	26.2
第33紙	26.7
第34紙	27.0
第35紙	27.0
第36紙	26.1
第37紙	26.8
第38紙	24.0
第39紙	26.7
第40紙	10.3
第41紙	24.5
第42紙	27.0
第43紙	27.0
第44紙	27.0
第45紙	27.2
第46紙	27.0
第47紙	22.0
第48紙	26.9
第49紙	25.8
第50紙	27.0
第51紙	27.0
第52紙	26.5
第53紙	16.6
第54紙	26.7
第55紙	26.9
第56紙	26.2
第57紙	27.0
第58紙	5.2
第59紙	27.1
第60紙	27.0
第61紙	27.0
第62紙	27.0
第63紙	27.0
第64紙	21.3
第65紙	18.6
合計	1565.9
添付別紙　２枚	

Ⅲ、本文影印（次頁より）

〈影印1〉

〈影印2〉

〈影印3〉　上巻

〈影印5〉

醍醐天皇之御宇延喜六年
戌子八月ニハ自奥州忽自鈍值
之浄秋苔乃延搖叅诣寸云々
草見紀伊国宝乙郡素砂ニ
立一脓ノ宿あリ姑亭清次
唐同乙車人忠撤て相隨

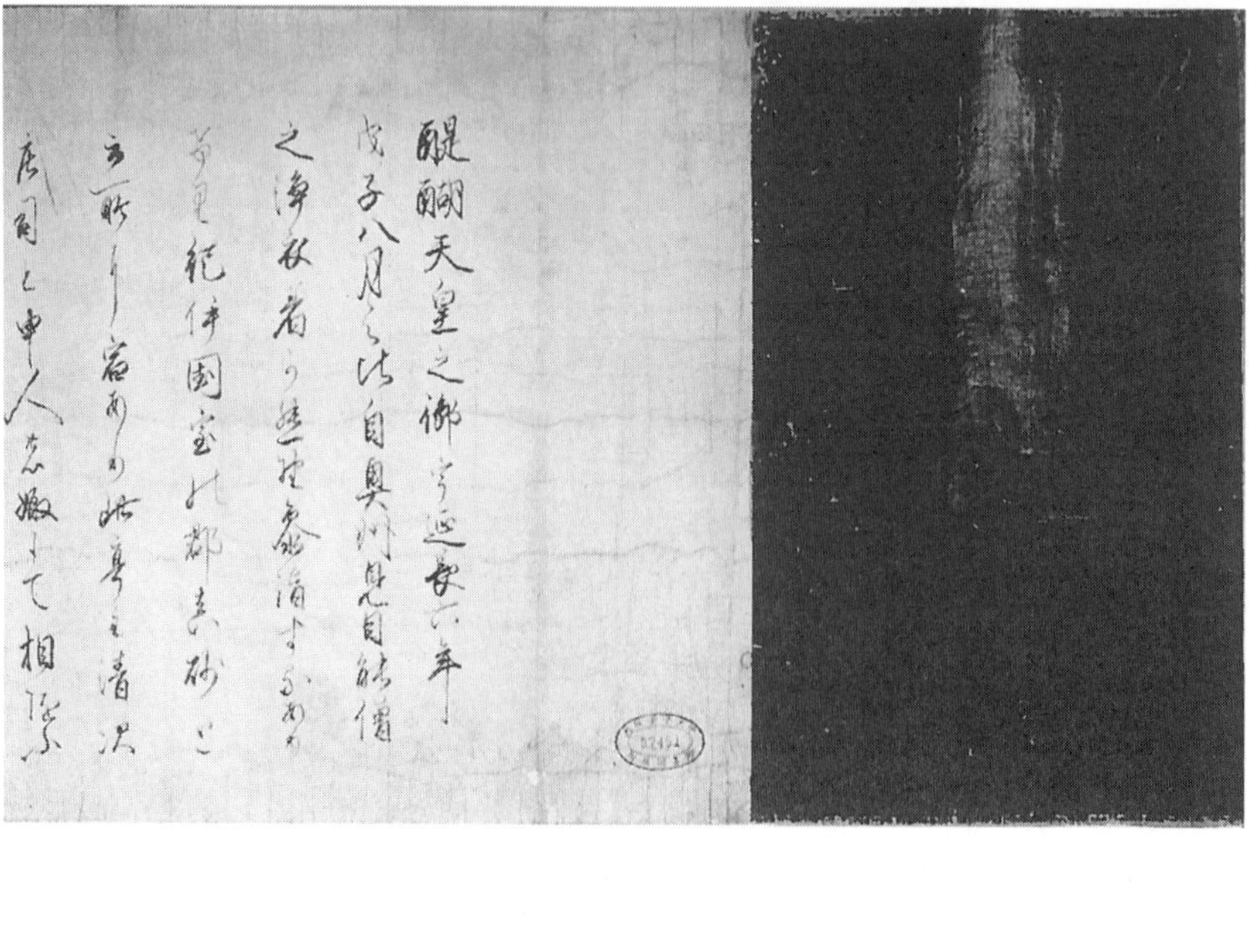

〈影印 4〉

〈影印 6〉

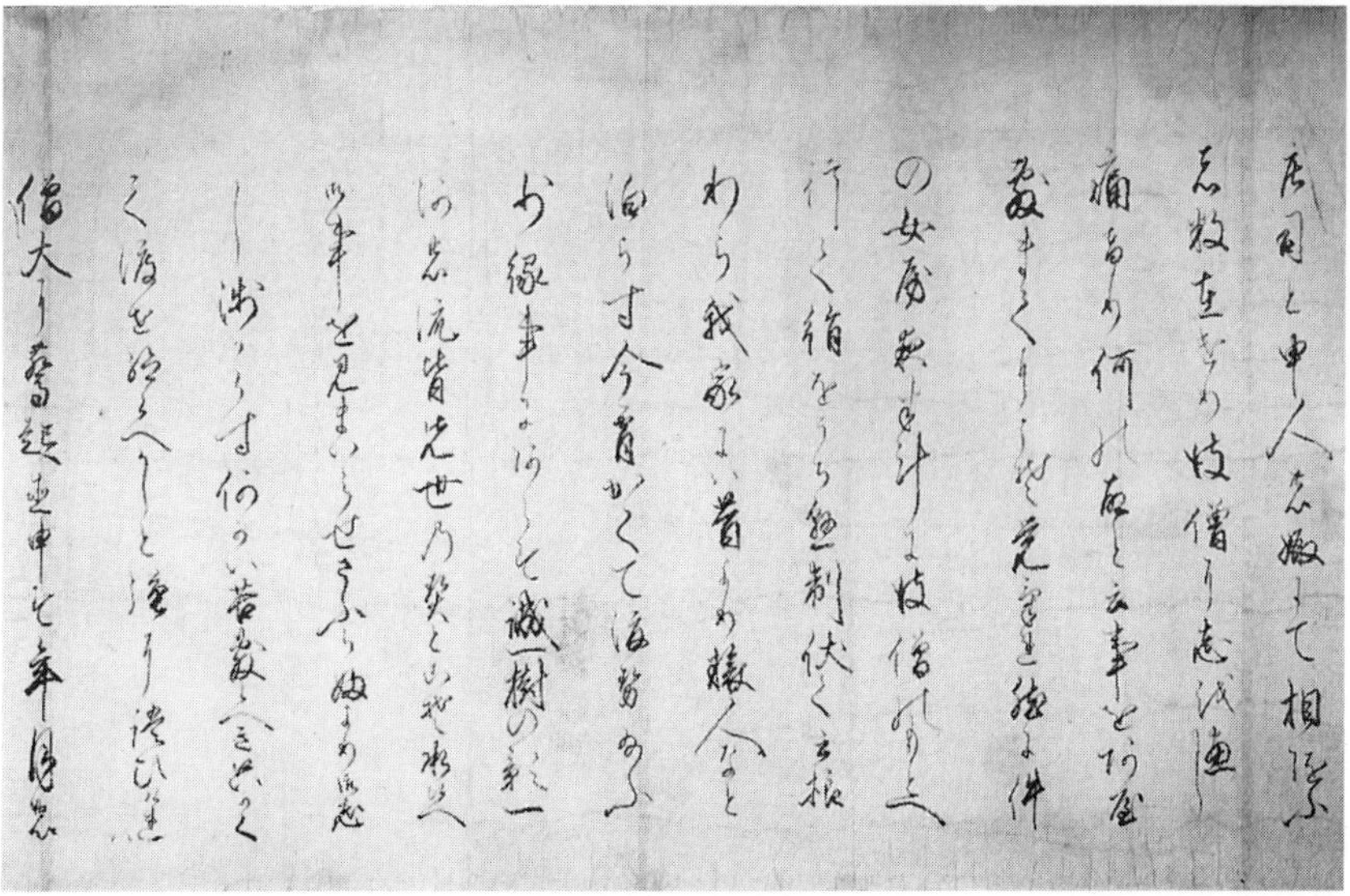

〈影印 7〉

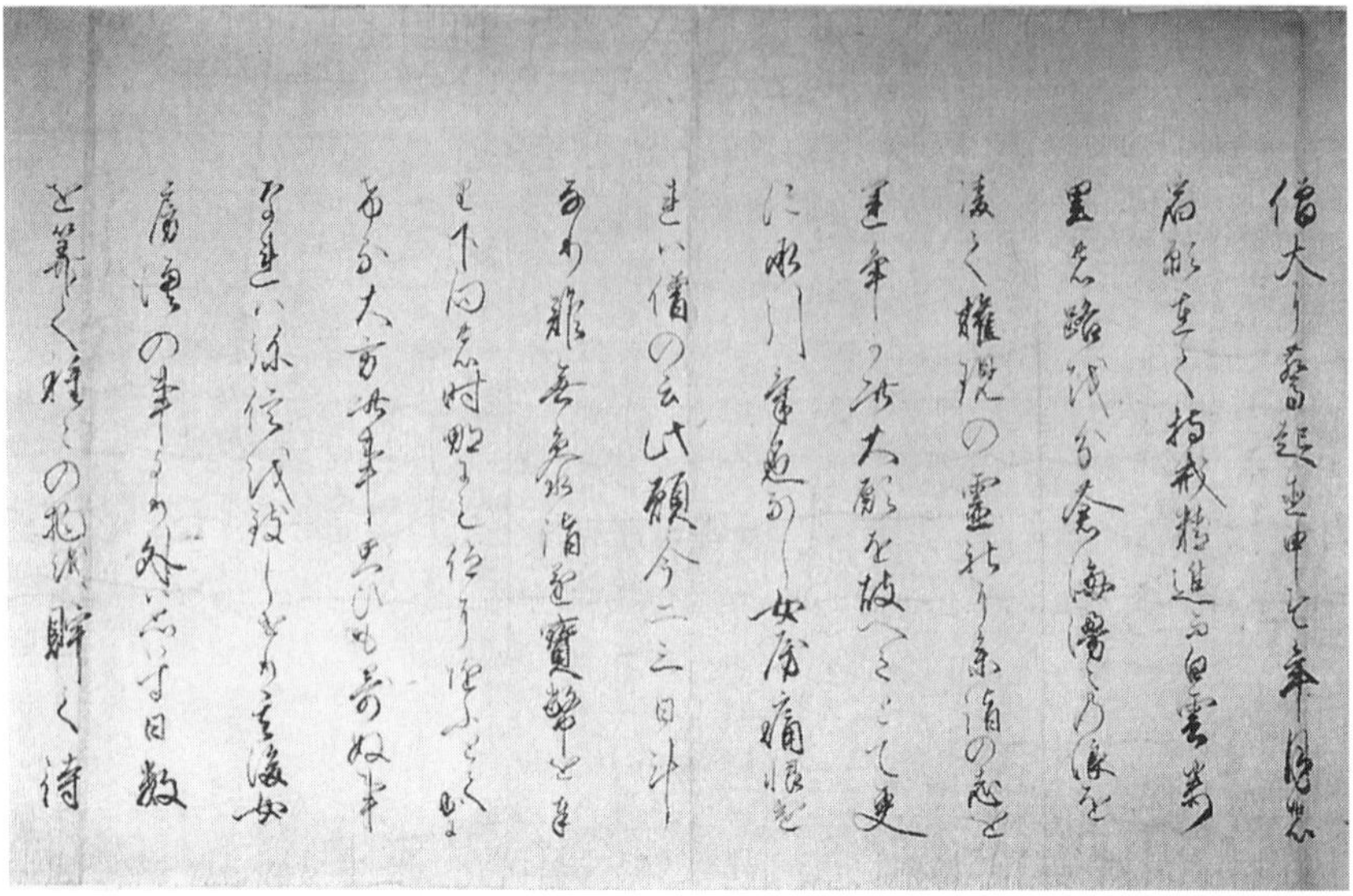

〈影印 9〉

〈影印８〉

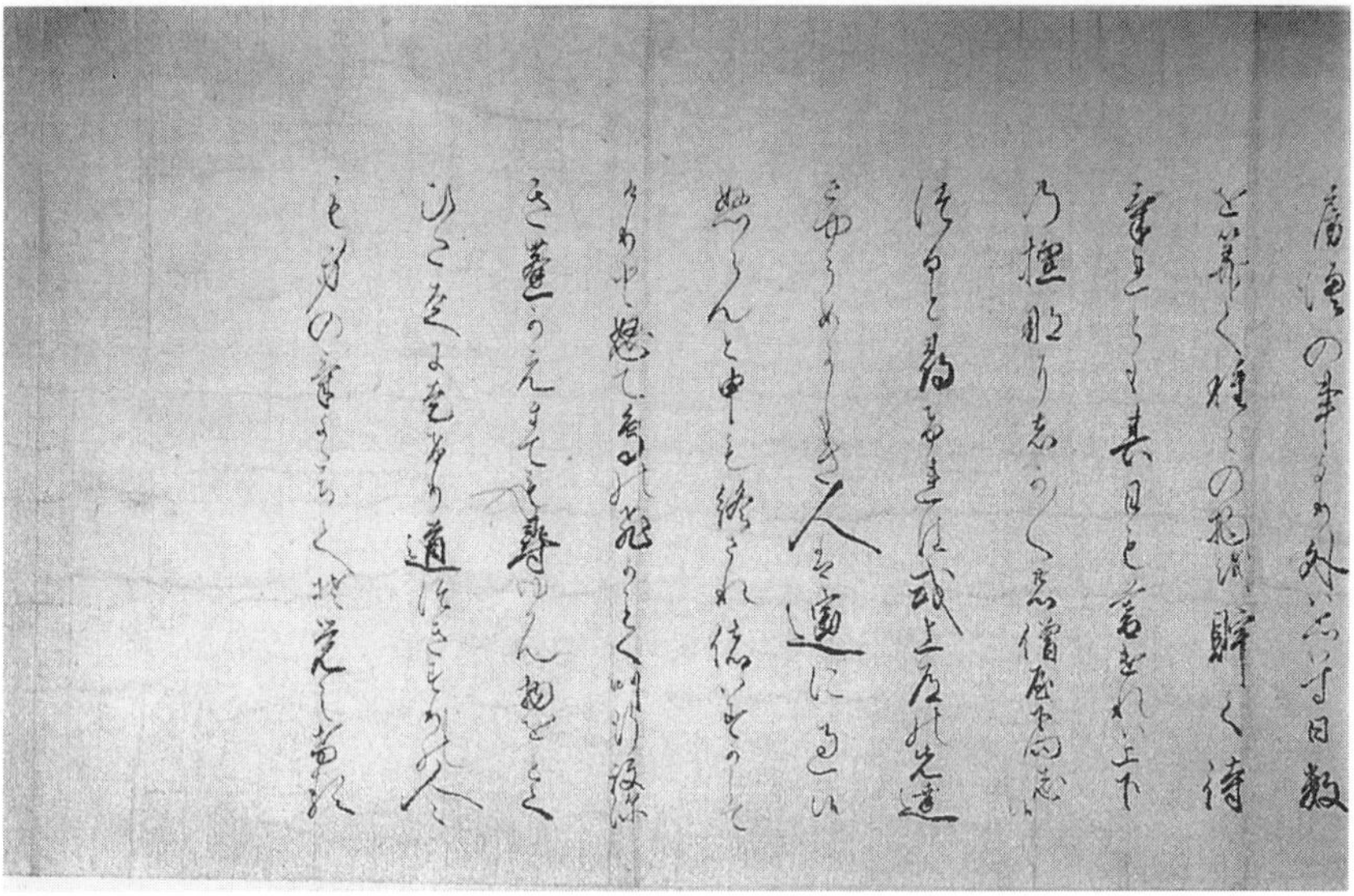

〈影印10〉

〈影印11〉

〈影印13〉

〈影印12〉

〈影印14〉

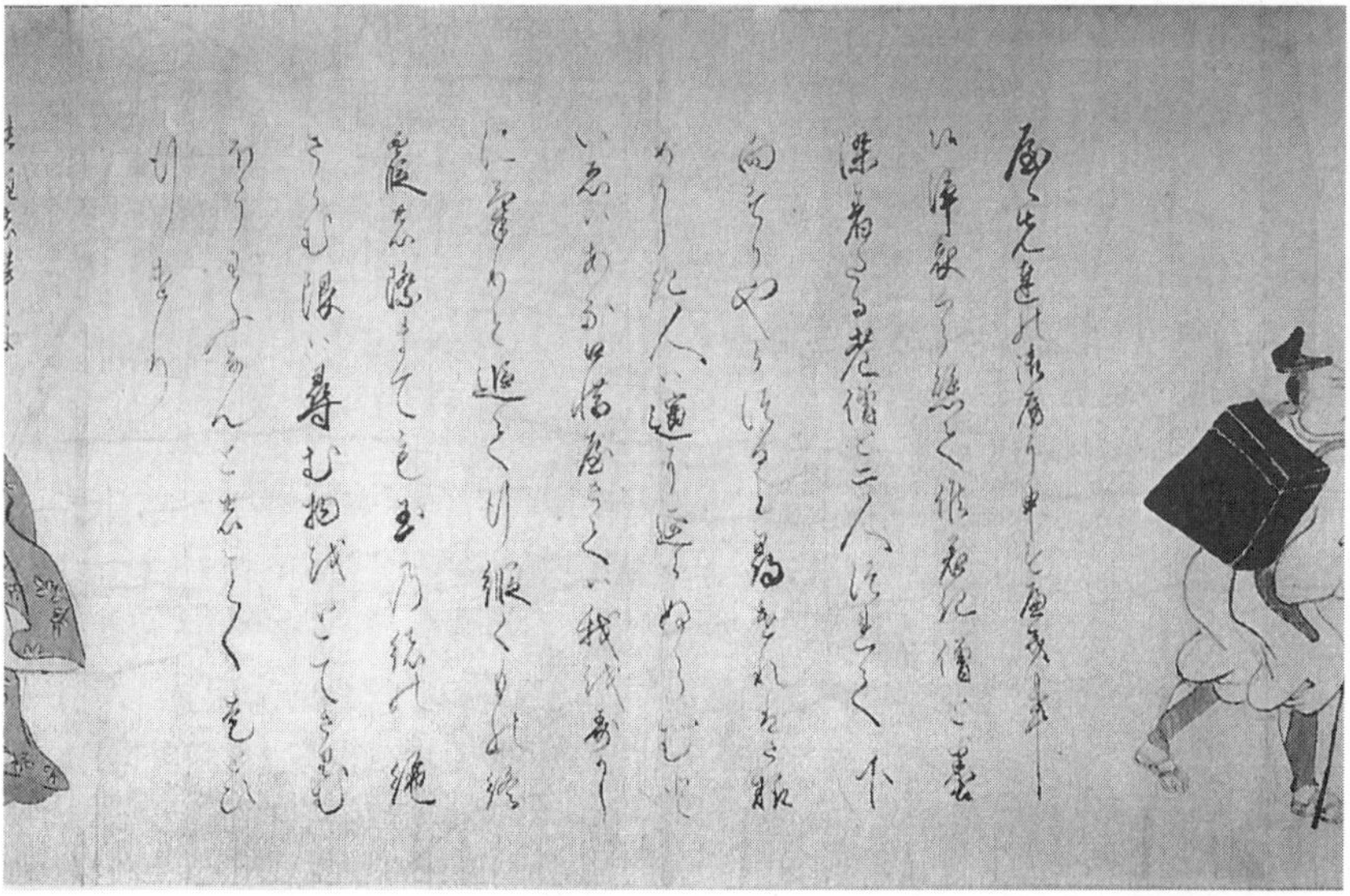

〈影印15〉

〈影印17〉

〈影印16〉

〈影印18〉

〈影印19〉

〈影印21〉

〈影印20〉

〈影印22〉

〈影印23〉

〈影印25〉

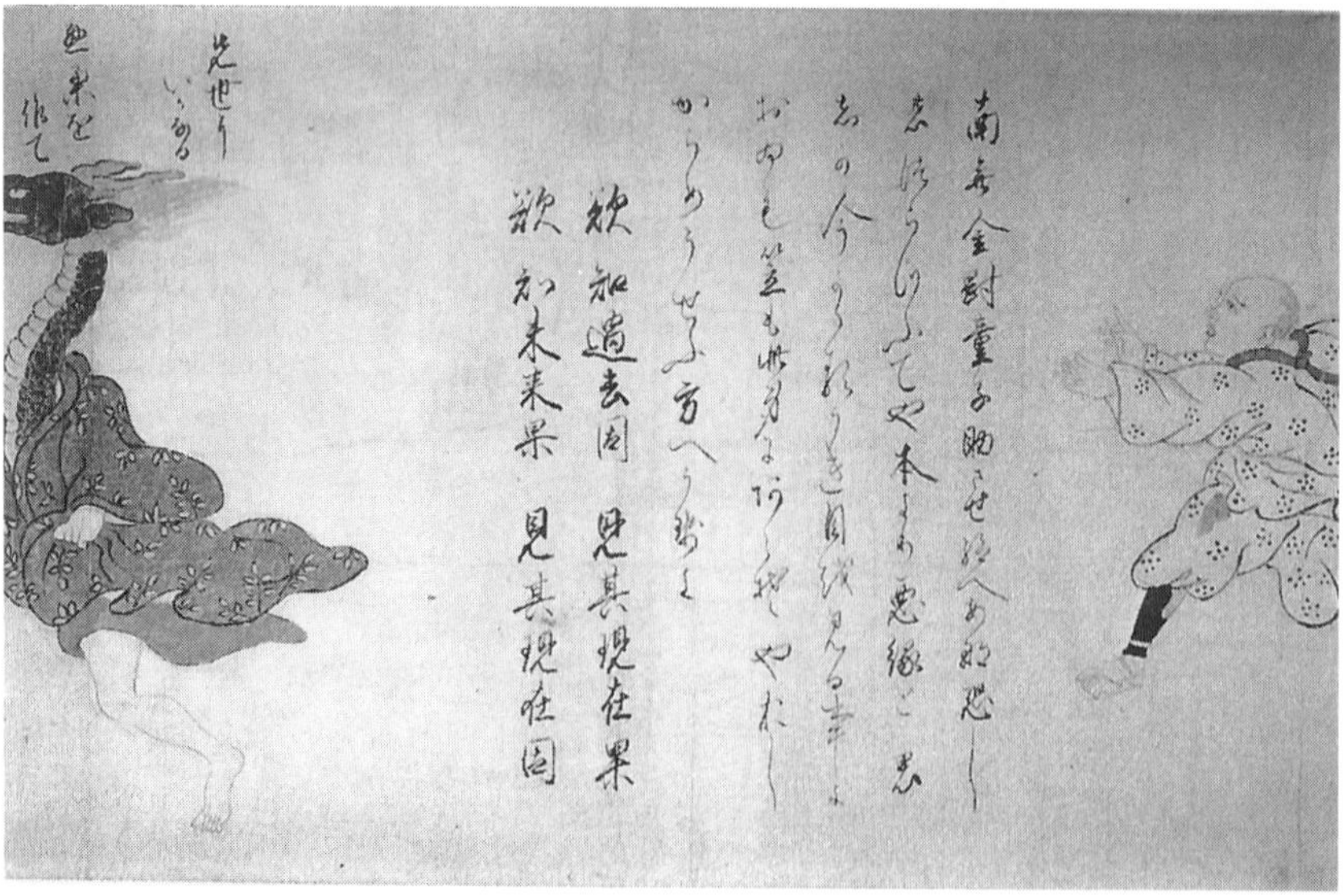

〈影印24〉

〈影印26〉

〈影印27〉

〈影印29〉

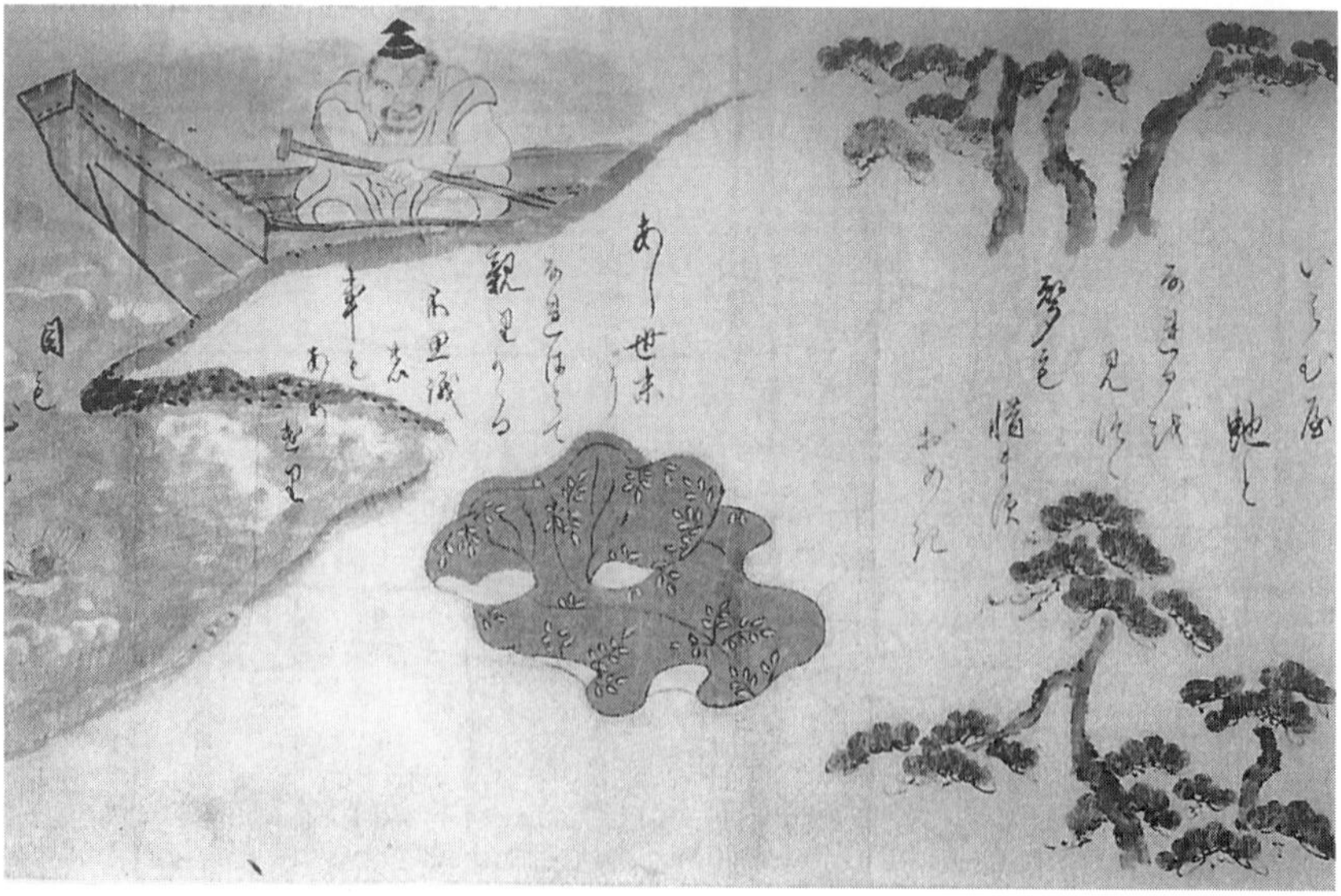

〈影印28〉

〈影印30〉

〈影印31〉

〈影印33〉

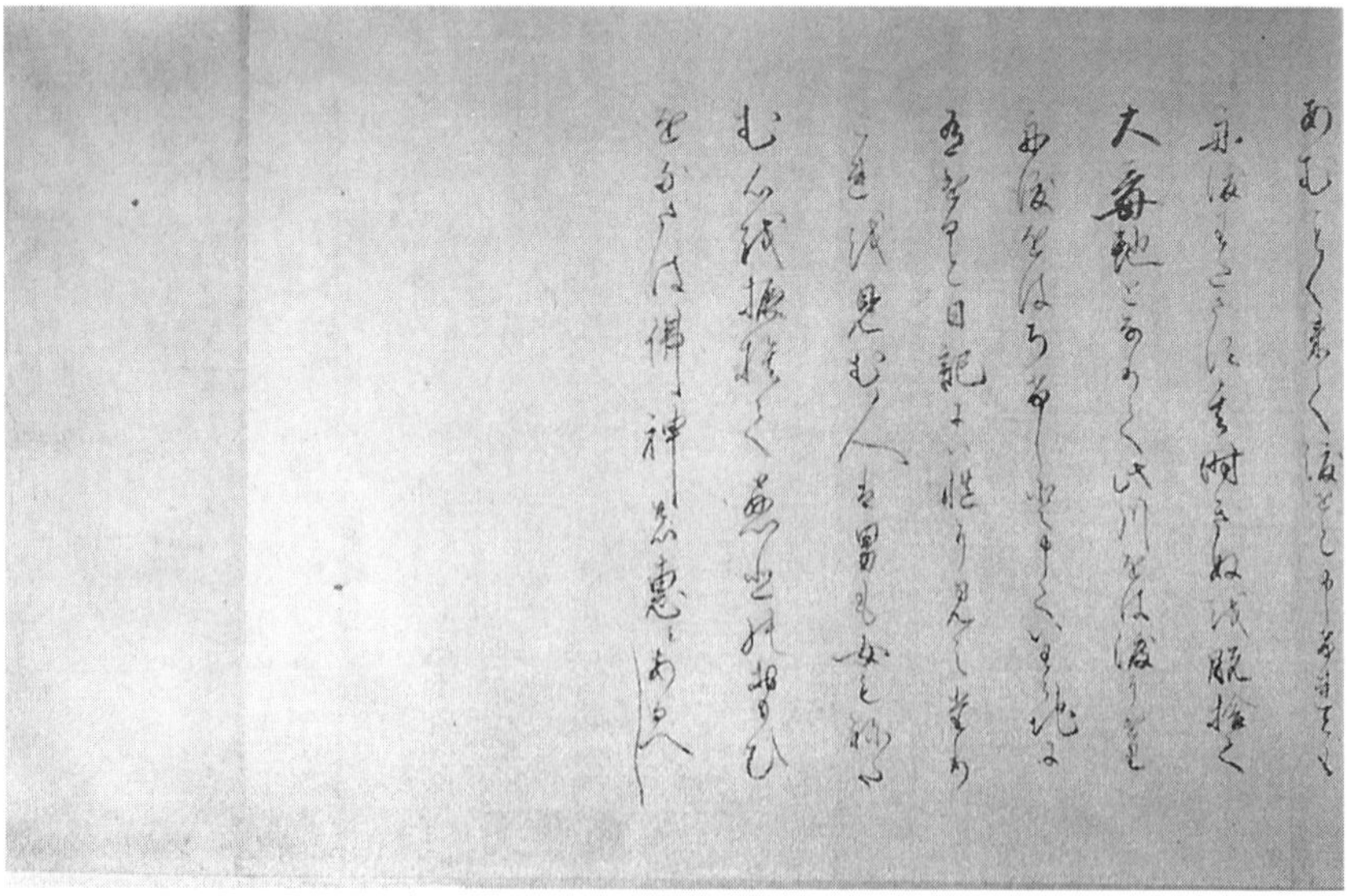

〈影印32〉

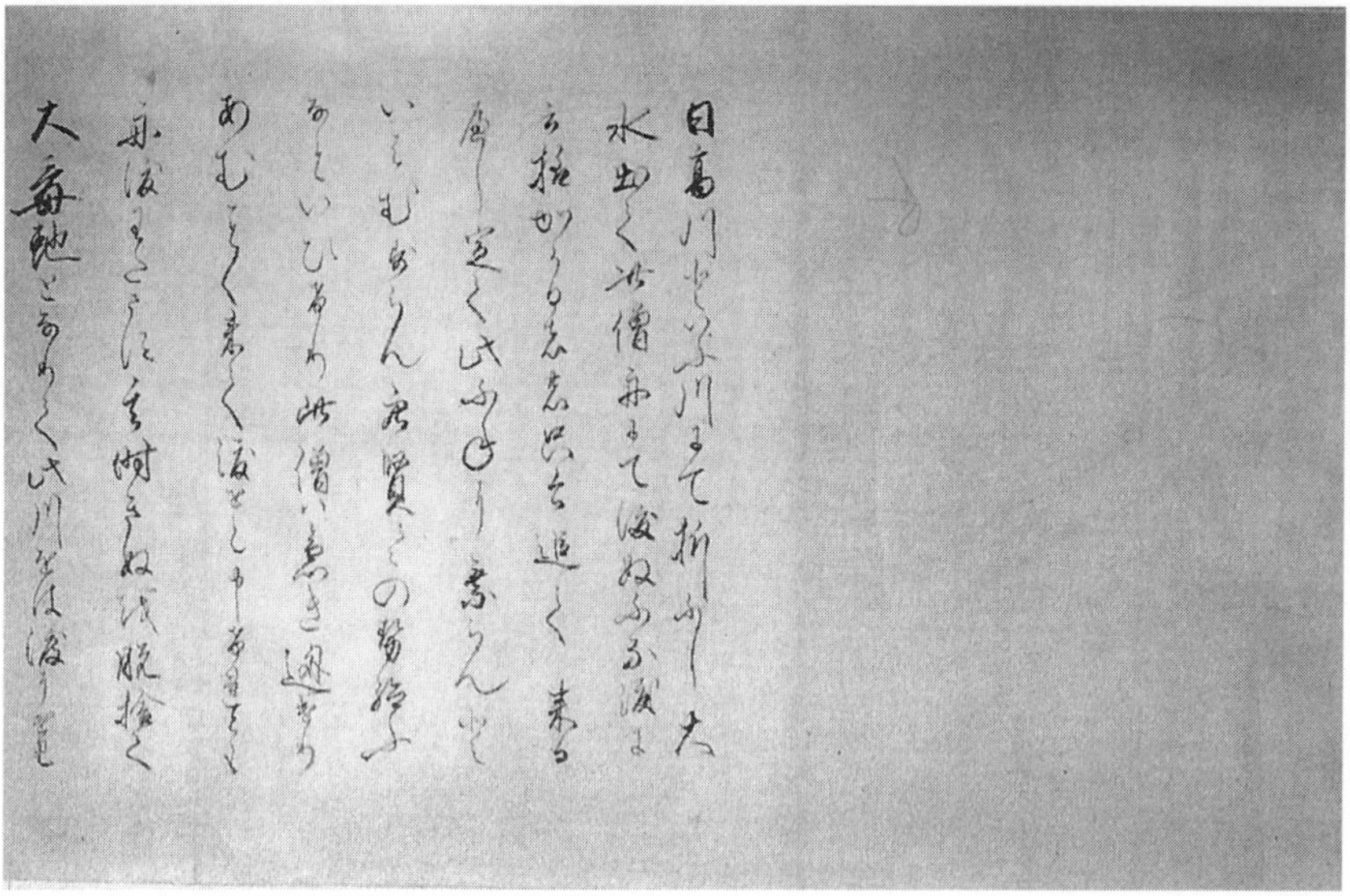

〈影印34〉

〈影印35〉

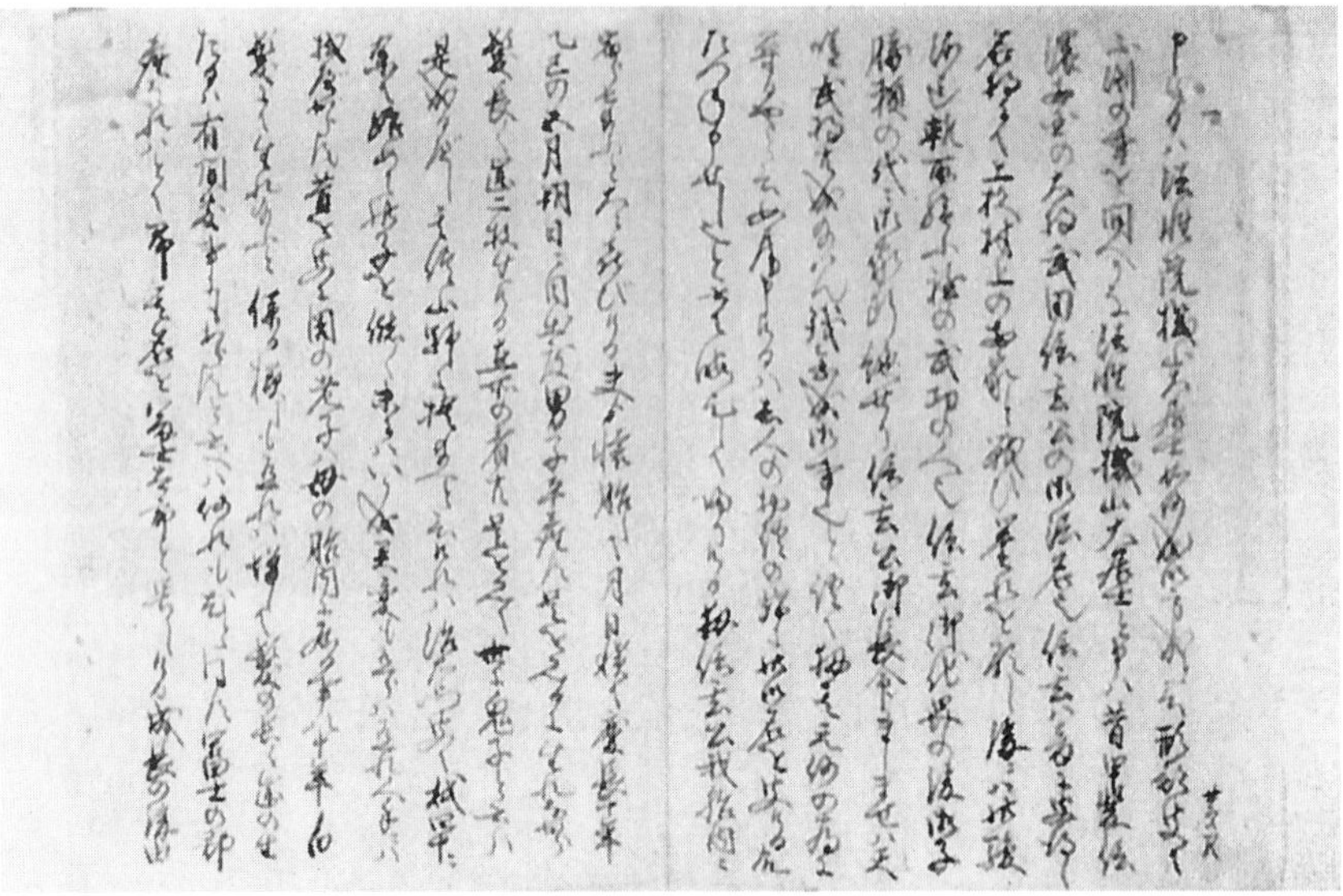

〈影印37〉下巻

〈影印36〉

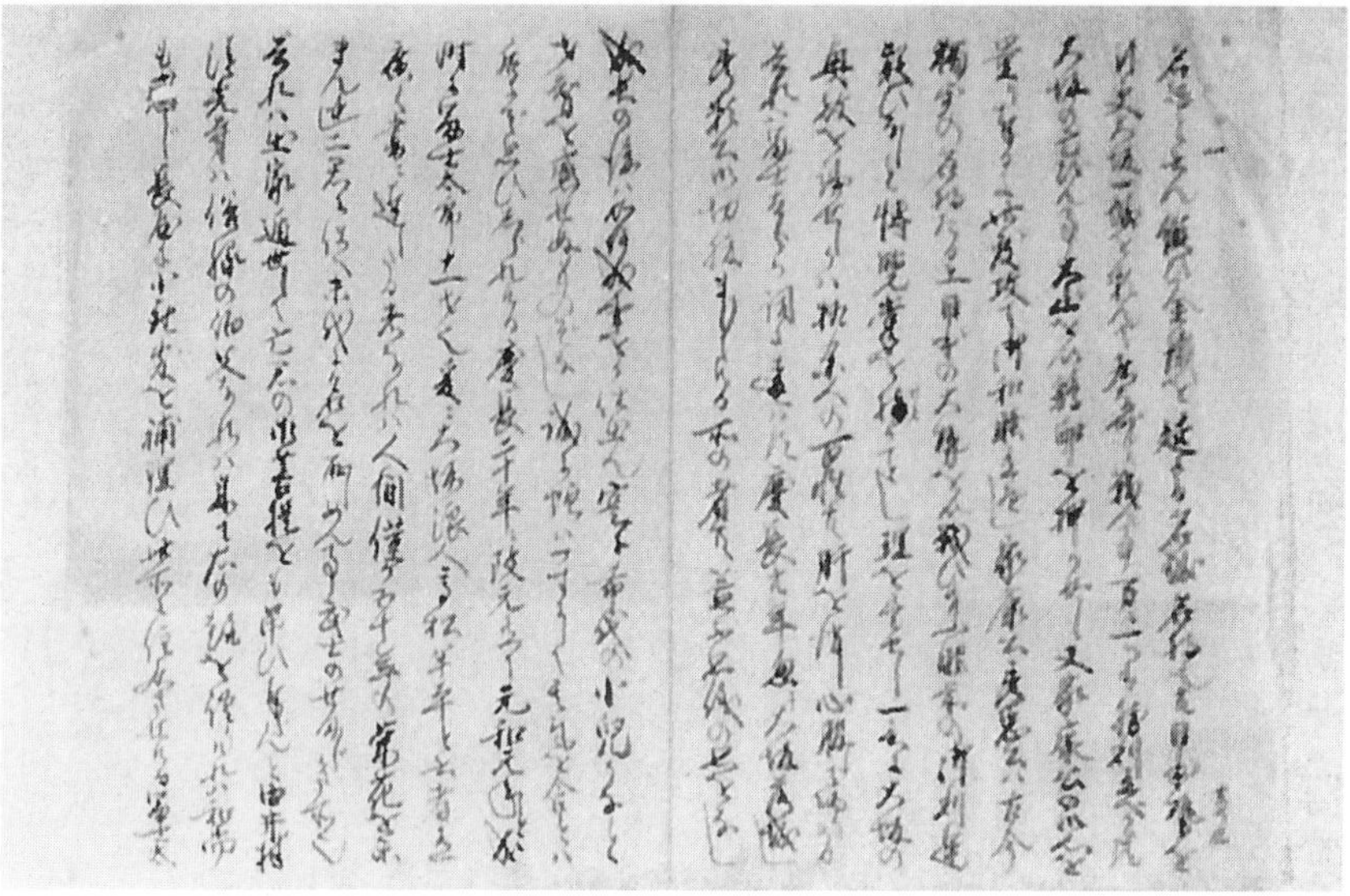

〈影印38〉

〈影印39〉

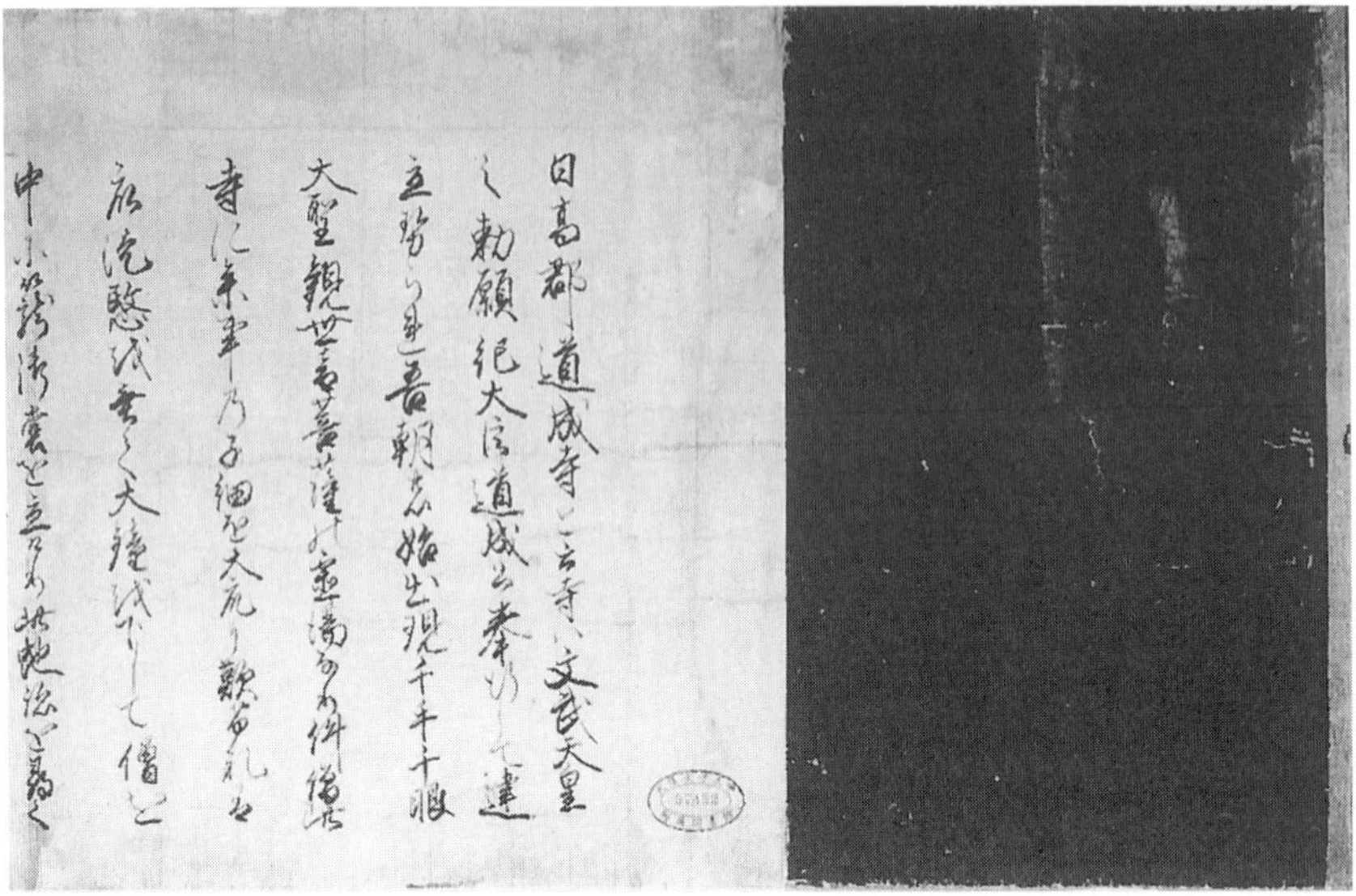

〈影印41〉

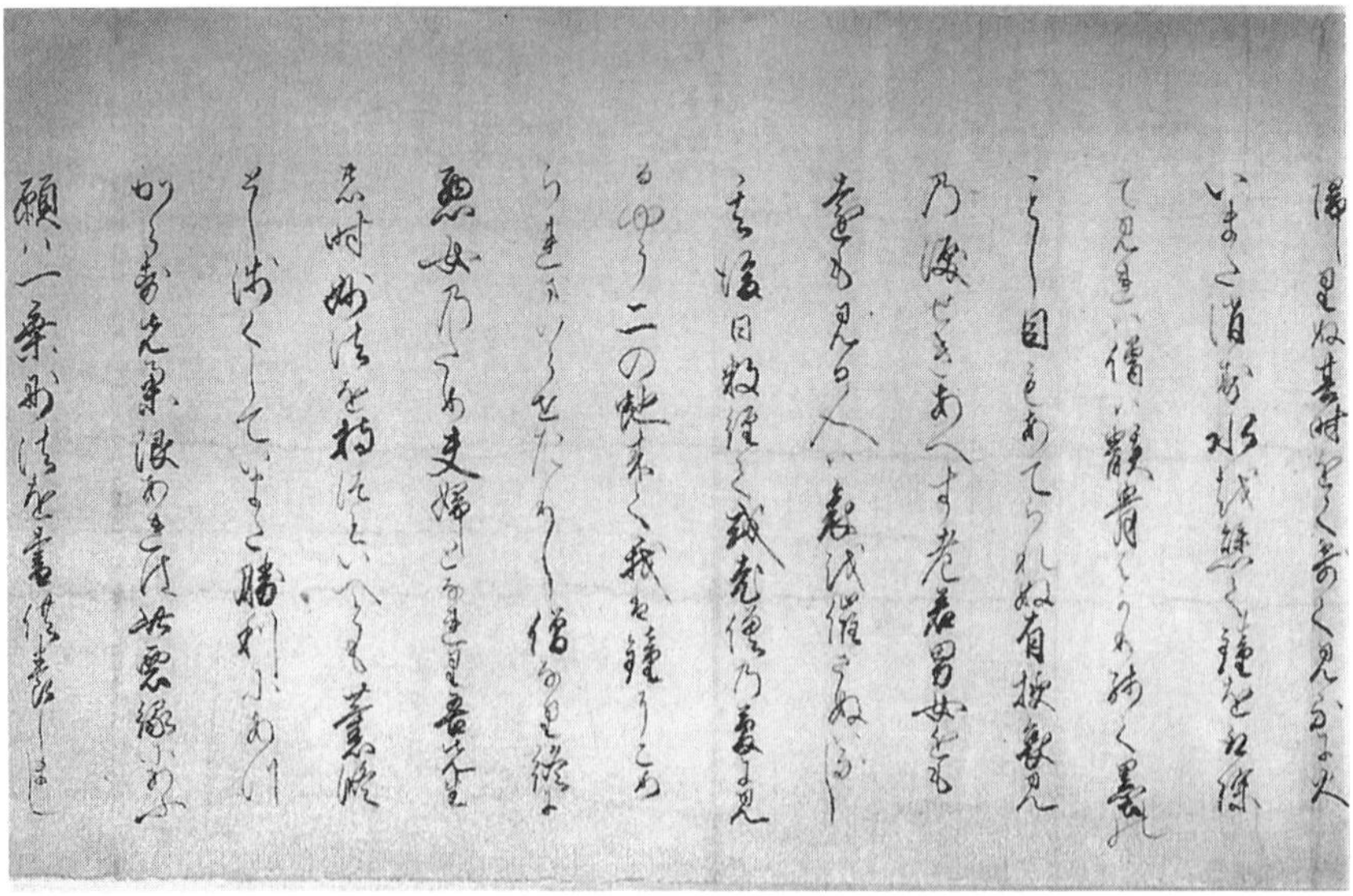

〈影印40〉

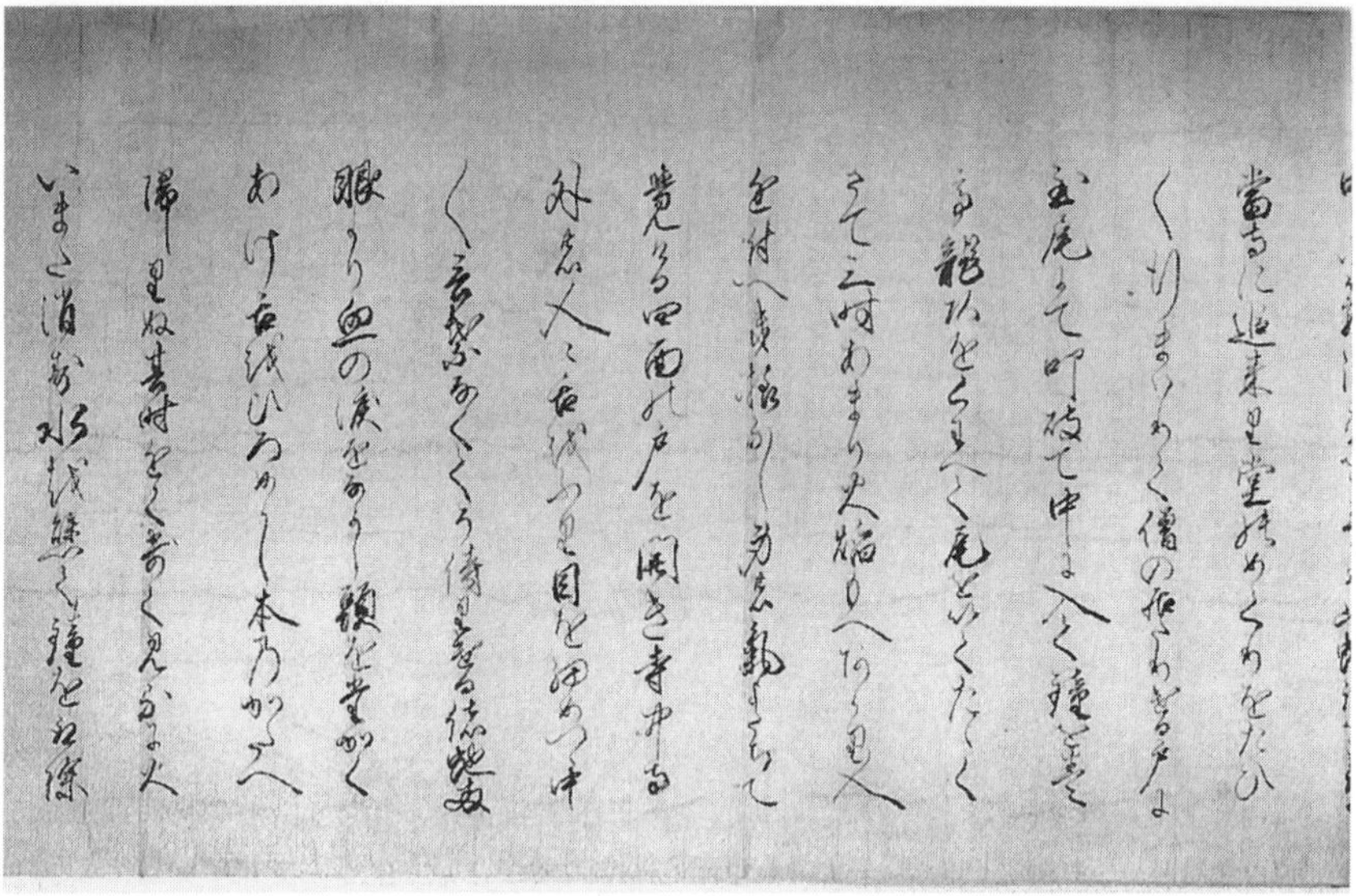

〈影印42〉

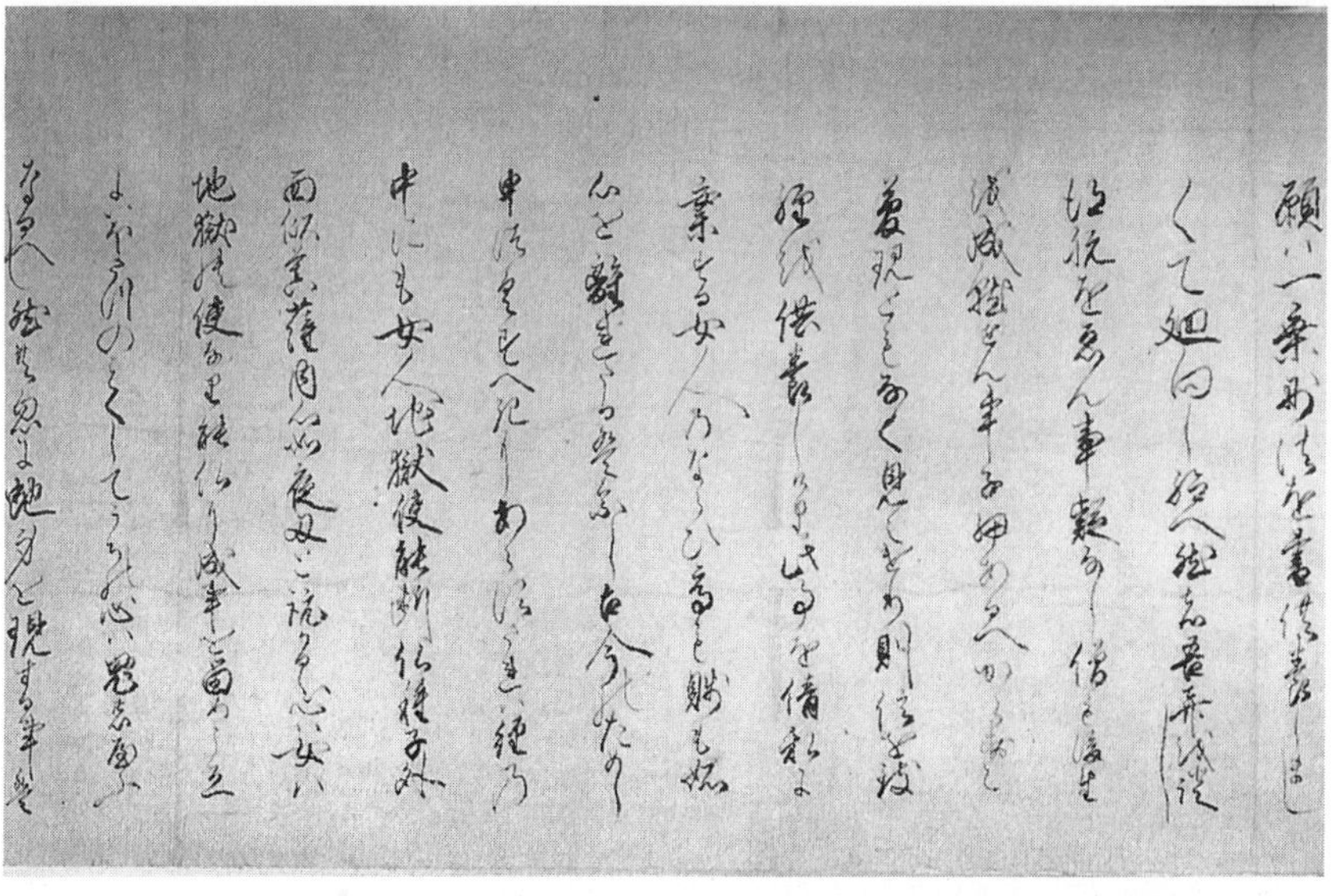

〈影印43〉

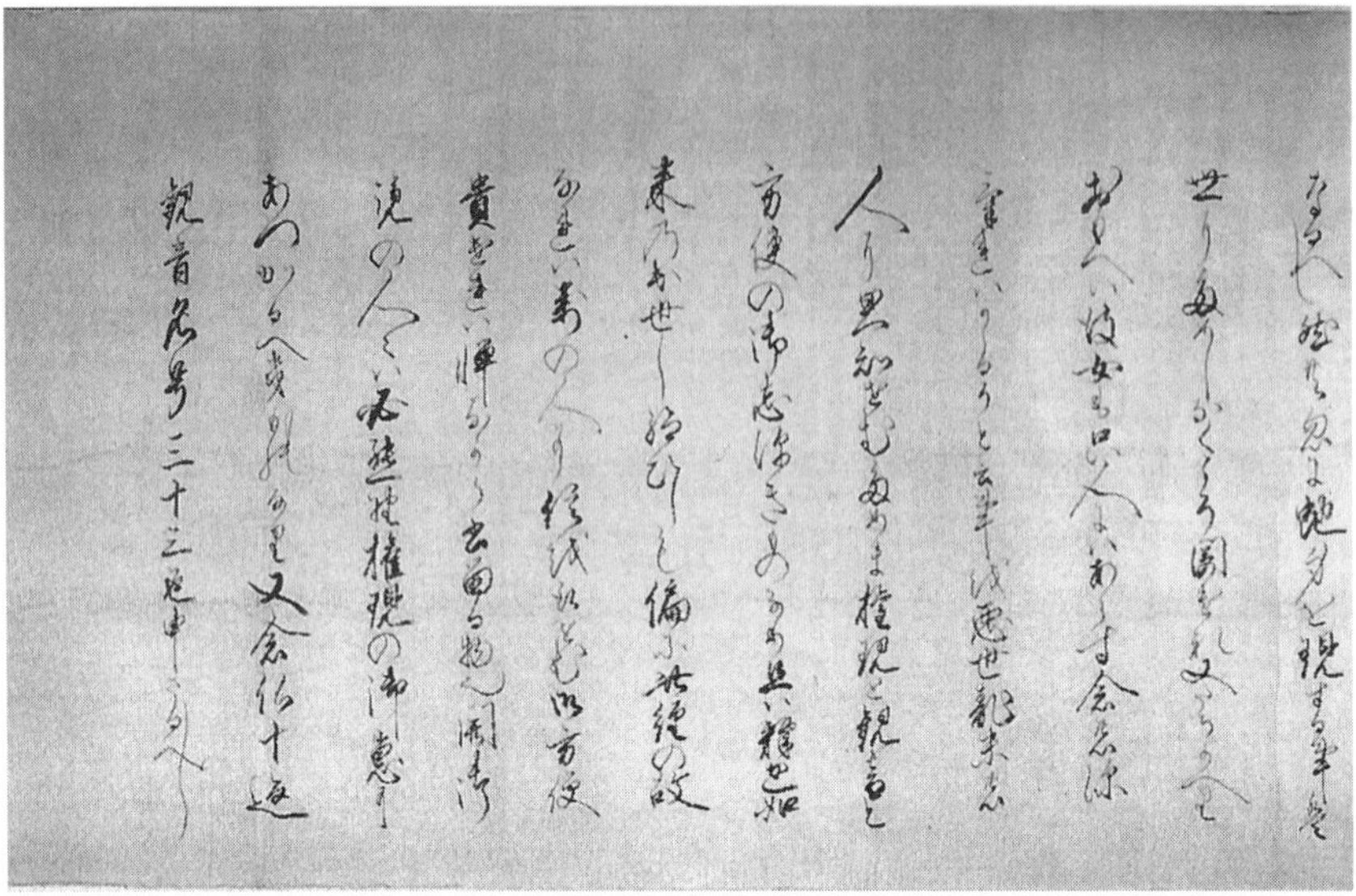

〈影印45〉

〈影印44〉

〈影印46〉

〈影印47〉

〈影印49〉

〈影印48〉

〈影印50〉

〈影印51〉

〈影印53〉

〈影印52〉

〈影印54〉

〈影印55〉

〈影印57〉

〈影印56〉

〈影印58〉

〈影印59〉

〈影印61〉

〈影印60〉

〈影印62〉

〈影印63〉

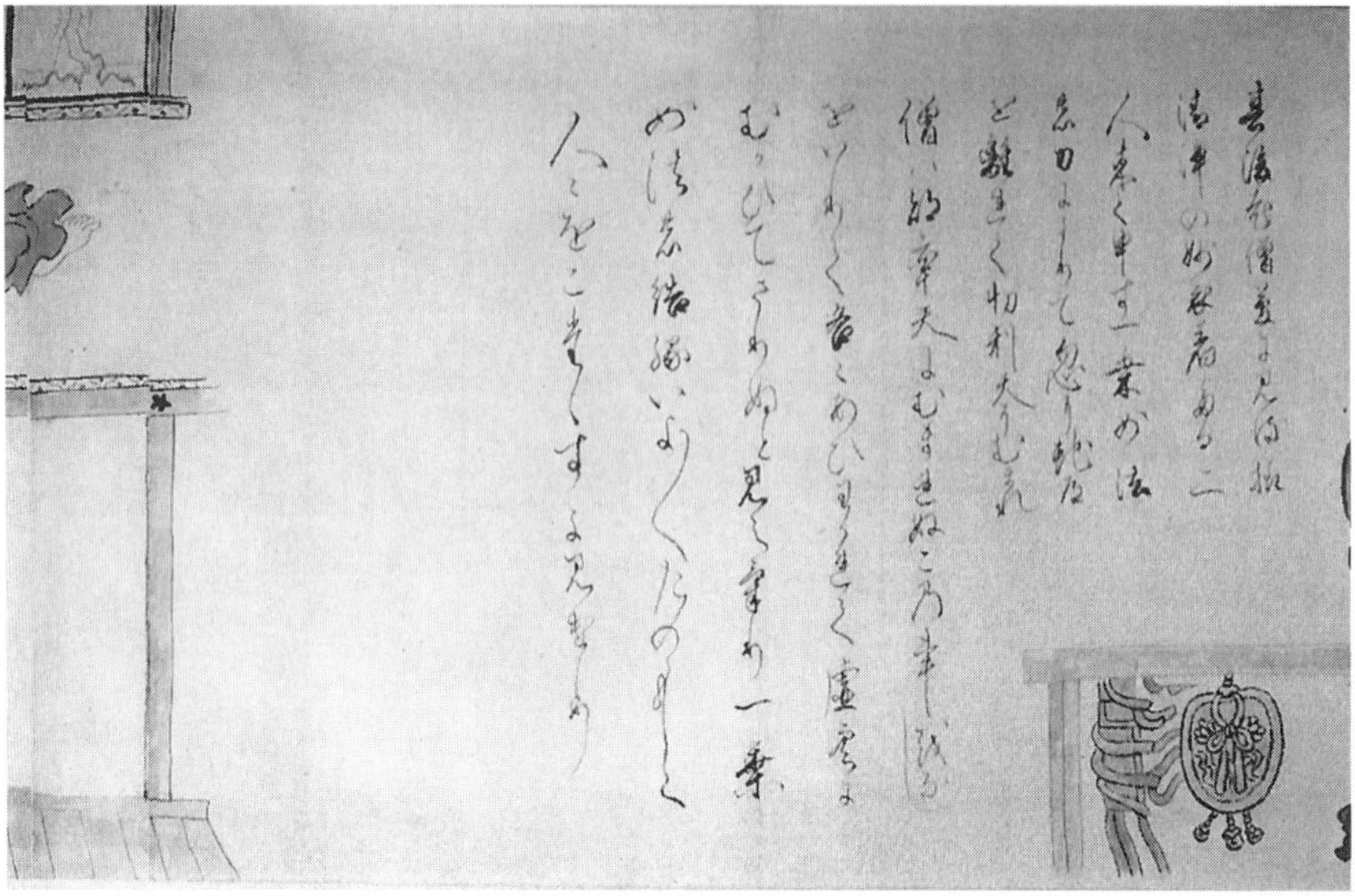

〈影印65〉

〈影印64〉

〈影印66〉

〈影印67〉

〔附記〕

本貴重書籍の写真撮影並びに影印飜刻をご許可いただいた大阪女子大学附属図書館御当局に対して、改めてここに厚く御礼を申し上げる。

また、以前、文部省派遣客員研究員としても同大学にお世話になり、本書の飜刻に関しては、種々の便宜を取り計っていただいた畏友広田哲通氏に深謝申し上げる。

Ⅳ　古代・中世文学関係論攷等

『徒然草』と類書

I、

類書とは、数多の書籍より、事項的に関係類似する種々の字句・成句等を抄撮し、さらにそれを類別・分別して一覧化を図ると共に、検索並びに省覧・尋検の便を第一義の旨として編纂されたものを指していう。

それは『版本通義』に、

至㆓類書之輯㆒、不㆑過㆘以広㆓蒐采㆒備㆗検考㆖、其書有㆑経有㆑史、其文或墨或儒、博渉而無㆑所㆑宗、抄㆓撮前人典籍㆒。

（『読本』）

とあることからも、漢籍の海を広く渉猟して、要句・金言佳句等を抄撮し、「検考に備」えたものであることが如実に知られる。[1]

やがてこうした類書が、漢詩文作成等に絶大な威力を発揮し始めると、官吏登用の高等文官資格試験たる「科挙（秀才・明経・進士・明法・明算）」（とくに博学鴻詞科）の受験等と相俟って唐代に至ると、加速度的に盛行していったであろうことが予想される。

我が国においても、平安朝初期の天長八年（八三一）に滋野貞主によって、『秘府略』全一千巻（現存二巻・百七十則のみ存す）が漢土の『芸文類聚』を倣い撰述されると、勅撰・官撰の類書が漢土学術への憧憬をも含め、種々の分野において（所謂六世紀以降の漢文学流行を背景とした和製類書の編纂が、「文章は経国の大業」なりを標榜する嵯峨・淳和両帝の弘仁・天長期の情勢に足並みを揃えるようにして撰述されていく）編まれ始める。[2]

しかし、平安中後期にまで至ると、国家の一大事業として急務であったものが落ち着きを見せ出し、やがてそれが私撰的なものへと緩やかに移行してゆく。

例えば、源為憲の『口遊』・『世俗諺文』等がそれである。当然、それらは幼学書のような平易な形をも一方ではとりながら盛行していくのだが、平安時代末期・鎌倉時代初期頃に至ると（所謂王朝漢文学の衰退・終焉から変容の様を見せようとする新たな武家時代への一大転換期に差し掛かると）、これに呼応するかのように九条良経の『玉函秘抄』、菅原為長の『管蠡抄』、藤原孝範の『明文抄』等、それまでの古代とは違った新たな和製類書群が登場してくることになる。

それは、平安時代中期以前の高度な漢文学咀嚼の実力に比べ、漢学力の著しく減退する平安時代末期にまで至ると、こうした和製類書が、作詩・作文等に際して必要とされ始め、その需要に応えるかのように、より簡便で通俗的なものになっていったと考えられる。

ただ、数多の和製類書に引かれる要句・故事成語・金言佳句等は、所詮、漢籍からの孫引きであるので、文学作品における和製類書依拠論を云々するには（同文がそれに引用されているわけであるから）、それが漢籍から直接とったものなのか、和製類書に依拠したものなのか、通常は弁別することの出来ないものであるが、その中にあって、『玉函秘抄』・『明文抄』の二書は、漢籍や先行作品等には見えない独自の造語・造成句を有しているところから、和製類書からの引用を証明することが出来るもので、それは、かつて『曽我物語』[3]や『十訓抄』[4]等で論証したように、中世文学に多大な影響を与えているものの一つであるといってよいだろう。[5]

しかし、これから述べようとする『管蠡抄』は、これらの二書とは異なり、世にほとんど出ることがなく、中世ではごく限られた狭い範囲でしか知られていなかったもので、[6]中世後期に至って漸く世に知られるところとなり、『博覧古言』とも名を変え、版本として後代では爆発的に流通していったものである。

Ⅱ、

前章に述べたごとく、中世においては世にほとんど出ることのなかった『管蠡抄』ではあるのだが、『徒然草』とは深い関わり[7]を垣間見せている。

それでは、『管蠡抄』[8]と『徒然草』本文が関わるところをいくつか挙げてみよう。

（1） 吉日に悪をなすに必ず凶なり。悪日に善を行ふに、必ず吉なりと言へり。吉凶は人によりて日によらず。（第九十一段）

これは作者をして、万物変化の道理を考えれば、その吉凶の縁起をかつぐことの無意味さを説いたものであり、『徒然草』の全章段中でもよく知られているものの一つである（『徒然草』の本文引用は、和製類書と関わりのある部分のみ引用した。以下の引用もほぼ同様である。また、文意を損ねない範囲で、送り仮名・捨て仮名・振り漢字等、若干の手を加えている）。

この出典はこれまで、漢土の類書たる『事文類聚前集』十二・天時部「陰陽避忌」にある、

其凶也必由㆓於人㆒、其吉也必由㆓於人㆒、故吉人凶其吉、凶人吉其凶、一㆓於人之所㆒㆑為而已矣。

が『徒然草』の本文に近く、出典と考えられてきたものであるが、和製類書の『管蠡抄』第八「吉凶依政」と同第八「吉凶」の二項には、さらに本文に近い、

吉凶不㆑替《ママ》在㆑人、惟天降㆓災祥㆒在㆑徳尚書（『尚書』四・商書「咸有一徳」を出典とする）。

行㆑善則吉、行㆑悪則凶九経要略（『九経要略』を出典とする）。

行レ善則休徴報レ之、行レ悪則咎徴随レ之孝経（『古文孝経』「孝治章第九」孔安国註を出典とする）。

の三則の成句を見出すことができる。

（2）人、死を憎まば、生を愛すべし。存命の喜び、日々に楽しまざらんや。愚かなる人、この楽しびを忘れて、いたづがはしく外の楽しびを求め、この財を忘れて、危ふく他の財を貪るには、志満つ事なし。（第九十三段）

これははじめ牛の売買を例にとって、生と死への無常の認識を問いかけたもので、生存そのものへの喜びを自覚することのない、こうした謂わば心の外にある快楽、財宝に目を奪われる者達の望み（欲望）というものは、決して今生において満たされることなどないものだという。

この句の出典は、これまでもとくに触れられたことはないが、『管蠡抄』第二「誡奢」には、

傲不レ可レ長、欲不レ可レ縦、志不レ可レ満、楽不レ可レ極礼記（『礼記』「曲礼上篇第一」を出典とする）。

の成句が引かれており、何らかの関わりが考えられる。

（3）食は人の天なり。よく味を調へ知れる人、大きなる徳とすべし。（第一二二段）

食は「人の天」ともいうべき大切なものであるが、調味の心得のある人は、それだけで優れた徳が備わっているという、この章段の一文は、『管蠡抄』第二「政農」に、

食為二人天一、農為二政本一帝範（『帝範』「務農篇第十」を出典とする）。

と引かれてある。

（4）まことに、かなしからん親のため、妻子のためには、恥をも忘れ、盗みもしつべき事なり。されば、盗人を縛《いまし》め、僻事をのみ罪せんよりは、世の人の饑《う》えず、寒からぬやうに、世をば行はまほしきなり。人、恒の産なき時は、恒の心なし。人、窮まりて盗みす。世治らずして、凍餒《とうたい》の苦しみあらば、科の者絶ゆべからず。（第一四二段）

良い政治が行なわれていない世において、人は日々の暮しに窮すれば盗みをするのは当然の成り行きだという、為政者への善政を促すこの章段の「人、窮まりて盗みす」の一文は、これまで『孔子家語』五「顔回篇第十八」に見える、

鳥窮則啄、獣窮則攫、人窮則詐、馬窮則佚。

や、『論語』「衛霊公篇第十五」の、

子曰、君子固窮、小人窮斯濫矣。

などがその出典ではないかと考えられてきたものであるが（もちろん、この成句は和製類書にも引かれている）、『管蠡抄』第七「盗賊」にある、

礼儀生二於富足一、盗竊起二於貧窮一漢書（『後漢書』四十九「王充王符仲長統列伝第三十九」の「是故礼儀生二於富足一、盗竊起二於貧窮一、富足生二於寛暇一、貧窮起二於無日一」を出典とする）。

の方が、『徒然草』の本文の出典としてはより近いものであろう。

（5）世を治むる道、倹約を本とす。女性なれども、聖人の心に通へり。天下を保つほどの人を子に持たれける。まことに、ただ人にはあらざりけるとぞ。（第一八四段）

障子紙節約の仕儀から、松下禅尼をただ者ではないとし、さすがに時の人を子に持つだけのことはあるともいう。そしてそれは為政者が世を治めていくために必要な倹約を本とする心にも自ずから通じているのだとする「世を治むる道、倹約を本とす」の一文も、これまでに出典追及のなかったものの一つであるが、『管蠡抄』第二「誡奢」、同第二「倹約」の二項には、

奢則不遜、倹則固、与二其不遜一也、寧固論語（『論語』「述而編第七」を出典とする）。

曽子曰、国奢則示レ之レ以レ倹、国倹則示レ之レ以レ礼礼記（『礼記』にこの句見えず）。

などの二則の成句があり、そこに何らかの関わりが窺える。

（6）城陸奥守泰盛は、双《そう》なき馬乗りなりけり。馬を引き出させけるに、足を揃へて閾《しきみ》をゆらりと越ゆるを見ては、「これは勇める馬なり」とて、鞍を置きかへさせけり。また、足を伸べて閾に蹴あてぬれば、「これは鈍くして誤ちあるべし」とて、乗らざりけり。道を知らざらん人、かばかり恐れなんや。（第一八五段）

（7）吉田と申す馬乗りの申し侍りしは、「馬ごとに強《こわ》きものなり。人の力、争ふべからずと知るべし。乗るべき馬をば、先づよく見て、強き所、弱き所を知るべし。次に、轡・鞍の具に危き事やあると見て、心にかゝる事あらば、その馬を馳すべからず。この用意を忘れざるを馬乗りとは申すなり。これ秘蔵の事なり」と申しき。

（第一八六段）

（6）・（7）は、共に乗馬に関して名人の域に達している者のみが持つ、恐るべき観察力とその思慮深さ、用心深さ等について述べたものである。

これは名人・達人の境地・心境に強い関心を抱く兼好が鎌倉に赴いた際に耳にしたのではないかといわれている（基になるような逸話は未だ確認されていない）。しかし、『管蠡抄』第八「慎未然」には、その乗馬の名人の心構えにほとんど重なり合う、次の成句が用意されている。それは、

智者之慮、慮二於未レ形、達者所レ視（ママ）、視（ママ）二於未レ兆文選（『文選』巻第四十二・阮元瑜「為二曹公一作レ書与二孫権一首」を出典とし、『管蠡抄』は「規」を「視」に作る）。

明者遠見二於未レ萌、智者避二危於無レ形、明者視二於無レ形、聴者聴（イ聡）二於無レ声、謀者謀二於未レ兆、慎者懼（イ慎）二於未レ成臣軌（イ文選）（上句は、『文選』巻第三十九・司馬長卿「上書諫獵一首」を出典とし、「明者視」以下は、『臣軌』「慎密章第七」を出典とするが、『太公金匱』、『史記』等にも同類の句を見出すことが出来る『管蠡抄』の合成句である）。

の二則の成句である。右記に示した『徒然草』の本文を熟読した場合、全くの無関係と一蹴するわけにはいかないも

のだと思われるのだが、いかがなものであろうか。

Ⅲ、

この他、和製類書と『徒然草』とが直接・間接的に関わると考えられるものは八十箇所近くある。(9) 前節ではこの内、『管蠡抄』と関わるところのみ一部分ではあるが剔出してみた。

では何故、中世においてほとんど世に出ることのなかった『管蠡抄』と、『徒然草』とが深い関わりを窺わせているのであろうか。

それは、兼好が鎌倉に遊学した時期(10)と、そこの金沢貞顕が『管蠡抄』八巻本を書写した時期(11)（徳治三年〈一三〇八〉二月廿五日）とが一致するところに、その答えは求められよう。おそらく兼好と金沢貞顕は書写し終ったばかりの『管蠡抄』の話題に及んだことが考えられ、或いは『管蠡抄』を兼好は借用し、それを実見していた筈だからである。

※

叙上に触れ得なかった事項も少なくはないが、紙幅に限りのあることなれば、ひとまずここで擱筆することとする。

〔註〕

（1）例えば、時の碩学たる菅原道真も、『菅家文草』巻第七「書斎記」（『本朝文粋』巻第十二「記」にも収載される）に、

学問之道、抄出為レ宗、抄出之用、稾草為レ本、余《ワレ》非二正平之才一、未レ免二停滞之筆一《ヲ》、故《ニ》此間《ニ》在《リトシ》々《ル》短札者、惣《テ》是抄出之稾草也。

として、学問に必要不可欠な「抄出之用」を述べている。

（2）本邦で編まれた類書を一括して便宜的に和製類書と称している。類書はその編纂時の目的によって細かく分けると、幼学

書、教訓・啓蒙書、金言集等々に分類（機能的には類書に他ならない）されるが、いずれにせよ適切な汎称が見当たらないので、この称を統轄的かつ便宜的（製作目的よりも使用実態から見て）に用いている。

（3）拙稿「仮名本『曽我物語』攷――太山寺本の故事成語引用をめぐって――」（『立命館文学』第五一八号、平成二年九月）、「真名本『曽我物語』出典研究序説――和製類書との関わりから――」（『日本文学の原風景』三弥井書店、平成四年一月）、後に拙著『中世文学の諸相とその時代』（和泉書院、平成八年十二月）に所収。

（4）拙稿「『十訓抄』と『明文抄』――出典攷証から見た為長作者説批判――」（『立命館文学』第五二〇号、平成三年三月）、『中世文学の諸相とその時代』に所収。

（5）・（6）註（3）・（4）前掲論文・前掲書、並びに拙稿「中世軍記物語と和製類書――『曽我物語』を中心に――」（『軍記と漢文学（和漢比較文学叢書第十五巻）』汲古書院、平成五年四月）等参照。

（7）拙稿「『徒然草』と和製類書――もう一つの漢籍受容――」（『伝承文学研究』第四十号、平成三年十二月）、『中世文学の諸相とその時代』に所収。

（8）但し、『管蠡抄』は八巻本に古態があり、十巻本は後代の別人の手になるものなので、十巻本と関わるものはここに掲げていない。

また、『管蠡抄（博覧古言）』に関するものに、川瀬一馬氏（新註国文学叢書『徒然草』補註二二八頁）と、乾克己氏（「徒然草と管蠡抄」・『金沢文庫研究』第二七七号）の先考がある。

（9）註（7）前掲論文・前掲書。

（10）林瑞栄「兼好と金沢文庫」（『金沢文庫研究』第一五六号、昭和四十四年四月）他。

（11）納富常天『金沢文庫資料の研究』（法蔵館、昭和五十七年六月）二三九頁〜二四八頁等参照。

日本文学と和製類書

遥か遠くにたたなづむ日本文学の源流に思いを馳せるとき、私の脳裏にまず浮かぶのは、一群れの類書である。『古事記』（七一二年）や『日本書紀』（七二〇年）は、その制作にあたって、唐土の類書（事項別に金言佳句・説話等を数多の書籍より分類・編集した手引き書）、『芸文類聚』を参看していたことはよく知られている。とくに『日本書紀』はそうである。

こうしたことから、本朝においても和製類書編纂の意識が急速に高まっていったであろうことは想像に難くない。それは、六世紀以降の漢文学の流行を背景としている。――そうした大きなうねりにも似たものが、やがて、「文章は経国の大業なり」を標榜する嵯峨・淳和両帝の弘仁・天長期の情勢等と相俟って、本邦初の和製類書『秘府略』（八三一年成立、滋野貞主撰述・全一千巻であるが、現姿は二巻〈百七十則〉が現存するのみ。全巻揃っていれば一万則近い壮大なものであった）が産み出される契機になったと考えられる。

この『秘府略』は、唐土の先行類書類を集大成したもので、彼の地の一大類書『太平御覧』に先立つこと、実に百五十年余のもので、まさに日本の『芸文類聚』と呼ぶに相応しい不滅の金字塔である。

平安時代初期には、菅原道真の『類聚国史』を始め、『三代格式』・『文鏡秘府論』等の勅撰・官撰のものが出現してくるが、次頁に各時代の文学作品等と深く関わる和製類書を図表にして掲げてあるように、平安時代も中期に至ると、源為憲の『世俗諺文』（上巻のみが残る所謂零本であるが、『平家物語』等の関わりが夙くから指摘されており、中・下巻の散佚が惜しまれる）・『口遊』を始め、『懐中抄』等の私撰のものが出始め、文人達にとって、和製類書がより手近なものとなり、文章作成の恰好の工具となっていく。

平安時代が終わりを告げ、新たな中世を迎えると、時代の要請から和製類書再編の動きが活発化し、藤原良経の『玉函秘抄』（『玉函要文』）、菅原為長の『管蠡抄』、藤原孝範の『明文抄』等が簇出してくるのだが、特に『玉函秘抄』と『明文抄』は、軍記文学を中心とした中世文芸に深く関わっている。

その他にも、『君子集』・『文鳳鈔』・『五常内義抄』（『現当教訓抄』）等、枚挙に遑のない程であるが、その中にあって、中世ではあまり活用されなかった（秘蔵されて世に出なかった）ものに、『管蠡抄』（近世期では、『博覧古言』と名を変えて流布した）があるが、この和製類書は、『金榜集』に強い影響を与え、やがてそれは『金句集』と名を変え、近世において活用されていく。

また、『管蠡抄』は後代に別人の手によって、八巻本から十巻本に増幅され、広く利用されるようになる。八巻本の折りには、前述したように、ほとんど世に出た痕跡を窺えないが、唯一の例外は、『徒然草』と『管蠡抄』がその関わりを垣間見せるもので（拙著『中世文学の諸相とその時代』和泉書院）、それは卜部兼好が金沢に遊学した時期と、そこの金沢貞顕が『管蠡抄』八巻本を書写した時期（徳治三年〈一三〇八〉二月廿五日）とが一致しており、書写された該本を兼好は閲覧する機会に、ゆくりなくも恵まれたようである。

以上のように、和製類書研究はこの十数年で目覚しく進展してきた。先ず第一に挙げねばならぬ研究に、中古文学を中心とした遠藤光正氏の和製類書研究があり、次いで村上美登志の中世における和製類書の享受・使用実態を解明する一連の研究等があり、国語学の見地からは、山内洋一郎氏の詳細な研究があり、神谷勝広氏は、『訓蒙故事要言』（『訓蒙要言故事』）等の和製類書を基に、これまでの近世期の出典研究が、単なる素材論にとどまっているのに対して、当代の所謂「知」の世界に踏み込んでゆこうとする。――すなわち、諸氏の和製類書研究は、ほぼ全域を覆い

〈我が国における主要和製類書の系統図〉

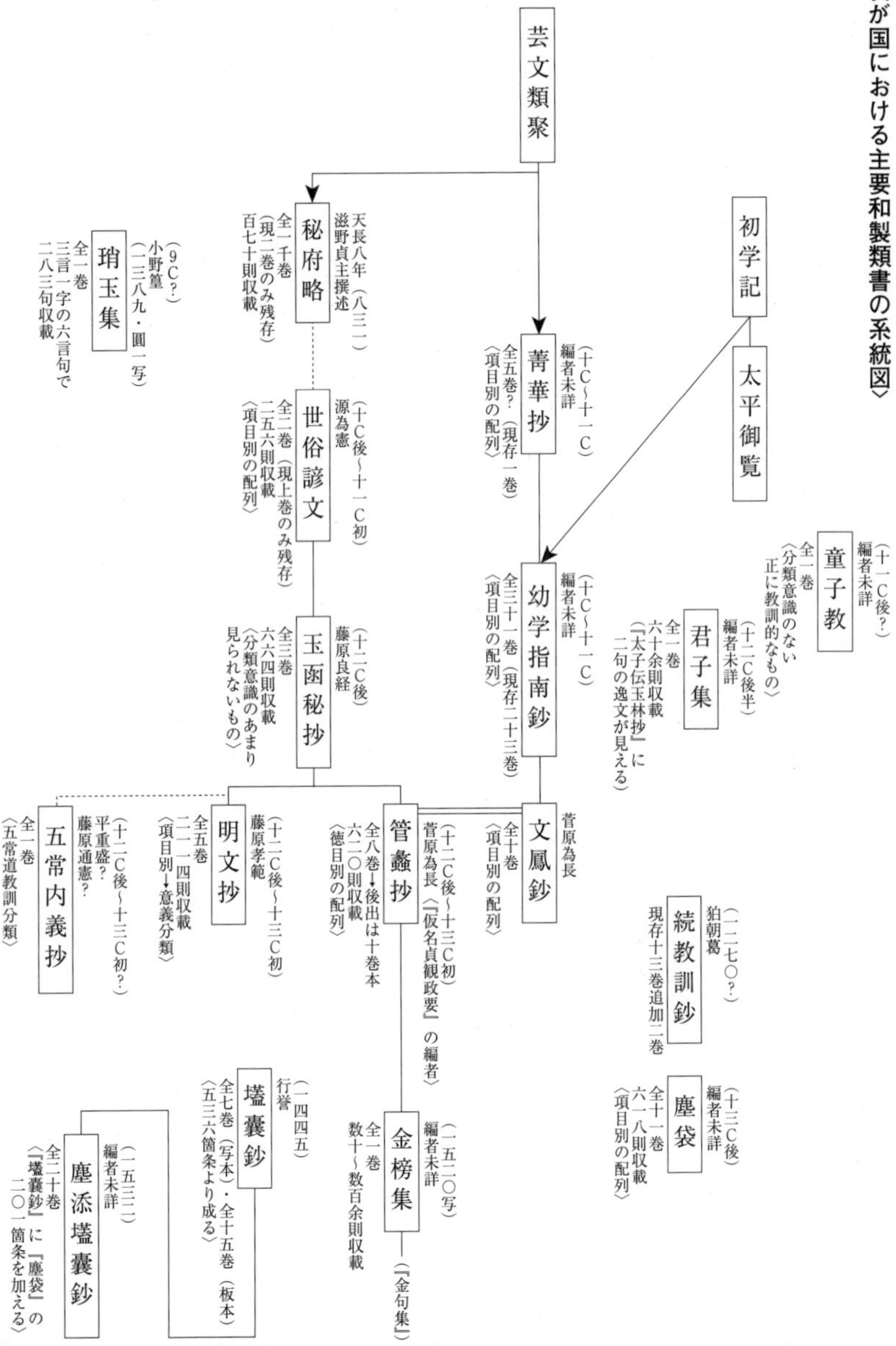
芸文類聚
初学記
太平御覧
秘府略
天長八年（八三一）
滋野貞主撰述
全一千巻
（現二巻のみ残存）
百七十則収載
琱玉集
（9C?）
小野篁
（一三八九・圓一写）
全一巻
三言一字の六言句で
二八三句収載
菁華抄
（十C〜十一C）
編者未詳
全五巻?（現存一巻）
〈項目別の配列〉
世俗諺文
（十C後〜十一C初）
源為憲
全三巻（現上巻のみ残存）
二五六則収載
〈項目別の配列〉
幼学指南鈔
（十C〜十一C）
編者未詳
全三十一巻（現存二十三巻）
〈項目別の配列〉
童子教
（十一C後?）
編者未詳
全一巻
〈分類意識のない
正に教訓的なもの〉
君子集
（十二C後半）
編者未詳
全一巻
六十余則収載
『太子伝玉林抄』に
二句の逸文が見える
玉函秘抄
（十二C後）
藤原良経
全三巻
六六四則収載
〈分類意識のあまり
見られないもの〉
文鳳鈔
菅原為長
全十巻
〈項目別の配列〉
管蠡抄
（十二C後〜十三C初）
菅原為長〈『仮名貞観政要』の編者〉
全八巻→後出は十巻本
六二〇則収載
〈徳目別の配列〉
明文抄
（十二C後〜十三C初）
藤原孝範
全五巻
二一一四則収載
〈項目別→意義分類〉
五常内義抄
（十二C後〜十三C初?）
平重盛?
藤原通憲?
全一巻
〈五常道教訓分類〉
続教訓鈔
（一二七〇?）
狛朝葛
現存十三巻追加二巻
塵袋
（十三C後）
編者未詳
全十一巻
六一八則収載
〈項目別の配列〉
壒嚢鈔
（一四四五）
行誉
全七巻（写本）・全十五巻（板本）
〈五三六箇条より成る〉
金榜集
（一五二〇写）
編者未詳
全一巻
数十〜数百余則収載
（『金句集』）
塵添壒嚢鈔
（一五三二）
編者未詳
全二十巻
〈『壒嚢鈔』に『塵袋』の
二〇一箇条を加える〉

つつある。が、しかし、古代の知識人の学力は高く、類書、とくに和製類書などに頼らずとも作文できると、和製類書の使用実態を認めない立場もある。ちょうどそれは、かつて芥川龍之介の小説（時代物）が、『今昔物語集』等の説話を基に作られているところから、模倣としての低い評価しか与えられなかったことに、謂わんとする主体は変わるものの、どことなく似通うところがある。まことに不思議なことである。十八世紀初頭の文学者であった佛蘭西のヴォルテールも、「独創力は、思慮深い模倣以外の何物でもない」と看破しているではないか。

およそ日本文学、或いは日本の文化風土は、唐土より齎らされた漢字から、平仮名・片仮名を作り出したように、他からの良いものを吸収した後、それを改変しながらさらに高めてゆくところに真骨頂があるのではなかったか。日本の文化、とくに文学は改変の歴史といっても過言ではない。

かくして、日本の文化・文芸における文学的教養、或いはその環境等の全体像を把握し、新たな視野から日本文学の本質を捉え直す、大きな可能性を和製類書研究は内包しており、それ故に向後における更なる研究の発展が、一段と期待されるものである。

「英雄の生涯」における定型[1]

ヤン・ド・フリース
村上　美登志　訳

I、訳者のことば

我が国の悲劇的文学の大きな主題をなすものの一つに「貴種流離」のモティーフがある。

この「貴種流離（譚）」とは、すなわち神、もしくは神に比すべき貴人がその贖罪の為に天上、もしくは天上に比すべき境遇を離れて流浪する物語のことを言う。したがって小野篁の配流、在原業平の東下り、光源氏の須磨流謫、源頼朝の伊豆流離等々、その全てが貴種流離であると言えるが、そればかりではなく、かかる認識から日本の歴史を遡れば、それは日本文学の始原と考えられる神々の自叙伝的な来歴譚とも不可分一体のものであったことに気付かされる。

この「貴種流離」なる語は、かつて折口信夫氏が民俗学的国文学研究上の学術用語として創始されたもので、それは大正七年に発表された論攷「愛護若」（『折口信夫全集』第二巻に所収）に見られるものが最も夙いものだと思われる。一方、柳田国男氏も歴史と伝説との間に顕れる民俗の把握から大正九年に「流され王」（『史林』五―三、のちに『一目小僧その他』・『定本柳田國男集』第五巻に所収）という論攷を発表されている。

諸外国においても、古代の叙事詩や伝説に現れる英雄説話の範型を整理、比較する中で本質的な英雄の姿を浮かび上がらせようとする試みはなされていたが、しかし、そのほとんどのものはフロイトなどの精神分析の方面からのアプローチばかりで、それらは神話・伝説の中に潜在する下意識等が表象する所謂象徴性に重点を置いたものであり、普遍的な範型を持つ英雄像のカテゴリー分析を試みたのはイギリスのロード《Lord》・ラグラン《Raglan》氏が始めてであった。(2) しかし、ラグラン氏のものはその範囲がほとんど古代欧州の一部に限られている為に、どうしてもその視野の狭さは否めないものであった。

その後しばらくして、オランダの学者であるヤン《Jam》・ド《de》・フリース《Vries》氏がその欠点を補い、世界各地で実際に語られている英雄伝説を採集、分類する作業を通して世界的な視野を獲得しつつ、実例を網羅的に挙げながら、その中に共通する英雄の本質としての理想像や、その類型を検証することを試みた。そこでフリース氏は英雄の類型を要約した十項目に分類して、そこに英雄の生涯における普遍的な定型を摑み出そうとして苦心している。それは目配りの広い労作だといえよう。

したがって、このフリース氏の論攷は我が国の「貴種流離」や英雄像を世界各地のそれと比較研究する上で抜きに出ないものである。それが敢えて非力を顧みず、ここに訳出を試みる所以である。

Ⅱ、本　文

さまざまな英雄たちの経歴を考えてみると、そこに同じ或いは少なくともそれなりに類似したモティーフの出現を発見することが出来る。例えば乙女の解放（救出）だけでなく竜との格闘もまた、英雄にとってはほとんど義務のように思われ、そうした英雄の青年時代はふつう秘密と屈辱とで過ぎてゆくが、やがて英雄は（国許を）追放され、隠れ場所にとどまらなければならなくなる。また、英雄の誕生は通常の人間のそれと同じではない。しばしばそれを正当と考えることにはかなりの困難が伴うが、神々はしばしば、そうしたものに対する注目に値すべき役割を演じる。

あらゆる英雄たちの生涯は、これらのモティーフの完全な連続からなる必要はない。現在でもなお、人々は常に英雄の生涯は多かれ少なかれ、固定された立場（環境）にある、一定の型の完全な反映としての印象を根強く持っている。その上、同じことは「昔話《fairy-tale》」の趣旨（内容）と同様に神話のそれにも当て嵌まる。したがって神話、英雄伝説、昔話等は一般の概略において、適合する概要や定型をつくり出すことにかなりの困難さを伴う。

長い間、ギリシャの外交団にいて、丹念にギリシャ民族の伝説をまとめていた――傑出した学者でありながらほとんど認められることのなかった――J・G・フォン《Von》ハーン《Hahn》は一八七六年にそのような概要を書いている。そして、それを彼自身「モティーフの複合《Complex of motifs》」と呼んだ。[3] ハーンは誕生、次いで青年時代、そして帰還――或いは死という三つの主要な段階をはっきりと区別していた。ハーンの構想の中には十三のモティーフが含まれていた。そして、彼が指摘しているほとんどのものは神や英雄たちについてのギリシャ伝説におけるものである。また、彼は同様にドイツ、ローマ、ペルシャ、バクトリア、[4] そしてインドからの実例を挙げる。彼の本が出版された時、この意見がほとんど注目されなかったのは残念なことである。

一九三六年にイギリス人の作家ロード・ラグランは、同様に時折読者をその素人臭い評判によって疑い深くさせている本に、「英雄の型《Hero pattern》」を書いた。そこにはかなりの正確さを持った新たな観察と考えが多分に含まれている。[5] 彼は二十二のモティーフを認めていたが、この考えは首尾一貫して考え出されたものとは言い難い。それは基本的なモティーフがあるのと同様に、単に副次的意義とも言うべき他のものが存在しているに過ぎない。にもかかわらず、そこには英雄の生涯における驚歎すべき行動と体験には、偶然の所作による結合では済まされない確かな考えが顕れていなければならないということも我々は強く感じるのである。結局、一九五四年に実際に私もまた『昔話』という題目の本にそのような型を書いた(6)。幾度も神話や英雄伝説の注目すべき類似点が比較の為に持ち込まれたとはいえるものの、これは主に昔話の主人公の人生についての考察として意図されていたものだった。

　これらの英雄伝説についての観察から見て、それはそれ故に、もう一度、大要において、そうした型は必要であるようにも思えるが、今回、私は自然に昔話に対する全ての言及を欠落させている。一方、私は神話や英雄伝説からはかなりの例について言及している。私はここで出来うる限り完全な型をつくろうとしているけれども私は必ずしも完全であることに固執しない。最もよく知られているか、或いは最も典型的な例を引用することによって、いかにこの型が広範に拡まっているかを示したかっただけである。例証の為に、私は自然にインド、ヨーロッパの英雄伝説の範囲に自己の関心を閉じ込めてしまうけれども、時折その範疇を超えて論じている。

英雄の生涯の範型《(THE) PATTERN OF AN HEROIC LIFE.》

Ⅰ　英雄の出生譚《The begetting of the hero.》

Ⓐ　**母は処女である。そして彼女は神によって懐胎させられる。或いは英雄の父とは婚姻外の関係にある。**ギリシャの例では、ペレウス《Peleus》の母ダナエ《Danae》、ヘラクレス《Heracles》の母アルクメーネ《Alcmene》、アンフィオン《Amphion》とゼトウス《Zethus》（ゼットス）に生を与えたアンティオペ《Antiope》、ネレウス《Neleus》とペリアス《Pelias》の母タイロ《Tyro》、ルーカストス《Leucastus》とパルハシウス《Parrhasius》の母ファイロン《Phylone》がいる。インドにおいてはカルナ《Karna》の母クンティー《Kunti》がいる。ローマではリア・シルビア《Rhea Silvia》の例がある。彼女はロムルス《Romulus》とレムス《Remus》を宿した。ドイツの伝説においてはヴォルフディートゥリヒ《Wolfdietrich》の母ヒルトゥブルク《Hiltburg》を挙げることが出来る。アイルランドにはクーフレイン《Cúchulainn》の母デクタイヤー《Dechtire》がいる。ハンガリー民族の間ではハンヤディ《Hunyadi》の伝説にそれを見出すことが出来る。父親と息子が諍う話においても同様に、これは明らかな伝説の出発点である（ペルシャのルストム《Rustum(ロスタム)》、コバド《Karad(カバド)》、チョスレフ《Chosrev》

そしてアブ《Abu》・ガファル《Ga'for》との間、ロシア帝国のイリヤ《Ilya》とソコルニチェフ《Sokolnichek》の伝説及びアイルランドのクーフレィン《Cúchulainn》の伝説を参照）。

Ⓑ **父は神である。ギリシャの人々の間で、このことはごくありふれたモティーフである。** かようにして、ゼウス《Zeus》はダナエ《Danae》、アレクメーネ《Alecmene》、アンティオペ《Antiope》と連れ添う。ポセイドン《Poseidon》はタイロ《Tyro》とアロペ《Alope》と連れ添い、アポロ《Apollo》はロイオ《Rhoio》と連れ添う。そして彼は、処女との間にピタゴラス《Pythagoros》をもうけることになる。インドの人達の間では、我々はクンティー《Kunti》と共に**太陽神**の例を、ロシアの人々の間ではレア《Rhea》・シルビア《Silvia》と共にマルス《Mars》の例を知っている。アイルランドの伝説では、クーフレィン《Cúchulainn》は、神ルグ《Lug》とデクティア《Dechtire》の息子のような態度をとらされていた。古代ノルウェーの伝説では、オーディン《Odin(ojinn オージン)》は女巨人リンド《Rindr》との間に息子ヴァーリ《Vali》をもうけている。

Ⓒ **父はしばしば神が扮（化身）した動物である。** 白鳥に扮したゼウス《Zeus》はイオ《Io》との間にディオニシウス《ママ Dionysius（ディオニュソス）》を、同じようにネメシス《Nemesis》との間にはヘレン《Hélen》をもうける。馬の姿をしたクロノス《Kronos》はフィリア《Filyra》と連れ添い、キロン《Chiron》をもうける。アレクサンダー《Alexander》は蛇の姿をしたネクタネブス《Nectanebus》の息子であり、彼はオリンピア《Olympias》と連れ添う。

Ⓓ **その英雄の子供たちは近親相姦で孕まされている。** カストル《Castor》とクリテンストラ《Clytemnestra》は、ティンダレウス《Tyndareus》とその娘レダ《Leda》との近親相姦の結果である。また、アイルランド伝説はクーフレィン《Cúchulainn》をコンコバル《Conchobar》とその娘デヒテイレ《Dechtire》の息子だとしている。アイルランドの英雄ルゲィドリアブンダーグ《Lugaid Riabn-Derg》は三人の兄弟ブレス《Bres》、ナー《Nor》、ローサ《Lothar》と彼らの妹との間に出来た息子である。ノルウェーの伝説ではジグムンド《Sigmund》と、彼の妹シグニー《Signy》とが結婚してシンフィヨトリ《Sinfjötli》をもうけている。

Ⅱ　**英雄の誕生《The birth of a hero.》**

Ⓐ　**それは不自然な方法でおこる。**ゼウス《Zeus》はディオニュソス《Dionysus》を彼の大腿骨から、アテネ《Athene》を彼の頭から産む。インドにおいては、マムダトール《Mamdhatr》は彼の父親から産まれたと言われている。

Ⓑ　**英雄の未生《The 'unborn' hero.》**――すなわち、英雄は帝王切開で産まれた子供である。このことはペルシャのルストム《Rustum》、ウェールズ人のトリスタン《Tristan》、そしてロシアのドブリニア《Dobrynya》・ニキテイッチ《Nikititch》のことを言っている。ロシアの英雄ログダイ《Rogdai》などは母親の屍体から産まれている。

Ⅲ　**英雄の青年時代における苦難《The youth of the hero is threatened.》**（厄難）

Ⓐ　**子供が彼にとって危険であるという、夢の中で警告を受けた父親によるか、或いはまた、出産の恥を隠そうとする母親によって子供（英雄）は棄てられる。**

このことはインドのクリシュナー《Krishna》伝説、ペルシャのキロス《Cyrus》、フェリドン《Feridun》、そしてアータクサー《Artachsir》伝説に語られているところである。ギリシャの例としてはネストル《Nestor》の息子たちのアイオロス《Aeolus》とボポトス《Bopotos》同様、アンティロクス《Antilochus》、オイディプス《Oedipus》、ヒポトウス《Hippothous》、そして双子のアンフィオン《Amphion》とゼトウス《Zethus》、ペリアス《Perias》とネレウス《Neleus》、ルーカストス《Leucastus》とパラシウス《Parrhasius》などがある。ドイツの伝説ではヴォルフディートゥリヒ《Wolfdietrich》の例を挙げることが出来る。子供が籠か大箱に入れられて海か川に投げ込まれるという、普く知られているモーゼ《Moses》のモティーフは、ペレウス《Peleus》のギリシャ伝説、テレプス《Telephus》、アニウス《Anius》、そしてディオニュソス《Dionysus》などで語られ、また、タリエシン《Taliesin》のウェールズ伝説の中でも語られている。例えばロムルス《Romulus》とレムス《Remus》はテベレ川《Tiber》の中に投げ落されている。

Ⓑ **棄てられた子供（英雄）は動物たちに育てられる。**

(a) 鹿、兎などの雌に育てられるもの——ギリシャの英雄アンティロクス《Antilochus》とテレプス《Telephus》。ドイツの英雄ジークフリート《Siegfried》。そして白鳥座の騎士。

(b) 雌狼によるもの——ギリシャ伝説にはルーカストス《Leucastus》とパラシウス《Parrhasius》の例があり、ローマ伝説にはロムルス《Romulus》とレムス《Remus》、アイルランド伝説にはコーマック《Cormac》・マック《Mac》・エアート《Airt》の例がある。このモティーフでは、ドイツの英雄ヴォルフディートゥリヒ《Wolfdietrich》の例が最も有名である。

(c) 雌熊によるもの——ギリシャの英雄パリス《Paris》とフランスのオーソン《Oursom》。雌熊はもちろん、雌狼によるもの——スラブの英雄バリゴラ《Valigora》とビルビダブ《Vyrvidab》。

(d) 雌馬によるもの——ギリシャ伝説にはヒポトウス《Hippothuous》や双子のアンフィオン《Amphion》とゼトウス《Zethus》、セルビアのミロシュ《Milosh》・オビリッチ《Obilitch》の例がある。

(e) 雌牛によるもの——ペルシャの英雄フェリドン《Feridun》。

(f) 山羊によるもの——最も有名な例としては、ゼウス《Zeus》と山羊のアマルテア《Amalthea》があり、ペルシャ伝説ではアータクサー《Artachsir》について語っている。また、バビロニアにはネブカドネザー《Nebuchadnezzar》の例がある。

(g) 犬、狼、狐などの雌によるもの——ペルシャのキロス《Cyrus》の他にギリシャの英雄ネレウス《Neleus》の例がある。

(h) ジャッカルによるもの——これはニムルド《Nimrud》のことが語られている。

(i) 鷲によるもの[7]——バビロニアではギルガメッシュ《Gilgamesh》の例、ペルシャではアカイメネス《Achaimenes》の叙事詩を挙げることが出来る。

(j) シマーグ鳥《Simurg》によるもの——ペルシャの英雄ザル《Zal》の例がある。

Ⓒ **その後、子供は牧羊者などによって発見される（大抵の場合、子供〈英雄〉は牧羊者たちに発見され、彼らの許に連れて行かれる）。**

(a) 牧羊者たち――このことは、インドのクリシュナー《Krishna》、ギリシャのゼウス《Zeus》の例と同様にペルシャの英雄たち、キロス《Cyrus》、カイ《Kai》・チョスレフ《Chosrev》とフェリドン《Feridun》、ギリシャの英雄たちのヘラクレス《Heracles》、オイディプス《Oedipus》、オィレステス《Orestes》と双子のアイオロス《Aeolus》とボエトス《Boetus》などが語られている。

(b) 漁師――ギリシャのペレウス《Peleus》。

(c) 植木屋（庭師）――アシリア王のサーゴン《Sargon》。

Ⓓ **ギリシャ伝説ではさまざまな英雄たちが伝説（神話）の型によって育てられている。**例えば、キロン《Chiron》によるもの――アキレス《Achilles》、アイネイアス《Aeneas》、アスクレピウス《Asclepius》、イアーソン《Jason》、ペレウス《Peleus》そしてポリクゼヌス《Polyxenus》などがある。

Ⅳ 英雄が成長する方法。《The way in which the hero is brought up.》

Ⓐ **英雄は非常に早い時期に彼の持っている能力や勇気、或いは他の独得の特徴を現す。**

ディオニュソス《Dionysus》は彼がまだ幼年期にある時、アポロ《Apollo》の家畜の盗みの際に隠されていた神のような特質を現し、アポロ《Apollo》はとても若い頃、竜ペイトン《Python(ピトン、あるいはパイトンとも言う。)》を退治する。そして、ヘラクレス《Heracles》は、僅か八カ月の赤ん坊の頃にヘラ《Hera》によって遣わされてきた大蛇を絞殺してしまう。また、パリス《Paris》は子供の頃、盗まれた牛をとり戻した。ペルシャの英雄キロス《Cyrus》とカイ《Kai》・チョスレフ《Chosrev》は非常に早い時期に成熟する。ドイツ伝説でよく知られた例はジークフリート《Siegfried》とミーミル《Mimir》である。古いノルウェーの神ヴァーリ《Vali》はある晩にバルダー《Balder(バルドル)》の仇を討つ。クーフレィン《Cúchulainn》は五歳の少年の頃に百五十人《'three times fifty'》もの少年たちとの喧嘩でその超人的な力を示す。タタール人の英雄の詩の中に、鉄の揺り籃を潰して、そこから弓矢や剣を造りあげ、六頭の野生の山羊の角を捥ぎ取ったり、象の皮を剝ぎ取ろうとする英雄の例を見出すことが出来る。

Ⓑ **しかし、他方において子供（英雄）はしばしば非常に緩やかに育ってゆく——英雄は口がきけないか、もしくは精神的に欠陥のあるような振りをしている。**

若い頃、パーシバル《Parcival》やスターカッド《Starkad》は臆病で、ロシアの英雄イリヤ《Ilya》・ムロメッチ《Murometch》もまた男らしくない。このことはフランスの英雄ラノール《Rainoart》やフルベの英雄サンバ《Samba》・クルング《Kullung》についても言えることである。古代ノルウェーの伝説では、そのような英雄コルビター《Kolbitr》を、「石炭を食べる人《Coal－biter》」と呼んでいる。何故ならば、彼は炉床の近くで、まさに怠けているからだ。このことはソーグニアー《Thorgnyr》の息子グレッター《Grettir》、グルーム《Glúmr》、ソースタイン《Thorsteinn》についても言える。エッダではヒョルヴァート《Hjörvard》の息子ヘルジ《Helge》の例がある。デンマークの英雄オファ《Offa》は若いころ口がきけず、ハムレット《Hamlet》のような形《なり》で精神薄弱の振りをしている。また、有名なのがペルシャの英雄カイ《Kaj》・チョスレフ《Chosrev》である。

Ⅴ **英雄は、しばしば不死身の体を得る。**《The hero often acquires invulnerability.》

まず第一にアキレス《Achilles》、彼は踵のみを負傷するに過ぎない。これはアポロニウス《Apollonius》、ロディウス《Rhodius》に最初に現れるモティーフだが、エイアス《Aias》、キクヌス《Cycnus》、メレアガー《Meleager》やプテレラウス《Pterelaus》の場合などはずっと後に添加されたものである。エトルスカン《Etruscan》・メッサポス《Messapus》のようなクレタン王ミノス《Minos》は不死身である。同じことはドイツの英雄ジークフリート《Siegfried》についても当て嵌まる。彼は角のように堅い皮膚によって護られている。このことはアイルランドの英雄ファー《Fer》・ディアッド《Diad》とコンガネス《Conganchnes》（角のように堅い皮膚《Horny Skin》）について語られている特性でもある。ペルシャの英雄イスファンディアー《Isfandiar》ルもまた突き通すことの出来ない皮膚を持っている。特にガードされているのはインドのクリシュナー《Krishna》のような例で、彼は足の裏にだけ負傷を負う。ところがその一方で、デンマークのフロゲルス《Frogerus》は彼の足元の砂がなくなる時にのみ殺害されている。ペルシャの英雄スパンディヤー《Spandiyadh》とアイルランドのバロー《Balor》は共に目に弱点があり、フランスの英雄フェラグス《Ferragus》は臍に弱点がある。ウエールズの英雄ルー《Llew》・ロー《Llaw》・ジフェス《Gyffes》の死は非常に特別な状況を呈している。バルダー《Balder》は寄生木《mistletoe》(8)によってのみ殺され、フィンランドのレミンカイネン《Lemin Käinen》は毒人参の茎で殺され、或いは、しばしば英雄が、例えばペルシャのイスファンディアール《Isfandiar》やロシアのチャルコ《Charko》のように自分自身の剣で殺害されるようなことが起こる。

Ⅵ　**最も通常的な英雄の行為は竜やその他の怪物との格闘である。**《One of the most Common heroic deeds is the fight with a dragon or another monster.》

竜との格闘は、ペルシャの英雄ではルストム《Rustum》、サム《Sam》、グシュタスプ《Gushtasp》、イスファンディアール《Isfandiar》、アータクサー《Artachsir》そしてバーラム《Bahram》・ゴア《Gor》、ドイツの英雄ではジークフリート《Siegfried》、ベーオウルフ《Beowulf》、ヴォルフディートゥリヒ《Wolfdietrich》、そしてハイミル《Heimir》が知られている。このことはトリスタン《Tristan》（ベローの寓話の中の人物）も同じように語られている。ギリシャ神話において、ヘラクレス《Heracles》はあらゆる怪物に対する最も優れた征服者であるが、しかしアポロ《Apollo》もまた、竜のペイトン《Python》を倒し、テーセウス《Theseus》はミーノータウル《Minotour(ミーノータウルス)》を退治した。そしてベレロフォン《Bellerophon》もキマエラ《Chimaera》を退治している。こうした無秩序の象徴である竜との格闘はバビロニアのマードック《Marduk》の神話、そしてまた、エジプトのレ《Re(ラー)》天帝の神話などによって、よく知られているものである。

Ⅶ　**英雄はいつも大きな危険に打ち勝った後に、乙女を獲得する。**《The hero wins a maiden, usually after overcoming gret dangers.》

したがってペルセウス《Perseus》は竜からアンドロメダ《Andromeda》を救わなければならず、ネレウス《Neleus》はファイレス《Phylace》から家畜を連れてくるという仕事を仕上げなければならないし、ペリアス《Pelias》はライオンや熊を戦車に利用しなければならない。ペロプス《Pelops》はオエノマウス《Oenomaus》と連続した試合をしなければならず、オイディプス《Oedipus》はスフィンクス《Sphinx》の迷を解かねばならない。ジークフ《Siegfried》

リートとヴォルフディートゥリヒ《Wolfdietrich》は乙女を勝ち得る。同じことはフィンランドの『カレワラ』のワイナモイネン《Väinämöinen》の例がある。

Ⅷ **英雄は黄泉の国（下界）の探検に赴く。**《The hero makes on expedition to the underworld.》

ギルガメッシュ《Gilgamesh》は、バビロニア叙事詩でこのことを行ない、ヘラクレス《Heracles》、アジャックス《Ajax》そして、オデュッセウス《Odysseus》(9)はギリシャ叙事詩の中でこのことを行なっている。ワイナモイネン《Vainanoinen》は『カレワラ』でこのことを行なっている。

Ⅸ **英雄は若年時に追放されるが、その後に帰還を果たし、宿敵を打破る。が、いくつかの場合では、苦労して手中に収めた領土を再び手離さなければならなくなる。**《When the hero is banished in his youth he returns later and is Victorious over his enemies. In some cases he has to leave the realm again which he has won with such difficulty.》

このことについてはインドのパンダーバス《Pandavas》、ペルシャのキロス《Cyrus》、そしてカイ《Kaj》・チョスレフ《Chosrev》、ギリシャのイアーソン《Jason》とペレウス《Peleus》、ゴート族の英雄テオデリック《Theoderic》などが語られている。ペリアス《Pelias》とネレウス《Neleus》はシデルス《Siderus》を殺害する。アンフィオン《Amphion》とゼトウス《Zethus》は彼らの母アンティオペ《Antiope》を救い出す。ローマの英雄ロムルス《Romulus》とレムス《Remus》はアムリウス《Amulius》を殺害する。

Ⅹ **英雄の死。**《The death of hero.》

英雄はしばしば、アキレス《Achilles》やジークフリート《Siegfried》やクーフレィン《Cúchulainn》のように夭折する。多くの場合、彼らの死は奇跡に満ちている。ロムルス《Romulus》は天国に昇天し、ヘラクレス《Heracles》はオエタ山で神に祀られる。スキロスにおいてテーセウス《Theseus》は岩から投げ落とされる。カイ《Kaj》・チョスレフ《Chosrev》は砂漠の中へ消えてしまう。

当然なことだが、あらゆる英雄の生涯が完全な定型を示しているわけではない。だが、数多くの特徴を含むいくつかの実例を挙げることが出来る。いくつかの例——特にギリシャ神話からでは、以下の事を説明するのに役立つであろう。

ヘラクレス《Heracles》はアルクメーネ《Alcmene》と共にゼウス《Zeus》によって生ぜられ、牧羊者に育てられ、幼い頃にはすでに最初の英雄的な行動をとり、さらにエウリュステウス《Eurystheus》の為に十二の仕事を成し遂げなければならなかった。その中に、竜のような怪物との格闘やセルベルウス《Cerberus》を連れ戻す為の黄泉の国への下降がある。最後に彼はネスス《Nessus》の有害な外衣を纏い、死に直面する。そして、その後に神に祀られる。

神託の結果として、オイディプス《Oedipus》は身を曝し、牧羊者によって発見される。彼は父親を殺害し、母親と結婚するが、流刑になり、やがて死に直面する。

テーセウス《Theseus》はアエゲウス《Aegeus》とアエスラ《Aethra》の息子である。彼はクレタ島でミーノータウル《Minotaur》を斬殺してから、（パンディオン《Pandion》が彼から逃れなければならなかった）アテネへ戻り、アテネのポリスの真の発見者となるが、しかし、彼はリコメデス《Lycomedes》の陰謀によって、スキロス《Scyros》に岩の上から海へ投げ落される。

不吉な夢の結果として、アスティアージェス《Astyages》は、キロス《Cyrus》を殺害する為に召使いたちに引き渡す。彼らはキロス《Cyrus》を曝しものにするが、やがて彼は狼の雌に授乳を受け、その後、牧羊者に発見されて育てられる。若い頃、彼は少年王《boy-king》としての権威と力を現す振舞によって、王に相応しい才能を顕示する。そして最後にはアスティアージェス《Astyages》を退位させ、領土を征服する。

インドの優れた例ではカルナ《Karna》がある。彼は日の神がクンティー《Kunti》との間にもうけた息子で、彼は誕生後まもなく川に投げ込まれている。彼は戦車の御者としてパンダーバス《Pandavas》に仕え、クルクセントラの勝利において大きな役割を演じた後、砂漠で終焉を迎える。

ドイツの英雄ジークフリート《Siegfried》は鹿の雌に育てられ、鍛冶屋に養育される。彼は父の仇を討ち、竜を斬殺してニーベルング《Nibelung》の財宝を奪い取り、乙女を救出する。彼は不死身の躰であったが、裏切り（奸計）によって最後は夭折してしまう。

多くの神話の研究者たちは、英雄の生涯の物語を分析したり、その中のより古い原理を、より新しいものとに分けて考えたり、或いはその最も単純な形に神話を分類したりする傾向がある。こうしたことからベーテ《Bethe》は、竜との格闘、アンドロメダ《Andromeda》の救出、そして英雄誕生などの話は後で付け加えられたことをペルセウス《Perseus》の神話の中で示そうとした。[10]その中に本来の形態が残存しているのはゴルゴン《Gorgons》との格闘とメドゥーサ《Medusa》を斬殺する部分だけである。しかし、全体的に見て、ペルセウス《Perseus》神話は上記に描いたように英雄の生涯の定型には完全に適合する。それらの特徴は吟唱伶人などの下意識の中に底流するものである。そしてそのことが、かかる定型を生ぜしめ、全般的な集大成であるペルセウス《Perseus》神話に付け加えられたことを仮定しようとしているのではないか？　しかし、このことは他の疑問を引き起こす。英雄が送る生涯の中で最初に、ある明らかな型が現れるが、それからどのようにしてそれを英雄の生涯における強制的範型として断言することが出来うるのか？

明らかに、歴史上のキロス《Cyrus》王のような風貌は、彼の実際の人生が英雄の型の原型によって修正を施されていることを明確に示している。この場合、数種のモティーフが英雄と関連するということから、その配列を試みたり調べたりすることは役立たない。緩やかな進化についてここでは疑問はない。——ある瞬間に人々は彼に見入った、オストロゴース《Ostrogoths》がテオデリック《Theoderic》に見入ったように——もはや平凡な死の運命は真の英雄ではない。したがって英雄の生涯は直ちに英雄の定型との調和への変化を余儀なくされているといえる。

アーサー《Arthur》のウェールズ伝説は完全に類似への進化を示している。彼はすぐに神ノードゥ《Naudu》の息子で、後任者であると考えられた。ノードゥ《Naudu》の負傷の話でさえも、アーサー《Arthur》に移り、それ故に彼は死の世界のアバロンからいつの日か人々の許に帰ってくることを期待されていた。このアーサー伝説の神話への変化は、すでに十世紀には夙くも始まっていた。

数多ある国々の中で、幾度も英雄の生涯の物語が同じ特徴を現していることは注目に値する。すなわち結果として世界の事実上のあらゆる地方の英雄たちが、共通する特徴を持っている。そのような類似の場合には、夙くからの模倣の傾向が窺える。ドイツの学者ドルンザイフ《Dornseiff》はヘラクレス《Heracles》とサムソン《Samson》との間における能力の類似点を抽出している。(11)彼は主に誕生のストーリーを類似点として述べる。最初にライオンとの格闘、女性によってもたらされる死（デリラ《Delilah》とデイアニラ《Deianira》、しかし、何という相違！）、奴隷の仕事（エウリュステウス《Eurystheus》に仕えている。そして、ペリシテ人(12)と共に製粉機を動かしている）、女性への服従（ヘラクレス《Heracles》はオムファレ《Omphale》の為に糸を紡ぐ、サムソン《Samson》はデリラ《Delilah》によって力を失う）、頭髪を失う（しかし、ヘラクレス《Heracles》と共に、このことは海獣の内部〈内臓〉の熱によって起こる）。これを読むと我々は多くの類似点に気付かされる。しかし、我々がそれらを別々に考えると、その相違はあまりにも大きいので、この二つの神話を同等視することが出来ない。

また、ドルンザイフ《Dornseiff》によると、ヘラクレス《Heracles》の伝説はオリエントの伝説上の人物から模倣されていた、という意見を述べている。かつて我々はヴィラモヴィッツ《Wilamowitz》によってなされた、ヘラクレス《Heracles》とギルガメッシュ《Gilgamesh》との間における大きな類似点の指摘を印象深く覚えているが、(13)ドルンザイフ《Dornseiff》もまた、およそ紀元前二千五百年位の時代から始まり、テルアスマール《Tellasmar》で発見された印章を指摘する。そこには動物の毛皮をまとい、棍棒と弓で武装した若者の絵が載っている。若者は神の面前でヒドラ《Hydra》（九つの頭の大蛇）とザリガニ《Crayfish》とを相手に闘諍をしている。我々はこのように多かれ少なかれ、彼の生来の状態においてエンキドゥ《Enkidu》を想起する。しかし、このことは何を証明しているのだろうか？　そのギリシャ神話はヘラクレス《Heracles》とオリエントからもたらされた伝説の特徴を自然と引き継いでいるのだろうか？　ギリシャ人たちはオリエントの人々の文化によって大きな影響を及ぼされた環境の中で暮している。

しかし、ギリシャ文明はエーゲ海の文明に囲まれて発達してきた。その為にヘラクレス《Heracles-type》の型は、ギリシャ文明が形をなし始めた頃、高度に文明開化したインド、ヨーロッパ語族以前の民族との交わりが考えられる。しかし同じ英雄の型が事実上、インド、ヨーロッパの全ての民族の間で発見されることは銘記しておかねばならない。このことはセム族しかり、ニュージーランドの信仰上の英雄マウイ《Maui》などにも類似の構造を発見するが、単なる模倣だけでは、ことは簡単に説明がつかない。

それでは何故、英雄の生涯が世界の多くの地域で語られ、そして、それは何故いつも同じ型にはめられ、形作られているのか、ということについての説明を試みなければならない。神々が少なくとも英雄として同じ特徴を示しているいくつかの例がふと、心に浮かび、リストの数ケ所にインドのクリシュナー《Krishna》、ギリシャのゼウス《Zeus》、アポロ《Apollo》、ディオニュソス《Dionysus》を付け加えた。そしてデュメジル《Dumézil》研究の後に、問題なくローマの双生児ロムルス《Romulus》とレムス《Remus》を加えた。神々の神話が英雄の伝説を模倣することによって拡がる疑問について、私には問題がないように思える。しかし、その時に疑問が生じて来る英雄の伝説についてはどうか？　こうしたことは本来、あらゆる種類の昔話が助長することになっている詩的創作にすぎない。

竜との格闘、証拠として舌を切断する（ペレウス《Peleus》やアルカトウス《Alcathous》の伝説のように）。乙女の救出、メルシン《Melusine》の主題（ペレウス《Peleus》やテティス《Thetis》の神話のように。アモール《Amor》とサイチェ《Psyche》）、継親の主題（フリックス《Phrixus》やヘレ《Helle》の神話のように）、三つの仕事を課すこと（イアーソン《Jason》とテーセウス《Theseus》のそれのように）、ウリアス文学の主題（ベレロフォン《Bellerophon》の神話のように）、そして大変たくさんの他のものがある。[14] そして、それらから判断を下すと、私はその土台をなしている神話の表現から複雑な伝説の細部を引き出す方法を用いない。[15]

しかし、これに対して下記のものは推し進められている。それらは確かに危険で、この方法で全ての細部を考えると誤った結末を導くかも知れない。伝説はたくさんの古代ケルト族の吟遊詩人たちによって伝えられたように、数世紀の間生きている。そして彼らは全ての時間それらについて彼らの想像を働かせるものである。何故彼らはその上の装飾、或いは物語の発展の為にあらゆる方面から新しい主題を集めるべきではなかったのか？　これは例えば、ベレロフォン伝説のウリアス文字の場合に起こったかも知れない。しかし、これはどこでもある程度までしか続かない。

さあ、そこで一例として竜との格闘や乙女の救出を挙げてみよう。それは確かに英雄伝説の中心をなす主題に帰属するが、私たちはそれらを単純な昔話の主題の一つとして看做そうとしているのか？　それ自身、果たして昔話なのか？　それは独立しているのか？　それはどこからその主題を持ち込んだのか？　いずれにしてもこれらは近い将来明らかになるであろう。昔話もまた、神話の世界に属する主題から出来ているが、それさえも、それ自身がすでに俗化された神話の型である。(16)

ディゲニス《Digenis》、アクリタス《Akritas》などの新ギリシャ叙事詩についての議論において、J・リンゼイ《Lindsay》は次のような発言をした。(17)

「ディゲニス《Digenis》の意味をより深く調べてみると、そこには首尾よく、試験や試練に成功した若者の復活や蘇生をイニシエーション《Initiation(「成人式」+「受戒式」+etc)》におけるものとして認めている。そしてその英雄をイニシエーション儀礼《Initiation-ritual》の典型と呼ぶことが出来る。彼ら若者は危機の瞬間に邪悪な暴力を打ち破る。それ故に彼らの死や再生において彼らは国民を象徴する。」と、そのような解釈は民謡や物語歌でのディゲニス《Digenis》は——彼の墓やヘラクレス《Heracles》のような力のいる棍棒について民族に信じられている——豊穣の儀式における要素と調和されている。

このことは、他の英雄たちに関しても考える価値があるように思える。しかし、それは明らかに違う方法で支えなければならない。そこでまず、最初に質問をしてみよう。イニシエーションの儀式とは何か？

どこでも春機発動期は若者の人生における重要な瞬間として、複雑で意味のある儀式との連関で考えられている。第一にヴァン《Van》・ジェネップ《Gennep》が「通過の儀式《Rites de passage》（通過儀礼）」と呼ぶものがある。こうした儀式の内容は「新生《New birth》」というよりも、むしろ変遷の象徴である。彼の中で子供が死に、大人としての彼の人生がはじまるのだ。謂わば彼の中には、この瞬間に二つの異なる人間が存在する。その意味で儀式は十分な表象を与える。「通過の儀式」はそれ故に、新たな人生への死を通しての旅立ちである。私たちはやがてこれがいかにして実現されるかを見ることになる。

当然、イニシエーションはこれよりもずっと多い。まず第一に、それは男性個々の子供をもうける為の力量の円熟である。したがって性的要素はそれ故にイニシエーションと不可分に結びつけられている。このことはしばしば酒神祭《Orgiastic》のような（飲めや歌えの）乱雑の形をとる。この新たに得た男らしさは、しばしば最も厳しい社会生活の桎梏を伴うが、その後には運河が開かれるような乱暴な激しさでその全過程を駆け抜けなければならない。その時代においても、年ごろの若い男性は彼自身で伴侶を選ばなければならない。そして彼は、しばしば彼の勇気を証明することによって、彼らが彼女に相応しいことを証明しなければならない。このことは伝説の中では非常に不思議なことなので、竜と乙女の関係のそれがかなりの緊密さをもって繋げられているのだろうか？

最後に、若い男性は春機発動期の瞬間から、完全に社会に適合した一員としての役割をつとめることになる。彼は今、法律や規則が合法的であり、特にそれらがどのように認可されているかを学ばなければならない。それ故にイニシエーションもまた、厳しい学校教育を意味する。そして、そこで若者は種族のしきたりに精通しなければならない。そこではまず第一に、神話の伝説が教えられる。それは種族の完全な男性の一員のみが知っていなければならないことである。それら全てのことについては厳しい掟があり、子女には秘密にしておかねばならない。その上、何でもが彼を種族の共同社会の一員として、日々の暮しに結びつけられていく。

儀式の後、彼は成熟した知識のある男性となる。原始の人々が若い男性にとって重要な共同の経験の焦点として、この貴重で、冒険的で、身体的精神的な変遷期が、非常に優れたものであることを確かに証明している。彼らは若者が完全に現代社会の中で孤立しないように、出来うる限り目立たぬように変遷期を通過させるが、古い種族は危険を実感し、何とかしてそれを取り除こうとしているようにも思える。これはインド、ヨーロッパ語族にも当て嵌まることである。性的そして、精神の成熟は同じ瞬間に達せられる。これと同じ根源は我々がすでに旧約聖書で知っている事実――すなわち「知ること《Know》」と《and》「子をもうけること《beget》」の両方を意味する、注目すべき言語学の事実が鍵となっているのではないだろうか?

ところで本来の儀式に話題を戻そう。イニシエーションは、新たな人生への「死」を通過することである。しかし、どのようにして新しい人生を獲得するのか? このことの最も古い例は、かつて地球上にあらゆる組織立った生活が生じた時にある。地球の創造はそれ故に、イニシエーション儀礼の明白な例であり、そしてそれは、示顕に対する単なる繰り返しに過ぎない。

かようにして、英雄の範型もまた、多くの点において神々に当て嵌めることが出来る偶然性からは隔てられる。私はここでバビロニアのマードックの怪物ティアマット《Tiamat》との格闘、そしてエジプトのレ《Re(ラー)》の大蛇アペップ《Apep》との格闘についての言及を試みる。これらの神々に斬殺された怪物たちは無秩序《Chaos》の力であり、そして、それらは宇宙が創造される為には殺されなければならないものである。このことは時々、世界最初の神の創造物の、ある部分でつくられているものだといわれているが、こうした例がイミール《Ymir》のノルウェー神話である。別の考えでは、陸地は太古の水が無くなった為に浮かび上がり、いまだに海の真ん中に横たわっているので、水の怪物である無秩序の怪物はバビロニアとエジプトの両方にいる、というものである。

このことは何故かイニシエーションの儀礼において、竜やいくつかのそうした怪物が重要な役割を果たしていることを証明している。神の創造物は無秩序(混沌)の象徴である。引き入れられようとしている若者は、新しい男性に生まれる為に、この神の創造物を通り抜けなければならない。したがって怪物は人工的につくられた。そして、大変危険に見えるようにつくられていた。そして、それは疑いようのない若さにおいて、とてつもなく暗示的な結果を持たなければならない。それは、真の怪物のように見える。若さは彼がそれによって滅ぼされることを承知させる。そしてしばらくの間、地獄のような苦痛を躰に経験する。

クジラにおけるヨナ《Jonah》の物語は、確かに一群の考えに属している。同じことはヘラクレス《Heracles》についても語られている。

彼はヘシオン《Hesione》を貪り喰うと嚇す怪物と闘わなければならない。そして太陽神ゼウス《Zeus》の託宣によって指示されたラオメドン《Laomedon》は海岸の岩に彼を鎖で繋いだ。トロイ人たちは怪物に備えて、ヘラクレス《Heracles》を護る為に高い塀をつくるように言われている。しかし、怪物が海から出現してその巨大な口を開けた時、ヘラクレス《Heracles》は完全武装を施して、その喉の奥へ飛び込み、怪物の腹の中で三日間すごし、最後には勝利して、そこから生還を果たす。

同様に海岸の岩に鎖で繋がれていたアンドロメダ《Andromeda》を助けねばならなかったペルセウス《Perseus》と同様の、英雄の行動を比較してみる。ヘラクレス《Heracles》のそれは、単に格闘と勝利だけで、その古代的性格によって、物語は色褪せて見える。ヘルメス《Hermes》の翼のついたサンダルを与えられたペルセウス《Perseus》は、アンドロメダ《Andromeda》が繋がれている場所へ飛んでいき、海から怪物が近づいてくるのを発見すると、すぐさま海中に潜り、そこで怪物の頭部を大鎌で切断する。

テーセウス《Theseus》の伝説はこれと関連して、一際重要性のあるものである。この時、怪物は山の中腹に閉じ込められているミーノータウル《Minotaur》である。怪物への接近は、ダイダロス《Daedalus》がつくった迷路を抜けてゆく。しかし、迷路はそこへ到着する為の方法というよりはむしろ、死の領域の象徴である。そして、現在の世界に再び戻る為には、そこを引き返さねばならない。(18) しかし、アリアドネー《Ariadne》の糸なくして、英雄はこの難題の解決がつかない。英雄はそれを用いることによって、怪物を閨《ねや》で殺すことができ、かつ負傷をうけずに現在の世界へ戻ることが出来る。ここに神話のそしてまた、イニシエーションの儀式のあらましが大変、明瞭に出ている。迷路を通って英雄は、悪魔の住む黄泉の国へと降りてゆく。ひとたび英雄が悪魔を殺すと、彼は死の束縛から自由になり、新たに生まれかわることが出来る。テーセウス《Theseus》はデロスに到着後、迷宮の踊りを始める。それは将来の世代の為のもので、彼の英雄的行動の顕示だけでなく、象徴的にイニシエーションの儀礼を執り行なうことへの可能性もまたつくり出そうとしているのだ。

英雄は怪物に倒される。その例はフィンランドの英雄ワイナモイネン《Väinämöinen》である。彼はアンテロ《Antero》・ビップネン《Vipunen》の喉の奥へ飛び込むが、そこで潰える。英雄は怪物に貪り喰われてしまう。この明らかな例はベーオウルフ《Beowulf》の伝説である。怪物グレンデル《Grendel》は湖の底に住んでいる。そして、そこで我々は再び原始の人間と奥深き水底とのつながりをそこに見る。換言するならば、それは無秩序についての証明である。英雄は水中へ飛び込み、その水底で怪物の住む洞穴を発見する。そこで英雄は怪物を倒さなければならない。ドイツの英雄オルトニット《Ortnit》とヴォルフディートゥリヒ《Wolfdietrich》は竜の洞穴で竜と格闘する。やがて彼らは怪物に裾を引きずられ、その為にオルトニット《Ortnit》は悲劇的な最期を遂げる。ヴォルフディートゥリヒ《Wolfdietrich》は竜とその一族郎党をどうにか倒したので、勝利の英雄となる。

黄泉の国は、財宝が隠されている所である。あらゆる多産《Fecundity》（性、力）の観察に基づく考えは地球に由来し、地球に育まれてきた。田畑の富は母なる大地からの授かり物である。地面に蒔かれた穀粒から豊穣を得る。ギリシャの概念でみると、それはプルートー《Plutos》とプルートン《Pluton》である。このことは何故竜がいつも財宝の番人として見張りをしているのかを説明している。黄泉の国の知力として彼らは意のままの富を享受している。しかし、一方では他の考えもまた、このことに関わらされている。無秩序（混沌）の中から宇宙の圧倒的な富は出る。——山と谷があり、海と川があり、植物と動物とが共存している土地。——全て人間の意のままに支配される財宝。太古の人間は悪意でそれら全ての財産を隠し続けた。そして、それを滅亡させた神がそれら全ての財宝を手中に収めた。イミール《Ymir》の神話は個々にそれを説明する。あらゆる宇宙の要素は太古の神の肉躰に由来する。

したがって竜を殺すことによって、英雄はしばしば莫大な財宝を発見する。このことはジークフリート《Siegfried》にも起こる。ファーヴニル《Fáfnir》を殺害した後、彼はニーベルングの秘宝を手に入れる。英雄はファーヴニル《Fáfnir》が酒を飲みに行く場所に三つの溝を掘り、鱗で囲まれた躰の唯一の急所である腹部を撃つようにと、オーディン《Odin》からアドバイスを受ける。しかし、これら三つの溝の話は大胆すぎて、もはやそこに迷宮の主題を理解することが出来ない？

英雄の人生の核心のテーマが、神の最初の創造の仕事とそのイニシエーションの儀式との模倣の両方の繰り返しであることを示そうと試みた後、英雄の生涯において、なくてはならないもう一つの側面、すなわちそれは、英雄の誕生と青年期がほとんど同等に関係するということである。

神が誕生する時に、いつも我々は英雄の青年時代のときと同じような主題に遭遇する。ゼウス《Zeus》が生まれる時、クロヌス《ママ Cronus》は《(Cronos クロノス)》（ペリアス《Pelias》のように）子供がやがて、世界の領土を奪うであろうと恐れ、子供たちに対して危難を浴びせる。それ故に彼は生まれてくる子供たちを次々と飲み下してしまう。しかし、母親はクロヌス《ママ Cronus》を欺くことが出来る。母親はその子が山羊に育てられることになるクレタ島へ連れて行った。そこでその子はイダ山の牧羊者に育てられ、急速な成長を遂げる。ゼウス《Zeus》は完全に成長すると母レア《Rhea》の許へ戻り、クロヌス《ママ Cronus》への復讐を果たす。

アポロ《Apollo》はゼウス《Zeus》とレト《Leto》との結合の産物である。彼の誕生はヘラ《Hera》の妬みによって脅やかされるが、それはデロス島で行なわれなければならない。誕生して四日目に彼は弓と矢を求め、ヘラ《Hera》の命令でペイトン《Python》が住んでいるパルナソッス山へ赴き、レト《Leto》を追跡する。彼は後に建てられた神聖なデルフォイ《Delphi》という場所で竜を倒す。

ヘルメス《Hermes》もアトラス《Atlas》の娘メイア《Maia》が産んだゼウス《Zeus》の子であった。彼はアルカディアのシレーヌ山の洞穴で生まれた。彼は唐箕《Winnowing-fan》を揺り籃にして育った。やがて彼は冒険を求めて山を登ってゆき、アポロ《Apollp》に付属している雄牛の頭をピエリアで発見する。また、彼は動物たちの足に樫の木の樹皮《Oak-bark》でつくったサンダルを結びつけるが、彼はそれを故意に間違えて結びつける。そのことによってアポロ《Apollo》を欺き、違う方向に動物の群れを駆り立てている。機知に富んだ彼の計略は、すでにこの機会に示されていると言える。

これらの物語は、神々が人間の英雄として登場しているという傾向にある。詩人は神々の神話の潤色に英雄伝説を利用していた。しかし、それはむしろ話を円熟させる為の別の方法ではないか？　英雄の生涯は神々の生涯の反復と模倣ではなかったか？　それ故に神話は英雄伝説の根源なのだ。

我々はキロス王《Cyrus》のような英雄が、真に伝説上の英雄になれることがわかった。しかし、それはどのようにして可能なのだろうか？　そこでもう一度、怪物ティアマット《Tiamat》を殺すことによって創造を可能にした神マードック《Marduk》について熟考してみよう。彼は若年時に大変な冒険にでかけるが、神々の内の誰もが敢えて、この冒険を引き受けない。しかし、彼はそれを実行した。そして、英雄的行動を果たすことを交換条件に、彼が神々の中で最も高い地位に就くことを認めるように迫った。オリエントにおいて、王たちは彼ら自身、神々の代理人であった。我々はいつもそこに王の神のような性質を見出す。このことは、王が神として同じ生涯を送っているという考えを想起させる。バビロニアで新年の祝祭が行なわれている時、このことは本質的に繰り返しというよりはむしろ、創造の積極的な活動である。古い年は死に、無秩序の短い期間の後に新しい年がやってくる。それ故、創造の叙事詩が物語られる。この理由について理解することは容易である。これはかつて太古の日々に実際に創造の所作としてなされたものと同じことである。そこで王は彼自身が神の地位に就く。このことは、どのようにして神話のあらましが王に移るのかを説明している。王が本質的に神と同じものとして考えられる時、彼もまた、神の行動として語られているのと同じ行動をとる。

　そして、そこでの疑問は我々を支配する。すなわち英雄と神との関係とは何か？　我々は神話から英雄伝説を説明する為に、その本質を必要以上に遠ざけてはいないだろうか？　私は次の章においてこの疑問への解答を試みてみたい。

――第十一章完――

〔註〕

（1）〈訳者註〉本飜訳は、ヤン・ド・フリースの論攷をイギリスのティメルが英訳したものからの重訳である。今回、訳出を試みたのは下記の著書の核心をなしている第十一章部分（p.210～226）である。（De Vries, Jan, Heroic Song and Heroic Legend, translated by Timmer, B.J., London, Oxford Univ. Press,1963).

（2）〈訳者註〉Raglan, Lord, The Hero, Thinker's Library, London : Watls & Co.,1949.

（3）cf. Sagwissenschaftliche studien, pp.240 ff.

（4）〈訳者註〉ヒンズークシ山脈とアム川との間の地方を指す古称で、紀元前二五五年頃にはバクトリア王国が成立しており、それは紀元前一三九年まで続いたといわれる。また、ガンダーラ美術発祥の地としても著名である。

（5）The Hero, A stady in Tradition, Myth and Drama, pp.178 ff.

（6）'Betrachtungen Zum Márchen, besonders in seinem Vercháltnis Zu Heldensage und Mythos', in FFCommunications No.150, pp.137-153.

（7）〈訳者註〉「鷲の育て子」のモティーフは世界各地に分布しているもので、我が国では東大寺を建立した良弁《ろうべん》僧正の伝記として普く知られている。それは『日本霊異記』・『今昔物語集』・『扶桑略記』・『神道集』などに見られるもので、古くから民間にはこの種の説話が流布していたと考えられる。

（8）〈訳者註〉他の木に寄生するヤドリギ科の常緑低木で春に淡青色の花を結ぶ。また、この小枝はクリスマスの飾りに用いられることが多く、その下にいる少女には、キッスをしても良いという古い慣わしがある。

（9）〈訳者註〉オデュッセウス（オデュッセイアー）と我が国の「百合若大臣」との間には近似するところが多く、両者の関係には興味深いものがある。かつて坪内逍遥氏は「百合若伝説の本源」（『早稲田文学』明治三十九年一月）の中で、百合若伝説は「オデュッセイアー」の飜案であると断じたが、現在もなお、学者間に賛否両論があり、決着はついていない。また、黄泉の国（下界）等への下降のモティーフは、我が国では『古事記』の伊邪那岐や、底根国訪問譚で有名な大穴牟遅神、「諏訪の本地」の甲賀三郎譚などに共通するものである。

（10）cf. Hessishe Blätter für Volkskunde iv (1905), p.135.

（11）cf. Antike und alter Orient (1956), pp.351-363.

（12）〈訳者註〉パレスチナ南西岸の古国に住み、ユダヤ人にとって強敵であったという。また、旧約聖書にはイスラエル人の敵として描かれている。

（13）cf. Herakles (1909), p.26,n.50.

（14）cf. W. kroll, Neue Jahrbücher für das Klassische Altertum XV (1912), p.170.

（15）Ibid., p.171.

（16）See my book mentioned in note 2, p.211.

（17）Byzantinm into Europe (1952), p.370.

（18）cf. my treatise 'Untersuchungen über das Hüpfspiel, kinderspiel-kulttanz', in FFCommunications No.173 (1957).

「太陽的子孫」

——比較神話文学筆記之壱——

肖　兵
村上　美登志　訳

ヘーゲルの『歴史哲学講演録』には、「人類の歴史は東方から始まった」と書かれている。それは太陽が東方から昇ることに所以するらしい。東の諸文明国においては、大抵太陽神話と太陽崇拝とが併存している。東方諸国の間、すなわち、東西諸国間では太陽神についての相互影響、伝播ないしは根源上の関係を持っているのではないかと考えられる。そこでここでは、所謂「祖—子—孫」という三代太陽神系列の序列性の構成について、比較(1)しながら述べてみたいと考えている。

先ず中国側からそれを見てみると、渤海湾両岸を発祥地とした東方夷人は主に鳥をトーテムとし、自分の身辺から出た太陽を崇拝する。『殷虚卜辞』には日出と日没の祭儀のことが書かれていて、「祭之法日賓、御、又、衩、歳」とある。これは先祖を祀る祭法(2)である。『山海経』・『大荒南経』には「羲和生十日」とあり、『山海経』・『大荒西経』には「常儀生月十有二」とある。これらは全て母系氏族の古い神話に相違ない。「羲和」「常儀」は帝俊の妻である。帝俊は日、月大神から昇格した天帝である。長沙子弾庫に出土した『戦国十二月神帛書』には、「月日者夋生」「帝夋乃為日月之行(3)」とある。帝俊の分身、或いは異称を帝舜という。彼の妻である娥皇・女英は羲和・常儀に相当する。

「皇」は日の光が輝くとの意で、「英」も輝く意である。彼女たちも後輩の燭光、宵明と同じように日、月を兼ねた女神である。その夫である帝舜も太陽神と月神である。『山海経』・『海内経』・『帝王世紀』・『朝鮮紀』等の書物には帝俊（帝嚳）のことが「賜羿《げい》以彤弓素矰以扶下国」と記されている。すなわち『楚辞・天問』に出ている「帝降夷羿、革孽下民」のことである。

高句麗天帝が息子の天王郎を降して、下国を助けさせる記載によって推論すれば、後羿はつまり帝俊の子孫、或いは部下であり、英雄化・伝説化された二代目の「准」太陽神である。羿の妻は月神嫦娥であるが、これはちょうど日神と月神が夫婦であるという神話学の通例に当てはめられる。「後羿射日」は太陽子孫内部の兼併との衝突を表わしている。李玄伯先生がすでに指摘されているように、「これは当時十個のClanを太陽とし、トーテムとしていることを表わしている。羿はその九個を射殺した[4]」とし、また、郭沫若先生も次のように謂われている。「所謂『十日併出』は即ち十の氏族、或いは部落の首領が同時に王と称していることを反映している（後羿に射殺されている）。妻蛇猛獣も全て氏族の名称」であるという[5]。原始社会の末期にいる後羿は太陽——鳥をトーテムとする部落連盟をつくり、それをさらに強固にする為に、他の太陽——鳥をトーテムとする氏族、或いは小部落を消滅させるのが当然である。しかし、彼自身と息子もまもなく滅ぼされた。その羿の子とは、つまり太陽神系列の三代目であるが、残念ながらその神格、神性、神威などが明白でなくなってきている。

東夷のもう一つの太陽神系譜は太皞と少皞である（彼らは必ずしも二人、または二代だとはいえないのであるが、ただ昔から二つの段階として伝えられてきたもので、太陽神族の系列性と序列性とに属しているだけである）。「皞」という字は「白」偏で、「白」の意は光明である。金文の「皇」の「白」冠は太陽の光が四方に輝くようだという観点から見れば、「皞」の「白」偏も光り輝いている丸い日であると言える。「皞」は「昊」とも書く。上が「日」で、下が天であり、光明という意である。その字義から見れば日が天上に存在するとの意である。但し、「天」の原義は正面に立っている「大」人であり、頭が特に大きい。すなわちその「頂」を暗示しているのであろう（天は頂なり、即ち頭に頂を被っているのが、後に頭の上の天を指すようになったと考えられる）。それでは「昊」の字は頭の上に太陽或いは太陽の王冠を被っている大人だという意味で「王」に「日」を被せた「皇」と同類である（「皇」の原義は太陽神壇で、日を祀り崇拝することと関連がある）。

エジプトの太陽神Ra《ラー》の標識は「⊙」である。これは中国の甲骨文の「日」字と全く同一のものである。その真中の点は太陽黒子である。Raの像は⊙形の太陽王冠を被っているのである。バビロニア文字「agu」の意も「王冠」で、また「agu」[6]という神も存在する。それは太陽冠の神と解釈してもよい。——そしてインドのミティラ神も太陽冠の神である。

「昊」・「皇」などの古代文字で示しているように、太陽王、太陽神が太陽の冠を被るのは当然のことである。波斯《Pasai》の宗教観念では、鷹を太陽の象徴としている。それは中国で太陽を金鳥と呼ぶことと同じである[7]。波斯貨幣に見える太陽子孫（王者）の王冠に太陽を象徴する翼が飾られているが、この「太陽鷹」の観念の源は古代エジプトにまで遡らせることが可能である。日を被っているRa神の化身は鷹であり、最古のエジプト天神も太陽鷹、或いは鳥の翼のある日輪が描かれている。

連雲港将軍崖にある原始社会末期の岩画に頭が大きく体が細い、所謂人面画[8]がある。その中の「Ȣ」形は甲骨文、金文で見られる「Ȣ」字の構造とよく似ている。連雲港は昔の東夷文化区に属し、徐淮辺りに夷族と商の時代の祭祀遺跡が残存している。この顔が丸く、頭が大きい人は「昊」字の意味構造と似ている。おそらくそれは、太陽人、或いは太陽神の造形ではないだろうか。それには唐蘭先生の見解が非常に適切である。「古代人の想像では大人は巨人であり、まさに天を支えて大地に立っているようである。その頭が天を代表しているので、『大字』の下に地を代表する『一』を引けば『立字』となる。『位』でもある。『昊』字は本来『昊』で、正面の人形が太陽を支えているようだ。即ちその頭が太陽だと謂えよう。したがって古代では天を昊天という。……東方民族では自分の君主を太昊、少昊と呼ぶのは君主が天上の太陽神を代表するからである。東方民族は太陽が自分の地区から昇ると信じているから、太陽神が天神の中で最も尊敬すべきだと信じたのである」[9]と。私も実は、唐蘭先生と同じ見解を持っている。太昊と少昊は、つまり大太陽神と小太陽神、大光明神と小光明神である。太陽、鳥を崇拝する東夷の部落群の太陽神系譜に属している。史籍からこれを見れば、「太皞」――帝嚳も指す。すなわち、嚳――俈、昊――晧、告、皓、嚳、皞（音の仮借）となる。

また、楊寛先生も次のように謂われている。「太皞実亦帝嚳帝俊之分化。……嚳古作俈、以告声、太皞或作太皓（『遠游』）、亦作太浩（『淮南子・覧冥訓』）……少皞即契、『世本』、少昊、黄帝之子名契」[10]と。更に丁山先生もこのように謂われている。「国語の変化通例によって推測してみると、大皞は帝嚳の音転かも知れない。……おそらくそれは日神大昊であろう。……昊は日と大よりなり、その意は明らかに『大明』である。所謂大昊は昊天上帝であるだけでなく、大明生于東の説[11]にも合致する。大皞が即ち嚳であるなら、少皞は嚳の子孫契である（第三代の昭明がいるのかも知れない）」。郭沫若先生は、「少昊金天氏帝摯、其実当即是契、古摯契同部」[12]と謂う。胡厚宣氏は『路史・後記』・『年代歴』・『世本』などによって、「少昊名契」「少皞名摯、摯即殷契之契」[13]と謂われる。また、少昊にも子がいる。『海内経』には、「少皞生般、般是始為弓矢」とあり、これは羿が弓を発明したことと同じようである。しかし、残念ながら般の神格、神性はあまり明確とはいえない。帝俊が太昊氏帝嚳であるとすれば、羿は少昊氏摯、或いは契である。楊寛先生はこうも謂われている。「東夷与殷人同族、其神話同源、如大皞之即帝俊、帝嚳、帝舜、少皞之即契。……『羿』疑即契也」[14]と。契の息子昭明、少昊の息子般は羿子に相当する。契と昭明は小光明神である故に、太陽神格を有しているのである。玄王契は暗闇の神であるばかりでなく、暗闇を払いのけて幽明を分ける開闢神ではなかったと。楊公驥先生[15]は次のように謂われている。

「その何組かの三代太陽神が高句麗の天帝とその子孫、天王郎、朱蒙と類似している。『李相国文集』には、『天帝遣太子降游扶余王古都、号解慕漱、従天而下。……世謂之天王郎』とある。これは『帝降夷羿、草孽下民』と同じことである。天王郎は太陽神だとは、はっきりいっていないが、その妻柳花は、『懐牖日曜』で妊娠して朱蒙を生んでいる。朱蒙も私も太陽の子で、河伯の孫にあたる」と謂われている。いうまでもなく彼ら親子は序列性を持っている太陽神なのである。

また、もっと隠れている太陽神の系譜がある。例えば、東北夷伝説の中の先祖で、後に楚人に祖先とたてまつられた高陽氏顓頊《せんぎょく》はもともと太陽だった。高陽氏は字面から見れば「高踞于長天的太陽」であり、それは「昊」で示している意と同じようである。『国語・周語』には、星と日、辰の位置が全て北維にあり、顓頊がそれらを決定し、帝嚳がそれを受けたといわれている。「天神長」とする日神が星、日、辰の位置を決定することが出来る。したがって顓頊がそれを決定し、太皞氏帝嚳がそれを受けたのである。大昊氏が老太陽神の職司を引き受け、少昊が顓頊の前輩といわれているものがある。『大荒東経』には、「東海の外に大壑があり、少昊の国であり、少昊孺帝顓頊がここにいる」とされる。これは本末倒置の三世太陽神系譜であり、神話学上でよくある「少長易位」という現象である。顓頊は北国（東東北）の太陽神であるから、少し物々しい気性を持っていて、彼の后世燭竜（燭陰）のようである。また、日神であるところから、『楚辞・大招』に「名声若白」と讃えられている(16)。

すでに宿白先生も、「顓頊も即ち太皞である。太皞が即ち太皓であるところから、それは太陽であろう」と謂われている(17)。丁山先生も、「顓頊が即ち太陽神である。……高陽が即ち高く輝いている太陽であり、所謂冬至復活した顓頊であるといえる(18)」と謂われている。『山海経』・『大荒西経』には「顓頊生老童、老童生祝融」とあり、さらに『大荒西経』には「顓頊生老童、老童生重及黎」が見える。

重（童）が天を司る。原始思惟が具象性に富むから、その後の「天神長」太陽神がそれにあたり、「重（童）」を小太陽神とした。黎、融は一つの音転である。祝融が即ち、「其瞑乃晦、其視乃明」、九陰を照らす燭竜である。「日安不到、燭竜何照？」（『天問』）、「清代」――兪正燮《しょう》以後は皆、燭竜が太陽神であることを認めている。(19) したがってそこに東北夷三代の太陽神系列も成り立つことが出来うるのである。

東夷太陽神系列神話とよく似ている日本の祖先伝説の中に、「太陽系譜」を見出すことが出来る。『古事記』には神世七代の最後の伊邪那岐神が祓禊で左の眼を洗う時に化生した神が天照大神であり、右の眼を洗う時に化生した神が月読神(20)（月神）であるということが書かれている。天照大神（太陽女神）は皇祖神とされている。『日本国志・礼俗志』には「自天祖大日霊尊治高天原、為天照大神、大神之子正《まさ》哉《か》吾《め》勝《かつ》勝《かち》速《はや》日《ひ》天《あめの》忍《おし》恵《ほ》天尊、……天祖既命武甕槌経津主二神定下土、乃使皇孫降居葦原中国而為之王、賜八坂瓊曲玉及八咫鏡草薙剣……」とある。ここでは太陽神系列がはっきりしており、それは『海内経』に記載されている、「帝俊賜羿彤弓素矰、以扶下国」と類似している。神武天皇の数世がこのようであったと思われる。また、『国志』の註には「神武帝曰、我是日神子孫」とあって、『西郷星歌』にいうところの「上有一人戴旒冕、是為日神之子天帝孫」であろう。

古代ギリシャの天帝ゼウス《Zeus》は太陽神と雷神から昇格した主神である。彼はエジプトの太陽神ラー《Ra》（化身鷹）、アマン《Amon》（化身羊）と血縁関係にある。だから神話史上ではゼウス――アマン――ラーとされている。このゼウスの化身には「鷹」と「羊」とがある。彼はかつて父親（クロヌス《Cronus》）に山に棄てられて、羊のアマルテア《Amalthea》に哺育されている。それで彼の像は羊の皮を被っている。(21) 彼のローマでの後身ジュピター《Jupiter》も敗戦の時には「両角が曲った羊」(22)になったこともあり、或いは鷹の形となってアイギナ《Aegin》を連れて奥依尼島《Oenone》に行ったこともある。(23) また、白鳥に化けて美しい娘リダに誘いをかけて関係を持ったこともある。これらは多くの詩歌と絵画の題材にもなっている。ゼウスの侍従も一匹の鷲である。これは実は、「隠れている化身」であって、ゼウスもその例外ではない。

『神論』ではアルゴス王アクリシウスの娘ダナエ《Danae》が一人の英雄を生み、その子が大きくなったら、その祖父を殺害して王になると言われている。国王は驚いてダナエを塔の中に幽閉して、誰にも会わせないようにした。しかし、ゼウスは金の雨となって窓からダナエを訪れた。やがてダナエが有名な英雄ペルセウス《Perseus》を出産するのであるが、彼は海に棄てられた。[24] この「金雨」とはつまり「金色の太陽の光」、または「夏の雷雨」の象徴であって、太陽神の雷雨神というゼウスの二重身分には合致している。ペルセウスが「太陽王子」と呼ばれたのはそれが「太陽の光の中から出てきた」もので……金雨の中から生まれたものだからである。[25] この伝説は東方との間で根源関係があるのではないだろうか。古代インドにもスーリヤ《Sūreya》（太陽）という太陽神がいる。彼は美しい処女《（クンティーのこと）》と私通して英雄カルナ《Karna》をもうけているが、その子カルナも籠に押し込められて川に棄てられるが扶けられて、後に奇功をたてている。

ゼウスが「金雨」となって高塔に入り、処女との間に「怪物を退治する英雄」をもうけたという伝説はローマを通じて東方に「発射」され、伝播されてきた。イタリアの伝説では、ある一人の姫君が「太陽の妻」になると占星術師が予言する。そして、その父親が娘を高い建て物の中にとじ込める。姫が二十歳になった時に光を見ようと窓の高さまで身を乗り出したので、彼女は日射しに照らされて妊娠してしまう。――これは河神の長女柳花が太陽神の象徴である天王郎の日影に照らされて妊娠した伝説と類似している。すなわち、それは「朱蒙母河伯女為夫余王閉于室中、為日所照、引身避之、日影又逐、既而有孕」のことである。ダナエがペルセウスを生み、柳花が小太陽朱蒙を生んだように、イタリアの姫も女英雄を生むわけであるが、それもペルセウス、朱蒙と同じように棄てられたことがある。[26]

ペルセウスは水怪を殺害して、美しい姫を救い出し、そして、その姫と結婚する。この標準のパターンの「殺怪成婚」の伝説は、キリスト教の世界に入って、さらに改変された。竜を殺害した聖・ジョージは彼の「前身」である太陽王子ペルセウスと同様に、太陽子孫の標記を持っている。それは彼の額に赤く輝いている太陽と後頭部の月である。彼もかつて岩窟の中で野獣と共に八年間も過ごしたことがある（「棄てられた」の意）。亜美尼亜《アルメニア》民間史詩『沙遜《Sasson》の大衛《Dāvid》』によれば、大衛及びその父、祖父の三代はみな棄てられたことがある。彼らも「ペルセウス――ヘラクレス《Heracles》――後羿」型の英雄であり、「殺怪成婚」のような業績を成し遂げたことがある（民間に伝わっている神話伝説には標準のパターンの他、改造されたものや、変形したものがある。例えば、後羿が水神に手傷を負わせて、洛嬪〈水神の娘、或いは妻〉を奪う話がある。この意味するところは、人民から水怪の難を取り除くと共に、河水女神を救い出して、その彼女と結婚したという風に理解してよい）。

太陽崇拝と鳥をトーテムとすることは太陽子孫の国においては一体化されている。中国東夷もその例外ではない。玄鳥、燕、または鳳凰が日輪の中に入って太陽鳥——三足鳥となっている。したがって、「天命玄鳥、降而生商」というのは、太陽神鳥が子孫を繁殖したものと理解してよい。だからこそ太陽の子孫は大抵鳥の化身を持っている。帝俊——俊鳥、即ち鵔鸃（原型は錦鶏）、太皞——姓は风、甲骨文の「风」と「凤」は同じもので、「风」姓は鳳凰族の子孫を表わしている。少皞——名は摯。摯は鷙と通じる。つまり鷙鳥（鷹、鷲の類）。契——「玄王」、即ち鳥卵王（緯書称「契之卵王」）。照明の化身——焦明鳥。羿——姓が偃《えん》。偃の字が燕と通じるところから、羿も燕族に属していることがわかる。「羿」という字は鳥の羽が空気の上昇力を利用して飛んでいることを意味している。彼らは全て同時に「太陽の子孫」だから（太陽の運行と鳥の飛ぶことを繋いで連想することは、太陽と鳥の崇拝を一体化した心理根拠の一つである）、古体ギリシャの太陽神ゼウスの化身が鷹鷲であり、アポロンの化身が鴉であることを考えてみれば、東西の太陽子孫神話が信じられないほど「一致」していることが分かる。もはやこれは、「偶然の一致」では済まされない。

ゼウス、アポロンのあと、古代ギリシャには、まだ第三代の小太陽神がある。それがアポロンの金庫を盗みに走って死んだパエトーン《Pha・ë・thon》である。彼ら三代の関係は東夷太陽神系譜の帝俊——後羿——羿子、帝嚳——契——照明、太皞——少皞——般のそれと酷似しているだけではなく、南方『楚辞』文化系統に出ている天神の老太陽神東皇太一や、弓を引いて狼を射た、小太陽神東君、羲和なども似ている。また、日御に「降格」された羲和やこればかりでなく、ゼウスのあと、「太陽王子」ペルセウスも事実上の跡継ぎを持っている。それが「外曽孫」のヘラクレスである。ヘラクレスはペルセウスの後世であるが、太陽神ゼウスとペルセウスの孫にあたるアルクメーネとの間にもうけられた子供である。彼らは生まれて直ぐに野原に棄てられた（『路史、后紀、夷羿伝』の註を参照。『括地象』には羿が山の中に棄てられたことがある、としている）。羿が封豨《ほうき》、鑿歯《さくし》などを射殺したのと同じようにヘラクレスも「十二の業跡」を成し遂げている。それは東君が東のアポロンといわれているように、ヘラクレスも東の後羿といえる。特にヘラクレスは王女を娶る為に蛇と牛に化身した河神と闘っている。これは後羿が「洛嬪」を娶る為に竜と魚に化身した河伯と、天王郎が河伯の長女柳花を娶る為に河伯と闘った故事等に類似している。そして、いうまでもないことであろうが、三人とも名射手であった(27)。

太陽神は大抵「射神」である。これは太陽の光と飛矢とを結びつけて連想した、**自然原因**の一つである。「東君」の長矢が光線を象徴しており、天狼が日を遮る陰霾であると茅盾先生は考えられている。そして次のように謂われている。「太陽神を一人の名射手と想像、或いは彼の武器を弓矢と想像するのが普通である。何故かというと、太陽の光線が照らされることによって、原始人がそれを弓矢と想像するのはたやすいことである(28)」と。徐嘉瑞先生はこう謂われている。「云南大理にある『本主』は太陽神であり、雲霧を追い払うことが出来て、穀物を豊かにさせることが出来る、『九歌』の中の東君に近いものである(29)」と。北欧にいる太陽の神伐利《ヴァーリ》は生まれて直ぐに矢（太陽の光の象徴）で、暗黒の盲目神霍独尓《バルドル》を射殺している。これはほんの一例にしか過ぎない。また、鳥の飛ぶスピードから、矢の飛ぶことを結びつけて考えるのも太陽鳥族に名射手が多いという原因の一つでもあるが、そこで最も重要なことは、これらの精力旺盛な男性太陽神が大抵父系氏族社会中後期に生じたものである故に、人間の部落軍事酋長の姿を投影していることである。したがってそれらは「大酒飲み」「好色」「ワンマン」「能歌善舞」「殺怪除害」「戦場での活躍」「百発百中の弓の腕」等の特徴がある。先輩の太陽神、例えばゼウス、帝俊、顓頊《せんぎょく》、東皇太一等の大半は天帝に昇格しているので一段と高い宝座に坐り、軽率には行動せず、何事においても自ら行動することはない。故に、やがてその面目が不明瞭になってきて、その神性も曖昧になってきている。しかし、一部の天帝においては、いまだに戦神の身分を保っている。その中で最も巧く合致しているのは、帝嚳少皞が東方の「木」に属し、東皇太一も歳星（木星）を兼ねる（「所在国不可伐、可似罰人」『史記・天官書』）戦神であることである。ゼウス――ジュピターも木星を兼ねている（今も「Jupiter」の字意は木星である）。アポロンは射神、楽神、予言神、戦神、或いは医薬、疫病、急死の神である。ペルセウス、ヘラクレスが水怪を殺し、後羿が白竜などを射殺したのと同じように、アポロンはかつて民の為に神蛇を射殺し、災いを取り除いた。後羿も天王郎もヘラクレスも、その全てが弓の名人である。天王郎の子である朱蒙は、「俗言朱蒙者、善射也」（『魏書・高句麗伝』）と言われており、彼は、まだ揺り籃に寝ている赤ん坊の頃にすでに小弓で蠅を射ることが出来た（ヘラクレスも揺り籃で二匹の大蛇を殺したことがある）。これは周棄（後稷）が幼い頃に「馮弓挟矢」（『天問』）が出来て、天帝が驚いたことと同じである。『孫臏兵法・勢備篇』、『墨子・非儒篇』、『呂氏春秋・勿躬篇』の中では後羿が弓を発明したと言っている。『海内経』には、「小昊生般、般是始為弓矢」また、「帝俊生三身、三身生義均、義均是始巧倕、是始作下見百巧」とある。この巧倕（義均）は太陽神系の第三代で細工（工芸）が上手な者で、創造の英雄とされる。『荀子・解蔽篇』には「倕作弓」とある。倕、般、後羿は「作弓」という点では、確かに類似している。帝俊が羿に彤弓素矰を賜ったようにアポロンはかつてヘラクレスに宝の弓を賜ったことがある。あまり大したことをやらなかった徐偃王（燕王）も、「得彤弓朱矢、以己得天瑞、自称偃王」（『博物誌』等参照）と、言われている。佛教の物語も古代インド雅語文学、俗語文学から太陽子孫が射るのに長じる神話を吸収してそれを自己の神秘性に結びつけ、力を「充実」し、強化するのである。そして、これらの神話は驚くべき超同性と類似性とを持っている。

佛本生物語には釈迦牟尼も太陽の子孫であるとされている。『佛本行集記』の佛の祖先である甘蔗王は、「以自日炙、又名日種」とあり、『智度論』には、日種王の長男浄飯王が釈迦を生んだとある。また、『佛本行経』には「摩耶夫人夢白象、日輪右脅而入」とあることによって摩耶夫人は「転輪圣王」を生んでいる。佛陀がかつて諸釈種と弓を射るのを競い、その為に諸鉄鼓及び鉄猪を射通した、とあるが、最も奇妙なものは『六度集経』(巻四十五)で、ここには佛陀転身が、生まれて幾度も棄てられたり、引き受けられたりした、ということが載っている。洞窟に棄てられたものには、例えば後稷の「牛牛腓字之」や、ゼウスが羊に授乳をうけたものがある。道に棄てられたものには、後稷の「棄之隘巷、馬牛過者、皆辟不践」があり、牛車を引く牛が、その為に前に進めない。竹林に棄てられたものには、後稷の「置之平林、会伐平林」があり、彼は樵夫に助けられている。[30] 以上のように、古代中国の太陽子孫、例えば後羿、徐偃王、朱蒙、西方のゼウス、ペルセウス、ヘラクレスなどは赤ん坊の頃に棄てられている。[31]

上記の故事はある程度、比較文化学の三大要素を留めている。それは全体対応性、序平行性、[32] 具体的な飾の一致性をいう。

ラグラン《Raglan》氏はかつて伝説の英雄を分析し、比較したことがある。例えばオイディプス、テーセウス、ロムルス、ヘラクレス、ペルセウス、アンティロクス、ディオニュソス、アポロ、ゼウス、ヨセフ、モーゼ、イリヤ、ジークフリート、キロス、イアーソン、ロビンフッドなどを。そして彼らは同源性を持っている可能性があると言われた。また、それらを一まとめにして英雄の基本的な範型を取り出した。それは、基本的なパターンの事績と原始の儀典によってその模式が出来ているとして、彼はこうした模式には、次のような特徴と型式があることを指摘している。

① 英雄の母は高貴な処女である。
② 英雄の父は王である。
③ 英雄の母は英雄の父の近親である。
④ 英雄の父は特異な境遇にある。

⑤　英雄の父は神の子孫だと言われている。
⑥　英雄の父と祖父がその英雄に危害を加えようとする。
⑦　英雄は助け出される。
⑧　英雄は遠方の国へ留められて、そこの養子となる。
⑨　英雄はその国に留められ、そしてそこから消息を絶つ。
⑩　英雄は大人になって、元の国、或いは未来の国へと赴く。
⑪　そして、英雄は元の国王、或いは巨人、悪竜、野獣などに打ち勝つ。
⑫　英雄は美しい姫と結婚するが、その姫は大抵、自分の祖先の子孫である。
⑬　英雄は新しい王となる。
⑭　英雄は暫くは平穏に国を治める。
⑮　英雄は法律を制定する。
⑯　後年、英雄は神々の恩恵を失う。或いは部下の信頼を失う。
⑰　英雄は王座から追放される。
⑱　英雄は神秘的な死を遂げる。
⑲　英雄はしばしば山の頂で最期を迎える。
⑳　英雄は子供があったとしても、その子は王位を継ぐことが出来ない。
㉑　英雄の屍は埋葬されることがない。
㉒　しかし、それでもやはり一つの神聖なる墓を英雄は持っている。(33)

惜しむべきは、ラグラン氏がここに中国の英雄伝説を少しも引用していないことである。実際に中華民族の英雄譚も右記の英雄の範型との類似点を有している。例えば、後羿が天王郎と同じように上帝（帝俊）の後裔であるならば、彼の母親は高貴な日母羲和、或いは月母常儀である（参前①②の両条）。彼の父親帝俊の化身（俊鳥）羲和の化身（鵷雛）、常儀の化身（すなわち女偃、燕子）は、同じ鳥をトーテムとする氏族に属しているので「部落内結婚」となり、それは「近親」であると言える③。彼らは全て太陽神族である④⑤。後羿は山の中に棄てられたことがあるが⑥、助けられている⑦。怪物を退治して、禍を取り除き、偉大な功績を残している⑪。そして、河の女神洛嬪、或いは月神嫦娥、純孤等と結婚する⑫。その後の経歴については歴史化された物語の中に見られる（『左伝』「襄四年」には、「昔有夏之方衰也、後羿自鉏遷于窮石、因夏民以代夏政」とあり、『天問』には、「帝降夷羿、革孽夏民」とある）。彼は未来の新しい国へ行って⑩、そこで新しい王となる⑬。その国で事績をたてるが⑭、「特其射也、不修民事、而淫于原曽」なので、神々の恩恵を失い⑯、（『天問』には「献蒸肉之膏、而後帝不若」とあるところから）滅ぼされて⑰、最後は神秘的な死を遂げる⑱。

寒浞という者は、伯明氏の讒言をよく言う弟子であったが、夷羿は彼を配下にして、彼を知己の一人と信じていた。浞は内部の者に対しては追従《ついしょう》し、外部の者には賄賂を送るような人であった。彼は人民を愚弄し、或いは騙して、やがてその国を乗っ取る。内外もこれに全て服した。羿も家郎に殺害されて、蒸され、羿の子にそれを食べさせた、するとその子はそれを食べると直ぐに窮門《チョンマン》(34)で死んだ。

後羿が悲劇的な死を遂げる。『国語・魯語』には、後稷が山に死んだとあり、『山海経』にはすばらしい墓地を持っているとある。また、『天問』には、「浞娶純孤、眩妻爰謀、何羿之射革、而交呑揆之？」、『淮南子・説山訓』には、「羿死干桃部（棒）」、『孟子・離婁篇』には、「逢蒙学射于羿、思天下唯羿愈己、于是殺羿」等とある。逢蒙にしても、寒浞にしても（羿妻純孤を通して）、後羿にあっても彼らはみな悪人の奸計に倒れている（ヘラクレスも彼の妻が誤って献上した、半人馬喀戒《ネソス》がわざと残した血の付いた服を着た為に、中毒になり発狂して死んでいる）。その後羿の息子も羿の偉大な事績を継がないばかりか、神秘的な死を遂げている（半ば強制的に敵に、親族の肉を食べさせるのは一種の勝利を嫌悪する黒巫術である。その目的は、相手の一族の命運をことごとく滅ぼすことである）。そして悲劇の英雄後羿は、死しても、その躰を葬る所がない。しかし、ヘラクレスが復活して、オリンポスの山の神になったように、後羿も「天下の害を除き、死しては宗布とな」り（『淮南子・濫論訓』）、自然災害と疫病を管理する神となった（この点ではアポロンと類似する）。

帝俊――後羿――羿子、帝嚳――契――照明、大暤――小暤――般、上帝――天王郎――朱蒙と、ゼウス――アポロン――パエトーン、ゼウス――ペルセウス――ヘラクレス。これらの「三代」太陽神族と鳥をトーテムとする後裔への流れからみても、創業祖先、棄てられた子、名射手、除害英雄等の点から見ても（或いは、その中の一代）、彼らの事跡におけるいくつかの類似性を、それらは有しているので、その全体的な対応性、比較性は否定することが出来ないものである。そして、これらの英雄伝説は、夫々に独立発展してきて、それらが偶然に合致したとすれば、人類の思惟、心理発展は、ある段階、ある方面において類似性と平行性とを有していることが言えよう。また、遠い昔の人類が交通、混血、文化交流等によって、夫々が相互に影響を与えてきたのではないだろうか？　しかし、それは複雑かつ微妙な問題である。各国の学者の研究によって、各方面の科学者は古代と近世の人類学者、神話学者、文学史家等の研究成果を批判的に継承して、長期的に厳しく、深い、そして微視的な研究、すなわち、それは地・時・点を定めて、類似による根拠と原因、或いは伝播の過程と経路とを研究し、微視的な分析の上に、巨視的な考察を加えて、そこに結論を求めるべきものであろう。エンゲルスは『反杜林論』（『反デューリング論』）の中で、「印欧神話の戦神（太陽神系第一代『天帝』がかねて取った神格或いは職司の一つ）は全ての神と同じように、自然の力ばかりでなく、社会の力が人間の頭の中で一種の独特な反映をしたものである」と述べている。そして、次のようにも言う。

　このようにジャーマン部における戦神という言葉は、古代の斯堪的那維亜《スカンジナビヤ》語で提尓《ティアル》と言い、古代の高地徳意志《ドイツ》語では斉奥《チィーアオ》という。これはギリシャ語のゼウスに相当し、ラテン語の丘必特《クピド》は迪斯必特《キューピッド（ディスピッド）》に替える。他のジャーマン部の中で埃奥尔《アイアオル》はギリシャ語の亜力司《アレス》、ラテン語の瑪尔斯《マルス》に相当する(35)。これは比較神話学と比較言語学の上での、一つの典範を示しているのである。我々はそれらの成果を踏まえた上で、さらにそれらを発展・開拓してゆかなければならない。

〔註〕

(1) 参見拙作「比較・比較文学」、『淮陰師専学報』(一九八一年第一号)。
(2) 陳夢家『殷虚卜辞綜述』第五七三頁～五七四頁(科学出版社、一九五六年)、簡称『綜』。
(3) 参見商承作「戦国楚帛書述略」、『文物』(一九六四年第九号)。
(4) 李玄伯『中国古代社会新研』第二〇八頁(開明書店、一九四八年)。
(5) 郭沫若『中国史稿』第一三九頁(人民出版社、一九七六年第一冊)。
(6) 赫羅茲尼『西亜、印度和克里特上古史』第二五一頁(三連出版社、一九五八年)。
(7) 参見『夏鼐考古学論文集・青海西寧出土的波斯薩珊朝銀幣』第一三〇頁～一三一頁(科学出版社、一九六一年)。
(8) 連雲港市博物館『連雲港将軍崖画遺址調査』、『文物』第七号、第二三頁、図版五―一(一九八一年)。
(9) 唐蘭『中国有六千多年的文明市――論大汶口文化是少昊文化』、『大公報在港復刊三十周年記念文庫』上冊第四十三頁(香港、一九七八年)。
(10) 楊寛「中国上古史導論」、『古史弁』上冊第二五八頁、三六八頁(開明書店、一九四一年第七巻)。
(11) 丁山『中国古代宗教与神話考』第三六五、三七四、三七七頁(竜門連合書局、一九六一年)。
(12) 郭沫若『中国古代社会研究』第二〇一頁(人民出版社、一九六四年)。
(13) 胡厚宣「甲骨文中殷商崇拝鳥図騰的遺跡」、『歴史論叢』第一集、第一三四頁(一九六五年)。
(14) 註(10)に同じ。
(15) 楊公驥『中国文学』第一一八頁(古林人民出版社、一九八〇年)。

(16)　参見拙作「顓頊考」、『活頁文史叢刊』第一七三号（一九八二年）。
(17)　宿白「顓頊考」、『留日同学会季刊』第六号、第三十四頁〜三十五頁（一九四三年）。
(18)　註（11）に同じ。
(19)　註（16）に同じ。
(20)　安万侶『古事記』第二頁。鄒有恒、呂元明訳（人民文学出版社、一九七九年）。
(21)　参見『歴史』第二九五頁。王嘉雋訳（商務印書館、一九五九年）。
(22)　『変形記』第五十八頁。楊周翰訳（作家出版社、一九五八年）。
(23)　鄭振鐸『ギリシャ神話』上冊、第三十頁、一八二頁（生活書店、一九三五年）。
(24)　参見、スイープ『ギリシャ神話と伝説』第四十五頁、六十頁。楚図南訳（人民文学出版社）。
(25)　註（23）に同じ。
(26)　参見『イタリー民間故事選・太陽的女子』第一〇八頁。陳秀英等訳（外語教学と研究出版社、一九八一年）。
(27)　参見拙作『英雄神と水怪的化身斗法、従后羿、天王郎、ヘラクレス到二郎神、孫悟空』。
(28)　茅盾『神話研究』第三〇五頁（百花文芸出版社、一九八一年）。
(29)　参見徐嘉瑞『大理古代文化史稿』第二〇二頁（中華書局、一九七八年）。
(30)　参見拙作「世界神話里的棄子英雄」、又「姜原棄子為図騰考験儀式考」、『南開大学学報』第四、五期（一九七八年）。
(31)　註（30）に同じ。
(32)　註（30）に同じ。
(33)　参見姚一葦『芸術的奥秘』第三五七頁〜三五九頁（台北開明書店、一九七八年）。
(34)　〈訳者註〉「窮門」はその地名の他に「貧しい所」、「辺鄙な所」という意味がある。
(35)　『マルクス・エンゲルス選集』第三巻、第三五五頁（人民出版社、一九七四年）。

〔訳者あとがき〕

本飜訳論攷の原載は『民間文学論壇』第四号（一九八三年）に肖兵氏が発表されたもので、本飜訳もそれによっている。肖兵氏は中国福建省出身で一九三三年生。現職は江蘇省清江市の淮陰師範専科学校中文系教授。中国における当代楚辞学の代表的研究者であるが、我が国では馴染みが薄い。もっと注目されてしかるべき研究者の一人であろう。

さて、肖兵氏の「太陽的子孫」の訳出を了えた今、向後は、再びヤン・ド・フリース（デュメジル派）に戻って、すでに絶版となって、入手困難になっている『英雄の詩と英雄伝説』の第十章「英雄伝説における歴史的背景」と第十二章「英雄伝説における神話的背景」等の飜訳に挑んでみたい。

筆者が縷々述べてきたように、古代の叙事詩や伝説に語られている「英雄の生涯」には、ある一定のパターンがあり、それは異なる個人の生涯に亘る体験の描写、もしくは個人の追憶等とは異なるものであるが、その英雄譚を構成している幾多の要素、例えば「超自然的誕生」、「怪物退治」、「異界訪問」、「苦難或いは試練」、「夭折」等々のモティーフは、夫々がアニミズム、イニシエーション、呪術的思想、或いは古代信仰等によって説明することが可能であるかも知れないが、では何故それらが常に一つの束となって結合していて、英雄の生涯全体が類似した範型を形づくっているのか、ということについては、実はまだよく分かっていないのである。

十九世紀後半より今日まで考えられてきた主だった「英雄譚」のパターン、モティーフの分類には、およそ次のものがある。

Ⓘ〈一八七六年〉ヨハン・ゲオルグ・フォン・ハーン　↓　彼は、「英雄の生涯」の範型を16のパターンと13のモティーフに分類した。

Ⓘⓘ〈一八八一年〉アルフレッド・ナット　↓　ハーンの分類に修正を加えた。

Ⓘⓘⓘ〈一九〇九年〉オットー・ランク　↓　彼は、最少の9パターンに分類した。

Ⓘⓥ〈一九二八年〉ウラジミール・プロップ　↓　彼は、31のモティーフに分類するが、プロップの分類方法は、昔話の主人公の生涯の範型分類であって、実在の歴史的英雄の伝記的物語や、それに基づく語り物の範型のそれではない。

Ⓥ〈一九三六年〉ロード・ラグラン　↓　彼は、英雄のそれを22のモティーフに分類するが、それらはその全てが古代欧州の一部に限られており、その視野の狭さは否めないものである。

Ⅵ〈一九五四年〉ヤン・ド・フリース　↓　ここに訳出したように彼は、「英雄の生涯」の範型を10のカテゴリーに分類している。この分類方法は先述のどれよりも優れたものであるが、しかし、こうした「英雄の範型」はギリシャ、ローマ、北欧、オリエント等の古典的世界におけるそれであって、古代中華民族を始め、アフリカ、ニューギニア、オーストラリア、アメリカインディアン等の原始民族に類似性はあるものの、それをそのまま当てはめることが出来ないものである。また、フリースはこうした「英雄叙事詩」における語り物に特有の「悲劇性」についてはほとんど考慮していない。

今後、時間が許せば、こうした諸問題についても言及していきたいと考えている。

索引

〔索引凡例〕

この索引は、本書における研究編を中心とした索引で、基本的に資料編や引用資料内のものをほとんど含んでおらず、中国語論文中の神名と区別しがたい人名、伝説上の名称等は割愛したが、ヨーロッパ等の世界に広範に流布しているものは、できる限りその名を拾った。

書名・人名・地名索引の訓みは通行の訓みに従い、訓みを定め難いものは音訓みとし、配列は通行表記の五十音順を基本としている（なお、中国の地名等は、基本的に現地の訓みに従ったところもある）。

〔書名索引〕

あ

い

う

た

ち

つ

て

と

な

に

ら

り

る

れ

ろ

わ

〔人名索引〕

あ

さ

し

す

ち

つ

て

と

な

に

ね

の

は

ひ

ふ

へ

ほ

ま

み

む

め

も

や

ゆ

よ

〔地名索引〕

あ

い

う

の

は

ひ

ふ

へ

ほ

ま

み

む

め

や

ゆ

よ

ろ

わ

あとがき

早いもので、正編を公刊してから丸九年の歳月が経とうとしている。本来ならば、もっと早く続編を発刊する予定であったが、「好事魔多し」とはよく言ったもので、精力的に国内外を調査・研究・発表・講演等で飛び回っていた、平成十四年の暮れに中国大陸の奥地において左眼の視力を完全に失ってしまった。どうする事も出来ないので、調査・研究を一通り終え、帰国した。精密検査を受けると、一刻も早い手術が必要とのことで、眼球にメスを入れた。最悪のケースになったとしても、右眼が残されているので、何の不安も感じなかった。三度は必要と言われた手術も一回で成功し、左眼に光は戻ったものの、傷めたところが回復するのに三年近い歳月を要してしまった。完治は有り得ないので、七、八割がた元に戻った今を良しとせねばなるまい（研究が楽しくてしかたがないと言う人が、たまにいる。しかし、研究の何たるかを本当に知れば、苦しいことばかりで、研究そのものは好きであっても、楽しい事とは対極にあるものだと、私には思われる。研究に費やす時間、費用、身体的疲労等々は相当なもので、その全てを放擲したい衝動に駆られることも三、四に止まらない。だが、研究者としての社会的自覚と責任がそれを思い止まらせているのである）。

資料収集等で細かい活字を追い、眼を酷使してきたので、いつかこの日が来る事は漠然と予感していたが、その日は何の前触れも無く、地の果てに近い所で突然にやってきた。五十を過ぎたあたりから、「これからは視力を尽くした戦いだ」と、冗談めかして親しい友人・知人に言っていたのが、現実になってしまった。気がかりなのは、一字一句を拾った総合的な索引集として刊行を予定している『太山寺本曽我物語総索引』の仕事が直前でストップしていることだ。しかも、国立の高等教育機関はどこも独法化の嵐に曝され、研究に割かれる時間は目に見えて少なくなってしまった。それはこれから、減る事は有っても増える事は無いだろう。この本について、よくお問い合わせをいただくが、如上の事情のため、今しばらく猶予をいただきたい。

そういう訳で、本書も当初の構想とは異なった学術論文集の体裁をとらせていただいた。自分なりにではあるが、より完璧を目指し補稿等を勘案していると何時まで経っても公刊することが出来ないからである。この歳になれば、「一つのものを得ると、必ず一つのものを失う」と言うことが身をもって思い知らされるのである。

本書は、出来うる限り重複を避け、目次にある如く配列した。その論攷の原題・初出等は以下の通りである。

Ⅰ　曽我物語関係論攷

太山寺本『曽我物語』解説（『太山寺本曽我物語』和泉書院）

1500年代前後——戦国時代（『軍記物語——エポックを押さえる』学燈社・『國文學』第四十五巻第七号）

『曽我物語の作品宇宙』（「『曽我物語』の作品宇宙」鼎談　至文堂・『国文学解釈と鑑賞』別冊号）

『曽我物語』と女性——大磯の虎とその形象をめぐって——（軍記文学研究叢書第十一巻『曽我・義経記の世界』汲古書院）

『曽我物語』と傍系故事説話——「李将軍」「杵臼・程嬰」「玄宗・楊貴妃」説話をめぐる——（『立命館文学』第五五二号）

『曽我物語』と『法華経』（「『法華経』と中世文芸」至文堂・『国文学解釈と鑑賞』第七九〇号）

『曽我物語』「十番斬り」攷——太山寺本の在地性に絡めて——（岩波書店『文学』第二巻第二号）

『曽我物語』と『富士野往来』（『伝承文化の展望』三弥井書店）

研究展望『曽我物語』「一九九〇年十一月～一九九九年九月」（『軍記と語り物』第三十七号）

仮名本『曽我物語』「弁財天の御事」（「ふん女卵生説話」）覚書《メモ》——「ふん女」は、「糞女」か——（『立命館文学』第五八三号）

Ⅱ　伝承芸能・唱導関係論攷

「佛舞」追跡――育王山龍華院糸崎寺の場合――（『唱導文学研究』第三集、三弥井書店）

糸崎の「佛舞」――「糸崎寺縁起」とその源流をめぐる付舞人の動態解析資料――（『唱導文学研究』第四集、三弥井書店）

「佛舞」の原風景――その音楽的相承を中心に――（立命館大学『論究日本文学』第八十二号）

大谷大学図書館蔵『言泉集』とその「願文・表白・諷誦要句等」についての覚書（『軍記物語の窓』第一集、和泉書院）

大谷大学図書館蔵『南都論叢』剳記（『いずみ通信・中世編』第一号、和泉書院）

Ⅲ　唱導資料

「播州比金山如意寺縁起」と「万人募縁疏」――『天台表白集』編者・亮潤に関する資料の一つとして――（『唱導文学研究』第二集、三弥井書店）

「育王山龍華院糸崎寺縁起」の飜刻と紹介（『唱導文学研究』第三集）

「宝林山清岸院称念寺縁起」の飜刻と紹介（『唱導文学研究』第三集）

大阪女子大学附属図書館蔵「東大寺関係古文書」の影印と解題（未発表）

大阪女子大学附属図書館蔵「道成寺縁起絵巻」の影印と解題（未発表）

Ⅳ　古代・中世文学関係論攷等

『徒然草』と類書（『『徒然草』――新たな読みの可能性を探る』至文堂・『国文学解釈と鑑賞』第七九八号）

日本文学と和製類書（『江戸怪異綺想文芸大系』第三巻月報③、国書刊行会）

「英雄の生涯」における定型（『あしかび』第三十五号）

「太陽的子孫」――比較神話文学筆記之壱――（『あしかび』第三十七、三十八号）

本書の出版は今回も、和泉書院社長の廣橋研三氏と奥様の和美氏にお世話になった。私の本は、全体のレイアウトから始まり、字のポイント設定及びその字高、割り付け、影印、嵌め込み写真、その他、位置取り等の指示が煩雑なもので、大変な手数をおかけしたことと思う。和泉書院さんでなければ、このような良い本は作れなかったと思っている。改めてここに深甚の謝意を表しておきたい。

平成十七年九月吉日

選挙活動喧しき日、塚口の陋屋にて

著者識す

村上　美登志（Mitoshi Murakami）

現　　職　国立舞鶴高専人文科学科 教授　文学博士
専門分野　中世文学　漢文学　唱導文学（含む声明学）
主要著書　『中世文学の諸相とその時代』（和泉書院・平成８年）、『太山寺本 曽我物語』（和泉書院・平成11年）、『中世軍記文学選』（和泉書院・平成11年）、『琉球の伝承文化を歩く１』（三弥井書店・平成12年）、『曽我物語の作品宇宙』（至文堂・平成15年）、その他、編著書・共著書等多数。

研究叢書　342

中世文学の諸相とその時代 II

平成十八年三月二十七日初版第一刷発行
（検印省略）

著　者　村上美登志
発行者　廣橋研三
印刷所　亜細亜印刷
製本所　渋谷文泉閣
発行所　有限会社 和泉書院
大阪市天王寺区上汐五－三－八
〒五四三－〇〇〇二
電話　〇六－六七七一－一四六七
振替　〇〇九七〇－八－一五〇四三

ISBN4-7576-0347-9　C3395

研究叢書

蕪村俳諧の研究 江戸俳壇からの出発の意味	清登典子著	321	九九七五円
近松正本考	山根爲雄著	322	一三六五〇円
中世仏教説話論考	野村卓美著	323	一〇五〇〇円
紫式部集論	山本淳子著	324	八四〇〇円
『源氏小鏡』諸本集成	岩坪健編	325	二一〇〇〇円
和歌六人党とその時代 後朱雀朝歌会を軸として	高重久美著	326	一二六〇〇円
古代の基礎的認識語と敬語の研究	吉野政治著	327	一〇五〇〇円
源平盛衰記の基礎的研究	岡田三津子著	328	八九二五円
浜松中納言物語全注釈	中西健治著	329	二九四〇〇円
ある近代日本文法研究史	仁田義雄著	330	八九二五円

（価格は５％税込）

研究叢書

上方能楽史の研究　宮本圭造著　331　一五七五〇円

八雲御抄 伝伏見院筆本　片桐洋一監修 八雲御抄研究会編　332　九九七五円

新撰万葉集注釈 巻上(一)　新撰万葉集研究会編　333　九四五〇円

長嘯室本 落窪物語　伴利昭 立命館大学 落窪物語研究会編　334　一六八〇〇円

古今和歌集の遠景　徳原茂実著　335　八九二五円

枕草子及び平安作品研究　榊原邦彦著　336　一五七五〇円

口承文芸の表現研究 昔話と田植歌　田中瑩一著　337　一二六〇〇円

形容詞・形容動詞の語彙論的研究　村田菜穂子著　338　一三六五〇円

関西方言の広がりとコミュニケーションの行方　陣内正敬 友定賢治編　339　九四五〇円

日本語の題目文　丹羽哲也著　340　一〇五〇〇円

（価格は５％税込）

研究叢書

本朝蒙求の基礎的研究	本間洋一 編著	341	一三六五〇円
中世文学の諸相とその時代Ⅱ	村上美登志 著	342	一三六五〇円
日本語談話論	沖裕子 著	343	一二六〇〇円
『和漢朗詠集』とその受容	田中幹子 著	344	七三五〇円
ロシア資料による日本語研究	江口泰生 著	345	一〇五〇〇円
新撰万葉集注釈 巻上(二)	新撰万葉集研究会 編	346	一二六〇〇円
与謝蕪村の日中比較文学的研究 その詩画における漢詩文の受容をめぐって	王岩 著	347	一〇五〇〇円
日本語方言の表現法 中備後小野方言の世界	神部宏泰 著	348	一一五五〇円
井蛙抄 雑談篇 注釈と考察	野中和孝 著	349	八四〇〇円
西鶴浮世草子の展開	森田雅也 著	350	一三六五〇円

（価格は５％税込）